Karen Kingsbury

MELODIE UNSERES LEBENS

Karen Kingsbury

Melodie unseres Lebens

FRANCKE
Verlag der Francke-Buchhandlung GmbH

Bibliografische Information Der Deutschen Bibliothek
Die Deutsche Bibliothek verzeichnet diese Publikation in der Deutschen Nationalbibliografie; detaillierte bibliografische Daten sind im Internet über http://dnb.ddb.de abrufbar.

ISBN 3-86122-592-1

Originaltitel: A Time to Dance

Deutsch von Silvia Lutz
Umschlaggestaltung: Enns Schrift und Bild GmbH, Bielefeld
Satz: Verlag der Francke-Buchhandlung GmbH
Druck: Wiener Verlag, Himberg, Österreich

Francke-Lesereise

Ein jegliches hat seine Zeit, und alles Vorhaben unter dem Himmel hat seine Stunde ... weinen hat seine Zeit, lachen hat seine Zeit; klagen hat seine Zeit, tanzen hat seine Zeit.

Prediger 3,1.4

1

Das war der Augenblick, den sich Abby Reynolds ihr ganzes Leben lang erträumt hatte.

Im Flutlicht eines der größten College-Stadien im US-Bundesstaat Illinois stand Abbys Mann kurz davor, seine zweite High-School-Football-Meisterschaft zu gewinnen. Was den Sieg noch einmaliger machte: Er würde ihn zu einem großen Teil dem Talent ihres gemeinsamen ältesten Sohnes, dem besten Quarterback der Mannschaft, verdanken.

Abby zog ihre blaugraue Jacke mit dem Emblem der Marion Adler enger um sich und bedauerte, dass sie keinen dickeren Schal mitgenommen hatte. Schließlich war es bereits Anfang Dezember, und auch wenn seit über einer Woche kein Schnee mehr gefallen war, war die Luft beißend kalt. „Bestes Footballwetter", nannte John das immer. Kalt und trocken, direkt vom Himmel. Sie blickte zu den funkelnden Sternen am klaren Nachthimmel hinauf. *Sogar Gott steht heute Abend auf deiner Seite, John.*

Ihr Blick wanderte über das Spielfeld und blieb an ihrem Mann hängen. Er stand an der Seitenlinie, die Kopfhörer auf dem Kopf, den Oberkörper nach vorn gebeugt, die Hände auf die Knie gestützt, und verfolgte die letzten Minuten des Spiels. Sie konnte sich an Tausende Nachmittage erinnern, an denen seine Augen vor Lachen gefunkelt hatten, aber heute waren sie hart und ernst. Auf seinem Gesicht lag vollste Konzentration. Seine Miene spiegelte die große Bedeutung dieses Augenblicks wider. In zehn verschiedene Richtungen brüllte er Befehle und Anweisungen an seine Spieler. Selbst auf ihrem Platz weit oben auf den bis zum letzten Platz gefüllten Zuschauerrängen konnte Abby die Energie spüren, die von ihrem Mann ausging.

Es bestand kein Zweifel: Es war seine Gabe, eine Mannschaft zu trainieren.

Und jetzt schlug seine größte Stunde.

Wenn nur nicht alles andere wäre. Es war so ...

„Vorwärts, Adler. Ihr schafft es!", rief Abbys Tochter, Nicole, und klatschte in die Hände. Sie klapperte vor Kälte mit den Zähnen und klammerte sich noch fester an den Arm ihres Freundes Matt. Ihre ganze Energie und Aufmerksamkeit galt ihrem jüngeren Bruder auf dem Spielfeld.

Abby brannten Tränen in den Augen. Sie blinzelte, um zu verhindern, dass sie sich Bahn brächen. *Wenn ich nur die Zeit anhalten könnte, hier und jetzt ...* Sie drehte sich um und legte ihrem Vater die Hand aufs Knie. „Sie schaffen es, Papa. Ich spüre es. Sie werden gewinnen."

Ihr Vater, ein alter Mann, der kaum noch Ähnlichkeit mit dem tatkräftigen Mann hatte, der er früher einmal gewesen war, hob eine zittrige Faust in der eiskalten Nacht halb in die Höhe. „Du schaffst es, Kade!" Seine Hand fiel schlaff auf seinen Oberschenkel zurück.

Abby streichelte den schwachen Arm ihres Vaters, dann legte sie die Hände wie einen Trichter vor ihren Mund. „Mach Punkte, Kade. Komm schon!" Ihre Finger ballten sich zu Fäusten, die sie in einem schnellen, rhythmischen Schlag auf ihre Knie schlug. *Bitte, Herr, lass es ihn schaffen.*

Nach diesem Abend würde es für sie alle nur noch wenige strahlende Augenblicke geben.

„Schade, dass dies das Ende ist." Ihr Vater lächelte sie mit feuchten Augen an. „Die ganzen Jahren, in denen sie gemeinsam Football gespielt haben, sind morgen vorbei. Der Junge ist großartig. Er spielt genauso gut wie früher sein Vater."

Abby konzentrierte ihren Blick auf ihren Sohn. Ihre Mundwinkel verzogen sich zu einem Lächeln. „Das hat er schon immer."

„Mama, ist das nicht komisch?" Nicole lehnte den Kopf auf Abbys Schulter.

„Was denn, Liebes?" Abby nahm die freie Hand ihrer Tochter und widerstand dem Drang, die Augen zu schließen. Es war ein so gutes Gefühl, hier in diesem jubelnden, spannungsgeladenen Stadion zu sitzen, umgeben von ihrer Familie ...

„Das ist Kades letztes High-School-Spiel." Nicoles Stimme

klang schwermütig. Liebevolle Entrüstung sprach aus ihren Worten, als merkte sie erst jetzt, was sie verlieren würde. „Einfach so. Alles vorbei. Nächstes Jahr ist er in Iowa, und nichts wird wieder so sein wie bisher."

Ein stechender Schmerz brannte erneut in Abbys Augen. Sie schluckte schwer. *Wenn du wüsstest, Liebes ...* „Das ist es nie."

Nicole starrte kopfschüttelnd auf das Spielfeld. „Das war es dann also. Nach diesem Abend wird er nie wieder für Papa spielen." Sie warf einen Blick auf die Anzeigetafel. „Diese vielen Trainingsstunden und Spiele, und in ein paar Minuten ist alles vorbei. Nur eine Schachtel voller Erinnerungen und alter Zeitungsartikel."

Der Kloß in Abbys Hals wurde dicker. *Nicht jetzt, Nicole. Lass mich diesen Augenblick genießen.* Tränen raubten Abby eine klare Sicht. *Komm jetzt, beherrsche dich. Das Leben steckt voller Abschiede.* Sie drückte ihrer Tochter die Hand und stieß ein kurzes Lachen aus. „Wir müssen sie anfeuern! Noch haben sie nicht gewonnen."

Nicole schob das Kinn vor und rief, so laut sie konnte: „Kommt, Adler, vorwärts! Ihr schafft es!"

Abbys Augen wanderten zum Spielfeld, wo Kade im Zentrum des Geschehens war und die Spielzüge seines Vaters in der Mannschaft umsetzte. Dritter Versuch und fünfundzwanzig Yards noch bis zum Touchdown. Es war nur noch knapp über eine Minute zu spielen. Die Marion Adler führten mit drei Punkten. Dieser Touchdown – Abby spürte in ihrem Bauch, dass es zu einem Touchdown käme – würde ihren Sieg endgültig besiegeln.

„Vorwärts, Adler!" Abby klatschte die Hände in ihren Handschuhen aneinander und konzentrierte sich auf das Spielfeld und die Schlussphase des Spiels. *Komm schon, Kade. Spiel deine Erfahrung aus. Genauso wie du es tausend Mal schon im Training gemacht hast ...*

Ihr kräftiger Sohn ergriff den ovalen Ball und nahm gekonnt seinen Platz ein. Er schaute suchend über das Spielfeld, bis er sein Ziel fand. In einer geschmeidigen, fließenden Bewegung, die ihn als den talentierten Sohn eines legendären Footballtrainers verriet, warf er den Ball, lenkte ihn zwischen zwei bedrohlichen Verteidigern vorbei und ließ ihn, fast wie durch ein Wunder, in den Händen eines Passempfängers der Marions landen.

Die Anhänger der Heimmannschaft waren aufgesprungen.

Über den ohrenbetäubenden Lärm von zehntausend schreienden Fans hinweg erklärte der Stadionsprecher die Situation: Die Adler hatten einen ersten Versuch auf das Tor auf der Dreiyardlinie, und es waren nur noch knapp sechzig Sekunden zu spielen.

Die gegnerische Mannschaft forderte eine Spielunterbrechung. Abby atmete langsam ein. Wenn sie doch diesen Augenblick in sich aufsaugen, ihn einfangen oder für immer festhalten könnte! Hatten sie nicht von diesem Tag und diesem Spiel geträumt, seit Kade auf der Welt war? Zuerst hatten sie darüber gescherzt, aber mit jedem Jahr, das verging, war ihnen bewusster geworden, dass dieser Tag tatsächlich im Bereich des Möglichen lag, dass dieser Augenblick tatsächlich Wirklichkeit werden könnte. Dutzende längst vergangene Tage buhlten um ihre Aufmerksamkeit. Das erste Mal, als sie John in Footballkleidung gesehen hatte ... das Leuchten in seinen Augen, als er sie liebevoll anschaute, während sie ihr Eheversprechen gaben und auf ewig miteinander anstießen ... Nicole, wie sie im Garten spielte ... das Glänzen in den Augen des vierjährigen Kade, als er seinen ersten Football bekam ... die Aufregung, als sieben Jahre später Sean geboren wurde ... Jahre, in denen sie am Ende des Tages auf dem Pier zusammengesessen hatten ... die Musik, die sie ...

Ein Pfiff ertönte, und die Spieler nahmen ihre Position ein.

Abby schluckte schwer. Ihre Familie hatte ein ganzes Leben gebraucht, um so weit zu kommen. Zwei Jahrzehnte voller Erinnerungen, von denen viele um ein hundert Yard großes Feld aus Matsch und Gras mit weißen Linien kreisten.

Die Zuschauer im Stadion konnten sich nicht mehr auf ihren Sitzen halten, aber trotz des ohrenbetäubenden Lärms um sie herum hörte Abby in einem ruhigen Winkel ihres Herzens das Lachen ihrer Kinder, als sie noch ganz klein waren, sah sie John und die Kinder, wie sie jeden Tag, wenn das Training vorbei war, auf dem Trainingsgelände der Marion High School scherzten und spielten. John hatte instinktiv gewusst, wie er seine Kinder in seine Rolle als Trainer integrieren konnte und wie er am Ende eines Tages das Footballspiel vergessen konnte. Die Bilder und Stimmen verwandelten sich, und der Lärm im Stadion war nur noch ein fernes Dröhnen.

„Tanz mit mir, Abby ... tanz mit mir.“

Jetzt waren sie beide auf dem Pier. Die Kinder waren längst eingeschlafen, und der Sommer schien nie zu enden. Sie tanzten den Tanz ihres Lebens, wiegten sich zum Klang der Grillen und der knarrenden Bretter unter ihren Füßen.

Ein eisiger Windstoß ließ Abby erzittern. Sie verbannte die verblassenden Bilder der Vergangenheit aus ihrem Denken. Egal, wie sehr er sie betrogen hatte, egal, was die Zukunft bringen würde, für ihre Kinder gäbe es keinen besseren Vater als John Reynolds.

Eine weitere Erinnerung tauchte vor ihrem geistigen Auge auf: Sie und John auf dem See. Sie trieben in einem alten Fischerboot dahin. Es war ungefähr ein Jahr, nachdem Kade geboren war. *„Eines Tages, Abby, eines Tages wird Kade für mich spielen, und wir werden Meister werden. Wir werden es bis ganz oben schaffen, Liebling. Wir werden alles haben, was wir uns je erträumt haben, und nichts wird uns aufhalten können. Nichts ...“*

Jetzt – fast mochte man glauben, einen Augenblick später – war es so weit.

Kade nahm den Ball und warf ihn hoch in die Luft.

Komm, Kade. Er gehört dir, mein Junge. „Vorwärts, Adler!“, schrie sie.

Der Ball flog aus Kades Händen. Wie eine Gewehrkugel drehte er sich durch den Winterabend. Genauso schnell war Kade durch Abbys Leben gerauscht. In einer einzigen schnellen, verschwommenen Bewegung. *Komm schon, fang ihn ...* Abby beobachtete, wie Kades bester Freund, T. J., der Tight End der Mannschaft, nach dem Ball sprang. *Passend*, dachte sie. Wie das perfekte Ende eines perfekten Spielfilms. Ihr wurde bewusst, dass alles an Kade und John und ihren Footballtagen irgendwie von Anfang an perfekt gewesen war – selbst dieses letzte gemeinsame Spiel.

Alles schien irgendwie im Zeitlupentempo abzulaufen ...

T. J. legte die Finger fest um den Ball, zog ihn an seine Brust und landete mitten in der Endzone.

„Touchdown!" Abbys Herz jubelte. Sie hüpfte auf und ab und warf die Fäuste hoch in die Luft. „Ich kann es nicht glauben! Wir haben es geschafft! Wir haben gewonnen!" Sie drückte ihren Vater und Nicole und auch den hoch aufgeschossenen zehnjährigen Sean, der drei Plätze von ihr entfernt saß, fest an ihre Brust. „Wir sind Meister! Wir sind Meister! Unglaublich!"

Auf dem Spielfeld schossen die Spieler den Extrapunkt und stellten sich dann zum Anstoß auf. Noch fünfzehn Sekunden, und die Marion Adler wären Meister. Die Mannschaft mit Vater und Sohn Reynolds würde in die Footballannalen des Bundesstaates Illinois eingehen.

John, du hast es geschafft ... du und Kade.

Zu Ehren von allem, was einmal gewesen war – die Freude, die Liebe, die ihre Familie erfüllt hatte – empfand Abby nichts als reine, ungetrübte Freude für ihren Mann.

Zwei Tränen stahlen sich aus ihren Augenwinkeln und liefen brennend über ihre eiskalten Wangen.

Nicht jetzt, Abby. Nicht, wenn alle auf eine Freudenfeier warten. Die Zuschauer schrien im Chor: „Fünf ... vier ... drei ... zwei ..."

Sobald der Schlusspfiff ertönte, lichteten sich die Zuschauerränge, und alle stürmten auf das Spielfeld. Eine begeisterte blaugraue Menschenmasse. Abbys Vater saß auf seinem Platz und jubelte, wie schon lange nicht mehr, seit er vor Jahren ins Pflegeheim gezogen war. Sean hüpfte und sprang begeistert hinter Nicole und Matt her, die schon die Treppen hinabdrängten, um sich den anderen anzuschließen.

Abby saß wie versteinert auf ihrem Platz und saugte diesen Augenblick in sich auf. Ihr Blick schweifte suchend über die

Menschenmenge, bis sie John ausfindig machte. Sie sah, wie er seine Kopfhörer herunterriss und wie von der Tarantel gestochen auf Kade zustürmte. Die Umarmung zwischen Vater und Sohn brach bei Abby alle Dämme. Die Tränen flossen in stillen Bächen über ihre Wangen. John zog ihren gemeinsamen Sohn in seine Arme und drückte ihn fest an sich. In diesem Augenblick gab es keinen anderen Menschen für die beiden: weder Mannschaftskameraden, noch Trainer oder Reporter. Es gab auf dem ganzen Spielfeld niemanden als nur sie beide. Kade umklammerte mit der einen Hand seinen Helm und mit der anderen den Hals seines Vaters.

Dann geschah es.

Während Abby noch immer diesen Augenblick genoss, tauchte plötzlich Charlene Denton hinter John auf und warf die Arme um seine Schultern. Abbys Magen verkrampfte sich zu einem harten Stein und wurde von Sekunde zu Sekunde härter. *Nicht jetzt ... nicht hier vor allen Leuten.* John und Charlene waren gut zwanzig Meter von Abby entfernt, aber das machte keinen Unterschied. Sie konnte die Szene so deutlich sehen, als stünde sie unmittelbar neben ihnen. Ihr Mann ließ Kade los, drehte sich um und umarmte Charlene kurz. Etwas an der Art, wie John den Kopf nahe an ihren Kopf bewegte und die Hand auf ihrer Schulter liegen ließ, verriet seine Gefühle für Charlene, Gefühle, die er vor langer Zeit für Abby gehabt hatte. Charlene Denton, Lehrerkollegin an der Marion High School, Johns größter Fallstrick.

Abby blinzelte. Plötzlich fühlte sich alles, was gut und wunderbar und nostalgisch an diesem Abend war, billig und gekünstelt an, wie eine Szene aus einem schlechten Film. Selbst die zärtlichsten Gedanken konnten der Realität, die sich vor ihren Augen abspielte, nicht standhalten.

Auch Abbys Vater erkannte die schmerzliche Situation. Er räusperte sich. „Ich komme hier ganz gut allein zurecht, Schatz. Geh du zu John."

Sie schüttelte den Kopf, aber ihr Blick wich keine Sekunde von ihrem Mann und Charlene. „Nein, ich warte hier."

Ihre Augen waren jetzt trocken. Zorn erfüllte sie und legte sich mit harter, leerer Bitterkeit auf ihr Herz. *Geh weg von ihm. Das ist unser Tag, nicht deiner.* Abby starrte Charlene an und hasste sie. Johns Stimme hallte erneut in ihrem Herzen wider, aber dieses Mal hatten seine Worte nichts mit Tanzen zu tun.

Sie sprachen von Scheidung.

An diesem Wochenende wollten sie es den Kindern sagen, darauf hatten sie sich geeinigt. An diesem Wochenende würden sie den fälschlichen Glauben ihrer Familie erschüttern, Abby und John wären das glücklichste Ehepaar auf der ganzen Welt. Abby seufzte. Egal, wie sie sich dabei fühlte, wenn sie John zusammen mit Charlene sah: Tatsache war, dass er mit dieser Frau sprechen konnte. Und auch mit jeder anderen Frau, wenn er wollte. In wenigen Monaten wäre John schließlich geschieden und damit wieder frei, genauso wie Abby. Sie legte die Arme fest um sich und versuchte, die Übelkeit, die in ihr aufstieg, zu unterdrücken. *Warum tut es immer noch so weh, Herr?*

Sie hörte keine übernatürliche Antwort. Abby war nicht sicher, ob sie einfach verschwinden oder auch auf das Spielfeld stürmen und sich zu ihnen gesellen wollte, damit Charlene sich unbehaglich fühlen würde und verschwände.

Ich dachte, das hätte ich hinter mir, Gott. Wir haben uns bereits darauf geeinigt, den nächsten Schritt zu gehen. Was ist jetzt nur mit mir los? Abby senkte den Blick auf den Betonboden des Stadions und blieb sitzen. Sie hasste die Art, wie diese Frau ungebunden, hübsch und jung und ohne die Last von zwei Jahrzehnten Ehe zu sein schien. Was war das für ein Gefühl, das sie so quälte? Eifersucht?

Nein, es war eher Bedauern. Abbys Puls schlug schneller. Das konnte doch nicht sein. Was gab es denn zu bedauern? Hatten sie nicht *beide* erkannt, in welcher Situation sie sich befanden, in welche Richtung sie steuerten?

Oder würde sie sich immer so fühlen, wenn sie John mit einer anderen Frau sähe?

Das Bild vor ihren Augen verschwamm erneut. Wieder hörte

sie Johns Stimme aus längst vergangenen Tagen: *„Tanz mit mir, Abby ... tanz mit mir.“*

Die schweigenden Worte verhallten. Abby blinzelte, um einen neuen Tränenansturm zu unterdrücken. Eines stand fest: Wenn es sich so anfühlte, geschieden zu sein, sollte sie sich am besten bald an dieses Gefühl gewöhnen.

Egal, wie sehr sie es hasste.

2

Das Stadion war leer. Der Boden war mit zertretenen Plastikbechern und angebissenen Hot Dogs übersät. Reste von blaugrauen Farbbändern hingen von den Schülerrängen – ein Beweis dafür, dass die Marion Adler tatsächlich hier gewesen waren, dass John und Kade ihren Lebenstraum verwirklicht und miteinander die Meisterschaft gewonnen hatten.

Abby stieg die Stufen zum Spielfeld hinab und schlenderte über den Rasen zu den Umkleidekabinen. John war immer noch nicht herausgekommen. Er beantwortete die Fragen der Reporter, ging mit den anderen Trainern die großartigen Szenen des Spieles noch einmal durch und kümmerte sich um seine Mannschaft.

Er genoss den Augenblick so lange wie möglich.

Vor der Tür stand eine Bank. Abby setzte sich und ließ ihren Blick über das leere Spielfeld schweifen. Kade, Nicole, Matt und Sean reservierten für sie einen Tisch in Smokeys Pizzeria nur eine Straße vom Stadion entfernt. Abbys Vater wartete im Auto auf sie. Sie betrachtete die morastigen Seitenlinien und die stolz aus der Erde ragenden Torpfosten auf beiden Seiten des Spielfeldes. War wirklich erst eine Stunde vergangen, seit dieses Stadion bis auf den letzten Platz voll gewesen war und zehntausend Menschen gemeinsam den Atem angehalten hatten, als Kade den letzten Touchdown warf?

Abby zitterte und vergrub die Hände tiefer in ihren Taschen. Die Temperaturen waren gesunken, aber das war kaum der Grund für die beklemmende Kälte, die sich ihres Herzens bemächtigte.

Ein Assistenztrainer der Marion Adler kam heraus und blieb stehen, als er sie erblickte. „Hallo, Abby." Ein breites Lächeln zog über sein Gesicht. „Na, was sagen Sie zu den Adlern?"

Sie lächelte leise. Egal, welche schmerzlichen Wendungen ihr Leben auch in Zukunft nehmen würde, sie würde ihre gemeinsamen Footballtage immer als etwas vollkommen Wunderbares in

Erinnerung behalten. Jeden Spieler, jeden Trainer, jede Saison ... ein buntes Mosaik aus Erinnerungen, die immer ein kostbarer Teil ihres Lebens bleiben würden. „Ich kann es immer noch fast nicht glauben. Ein Traum ist wahr geworden."

Der Mann seufzte leicht und nickte. Dann hob er den Kopf und blickte zum Winterhimmel hinauf. Er überragte die anderen Trainer der Mannschaft um mehrere Zentimeter. In seiner aktiven Zeit war er Lineman gewesen und genoss den Ruf, gut mit Jugendlichen umgehen zu können. Aber hier in der Stille und Dunkelheit eines Stadions, aus dem die jubelnden Fans und das kehlige Rufen von sechzig Jugendlichen in voller Kriegsbekleidung verschwunden waren, fiel Abby auf, dass in seinen Augen Tränen glänzten, die er niemandem zeigte. Er räusperte sich und schaute sie an.

„Selbst wenn ich hundert Jahre alt werden würde, vergäße ich nie, wie John und Kade heute Abend gemeinsam diesen Sieg erkämpft haben. Diese beiden sind wirklich ein unschlagbares Team." Er verschränkte die Arme vor der Brust, blickte zu den Scheinwerfern hinauf und versuchte, seine Gefühle wieder unter Kontrolle zu bekommen. Einen Augenblick später schaute er sie erneut an. „Was für ein Siegeszug, Abby! Ich bin einfach froh, dass ich dazugehören durfte."

„Ich auch, Coach." Abbys Mundwinkel bewegten sich leicht nach oben. Tränen raubten ihr erneut eine klare Sicht. Sie deutete zur Umkleidekabine. „Dauert es noch lang?"

„Nein. Die letzten Reporter sind vor ein paar Minuten gegangen. Er packt nur noch seine Sachen zusammen." Der Trainer lächelte sie an und begab sich zum Ausgang. „Dann ... bis zum nächsten Jahr!"

Abby nickte. Sie fürchtete, ihre Stimme könnte sie verraten, wenn sie zu sprechen versuchte. *Es wird kein nächstes Jahr geben. Nicht für uns ... und nicht für mich.*

Als der Assistenztrainer fort war, dachte Abby an John, an ihre Hochzeit vor über einundzwanzig Jahren. Was war aus den Menschen geworden, die sie damals gewesen waren? Was war aus den

Menschen geworden, die miteinander durch das Feuer gegangen und auf der anderen Seite stärker herausgekommen waren?

Vergiss es, Abby. Der Coach hat Recht. Es war jetzt vorbei. Sie war einfach froh, dass sie bis jetzt hatte dazugehören dürfen. Mit jeder Faser ihres Herzens wünschte Abby, sie könnte die Zeit zurückdrehen, wenn auch nur für eine Stunde. Zurück zu den Minuten vor dem letzten Touchdown, als Johns lang gehegte Träume wahr geworden waren.

Alle bis auf einen.

Fünf Minuten später kam John durch die Tür und sah sie im Dunkeln stehen. Abby dachte an Charlene, die nach dem Spiel die Arme um John geschlungen hatte. *Soll ich ihn so umarmen, wie sie es getan hat? Soll ich nur höflich nicken?*

Es herrschte ein ungemütliches Schweigen. Er schaute ihr unverwandt in die Augen.

„Abby ..." Er sprach leise, aber jedes Wort verriet seine Freude und Begeisterung. „Wir haben es geschafft!" In seinen Augen funkelte eine Energie, die erst nach Tagen oder Wochen nachlassen würde. Dieses Funkeln rührte sie an. Sie war dagegen machtlos. Wie durch Magnetkraft zog es sie zueinander. Abby legte die Arme um seinen Hals und vergrub den Kopf an seiner Schulter.

„Ich kann es kaum glauben! Ihr seid Meister!" Es war so tröstlich, sein Herz in seiner Brust schlagen zu fühlen. Ihr wurde bewusst, dass sie sich seit Monaten nicht mehr so umarmt hatten.

„Ich weiß." Er zog den Oberkörper zurück. Seine Augen waren so voll Leben und Hoffnung und so verheißungsvoll, wie sie es vor zwei Jahrzehnten gewesen waren.

Auf seiner Wange war ein Schmutzfleck. Sie wischte ihn sanft mit dem Daumen weg. „Ihr seid die Besten in ganz Illinois. Du und Kade. Unglaublich."

Er zog sie wieder an sich, und sie blieben eine ganze Weile in dieser Haltung stehen. Ihre Körper waren eng aneinander geschmiegt und schaukelten leicht. Er hatte seine Arme schützend um ihre Taille geschlungen, und sie hielt ihn ganz fest.

Jeder Augenblick war in eine verzweifelte Endgültigkeit eingetaucht.

John zog sich als Erster aus der Umarmung zurück. Abby legte die Arme eng um sich und wappnete sich gegen die plötzliche Eiseskälte. „Hast du diesen letzten Touchdown gesehen?“ Er hob seine Sporttasche von der Bank auf und grinste sie an. „Kade ist über sich hinausgewachsen ...“

Abby erwiderte sein Lächeln. „Es war herrlich anzusehen.“

Johns Blick wanderte auf das Spielfeld hinaus, als zöge vor seinem geistigen Auge eine Wiederholung dieser Szene vorbei. „Ich habe mir diesen Tag ausgemalt, seit Kade anfing, einen Ball zu werfen.“

Sie gingen auf die Stadionsstufen zu. Ihre Füße bewegten sich in einem vertrauten Rhythmus nebeneinander her. John schwang die Tasche über seine Schulter. „Abby, wegen dieses Wochenendes ...“

Der Stein in ihrem Magen wurde wieder härter. „Was ist damit?“

Er schaute auf den Boden. „Ich habe kein gutes Gefühl dabei ... was ich meine, ist, die Kinder ...“ Sein Blick suchte ihre Augen. Er schaute sie direkt an, während sie unverwandt weitergingen. „Es interessiert mich nicht, was der Eheberater meint. Wir können es ihnen jetzt nicht sagen.“ Auf seiner Stirn zeigten sich Sorgenfalten. „Nicht nach diesem Abend. Sie werden bis Weihnachten feiern, Abby. Und sie haben ein Recht darauf.“

Abby fühlte, wie ihre Schultern sich verspannten und Nervosität durch ihre Adern strömte. „Sie haben ein Recht darauf, die Wahrheit zu wissen.“

Seine Lider waren schwer und traurig. „Sie werden sie früh genug erfahren.“ Seine Schritte wurden langsamer, und er schaute sie ernst an. Sein Blick flehte sie an, ihn zu verstehen. „Komm schon, Abby. Heute ist der glücklichste Tag in Kades Leben. Ehe du dich versiehst, ist Weihnachten. Kann es denn nicht warten?“

Sie blieb stehen, stemmte eine Hand in die Hüfte und schaute ihren Mann an. „Was sollen wir denn tun, John? Ihnen ewig etwas vorspielen?“

Sein Mund wurde hart, aber er sagte nichts.

Hör auf, Tochter. Eine linde Antwort stillt den Zorn.

Abby hörte die leise, unaufdringliche Stimme irgendwo in den fernen Winkeln ihrer Seele, aber sie schüttelte beleidigt den Kopf. Schließlich hatte John das alles ausgelöst. Warum sollte sie ihn jetzt decken?

„Was nützt es, wenn wir warten?" Sie verschränkte die Arme und nahm eine harte Haltung ein. „Wir hätten es ihnen schon im letzten Monat sagen sollen." Sie zögerte. „Du kannst nicht ewig der gute Junge sein, John." *Sag es nicht, Abby ...* „Selbst wenn du Footballmeister geworden bist."

„Geht das schon wieder los?" John nahm seine Baseballkappe mit dem Emblem der Marion High School ab und fuhr sich mit den Fingern durch die feuchten, dunklen Haare. „Was willst du, Abby? Mit mir streiten? Gleich hier auf der Fünfzigyardlinie?"

Ihr kamen ein Dutzend scharfe Erwiderungen in den Sinn, aber sie beherrschte ihre Zunge. „Ich will damit nur sagen, dass wir es ihnen schon längst hätten sagen sollen. Meine Güte, John, wir reichen im Januar die Scheidung ein. Sie werden nicht wissen, wie ihnen geschieht, wenn wir nicht bald etwas sagen."

Sein Gesicht verzog sich, als würde er jeden Augenblick weinen. Er sah aus wie ein kleiner Junge, der seinen besten Freund verloren hat. Einen verrückten Augenblick lang wollte sie ihn in die Arme nehmen und ihn bitten, doch bei ihr zu bleiben, ihn bitten, mit Charlene Schluss zu machen und nur sie, Abby, für den Rest seines Lebens zu lieben. Ihr Herz wurde weicher. *Wir irren uns beide, John. Ist das, was wir aufgebaut haben, nicht einen neuen Versuch wert?* Aber noch bevor sie den Mut aufbringen konnte, diese Worte auszusprechen, verblasste dieses Gefühl wieder. *Ich muss verrückt sein. Wir haben uns zu weit voneinander entfernt, um eine neue Chance zu haben ...*

Bei Gott ist nichts unmöglich, mein Kind.

Abby schloss die Augen. Dieses Mal war sie sicher, dass die leise Stimme in ihrem Herzen von Gott kam. *Wir haben es versucht. Du weißt, dass wir es versucht haben ... Aber selbst du würdest mir in dieser Situation zubilligen, diese Ehe zu beenden ... Das steht doch in deinem Wort, nicht wahr?*

Ich hasse Scheidung, Tochter ... Bei Gott ist nichts ist unmöglich ...

Es ist zu spät ... Sie öffnete die Augen. „Hör zu. Ich möchte das alles einfach nur hinter mich bringen."

Er schaute sie immer noch an, aber seine Traurigkeit war jetzt einer harten Entschlossenheit gewichen. „Wir können den Termin auch auf Februar verschieben. Wir haben schon so lang gewartet. Warten wir bis nach Weihnachten."

Das Bild von John und Charlene ließ sie nicht los. „Ho ho ho", flüsterte sie.

„Was?" Johns Stimme wurde etwas lauter.

Sie legte den Kopf schief. „Sagen wir einfach, ich bin nicht in der richtigen Weihnachtsstimmung."

John knirschte mit den Zähnen. „Soll ich dir einmal etwas sagen, Abby? Du denkst wirklich immer nur an dich. Es ist Weihnachten, hast du das vergessen? Das bedeutete dir früher etwas."

Tu mir das nicht an, John. Tu nicht so, als wäre dir das wichtig, wenn es nicht so ist. Bilder kamen ihr in den Sinn von ihr und John, wie sie in den letzten Jahren durch ihr Haus gingen, schweigend, angespannt, lieblos. „Ja, damals, als *ich dir* noch etwas bedeutete."

Sie standen sich wie angewurzelt gegenüber und starrten einander wütend an. Die Kluft zwischen ihnen wurde mit jedem Atemzug größer. Abby brach als Erste das Schweigen. „Mache mich nicht zum Sündenbock. Ich möchte ihnen das Weihnachtsfest auch nicht kaputtmachen." Sie deutete auf sich. „Ich versuche nur, realistisch zu sein."

„Egoistisch, wolltest du wohl sagen!" Es kostete ihn Mühe, seine Stimme nicht zu erheben.

„Nein, *realistisch!*" Ihre Worte waren nicht viel mehr als ein Zischen. „Ich hasse es, mich zu verstellen!"

Die Muskeln in Johns Gesicht zuckten. „Meinst du, mir gefällt das? Ich rede hier nicht von uns, Abby. Ich rede von den

Kindern. Wir sagen es ihnen nach den Feiertagen, und damit ist die Sache erledigt."

Er wollte weitergehen, aber Abby hätte am liebsten laut geschrien. „Warte!"

John blieb stehen. Nach einer kurzen Pause drehte er sich zu ihr um. „Was ist?"

Sie atmete tief aus und bemühte sich, die Gefühle, die in ihrem Herzen tobten, unter Kontrolle zu bringen. Sie konnte sich nicht vorstellen, noch länger mit John in einem Haus eingesperrt zu sein, während er in eine andere Frau verliebt war ... und das auch noch an Weihnachten.

Dann fiel ihr ein, dass die Weihnachtstage ohnehin immer hektisch waren und wenig Zeit zum Nachdenken ließen. Ihre Schultern sackten nach unten. Was machte es schon aus? Vielleicht hatte John Recht. Vielleicht würde es nicht schaden, wenn die Kinder nicht so viel Zeit hätten, sich an den Gedanken zu gewöhnen. Vielleicht könnte sie es um der Kinder willen ertragen. Hauptsache, danach käme schnell die Scheidung. „Meinetwegen ... einverstanden. Also nach Weihnachten." Sie zögerte. „Aber lass in der Öffentlichkeit die Finger von Charlene, ja? Wenigstens, bis wir es den Kindern gesagt haben."

Johns Augen wurden groß. Sein Ärger verwandelte sich in Entrüstung. „Was soll das denn schon wieder heißen?"

„Komm schon ..." Sie sprach nicht weiter. Warum log er sie immer noch an? Was für einen Grund hatte er dafür? „Das soll heißen, dass ich nicht die Absicht habe wegzuschauen, wenn du mit deiner *Geliebten* herumrennst, nur damit wir den Kindern ein schönes Weihnachtsfest bereiten können."

John trat einen Schritt auf sie zu. Seine Miene wurde hart wie Granit. „Weißt du, ich kann es nicht mehr hören, dass du Charlene die Schuld für diese Sache gibst. Unser Entschluss, uns scheiden zu lassen, hat nichts mit meiner Freundschaft mit Charlene zu tun. Wir lassen uns scheiden, weil du dich verändert hast ... weil wir beide uns verändert haben." Er seufzte und starrte zum dunklen Nachthimmel hinauf. Sie fragte sich, ob er dort

Antworten suchte – wie *sie* es so oft tat. Seine Gesichtsmuskeln arbeiteten, sie sah, dass er versuchte, sich zu beherrschen. „Wir sind nicht mehr dieselben Menschen, die wir früher waren, Abby."

Sie verdrehte die Augen. „Erzähle mir nicht, es hätte nichts mit Charlene zu tun. Egal, wie sehr wir uns verändert haben, wir hätten es trotzdem schaffen können. Wir hatten die Pflicht, es zu versuchen. Aber als du mit Charlene anfingst, war alles zu spät." Sie stieß ein kurzes Lachen aus. „Komm schon, John. Erzähle mir doch nicht, du hättest kein Verhältnis mit ihr, wenn ich damals, als ich in dein Klassenzimmer kam, sie mit eigenen Augen in deinen ..."

„Das war eine Umarmung!", fauchte John sie an. „Ich habe dir erzählt, dass sie völlig aufgelöst war wegen ihres ..." Er brach ab. Abby spürte, wie ihr Blutdruck stieg. Wie konnte er wagen, es zu leugnen, wenn sie ihn doch in flagranti ertappt hatte? Wenn sie seitdem aus zig verschiedenen Quellen gehört hatte, dass John eine Affäre mit dieser Frau hatte?

„Eine Umarmung? Wirklich?" Ihre Stimme triefte vor Sarkasmus. „Und worüber war sie denn heute Abend so aufgelöst, als sie vor zehntausend Leuten wie eine Klette an dir hing?"

John ließ die Schultern hängen, als hätte er keine Kraft mehr zu streiten. „Vergiss es." Er vergrub die Hände tief in seinen Taschen und ging weiter. Er holte weit und kraftvoll aus. „Glaube doch, was du willst!"

Abby war wütend. Er log sie an, wie er es schon hundert Mal vorher getan hatte. Das war doch klar. Sie joggte ein paar Schritte, um ihn einzuholen, und ging wieder neben ihm her. „Ich glaube meinen Freunden, und sie haben das Gleiche gesehen wie ich."

Er sagte nichts und schaute geradeaus, während er weiter zum Auto ging.

„Gut, sprich nicht mit mir. Hauptsache, du machst keine Szene mit ihr, okay? Wenn wir bis nach den Feiertagen warten, gib mir wenigstens das."

Sie waren oben auf den Stufen angekommen. John blieb stehen und warf einen Blick auf seine Uhr. „Meinetwegen." Seine Stimme verriet nicht das geringste Gefühl. „Ich treffe euch in ein paar Stunden im Hotel."

„Was?" Abbys Herzschlag verdoppelte sich. *Tu mir das nicht an, John. Nicht heute Abend.* „Du kommst mit mir. Die Kinder warten auf uns."

Noch bevor John antworten konnte, wusste Abby, dass sie zu weit gegangen war. Ihr Mann schaute die Straße hinab, unerreichbar für sie und ihre Kinder und für all das, was noch vor einer Stunde Anlass zum Feiern gewesen war. „Die Trainer treffen sich in einer Kneipe. Sag den Kindern, dass ich sie später sehe."

Ohne noch einmal den Augenkontakt zu ihr zu suchen, ohne den leisesten Anflug von Bedauern oder Reue, ohne auch noch ein einziges Mal zurückzuschauen, ging John in die Nacht hinein. Abby stand stocksteif da und schaute ihm nach.

Dreh dich um, John. Komm zurück und sage mir, dass du mich liebst. Sage mir, dass das alles verrückt ist und dass alles irgendwie wieder gut werden wird.

Er ging weiter. *Mach doch, dass er stehen bleibt, Herr. Die Kinder brauchen ihn heute Abend.*

Schweigen.

Sie beobachtete, wie John nach links und rechts schaute und dann über die Straße lief und auf der gegenüberliegenden Seite auf dem Gehweg davonschritt. *Gut. Soll er doch gehen.* Sie drehte sich um, blinzelte ihre Tränen zurück und weigerte sich, auf den Schmerz in ihrem Herzen zu achten. Es war Zeit, dass sie sich daran gewöhnte, ihn davongehen zu sehen. Mehr war ihnen nicht mehr geblieben, mehr würden sie nie wieder sein: Zwei Menschen, zwei Fremde, die allein in verschiedene Richtungen in die kalte, dunkle Nacht ihrer Zukunft gingen.

Sie wusste es. John wusste es.

Und irgendwann nach Weihnachten würden die Kinder es auch wissen.

3

Das Herrlichste an dem privaten See gleich hinter ihrem Elternhaus war, wenigstens für Nicole Reynolds, nicht der mit Gras bedeckte Hang, der sich von der Tür hinter ihrem Haus bis hinab zum Ufer erstreckte, oder der alte Holzsteg, auf dem sie sich so oft trafen und um die Wette tauchten oder miteinander sangen. Das alles war wunderbar und würde selbstverständlich immer unbestreitbarer Bestandteil ihres Familienlebens bleiben. Aber das Faszinierendste an dem See war der Pfad, der sich durch das schattige Gestrüpp aus Bäumen und Sträuchern wand und dann wieder hinaus auf die freie Wiese entlang des Ufers führte. Als Kinder waren Nicole und Kade mit dem Rad oft um das Wasser herumgefahren und hatten gespielt, sie wären Forscher in einem fernen Land oder kämpften sich durch Feindesland, bis sie irgendwo Schutz fanden – normalerweise im Haus eines ihrer Freunde, der am Seeufer wohnte.

Mit ihren zwanzig Jahren war Nicole inzwischen zu alt für Fantasiespiele und Erkundungsausflüge durch das Unterholz, aber sie liebte den alten Pfad immer noch sehr. Jetzt war dieser Pfad der Ort, an dem sie und Matt Conley den Anforderungen des Studentenlebens entfliehen, Hand in Hand spazieren gehen und sich immer besser kennen lernen konnten.

Früher hatte Nicole diesen Weg im Sommer am meisten geliebt, wenn die Erde warm war und die Blätter in ihrem saftigen Grün leuchteten. Aber jetzt, mit Matt an ihrer Seite, war es selbst mitten im tiefsten Winter zauberhaft, diesen fünf Kilometer langen Pfad um den See herumzuwandern.

An diesem Mittwochnachmittag fast drei Wochen nach Weihnachten, kam Nicole früh vom Unterricht nach Hause, zündete ein Feuer im Kamin an und bereitete das Essen zu. Matt wäre in knapp einer Stunde hier und wollte ihr etwas Wichtiges sagen. Etwas sehr Wichtiges. Sie holte das Toastbrot aus dem Kühlschrank und riss zwei Küchentücher von der Rolle. Seine Stimme hallte noch in ihren Ohren. Dringlich und unbeirrbar hatte er geklungen. Er hatte gesagt, er müsse sie unter allen Umständen gleich nach dem Unterricht treffen.

Ihre Handflächen schwitzten. Sie rieb sie an ihrer Jeans ab.

Ich mache mir keine Sorgen. Sie dachte einen Augenblick darüber nach. Worüber sollte sie sich Sorgen machen? Sie und Matt waren unzertrennlich, seit sie sich vor zwei Jahren im Diskussionsclub an der Universität kennen gelernt hatten. Seit damals war jeder Tag schöner als der vorherige, und die Beziehung, die sie begonnen hatten, war bestimmt von verliebter Romantik und fröhlichem Lachen. Ihre Probleme waren typisch für junge Menschen in ihrem Alter – für Menschen, die fest entschlossen waren, Gott zu dienen und ihm den ersten Platz einzuräumen. Aus diesem Grund hatten sie sich bald, nachdem ihre Freundschaft enger geworden war, Grenzen gesetzt. Aber niemals – kein einziges Mal in den zwei Jahren – hatte Nicole befürchtet, Matt könnte mit ihr Schluss machen wollen.

Das kann es nicht sein.

Sie holte die Mayonnaise, schraubte das Glas auf und griff nach einem Messer. Matt war immer so zuvorkommend und einfühlsam. Er überraschte sie in der Mittagspause mit ihrem Lieblingsimbiss – geräuchertem Truthahn mit Schweizer Käse – er brachte ihr einen Strauß selbst gepflückter Blumen, er gab ihr Freiraum, wenn sie für eine Englischprüfung büffeln musste.

Sie dachte an das enge Band, das zwischen ihr und Matt bestand. Ein tiefer Schmerz regte sich in ihrer Brust. Er wollte sich doch nicht mit einem anderen Mädchen treffen? *Nein, das ist nicht möglich.* Sie passten zu gut zueinander. Matt war vierundzwanzig und stand kurz vor dem Abschlussexamen seines Jurastudiums, er war gut gebaut, ein kluger Kopf und gab ihr immer das Gefühl von Geborgenheit. Er war stark und zielstrebig und sehr in sie verliebt. Obwohl Nicole wusste, dass er sie körperlich anziehend fand, schien Matt es am meisten zu lieben, wie sie ihn zum Lachen brachte. Nicole war in der Mittelstufe Cheerleaderin gewesen und war immer noch gern zu Späßen aufgelegt und lachte oft mit ihm. Sie war verspielt und zärtlich, klappte ihm hin und wieder seine Bücher zu, zerrte ihn mit nach draußen und veranstaltete eine spontane Schneeballschlacht oder ging mit ihm auf dem gefrorenen Waldweg spazieren. Er war eine Säule der Stärke; sie war seine Erinnerung daran, dass das Leben nicht nur aus Arbeit, sondern auch aus Freude und Lachen bestand.

Sie waren ein perfektes Paar. Oder nicht?

Stimmt etwas in unserer Beziehung nicht, etwas, das ich bis jetzt nicht gesehen habe?

Sei stille und erkenne, dass ich Gott bin, Tochter.

Nicole atmete langsam und tief ein. Sie liebte die Art, wie Gott mit ihr sprach, direkt und mit liebevoller Autorität, mit einer leisen Stimme, die irgendwo in den Tiefen ihrer Seele widerhallte. Seit Jahren hatte sie eine solche persönliche Beziehung zu ihrem Herrn. Die Gewissheit, dass er bei ihr war, seine Stimme, die sie in ihrem Herzen hörte, war der starke Fels, auf dem Nicole ihr Leben aufbaute. Wenn Gott sagte, dass sie in Bezug auf das heutige Gespräch mit Matt Frieden haben solle, wusste sie tief in ihrem Inneren, dass sie nichts zu befürchten hatte.

Danke, Herr. Hilf mir nur, dass mein Herz nicht ganz so schnell schlägt, ja? Ich sterbe fast vor Neugier.

* * *

Während des ganzen Essens leuchteten Matts Augen. Er schien vor Aufregung fast zu platzen. Aber er sprach nur über seine Arbeit und die aktuellen Projekte an der Uni. Zuerst spielte Nicole mit, aber als sie mit dem Essen fertig waren, wischte sie sich den Mund ab und legte ihre Serviette mit einer demonstrativen Geste auf den Tisch. „Okay ... hör jetzt auf damit."

Er grinste sie an. „Womit?"

Sie spürte, wie ein Lächeln um ihre Mundwinkel spielte, sprach aber trotzdem ernst weiter. „Du hattest mir doch *etwas sehr Wichtiges* zu sagen. Deshalb sitzen wir heute hier."

Er lehnte sich auf seinem Stuhl zurück und blickte zum Fenster hinaus. Seine Augen funkelten, und er atmete lang und genüsslich ein. „Lass mich überlegen ... etwas Wichtiges ...“ Er murmelte die Worte leise vor sich hin, als versuche er, seinem Gedächtnis auf die Sprünge zu helfen. „Was war das doch gleich ...?“

Nicoles ungeduldiges Knurren füllte den Raum. Sie packte mit beiden Händen seinen rechten Arm und zerrte an ihm, wie an einem ungehorsamen Kind. „Matt, das ist nicht lustig. Ich meine es ernst. Rück endlich mit der Sprache heraus. Ich warte schon den ganzen Tag darauf.“

Er grinste sie an, sagte aber nichts.

Sie seufzte. „Meinetwegen, dann lass mich raten. Du wanderst an den Südpol aus und wirst Eisfischer? Du gehst als Missionar nach Simbabwe? Du gibst das Jurastudium auf und gehst zum Zirkus?“

Sie lachten beide und lehnten sich Stirn an Stirn aneinander. „Du bist lustig ...“ Er rieb seine Nase an ihrer. „Wusstest du das?“

„Und du bist unmöglich.“ Ihre Stimme war nur ein Flüstern. Ihre Gesichter berührten sich immer noch. Von einer Sekunde auf die andere veränderte sich die Stimmung. Matt streichelte ihren Nacken und beugte ihren Kopf so weit zurück, dass sich ihre Lippen berührten. Ihr Kuss war zuerst zärtlich und verspielt, doch innerhalb kürzester Zeit entbrannte eine starke Leidenschaft und Sehnsucht in beiden.

Fliehe!

Die Stimme des Herrn erklang deutlich, wie immer in solchen Situationen. Ein leeres Haus, ein warmes Kaminfeuer, der Schnee fiel leise vor dem Fenster, und in der nächsten Stunde käme niemand nach Hause.

Sie lösten sich voneinander und schauten sich über einen Abstand von nur wenigen Zentimetern hinweg an.

„Komm, gehen wir spazieren ...“ Matts Stimme war belegt.

„Jetzt? Ich dachte, du wolltest mit mir reden?“ Nicole holte tief Luft und lehnte sich auf ihrem Stuhl zurück.

Er nickte und deutete zum Garten hinaus. „Da draußen. Während wir spazieren gehen."

Nicole zuckte die Achseln. „Wenn du willst." Sie zogen sich warm an. Dann traten sie in erwartungsvollem Schweigen aus dem Haus und schlenderten zu dem Weg, der um den See herumführte. Jeder genoss die Nähe des anderen und dachte an den Kuss vor ein paar Minuten zurück. Plötzlich blieb Matt, als hätte er es so geplant, stehen und wischte mit dem Fuß den Schnee von einem umgestürzten Baumstamm. Er nahm den Schal von seinem Hals, legte ihn auf das feuchte Holz und schaute Nicole tief in die Augen.

„Setz dich." Es war kein Befehl, sondern Teil irgendeines faszinierenden Rituals, das Nicole sich nicht erklären konnte und an dem sie noch nie teilgenommen hatte.

Sie sank langsam auf den Stamm und starrte Matt an. „Wenn du meinst ..."

Wie im Zeitlupentempo griff Matt in seine Manteltasche und zog ein winziges Kästchen, das in Goldpapier gewickelt war, heraus. Es glänzte ein wenig im abendlichen Dämmerlicht. Plötzlich hatte Nicole Probleme, ihre Arme und Beine zu fühlen. Es war, als schwebe sie irgendwie und bewege sich in einem Traum, den sie mit sich herumtrug, seit sie ein kleines Mädchen war. Tränen brannten in ihren Augen. Ihr Blick wanderte von dem Kästchen zu Matts Gesicht. „Matt?" Ihre Stimme war kaum hörbar, aber sie steckte voller Liebe und Fragen und Ungläubigkeit.

Ohne zu zögern, ging er in die Hocke und hielt ihr das Geschenk entgegen. Vorsichtig und trotz der dicken Handschuhe mit zittrigen Händen nahm Nicole das Kästchen und starrte es an. Konnte das sein? Hatte er diesen Tag ausgewählt, um ihr *die* Frage zu stellen? *Lieber Gott, hilf mir, die Schleife zu öffnen ...*

Sie wickelte das Papier auf, zog ein blaues Samtkästchen heraus und öffnete den Deckel. Der Diamantring darin fing das Licht auf und leuchtete in tausend Richtungen. Nicole verschlug es den Atem. Es war ein Hochzeitsset, ein einzelner Verlobungsring und ein dazu passender Hochzeitsring mit winzigen Diamanten. *Oh Herr, das glaube ich nicht.* Tränen versperrten ihr die Sicht. „Oh, Matt ..." Sie zog ihn an sich und hielt ihn fest, bis er sich sanft befreite und sie zärtlich anschaute.

„Nicole Michelle Reynolds, ich liebe dich mehr als mein eigenes Leben." Er hob die Hand sanft an ihr Gesicht und wischte mit dem Daumen ihre Tränen weg. „Ich liebe dich, seit ich dich das erste Mal gesehen habe ... und jedes Mal, wenn wir zusammen sind, liebe ich dich noch mehr."

Er machte eine Pause. Zwei neue Tränen liefen ihr über die Wangen. Es war tatsächlich der große Augenblick. Er wollte ihr die Frage aller Fragen stellen.

Danke, Gott. Danke für diesen Mann.

Er wog seine Worte ab. „Mein ganzes Leben lang hatte ich Angst davor, eine Verpflichtung einem Menschen gegenüber einzugehen, ich hatte Angst, wenn ich mich einer Frau gegenüber verpflichte, würde ich eines Tages so enden wie mein Vater ... unglücklich und allein und ... na ja, Mitleid erregend, schätze ich." Er wischte ihr eine Haarsträhne aus der Stirn. „Dann habe ich dich kennen gelernt."

Es gab tausenderlei Dinge, die Nicole sagen wollte, aber sie schwieg und hielt diesen Augenblick in ihrem Gedächtnis fest. Sie saugte jede Einzelheit dieses großen Moments in sich auf, denn sie wusste, dass sie ihn ihr ganzes Leben lang nie wieder vergessen würde.

„Ich sehe, wie deine Eltern ihre Liebe erhalten haben seit ... wie lange, einundzwanzig Jahren?"

Nicole nickte. Ein Lächeln zog über ihr tränennasses Gesicht.

„Einundzwanzig Jahre." Matt schüttelte den Kopf. „Kaum zu glauben." Zärtlichkeit leuchtete aus seinen Augen. „Was sie miteinander haben, Nicole, wünsche ich mir für uns beide auch. Eine Familie und ein Zuhause, in dem Traditionen und Erinnerungen entstehen können, in dem wir ein gemeinsames Leben aufbauen können, das anhält, bis Gott einen von uns heimruft."

Sie war so glücklich. Sie konnte nicht länger schweigen. Ein strahlendes Lächeln brach sich Bahn. „Oh, Matt ... ich liebe dich so sehr!" Sie versuchte, ihn erneut zu umarmen, aber er hob die Hand und hielt sie davon ab, näher zu kommen. Sie schaute ihn fragend an und sah, dass seine Augen nass waren. In all den Tagen und Monaten, die sie zusammen waren, hatte sie ihn noch nie so ernst gesehen.

„Nicole, ich möchte dich bitten, meine Frau zu werden." Er fuhr mit den Fingerspitzen ihre Backenknochen nach. Sie fühlte sich so sicher in seiner Nähe. Er strahlte eine solche Stärke aus. „Ich habe deinen Vater gefragt. Er hat uns seinen Segen gegeben." Matt schwieg, wie ihr schien, eine Ewigkeit. „Willst du mich heiraten?"

Ihre Tränen ließen sich jetzt nicht mehr zurückhalten. Sie warf ihm die Arme um den Hals und klammerte sich an ihn, wie sie es für den Rest ihres Lebens tun würde. Wie wunderbar und vollkommen und kostbar Gottes Pläne für sein Volk doch waren. Wie oft hatte sie mit ihrer Mutter für ihren künftigen Mann gebetet! Und jetzt stand er vor ihr. Sie war bereit – rein und unbefleckt, so wie Gott es sich wünschte –, Matts Frau zu werden. Genau das, wofür ihre Mutter gebetet hatte. Sie konnte es kaum erwarten, ihren Eltern davon zu erzählen.

Oh Herr, danke ... Ich bin vor Dankbarkeit ganz überwältigt. Wir können es meinen Eltern bei unserem Familientreffen am Wochenende erzählen!

„Ja, Matt." Sie würde diesen Augenblick nie vergessen, so lange sie lebte. „Ja. Ich möchte deine Frau werden ..."

4

Es war Freitagabend. Bis zu ihrem Familientreffen dauerte es noch mehrere Stunden. Abby war unglaublich erschöpft. Trotz einer Reihe gemeinsamer Termine mit ihrem Eheberater hatten John und sie sich geweigert, sich in letzter Minute doch noch irgendwie zu versöhnen. Stattdessen hatten sie sich in einem Restaurant außerhalb der Stadt verabredet und die Einzelheiten ihrer Trennung durchgesprochen und sich schließlich auf einen Plan geeinigt, der ihre Zukunft regeln sollte.

Abby würde in ihrem Haus bleiben; John würde sich eine eigene Wohnung suchen. Die Kinder waren alt genug, sodass das Sorgerecht kein Problem darstellte. Sean würde während der Woche bei Abby wohnen und an den Wochenenden oder in den Ferien bei John. Außerdem würde er John besuchen können, wann immer er sonst wollte. Abgesehen davon würde das Leben mehr oder weniger genauso weiterlaufen wie bisher. Kade würde irgendwann im kommenden Sommer in ein Wohnheim an der Universität von Iowa ziehen, und Nicole würde weiterhin zu Hause wohnen und an der Southern Illinois Universität studieren.

Abbys Erschöpfung war verständlich. Seit Jahren spielten sie und John nur ihre Rollen und taten so, als wären sie glücklich verheiratet, aber seit einigen Wochen widerte Abby dieses Theater an. Sie ertappte sich immer wieder dabei, dass sie John, den Kindern oder jedem anderen, der ihr zuhörte, am liebsten an den Kopf geworfen hätte, wie krank es sie mache, dass ihr Leben fast nur noch eine Rolle war, die sie spielte. Die Kinder gingen in ihrer Weihnachtsfreude auf, was bei Seans neuen Skiern und Kades eigens angefertigtem Ring mit den Insignien, die ihn zum Footballmeister erklärten, kein Wunder war. Nicole führte ihr eigenes Leben und hatte in ihrem ersten Studienjahr einigen schweren Stoff zu bewältigen. Außerdem verbrachte sie fast ihre ganze Freizeit mit Matt.

Wie John vorhergesagt hatte, bestimmte die Aufregung um die gewonnene Meisterschaft immer noch sehr die Gespräche im Haus. Er bekam jede Woche Anrufe von Reportern und anderen Trainern, die ihm gratulieren und mit ihm das Spiel analysieren wollten, da sie hofften, etwas von Trainer Reynolds' Erfolg könnte vielleicht auf sie abfärben oder sie auf Ideen bringen, die ihnen ebenfalls zum Erfolg verhelfen könnten. Die Leute dachten anscheinend, John habe auf alles und für jeden eine Antwort.

Für jeden, dachte sie, *nur nicht für mich.*

Abby atmete langsam aus und zog ein altes Flanellnachthemd aus ihrer Kommodenschublade. Sie und John teilten immer noch das Haus, aber nicht mehr das Bett, seit Monaten schon nicht mehr. Sie zog sich im Badezimmer um, putzte sich die Zähne, und wenn sie sicher war, dass die Kinder fest schliefen oder zu sehr beschäftigt waren, um es zu bemerken, schlich sie durch den Korridor ins Gästezimmer. Sie war am Morgen immer als Erste auf den Beinen, und so hatte bis jetzt keines der Kinder etwas bemerkt.

Es war noch früh am Abend. John war bei einem Ligatreffen, das bis nach zweiundzwanzig Uhr dauern würde. *Auch gut. Wenn er heimkommt, werde ich schon schlafen.*

Ein eisiger Wind heulte um das Haus, als sie aus ihren Kleidern schlüpfte, ihr Nachthemd anzog und feststellte, dass sie eiskalte Füße hatte. *Irgendwann werde ich mir eigene Socken kaufen müssen.* Aber im Augenblick, wenigstens diese eine letzte Nacht, könnte sie noch einmal seine anziehen. Sie waren größer und dicker und hielten ihre Füße auch in den kältesten Nächten warm.

Wenn sie es den Kindern gesagt hätten, würde John mit einem seiner Trainerkollegen sprechen und ihn fragen, ob er eine Weile bei ihm wohnen könne, bis die ganze Sache rechtskräftig war und er sich eine eigene Wohnung suchen konnte. Abby zog die Schublade auf und tastete mit den Händen und suchte nach dem dicksten Paar Socken, das sie finden konnte. Statt Socken berührten ihre Finger jedoch ein zusammengefaltetes Blatt Papier. Sie zog den Zettel heraus und starrte ihn an. Hatte sie nicht erst vor ein paar Wochen die Schubladen sauber gemacht?

Ihr Herz begann zu pochen und schrie sie an, den zerknüllten Zettel einfach wegzuwerfen und nicht zu lesen, was darauf stand. Sie ignorierte diese Warnung. Sie setzte sich auf ihre Bettkante und faltete den Zettel auseinander. Die Handschrift stammte eindeutig von einer Frau. Sie begann zu lesen.

„John, danke, dass du dir gestern Abend Zeit für mich genommen hast. Ich wüsste nicht, was ich ohne dich tun sollte. Das meine ich ernst. Du bist der beste Freund, den eine Frau haben kann. Abby weiß nicht, was sie verliert. Wie dem auch sei, ich treffe dich wie immer Freitag in der Früh. Ich kann es kaum erwarten, dich zu sehen. Herzlich, Charlene."

Wie vor den Kopf gestoßen, starrte Abby den Zettel an. Wut und Zorn begannen in ihrem Inneren zu toben. Sie konnte dem Drang nicht widerstehen und las den Zettel ein zweites Mal. Dann riss sie ihn in der Mitte durch und dann noch einmal und noch einmal und noch einmal, bis von den Worten dieser Frau nichts mehr zu erkennen war.

Sie konnte sich nicht entscheiden, ob sie ins Badezimmer rasen oder ein Loch in die Wand hämmern sollte. Am Ende tat sie keines von beidem. Sie blieb nur auf der Bettkante sitzen und war von dem Schmerz in ihrem Herzen wie gelähmt. *Wie konntest du nur, John? Kannst du nicht bis nach der Scheidung warten? Ist das, was uns miteinander verband, nicht wenigstens das wert?*

Abby konnte die Stimme ihres Mannes hören. Jedes Mal, sobald sie Charlenes Namen aussprach, erklärte er entrüstet und abwehrend: *„Sie ist nur eine Freundin ... nur eine Freundin ..."*

Zutiefst verletzt betrachtete sie die Papierschnipsel. Nur eine Freundin ... so ein Witz! Clubmitglieder hatten Abby mehrmals erzählt, dass sie John und Charlene gemeinsam in seinem Schulzimmer gesehen hatten. Und mindestens einmal hatte jemand, als er unerwartet das Zimmer betrat, gesehen, dass die beiden sich umarmten. *„Sie hatte einen schweren Tag ... sie ist ganz allein ... sie ist nur eine Freundin."* Die Ausreden waren endlos.

Auch gut. Ab morgen könnte John für Charlene der Freund sein, der er sein wollte, solange er von hier auszog und der furchtbaren Lüge, die er ihr in den letzten Monaten vorgelebt hatte, ein Ende setzte.

Sie knüllte die Papierfetzen zusammen und ging ins Badezimmer, warf sie in die Toilette und spülte sie hinunter. Als sie das Badezimmer wieder verlassen wollte, fiel ihr Blick in den Spiegel. War sie nicht schön genug? Hatte sie in den letzten Jahren an Gewicht zugelegt?

Abby betrachtete sich und wusste, dass sie kein Gewichtsproblem hatte. Sie trug immer noch die gleichen Jeans Größe sechsunddreißig und war mit ihren ein Meter siebzig schlanker als die meisten Frauen, die halb so alt waren wie sie. Sie arbeitete jeden Tag von morgens bis abends und achtete streng darauf, was sie aß.

Es muss an meinem Alter liegen.

Sie nahm ihre Haut unter die Lupe und betrachtete die sichtbaren Poren und leichten Falten, die vor zehn Jahren noch nicht da gewesen waren. Wie alt war Charlene eigentlich? Zweiunddreißig, dreiunddreißig? Abby fuhr mit den Fingerspitzen an ihren Haaransatz und hob die Haare hoch. Sie beobachtete, wie ihr Gesicht ein Aussehen annahm, das ihr vertrauter war. Das Aussehen, das sie als Jugendliche und junge Frau gehabt hatte.

War deshalb ihre Liebe zueinander erloschen? Nachdem sie so vieles gemeinsam überstanden hatten, so vieles gefeiert hatten, eine Familie miteinander aufgezogen hatten ... verlor sie ihren Mann, weil die Haut in ihrem Gesicht Abnutzungserscheinungen zeigte?

Diese ganzen Jahre habe ich mich dir geschenkt, John ...

Sie trat einen Schritt zurück und betrachtete sich erneut. Ihre fülligen Haare waren kurz und modisch geschnitten und veranlassten die Männer noch immer, den Kopf nach ihr umzudrehen. Vielleicht ältere Männer, aber trotzdem Männer. Und mit etwas Nachhilfe durch den Friseur waren ihre Haare immer noch blond. Abby drehte den Kopf in die eine und dann in die andere

Richtung und versuchte, sich so zu sehen, wie John sie sah. Okay, sie war vor kurzem einundvierzig geworden. Na und? Charlene würde eines Tages auch einundvierzig werden. Das konnte nicht der Grund sein, warum es zwischen ihnen nicht mehr stimmte.

Abby runzelte die Stirn. Sie machte sich lächerlich. Das Scheitern ihrer Ehe hatte nichts mit dem Aussehen zu tun. Ihre Ehe war schon vor Jahren wie eine alte Socke geworden: An all den wichtigen Stellen fadenscheinig und zu abgetragen und verschmutzt, als dass sich die Mühe gelohnt hätte, sie noch einmal zu flicken.

Sie wandte sich von ihrem Spiegelbild ab und tappte durch das Schlafzimmer und über den Korridor ins Gästezimmer. Ohne das Licht einzuschalten, schloss sie die Tür und schlüpfte ins Bett.

Nach wenigen Minuten war sie eingeschlafen.

* * *

Ein Herbstwind blies durch die Bäume und schüttelte Blätter in allen Farben und Schattierungen auf einen Gehweg, der um ein überdimensionales Stadion herumführte. Abby war darin und brüllte: *„Kommt, ihr Blauen! Komm schon, John, ihr schafft es!"* Er winkte ihr aus dem Gewühl zu, ein eindrucksvoller Quarterback mit seinen ein Meter neunzig, den dunklen Haaren und wasserblauen Augen – mit Abstand der am besten aussehende Spieler auf dem Feld.

„Warte eine Minute, Abby ... ich muss dir etwas sagen ... dir etwas sagen." John holte mit dem Arm aus und warf den Football auf die Tribüne, wo er in der Luft schwebte und segelte und schließlich in Abbys Händen landete und sich in einen Strauß aus rosa und weißen Röschen verwandelte. Ein Grinsen zog über Johns Gesicht. Abby bemerkte, dass die anderen Spieler wie in Zeitlupe erstarrt waren. Dann raste John, als wäre es das Normalste auf der Welt, die Stadionstufen zu ihr hinauf. Seine Spieleruniform klapperte und klirrte, während er näher kam. Er trat auf sie zu.

Die Zuschauermenge, die Stadiontribüne und die Footballmannschaft verschwanden. An ihre Stelle waren festlich gekleidete Hochzeitsgäste getreten, die sie beide nicht aus den Augen ließen, lächelten und ihnen bedeuteten, dass Abby und John näher nebeneinander treten sollten.

„Und, Abby, willst du meine Frau werden ... sag? Willst du, Abby?"

Sie schaute auf. Statt seiner Footballkleidung trug John jetzt einen schwarzen Smoking. Sie warf einen nervösen Blick auf ihre Jeans. Dann zuckte sie die Achseln und begann, ihr Eheversprechen zu sagen.

„Ich, Abby Chapman, verspreche, John Reynolds als meinen Ehemann zu lieben und zu ehren ..."

Doch bevor sie zu Ende sprechen konnte, lief ein Arzt in die Kirche, fuchtelte mit den Händen und rief: *„Es ist ein Mädchen! Es ist ein Mädchen!"* Hinter ihm kamen drei Krankenschwestern, von denen die mittlere ein winziges Baby auf den Armen trug. Die Menschen in der Kirche verschwanden, und sie befanden sich in einem Krankenhauszimmer. Abby schluchzte und weinte mit gebrochenem Herzen. Sie nahm das Baby aus den Armen der Krankenschwester entgegen. Aber es war überhaupt nicht das Baby, denn jetzt stand Nicole neben ihr, und John hielt ihre kleine Tochter an der Hand. Das neue Baby, das Baby in Abbys Armen, bewegte sich nicht, atmete nicht.

„Ich weiß nicht, was passiert ist. Sie schlief nach dem Frühstück wie an jedem anderen Tag, und als ich sie aufwecken wollte, war sie ..."

„Ein Junge, Abby. Kannst du dir das vorstellen? Wir haben einen Sohn!"

Sie blickte nach unten. Das tote Baby war nicht mehr da. Nicole war jetzt älter und tanzte in ihrem Ballettkleidchen, drehte sich auf den Zehenspitzen und sang ein Lied, das Abby nicht verstehen konnte. Ohne Vorwarnung wurden Nicoles Drehungen zu einem Wirbelsturm, und der Wirbelsturm wurde ein Tornado, wütend und bedrohlich und von Minute zu Minute stärker. In der Ferne konnte Abby ihre Mutter sehen. Sie lächelte und winkte.

„Gratuliere, Abby, du hast da wirklich ein Prachtexemplar. Gratuliere, Abby ... Gratuliere ...“

Der Tornado änderte seine Richtung und steuerte auf Abbys Mutter zu. Er erschütterte die Erde und erfüllte die Luft mit dem Lärm von tausend brennenden Güterzügen.

„Mama! Bringe dich in Sicherheit ... lauf weg! Lauf davon, bevor er dich umbringt!“

Plötzlich war das Zimmer leer. Nur ein Loch im Boden blieb übrig. John kroch heraus und hielt einen kleinen Jungen in den Armen. Kade ... es war Kade; Abby wusste es. Sie fuhr dem Säugling mit dem Finger über die Stirn und sah dann Nicole ebenfalls aus dem Loch klettern.

„Nicole, dir ist nichts zugestoßen!“ Sie umarmte ihre Tochter. Tränen liefen ihr über das Gesicht, und sie streichelte ihre goldblonden Haare. Bevor Nicole noch etwas sagen konnte, stieß das Baby in Johns Armen einen lauten Schrei aus. Abby drehte sich zu ihm um. Aber jetzt war er schon drei Jahre alt, und er und John tobten und scherzten mitten im Wohnzimmer. Abby schaute John an. Beide lachten, bis ihnen die Tränen über die Wangen liefen. Sie schaute aus dem Fenster und sah, dass ihr Haus mitten auf einem Footballfeld stand. Über der Fünfzigyardlinie verlief eine Straße, auf der Nicole saß und spielte. Sie merkte nicht, dass ein Auto auf sie zugerast kam ...

„Nicole!“ Abbys Stimme hallte durch die Nacht. Sie litt eine Todesangst, sie war vollkommen allein, bis sie fühlte, dass sich Arme tröstend um sie legten. Warme, starke Arme, die ihr Sicherheit boten, Johns Arme. *Er ist da ... er ist gekommen.* Sie drehte sich um und drückte ihn fest an sich. *Oh, John, ich liebe dich ... Gott sei Dank bist du da ...*

Im nächsten Augenblick badeten sie im Scheinwerferlicht der Freitagabendfootballspiele. Sie standen in der Endzone des Stadions der Marion High School. Langsam baute sich ein Abstand zwischen ihnen auf. John blieb auf dem Feld und sie auf der Tribüne in der hintersten Reihe. Sie musste ihre Augen anstrengen, um noch sehen zu können, was geschah. Die Zuschauer waren ganz aus dem Häuschen, und die Adler lagen im größten Spiel des Jahres einen Touchdown zurück. *Halbzeit ... es muss Halbzeit sein.*

Über den Stadionlautsprecher las jemand einen Brief vor.

„Mr. Reynolds, ich finde, Sie sind der schlechteste Mann, der je eine Footballmannschaft trainiert hat. Vielleicht könnten unsere Jungs das eine oder andere Spiel gewinnen, wenn jemand am Ruder wäre, der von seinem Beruf etwas versteht ... der weiß, was er tut ... der weiß, was er tut ...“

Die Worte hallten über dem Spielfeld wider. Abby lief, so schnell sie konnte, die Stufen hinab und auf John zu. Aber es dauerte länger als gewöhnlich, und sie musste scheinbar stundenlang laufen, bis sie schließlich den Abstand zwischen sich und ihm verringern konnte. *„Es ist gut, Schatz ... Gott hat einen Plan bei dieser Sache. Es wird gut werden ... du hast eine besondere Begabung, und eines Tages wird das die ganze Welt erkennen ...“*

Plötzlich war sie im Trainingsraum in der Schule und lief auf Johns Klassenzimmer zu. Sie fand ihn an seinem Schreibtisch. *„John ...“*

Tränen standen in seinen Augen, als er sich zu ihr umdrehte. *„Sag es mir nicht, Abby. Es ist schon schwer genug, bitte sag es nicht ... sag es nicht ... sag es nicht ...“*

Ohne Übergang hörte sie plötzlich den Lärm in einem Stadion, in dem die Footballfans vor Begeisterung jubelten und johlten. *„Und jetzt ...“*, verkündete der Stadionsprecher und übertönte nur mühsam die Zuschauermenge, *„hat der Bundesstaat Illinois die Ehre, Trainer John Reynolds und den Marion Adlern zu gratulieren zu ihrem ...“*

John unterbrach ihn, bevor er seinen Satz zu Ende sagen konnte. *„Was ich wirklich will ...“*, sagte er. *„... ist mein Vater. Er sollte hier sein. Vielleicht kann jemand ihn finden ... ihn finden ... ihn finden.“*

„Gratuliere! Da ist er ...“ Aber die Stimme kam nicht mehr aus dem Stadionlautsprecher, sondern erneut von einem Arzt ... von einem Arzt in grünem Kittel und mit einer seltsamen Brille auf

der Nase. Abby stand nicht auf der Tribüne, sie lag auf einem Operationstisch. *„Es ist ein Junge ... ein Junge ... ein Junge."*

Sean lächelte seine Eltern an und reckte den Daumen als Siegeszeichen in die Luft. Aber noch bevor Abby ihn festhalten oder seine weiche Wange streicheln konnte, saßen sie alle im Auto, in der alten Limousine, die sie früher gefahren hatten, als sie frisch verheiratet waren. An der Ampel deutete John auf ein Gebäude vor ihnen. *„Was ist das, Abby? Ich habe es schon einmal gesehen, aber ich kann mich nicht daran erinnern ... ich kann mich nicht erinnern ..."*

Sie brauchte eine Minute, bis sie es erkannte. Das Gebäude war ihre Kirche, in der sie miteinander Sonntagsschüler unterrichtet hatten, in die sie ihre Kinder gebracht hatten, als sie noch jung waren. Aber sie sah jetzt irgendwie anders aus. John runzelte die Stirn. *„So hat die Kirche doch nicht ausgesehen, Abby ... Bist du sicher? Bist du sicher?"*

Sie brachten das Auto zum Stehen und stiegen aus. Sie hielt Nicole und Sean an den Händen, während Kade bei John stand. Plötzlich baute sich ein Spalt in der Erde zwischen ihnen auf. Der Spalt wurde immer größer.

„John! Schnell, spring!"

Er starrte sie seltsam an. *„Spring du, Abby. Mir gefällt es auf dieser Seite."*

„Aber hier drüben ist es besser! Mir gefällt meine Seite. Komm jetzt ... spring!" Ihre Stimme war schrill, voll Panik, als der Abstand zwischen ihnen mit einer beängstigenden Geschwindigkeit immer größer wurde. Schließlich konnte sie nicht mehr verstehen, was er sagte. Sie sah nur, dass er versuchte, mit ihr zu reden.

„Komm jetzt, John. Bin ich dir denn gleichgültig? Spring! Spring, John! Bevor es zu spät ist!"

Nicole begann zu weinen, und Sean schloss die Augen. *„Ich habe Angst, Mama. Sag, er soll zurückkommen. Mach, dass Papa zurückkommt ..."*

In letzter Sekunde packte John ein langes Seil. Obwohl der Abstand zwischen ihnen mit jeder Sekunde immer größer wurde, schwang er das Seil mit ganzer Kraft und spannte es über den Spalt, der jetzt zu einer tiefen Schlucht zwischen ihnen geworden war. Einen Augenblick später war das Seil eine feste Brücke.

„Ich habe es mir anders überlegt, Abby. Ich komme ... ich komme!“

Ohne noch länger zu warten, liefen John und Kade so schnell sie konnten über die Brücke. Sie waren schon fast da, fast schon an dem sicheren Ort, an dem Abby und Sean und Nicole warteten, als die Brücke nachzugeben begann. Kade klammerte sich an den Arm seines Vaters, und die beiden sprangen die letzten Meter und landeten knapp auf der Erde.

„Oh, John, du hättest getötet werden können ...“ Abby lief auf die beiden zu und umarmte zuerst Kade und dann John. *„Du hättest dort drüben bleiben sollen, wo du in Sicherheit warst.“*

Er schaute ihr tief in die Augen, zog sie nahe an sich heran und küsste sie so wie früher, als sie frisch verliebt gewesen waren. *„Ich musste bei dir sein, Abby. Ich liebe dich! Ich werde dich immer lieben ... dich immer lieben ... dich immer lieben ...“*

Seine Worte wiederholten sich: *„... dich immer lieben ... dich immer lieben ...“* Aber seine Stimme änderte sich, und Abby zog sich aus seinen Armen zurück und betrachtete ihn.

„Nein! Das kann nicht sein ...“

Abby löste sich panisch aus der Umarmung. Es war nicht John, der sie festhielt, sondern eine Puppe, die so aussah wie er. *„... dich immer lieben ... dich immer lieben ...“* In der lebensgroßen Puppe spielte ein Tonband immer dieselben Worte ab. Abby wich zurück. Ihr Herz raste wie wild. Die Puppe fiel mit offenen, starren Augen auf den Boden. *„... dich immer lieben ... dich immer lieben ...“*

Abbys Schrei hallte durch die Nacht. Sie fuhr in ihrem Bett kerzengerade in die Höhe und rang um Atem. Ihr Herz wollte sich schier überschlagen. Was war geschehen? Was hatte sie soeben erlebt? Einen Traum?

Nein, einen Alptraum. Einen furchtbaren, entsetzlichen Alptraum.

Sie schüttelte den Kopf und versuchte, die seltsamen Worte

und Bilder, die sie diese Nacht erlebt hatte, loszuwerden. Alles an dem Traum – die Stimmen und Gefühle, die Art, wie sie sich in Johns Armen gefühlt hatte ... Alles war so real gewesen. Sie rang um Luft.

In der Stille der Nacht warf sie einen Blick auf die Uhr auf ihrem Nachttisch. Vier Uhr fünfzehn. Bruchstücke von den Bildern, die sie in ihrem Traum gesehen hatte, spielten sich immer noch in ihrem Kopf ab. Sie sank auf das Kissen zurück. Hatten je zwei Menschen so viel miteinander durchgemacht wie sie und John und sich dann entschlossen, alles wegzuwerfen?

Abby konnte es sich nicht vorstellen.

In den stillen Morgenstunden, bevor sie und John sich mit ihren Kindern in dem Haus, in dem sie aufgewachsen waren, zusammensetzen und ihnen erzählen würden, dass ihre Eltern sich scheiden lassen wollten, trauerte Abby um all das, was gewesen war, um all das, was sie und John getan hatten, um all das, was sie nach dem morgigen Tag nie wieder sein würden.

Sie begann, leise zu weinen. Das Weinen wurde immer stärker. Schließlich schluchzte sie so sehr, wie sie es seit Jahren nicht mehr getan hatte. Erst als sie John in der Küche Pfannkuchen backen und die Kinder am anderen Ende des Ganges duschen hörte, zwang sie sich, aufzustehen. Mit dem Gefühl, in dieser Nacht um Jahrzehnte gealtert zu sein, schleppte sie sich aus dem Bett, wischte sich die Tränen ab und atmete tief ein.

Es hatte keinen Sinn, in der Vergangenheit hängen zu bleiben. Es war Zeit, sich der Zukunft zu stellen.

5

Abby zog einen weichen Rollkragenpullover und ein dazu passendes Sweatshirt an und schlüpfte in eine Jeans. Eine bequeme Kleidung wäre sicher von Vorteil, da sie den größten Teil des Tages bestimmt mit tief gehenden Gesprächen verbringen würde. Sie würde ihren Kindern die Tränen abwischen und ihnen schale Versprechungen machen, dass irgendwie alles gut werden würde.

Das Haus war unangenehm kalt. Abby fröstelte leicht. Als sie die Treppe hinunterkam, ging sie deshalb um die Ecke und drehte die Heizung höher. *Wenigstens soll unser Haus warm sein, auch wenn unser Umgang miteinander nicht mehr warm und herzlich sein kann.*

John schaute von der Bratpfanne auf. „Die Pfannkuchen sind fertig."

Abby starrte ihn an und kniff die Augen zusammen. Hatte dieser Tag für ihn denn überhaupt keine Bedeutung? Fiel es ihm so leicht, spät am Abend nach Hause zu kommen, die Nacht durchzuschlafen und morgens dann aus dem Bett zu springen und Pfannkuchen zu backen, als wäre alles in bester Ordnung? „Ich habe keinen Hunger."

Sie drehte ihm den Rücken zu und schlenderte ins Wohnzimmer, wo das Treffen in weniger als einer Stunde stattfinden würde. Alles war sauber und aufgeräumt, aber im Morgenlicht sah sie eine Staubschicht auf den alten Fotos, die auf den Bücherregalen standen – gerahmte Bilder von früher, als sie noch jung waren und ganz am Anfang standen. Abby überlegte, ob sie ein Tuch holen und sie abstauben sollte, doch dann schüttelte sie leicht den Kopf. *Es passt, dass eine Staubschicht darüber liegt. Genauso wie über unserem Leben.*

Sie schloss einen Augenblick die Augen. Die Last der Ankündigung, die sie den Kindern heute nahe bringen mussten, erdrückte sie schier. *Das ist es also, Gott? Eingestaubte Fotos, ein eingestaubtes Leben. Wie konnten wir nur zulassen, dass alles so schlimm wird?*

Sucht zuerst mein Reich, dann wird euch das alles ...

Abbys Antwort kam schnell und hart. *Wir haben dich gesucht, und was ist dabei herausgekommen?* Sofort bedauerte sie diese Gedanken. *Es tut mir Leid. Es ist nicht deine Schuld.* Sie kniff die Augen zusammen und starrte durch das Fenster auf der anderen Seite des Zimmers hinaus auf den Rasen vor dem Haus, den sie und John eigenhändig angelegt hatten. Es erschien ihr wie eine Ewigkeit, seit sie das letzte Mal miteinander gelacht hatten und sich so geliebt hatten, wie sie es sich für ihr ganzes Leben erhofft hatten. Und jetzt ...

Jetzt war ihr Leben ein einziges Knotengewirr, das zu verheddert war, um es noch zu begreifen, geschweige denn, es zu entknoten.

Abby spürte, dass jemand das Zimmer betreten hatte. Sie drehte sich um.

„Ich finde, wir sollten miteinander reden." Um Johns Augenwinkel lagen Falten. Vielleicht machte er sich doch größere Sorgen, als sie gedacht hatte.

„Worüber? Sind wir nicht in der Eheberatung alles schon hundertmal durchgegangen?" Sie verschränkte die Arme vor der Brust und schalt sich dafür, dass sie ihn attraktiv fand. Nach allem, was er ihr angetan hatte, nach all den Lügen, die er ihr aufgetischt hatte ... selbst jetzt, eine Stunde vor ihrer großen Ankündigung, gelang es ihr nicht, von seinem Anblick unberührt zu bleiben.

John seufzte und ließ sich auf den nächsten Stuhl fallen. Er stützte die Ellbogen auf seine Knie und senkte den Kopf. Nach mehreren Herzschlägen blickte er auf und schaute sie so eindringlich an, dass sie nicht einmal hätte zwinkern können, selbst wenn sie es gewollt hätte. *Müssen deine Augen denn immer so blau sein?*

„Weißt du, Abby ... was ich sagen will ... Bist du sicher? Bist du sicher, dass wir das wirklich tun sollten? Bist du sicher, dass es das Richtige ist?“

Abby stieß ein kurzes Lachen aus. „Ich bin absolut sicher, dass es nicht das Richtige ist. Das steht klipp und klar in der Bibel.“

John saß völlig regungslos da und schaute ihr immer noch unverwandt in die Augen. „Warum dann, Abby ... warum lassen wir es dann geschehen?“

Sie hasste es immer, wenn in ihren Augen die ersten Tränen brannten. Das war dieses Mal nicht anders. „*Ich* habe überhaupt nichts geschehen lassen, John. Das weißt du genau. *Wir* haben es geschehen lassen. Ehrlich gesagt: Im Augenblick lässt *du* es geschehen. Du und Fräulein ‚Ich treffe dich wie immer Freitag in der Früh‘.“

„Wie bitte?“

„Schau mich nicht so überrascht an, John. Du bist es doch, der ihre Liebesbriefe bei seinen Socken aufhebt. Hast du vergessen, dass immer noch ich deine Wäsche wa –“

„Sei still.“ Er unterbrach sie mitten im Satz. Die Verbindung zwischen ihnen war wieder unterbrochen. Er starrte auf seine Füße und ließ die Schultern hängen. „Die Kinder sind gleich unten. Matt wird auch jede Minute hier sein.“

Was? Abby fühlte sich, als habe er ihr eine Ohrfeige verpasst. „Matt? Was hat er denn heute hier zu suchen?“ Das war ja unerhört! Die schwerste Nachricht, die sie ihren Kindern je beibringen müssten, und jetzt mussten sie es auch noch im Beisein eines Außenstehenden tun! John musste den Verstand verloren haben. Wie hatte er Nicole nur erlauben können, ihn ...

„Ach, steig endlich von deinem hohen Ross herab, Abby. Nicole wollte, dass er beim ersten Teil unseres Treffens dabei ist. Ich vermute, er will uns etwas fragen. Rede doch mit *ihr*, wenn du so frustriert bist.“

„Hör auf, mir die Schuld für alles zu geben.“ Sie setzte sich ihm gegenüber auf einen Stuhl und senkte die Stimme. Nicht einmal jetzt konnten sie gemeinsam vorgehen. „Aus deinem Mund hört es sich so an, als wäre ich verrückt, weil ich will, dass nur unsere Familie da ist, wenn wir den Kindern sagen, dass wir uns scheiden lassen. Also ehrlich, John, warum laden wir nicht die ganze Nachbarschaft dazu ein? Wir könnten Eintrittskarten verkaufen, Popcorn herumgehen lassen. Ich weiß nicht, wahrscheinlich hatte ich gedacht, es wäre eine Art Privatangelegenheit."

„Das wird es auch sein." Seine Stimme war ein mühsam beherrschtes Zischen. „Wir können eine Pause einlegen, wenn Matt mit uns gesprochen hat. Dann wird er sowieso wieder gehen. Nicole sagte, er habe heute viel zu erledigen."

„Warum muss er dann überhaupt zu unserem Familientreffen kommen?"

John zwang sich, ruhig auszuatmen. Er schüttelte den Kopf und stieß ein humorloses Lachen aus. „Gibst du denn nie auf?"

„Ich weiß, ich bin die Böse bei dem Spiel, die Unnachgiebige, die ständig nur drängt und fordert. Auch gut. Dann bin ich das eben. Aber warum muss er heute kommen?"

„Vergiss es!" John stand auf und bedachte sie mit einem wütenden Blick. Verschwunden war das Feuer in seinen Augen, das suchende und fragende Herz, das ihn dazu bewegt hatte, laut zu fragen, ob die Entscheidung, ihre Ehe aufzulösen, wirklich richtig sei. An die Stelle von alledem war ein Mann getreten, der Abby in letzter Zeit bekannter war, ein Mann, der sie weder zu lieben noch sich für ihre Gefühle zu interessieren schien. „Frag Nicole."

Er wandte sich zum Gehen. Abby sprang schnell auf die Beine. *Nicht so schnell, John. Du hast dieses Gespräch angefangen.* „Warte!"

Er drehte sich auf dem Absatz um. Seine Miene war so kalt wie nasser Zement. „Was?"

Sage es nicht, Tochter ... Eine linde Antwort stillt den Zorn ...

Abby kniff die Augen zusammen. „Du hast mir vorhin eine Frage gestellt."

John wartete. Schweigend.

„Du hast mich gefragt, ob ich sicher sei, dass wir die richtige Entscheidung getroffen haben." Neue Tränen brannten in ihren

Augen. Sie blinzelte, um sie zurückzudrängen. Um ihre Brust wurde es immer enger. Sie erkannte, was das war: Die Mauern um ihr Herz wurden höher und härter.

„Und ...?" Johns Blick war jetzt nicht mehr kalt, sondern ungeduldig. Am liebsten hätte sie ihn gegen das Schienbein getreten. Vielleicht würde er dann wenigstens etwas von dem Schmerz fühlen, der sie quälte.

„Es ist das Richtige, John." Ihre Stimme war beherrscht, kaum lauter als ein Flüstern, während sie darum rang, ihre Tränen zu unterdrücken. „Solange du hinter meinem Rücken mit anderen Frauen schläfst, ist es das Einzige, was wir tun *können*."

Ein Feuerwerk explodierte in seinen Augen. Zähneknirschend knurrte er: „Ich schlafe nicht mit ihr, Abby. Sie ist nur eine Freundin."

„Wie kannst du mir solche Lügen auftischen?" Sie schüttelte aufgebracht den Kopf und schaute ihn wütend an. „Das ist wirklich erstaunlich. In deiner Schublade liegt ein Liebesbrief von dieser Frau, und du versuchst, mir einzureden, sie sei nur eine Freundin? Sei doch ehrlich, John. Und wenn die Kinder nach dem Grund fragen, dann vergiss nicht, ihnen von deiner Schwäche für traurige, einsame Frauen zu erzählen, klar?"

Mannigfaltige Gefühle loderten in Johns Augen auf. Seine Gesichtsmuskeln spannten sich an. Aber er gab keinen Ton von sich. Er drehte sich nur um und verschwand in der Küche.

Abby stand da und schaute ihm nach. Ein seltsames, trauriges Gefühl überkam sie. In diesem Augenblick fühlte sich ihr verhärtetes, ummauertes Herz wie eine unerträgliche Last tief in ihrem Inneren an. *„Sie ist nur eine Freundin ... sie ist nur eine Freundin ... sie ist nur eine Freundin."* Johns Worte wiederholten sich ständig in ihrem Kopf. Schließlich kniff sie die Augen zusammen, um diese Worte auszusperren.

Er *schlief* mit Charlene, oder etwa nicht? Es konnte nicht anders sein.

Wer ohne Schuld ist, werfe den ersten Stein ...

Da war sie wieder. Dieselbe Stimme. Ein durchdringender

Schmerz bohrte sich in ihr Bewusstsein. Abby dachte an ihren E-Mail-Freund, einen Mann, dem sie seit zwei Jahren fast täglich Mails schickte. *Das ist nicht das Gleiche.*

Wer ohne Schuld ist, werfe den ersten Stein ...

Nein! Sie wehrte sich schweigend gegen die Worte, die sich in ihrem Herzen meldeten. *Ich habe diesen Mann noch nie gesehen.* Warum wollte Gott ihr jetzt Schuldgefühle einreden? Sie brauchte diese Freundschaft. Besonders da John seine ganze Aufmerksamkeit Charlene widmete.

Tochter, hör auf mich. Wer ohne Schuld ist –

Abby schloss die Augen und zwang diese Worte aus ihrem Denken. *Also gut. Wir sind beide nicht schuldlos. Aber es ist Johns Schuld, Herr. Er hat als Erster das Vertrauen gebrochen.*

Abby dachte an die vielen Male, in denen sie von anderen gehört hatte, dass John und Charlene zusammen waren. Plötzlich tauchte das Bild vor ihr auf, wie sich die beiden nach dem Meisterschaftsspiel auf dem Footballfeld umarmt hatten. Es war erstaunlich, dass die Kinder von der Affäre ihres Vaters noch nicht Wind bekommen hatten.

Wie das alte Sprichwort schon sagte: Wo Rauch ist, da ist auch ein Feuer. Und was Charlene und John anging, so gab es genug Rauch, um daraus auf ein richtiggehendes Inferno zu schließen.

Verlass dich nicht auf deinen eigenen Verstand, sondern vertraue mir auf allen deinen Wegen, und ich ...

Warum meldete sich diese hartnäckige Stimme in letzter Zeit immer wieder in ihrem Herzen? Seit dem letzten Footballspiel. Gewiss war das nur eine Gewohnheit, ihre Vertrautheit mit Bibelstellen und nicht Gott, der versuchte, mit ihr zu sprechen. Immerhin lag es Jahre zurück, seit sie regelmäßig den Gottesdienst besucht hatte, und mindestens genauso lang, seit sie ausdauernd gebetet oder in der Bibel gelesen hatte. *Was könnte der Herr jetzt noch mit mir anfangen? Jetzt, da John und ich genau das Gegenteil von dem tun, was er für unser Leben wollte?*

Es kam keine Antwort, und sie erlaubte ihren Augen, wieder über die verstaubten Bilder zu wandern. Jedes Mal, wenn es eine

Chance gegeben hatte, die Dinge in Ordnung zu bringen, hatten sie und John irgendwie einen Streit angefangen. *Abby, hättest du nicht wenigstens einmal den Mund halten können? Hättest du nicht einfach auf ihn zugehen und dich von ihm festhalten lassen können wie früher?* Sie dachte einen Augenblick über diese Frage nach. Dann wurde ihr klar, dass die Antwort Nein lautete. Wortgefechte waren alles, was ihnen noch geblieben war.

Offenbar bildete der heutige Tag keine sentimentale Ausnahme.

Ihnen blieb keine andere Wahl, als die Scheidung jetzt durchzuziehen und dafür zu beten, dass Gott ihnen irgendwie – falls er sie immer noch genug liebte, um ihnen zuzuhören – vergeben und ihnen helfen würde, allein ein neues Leben anzufangen.

* * *

Sean und Kade waren bereits unten im Wohnzimmer, aber Nicole saß noch auf ihrem Bett und las in der Bibel. Sie hatte das Gefühl, sie würde abheben und schweben, sobald sie versuchte, aufzustehen. Sie schaute in den Spiegel auf der anderen Seite ihres Zimmers und stellte fest, dass sie sich nie schöner gefühlt hatte. Sie war wirklich und wahrhaftig eine Tochter des himmlischen Königs. Er allein hatte sie für diesen Augenblick in der Geschichte ausgewählt. Es war überwältigend.

Sie überflog die Seiten von Jeremia, Kapitel 29, bis sie den Vers fand, den sie suchte. Den Vers, an den sie glaubte, seit sie ein kleines Mädchen war: *„Denn ich weiß wohl, was ich für Gedanken über euch habe … Gedanken des Friedens und nicht des Leides, dass ich euch gebe Zukunft und Hoffnung.“* Nicole las die Worte mehrere Male. Noch nie hatte ihre Zukunft strahlender ausgesehen als in diesem Augenblick. Das alles verdankte sie dem Wesen und der Treue des allmächtigen Gottes.

Sie ließ die Bibel bei dieser Seite aufgeschlagen liegen und holte das Samtkästchen, das sie in ihrem Schmuckfach versteckt hatte. Geschickt steckte sie den Ring an den entsprechenden Finger und starrte ihn an. *Oh, Herr, ich bin die glücklichste Frau auf der ganzen Welt.* Sie versteckte die Finger ihrer linken Hand, damit der Ring nicht so leicht zu sehen wäre, tanzte die Treppe hinab und spähte ins Wohnzimmer, wo Matt, Kade und Sean die Show vor dem Beginn eines Footballspiels im Fernsehen anschauten. „Wo sind Mama und Papa?" Es war bereits nach neun. Nicole würde es nicht aushalten, noch viel länger zu warten. Wenn sie mit ihrem Familientreffen nicht bald begannen, könnte es leicht passieren, dass sie auf den Küchentisch sprang und ihre Nachricht so laut hinausposaunte, dass es die ganze Nachbarschaft hörte.

Kade zuckte die Achseln, ohne den Blick vom Fernseher abzuwenden. „Vielleicht oben."

Nicole schaute Matt verliebt an. Er erwiderte ihren Blick und sagte ihr mit den Augen hundert schweigende Botschaften, die nur für sie bestimmt waren. Sie grinste ihn an. Er stand auf, kam durch das Zimmer auf sie zu und küsste sie leicht auf die Wange. „Du siehst schön aus."

Sean nahm ein Kissen vom Sofa und warf es nach Matt. „Hört sofort auf, ihr zwei. Samstags gibt's vor dem Mittagessen noch kein Küssen und Schmachten, klar?"

Nicole kicherte, während Matt seine Finger mit den ihren verknotete und sie ins Zimmer führte. Er strich Sean über den Kopf. „Eines Tages wirst du das verstehen, kleiner Bruder."

Alle schmunzelten. Nicoles Liebe zu dem Mann an ihrer Seite wuchs von Sekunde zu Sekunde. Er betrachtete Kade und Sean bereits als seine Brüder. Ihre Eltern wären bestimmt ganz aus dem Häuschen, wenn sie ...

„Alles klar. Fernseher ausschalten." Mutter und Vater betraten miteinander den Raum. Einen kurzen Augenblick zog ein Runzeln über Nicoles Stirn. Waren Mutter und Vater wütend aufeinander? Sie hatte das seltsame Gefühl, dass zwischen ihnen etwas Fremdes war – eine Spannung oder eine Mauer oder eine Kluft.

Nicole fasste sich wieder. Sie blinzelte kurz und schüttelte leicht den Kopf, um dieses Bild zu vertreiben. Dann schaute sie ihre Eltern erneut an. So. Jetzt stimmte das Bild wieder. Sie lächelten und nahmen nebeneinander Platz. *Meine Fantasie spielt verrückt. Mir geht einfach zu viel im Kopf um.*

Im Wohnzimmer war es angenehm ruhig. Nicole und Matt saßen auf dem einen Sofa, Sean und Kade auf dem anderen, und Mama und Papa saßen nebeneinander auf zwei Sesseln. Papa sprach als Erster.

„Also, fangen wir an. Ihr wisst alle, wie zeitraubend die Footballsaison bei uns immer ist. Das war besonders in der letzten Saison der Fall. Jetzt, da sich alles ein wenig beruhigt hat, gibt es ein paar Dinge, die wir als Familie besprechen müssen. Als Erstes möchte ich ..."

„Wollen wir nicht mit einem Gebet beginnen?" Nicole blickte von ihrem Vater zu ihrer Mutter und dann wieder zurück. „Wir beginnen unsere Familientreffen doch immer mit einem Gebet, nicht wahr?"

Nicole beobachtete, wie ihre Mutter Papa einen viel sagenden Blick zu warf. Erneut meldete sich in ihr ein Anflug von Angst. Er sah nervös aus ... ja, irgendwie sogar, als sei er einer Schuld überführt worden. Ihre Angst wuchs. *Ich kann gar nicht glauben, dass er es tatsächlich vergessen hat, Herr ... Was ist denn mit den beiden los?* Sie tat ihre Sorgen ab. Alles war in Ordnung. Ihre Eltern waren wie ein Fels. Wie ein fester Fels in einer Brandung. Warum sollte sie sich ein Problem einbilden, wo es keines gab?

„Du hast Recht, Nicki." Vater schaute sie an. Das Unbehagen, das sie noch einen Augenblick vorher gespürt hatte, war wieder verschwunden. Sie liebte es, wenn ihr Vater sie so nannte. Er war der Einzige, der sie „Nicki" nannte. „Willst du beten, Liebes?"

Sie zuckte die Achseln und blickte in die Gesichter der anderen. „Aber sicher." Sie beugte den Kopf und konzentrierte sich mit ihrem ganzen Denken auf den Herrn, auf seine Güte und Freundlichkeit, auf die Pläne, die er in ihrem Leben fruchtbar werden ließ. „Vater, wir kommen zu dir. Wir sind eins, eine Einheit, eine Familie, entschlossen, dass unsere Gedanken und Pläne und Entscheidungen nur das sind, was du für uns geplant hast. Segne diese Zeit des Gesprächs und lass sie uns als Familie näher zueinander bringen, lass sie uns näher zu dir bringen und näher zueinander. Danke, Herr. In Jesu Namen. Amen."

Es folgte eine Pause. Nicole konnte sich des Gefühls, dass etwas Furchtbares und Unheilvolles in der Luft lag, nicht erwehren. *Komm schon, Papa, sag etwas Lustiges. Das tust du doch sonst auch immer. Das hier wird allmählich ungemütlich.*

Ihr Vater räusperte sich und schaute in ihre Richtung. „Matt, wir fangen mit dir an. Dann kannst du bald wieder aufbrechen und alles erledigen, was du heute zu tun hast, und wir machen dann allein hier weiter."

Matt nickte und drückte Nicole die Hand, an der sie den Verlobungsring stecken hatte.

„Also ..." Er schaute Nicole an. Sie würde nie vergessen, wie seine Augen in dieser Stunde leuchteten. „Eigentlich haben Nicole und ich euch gemeinsam etwas zu sagen."

Nicole bemerkte die Reaktion ihrer Mutter und sah, wie aus ihren Augen die kühle Anspannung verschwand und an ihre Stelle Unglauben und Verblüffung traten. Ihr Vater verzog immer noch keine Miene, aber das war typisch für ihn.

Nicole atmete tief ein und schaute Matt erwartungsvoll an. „Willst du es ihnen sagen?"

„Kommt schon, Leute ... macht es nicht so spannend." Papa legte ein Bein über sein Knie und lehnte sich auf seinem Sessel zurück. Sein Lächeln wirkte gezwungen und steif. *Warum ist er so nervös? Oder bilde ich mir das nur ein?* Nicole konnte den lästigen Verdacht, dass etwas nicht stimme, einfach nicht von sich abschütteln. *Das werde ich später in Erfahrung bringen. Jetzt gibt es etwas Wichtigeres zu besprechen.*

Matt grinste und schaute dann ihre Familie an. „Also gut, das ist es ..." Er hob zärtlich Nicoles Hand hoch, damit alle ihren Ring sehen konnten. „Ich habe Nicole gebeten, meine Frau zu werden."

Nicole legte die andere Hand um Matts Hand und umarmte

ihn kurz. Sie schaute Matt tief in die Augen. Ohne sich wieder zu ihrer Familie umzudrehen, erklärte sie: „Und ich habe Ja gesagt."

Sie fuhr aufgeregt herum und sah, dass ihre Eltern sprachlos waren. Die Kinnlade war ihnen nach unten gefallen. Sie schauten sie groß und ungläubig an.

„Mama, Papa ... habt ihr gehört, was wir gesagt haben? Wir haben uns *verlobt!*", posaunte Nicole laut hinaus. Endlich waren ihre Eltern auf den Beinen. Sie zogen ihre Tochter in die Arme und umarmten sich alle drei. Mama weinte vor Freude, während Papa zurücktrat und Matt die Hand schüttelte.

„Wenn das keine Überraschung am frühen Morgen ist ..." Er schüttelte Matt die Hand, bis ihm bewusst wurde, dass dieser Augenblick mehr erforderte als nur einen Händedruck. „Na, komm." Er legte die Arme um Matt und drückte ihn an sich.

Im selben Augenblick legte Mama die Hände fest auf Nicoles Schultern und küsste sie auf die Wange. „Nicole! Ich kann es kaum glauben. Wann habt ihr euch denn verlobt?"

Alle Vorahnungen von einem drohenden Unheil waren verflogen wie der Morgennebel über dem See. Nicole war vor Freude überwältigt. „Am Mittwoch. Matt ist mit mir draußen am See spazieren gegangen. Er ist vor mir im Schnee niedergekniet und hat mir einen Heiratsantrag gemacht."

Jetzt umarmte Mama Matt und gratulierte ihm. Kade drängte sich zwischen sie. Er packte Nicole und ihren Verlobten sanft am Nacken und zog sie zueinander. „Ihr seid zwei Verrückte. So ein Geheimnis für euch zu behalten." Er stieß Matt leicht mit dem Ellbogen. „Da hast du dir ja etwas vorgenommen, Matt. Willkommen in der Familie."

Allmählich lösten sich alle wieder aus ihren Umarmungen und kehrten wieder auf ihre Plätze zurück. Nicole strahlte ihren Vater an, der mit den Fingern in einem nervösen Rhythmus auf die Sessellehnen klopfte. „Komm schon, Papa, erzähle mir nicht, dass du keine Ahnung hattest. Matt sagte, er habe dich schon längst gefragt, und du hast ihm deinen Segen gegeben."

Ihre Eltern wechselten einen schwer zu deutenden Blick miteinander. „Wirklich?" Mama zog eine Augenbraue in die Höhe und bedachte Papa mit einem seltsamen Lächeln. Das unbehagliche Gefühl beschlich Nicole erneut. *Was hat Mama nur? Warum benehmen sie sich so seltsam?* „Ich habe davon nichts gehört."

Ein nervöses Lachen kam aus dem Mund ihres Vaters. Sein Blick wanderte von Mama zu Nicole und dann wieder zurück. „Matt sagte, es könnte ... Jahre dauern. Ich dachte ... nun, ich hatte keine Ahnung, dass er uns das heute sagen wollte."

Matt ergriff wieder Nicoles Hand, und sie rutschte neben ihn. Alles würde so werden, wie sie es sich immer erträumt hatte. Sie lehnte ihre Schulter an seinen kräftigen Arm und betrachtete ihn. Er war etwas ganz Besonderes. In allen Bereichen genau der Mann, für den sie und ihre Mutter immer gebetet hatten.

Matt setzte sich ein wenig gerader auf und schaute ihre Eltern an. „Ich hatte, ehrlich gesagt, selbst keine Ahnung, dass ich so bald schon bereit wäre." Er warf einen Blick auf Nicole und bedachte sie mit einem Lächeln, bei dem sie förmlich dahinschmolz. *Er liebt mich! Danke, Gott, er liebt mich!* Matt wandte sich wieder an ihre Eltern. „Die Veränderung begann irgendwann im letzten Sommer oder vielleicht auch im Herbst. Ich überlegte, dass ich im Juni mit meinem Studium fertig werde. Warum sollten wir also nicht im Sommer heiraten? Nicole kann ihr Studium beenden. Wir halten es für eine gute Idee, dass sie ihre Ausbildung abschließt, damit sie später unterrichten kann, wenn sie will."

Nicole liebte die Art, wie er es formulierte. *Wenn sie will ...* Wenn sie mit Matt verheiratet wäre, stünden ihr alle Wege offen. Diese Vorstellung war so wunderbar, dass sie es fast nicht ertragen konnte.

Mutter nickte und schaute von Nicole zu Matt. „Das ist wunderbar. Ich freue mich so für euch." Sie zögerte. Nicole schaute ihr fragend in die Augen. Sie leuchteten irgendwie nicht, und die Freude in ihrer Stimme klang künstlich. *Warum strahlst du nicht über das ganze Gesicht, Mama? Das hier ist meine größte Stun-*

de. Sie wollte erzählen, dass alles an diesem Tag, an dieser Nachricht zeigte, dass Gott das Gebet erhört hatte, das ihre Mutter so oft gebetet hatte, als Nicole noch ein kleines Mädchen war. Aber irgendwie schien der Zeitpunkt nicht richtig zu sein.

„Habt ihr euch schon einen Hochzeitstermin überlegt?“ Vater schaute sie interessiert an. Auch seine Augen schienen von der Freude über ihre große Ankündigung seltsam unberührt zu bleiben.

Nicole und Matt schauten einander an und grinsten. Dann wandten sie sich wieder an Mama. „Wir haben uns gestern Abend den Termin überlegt. Der vierzehnte Juli. Euer Hochzeitstag, Mama und Papa! Ist das nicht großartig?“

Matt legte den Arm um Nicole und schaute ihre Eltern ernst an. „Nicole und ich wollen so eine Ehe führen wie Sie beide.“ Er schaute Nicole erneut an. „Eine Ehe, die mit jedem Jahr besser wird.“

Mama stand auf. Ihr Lächeln war seltsam ... unsicher. „Wie nett.“ Sie schaute Papa an. Nicole vermutete, dass sie ihm irgendwie eine stille Botschaft mit den Augen signalisierte. „Ich setze Wasser für einen Tee auf. Nicole? Matt? Soll ich euch einen mitbringen?“

Kade hob die Hand. „Ich hätte auch gern eine Tasse, Mama.“ Er verzog das Gesicht zu einer gespielten ernsten Miene. „Eine Tasse englischer Tee mit einem Sahnehäubchen wäre einfach entzückend.“

Sean brach in ein kindliches Gelächter aus und kitzelte seinen Bruder, bis beide sich auf dem Fußboden rollten. Nicole lächelte ihre Mutter an. „Ja, gern. Danke, Mama.“

Ohne noch ein Wort zu sagen, ohne zu ihr zu treten und sie zu umarmen oder Nicole zu bitten, ihr zu helfen, eilte Mama aus dem Zimmer und verschwand in der Küche.

Papa erhob sich ebenfalls. „Ich helfe dir.“ Er zögerte. „Wir sind bald zurück.“

Kade und Sean wälzten sich immer noch auf dem Fußboden. Als ihre Eltern außer Hörweite waren, schaute Nicole Matt an.

„Benehmen sich meine Eltern seltsam, oder bilde ich mir das nur ein?"

Matt zuckte die Achseln. „Ich glaube, sie freuen sich." Ein besorgter Blick zog über sein Gesicht. „Das tun sie doch, oder?"

„Ja, es sieht ganz so aus." Nicole dachte an die Reaktion ihrer Mutter. Sie verzog den Mund zu einem Lächeln und schmiegte sich enger an Matt. Natürlich freuten sie sich. *Meine Fantasie spielt mir nur einen Streich.* „Mama steht wahrscheinlich nur unter einem Schock. Immerhin wurde sie letzte Woche einundvierzig, und jetzt will ich heiraten. Da muss sie einiges verkraften."

Matt lachte. „Wenn ich deine Mutter richtig kenne, wird sie vor Freude Luftsprünge machen, sobald sie die Nachricht richtig verdaut hat."

„Ja." Nicole fuhr mit dem Finger über Matts Gesicht. „Du bist das Geschenk Gottes, für das meine Mutter und ich so lange gebetet haben."

6

Der Lärm, den Sean und Kade mit ihrer scherzhaften Rauferei im Nebenraum veranstalteten, genügte, um Abbys krampfhaftes Schluchzen zu übertönen. Sie stand an der Spüle in der Küche und starrte durch das Fester auf den gefrorenen See hinaus. Neben ihr, dieser Aussicht den Rücken zugewandt, stand John und schwieg. Er hatte die Arme vor der Brust verschränkt und blickte zu Boden.

Ihr Herz war so schwer, dass sie unter dieser Last kaum aufrecht stehen konnte. *Hilf mir, Gott. Ich habe mich noch nie in meinem ganzen Leben so allein gefühlt. Was sollen wir jetzt nur tun?*

Was Gott zusammengefügt hat, soll der Mensch nicht scheiden, mein Kind.

Oh, Schluss damit! Abby war es müde, abgedroschene Antworten zu hören. Diese Bibelstelle konnte doch unmöglich von Gott kommen. Nicht, wenn er wusste, was zwischen John und Charlene ablief. *Ich brauche wirkliche Antworten, Gott. Bitte!*

Schweigen.

Ihre Tränen flossen noch stärker. Sie vergrub das Gesicht in den Händen. Nicole würde in sechs Monaten heiraten. Ausgerechnet an ihrem Hochzeitstag! Genau zu der Zeit, in der ihr Scheidungstermin liegen würde. Es war wie eine Szene aus einem schrecklichen Alptraum. Sollte der Schmerz, in einer lieblosen Ehe zu leben, denn nie ein Ende nehmen?

Zwei Minuten lang sprach keiner von beiden ein Wort. Abby warf einen Blick auf John. Wut und Hass stiegen in ihr hoch. *Schau sich einer diesen Mann an! Wie sprachlos er dasteht. Sag doch etwas! Umarme mich und sage mir, dass wir eine Möglichkeit finden werden, den Kindern trotz Nicoles Plänen zu sagen, was wir ihnen sagen müssen. Irgendetwas. Ich meine, komm schon, John. Wir sollten da draußen mit ihnen feiern und nicht hier drinnen stehen, wo es keine Antworten gibt und keinen Ausweg.*

John drehte den Kopf in ihre Richtung. „Du solltest dich allmählich zusammenreißen, Abby. Jeden Augenblick könnte eines der Kinder hereinkommen."

Sie starrte ihn mit offenem Mund an. Kapierte er das nicht? Verstand er nicht, dass Nicoles und Matts Ankündigung alles veränderte? Sie riss ein Papiertuch von der Küchenrolle, wischte sich die Augen und schnäuzte sich lautstark. Dann bückte sie sich und knallte das zerknüllte Papier in den Abfalleimer unter dem Spülbecken. Als sie aufschaute, suchte sie seinen Blick. Forschend schaute sie ihm in die Augen und versuchte, ihn zu verstehen.

„Mich zusammenreißen? Ich soll mich zusammenreißen, wenn unsere Kinder da draußen sind und Nicoles Verlobung feiern?" Sie stieß ein kurzes Lachen aus und schüttelte den Kopf. „Hast du nicht *gehört*, was sie gesagt haben? Sie wollen eine Ehe wie unsere, John. Sie wollen an unserem Hochzeitstag heiraten. Meine Güte! Meinst du, wir können da hinausgehen und ihnen erzählen, dass wir uns scheiden lassen?"

John biss die Zähne aufeinander und starrte auf den Boden. Mit der rechten Hand rieb er sich den Nacken.

Stell dich gerade hin und schau mir in die Augen! Abby verschränkte die Arme vor der Brust und bedachte ihn mit einem finsteren Blick. Er rieb sich immer aus irgendeinem Grund den Nacken.

„Kannst du denn nichts sagen?"

John hob langsam den Kopf. Auf die Offenheit in seinen Augen und die Traurigkeit, die sie darin sah, war Abby nicht vorbereitet. „Es tut mir so Leid, Abby. Ich fühle mich ... ich weiß nicht, ich denke, ich fühle mich wie ein furchtbarer Versager. Ich habe an dir versagt, an Gott versagt. An allen versagt."

Sie hatte erwartet, dass er sie ebenfalls anfauchen würde, aber dieser ... dieser gebrochene Mann vor ihr war jemand, den sie seit fast zehn Jahren nicht mehr gesehen hatte.

Vergiss das mit Charlene nicht.

Die stichelnde Stimme tötete ihr Mitgefühl wieder ab, ließ es wie einen billigen Luftballon zerplatzen. *Gutes Argument. Wir haben uns zu weit voneinander entfernt, um noch Mitgefühl füreinander zu empfinden. Nicht wenn ...*

Sage es nicht, Tochter. Die Zunge ist ein unruhiges Übel, voll tödlichen Giftes.

„Spar dir deine Bekenntnisse für Charlene."

Sobald die Worte gesagt waren, wünschte sie, sie könnte sie in der Luft auffangen und wieder zurücknehmen. Sie erinnerte sich an etwas, das ihr Vater ihr einmal gesagt hatte. *Zu versuchen, unfreundliche Worte wieder zurückzunehmen, ist so, als wolltest du versuchen, die Zahnpasta wieder in die Tube zurückzudrücken. Du kannst es nicht. Wenn du es trotzdem versuchst, veranstaltest du nur eine Schweinerei.*

Abby löste ihre Arme aus ihrer Verschränkung und tippte mit den Fingern leicht auf die Arbeitsplatte. „Es tut mir Leid. Das war nicht sehr nett."

John legte den Kopf schief und betrachtete sie. „Nein, das war es nicht, aber wir sind schon eine ganze Weile nicht gerade sehr nett zueinander."

Abby traten neue Tränen in die Augen, als sie sich umdrehte, den Wasserkessel füllte und dann die Herdplatte einschaltete. „Was sollen wir also jetzt tun?"

„Wir reißen uns zusammen, gehen wieder hinein und zeigen unserer Tochter, dass wir uns freuen. Etwas anderes können wir nicht tun." Johns Stimme war leise und beherrscht und gab ihr zu verstehen, dass er nicht mit sich diskutieren ließe.

„Was ist mit *unserer* Ankündigung?" Panik stieg in Abbys Brust auf. Sie brauchte unbedingt frische Luft. Sie konnte sich doch nicht noch ein weiteres halbes Jahr verstellen. Und dabei eine Hochzeit für Nicole und Matt planen? *Hilf mir, Gott, ich ...*

Sie brach ab. Was für einen Sinn hatte es, den Herrn um Hilfe zu bitten, wenn er ihr ohnehin keine Antwort gab? Wenigstens keine, die sie brauchen konnte.

„Wir können es den Kindern nach der Hochzeit sagen. Wirklich, Abby." John verzog das Gesicht zu einem ungläubigen Runzeln. „Meinst du denn, wir können da jetzt hineingehen, Matt auffordern, nach Hause zu gehen, und ihnen dann sagen, dass unsere Ehe am Ende ist? Nicole würde wahrscheinlich ihre Taschen packen und durchbrennen. Sie verdient von uns etwas Besseres."

„Genau, und aus diesem Grund kann ich mich hier nicht zusammenreißen. Klar?" Schmerz und Sarkasmus sprachen aus jedem ihrer Worte. Abby hatte alle Mühe, ihn nicht anzufauchen. „Du gehst direkt vor meiner Nase mit einer anderen Frau, und ich soll noch einmal ein halbes Jahr so tun, als wäre alles in bester Ordnung." Er verdrehte die Augen. Sie sprach weiter. Ihre Wut wuchs mit jedem neuen Wort, das sie flüsterte. „Nicht nur das. Ich soll auch noch so tun, als wäre unsere Ehe ein glänzendes Vorbild für unsere Tochter und ihren Verlobten und dabei Hochzeitskleider und Blumenschmuck aussuchen. Da fällt es mir sehr schwer, *mich zusammenzureißen,* John."

„Um es noch einmal klar und deutlich zu sagen, Abby: Ich gehe nicht mit ihr!" Es war das Lauteste, was John während dieses Gesprächs gesagt hatte. Abby warf einen schnellen Blick zur Küchentür und dann wieder auf ihn.

„Sprich nicht so laut. Bitte. Und hör auf, mich anzulügen." Wenn die Kinder jetzt hereinkämen, wüsste sie nicht, wie sie ihnen erklären sollte, warum sie in der Küche standen und stritten.

John sprach weiter, als hätte er sie nicht gehört. „Gut, du willst die Wahrheit hören? Ich habe sie geküsst. Bist du jetzt zufrieden?"

Die Welt um sie herum begann, sich wie wild zu drehen. Wortlos starrte sie ihn an. Endlich gab er es zu. Sie hatte also doch Recht gehabt. John hatte eine Affäre. Das konnte nur eines bedeuten: Er war in Charlene verliebt. Abby schwankte zurück. Sie hatte ihm das oft vorgeworfen, ja, aber irgendwo in der Tiefe ihres Herzens hatte sie immer gehofft, es wäre nicht so und Johns ständige Unschuldsbeteuerungen wären vielleicht wenigstens teilweise wahr.

„Du hast sie *geküsst?"* Abbys Worte waren schwach und heiser, wie aus dem Mund einer sterbenden, alten Frau. Der Kessel begann zu pfeifen. Ohne hinzuschauen tastete Abby nach dem Drehknopf und schaltete die Herdplatte aus. Wen interessierte schon der Tee? In ihrem Kopf drehte sich alles viel zu sehr, als dass sie auch nur daran denken konnte, einen Schluck zu trinken.

John trat einen Schritt näher. Entschlossenheit war in sein Gesicht geschrieben. „Ja. Du hattest Recht. Bist du jetzt zufrieden? Wolltest du das nicht hören? Ich habe es getan. Ich habe Charlene eines Abends nach dem Training geküsst, weil ich dumm und schwach und nicht ganz bei Verstand war." Noch ein Schritt in ihre Richtung. „Aber, Abby, ich habe mit dieser Frau nicht geschlafen, und ich habe auch keine Affäre mit ihr."

Abby senkte den Blick auf den Boden, wo sich ihre Füße gegenüberstanden, wie früher schon so oft. Er log. Sie konnte es fühlen. Sie begann, in kurzen, abgehackten Bewegungen den Kopf zu schütteln. „Ich glaube dir nicht ..." Ein Anflug von neuer Wut bemächtigte sich ihrer. Sie brachte die Kraft auf, ihm direkt in die Augen zu schauen. „Du hast sie geküsst? Warum erzählst du mir nicht einfach die ganze Wahrheit, John? Dass du eine Affäre mit ihr hast und in sie verliebt bist?"

Seine Lippen verzogen sich zu einem geraden, wütenden Strich. Alle Traurigkeit und alles Mitgefühl verschwanden aus seinem Gesicht. Er schlug mit der Handfläche hart auf die Arbeitsplatte.

Es gab einen lauten Knall.

„Mama ... ist bei euch etwas kaputt gegangen?", rief Nicole aus dem Wohnzimmer.

Abby zwang sich, unbeschwert und normal zu sprechen. „Nein, Liebes. Dein Vater hat eine Tasse fallen lassen. Bei uns ist alles in bester Ordnung."

Sie warf John einen anklagenden Blick zu und kniff die Augen zusammen.

„Glaube doch, was du willst, Abby. Ich habe dir die Wahrheit gesagt. Es ist mir egal, wie du damit umgehst, aber jetzt brauchen wir einen Plan." Er schwieg kurz. Die Spannung wich aus seinem Gesicht. „Unser Entschluss, uns scheiden zu lassen, hat mit Charlene genauso wenig zu tun wie mit deinem E-Mail-Freund, Stan. Wir haben uns seit Jahren auseinander gelebt.“ Etwas von der Wärme kehrte in seine Augen zurück. „Bitte, ich will nicht, dass wir jetzt so hinausgehen und streiten und einander hassen.“

Neue Tränen traten in ihre Augen. Sie verschränkte die Arme fest vor der Brust und blickte erneut zu Boden. Er hatte Recht. Genau deshalb hasste sie ihn. Stan war ihr Redakteur und Freund. Weiter nichts. Aber ihre Ehe mit John war schon lange, bevor Charlene auf der Bildfläche auftauchte, tot gewesen. Wie um alles in der Welt hatten sie nur alle so lang zum Narren halten können? Selbst ihre Kinder? Gewohnheit, vermutete Abby. Ein Leben, in dem man sich früher wirklich geliebt hatte, war zu einer Gewohnheitshandlung geworden, mit der sie das von ihnen erwartete Programm durchzogen. Abende, an denen sie in tiefe Gespräche versunken gewesen waren und miteinander gelacht hatten, waren schweigender Isolation, Stunden bedeutungslosen Fernsehens und dem Blättern in alten Zeitschriften gewichen, um die Zeit totzuschlagen und die Leere zu füllen.

Jetzt war ihnen nur noch das geblieben.

Sie nickte und wischte sich eine Träne ab, bevor sie ihr über die Wange laufen konnte.

John seufzte. „Ich bleibe von Charlene fern, so weit das machbar ist. Aber ich arbeite mit ihr zusammen, und das lässt sich nicht ändern. Aber ich werde mein Möglichstes tun.“ John berührte mit einer Hand ihr Kinn und hob es sanft hoch. Sie fühlte, wie selbst die kleinsten Muskeln in ihrem Rücken sich anspannten. So hatte er sie schon lange nicht mehr berührt. Jetzt, da sie übereingekommen waren, dass alles vorbei war, zog sie die wütende Gleichgültigkeit dieser Erinnerung an alles, was einmal zwischen ihnen gewesen war, vor.

„Kannst du das, Abby? Noch sechs Monate?“

Sie hielt den Atem an und suchte nach einem anderen Ausweg. Aber sie wusste, dass es keinen gab. Die nächsten Monate waren

Nicoles Zeit, die aufregendste Zeit in ihrem Leben. Abby würde nichts tun, das ihrer Tochter diese Zeit trüben könnte, selbst wenn diese Verstellung sie umbrächte. Sie drehte den Kopf leicht. John verstand diese Bewegung. Er ließ die Hand wieder sinken. Aber sie behielt den Augenkontakt zu ihm. „Wir werden viel zu tun haben, schätze ich. Mit den Hochzeitsvorbereitungen und allem, was dazugehört."

John nickte leicht. „Das stimmt. Die Wochen werden dahinrasen, und dann später – wenn sie aus den Flitterwochen zurück sind – können wir unsere Pläne durchziehen."

Abby dachte über seine Worte nach und wusste, dass dies die einzige Möglichkeit war. Ihre Gedanken kehrten wieder zu Charlene zurück. Sofort stockte ihr Herz. „Mache mich bitte nicht zum Gespött der Leute, John." Zum ersten Mal an diesem Morgen lag Angst und Verwundbarkeit in ihrer Stimme.

Wieder berührte John mit der Hand ihr Gesicht und wischte ihr eine Locke aus den Augen. „Natürlich nicht, Abby. Du hast mein Wort."

Sie wollte seine Finger wegstoßen, seine Freundlichkeit ablehnen, ihn anschreien, dass es dafür zu spät sei, aber in diesem Augenblick brauchte sie seine Berührung mehr, als sie wusste. Sie bewegte sich leicht, und er zog die Hand erneut zurück. „Es bleibt also unser Geheimnis? Wir sagen es niemandem?"

„Ja."

Sie hob die Augen und betrachtete die Seidenblumen, die oben auf ihrem Küchenschrank standen. „Wahrscheinlich spielt es ohnehin keine Rolle. Die nächsten sechs Monate drehen sich nicht um uns. Es ist Nicoles und Matts Zeit."

„Das stimmt." Sein Zögern veranlasste sie, ihn noch einmal anzuschauen. „Außerdem ... sind wir ja im Grunde schon geschieden. Wir gehen getrennte Wege, verbringen unsere Zeit mit unterschiedlichen Freunden und schlafen in getrennten Zimmern. Das Einzige, was wir noch nicht getan haben, ist, es den Kindern zu sagen."

Abby kniff die Augen zusammen. Johns Beschreibung ihres

Lebens klang so verlockend wie kalter Haferschleim. Sie zwang sich, die Tränen, die ihr schon wieder in die Augen treten wollten, zu unterdrücken. Es war die Wahrheit. Sie waren getrennte Menschen, die getrennte Wege gingen. „Versuchen wir, ohne große Streitereien die Sache hinter uns zu bringen, ja?"

„Ich bin voll und ganz einverstanden ..." John grinste leicht. Sofort war Abbys Zorn entfacht. Was dachte er sich eigentlich? Dass sie schuld an den ständigen Streitereien sei? Sie konnte sich gerade noch beherrschen, bevor sie ihm eine bissige Antwort an den Kopf schleuderte. *Tief einatmen, Abby.* Wenn sie nicht miteinander streiten wollten, mussten sie jetzt damit anfangen. Sie musste bei sich anfangen.

Abby überlegte. Wenn er einräumte, dass sie getrennte Wege gingen, konnte er damit doch nicht meinen, dass sie nicht miteinander schliefen, dass sie nicht körperlich intim miteinander waren. Natürlich waren sie das seit einem halben Jahr nicht mehr – seit damals, als sie Charlene das erste Mal spät abends in seinem Klassenzimmer angetroffen hatte. Aber das hatte John nicht daran gehindert, gelegentlich einen Vorstoß bei ihr zu wagen, besonders nach den Gesprächen mit ihren Eheberatern. Sie erwiderte nachdenklich seinen Blick. „Im nächsten halben Jahr sind wir also höfliche Hausgenossen, und nicht mehr. Einverstanden?"

John runzelte die Stirn. Ihre Aussage verwirrte ihn unübersehbar. „Einverstanden."

„Und auch nichts mehr von diesem Gerede: ‚Du bist mir eine feine Ehefrau, die am anderen Ende des Ganges schläft'. Einverstanden?"

Eine finstere Wolke zog über Johns Augen, und die Intimität, die noch einen Moment vorher zwischen ihnen geherrscht hatte, war verschwunden. „Mach dir keine Sorgen, Abby. Ich will nichts von dir."

Dieser Satz hinterließ einen schalen Geschmack in ihrem Mund. Seine Worte wiederholten sich immer wieder in ihrem Herzen, als sie ins Badezimmer ging, um sich mit kaltem Wasser das Gesicht zu waschen. *„Mach dir keine Sorgen, Abby, ich will nichts von dir ... ich will nichts von dir ...“* War das nicht ihr Problem? Dass keiner von ihnen mehr etwas vom anderen wollte? Abby wartete, bis ihre Augen wieder klar waren und die Röte in ihrem Gesicht sich etwas gelegt hatte. *„Ich will nichts von dir ... von dir ... von dir ...“*

Abby unterdrückte die Tränen und starrte kritisch in den Spiegel. Johns Worte waren vielleicht verletzend, aber sie waren mehr als zutreffend, denn sie wollte ihm in diesem Punkt wirklich nichts mehr geben.

Sie atmete tief ein und gesellte sich dann zu John und den Kindern ins Wohnzimmer. Keinem von ihnen schien irgendetwas aufzufallen. Abby setzte sich wieder auf ihren Sessel und konzentrierte ihre Aufmerksamkeit auf Nicole und forderte sie mit ihrem Blick schweigend auf, sich zu ihr zu setzen.

Nicole verstand ihre Aufforderung sofort und setzte sich rechts neben Abby auf den Fußboden. „Ist alles in Ordnung?“

Ach, Liebes, wenn du wüsstest. „Der Dampf aus dem Kessel hat mir das Makeup verwischt. Ich habe etwas in die Augen bekommen. Aber jetzt geht es wieder.“

Erleichterung zog über Nicoles Gesicht. „Das ist gut. Ich dachte schon, du würdest dich nicht mit uns freuen.“

Die Jungen hatten aufgehört zu raufen und wieder den Fernseher eingeschaltet, um das erste der beiden Play-off-Spiele zu sehen. Bei dem ganzen Treiben und dem Footballlärm achtete niemand auf ihr Gespräch. Dafür war Abby dankbar. Sie brauchte diese Zeit allein mit Nicole. Sie musste ihre Tochter wissen lassen, wie begeistert sie von ihrer bevorstehenden Hochzeit war.

Sie strich über Nicoles dunkelblondes Haar. „Schatz, ich freue mich so sehr für dich. Matt ist ein wunderbarer junger Mann. Wirklich.“

Nicole lächelte sie an. „Er ist wunderbar, nicht wahr?“

Abby fühlte eine neue Tränenflut in sich aufsteigen. Aber sie unternahm nichts, um sie aufzuhalten. Tränen um Nicoles Glück waren angebracht; Tränen um den Tod ihrer eigenen Ehe und den Grabstein, den sie noch einmal ein halbes Jahr im Schrank versteckt lassen würden, waren absolut verboten. Wenigstens in der Öffentlichkeit. „Ich kann kaum glauben, dass du schon so erwachsen bist." Eine einsame Träne lief über Abbys Wange. „Mein kleines Mädchen will selbst eine Familie gründen und heiraten."

In Nicoles Augen traten plötzlich auch Tränen. Sie hob die Hand und umklammerte Abbys Finger. „Weißt du, was ich heute gelesen habe?"

Abby lächelte sie mit feuchten Augen an. „Was?"

„Jeremia 29,11 ... ‚Denn ich weiß wohl, was ich für Gedanken über euch habe ... dass ich euch gebe Zukunft und Hoffnung' ... Erinnerst du dich an diese Stelle?"

Die Worte trafen Abby wie herabfallende Ziegelsteine. Ob sie sich erinnerte? Ihr Pastor hatte genau diese Worte bei ihrer eigenen Hochzeit vor über einundzwanzig Jahren vorgelesen. Sie schluckte schwer. *Wie soll ich das nur schaffen, Gott? Was sage ich ihr?*

Die Wahrheit wird dich frei machen, Tochter ...

Abby war nicht sicher, ob diese Antwort von Gott gekommen war, aber sie befolgte diesen Rat trotzdem. Was konnte es schon schaden? „Ich erinnere mich sehr gut daran. Wir haben ihn bei unserer Hochzeit gelesen, Liebes. Wusstest du das?"

Nicoles Augen leuchteten auf. „Nein ... wirklich? Ich dachte, das sei *mein* besonderer Vers. Das ist ja unglaublich." Sie dachte einen Augenblick nach. „Vielleicht sollten wir ihn auch nehmen." Sie wollte schon aufspringen und zu Matt gehen und ihn während des Footballspiels wegen der Bibelstelle fragen, hielt jedoch inne und setzte sich wieder. „Ich sage es ihm später. Mama, fast hätte ich es vergessen: Ich habe mir eine Ausgabe der Zeitschrift *Die christliche Braut* gekauft. Willst du sie später, wenn Matt gegangen ist, mit mir durchblättern?"

„Natürlich."

Nostalgische Erinnerungen zehrten an Abbys Herz. Sie erinnerte sich daran, wie sie alle Einzelheiten ihrer Hochzeit mit ihrer Mutter durchgegangen war, wie sie den Empfang geplant, das perfekte Kleid ausgesucht hatten ...

Würde sie sich in den nächsten sechs Monaten jeden Tag so fühlen? Würde sie jedes Mal leiden und trauern, wenn sie die letzten Monate vergaß und in die Tage zurückkehrte, bevor sie und John diesen endgültigen Schritt zur Trennung getan hatten? Wenn sie die richtige Perspektive hätte, wäre es nicht so schlimm, diese Zeit ihres Lebens durchzustehen. Es war fast, als erinnerte man sich an einen Freund, der zu jung gestorben war. Ja, genau so war es mit ihrer Ehe. Keine noch so schönen Erinnerungen könnten sie zurückbringen, aber es wäre doch bestimmt nicht falsch, sich die guten Zeiten ins Gedächtnis zu rufen.

Sean riss sie aus ihren Gedanken, als er den Ton des Fernsehgerätes leiser stellte und erwartungsvoll zuerst John und dann Abby anschaute. „Wann besprechen wir die anderen Dinge, die ihr noch geplant hattet?"

John blickte sich im Raum um. Abby war nicht sicher, was sie sagen sollte. Deshalb warf sie ihm einen Blick zu, der sagte: *Überlege dir schnell etwas. Es wird nicht leichter werden.*

Eine kurzzeitige, tief sitzende Angst lag in Johns Augen, als er sich räusperte und sich dann gerade auf seinem Sessel aufrichtete. Er zuckte leicht die Achseln und zwang sich zu einem Lächeln. „Pläne für den Sommer." Er schaute Abby noch einmal an. „Stimmt's, Schatz?"

Abby fühlte sich wie eine Figur in einem schlecht geschriebenen Theaterstück. „Ja. Pläne für den Sommer."

John klatschte mit einer abschließenden Geste in die Hände. „Und da Nicole und Matt uns ihre Neuigkeit verkündet haben, denke ich, haben wir für den Sommer bereits genug zu tun."

Sean sah zufrieden aus. Ein schneller Blick durch den Raum verriet Abby, dass die anderen John ebenfalls glaubten. „Dann kann ich also zu Ben gehen? Bitte?" Sean war aufgesprungen und bereits zur Garderobe unterwegs. „Er hat die neue Play Station zu Weihnachten bekommen. Du müsstest das Football-Spiel darauf sehen, Papa."

Abby konnte sich eines Lachens nicht erwehren. „Also gut, dann geh. Aber vor dem Abendessen bist du zurück."

„Ja ... und sorge dafür, dass du der Quarterback bist", rief John ihm nach. Dabei zwinkerte er Kade zu, der sich jetzt auf dem Sofa ausgestreckt hatte und grinste. „Die Reynoldsmänner sind immer Quarterbacks."

„Du sagst es, Papa!" Damit war Sean mit wehendem Schal und einem halb offenen Mantel zur Tür hinaus.

Matt stand auf, und nach einer weiteren Gratulationsrunde brach er auf, um Besorgungen zu erledigen und für seine Prüfungen zu lernen. Abby schaute ihm nach. Irgendwo tief in ihrem Inneren zitterte sie über das Schauspiel, das sie und John vorführten und das die Kinder ihnen nun schon seit Monaten glaubten. *Wir tun so, als wäre alles in bester Ordnung.* Die ganze Familie purzelte auf eine mittelgroße Katastrophe zu, und keines ihrer Kinder hatte auch nur die geringste Ahnung, was auf sie zukam. Was würden die Kinder denken, wenn sie es herausfanden? Würden sie sich betrogen fühlen? Belogen? Sie verdrängte diesen Gedanken aus ihrem Kopf. Welchen Preis sie und John auch zahlen würden, sie müssten sich erst nach der Hochzeit damit auseinander setzen.

John und Kade waren in das Footballspiel vertieft, sobald die Tür sich schloss. Nicole betrachtete die beiden und grinste dann Abby an. „Das ändert sich nie, was?"

„Nein." Abbys Gedanken wanderten zu einer längst vergangenen Feier zurück – zu einem Augenblick in Johns Karriere, auf den sie jahrelang gewartet hatten – zu einer Zeit, als sie und John noch unsterblich ineinander verliebt gewesen waren. John hatte die Arme um sie gelegt, und alles in ihrer Welt schien perfekt zu stimmen. Selbst jetzt konnte sie ihn noch sagen hören: „Ohne dich hätte ich es nie geschafft, Abby ... ohne dich hätte ich es nie geschafft ..."

Hör auf! Der stille, harte Befehl verbannte die Erinnerung aus ihrem Kopf. Sich daran zu erinnern, wie sie und John sich kennen gelernt hatten, wie sie sich ineinander verliebt und beschlossen hatten zu heiraten, war eine Sache. Aber von Erinnerungen aus der jüngeren Vergangenheit eingeholt zu werden, von Rückblenden auf ihre glücklichen gemeinsamen Tage, damals, als sie auf halbem Weg zur Ewigkeit gewesen waren, war eine ganz andere Sache.

Nicole drückte ihre Hand. „Hörst du mir eigentlich zu?“

Abby setzte sich auf. „Tut mir Leid, Liebes. Ich war in Gedanken woanders.“

„Ich sagte, komm mit und schau dir mit mir meine Hochzeitszeitschrift an.“

Nicole ging voran. Abby warf einen Blick auf John, um festzustellen, ob er bemerkte, dass sie gingen. Sie hätte es besser wissen müssen. Seine Augen waren auf den Bildschirm und das Spiel, das sich dort abspielte, fixiert.

Oben in ihrem Zimmer warf Nicole die Zeitschrift auf ihr Bett. Abby machte es sich neben ihr bequem.

„Ich glaube, ich weiß ungefähr, was für ein Kleid ich will, aber beim Kragen bin ich mir nicht sicher.“

Abby fuhr mit dem Zeigefinger über die Bilder der jungen Frauen in den verschiedenen Hochzeitskleidern. „Die Auswahl ist groß.“

Nicole stützte sich auf und setzte sich in den Schneidersitz. Ihre Augen schauten Abby verwundert an. „Ist das nicht erstaunlich, Mama? Wie treu Gott ist? Er hat Matt als Antwort auf unsere Gebete geschickt.“

Abby richtete sich auf und zog die Knie nahe an ihr Kinn heran. Was wollte Nicole damit sagen? Es gab natürlich nur eine einzige richtige Antwort. „Gott ist immer treu.“

Gott hatte Abbys Gebete, dass Nicole einen guten Ehemann finden würde, tatsächlich erhört.

Aber während sie und Nicole vor den bunten Bildern der Hochzeitskleider saßen, konnte Abby eines beim besten Willen nicht begreifen: Wenn Gott ihre Gebete für Nicole erhörte, warum hatte er dann nicht ihre Gebete für sie selbst erhört?

7

John hatte keine Ahnung, wie er es schaffen sollte, in den nächsten sechs Monaten so zu tun, als wären er und Abby glücklich verheiratet. Er wusste nur eines: Wenn das Problem weiterhin so stark an ihm zehrte, wäre er in der Schule nicht zu gebrauchen.

Er stemmte die Ellbogen auf die mit allen möglichen Papieren übersäte Arbeitsplatte seines Schreibtisches hinter dem Kraftraum und schloss die Augen. Er musste in vier Klassen Gesundheitserziehung unterrichten und mit zwei Klassen Gewichtstraining durchführen, Arbeiten und Prüfungen von 152 Schülern korrigieren und alles für die Frühjahrsliga, die in zehn Wochen anstand, vorbereiten. Während dieser ganzen Zeit müsste er versuchen, Charlene Denton aus dem Weg zu gehen. Jemand ließ im Raum nebenan ein Gewicht fallen. John blickte auf. Dabei fiel sein Blick auf ein Weihnachtsfoto von seiner Familie von ... hmm ... aus welchem Jahr? Er schaute es sich genauer an. Sean war zwei. Das Bild musste also acht Jahre alt sein.

Herr, wie konnte nur alles so verrückt werden?

Es war so lange her, seit er das letzte Mal mit Gott gesprochen hatte, dass ihn die schweigende Frage irgendwie fremd und seltsam anmutete. Er spürte Schuldgefühle. Vielleicht war es seine Schuld. Immerhin sollte er das geistliche Oberhaupt der Familie sein. Vielleicht wäre vieles anders, wenn er nur ...

Es klopfte. John drehte sich um. Charlene war durch die Glasscheibe in der Tür zu sehen.

Ach, Charlene ... Was soll ich jetzt mit dir anfangen? Er behielt die Frage für sich und lächelte breit, als er zur Tür ging und sie öffnete. „Hallo, was gibt's?"

Sie tänzelte leichtfüßig ins Zimmer und nahm ihm gegenüber Platz. John betrachtete sie einen Augenblick und genoss die lockere Art, in der sie miteinander umgingen. Es lag weniger daran, dass sie schön war ... Sie hatte einfach etwas an sich – einen

Sandra-Bullock-Blick vielleicht – das in ihm den Wunsch weckte, mit ihr zusammen zu sein, sie vor den Gefahren des Lebens zu beschützen.

„Lust auf einen Kaffee?" Ihre Augen zwinkerten ihn an. John fragte sich wie schon mindestens hundertmal zuvor, ob irgendwann nach einer Weile, vielleicht in ein oder zwei Jahren, aus ihnen möglicherweise ein Paar werden könnte. Sie war dazu bereit. Das hatte sie ihm deutlich zu verstehen gegeben. Aber er war sich alles andere als sicher. Er hatte bereits eine Ehe vermasselt.

Er widerstand dem Drang, ihre Hand in die seine zu nehmen. „Heute nicht." Wie sollte er es ihr verständlich machen? „Hör zu, Char, ich muss dir etwas sagen."

Ihre Miene veränderte sich. John sah Angst in ihren Augen aufflackern.

„Es geht um Abby und mich."

Charlene bewegte sich auf ihrem Stuhl. „Ich bin ganz Ohr."

„Wir verschieben die Scheidung." John beobachtete, wie sie sich gerader aufsetzte, formeller, weiter von ihm zurück, als hätten seine Worte ihr ein Messer mitten ins Herz gebohrt. Als sie nichts sagte, sprach er weiter: „Es lief nicht so, wie wir geplant hatten. Nicole und Matt haben am Samstag ihre Verlobung bekannt gegeben. Unmittelbar bevor wir es ihnen sagen wollten."

Charlene bewegte den Kopf in einer leichten Bewegung auf und ab. John sah ihr an, dass sie versuchte, stark zu sein. „Gut. Für wie lange, ein paar Wochen?"

Ein paar Wochen? Wusste sie denn nicht, wie schwer die Scheidung für seine Kinder werden würde? Für seine ganze Familie? Er stieß ein ungläubiges Lachen aus. „Nein, bis die Hochzeit vorbei ist. Mindestens sechs Monate."

Ihre Hände verkrampften sich um die Stuhllehnen. „Und du willst, dass ich sechs Monate warte?"

Ihre Stimme war nicht wütend, aber nahe daran. John schloss die Augen und wünschte, er wäre tausend Kilometer weit weg. Es musste doch einen Ort geben, an dem das Leben ruhig und unkompliziert war ... vielleicht ein Footballfeld, auf dem es nichts Wichtigeres gab, als gut zu spielen. Als er die Augen wieder aufschlug, sah er, dass sie immer noch wartete. „Was du tust, ist deine Entscheidung. Ich habe dir nichts versprochen."

„Ich bin dir wichtiger als sie. Das weiß ich." Charlene klang wie ein störrisches Kind. In John meldeten sich leichte Zweifel. Das war eine Seite an ihr, die John bisher noch nicht kennen gelernt hatte. „Seit Rod mich letztes Jahr verlassen hat, bist du immer für mich da." Ihre Stimme verriet, dass sie die Beherrschung zurückgewonnen hatte. „Du kennst meine Gefühle für dich, John."

Ja, er kannte sie. Sie war in ihn verliebt. Wenn er nicht vorher schon sicher gewesen wäre, dann hätte ihre jetzige Reaktion alle Zweifel beseitigt. „Ich wollte nur deine Freundschaft, Charlene. Es tut mir Leid, wenn ich bei dir den Eindruck vermittelt habe, zwischen uns gäbe es mehr."

Dieses Mal war sie diejenige, die lachte. „Soll das ein Witz sein? *Du* hast mich doch neulich abends nach dem Training geküsst, oder? Erzähle mir nicht, du hättest damals nichts anderes gewollt als Freundschaft."

Da war es wieder. Als wäre eine andere Person in Charlenes Haut geschlüpft. Er atmete gepresst aus. „Ich weiß nicht mehr, *was* ich will. Aber eines weiß ich: Ich kann keine Zukunft mit dir – oder mit irgendjemand sonst – planen, solange ich meine Vergangenheit nicht hinter mich gebracht habe."

Die finstere Miene in ihrem Gesicht verschwand. Anscheinend hatte sein Eingeständnis, dass es möglicherweise eine gemeinsame Zukunft mit ihr gäbe, ihre Bedenken etwas beschwichtigt. „Du hast Recht. Wir brauchen beide Zeit, um über einiges nachzudenken." Sie grinste ihn an und tippte mit den Zehen verspielt auf seinen Fuß. „Außerdem ist es ja nicht so, dass wir nicht zusammen sein könnten."

John merkte, wie sich seine Nackenmuskeln entspannten. Das war wieder die Charlene, die er kannte, die Frau, die sein Kumpel war, die immer zu einem Spaß aufgelegt war. Die Frau, die ihn daran erinnerte, wie Abby früher gewesen war. John beugte sich vor und stützte die Unterarme auf seine Schenkel. Er hoffte, Charlene würde immer noch lächeln, wenn sie hörte, was er ihr als Nächstes zu sagen hatte.

„Ehrlich gesagt ... habe ich Abby versprochen, dass ich mich so weit wie möglich von dir fern halte."

Charlene zog die Brauen in die Höhe. „Sie weiß von uns?" Ihre Mundwinkel bewegten sich leicht nach oben. Der Blick in ihren Augen wurde selbstsicher, so als hätte sie irgendwie einen Sieg errungen. John konnte nicht erklären warum, aber ihre Reaktion störte ihn.

„Wie sollte sie es nicht wissen, Charlene? Wir sind die ganze Zeit zusammen. Die Leute reden." Er dachte einen Augenblick nach.

Was von Charlenes Frustration und Angst noch da gewesen war, verschwand jetzt endgültig. Er sah in ihren Augen wieder die sorglose, jugendliche Begeisterung, die ihm so sehr an ihr gefiel. „Ich muss mich also fern halten, hm?"

Als er sie so sitzen sah – ihre dunklen Haare fielen ihr über die Schultern, ihre grünen Augen funkelten selbst in dem Fluoreszenzlicht seines voll gestopften Büros – erwachte in ihm die Sehnsucht, sie in die Arme zu nehmen und ... Die Erinnerung an ihren Kuss drängte sich in seine Gedanken. Er knirschte mit den Zähnen. *Zeig ein bisschen mehr Selbstbeherrschung, Reynolds.* „Wir *beide* müssen uns voneinander fern halten. Ich habe es Abby versprochen."

Charlenes Mund verzog sich zu einem breiten Lächeln. Sie stand auf und wandte sich zum Gehen. „Nun denn, wenn es so sein soll." Sie küsste schnell ihre zwei Finger und berührte dann seine Lippen. „Was auch passiert, ich bin für dich da. Wenn du jemanden zum Reden brauchst. Oder zu etwas anderem. Egal zu was. Ich wohne allein, weißt du noch? Ich kann dafür sorgen, dass niemand etwas bemerkt. Auf diese Weise kannst du dein Versprechen Abby gegenüber halten."

Mit diesen Worten drehte sie sich um und ging davon. Sie

wand ihren geschmeidigen Körper zwischen den Maschinen und Gewichten hindurch und verließ den Raum, ohne sich noch einmal umzusehen.

Die Luft wich langsam aus Johns Lunge, als er sich die Baseballmütze vom Kopf riss und sie auf seinen Schreibtisch schleuderte. Charlenes Worte hallten in seinem Kopf wider: *„Ich kann dafür sorgen, dass niemand etwas bemerkt. Auf diese Weise kannst du dein Versprechen Abby gegenüber halten."*

Wenn sie das so sah, hatte Charlene keine Ahnung, was es bedeutete, ein Versprechen zu halten. Zweifel meldeten sich in Johns Gewissen. Was für eine Zukunft konnte er sich mit einer Frau erhoffen, die so leicht lügen konnte? Wer konnte ohne Gewissensbisse eine Affäre rechtfertigen? Er hatte für sich selbst keine Antworten auf diese Frage.

Plötzlich tauchte ein Bild vor seinem geistigen Auge auf: Wie er Charlene im Mondschein des leeren Footballfeldes der Marion High School geküsst hatte. Er ließ den Kopf hängen. Es stand ihm nicht zu, sie zu verurteilen. Er hatte auch keine Ahnung, was es hieß, ein Versprechen zu halten. *Wenigstens ist sie jetzt fort. Vielleicht bleibt sie bis zum Herbst weg, und dann ...*

Dann könnten er und Charlene vielleicht eine Möglichkeit finden, eine funktionierende Beziehung miteinander aufzubauen. Vielleicht würde es wegen der Dinge, die er in der Ehe mit Abby gelernt hatte, besser klappen.

Er richtete seine Aufmerksamkeit wieder auf den Stapel mit den Prüfungen über „Gesunde Ernährung für einen Sportler". Normalerweise brauchte er nicht einmal eine Stunde, um diese Prüfungen zu korrigieren – Multiple-Choice-Fragen und Lückentexte, in die nur ein Wort einzusetzen war. Aber heute saß er schon über zwei Stunden daran und war immer noch nicht einmal zur Hälfte damit durch.

Um sich besser darauf konzentrieren zu können, kniff er die Augen zusammen und schaute angestrengt auf die Prüfungsbögen. Aber alles, woran er denken konnte, war Charlene: Wie sie ausgesehen und gerochen hatte. Wie sie so selbstverständlich davon ausging, dass er ihr Angebot, ihm zur Verfügung zu stehen und diskret zu sein, annähme.

„Ich kann dafür sorgen, dass niemand etwas bemerkt … dass niemand etwas bemerkt … dass niemand etwas bemerkt.“

Wer hätte sich je träumen lassen, dass es mit Charlene Denton einmal so kompliziert werden würde? Wie als Antwort hörte er Abbys Stimme, die vor Jahren gesagt hatte: *„Mir gefällt nicht, wie sie dich anschaut. So, als interessiere es sie nicht im Geringsten, dass wir beide verheiratet sind.“*

Er legte seinen Stift auf den Tisch und lehnte sich auf seinem Stuhl zurück. Er faltete die Hände hinter dem Kopf und schloss die Augen. Die Prüfungen konnten warten. Um herauszufinden, wie alles so kompliziert werden konnte, musste er zum Herbst 1993 zurückgehen, zu dem Jahr, in dem Charlene als Lehrerin an der Marion High School angefangen hatte. Im selben Jahr war das Leben zwischen Abby und ihm immer weniger fröhlich und verliebt, und stattdessen immer hektischer und mühsamer geworden.

Nicole war in jenem Jahr dreizehn geworden, und jede Stunde, die das Mädchen in der Mittelstufe verbrachte, schien Abby mindestens zwei Stunden ihrer Zeit zu opfern, um mit Nicole über ihre Probleme zu sprechen und ihr zu helfen, die Schmerzen des Erwachsenwerdens zu verstehen. Und natürlich waren da die Sportaktivitäten gewesen. Kade war in jenem Jahr zehn geworden und hatte angefangen, sich in der Juniorenfootballliga in Süd-Illinois einen Namen zu machen. Wenn er ausnahmsweise nicht Football spielte, dann spielte er Baseball oder Basketball.

Abby schien Kade ständig irgendwohin zu fahren, und Nicole war genauso viel unterwegs. Sie musste zur Jugendgruppe und zu Schwimmstunden, zum Klavierunterricht und zu Damenfußballspielen gefahren werden. Zu alledem kam noch Abbys Vater hinzu. Der Mann lebte allein, aber seit bei ihm Parkinson diagnostiziert worden war, hatte er einen großen Teil seiner Selbstständigkeit verloren. 1993 hatte er das alte Haus in Wisconsin und einen Großteil seiner Möbel verkauft, hatte seine wenigen

Sachen gepackt und war in ein Altenheim umgezogen, das nur zehn Minuten von Johns und Abbys Haus entfernt lag. Zusätzlich zu den vollen Terminkalendern der Kinder hatte sich Abby auch noch die Zeit genommen, ihren Vater mehrere Male in der Woche zu besuchen. Wo früher John und Abby an den Sonntagnachmittagen gemeinsam Footballspiele angeschaut hatten, verbrachte sie in jenem Jahr diese Stunden bei ihrem Vater.

Meistens war Abby so ausgelastet, dass sie den dreijährigen Sean in den Kraftraum an der Marion High School brachte und ihn bei John ließ, während sie versuchte, ihren unglaublichen Berg an Terminen und Verpflichtungen zu bewältigen.

Es war so anders als in ihren ersten Jahren, als die Kinder noch klein gewesen waren und Abby nachmittags keine anderen Termine hatte, als die Kinder zur High School zu bringen, wo sie auf den Grashügeln herumlaufen und den Marion Adlern beim Footballtraining zuschauen konnten. Im Herbst '93 war Abby nicht nur zu ausgelastet, um seiner Mannschaft beim Training zuzuschauen, es interessierte sie auch nicht mehr: *„Es ist Jahr für Jahr immer das Gleiche ... Außerdem ist es draußen auf dem Trainingsgelände viel zu kalt.“*

* * *

Er konnte ihre Ausreden immer noch hören. Selbst jetzt, nach Jahren, taten sie noch weh. In ihrer ersten Zeit konnte sie es nicht erwarten zu hören, wen er in der Mannschaft aufstellte und wer gut spielte. Sie bombardierte ihn mit Fragen über Spieler und Strategien und bevorstehende Spiele, auch wenn das Training schon längst vorbei war.

Das waren noch Zeiten gewesen.

John öffnete die Augen und griff nach seiner Wasserflasche. Er nahm drei große Schlucke, bevor er sie wieder abstellte und erneut ernst das Familienfoto betrachtete. Warum hatte sie sich verändert? Verlor Football irgendwie seinen Reiz? Oder war sie seiner müde geworden? Wie dem auch sei, als Charlene an der

Marion High School anfing, war das Leben im Haus der Reynolds kaum mehr als eine funktionierende Hülle. An mindestens vier von fünf Abenden sahen John und Abby sich erst, wenn sie lange nach Einbruch der Dunkelheit zu Hause ein schnelles Abendessen einnahmen und die Kinder ins Bett schickten.

Die späten Abende – eine Zeit, die Abby und John früher füreinander reserviert hatten – waren auf einmal die einzige Gelegenheit, um Geschirr zu spülen oder Wäsche zu bügeln oder einen Artikel für eine Zeitschrift zu überarbeiten, den Abby am nächsten Tag abliefern musste. Jedes Jahr sagten sie sich, dass es wieder ruhiger werden würde, dass es ruhiger werden *müsse.*

Aber die Arbeit nahm ständig zu. Und je voller die Tage wurden, umso einsamer wurde ihr Leben.

John erinnerte sich an das Training drei Tage, bevor die Schule 1993 wieder anfing. Charlene war auf ihn zugekommen und hatte sich vorgestellt. Sie war damals fünfundzwanzig gewesen, jung und frisch und besaß alles, um die Aufmerksamkeit von Hunderten von Mittelstufenschülern zu erregen. John hatte von den anderen Trainern bereits einiges über sie gehört, aber selbst ihre lobenden Worte hatten ihn nicht auf die Wirkung vorbereitet, die ihr persönlicher Auftritt bei ihm hinterließ.

„Hallo, ich bin Charlene Denton. Sie müssen Trainer Reynolds sein.“ Sie reichte ihm die Hand. Ihre Direktheit überraschte ihn.

„Vielleicht sehe ich auch nur so aus wie ein Trainer ...“ Er grinste sie an. Sie lachte auf eine Weise, wie Abby längst aufgehört hatte zu lachen.

„Titel 1989, Viertelfinale 1990. Ich bin ein großer Fan der Adler, Trainer Reynolds. Jeder weiß, wer Sie sind.“

John dachte jetzt über ihre Bemerkung nach. Vielleicht hatte er sich deshalb so zu Charlene hingezogen gefühlt. Sie war ein Footballfan, ein Fan von *ihm.* So wie Abby früher, bevor es ihr auf dem Trainingsgelände zu kalt wurde und die Trainingsstunden zu langweilig wurden.

Er erinnerte sich, wie er sich an jenem Nachmittag in Charlenes großen Augen verloren hatte. „Wenn Sie ein so großer Footballfan sind, ist es mir eine Freude, Sie kennen zu lernen, Mrs. Denton. Wir können einen neuen Fan hier an der Marion High School immer gut gebrauchen."

Das hätte das Ende des Gesprächs sein sollen, aber Charlene war hartnäckig gewesen ... und er schwach. Sie blieb an seiner Seite und genoss unübersehbar seine Gesellschaft. Sie bombardierte ihn mit Fragen nach allen möglichen Einzelheiten über die Mannschaft und ihre Chancen in dieser Saison.

„Mein Mann ist auch Footballfan." Diese Bemerkung ließ sie beiläufig fallen. Er erinnerte sich, dass er sich bei dieser Information entspannte. Er war erleichtert, dass sie verheiratet war. Auf diese Weise bestünde für sie beide keine Gefahr.

Bevor die Trainingseinheit vorbei war, hatte er sie und ihren Mann am folgenden Wochenende zum Abendessen eingeladen. „Sozusagen zur Begrüßung an unserer Schule", hatte er leichthin gesagt.

Abby hatte ihn fragend angeschaut, als John es ihr an diesem Abend erzählte.

„Wir kennen sie doch überhaupt nicht, Schatz. Ich weiß im Augenblick nicht, was ich zuerst tun soll. Am Montag muss ich einen Artikel abliefern. Außerdem muss ich für Montag die Schuleinkäufe für die Kinder erledigen. Ich hatte nicht unbedingt die Absicht, dieses Wochenende Gäste zu bekochen."

John hatte mit den Achseln gezuckt, als sei das keine große Sache. „Sie ist neu an der Schule. Das ist alles. Außerdem glaube ich nicht, dass sie und ihr Mann Christen sind. Wir könnten ein gutes Zeugnis sein."

Abby dachte darüber nach und lächelte dieses müde Lächeln, das sie sich damals schon angewöhnt hatte. „Na gut, einverstanden. Wir grillen. Vielleicht hilfst du mir ja beim Aufräumen ..."

Der Abend war von Anfang an eine Katastrophe gewesen.

Charlene und Rod kamen. An der Art, wie sie einander aus dem Weg gingen und kaum miteinander sprachen, war offensichtlich, dass sie gestritten hatten. Man stellte sich einander vor, und obwohl Charlene Abby gegenüber höflich war, wich sie den ganzen Abend nicht von Johns Seite. Sie holte eine Footballgeschichte nach der anderen aus ihm heraus und lachte hysterisch über alles, was er sagte, sobald es auch nur im Entferntesten lustig war.

Warum habe ich es damals nicht schon gesehen? Vielleicht wäre alles nicht so gekommen ...

Johns Frage war an niemanden gerichtet. Er bekam auch keine Antwort. Seine Gedanken wanderten wieder zurück. Er hatte den Abend genossen, aber Abby hatte von Anfang an angespannt gewirkt. Als Charlene und ihr Mann zur Tür hinaus waren, schüttelte Abby missmutig den Kopf und verschwand in der Küche. John erinnerte sich, dass er ihr gefolgt war und sie unschuldig gefragt hatte, ob etwas nicht stimme.

Abby knallte den Spüllappen auf die Arbeitsplatte und spritzte Seifenwasser auf den Fußboden. „Komm schon, John. Erzähle mir nicht, dass du es nicht bemerkt hast."

John schaute sie verdutzt an. War sie eifersüchtig? Nur weil eine schöne junge Frau sich mit ihm unterhalten hatte? „Was hätte ich bemerken sollen?"

Abby schnaubte. „Charlene."

John musste lachen. „Das glaube ich nicht. Du bist eifersüchtig auf sie. Komm schon, Abby. Sei doch realistisch."

Abby schien mit sich zu ringen, ob sie schreien oder zusammenbrechen und weinen sollte. Stattdessen legte sie den Kopf in den Nacken, eine Geste, die verriet, dass sie sich zwang, ruhig zu bleiben. „Für den Fall, dass du es nicht bemerkt haben solltest: Diese Frau wurde ganz schmalzig in deiner Nähe und hing an jedem Wort, das du sagtest."

„Ach, komm schon, Schatz. Sie ist verheiratet." John ging auf Abby zu, aber sie wich einen Schritt zurück.

„Du bist auch verheiratet, und das hat dich nicht daran gehindert, ihr erstklassig in ihre kleinen Hände zu spielen."

Damals hatte John ehrlich nicht begriffen, was Abby meinte, und ihre Anschuldigung hatte ihn wütend gemacht. „Jetzt hör aber auf. Gib mir nicht die Schuld für ihr Verhalten. Ich kann nichts dafür, wenn ..."

„Wenn was?“ Abbys Stimme war lauter als vorher. „Wenn diese Frau es auf dich abgesehen hat? Um eines klarzustellen, John: Es gefällt mir nicht, dass du sie hierher einlädst und sie in *meinem* Haus herumstolziert und mit *meinem* Mann flirtet und dabei *mein* Essen an *meinem* Tisch isst. Hast du das verstanden?“

John war damals aus dem Haus gestürmt. Er hatte sich geweigert, sich Abbys Tirade noch weiter anzuhören. Damals hatte er ihre Reaktion so lächerlich gefunden, als hätte sie vielleicht gerade ihre Tage gehabt oder sei wegen ihrer Haare frustriert gewesen. Wenn er jetzt zurückschaute, musste er zugeben, dass sie Recht gehabt hatte. Sie hatte die Sache viel besser durchschaut, als er hätte ahnen können. Von seinem jetzigen Standpunkt aus schien es, als hätte Charlene dieses Abendessen dazu benutzt, um ihm zu zeigen, dass sie sich zu ihm hingezogen fühlte.

John beugte sich wieder vor und blätterte in den Papieren auf seinem Schreibtisch. Er hatte Charlene später nach diesem Abend gefragt. Jedes Mal hatte sie abgestritten, dass sie damals einen Plan verfolgt habe. „Wie hätte ich wissen können, dass es zwischen uns so kommen würde?“

Wie hatte es eigentlich überhaupt zwischen ihnen so kommen können? John hatte sich diese Frage hundert Mal gestellt. Es ging eigentlich gar nicht um Charlene. Es lag an Abby. Sie war zu sehr mit den Kindern und deren Terminen und ihrem Vater beschäftigt gewesen, um John überhaupt noch zu fragen, wie sein Tag war. Ganz zu schweigen davon, dass sie schon lange nicht mehr zu den Spielen am Freitagabend kam. Im Grunde hatte sie ihn vergessen. Sie hatte ihn sich selbst überlassen. Er musste sein eigenes Leben führen, während sie das Leben aller anderen um sich herum managte und sich ständig über irgendetwas beklagte. Seit die Aufgaben und Termine derartig überhand genommen hatten, machte sie ihm ständig Vorwürfe, hielt ihm vor, dass er im Haus nicht mehr helfe und dass er sich nicht mehr für das Leben der Kinder interessiere. Er tat alles, was er konnte, aber es war nie genug. Sie hatte sich in eine schlecht gelaunte Xanthippe verwandelt.

Alles in allem betrachtet, wäre jeder Mann unter solchen Umständen schwach geworden.

Zuerst hatte er mit Charlene in seinem Unterrichtszimmer in der Mittagspause gegessen, dann hatten sie nach der Arbeit gelegentlich telefoniert. Trotzdem war es erst vier Jahre später gewesen, dass Charlene ernsthafte Probleme mit Rod hatte.

„Ich habe niemanden, mit dem ich reden könnte", hatte sie zu ihm gesagt. „Treffen wir uns doch vor Unterrichtsbeginn hier. Ich brauche jemanden, der mich versteht."

Und so hatte er – ohne es Abby oder den Kindern zu sagen – angefangen, früher aufzustehen, um eine halbe Stunde vor Unterrichtsbeginn in der Schule zu sein. John erinnerte sich, dass Abby kein einziges Mal in jenem Jahr gefragt hatte, warum er so früh losfuhr. Es war natürlich nicht jeden Tag, aber mit der Zeit begannen er und Charlene, sich regelmäßig vor dem Unterricht im Kraftraum zu treffen und miteinander zu trainieren. Gelegentlich hatten sie sich geneckt oder leicht in die Seite gestoßen. Ein- oder zweimal hatten sie sich gegenseitig gekitzelt. Aber er hatte von Anfang an seinen Standpunkt klargestellt.

„Ich halte nichts von Affären, Charlene."

Einmal, als er das gesagt hatte, war sie hinter ihn getreten und hatte angefangen, ihm mit beiden Händen den Nacken zu massieren. Nur die Verspannung in seinem Nacken schien sie dabei zu interessieren. „Wer hat denn eine Affäre?"

Sie war so unschuldig, so süß, und es machte so viel Spaß, mit ihr zusammen zu sein. Er hatte sich eingeredet, sie sei harmlos, und gegen ein gelegentliches Massieren des Rückens nach dem Training sei nichts einzuwenden. Er erinnerte sich, dass er leicht gelacht und den Kopf vorgebeugt hatte. Er hatte es genossen, wie ihre Finger seine Muskeln massierten. „Alles klar, es ist keine Affäre. Ich wollte nur, dass du weißt, wo ich stehe."

Sie ließ die Finger leicht über seine Arme nach unten gleiten und flüsterte: „Keine Sorge, Trainer. Ich versuche nicht, Sie zu verführen."

John hatte schnell seine Gefühle unter die Lupe genommen

und erkannt, dass sie es überhaupt nicht versuchen müsste. Allein schon ihre Nähe ... Er hatte die Arme gehoben und ihre Hände ergriffen. Er nahm sie von seinen Armen und drehte sich um. „Schau, Charlene. Du bedeutest mir viel, aber ich könnte nie etwas tun, das meine Ehe gefährdet. Das meine ich ernst."

Charlene hatte ihn damals angegrinst und ihn rau gegen die Schulter geboxt. „Ja, *Sir.* Dann bin ich also nur dein Sportsfreund. Mehr will ich von dir ohnehin nicht."

John hatte sich erhoben. Dabei war ihm aufgefallen, dass er sie fast um dreißig Zentimeter überragte. „Dann belassen wir es dabei. Einverstanden?" Aber noch während er die richtigen Worte sagte, spürte er, wie ein starker Wunsch sich seiner bemächtigte. Er wollte sie küssen, fühlte sich zu ihr hingezogen. Es war noch nicht einmal sieben Uhr in der Frühe, und es würde noch mindestens eine halbe Stunde dauern, bis die ersten Schüler kämen.

Heuchler! Die Anschuldigung hallte in seinem Kopf wider, als würde sein Wunsch ihn verspotten. *Heuchler!*

Beinahe hätte er nachgegeben, aber schließlich war er zurückgetreten und hatte tief ausgeatmet und sich bemüht, die Gefühle, die ihn bestürmten, zu verdrängen.

Bevor er sie an diesem Morgen verlassen konnte, hatte Charlene sanft seinen Arm festgehalten. Ihre grünen Augen hatten ihn durchdringend angesehen und ihn angefleht, sie zu verstehen. „Zu Hause ist es so schlimm, John. Aber eines musst du wissen: Du bist der beste Freund, den ich habe. Ich werde nichts tun, das diese Freundschaft gefährden könnte."

In jenem und im darauf folgenden Jahr achteten sie darauf, dass ihre offensichtliche Anziehung zueinander nicht überhand nahm. Manchmal, wenn ihre Gefühle füreinander zu intensiv zu werden drohten, ging er ihr ein paar Tage aus dem Weg. Aber immer wieder fanden sie einander, ob im Kraftraum, beim Mittagessen oder nach der Schule draußen auf dem Footballfeld. Sie war in vielerlei Hinsicht seine ständige Begleiterin. Und auch wenn er sich immer noch Abby gegenüber tief verpflichtet fühlte, war Charlene als beste Freundin ein Ersatz für Abby.

Im Herbst 1999 wurde Charlenes und Rods Ehe endgültig geschieden. Danach heizten sich die Dinge beträchtlich auf. Bei den morgendlichen Treffen mit Charlene im Kraftraum lag eine deutlich spürbare sexuelle Spannung in der Luft. Wenn sie auch nur auf drei Meter an ihn herankam, war es John fast unmöglich zu trainieren. Jedes Mal, wenn ihre nackten, verschwitzten Arme beim Vorbeigehen aneinander stießen oder wenn sich ihre Finger beim Überreichen einer Hantel berührten, musste John gegen Gefühle ankämpfen, von denen er sicher war, dass sie den Zorn eines gerechten Gottes hervorriefen.

Gott.

Dieser Gedanke holte John in die Gegenwart zurück. Wo passte Gott in das Chaos hinein, das aus seinem Leben geworden war?

Er schob die Papiere auf seinem Schreibtisch herum, bis sie einen sauberen Stapel bildeten. Er liebte Gott immer noch, er glaubte immer noch an die Bibel und an Gottes Verheißungen. Es war einfach so, dass es ihm irgendwann Anfang der 90er Jahre, als das Leben hektischer wurde und Abby immer mehr Arbeit mit den Kindern und ihrem Vater hatte, leichter gefallen war, den Sonntagsgottesdienst und den Männerkreis am Mittwochabend ausfallen zu lassen. Die Trainer im Juniorenfootball gehörten nicht zu den Leuten, die den Sonntag achteten. Warum sollte er es dann tun?

Damit wollte er Gott keineswegs beleidigen. Immerhin war John schon so lange Christ, dass er den Eindruck hatte, er habe jede nur vorstellbare Predigt mindestens schon ein Mal gehört. Er kannte Tausende von Geschichten und Gleichnissen, die alle darauf abzielten, dass er auf dem schmalen, engen Weg bleiben sollte. Als John im Herbst 1991 seinen fünfunddreißigsten Geburtstag feierte, hatte er die Sonntage und Mittwochabende zusammengezählt, die er in der Kirche verbracht hatte, und war auf insgesamt 3640 Tage gekommen. 3640 Tage! Er warf einen Blick in seinen Terminkalender und beschloss, dass er weniger Zeit in der Kirche mit einem Haufen von Leuten, die er kaum kannte, und dafür mehr Zeit mit seiner Familie oder allein brauchte, um sich auszuruhen und Kraft für eine neue anstrengende Woche zu sammeln. Immerhin gab es kein Gesetz, das besagte, er müsse zur Kirche gehen. Nicht, wenn er jeden Tag seine Bibel lesen und auch in seinem bequemen Sessel am Sonntagvormittag eine enge Beziehung zu seinem himmlischen Vater pflegen konnte. An jenem Nachmittag hatte er in den Stunden vor seiner Geburtstagsfeier Gott ein Versprechen gegeben. Er erinnerte sich noch sehr gut daran.

Also, Gott, so sieht es aus. Ich habe viele Bibelstellen auswendig gelernt. Du kennst meine Gottesdienststatistik besser als ich. Gib mir meine Sonntage und Mittwochabende zurück, und ich verspreche dir, dass ich alle Tage meines Lebens ein gottesfürchtiger Mann sein will.

John dachte jetzt, im Licht all dessen, was in den Jahren seitdem geschehen war, über sein Versprechen nach. *Ich liebe dich immer noch, Herr, ich glaube immer noch ...*

So denke nun daran, wovon du abgefallen bist ... tue Buße und tue die ersten Werke.

John setzte sich abrupt auf seinem Stuhl zurück. Woher war denn *das* gekommen? Es lag Jahre zurück, dass der Herr mit ihm gesprochen und ihn an Bibelstellen erinnert hatte. Vielleicht war es nicht Gott. Vielleicht war es nur sein schlechtes Gewissen.

Es stimmte. Sein Plan war nicht ganz so aufgegangen, wie er gehofft hatte. Er hatte mit einer Andacht am frühen Morgen angefangen, aber als Charlene ihn bat, sich morgens mit ihr zu treffen, musste er etwas streichen. Nach einem Jahr dieser morgendlichen Treffen im Kraftraum wusste er nicht einmal mehr, wo seine Bibel war.

Und Beten. Na ja, er betete immer noch beim Essen mit der Familie, bei besonderen Anlässen, vor Footballspielen und ...

Er musste an Nicoles bestürztes Gesicht vor zwei Tagen denken, als sie gefragt hatte, warum sie ihr Familientreffen nicht mit einem Gebet begannen. John seufzte und rieb sich den Nacken. Vielleicht beteten sie als Familie nicht mehr so oft wie früher.

Trotzdem ... war er eindeutig ein betender Mann, auch wenn er in den letzten paar Wochen nicht viel gebetet hatte. Oder in den letzten paar Monaten. Oder Jahren ...

Tue Buße und tue die ersten Werke ...

Dieser Gedanke kreiste in seinem Kopf, als hätte sein Gewissen keinen Platz, an dem er einsortiert werden konnte.

Was war mit den Footballspielen? Sprach er nicht ein Gebet vor jedem Spiel, seit er an der Marion High School unterrichtete? Hatte er sich nicht gegen die Mächte politischer Korrektheit gestellt und entschieden, dass seine Mannschaft betete, auch wenn es keine andere tat? War er nicht für unzählige Jungen, die das Trainingsprogramm bei ihm durchlaufen hatten, zum Vorbild geworden?

Das Bild von Charlene, wie sie an jenem Abend neben ihm vor der Umkleidekabine auf dem Spielfeld der Marion High stand und ihn küsste, kam ihm in den Sinn.

Ich bin also nicht perfekt. Wenigstens ist es nur ein einziges Mal passiert. Es ist nicht so, dass ich keine Chancen bei ihr gehabt hätte.

Er erinnerte sich an den Tag, als Charlene ihn eines Samstagmorgens im letzten Sommer gebeten hatte, in ihre Wohnung zu kommen, weil sie mit ihm über ihre Unterrichtspläne für den folgenden Herbst sprechen wollte. Abby war mit Nicole zu einem Damenfußballspiel unterwegs gewesen. Sean und Kade hatten zu Hause ihre Hausarbeiten erledigt. Charlene und Rod hatten keine Kinder. Zu jenem Zeitpunkt war Rod bereits nach Michigan gezogen und hatte in einem Ingenieurbüro eine hoch qualifizierte Stelle angenommen. John hatte also gewusst, dass Charlene allein in ihrer Wohnung war.

Als er an jenem Morgen an ihre Tür klopfte, stellte er fest, dass sie mühelos aufging. „John, bist du es?", kam Charlenes Stimme von irgendwoher auf dem Flur. *Zweifellos aus ihrem Schlafzimmer.* John hatte schwer geschluckt und sich gezwungen, in ihrem Wohnzimmer Platz zu nehmen.

„Ich bin es. Ich warte hier auf dich."

Ihre Antwort kam schnell und ungezwungen. „Komm doch

bitte hier nach hinten. Mein Zeug ist auf meinem Schreibtisch ausgebreitet."

Sich der Gefahr dieses Augenblicks bewusst, ging John mit gemischten Gefühlen den Flur entlang zum Schlafzimmer. Er und Charlene standen einander bereits so nahe, sie waren so gute Freunde, dass er darauf vertrauen konnte, dass sie keinen Vorstoß unternehmen würde. Aber sich selbst traute er nicht ganz.

Er erreichte die Tür und steckte den Kopf hinein. „Hallo."

Beim Klang seiner Stimme tauchte sie aus dem Ankleidebereich auf. Ihre Haare waren in ein feuchtes Handtuch gewickelt, und ihr Körper war bis auf einen lose zugebundenen Bademantel nackt. Sie deutete zu einem kleinen Schreibtisch, der mit mehreren Blättern übersät war. „Komm, setz dich."

Wären die Warnungen, die sich in seinem Kopf meldeten, hörbar gewesen, dann wären von dem schrillen Läuten und heftigen Pfeifen die Wände davongeflogen. Aber da die Warnungen still waren, ignorierte er sie und trat näher. Er vermied den Kontakt zu ihr und setzte sich auf den Stuhl. Als bemerke sie die Wirkung, die sie auf ihn hatte, überhaupt nicht, legte sie beiläufig einen Arm um seine Schultern, beugte sich von hinten über ihn und deutete auf die Pläne, über die sie mit ihm sprechen wollte.

Der Duft ihres Shampoos und der gelegentliche Wassertropfen auf seinem Arm machten es ihm unmöglich, auch nur einen Bruchteil von dem, was sie sagte, zu verstehen. Nach zehn quälenden Sekunden schob er seinen Stuhl zurück. „Ich kann das nicht." Er blickte ihr tief in die Augen. Sie wusste genau, wovon er sprach, auch wenn sie ihn ganz unschuldig anschaute.

„Dann am Küchentisch?" Sie lächelte liebevoll. Ein Lächeln, das ihm sagte, dass sie ihn nicht zwingen würde, eine Grenze zu überschreiten, bei der er sich unwohl fühlte.

Er nickte. Ohne ein weiteres Wort zu sagen, verließ er ihr Schlafzimmer und setzte sich an ihren Küchentisch, wo sie sich fünfzehn Minuten später zu ihm gesellte. Den restlichen Vormittag quälte ihn ein schmerzliches Verlangen, das nichts mit Charlene Denton zu tun hatte.

Es hatte mit seiner Frau zu tun.

Und mit der Frage, warum er den Samstagmorgen hier, im Haus dieser Fremden, verbrachte, statt an der Seite der einen Frau, die er immer noch über alles liebte.

Genug der Erinnerungen. John stand auf und klemmte sich die Papiere, die auf seinem Schreibtisch lagen, unter den Arm. Es war Zeit, nach Hause zu gehen und eine Möglichkeit zu finden, dort seine Arbeit zu erledigen. Wenigstens wäre er Abby, wenn er arbeitete, nicht im Weg. Seine Gegenwart schien in letzter Zeit ihre Anspannung nur noch zu erhöhen.

Vielleicht sollte ich nach Hause fahren und beten.

Bete jetzt, mein Sohn, vergeude keine Zeit mehr.

Da war sie wieder, diese Stimme. War es dieselbe Stimme, die damals so regelmäßig zu ihm gesprochen hatte, als er seine 3640 Tage in der Kirche verbrachte? John verwarf diesen Gedanken. Er hatte genug Zeit für einen Tag vergeudet und brauchte jetzt nicht auch noch allein in seinem Büro sitzen und versuchen, sein Leben vor Gott ins Reine zu bringen. Er und Abby hatten die Entscheidung getroffen, ihre Ehe zu beenden. Eine Entscheidung, die sie nicht mehr umstoßen würden.

Nein, dieses Mal entschieden sie sich, den Weg allein zu gehen, ohne Gottes Hilfe. Er schob seinen Stuhl unter den Schreibtisch. Bevor er den Raum verließ, warf er noch einen letzten Blick auf das Weihnachtsfoto. Abby war so eine schöne Frau. So voll Leben und Liebe. Wenigstens war sie das noch vor ein paar Jahren gewesen. *Abby, mein Mädchen, was ist nur aus uns geworden? Haben wir einfach nur noch gearbeitet und aufgegeben, es neu miteinander zu versuchen? Ist das unser Vermächtnis, das wir unseren Kindern hinterlassen? Unserer Tochter, die sich ein eigenes Leben aufbauen will?*

Er hörte nur das Summen der Deckenlampen als Antwort. John ließ seinen Blick noch einen Moment länger auf dem Bild seiner Frau hängen. Ohne nachzudenken, bewegte er den Finger zu ihrem Gesicht und fuhr es zärtlich nach. *Ich vermisse dich, Abby.* Zum ersten Mal seit Jahren war er versucht, nach Hause zu fahren, sie in die Arme zu nehmen und ihr das zu sagen.

Verrückt. Er schüttelte den Kopf. Diese Idee verschwand wieder. *Wir mögen einander nicht einmal mehr. Wie kann ich sie vermissen? Sag mir das, Gott, wie?*

Mehr Schweigen.

Schweigen. Zuerst Abby, jetzt Gott. Als Nächstes werden mir die Kinder den Rücken zukehren. Er blieb still stehen und sehnte sich nach der glücklichen Familie auf dem Foto. *Was habe ich eigentlich getan, das dich so gegen mich aufgebracht hat, Abby?* Er hob den Blick und versuchte, durch die weiße Decke zu schauen. *Oder dich?* Er drückte den Lichtschalter und ging in die kalte Winternacht hinaus. Er war sich nur einer einzigen, traurigen Sache sicher: Welche Entscheidungen er in den kommenden Monaten auch im Hinblick auf seine Zukunft treffen würde, sie würden nicht die zwei Personen einschließen, die ihm früher mehr als alle anderen bedeutet hatten.

Abby und Gott.

John hatte keine Ahnung, wie er und Abby eigentlich zu dem Entschluss gelangt waren, sich scheiden zu lassen. Ein Entschluss, der praktisch sowohl Abby als auch Gott aus seinem Leben eliminieren würde. Er wusste nur, dass sie diesen Entschluss getroffen hatten. Er dachte über diese zwei Personen nach: Abby, für die er früher sein Leben gegeben hätte; Gott, der freiwillig gestorben war, um ihm dieses Leben überhaupt erst zu ermöglichen. Abby, der er versprochen hatte, immer zu ihr zu stehen; Gott, der ihm versprochen hatte, immer zu John zu stehen.

Ich war jung und verrückt.

Du warst glücklich, mein Sohn ... heilig ... ausgesondert ... Tue Buße und tue die ersten Werke ...

Der eisige Wind traf ihn mitten ins Gesicht. Er beeilte sich, zu seinem Auto zu kommen, und ignorierte das stille Flüstern in seinem Herzen.

Nein, auch wenn ihn Schuldgefühle quälten, würde er seine Meinung in Bezug auf die Scheidung nicht ändern. Abby war wütend, hart und abweisend. So war sie schon seit Jahren. Selbst wenn sie wollten, könnten sie nicht wieder die Menschen werden, die sie früher gewesen waren, das Leben führen, das sie früher geführt hatten. Es war zu spät; sie waren zu weit gegangen. Und wenn das bedeutete, dass er dabei auch Gott verlor, dann sei es so.

Er zog die Kapuze seines Meisterschaftstrikots enger um seinen Kopf und kramte nach seinen Schlüsseln. Außerdem hatte Gott Trainer Reynolds wahrscheinlich schon vor langer Zeit abgehakt. Dieser Gedanke schlug in seinem Kopf Wurzeln, als er in sein Auto stieg und den Motor anließ. Als er losfuhr, musste er die ganze Zeit einem Drängen widerstehen, das stärker war als je zuvor: dem Drang, alles, was ihn zu Hause erwartete, zu vergessen, das Lenkrad seines Autos herumzudrehen und stattdessen geradewegs zu Charlene Denton zu fahren.

8

Diese Frau trieb Abby schier in den Wahnsinn. Sie drohte, ihnen den ganzen Tag kaputtzumachen.

Wessen Idee war es eigentlich gewesen, sie mitzunehmen? Der Nachmittag hätte eine besondere Zeit für Nicole und ihre Mutter sein sollen. Stunden, in denen sie gemeinsam Hochzeitskleider anschauten und das perfekte Kleid für Nicole aussuchten.

Nun aber hatten Abby und Nicole kaum einen Moment Zeit, um einander auch nur einen Blick zuzuwerfen, geschweige denn, in das Gespräch einzugreifen. *Hab mehr Geduld, Abby. Mach jetzt keine Szene.* Die Frau – Jo Harter, eine geschiedene, allein erziehende Mutter und Nichtchristin – war ausgerechnet auch noch Nicoles künftige Schwiegermutter. Vielleicht gehörte sie zu den Frauen, die viel redeten, wenn sie mit Leuten zusammen waren, die sie nicht gut kannten.

„Wie dem auch sei – ich habe erst neulich zu Margaret in unserem Büro gesagt: Ein Mädchen sollte in Weiß heiraten. Ich meine, es spielt keine so große Rolle, ob sie es bereits getan hat oder nicht, wenn ihr wisst, was ich meine. Aber trotzdem sollte sie in Weiß heiraten." Ein schnelles Luftholen. „Ich meine, schaut euch nur Nicoles Teint an. Das Mädchen wäre verloren in etwas Elfenbeinfarbigem. Sie würde sich darin vollkommen unwohl fühlen. Es muss weiß sein. Darauf bestehe ich unbedingt." Sie drückte die Lippen aufeinander und verteilte die übertrieben dick aufgetragene Schicht Lippenstift. Dann wühlte sie hastig einen Kleiderständer durch.

Nicole warf Abby einen Blick zu. „Ehrlich gesagt, gefällt mir weiß. Aber ich suche ein ..."

„Ich habe es gefunden!" Die leuchtend roten Haare der Frau bildeten einen starken Kontrast zu den weißen Kleidern, die an dem Ständer hingen. Sie zog ein Kleid heraus. Es hatte einen hoch geschlossenen Kragen, aber der Saum hörte knapp unter dem Knie auf. Dort teilte sich der Rock und wellte sich in drei Spitzenschleppen nach hinten.

Dieses Kleid ist schlichtweg unmöglich. Es sieht aus, als wäre es nur halb fertig.

Abby widerstand dem Drang, laut auszusprechen, was sie dachte. Stattdessen warf sie einen viel sagenden Blick auf Nicole. *Oh, Liebes, ich hoffe, ihr kommt gut miteinander zurecht. Es gibt nichts Wunderbareres, als wenn man in seiner Schwiegermutter eine gute Freundin findet.* Abby erinnerte sich an Hattie Reynolds und fragte sich, wie es ihrer eigenen Schwiegermutter wohl ging. Sie litt unter Alzheimer und war in ein Pflegeheim eingeliefert worden. Es lag Monate zurück, seit sie das letzte Mal mit ihr gesprochen hatte, oder gar ...

„Nun ja ...", riss Nicole Abby aus ihren Gedanken und schaute das Kleid nachdenklich an. „Es ist nicht ganz das, was ich mir vorgestellt habe, wenn ich ehrlich bin."

Jo verzog das Gesicht. „Es ist die absolut neueste Mode, Nicole. Hast du denn keine Zeitschriften gesehen?"

Abby war stolz darauf, wie ihre Tochter dieser Frau gegenüber auftrat: geduldig, höflich, aber fest entschlossen, ihren eigenen Geschmack durchzusetzen. Nicole nahm das Kleid vorsichtig und hängte es wieder an die Stange. „Eigentlich suche ich ein eher traditionelles Kleid. Weiß, ja. Aber gleichzeitig elegant, unvergesslich."

Jo nickte leicht beleidigt, doch dann konzentrierte sie ihre Aufmerksamkeit auf Abby. „Übrigens wollte ich dir unbedingt sagen ..." Sie schwieg kurz, und Abby wappnete sich im Geiste gegen den nächsten Redeschwall. Mehrmals schon an diesem Tag hatte nur das Bedürfnis, Luft zu holen, Jo davon abgehalten, stundenlang ohne Unterbrechung über jedes beliebige Thema einen Monolog zu halten.

Jo legte den Kopf so, dass ihre Augen auf einer Höhe mit Abbys waren. Die Augenbrauen hatte sie dramatisch nach oben gezogen. „Du hast da wirklich einen großartigen Mann mit deinem John. Ja, wirklich. Ein großer Footballstar der Universität von

Michigan.“ Sie fuchtelte mit der Hand durch die Luft. „Ich erinnere mich gut daran, wie es war: Denny und ich faulenzten den ganzen Tag und hatten für das Wochenende nichts zu tun. Wir schalteten den Fernseher ein. Es lief Football. Und dein Mann ... mmhhhm.“ Sie zog den Ton so gut sie konnte in die Länge und schnappte dann schwer nach Luft. „Ein so gut aussehender Quarterback ist mir kein zweites Mal unter die Augen gekommen. Weder vorher noch nachher.“

Der Schmerz in Abbys Magengegend überraschte sie. Ja, John sah gut aus. Und wenn schon? Das hielt eine Ehe auch nicht besser zusammen als Farbe Wände zusammenhält. „Ja, er hat schon immer gut ausgesehen.“

Jo musterte Abby schnell von Kopf bis Fuß und grinste. „Natürlich siehst du selbst auch nicht schlecht aus. Muss schön sein. Das ist alles, was ich sagen wollte.“

Nicole – die davon profitierte, dass sie kurzzeitig nicht der Mittelpunkt von Jos Interesse war – schlenderte in ihre eigenen Gedanken versunken weiter an dem Ständer entlang und begutachtete sorgfältig jedes Kleid. Wieder spürte Abby, wie ihre Frustration wuchs. Das sollte *ihre* Zeit sein mit ...

„Wie lange, sagtest du, seid ihr schon verheiratet?“

Abby kniff die Augen zusammen. *Und weiter geht es.* „Einundzwanzig Jahre waren es im letzten Juli.“

„Einundzwanzig Jahre. Uiuiuiii!“, quietschte Jo. Abby blickte sich um und hoffte, sie zögen nicht zu viel Aufmerksamkeit auf sich. Jo stemmte die Hände fest in die Hüften. „Weißt du, was ich denke? Ich denke, einundzwanzig Jahre sind wirklich ein Wunder.“ Sie stieß Abby rau gegen die Schulter.

Abby trat einen kleinen Schritt zurück und wünschte sich verzweifelt, diese Frau würde sie endlich in Ruhe lassen. *Erzähle mir nichts von Wundern, Frau. Wunder dieser Art passieren Leuten wie mir nicht.*

Abby bemühte sich, ihr Unbehagen zu verbergen. Nicht, dass das eine Rolle gespielt hätte. Jo war zu sehr damit beschäftigt, sich selbst reden zu hören, als dass sie Abbys Gefühle bemerkt hätte. Sie betrachtete ihre Fingernägel und bewunderte, wie die Enden perfekt abgerundet und in grellem Orange, passend zu ihrer Bluse, lackiert waren. „Weißt du, ich würde vielleicht sogar meinen Fuß in eine Kirche setzen, wenn ich glauben würde, dass mir das meinen Denny zurückbringen könnte. Ja, wirklich. Ich glaube, das würde ich sogar tun." Sie ließ die Hände sinken und schaute Abby geradewegs an. „Ihr geht in die Kirche, nicht wahr? Das hat Matt mir erzählt. Seit er selbst hinging und – wie er sagt – seinen Erlöser gefunden hat, redet er fast von nichts anderem. ‚Sie sind Christen, Mama.' ‚Nicole glaubt an Gott, Mama.' Sieht so aus, als machten die Leute immer mehr Wirbel darum, dass sie in die Kirche gehen. Aber soll ich euch sagen, was ich denke?"

Abby öffnete den Mund, hatte aber keine Zeit, ihr zu antworten.

„Ich sage, diese Leute sollen an die Macht. Und weißt du, was noch? Wenn ich glauben würde, dass ich dadurch meinen Denny zurückbekäme, würde ich es wahrscheinlich auch tun." Sie setzte auf der Stelle nach. „Matt hat mir aber nicht gesagt, was ihr genau seid. Seid ihr solche Pfingstler oder Presbyterianer oder Baptisten oder Missionare, die von Tür zu Tür gehen, oder schaut ihr euch nur die Predigten im Fernsehen an? Denn ich habe nichts gegen das alles. Das müsst ihr unbedingt wissen. Das muss ich euch selbst sagen, hier auf der Stelle. Ich will keine Streitereien um Religion, was die Hochzeit der Kinder angeht." Sie zögerte und wollte Abby tatsächlich eine Chance geben zu sprechen, aber Abby war nicht sicher, was sie sagen sollte. „Nun, was seid ihr? Eigentlich seht ihr nicht aus wie die Leute, die von Tür zu Tür gehen. Und das meine ich als Kompliment."

„Wir gehören zu einer unabhängigen Gemeinde." *Diese Frau gehört in die Irrenanstalt.*

Seid bereit zur Zeit und zur Unzeit.

Abby war innerlich geschockt über die Worte, die ihr da in den Sinn kamen. *Ich kann nicht einmal meine Ehe retten, Gott. Wie soll ich da bereit sein, mit dieser Frau zu sprechen? Besonders wenn sie ständig so weiter ...*

„Was macht man in eurer Gemeinde?“, wollte Jo wissen. „Gehört ihr zu denen, die ganz wild werden und anfangen zu lachen und im Kreis herumzulaufen?“

Trotz ihrer Frustration musste Abby sich beherrschen, um nicht laut loszulachen. Es wäre köstlich, Jo in diesem Glauben zu lassen. „Nein, nichts dergleichen.“

Jo verlagerte ihr Gewicht auf das andere Bein. „Was sind die Leute in eurer Gemeinde dann für Typen? Was glaubt ihr denn dort? Das ganze Zeug über Höllenfeuer und Schwefel, von dem jeder ständig redet?“ Sie fing sich schnell wieder. „Nicht, dass es mir etwas ausmachen würde. Ehrlich nicht. Dieses ganze ‚Du-solltest-dein-Leben-in-Ordnung-bringen,-der-Herr-könnte-morgen-wiederkommen‘-Gerede hat mich noch nie gestört.“ Trotz Jos Worten sprach eine sichtbare Unruhe aus ihren Augen. „Ich will damit sagen: Es ist gut für euch und so, aber ich habe keine Zeit für so etwas. Der Sonntag ist immer mein Putztag.“

Sag ihr die Wahrheit, Abby.

Die Stimme war so laut und deutlich, dass Abby sich fragte, ob Jo sie auch gehört hätte. Mehr aus Gewohnheit als aus irgendeinem anderen Beweggrund warf sie Jo einen freundlichen Blick zu. „Unsere Gemeinde ist wie viele andere Gemeinden. Wir glauben an Jesus Christus und dass die Bibel das einzige, unfehlbare Wort Gottes ist.“

Jo wirkte fasziniert und schwieg fast ganze zwei Sekunden. Ein Rekord an diesem Nachmittag. „Das glaubst du wirklich? Eine kluge Frau wie du?“

Abby nickte. Sie glaubte es, oder? Sie lebte vielleicht nicht so, als glaube sie es, aber irgendwo tief in ihrem Herzen wusste sie, dass Gottes Wort wahr ist.

Alles auf der Welt wird vergehen, aber mein Wort bleibt in Ewigkeit.

Länger als Abby oder John oder ihr Entschluss, sich scheiden zu lassen. Gottes Wort war ewig. „Ja, das glaube ich.“

Jos Kinnlade klappte nach unten. „Wirklich? Ich glaube, du und ich, wir müssen bei Gelegenheit einmal allein ein langes, gründliches Gespräch über diese Sache führen. Irgendwann noch vor dem großen Hochzeitstag. Denny und seine zweite Frau sind jetzt auch geschieden. Ich weiß, dass dieser Mann das Beste war, was mir je widerfahren ist. Ich nehme bis zur Hochzeit zehn Pfund ab und färbe meine Haare, nur um seine Aufmerksamkeit zu erregen. Er wird kommen. Weißt du warum?"

Abby betrachtete die Haare der Frau und stellte jetzt erst fest, dass das Rot doch nicht ihre Naturfarbe war. „Warum?"

„Seit Matt die ganze Sache mit Gott und so anfing, hat auch Denny damit angefangen. Ich glaube, er fängt tatsächlich an, es zu glauben. Matt sagt, es ist fast so, als klinge sogar sein Ton ganz anders. Etwas, das vorher nicht da war." Jo lächelte breit und Abby beobachtete, dass diese Frau sich sogar die Zähne hatte bleichen lassen. Sie waren weißer als die Hochzeitskleider.

Wenn sie nicht so lästig wäre, könnte man Jo fast als hübsche Frau bezeichnen. Aber wenn sie während ihrer Ehejahre so viel geredet hatte, konnte Abby Denny nur dazu gratulieren, dass er so viel gesunden Menschenverstand besessen hatte, das Weite zu suchen.

Was Gott zusammengefügt hat, soll der Mensch nicht scheiden, meine Tochter.

Angst durchflutete Abby. Sie fühlte die heilige Ermahnung so stark, als wäre Gott persönlich erschienen und hätte sie ihr direkt ins Gesicht gesagt. Was war nur mit ihr los? Wann hatte sie angefangen, so gleichgültig und abfällig über die Ehe zu denken? Die Situation zwischen ihr und John war eine Sache, aber wie konnte sie so locker einer Scheidung zustimmen? Nur weil ein Mensch zu viel redete?

Es tut mir Leid, Gott. Ich erkenne mich selbst nicht wieder.

Nicole stand fünf Meter von ihr entfernt und hielt ein Kleid hoch. „Mama, was hältst du davon?"

Abby legte den Kopf schief und betrachtete es. Hoch geschlossener Spitzenkragen, eng anliegendes Mieder, schmale Taille und ein langer Rock, an dem Perlen und Spitzen glitzerten. Sie stellte sich Nicole darin vor und lächelte. „Das Kleid gefällt mir."

Nicole warf einen Blick auf ihre Uhr. „Wir haben immer noch nichts gegessen, und ich will mich in zwei Stunden mit Matt treffen. Vielleicht frage ich, ob sie das Kleid für mich zurücklegen."

„Das ist eine gute Idee."

Als das Kleid sicher zurückgelegt war, begaben sich die drei Frauen zu einem Salatrestaurant, das nur eine Straße weiter war. Jo redete schon wieder über Denny, und Abby rief sich immer wieder ins Gedächtnis, dass der Einkaufsbummel fast vorbei war.

„Ich habe euch doch die Geschichte von Denny und mir erzählt, oder? Wie wir beschlossen haben, dass es zu viel Mühe mache, unsere Ehe zu retten, und wir lieber das Handtuch warfen?" Jo ging zwischen ihnen. „Das war die schlimmste Entscheidung, die ich je getroffen habe."

„Äh ..." Abby sah, dass Nicole sie angrinste. Sie lächelte ihre Tochter ebenfalls an. *Gutes Mädchen. Überlass sie mir.* „Ich glaube nicht, dass du das erwähnt hast." Abby behielt eine ernste Miene und wartete auf das nächste Kapitel.

„Die Sache mit Denny und mir war so: Wir liebten uns wirklich. Ich meine, wirklich. Wir fingen so gut an und hielten es auch bis ungefähr ins siebte Ehejahr oder so gut durch. Dann passierte etwas, und, meine Güte, wenn ich nur sagen könnte, was es genau war."

Diese letzte Bemerkung machte Abby wider Willen hellhörig. *Es könnte meine Geschichte sein, die sie da erzählt ...*

„An dem einen Tag schwebten wir wie auf Wolken. Uns ging es bestens, wir verbrachten viel Zeit miteinander, lachten und liebten uns und gingen fischen. Am nächsten Tag ..." Jo bohrte ihre Zähne in ihre Unterlippe. „Am nächsten Tag redeten wir kaum noch miteinander. Ehe wir uns versahen, führte jeder sein eigenes Leben. Ich meine, vollkommen sein eigenes Leben. Er schlief draußen im Wohnwagen, und mich interessierte das überhaupt nicht. Aber am Anfang war alles ganz anders. Wenn ihr eine Minute Zeit habt, kann ich euch erzählen, wie es am Anfang war. Wirklich eine richtige Liebesgeschichte. Das könnt ihr mir glauben."

Abby fürchtete, dass sie um diese Geschichte nicht herumkämen. Sie müssten sie sich anhören, ob sie wollten oder nicht. Sie betraten das Restaurant. Jo machte lange genug eine Pause, um die Kellnerin auf sich aufmerksam zu machen. „Wir brauchen einen Tisch für drei Personen. Wenn es geht, in einer ruhigen Ecke." Jo lächelte zuerst Abby und dann Nicole breit an. „Wir haben uns viel zu erzählen." Sie deutete mit dem Finger auf das Schild, das den Raucher- und den Nichtraucherbereich voneinander trennte. „Und nicht zu nahe beim rauchigen Bereich, wenn es Ihnen nichts ausmacht."

„Beim Raucherbereich meinen Sie?" Die Kellnerin war nicht älter als sechzehn Jahre und war durch Jos Bemerkung sichtlich irritiert. Wieder wechselten Abby und Nicole einen Blick, der verriet, dass sie sich beide auf die Zunge beißen mussten, um nicht laut loszuprusten.

Jo beugte sich näher zu dem Mädchen vor. „Der rauchige Bereich. So nenne ich ihn, ja? Das ist dort, wo die Luft vom Rauch so dick ist, dass man innerhalb von fünfzehn Minuten keine Stimme mehr hat. Wir wollen nicht in den rauchigen Bereich, weil wir, wie ich schon sagte, viel miteinander zu bereden haben."

Das Mädchen starrte Jo einen Augenblick verständnislos an. „Aber sicher. Selbstverständlich."

Jo blieb ungerührt. Offenbar wartete sie darauf, mehr von dem Mädchen zu hören. „Nun, wie lang sollen wir denn warten? Denn gleich um die Ecke ist ein Micky D's, wenn es bei Ihnen nicht klappt. Ich meine das nicht persönlich gegen Sie, aber wir Damen brauchen einen ruhigen Platz, an dem wir uns unterhalten können."

Und den sollen wir bei McDonald's finden? Abby behielt ihre Bemerkung für sich und beobachtete die Kellnerin mitfühlend, die angestrengt ihren Sitzplan studierte.

„Es dürfte nicht länger als fünf Minuten dauern." Das Mädchen klang unsicher. Sie war sichtlich verwirrt, seit Jo in das Gebäude marschiert war, und hatte sich anscheinend immer noch nicht ganz von diesem Schock erholt.

„Also gut. Fünf Minuten können wir gern warten." Jo grinste das Mädchen verschwörerisch an. „Ich stoppe die Zeit. Jetzt geht's los."

Mit schnellen, nervösen Schritten ging das Mädchen in den Speisesaal. Jo verstand ihr Verschwinden als Stichwort, ihren Monolog wieder aufzunehmen.

„Also, wie dem auch sei, was ich sagen wollte: Es hat noch nie so eine Liebesgeschichte gegeben wie zwischen mir und Denny. Und damit sage ich die absolute Wahrheit. Gott ist mein Zeuge ..."

Sie plapperte während der ganzen fünf Minuten Wartezeit und machte nur so lange eine Pause, um der Kellnerin zum Tisch zu folgen und ihren Teller an der Salattheke aufzufüllen. Als sie wieder gemeinsam am Tisch saßen, hatte Jo seit ungefähr einer halben Stunde über ihre Liebesgeschichte mit Denny gesprochen, und Abby war sich immer noch nicht ganz sicher, wie die beiden sich eigentlich kennen gelernt hatten.

Nicole war in Gedanken versunken und ließ Jo einfach reden. *Sie denkt an Matt und an das Kleid und an den Rest ihres Lebens.* Abby tat so, als höre sie zu, aber innerlich lächelte sie Nicole an. *Du bist so schön, Schatz. Ich freue mich so sehr für dich.*

In gewisser Weise war sie dankbar für die Ablenkung, die Jo ihnen bot. Denn sonst würde Nicole sie bestimmt mit Fragen nach Abbys und Johns Liebesgeschichte löchern.

Eines Tages ... Eines Tages kann ich vielleicht darüber reden, ohne wütend und verletzt und frustriert zu sein, ohne mit der Faust gegen die Wand schlagen zu wollen, weil John alles kaputtgemacht hat. Weil er mir die ganze Verantwortung bei der Kindererziehung überließ und so sehr mit seinem Football beschäftigt war, dass er nicht einmal sein eigenes Zeug wegräumen konnte.

Abby hörte Jo wieder einen Augenblick zu.

„Aber nach diesem Tag beim Wettfischen gab es kein Zurück mehr. Denny hatte den glänzendsten, größten Fisch, den irgendjemand in ganz Marion je gesehen hat. Was ich damit sagen will, es war ein großer Fisch. Um die Wahrheit zu sagen, und ich sage immer die Wahrheit: Fische können gar nicht größer sein als ..."

Abbys Gedanken schweiften wieder ab. Jo und Denny hatten nichts mit ihr und John gemeinsam. Ihre Liebe war von Kindheit an füreinander bestimmt gewesen, wie ein wunderbarer Regenbogen, der sich über den Himmel spannt, damit jeder ihn sehen kann. Sie schluckte schwer, legte ihre Gabel ab und betrachtete den welkenden grünen Salat auf ihrem Teller. Natürlich war wie bei jedem Regenbogen ihr Licht mit der Zeit verblasst, und jetzt war nichts anderes mehr übrig geblieben als ein düsteres Grau und glanzlose Beigetöne. Sehr bald würden alle wissen, dass ihre Geschichte, so großartig sie auch begonnen hatte, so lang sie auch gedauert hatte, schon lange auf ein schreckliches Ende zulief. Auf einen Schluss, bei dem die Leute das Kino verlassen und ihr Geld zurückverlangen würden.

Aber irgendwann einmal war ihre Geschichte wirklich herrlich gewesen.

Damals in den ersten zehn Jahren ihrer Ehe hatte sie die Geschichte oft erzählt und John ihren Märchenprinzen genannt und es insgeheim genossen, wenn andere Paare versuchten, das anzustreben, was sie beide miteinander verband. In letzter Zeit schien jedoch die Geschichte, wie sie sich als Kinder kennen gelernt und schließlich geheiratet hatten, in eine andere Zeit und zu einer anderen Frau zu gehören.

Jos Stimme riss sie aus ihren Gedanken. „Da waren wir also. Alle diese Fische mit aufgeschlitzten Bäuchen lagen in der Küche seiner Mutter. Sie waren auf der Arbeitsplatte ausgebreitet, als wir – ihr werdet es nicht glauben! – etwas Glänzendes im Bauch von einem dieser Tiere entdeckten ..."

Jo brauchte keine Zuhörer. Selbst wenn Abby und Nicole die Köpfe zurücklehnten und tief einschliefen, würde diese Frau trotzdem weiter erzählen. Sie beobachtete, wie Nicole mit ihrer Gabel einen Tunfisch auf ihrem Teller aufspießte. Fischinnereien. Ein großartiges Thema beim Mittagessen.

Nein, Abby war ziemlich sicher, dass es niemanden gab, der eine herrlichere Liebesgeschichte erlebt hatte als sie und John. Sie dachte zurück. Anfangs waren die Bilder noch etwas verschwommen. Aber nachdem sie es mehrere Sekunden lang angestrengt versuchte, wurden die Bilder klarer. Abby sah alles vor sich. Es war nicht so, dass sie ihre Vergangenheit vergessen hätte oder sich eingeredet hätte, sie sei vielleicht nie wirklich passiert. Sie hatte sich einfach nicht mehr zugestanden zurückzublicken.

Aber während Jo Harter eine uralte Geschichte erzählte, die anscheinend überhaupt keinen richtigen Höhepunkt hatte und trotzdem unweigerlich den restlichen Nachmittag in Anspruch nehmen würde, gestand sich Abby zu, sich zu erinnern. Das hatte sie seit Jahren nicht mehr getan.

In der Privatsphäre ihrer eigenen Gedanken reiste sie in eine Zeit und an einen Ort zurück, als sie noch ein kleines Mädchen von zehn Jahren war und in einem wunderbaren alten Haus am Ufer des Lake Geneva lebte.

„Abby, komm rein und zieh dich ordentlich an ...“ Es war die Stimme ihrer Mutter. Abby hörte sie so hell und klar, als wäre sie immer noch am Leben und schaute Abby auf der Veranda beim Baden zu. Dann forderte ihre Mutter sie auf, aus dem Wasser zu steigen und ins Haus zu kommen ...

„Du hörst mir doch zu, Abby, nicht wahr?“ Jos raue Stimme drang in ihre Erinnerung ein und holte sie unsanft in die Gegenwart zurück.

Abby atmete tief ein, um wieder ruhig zu werden. Hier war nicht der richtige Ort. Aber vielleicht war es trotz allem keine so schlechte Idee. Nicoles Hochzeitspläne würden unweigerlich viele Erinnerungen an die Vergangenheit bei ihr wecken ...

Sie nahm einen Zehn-Dollar-Schein aus ihrem Portmonee und legte ihn auf den Tisch. „Es ist eine faszinierende Geschichte, Jo, aber den Rest musst du mir ein anderes Mal erzählen.“

Nicole schnellte förmlich von ihrem Stuhl hoch und trat neben Abby. Sie holte ebenfalls Geld aus ihrer Börse und reichte es Jo. „Ich muss auch gehen. Tut mir Leid ... Matt wartet auf mich.“

Jo sah enttäuscht aus, aber sie nahm das Geld und begann zu rechnen. „Nun gut. Wisst ihr, was mich völlig überrascht: Das war der beste Nachmittag seit sehr langer Zeit. Es war schön mit euch beiden. Ich würde sagen, nächste Woche wiederholen wir das, ja? Wir müssen noch viel einkaufen, und wenn es etwas gibt, das ich gern tue, dann ist es ..."

„Nächstes Wochenende nicht, Jo." Abby schaute Nicole an und lächelte. „Ich habe Nicole versprochen, dass wir uns zwei Tage Zeit füreinander nehmen. Nur sie und ich." Ihr Blick wanderte zu Jo zurück. „Das machen wir schon, seit sie ein kleines Mädchen war."

Jos Augen strahlten auf. „Ja, wenn das so ist, dann habe ich eine andere Idee. Wir treffen uns am Donnerstagabend in einer Woche. Was hältst du davon, wenn wir ein Erinnerungsalbum machen?"

Ich will hier raus ... „Ein Erinnerungsalbum?"

Ein lautes Lachen kam aus Jos Kehle. „Sagt bloß, ihr kennt hier im Norden so etwas nicht? Du weißt schon, wir setzen uns irgendwo zusammen und kleben Bilder auf. Ich will Matthew zur Hochzeit ein Album machen." Sie warf einen schnellen Blick auf Nicole und hielt einen Finger an ihre Lippen. „Pscht. Du darfst ihm nichts verraten. Es soll eine Überraschung werden. So wie damals, als ich selbst gemachte Erdnussbuttercreme zur Schule brachte, wenn er ein gutes Zeugnis bekommen hatte." Sie grinste Nicole stolz an. „Und du, liebes Mädchen, bist das Beste, was er seit wer weiß wann bekommen hat, und wie ich immer sage: Die Feier muss der Sache, die gefeiert wird, auch angemessen sein."

Abby sah, wie in Nicoles Augen eine begeisterte Vorfreude aufleuchtete, als sie sich zu ihr umdrehte. Halb erwartungsvoll, halb entschuldigend. „Mama, ich weiß, dass du mit deinen Artikeln alle Hände voll zu tun hast." Sie klimperte mit den Wimpern, wie sie es schon als kleines Mädchen getan hatte, wenn sie ihre Mutter um etwas angefleht hatte. „Meinst du, das könntest du tun? Glaubst du, du findest die Zeit, um mir auch ein solches Album zusammenzustellen?" Nicole schaute Jo noch einmal an. „Ich finde, das ist eine großartige Idee."

In diesem Augenblick war Abby bereit, alles zu tun, Hauptsache, sie konnte diesen Nachmittag endlich beenden und so weit ihre Füße sie tragen konnten, von Jo Harter fortkommen. Außerdem war die Idee wirklich nicht schlecht. Sie hatte für Nicole ein Erinnerungsalbum angefangen, als ihre Tochter in der Grundschule war, aber es fehlten einige Seiten. Irgendwann nach Nicoles zehntem Geburtstag war Abby zu beschäftigt gewesen, um weiter daran zu arbeiten. Wenn sie dieses Album je zu Ende bringen wollte, dann war jetzt die beste Zeit dafür. „Donnerstag in einer Woche also. Um welche Uhrzeit?"

Jo grinste. „Um achtzehn Uhr. Treffen wir uns bei Crafter's Bin."

Als die drei Frauen draußen auf dem Parkplatz waren, verabschiedeten sich Nicole und Abby von Jo und schauten ihr nach. Als sie davongefahren war, drehte sich Abby zu ihrer Tochter um, und beide brachen gleichzeitig in schallendes Gelächter aus. „Ich habe den roten Faden ihrer Geschichte immer wieder verloren." Nicole konnte kaum atmen, so sehr musste sie lachen.

„Ich weiß nur, wenn ich noch eine weitere Beschreibung von Fischeingeweiden und glitzernden Gegenständen, die darin herumschwimmen, gehört hätte, dann hätte ich mich übergeben müssen." Abby atmete tief ein. „Es tut mir Leid. Das war nicht sehr nett."

Nicole legte den Arm um ihre Mutter und ging neben ihr zum Auto. „Ich verstehe dich, Mama. Das heißt ja nicht, dass du diese Frau verurteilst. Aber es gibt viel Schlimmeres. Maureens Schwiegermutter tut so, als existiere Maureen überhaupt nicht. Jo mag mich wenigstens."

„Das tut sie auf jeden Fall." Sie waren beim Auto angekommen. Abby schaute ihre Tochter an. „Fahr du schon einmal nach Hause. Heute Nachmittag ist es nicht kalt. Ich glaube, ich werde lieber zu Fuß gehen."

Nicole runzelte die Stirn. „Mama, das sind drei Kilometer. Du willst doch bestimmt nicht drei Kilometer auf zugefrorenen Gehwegen spazieren gehen. Du rutschst aus und brichst dir den Hals."

Abby fuhr Nicole schmunzelnd durch die Locken. „Jetzt redest du ganz wie ich." Sie grinste. „Nein. Mach dir keine Sorgen. Ich gehe über den Willow Way. Der Gehweg dort ist ein Schotterweg. Keine Gefahr, dass es dort zu glatt wird."

„Bist du sicher?" Nicoles Augen verrieten Besorgnis. Abby bemühte sich sehr, ihre Entscheidung so beiläufig und unbekümmert wie nur möglich klingen zu lassen.

„Ja. Ich brauche frische Luft. Sag Papa, ich bin in einer halben Stunde zu Hause, falls er fragt, ja?"

Nicole nickte lächelnd und umarmte ihre Mutter. „Einverstanden. Ich kann verstehen, dass du nach diesem Nachmittag ein wenig deine Ruhe haben willst."

Abby lachte erneut und küsste ihre Tochter auf die Wange. „Fahr vorsichtig."

„Geh vorsichtig." Sie lächelten einander erneut an, und Nicole stieg ins Auto. „Dann bis später."

Als das Auto außer Sichtweite war, atmete Abby tief aus. Sie fühlte sich, als hätte sie den Atem angehalten, seit sie Jo Harter an diesem Tag das erste Mal erblickt hatte. Nun fühlte sie sich freier, und sofort holten sie die Erinnerungen an eine andere Zeit wieder ein. Abby konnte kaum an etwas anderes denken.

„Abby, komm jetzt herein und mach dich sauber ... Die Reynolds sind in einer halben Stunde da."

Sie konnte die Baumwolltücher auf der Wäscheleine flattern sehen, sie hörte das Rascheln der Blätter in den Eichen, die das Grundstück ihrer Eltern säumten. Der Geruch des Sees, die zarte Wärme der Sonne auf ihren kleinen, gebräunten Armen ... alles war ganz nahe. Sie konnte es fast mit den Händen greifen.

Und jetzt, da ein drei Kilometer langer Spaziergang allein und eine einsame Zukunft vor ihr lagen, war sie bereit, zurückzugehen und die Vergangenheit Revue passieren zu lassen.

9

Abby und John hätten sich nie kennen gelernt, wenn ihre Väter nicht gewesen wären. Dessen wurde sich Abby neu bewusst, als sie sich auf den Nachhauseweg begab und sich noch einmal die Geschichten ins Gedächtnis rief, die ihr Vater ihr erzählt hatte. Geschichten aus ruhmreichen Tagen, als Joe Chapman und Allen Reynolds Footballhelden bei den Wolverines der Universität von Michigan gewesen waren. Ihr Vater war Receiver gewesen, Johns Vater Quarterback. Abbys Blick wanderte zum wolkenverhangenen Himmel hinauf und kuschelte sich ein wenig tiefer in ihre Jacke.

Ich wünschte, ich hätte dich spielen sehen können, Papa.

Aber sie hatte tausend Geschichten über spielentscheidende Touchdowns und verrückte Anekdoten über eine der berühmtesten Mannschaften im ganzen Collegefootball gehört. Auch als ihre aktive Footballzeit längst hinter ihnen lag, waren Abbys und Johns Vater Freunde geblieben. Freunde, die sich Weihnachtskarten schrieben und einander einmal oder zweimal während der Footballsaison mit einem Telefonanruf überraschten, nur um sicherzugehen, dass der andere ein gutes Spiel der Michigan Wolverines im Fernsehen nicht verpasste.

Die Chapmans wohnten in Lake Geneva im Bundesstaat Wisconsin in einem hundert Jahre alten Haus am See, das sie von Abbys Großeltern geerbt hatten. Football steckte ihrem Vater im Blut. Deshalb unterrichtete er an der High School der Stadt und trainierte die Footballmannschaft der Schule. Für die Chapmans spielte Football eine so große Rolle, dass sich Abby sogar jetzt noch daran erinnern konnte, wie sie ihren Vater eines kalten Freitagabends zur Halbzeit an der Seitenlinie aufgesucht und an seiner Jacke gezupft hatte.

„Ja, Liebes ...“ Ihr Vater war immer geduldig gewesen und hatte es genossen, dass seine Familie seine Leidenschaft für diesen Sport teilte.

„Papa, wenn ich groß bin, spiele ich für dich Football, ja?"

Etwas an dem Abend, das kräftige Rot und Gold der Bäume, die um das Stadion herumstanden, der schwache Geruch nach verbrannten Blättern ließ diese Erinnerung deutlich aus Abbys Gedächtnis herausragen.

Football.

Als sie alt genug war, um zu begreifen, dass Mädchen dieses Spiel einfach nicht spielten, überlegte sie, dass es nur eine einzige andere Möglichkeit gäbe: Sie müsste einen Footballspieler heiraten. Diese Erkenntnis war ihr gekommen, als sie zehn war. Im selben Jahr hatte sie John Reynolds zum ersten Mal gesehen.

Aus Gründen, die Abby nie ganz verstand, wurde in dem Sommer, in dem sie zehn war, die Freundschaft ihrer Familie mit den Reynolds mehr als nur eine Weihnachtskartenbekanntschaft. Sie entwickelte sich zu einer persönlichen Freundschaft, die beide Familien für den Rest ihrer Tage miteinander verband. Damals hatte Abby das alles nicht im Geringsten interessiert. Sie wusste nur, dass Papas Freunde zu Besuch kämen und ihre Kinder mitbrächten.

Natürlich war sie bitter enttäuscht, als ihre Mutter erklärte, sie hätten keine Mädchen in ihrem Alter. Trotzdem regte sich bei ihr eine aufgeregte Vorfreude, als sie kamen. Und an diesem Nachmittag, als ihre Mutter sie vom See ins Haus rief, kam Abby bereitwillig angelaufen. Ihre kindlichen blonden Haare wehten im Wind, und ihre Wangen waren von den ersten Sommertagen am See golden gefärbt.

Abby wollte nicht unten sein, wenn sie ankämen. Also eilte sie in ihr Zimmer hinauf und behielt vom Fenster aus die Straße im Auge. Vielleicht irrte sich ihre Mutter. Vielleicht hatten sie doch ein Kind in ihrem Alter, oder wenigstens ungefähr in ihrem Alter. Noch während sie versuchte, sich auszumalen, wie die kommende Woche wohl werden würde, fuhr ein blauer Kombi vor, und eine Familie stieg aus.

Selbst jetzt, da Abbys und Johns Scheidung beschlossene Sache war und die eisige Kälte wie Nadelstiche ihre Wangen berührte und der Sommer für immer vorüber war, konnte sich Abby noch erinnern, wie ihr Gesicht an jenem Nachmittag zu glühen begonnen hatte, als sie John Reynolds das erste Mal zu Gesicht bekam.

Er war groß und muskulös. Seine Haare waren so dunkel wie die Mähne ihrer alten Stute draußen im Stall. Abby erinnerte sich an ihr mädchenhaftes langes, schweres Seufzen. Trotzdem war er nur ein nervtötender Junge. Wie viel Spaß könnten sie miteinander haben? Noch dazu, wenn er so viel älter war als sie.

Die nächsten Tage entwickelten sich überraschend anders, als sie erwartet hatte: Da sonst niemand da war, mit dem er hätte spielen können, hatte der dreizehnjährige John in jener Woche Gefallen an ihr gefunden. Gemeinsam ritten sie auf versteckten Pfaden aus und bauten am Strand um den See herum Sandburgen. Vierzig Meter weiter unten am Ufer war ein öffentlicher Pier. Dort verbrachten sie unzählige Stunden miteinander. Sie warfen Steine in den See und erzählten sich dumme Witze. Sie zeigte ihm, wie man am Ende des Piers einen Salto ins Wasser machte, und er zeigte ihr, wie man einen angeschnittenen Pass warf.

Abby war sich klar, dass er nicht in sie verliebt war. Er war dreieinhalb Jahre älter als sie, und sie war schließlich gerade erst zehn. Aber als er den Football in der Hand hielt und mit den Fingern über die Lederlinien fuhr und ihre Hand in die seine nahm und sie über seine legte, überkam sie ein Gefühl, wie sie es in ihrem ganzen jungen Leben noch nie zuvor gekannt hatte.

Eines Tages würde sie John Reynolds heiraten. Dessen war sie sich an diesem Tag sicher. Es war nicht schlimm, dass er das jetzt noch nicht wusste. Sie würde nicht ewig ein kleines Mädchen bleiben, und wenn die Jahre es erlaubten, würde er eines Tages für sie zweifellos genauso viel empfinden, wie sie jetzt schon für ihn empfand.

Abby musste schmunzeln, als sie sich daran erinnerte, wie naseweis sie damals gewesen war und wie unsterblich sie sich in jenem Sommer in John verliebt hatte. Sie trat nach einem losen Stein und ließ ihre Augen zum Winterhimmel hinaufwandern. *Für mich hat es nie einen anderen Jungen gegeben, nicht wahr, Herr?*

Schweigen.

Abby nahm es nicht zu tragisch, dass sie keine Antwort auf ihre Tagträume bekam. *Vielleicht gibt Gott mir Zeit. Nach den vielen Worten heute kann ich das wahrscheinlich gut vertragen.*

Sie steckte die Hände tief in ihre Manteltaschen und ging weiter. Es hatte nicht lang gedauert, bis John es auch begriff.

Vier Jahre später, in dem Sommer, in dem sie vierzehn war, kamen John und seine Familie wieder nach Lake Geneva. Dieses Mal blieben sie zwei Wochen. Er erinnerte sich natürlich an sie, und obwohl er in sein letztes Jahr an der High School kam und sie erst neu auf die High School gekommen war, fanden sie erneut eine gemeinsame Basis. Inzwischen konnte Abby einen Football besser werfen und fangen als die meisten Jungen in ihrem Alter. Sie verbrachten viele Stunden am Strand und warfen sich den Ball gegenseitig zu.

„Für ein Mädchen bist du gar nicht so schlecht", hatte John sie geneckt.

Sie erinnerte sich, dass sie den Kopf ein wenig höher getragen hatte. Ältere Jungen konnten sie nicht einschüchtern. Immerhin trainierte ihr Vater jedes Jahr an der High School sechzig Halbstarke von dieser Sorte. Oft kamen sie auch zu ihnen nach Hause, spielten am See oder grillten mit ihrer Familie. Sie legte den Kopf schief und schaute John durchdringend an. Ihr Herz schlug Purzelbäume. „Und du bist gar nicht so schlecht für einen *Jungen*."

John hatte an jenem Nachmittag gebrüllt vor Lachen. Er hatte so sehr gelacht, dass er eine Verfolgungsjagd mit ihr veranstaltete, sie kitzelte und so tat, als könnte sie ihn überholen. In Wahrheit war er jedoch selbst inzwischen zu einem hervorragenden Quarterback avanciert und wurde von mehreren größeren Universitäten umworben. Darunter auch von der Alma mater ihrer beiden Väter: Michigan.

Wie ungewöhnlich du damals warst, John ... siebzehn Jahre alt,

Starfootballspieler, aber irgendwie damit zufrieden, zwei Wochen lang mit einem kleinen Mädchen am See herumzulaufen.

Eines Abends gingen die zwei Familien mit Decken bepackt an den Sandstrand, und ihr Vater entfachte ein Lagerfeuer. Vor diesem Lagerfeuer taten sie etwas, das sie vorher noch nie getan hatten: Sie sangen Lieder von Gott. Nicht die üblichen albernen Lagerfeuerlieder über einen alten Harung rank und schlank oder die blauen Berge, sondern Lieder mit Tiefgang über Frieden und Freude und Liebe und einen Gott, der sie alle sehr liebte. Als die Lieder verklungen waren und die Erwachsenen sich in ihre Gespräche vertieften, rutschte John näher zu Abby heran und stieß sie mit dem Ellbogen in die Seite.

„Hast du einen Freund, kleine Abby Chapman?" Er grinste. Abby konnte sich immer noch daran erinnern, wie seine blauen Augen leuchteten und das Mondlicht auf dem Wasser widerspiegelten.

Sie war so dankbar, dass es dunkel war, denn ihre Wangen glühten bei seiner Frage. Wieder zahlten sich die Jahre, in denen sie von älteren Jungen geneckt worden war, aus. Sie blieb äußerlich ruhig. „Ich brauche keinen Freund." Sie stieß seinen nackten Fuß mit ihrer Zehe.

Er stieß sie ebenfalls. „Wirklich?" Ein Grinsen zog über sein Gesicht. Abby war nicht ganz sicher, wie sie seine Frage verstehen sollte.

„Ja." Sie hob ein wenig den Kopf und schaute ihn geradewegs an. „Jungen können sehr unreif sein." Sie betrachtete ihn einen Augenblick forschend. „Lass mich raten ... du hast jede Woche ein anderes Mädchen, habe ich Recht? So ist es jedenfalls bei Papas Quarterbacks."

John warf den Kopf zurück und lachte schallend. Dann schaute er sie belustigt an. „Ich schätze, ich bin anders."

Abbys Augen wurden groß. Sie schaute ihn mit spöttischem Erstaunen an. „Was? John Reynolds hat keine Freundin?"

Als Antwort holte er den Football hervor – der Ball lag in jenem Sommer immer in seiner Reichweite – und warf ihn ein paar Mal leicht in die Luft. „*Das* hier ist meine Freundin."

Abby nickte grinsend. „Mit dieser Freundin kannst du zu jeder Party gehen, und alle Jungen werden dich um sie beneiden."

Er stieß erneut an ihren Fuß und senkte in gespielter Entrüstung den Kopf. „Pscht. Du beleidigst sie." Er grinste, dann verschwand sein Lächeln. „Ehrlich gesagt, habe ich einfach keine Zeit für Mädchen. Ich möchte an der Universität von Michigan Football spielen, genauso wie mein Vater und dein Vater früher. Entweder ich trainiere jeden Tag und werde immer besser, oder jemand anders nimmt mir diesen Platz weg. Mädchen können warten." Er hob die Hand und zerzauste ihr die Haare. Bei dieser Berührung veränderte sich etwas in seinen Augen. „Hey, du passt gut auf dich auf, Abby, ja? Immerhin bist du jetzt ein großes High-School-Mädchen."

Seine Bemerkung kam aus heiterem Himmel. *Sie sollte auf sich aufpassen?* Schmetterlinge tanzten wild in ihrem Bauch. „Wovor?" Sie glaubte zu wissen, was er meinte, aber trotzdem ...

Er zuckte die Achseln. Seine breiten Schultern zogen sich dabei so hoch, dass die Muskeln an seinen Armen sichtbar wurden. „Vor Jungen." Wieder stieß er sie mit dem Ellbogen in die Seite. Sie hatte den Eindruck, er wolle etwas Ernstes sagen, ohne jedoch die Stimmung zu ernst werden zu lassen. „Du weißt, was ich meine?"

„Jungen?" Abby stieß wieder an seinen Fuß und grinste ihn an. „Ach, du meinst solche wie dich?"

„Komm schon, Abby ..." John drehte sich so, dass er ihr direkt gegenübersaß. „Du hast in letzter Zeit doch bestimmt in den Spiegel geschaut, oder?"

„In den Spiegel?" Die Schmetterlinge tanzten jetzt noch wilder. Alles in ihr wollte glauben, dass John Reynolds das dachte, was sie dachte, was er vielleicht dachte. *Er denkt, ich bin hübsch ...*

John stieß als Antwort einen leisen Pfiff aus und schüttelte beiläufig den Kopf. „Du wirst allen den Kopf verdrehen, Abby. Die Jungen werden von hier unten bis zu eurer Haustür Schlange stehen. Besonders die Spieler deines Vaters." Sein Lächeln verschwand, und seine Augen schauten sie wieder durchdringend an. „Pass einfach gut auf dich auf."

Es war, als hätte jemand eine Tür zu ihrem Herzen aufgeschlossen und die Schmetterlinge alle auf einmal freigelassen. An ihre Stelle war ein Gefühl getreten, das tiefer war als alles, was sie je zuvor empfunden hatte. Mehr als eine Verliebtheit, mehr als das, was sie für eine Sommerfreundschaft am Strand empfinden würde. Vielmehr spürte sie in diesem Augenblick etwas Tiefes und Vertrautes – wie die Freundschaft mit einem sehr guten Freund, die sich in ihr festsetzte und Wurzeln schlug.

Abby seufzte und kehrte auf den Schotterweg der Gegenwart und zu dem leichten Schnee, der zu fallen begonnen hatte, zurück.

Wurzeln, die bis zu diesem Tag Bestand hatten.

Was ist nur aus uns geworden, John? Wie konnte nur irgendetwas zwischen uns kommen?

Abby spürte, wie ihr Tränen in die Augen traten. Wenn sie schon Revue passieren ließ, wie sie und John gewesen waren, dann konnte sie genauso gut auch weitermachen. Denn der beste Teil, die schönsten Tage kamen noch.

John war einige Tage später mit seiner Familie wieder nach Hause gefahren. Noch vor Weihnachten hatte er sich an der Universität von Michigan beworben. Wie sein Vater und ihr Vater einige Jahrzehnte vorher wollte er dort Football spielen. Drei Jahre vergingen. Statt im Sommer zu Besuch zu kommen, schickte Johns Familie Zeitungsausschnitte. Er war einer der Quarterbacks, über die im ganzen Land am meisten gesprochen wurde. Oft war John Mittelpunkt der Gespräche im Hause Chapman. Einmal im Jahr fuhren Abbys Eltern nach Ann Arbor und schauten sich ein Spiel an, aber Abby blieb zu Hause. Sie hatte an der High School genug zu tun und war sicher, dass John Reynolds sie längst vergessen hatte.

Dann, eines Nachmittags im September 1977 läutete das Telefon bei den Chapmans.

„Hallo?" Abby war außer Atem. Sie war siebzehn und Cheerleaderin der High-School-Mannschaft ihres Vaters.

„Hallo ..." Die Stimme des Anrufers zögerte. „Lange nichts mehr von dir gehört."

Abbys Herz schlug bis zum Hals. Monate und Jahre waren vergangen, seit sie sich das letzte Mal gesehen hatten. John hatte Recht behalten: Die Angebote waren reichlich. Aber keiner der Jungen hatte bei ihr je die Gefühle ausgelöst, die John an jenem längst vergangenen Sommerabend bei ihr entfacht hatte, als sich ihre nackten Füße im Sand berührten. Es gab keinen Zweifel in Abbys Herz, dass die tiefe Stimme am anderen Ende der Leitung ihm gehörte. „John ..."

Abby hörte ein leises Lachen, bei dem ihr warm ums Herz wurde. „Erzähle mir nicht, das naseweise Kind von anno dazumal ist erwachsen geworden?"

Erneut war sie dankbar, dass er nicht sehen konnte, wie sie errötete. „Ja, ich schätze schon."

„Gut. Ich muss dich nämlich etwas fragen." Er zog sie auf und ließ sich Zeit. Abby glaubte zu träumen. *Er erinnert sich an mich ... nach all den Jahren, nach allem, was er seit der High School erlebt hat ...*

„Ich höre." *Klinge ich älter ... reifer? Mehr ...*

„Jedes Jahr kommen deine Eltern den ganzen weiten Weg nach Ann Arbor, um mich spielen zu sehen ..." Sie konnte sich vorstellen, wie seine Augen tanzten. Genauso wie sie damals an jenem Abend am Strand getanzt hatten, als sie ihn das letzte Mal gesehen hatte. „Und jedes Mal frage ich sie, wo du bist. Weißt du, was sie sagen?" Er zögerte, um die Wirkung seiner Worte zu erhöhen. „Sie sagen: ‚Ach, Abby ... sie ist mit ihren Freunden unterwegs, sie hat viel in der Schule zu tun.' Ich meine, komm schon, Abby. Kein einziges Spiel ... du kannst es dir nicht einmal einrichten, zu einem einzigen Spiel mitzukommen?"

Abbys Herz schlug schneller. In diesem Herbst fehlten nur noch ein paar Monate bis zu ihrem achtzehnten Geburtstag, und mit John am Telefon war ihre ganze Welt einfach vollkommen. „Hmmm. Lass mich nachdenken ... Wenn ich es mir recht überlege, kann ich mich nicht erinnern, dass du mich je eingeladen hättest. Nicht dass ich dir daraus einen Vorwurf machen würde. Ich meine, immerhin bin ich nur ein *naseweises Mädchen*. Was sollte ein großer Michigan-Quarterback wie du schon mit einem kleinen Mädchen wie mir anfangen?"

John schwieg gemütlich. Sie konnte ihn fast durch die Telefonleitung grinsen sehen. „Wie alt bist du inzwischen eigentlich, Abby?"

„Fast achtzehn." Sie versuchte, ernst und reif zu klingen, aber als ihr die Worte über die Lippen gehuscht waren, begriff sie, dass sie schlichtweg dumm klangen. Er war gerade einundzwanzig geworden. *Er hat kein Interesse an mir. Er spielt nur mit meinen ...*

„Und, hatte ich Recht?"

Zuerst war sie verwirrt. „Womit?"

„Mit den Jungen, die vor deiner Tür Schlange stehen."

Das war der Augenblick, als sie das Gefühl hatte, alles sei nur ein Traum. *Warum fragt er das? Er kann doch nicht wirklich Interesse an mir haben, oder doch?* „Es gibt ein paar."

„So, so ... und wer ist der Glückliche?" Er klang immer noch neckend, er spielte immer noch mit ihr und machte es ihr unmöglich zu erkennen, ob er auch nur im Mindesten an ihr interessiert war.

Sie kicherte laut. „Du bist ja verrückt."

„Nein, ich meine es ernst. Ich möchte alles wissen ... ich habe dich gewarnt, Abby. Vergiss das nicht."

„Es gibt niemanden. Nur Freunde, das ist alles."

„Ach ja, so so ..." Seine Worte waren in die Länge gezogen und verspielt sarkastisch. „Ich kenne Typen wie dich. Du lässt irgendeinen armen Kerl zappeln, lässt ihn denken, er hätte eine Chance bei dir."

„Nein, wirklich nicht." Sie lachte jetzt noch mehr. „Es gibt niemanden. Ich habe keinen Freund. Außerdem musst *du* gerade reden. Mister Heißbegehrt an der Uni. Deine Schlange reicht wahrscheinlich um das ganze Stadion herum."

„Oho. Das klingt gut." Er schwieg einen Augenblick. Sein Lachen verebbte. „Ehrlich gesagt, gehe ich immer noch mit demselben Mädchen wie damals. Wir sind immer noch unzertrennlich."

Abby unterdrückte ein Grinsen und rief sich das Bild ins Gedächtnis, wie er den Football an jenem Abend am Strand im Arm gehalten hatte. „Paula Schweinsleder war ihr Name, oder?"

Er lachte. „Ja. Ich und mein Ball, für immer vereint." Seine Stimme wurde ernster. „Was ich damals sagte, gilt immer noch: Mädchen können warten."

Ihr Herz drohte vor Hoffnung abzuheben und zu schweben. Sie tadelte sich dafür. *Sei realistisch, Abby. Er ist zu alt für dich.* „Dein Motto hat sich seit der High School also kaum verändert, was?"

„Nicht sehr."

Ein paar Sekunden sprach keiner von beiden ein Wort. John nahm schließlich das Gespräch wieder auf. „Und wie lautet deine Antwort?" Er war jetzt wieder aufgedreht und scherzte mit ihr. Aber das Necken aus seiner Stimme war verschwunden. Abby wusste instinktiv, dass er es ernst meinte.

„Du meinst diese Frage ernst, oder?"

Er schnaubte in gespielter Entrüstung. „Natürlich meine ich sie ernst. Du hast mich noch kein einziges Mal spielen sehen. Und ich weiß mit Bestimmtheit, dass deine Eltern diese Saison wieder kommen werden. Mitte November."

Mitte November. Dieser Gedanke klang plötzlich sehr verlockend. „Im Ernst?"

„Klar." Johns Ton war locker. *Wahrscheinlich sieht er in mir eine kleine Schwester.* „Ich führe dich auf dem Campus herum und stelle dir die wirklich großen Männer auf dem Campus vor."

„Deine Verteidigungslinie?"

„Du sagst es." Sie lachten beide. „Und, wie lautet deine Antwort?"

Die Erinnerung daran, wie sie sich an jenem Tag gefühlt hatte, erwärmte jetzt noch ihr Herz. „Also gut, einverstanden. Bis dahin dürfte ich als Cheerleaderin fertig sein, und wenn ich nicht zu viel für die Schule erledigen muss ..."

„Alles klar. Ich möchte bei dir nichts durcheinander bringen oder deinen Terminkalender überlasten." Er klang immer noch spöttisch. Sie beschloss, ernst zu sein.

„Nein, wirklich. Ich komme." Sie schwieg kurz. *Soll ich es ihm sagen?* Abby schloss die Augen und wagte einen Vorstoß. „Ich wollte dich schon immer spielen sehen."

„Aber klar." Johns Stimme wurde leiser, als er weitersprach. „Das sehe ich, so sehr wie du dich die letzten Jahre bemüht hast zu kommen."

Ein Kichern kam über ihre Lippen. „Ich sehe fern, weißt du. Du spielst großartig, John."

„Was? Fräulein ‚Zu-beschäftigt-um-zu-kommen' schaut im Fernsehen Spiele von Michigan an?"

„Es ist ja nicht so, dass mir eine andere Wahl bliebe. Hier im Haus ist es fast wie ein Nationalfeiertag, wenn die Wolverines im Fernsehen kommen. Mein Vater lässt sich die Zeitung aus Ann Arbor mit der Post schicken, damit er jede Woche die Spiele verfolgen kann. Er ist so stolz auf dich, John."

Er räusperte sich. „Und du ...?"

Warum benahm er sich so? Er konnte doch nicht mehr Interesse an ihr haben als an einer Freundin der Familie. Oder doch? „Ja, John ..." Sie hüllte ihre Worte zu ihrem Selbstschutz in einen spöttischen Sarkasmus. „Ich bin auch stolz auf dich. Ich bin sicher, damit rette ich dir den Tag."

Es folgte ein kurzes Zögern. „Ja, das tust du." Er wartete noch einmal. Es war fast so, als wollte er noch etwas anderes sagen. Stattdessen beendete er jedoch das Gespräch. „Ich sehe dich dann also in zwei Monaten?"

„Ganz bestimmt." Sie runzelte verwirrt die Stirn. „Wolltest du mit meinem Vater reden oder so?"

„Nein. Nur mit dir. Ich habe mir schon gedacht, dass ich dich nie zu einem Spiel hierher locken kann, solange ich dich nicht persönlich dazu einlade. Bei deinem vollen Terminkalender und so ... na ja, jedenfalls dachte ich, ich sollte dir lieber rechtzeitig Bescheid geben."

Die Monate des Wartens waren unerträglich. Alles an der High-School-Footballsaison erschien ihr in diesem Jahr langweilig und unwichtig. Immerhin wollte John Reynolds, dass sie ihn bei einem College-Footballspiel zuschaute! Was noch besser war: Er wollte sie auf dem Campus herumführen.

Ein kalter Windstoß riss Abby unsanft aus ihren Erinnerungen. Sie kuschelte sich tiefer in ihren Mantel und beschleunigte ihre Schritte. John war damals einfach überwältigend gewesen. Wirklich ein Held. Jemand, über den man im ganzen Land redete, ein Footballspieler, der für sein sportliches Talent, sein gutes Aussehen und seinen hohen moralischen Charakter bekannt war. Sein Name wurde im Zusammenhang mit der begehrtesten Auszeichnung im Collegefootball genannt: der Heisman-Trophäe. Und Abby war ganze siebzehn Jahre alt und glaubte, er wollte sie tatsächlich sehen. Ausgerechnet sie.

Abby blinzelte. Die Bilder aus der Vergangenheit verblassten. Sie blickte stur geradeaus und spürte, wie die Schwerkraft an ihren Lippen zerrte und ihre Mundwinkel nach unten zog und ihr ein ständiges Stirnrunzeln verpasste. Sie war nicht nur aufgrund der Jahre, die vergangen waren, gealtert. Es lag auch an ihrer Beziehung zu ihrem Mann. Wann hatte sie das letzte Mal über einen seiner Witze gelacht? Die lustigen Witze, bei denen sich jedes Semester erneut ein Haufen Schüler an der High School vor Lachen bog. Sie zwang sich zu einem Lächeln und war traurig, dass es sich so fremd in ihrem Gesicht anfühlte. Ein Bauernhof und ein zugefrorener Teich kamen rechts in ihr Blickfeld. Sie blieb einen Augenblick stehen und versuchte, sich auszumalen, wie sie an jenem Novembertag ausgesehen hatte, als sie und ihre Familie ihre Plätze im Stadion von Michigan einnahmen.

Sie waren schon zwei Stunden vor dem Spiel eingetroffen und planten, John vor dem Spiel auf dem Spielfeld zu treffen. Sie konnte vor ihrem geistigen Auge ihren Vater sehen, der damals noch robust und gesund war und ihnen allen mit dem Arm zuwinkte. „Kommt, ich weiß genau, wo er sein muss."

Abby hatte ihre langen Haare über die Schulter geworfen und

war ihrem Vater gefolgt, fest entschlossen, ihre Nervosität nicht zu zeigen. Außerdem: Worüber sollte sie sich eigentlich den Kopf zerbrechen? Das Ganze war wahrscheinlich mehr ihre Einbildung als irgendetwas anderes. Aber nur für alle Fälle trug sie ihre neue schwarze Jeans und einen gut sitzenden weißen Pullover. Ihre Mutter hatte bei der Fahrt hierher die Bemerkung fallen gelassen, dass Abby noch nie hübscher ausgesehen habe. Sie hatte keinen Grund, nervös zu sein, aber als sie sich dem Eingang zu den Umkleidekabinen näherten, dachte Abby, sie müsse in Ohnmacht fallen, weil sie so unsicher war.

John tauchte sofort auf. Er trug das Trikot der Wolverines. Seine kurzen dunklen Haare waren sauber aus dem Gesicht gekämmt. Abby atmete stockend ein. Er sah atemberaubend gut aus. Viel besser als im Fernsehen oder auf den Zeitungsfotos. Seit sie sich vor drei Jahren im Sommer das letzte Mal gesehen hatten, war er unübersehbar ein erwachsener Mann geworden.

„Hallo, wie geht's?" Er war außer Atem. Sein Gesicht strotzte vor Energie, und seine Augen wanderten schnell vom Gesicht ihres Vaters zu ihrem. „Abby ..." Seine Augen wurden groß. Er trat näher und blieb nur einen oder zwei Meter vor ihr stehen. Seine ein Meter neunzig überragten sie deutlich. Obwohl ihre Eltern und ihre jüngere Schwester neben ihnen standen, konnte Abby die Bewunderung in Johns Augen deutlich sehen. „Meine Güte ... bist du groß geworden."

Sie hatte erwartet, dass er sie aufziehen würde, denn diese Seite an John Reynolds kannte sie am besten, aber aus seinen Augen sprach reine Bewunderung und keine Spur von Belustigung. Unsicher, wie sie antworten sollte, lachte sie leise und warf ihm einen übertriebenen Blick nach oben zu. *Herr, mach, dass mein Herz nicht aus meiner Brust heraushüpft.* „Nicht so sehr wie du."

Er grinste. „Ja, ich bin ein wenig in die Höhe geschossen."

Sie betrachtete ihn immer noch forschend, als ihr Vater neben ihn trat und den Arm um Johns breite Schultern legte. „Die perfekte Größe für einen Wolverine-Quarterback. Und ich glaube, es stimmt, wenn ich sage, dass Michigan noch nie einen

Quarterback wie dich hatte. Du bist einfach ein großartiger Spieler, John."

Abby nutzte diese Gelegenheit, um unauffällig Johns Gesicht zu betrachten. Sie konnte ihrem Vater nur voll und ganz zustimmen.

Johns Wangen röteten sich leicht. „Danke, Sir. Habt ihr meine Eltern schon gefunden?"

„Noch nicht." Abbys Vater schaute sie alle an und nickte zum Spielfeld. „Kommt mit mir. Ich möchte euch die Stelle zeigen, an der das größte Spiel der ganzen Footballgeschichte entschieden wurde." Er winkte John zu. „Du musst dich auf das Spiel vorbereiten. Zeige es ihnen, hörst du?"

Abby und ihre Schwester hatten die berühmte Stelle – die nur durch die Erinnerung an das Spiel auf dem Feld zu finden war – bei Ausflügen nach Ann Arbor gesehen, als sie noch klein waren. Sie hatten die Geschichten schon oft gehört. Aber trotzdem wandten sie sich zum Gehen und folgten ihm. Sie genossen die Erinnerung genauso sehr wie ihr Vater.

„Abby, warte." Sie drehte sich um. Ihr Herz schlug immer noch ganz laut.

„Ja?"

Der Rest von Abbys Familie blieb ebenfalls stehen und drehte sich um. Sie warteten gespannt, was John sagen wollte. Er verlagerte sein Gewicht auf das andere Bein und zögerte. Sein Blick wanderte von Abbys Vater zu Abby und wieder zurück. „Äh ... können Abby und ich uns ein wenig unterhalten? Wir haben uns lange nicht gesehen. Sie kann euch später auf der Tribüne treffen, ja?"

Abbys ganze Welt stand Kopf. *Er will sich mit mir unterhalten?* War das nicht alles nur ein Scherz? Seine Art, zu einer Freundin der Familie nett zu sein? Plötzlich hatte sie den Eindruck, er meine es ernst. Sie konnte ihre Aufregung kaum zügeln. Nach einer kurzen Pause ergriff Abbys Mutter die Hand ihres Vaters und antwortete an seiner Stelle: „Das ist eine gute Idee, John. Geht ihr beiden ruhig los. Ihr habt euch bestimmt viel zu erzählen."

Als ihre Familie außer Hörweite war, drehte sich John zu Abby um. „Danke, dass du gekommen bist." Seine Stimme war sanft und leise, und obwohl seine Augen in der eiskalten Morgensonne funkelten, lag nicht die geringste Spur von Spott oder Schabernack darin.

Abby rückte ihren Schal zurecht und grinste ihn an. „Ich hatte dir doch gesagt, dass ich käme."

John zuckte die Achseln. Sein Blick wich nicht von ihren Augen. „Ich hatte gefürchtet, du würdest meinen, ich mache nur Witze."

Was will er damit sagen? Wohin soll das alles führen? Abby schluckte schwer und legte neugierig den Kopf schief. „Das ... das hast du nicht?"

„Nein, das habe ich nicht." Er zögerte und fuhr mit dem Daumen sanft über die Beugung ihrer Wange gleich unter ihrem Auge. „Du bist so schön, Abby. Weißt du das?"

Obwohl sie oft ununterbrochen plapperte, war Abby absolut sprachlos. Sie stand da, genoss seine Nähe und versuchte, sich bewusst zu machen, dass sie nicht träumte. Als sie nichts sagte, sprach er weiter. „Gehst du heute Abend nach dem Spiel mit mir aus? Wir können eine Pizza essen oder einfach auf dem Campus spazieren gehen."

Mit ihm *aus*gehen? Erneut warf der Schreck Abby beinahe zu Boden. Sie fühlte sich plötzlich scheu in seiner Gegenwart. „Einverstanden. Wenn meine Eltern nichts dagegen haben."

Ein Lächeln zog über sein Gesicht, er warf einen Blick über seine Schulter. „Ich glaube, ich sollte mich jetzt lieber fertig machen. Ich sehe dich dann nach dem Spiel zu Hause bei meinen Eltern, ja?"

„Ja."

Ohne zu zögern, umarmte er sie im nächsten Augenblick, so wie sich alte Freunde bei einem Klassentreffen umarmen. „Es ist so schön, dich wieder zu sehen, Abby Chapman." Er trat einen Schritt zurück und lächelte sie an. „Ehrlich."

Einen Augenblick später war er verschwunden und nahm ihr ganzes Herz mit sich.

Sie musste jetzt laut lachen, als sie sich an die unschuldigen, sorglosen Tage erinnerte, in denen sie siebzehn gewesen war, und daran, wie verknallt sie in John Reynolds gewesen war. Sie war sich so sicher, dass nichts je ändern könnte, was sie für diesen jungen Mann, der an jenem Samstagmorgen vor ihr stand, fühlte, selbst wenn die Erde aufhören sollte, sich zu drehen.

Abbys Lächeln verschwand, als sie ihr gemeinsames Haus sah, das nur fünfzig Meter entfernt an der Straße vor ihr auftauchte. Es machte mehr Spaß, die Pfade von gestern entlangzugehen, als diesen Weg der Gegenwart einzuschlagen. Abby blinzelte ihre Tränen zurück, vergrub die Hände tief in ihren Manteltaschen und stellte sich den kühlen Empfang vor, der sie in ein paar Minuten bei John erwartete. Ein Bild tauchte vor ihrem geistigen Auge auf. Sie und John, als sie zwei Jahre verheiratet waren, wie sie eng aneinander gekuschelt auf einem Sofa saßen und einen spannenden Spielfilm anschauten.

„Ich hasse diese Stelle!", hatte sie gejammert und ihren Kopf an Johns Schulter vergraben. Er hatte ein Grinsen unterdrückt, ihre Hände sanft in die seinen genommen und sie ihr auf das Gesicht gelegt, damit sie nichts sehen konnte.

„So. Ist das besser?" Sie erinnerte sich, dass sie sich in Johns Armen sicher und beschützt gefühlt hatte.

„Ja. Nur noch eines." Ihre Stimme klang dumpf durch die Ritzen zwischen ihren Fingern.

„Für dich, Liebes, tue ich alles ..." Er beugte sich vor und küsste sie auf die Wange.

„Sag mir, wenn ich die Augen wieder aufmachen kann, ja?"

„Immer, Abby. Immer."

Was war aus diesem Mann geworden, aus dem Mann, in den sie sich an jenem Samstagmorgen vor der Kabine der Wolverines verliebt hatte? Zum ersten Mal seit Jahren vermisste Abby gegen besseres Wissen und gegen alle Vernunftgründe das, was sie gewesen waren, sie trauerte um das, was sie früher miteinander gehabt und jetzt verloren hatten.

„Immer, Abby ... immer, Abby ... immer ..."

Sie war nur noch fünf Meter von der Haustür entfernt. Sie blieb stehen, ihre Füße versanken in dreißig Zentimeter hohem Schnee, während in ihre Augen neue Tränen traten. *Ich hasse das, was jetzt kommt. Hilf mir hier hindurch, Gott. Es ist mehr, als ich ertragen kann. Ich habe Angst davor, allein zu sein. Dabei haben die unangenehmen Szenen noch nicht einmal begonnen. Aber dieses Mal habe ich keine Schulter, an der ich mein Gesicht verstecken kann.*

Und niemanden, der mir sagt, wann ich die Augen wieder aufmachen kann.

10

Nichts kam der Erleichterung gleich, die er empfand, wenn zehn Minuten, nachdem die Glocke den Unterrichtsschluss verkündete, allmählich Schweigen in ein Klassenzimmer einkehrte.

Es war nicht so, dass John Reynolds nicht gern unterrichtet hätte. Im Gegenteil, er gehörte zu der Hand voll Lehrer in diesem Gebäude, die jeden Morgen wirklich motiviert zur Schule kamen, ihre Klassen fröhlich begrüßten und sie gleichzeitig unterrichten und begeistern wollten. Sein Unterrichtszimmer war sein persönliches Reich, in dem er regierte. Dieser Raum rangierte nur knapp hinter dem Footballfeld, auf dem er das Gefühl hatte, sein Schicksal vollkommen im Griff zu haben.

Trotzdem genoss er die Stille, die sich ausbreitete, wenn alle Schüler das Gelände verlassen hatten. Oft war dies die erste Gelegenheit während des ganzen Tages für John, Unterrichtspläne für die kommende Woche auszuarbeiten oder über sein persönliches Leben nachzudenken. Besonders an Tagen wie diesem, wenn alles in seinem Leben außerhalb des Schulzimmers in Chaos auszubrechen drohte.

Das Bild von Abbys Gesicht an diesem Morgen tauchte vor seinem geistigen Auge auf. Sie war im Internet gewesen. Zweifellos. Wahrscheinlich hatte sie diesem Redakteur, von dem sie immer wieder felsenfest behauptete, dass sie kein Verhältnis mit ihm habe, geschrieben. Aber trotz all der Distanz zwischen Abby und John hatte John immer noch einen Blick dafür, wenn sich Schuldgefühle im Gesicht seiner Frau zeigten. Und Abby hatte eindeutig wegen irgendetwas Schuldgefühle gehabt. Er schloss die Augen und erinnerte sich an die Begegnung, als hätte sie erst vor einer Minute stattgefunden.

Die Spannung zwischen ihnen war schlimmer geworden, seit Nicole ihre Verlobung bekannt gegeben hatte. Er war entschlossen, eine neutrale Zone zu finden, eine gemeinsame Basis, auf der sie für die nächsten sechs Monate nebeneinander überleben könnten. Er hatte nur noch zehn Minuten Zeit gehabt, bevor er zur Arbeit fahren musste, und hatte schnell den Kopf in ihr Büro gesteckt.

Abrupt bewegte sie ihre Computermaus über das Mauspad und klickte hastig zweimal. „Du hast mich erschreckt." Ihr Ton klang anklagend, Schuldgefühle lagen wie ein dunkler Schatten über ihrem Gesicht.

„Entschuldigung." Er rang nach den richtigen Worten, während er das kleine Zimmer betrat und die Tür hinter sich schloss. Warum war es inzwischen so schwer, mit ihr zu reden? Waren sie wirklich so weit gekommen, dass sie nicht einmal mehr wie zwei erwachsene Menschen miteinander reden konnten? Er kannte die Antwort genauso gut, wie er wusste, dass eine Scheidung die einzige Möglichkeit war, die ihnen noch blieb. Die einzige Möglichkeit, dass einer von ihnen vielleicht irgendwann wieder glücklich werden würde. „Hast du eine Minute Zeit? Ich möchte mit dir reden."

Sie hatte laut geseufzt und ihre Internetverbindung getrennt. „Was ist?"

Bei ihrem Verhalten veränderte sich seine ganze Einstellung. Wenn sie sich nicht einmal am frühen Morgen zivilisiert benehmen konnte, wie konnte er da hoffen, dass sie bereit wäre, einer Art kampffreien Zone zuzustimmen? *Vergiss es, Abby. Wer hat schon Lust auf deine Launen?* „Vergiss es", fauchte er zischend und wandte sich zum Gehen. Aber sie hielt ihn zurück.

„Hör zu, komm nicht hier herein und störe mich bei meiner Arbeit und erwarte dann noch, dass ich deshalb vor Freude Purzelbäume schlage, verstanden? Ich habe auch mein Leben, weißt du." Sie blieb auf ihrem Bürostuhl sitzen, drehte sich aber zu ihm herum. John hasste die Verachtung in ihren Augen, die Art, wie sie ihn und alles, was er vielleicht hatte sagen wollen, abzutun schienen.

„Was soll's? Ich kann mir die Mühe sparen." Seine Arme hingen an seinen Seiten nach unten, seine Fäuste waren geballt. „Ich bin gekommen, um zu fragen, ob wir vielleicht eine Art

Vereinbarung treffen könnten, eine Möglichkeit, wie wir die Monate bis zum Juli irgendwie überleben können. Aber wie immer ist dein Verhalten so umwerfend, dass daraus nichts wird."

Wut verzerrte ihr Gesicht. „*Mein* Verhalten?" Sie wartete nicht lang genug, um ihm Gelegenheit zu einer Antwort zu geben. „Wenn du nicht einmal jetzt von Charlene fernbleiben kannst, nachdem ich dich zig Mal gebeten habe, eine Pause einzulegen. Also ehrlich, John! Sechs Monate? Können deine Teenagerhormone denn nicht so lange warten?"

John stieß ein kurzes Lachen aus und schüttelte den Kopf. „Das muss ich mir nicht anhören."

„So, vielleicht doch. Ich finde Liebesbriefchen, ich schaue auf die Uhr. Meinst du, ich wüsste nicht, wann du nach Hause kommen müsstest? Ich bin seit einundzwanzig Jahren mit dir verheiratet, John. Ich bin nicht vollkommen verblödet. Entweder du fährst früher los, um mit ihr zusammen zu sein, oder du bleibst länger fort. Selbst jetzt noch, nachdem du mir versprochen hast, dich von ihr fern zu halten."

„Ich weigere mich strikt, mich jetzt mit dir über Charlene zu streiten!" Er erhob die Stimme. Es interessierte ihn im Moment nicht, ob die Kinder ihn hörten, die sich in ihren Zimmern für den Tag fertig machten. „Ich halte meinen Teil der Abmachung, Abby. Aber du ..." Er brach ab und starrte sie ausdruckslos an. „Du bist so hasserfüllt, dass ich überhaupt nicht mehr sehe, worum es überhaupt geht."

Tue es nicht, mein Sohn.

Er schloss jetzt die Augen und erinnerte sich an die heiligen Warnungen, die in ihm widerhallten ... aber er hörte kaum darauf. Nachdem er sie jahrelang ignoriert hatte, war er inzwischen ein Meister darin, sie auszusperren. Außerdem kamen sie in letzter Zeit so selten, dass er nicht einmal mehr sicher war, ob es heilige Warnungen waren. *Ich kann sagen, was ich will ... sie verdient es.*

„Worum was geht?" Abby starrte ihn an, als wäre er ein Fremder, der Zutritt in ihr Haus begehrte.

„Wenn ich mehr Zeit mit Charlene verbringen würde, müsste ich wenigstens nicht hier sein."

Abby warf ihm einen weiteren tödlichen Blick zu. Dann drehte sie sich abrupt herum und konzentrierte ihren Blick auf den Computerbildschirm. „Verschwinde aus diesem Zimmer, John. Ich habe dir nichts mehr zu sagen."

Resignation breitete sich in Johns Herz aus. „Das ist ja wohl nichts Neues! Hat nicht damit alles angefangen? Damals, als du dein kleines Leben als Schriftstellerin gefunden hast und mir mit einem Mal nichts mehr zu sagen hattest?"

Sie weigerte sich, auch nur in seine Richtung zu blicken. „Oh, jetzt kommt das wieder. Schieben wir die ganze Sache doch auf meine Arbeit. Das ist so typisch für dich, John." Sie stieß ein Lachen aus, dem jeglicher Humor fehlte. „Du hast mich von Anfang an bei meiner Arbeit nicht gerade ermutigt. Du hast dich geweigert, meine Artikel zu lesen, und du hast mich die Kinder fast allein aufziehen lassen. Und jetzt gibst du mir die Schuld dafür, dass unsere Ehe an Herzstillstand gestorben ist. Das ist wirklich gut. Ausgezeichnet."

Ihr Sarkasmus traf seine Nerven wie ein riesiger Ameisenhaufen. „Warum steigst du nicht wenigstens ein einziges Mal von deinem hohen Ross herab und schaust dir das ganze Bild an, Abby? Ich wollte, dass du diese Artikel schreibst. Es ist eine großartige Möglichkeit für dich, dich zu entfalten. Aber du hast zugelassen, dass diese Arbeit ein Eigenleben entwickelte. Und ob du es nun sehen willst oder nicht: Nachdem du angefangen hast zu schreiben, fiel ich auf deiner Wichtigkeitsliste auf Platz fünf oder sechs. Irgendwo nach den Kindern und deinem Vater und deinen Mails an diesen ..." Er deutete auf ihren Computer. „... an diesen Freund von dir, diesen *Redakteur.*"

Sie drehte sich leicht um, als er ihren Redakteur erwähnte. Erneut war John sicher, dass das Dunkle in ihren Augen Schuldgefühle waren. „Mir war gar nicht bewusst, dass du so viel Aufmerksamkeit benötigst, John. Ist dir eigentlich je in den Sinn gekommen, dass ich vielleicht ein wenig Hilfe gebraucht hätte, dass ich selbst auch ziemlich viel am Hals hatte? Hätte es dich umgebracht, wenn du einmal die Waschmaschine eingeschaltet oder deine Socken zusammengesteckt hättest?“ Sie warf mit einem spöttischen Staunen den Kopf zurück. „Du hast erwartet, dass ich um dich herumtänzle, wenn ich am Ende des Tages zu müde war, meinen eigenen Namen zu buchstabieren!“

Ihre Worte waren hart und bitter. Plötzlich hatte er genug.

„Ich gehe jetzt. Und wenn ich heute Abend zu spät komme, bist du sicher zu sehr an deinem Computer beschäftigt, um es zu bemerken.“

John hatte diese Szene an diesem Tag schon zehnmal durchgespielt. Jetzt nahm er eine Büroklammer aus dem Fach auf seinem Schreibtisch und bog sie geistesabwesend auseinander. War es wirklich so weit gekommen? War es ihnen inzwischen unmöglich, miteinander zu leben? Wenn das so war, wie um alles in der Welt sollte er dann von Charlene fernbleiben? Besonders jetzt, da Abbys Forderung, Abstand zu ihr zu halten, ihn nur noch mehr an Charlene denken ließ.

Er stützte die Ellbogen auf seinen Schreibtisch und ließ den Kopf hängen. Wenn Abby damals, als sie sich kennen gelernt hatten, so gewesen wäre, hätte er ihr nach dem ersten Abend, an dem sie miteinander ausgegangen waren, den Laufpass gegeben. Sie war arrogant und grob und richtiggehend gemein. Kein Wunder, dass ihre körperliche Beziehung als Erstes darunter gelitten hatte. Sie brachte seit Jahren schon keine guten Gefühle mehr für ihn auf.

Vielleicht ist es meine Schuld ... vielleicht habe ich aufgehört, sie so zu lieben, wie sie es brauchte ...

Fast wie als Antwort auf seine Fragen öffnete Charlene die Tür zu seinem Zimmer und spähte herein. „Hallo. Hast du eine Minute Zeit?“

Sie trug eine weiße Marinehose und einen offenen Blazer über ihrem eng anliegenden weißen T-Shirt. John zwang sich, seinen Blick nicht tiefer als bis zu ihrem Hals wandern zu lassen. „Sicher." Er setzte sich aufrecht hin. Alle Gedanken an Abby waren wie weggeblasen. „Was ist?"

„Es geht wieder einmal um die Schüler in der fünften Klasse." Sie trat ins Zimmer, nahm ihm gegenüber Platz und legte die Unterarme auf seinen Schreibtisch, sodass ihre Hände nur wenige Zentimeter von seinen Händen entfernt waren. „Ich kann tun, was ich will. Sie fordern mich ständig heraus. Wird dir das denn nie zu viel? Die Schüler haben sich in den letzten Jahren so sehr verändert."

„Manchmal." John schaute sie an. Er war ziemlich sicher, dass sie nicht gekommen war, um mit ihm über schwierige Schüler zu sprechen. Der Duft ihres Parfüms erfüllte seine Sinne, und plötzlich konnte er nur noch daran denken, wie gut er sich in ihrer Nähe fühlte.

Fliehe! Was Gott zusammengefügt hat, soll der Mensch nicht scheiden.

Die Erinnerung an diesen Bibelvers war, als hätte ihm jemand einen Eimer kaltes Wasser über den Kopf geschüttet. John kniff die Augen zusammen und versuchte, sich auf das zu konzentrieren, was sie gerade sagte.

„Und, was ist deine Antwort? Musst du in deinen Klassen nie darum kämpfen, dass deine Autorität akzeptiert wird?"

Ich muss jetzt kämpfen ... „Sie wissen, dass ich sie einige Runden laufen lasse, wenn sie sich nicht anständig benehmen." Er grinste und genoss es, dass er sich in ihrer Nähe entspannen konnte.

Sie stieß in gespielter Frustration an seinen Arm. „Komm schon. Ich meine es ernst. Du weißt doch angeblich auf alles eine Antwort." Bei diesen Worten veränderte sich etwas in ihren Augen. Sie schaute ihn intensiv an. „Sind deine Antworten heute irgendwie klarer, John?"

Zweifellos sprach sie längst nicht mehr davon, wie man eine Klasse bändigte. In ihm regte sich das schmerzliche Verlangen, um den Schreibtisch herumzugehen und sie in die Arme zu nehmen. Es war nicht ihre Schuld. Sie mochte ihn. Das war unübersehbar. Aber jetzt waren sie beide gezwungen, weitere sechs Monate zu warten, bevor irgendetwas entschieden werden konnte.

Was Gott zusammengefügt hat, soll der Mensch ...

Ich habe uns nicht auseinander gebracht, Herr. Es war Abby. Seine schweigende Erwiderung kam schnell und zielsicher. Außerdem war es jetzt viel zu spät für Bibelverse. Ihr Entschluss, sich scheiden zu lassen, stand unwiderruflich fest.

Charlene regte sich nicht. Sie wartete auf seine Antwort. Sie neigte ihren Kopf und blickte ihn fragend an. Sie wollte wissen, wie seine Gefühle ihr gegenüber aussahen. John atmete mit zusammengebissenen Zähnen zischend aus. „Ich habe dir doch gesagt, dass Nicole im Juli heiratet. Ich werde frühestens etwas wissen, wenn sie aus ihren Flitterwochen zurück ist."

Sie machte eine Miene, als müsse sie eine Niederlage akzeptieren. „Du willst also wirklich warten?"

Wie John das hasste! Ihre unschuldigen Fragen unterstrichen, dass er gefangen war, dass er gegen seinen Willen daran gehindert wurde, das Einzige zu tun, was er wirklich wollte: mit der fröhlichen, schönen Frau, die ihm gegenübersaß, ein neues Leben beginnen. „Ich muss. Das sind wir den Kindern schuldig."

Abby hätte sich darüber mit ihm gestritten. Nicht so Charlene. Sie lehnte sich auf ihrem Stuhl zurück und ließ seine Worte auf sich wirken. „Was ist, wenn ... was ist, wenn Abby sich wieder mit dir versöhnen will?"

John lachte traurig. „Das Einzige, was Abby und ich versuchen, ist, uns nicht gegenseitig umzubringen." Er schaute sie wieder an. „In letzter Zeit können wir keine zwei Sätze miteinander wechseln, ohne uns anzugiften."

Wieder neigte Charlene ihren Kopf zur Seite. Diese unschuldige Geste hatte Johns Herz schon immer angerührt. „Das tut mir Leid. Ich ... nun, ich wünschte, ich könnte irgendetwas für dich tun."

Ja, du könntest mich überreden, mit dir davonzulaufen und nie ...

Fliehe, mein Sohn ... Fliehe!

Ich tue nichts Unrechtes! Die Stimme in seinem Herzen schrie die geflüsterte Warnung, die in seiner Seele widerhallte, fast an. Er versuchte, seine Gedanken auf eine vernünftigere Ebene zu lenken. „Das ist nur ein Punkt von vielen. Wir werden es schon irgendwie schaffen."

Aus ihren Augen funkelten ihn noch immer eine Menge Fragen an. „Was du mich gebeten hast ... du weißt schon, dass ich mich von dir fern halten soll ... Gilt das für die ganze Zeit, die ganzen sechs Monate?"

Sie sah so jung und hübsch aus, so einsam und schutzbedürftig. John verkrampfte seine Finger zu Fäusten und zwang sich, ihr zu antworten. „Mir bleibt keine andere Wahl."

Einen Augenblick sagte sie nichts, aber John war sicher, dass sie mit ihren Gefühlen rang. Sie wollte eindeutig mit ihm zusammen sein. Schließlich, nach fast einer Minute, streckte sie die Hände aus und legte sie um seine Finger. „Ich halte mich von dir fern." Sie machte eine Pause und ließ ihren Daumen mitfühlend über seinen Handrücken streichen. „Ich musste heute, ehrlich gesagt, nicht über die fünfte Klasse reden." Sie senkte den Kopf. „Ich habe dich einfach vermisst."

John verstärkte seinen Griff um ihre Hände und senkte den Kopf, um ihr noch einmal in die Augen schauen zu können. „Ich vermisse dich auch. Hin und wieder können wir ja miteinander sprechen. Aber ansonsten muss alles warten bis ..."

In diesem Augenblick ging die Klassenzimmertür schwungvoll auf, und Kade kam mit einem Stoß Blätter und einem Ordner in der Hand hereinmarschiert. Sein Blick fiel auf den Schreibtisch, wo John und Charlene sich immer noch an den Händen hielten. „Papa? Was ist denn hier los?"

Charlene war sofort auf den Beinen. „Dein Vater hat für mich gebetet." Es folgte ein unbehagliches Schweigen. „Ich wollte gerade gehen."

Für sie gebetet? Charlenes Worte trafen John wie die Faust eines Preisboxers. Charlene war keine Frau, die betete. Sie hatten noch nie über seinen Glauben gesprochen. *Was für ein Zeugnis bin ich nur für sie, Herr ... was mache ich hier?*

Kade trat zur Seite, als Charlene eilig durch den Raum schritt und zur Tür hinaushuschte. „Bis demnächst“, sagte sie und warf John einen schmerzerfüllten Blick zu, bevor sie auf dem Gang verschwand.

„Was hatte *das* denn zu bedeuten?“ Kades Blick verriet starke Verwirrung. „Seit wann beten du und Mrs. Denton miteinander?“

Johns Kehle war plötzlich wie zugeschnürt. Er hatte Mühe, seine Stimme zu finden. „Sie, äh ... sie brauchte jemanden, mit dem sie reden kann. Sie hat Probleme zu Hause.“

„Ist sie nicht geschieden?“ Kade trat ins Zimmer, lud seinen Rucksack ab und setzte sich auf den Stuhl, auf dem soeben noch Charlene gesessen hatte. Der Junge machte ihm keine Vorwürfe, er war nur neugierig und unübersehbar beunruhigt.

„Ja, schon eine ganze Weile.“

Kade schüttelte den Kopf. Für ihn ergab die ganze Situation überhaupt keinen Sinn. „Seltsam.“ Er beugte sich zu seinem Rucksack hinunter, zog seinen Ordner heraus und legte ihn auf den Tisch. „Hältst du es für eine gute Idee, so mit ihr zu beten, Papa?“ Er schaute seinen Vater direkt an. „Das könnte sie auf falsche Ideen bringen.“

John lachte, aber es klang blechern und gezwungen. Selbst in seinen eigenen Ohren. „Mein Junge, Mrs. Denton und ich sind schon lange Freunde. Ich glaube nicht, dass irgendjemand auf falsche Ideen gebracht wird.“

Kade betrachtete ihn noch einen Augenblick fragend. „Meinetwegen, aber was würde Mama denken, wenn sie hereingekommen wäre und euch beide so Hände halten gesehen hätte? Es ist irgendwie ... ich weiß nicht. Einfach seltsam, weißt du?“

Gott, gib mir jetzt die richtigen Worte.

So denke nun daran, wovon du abgefallen bist ... tue Buße ...

„Zwischen mir und Mrs. Denton ist alles in bester Ordnung“, unterbrach John die Bibelstelle, die sich in seinem Herzen meldete. „Außerdem weiß deine Mutter, dass wir Freunde sind. Mach dir darüber keine Sorgen, ja?“

„Gut ... wie du meinst. Es sah einfach nicht gut aus.“ Kade

zuckte die Achseln, und John stellte betroffen fest, wie ähnlich der Junge dem Mann war, der er selbst vor zwanzig Jahren gewesen war. Es war fast, als wiederhole sich die Geschichte.

John setzte sich anders hin und sagte: „Es tut mir Leid. Sie brauchte jemanden, mit dem sie reden konnte." Er berührte den Ordner seines Sohnes. „Wolltest du etwas von mir?", fragte er, in der Hoffnung, das Thema zu wechseln.

Kade schlug seine Mappe auf und zog einen Stapel Blätter heraus. „Ich musste mir ein Thema für meine Abschlussarbeit aussuchen." Er drehte das Blatt herum, damit sein Vater es lesen konnte.

Johns Augen überflogen das Blatt. „Lebensgewohnheiten des Adlers. Das ist dein Thema?"

Ein Grinsen zog über Kades Gesicht. „Ja. Du weißt schon, etwa in der Art, dass die Adler die ganze Saison über allen anderen schweben, dass sie die großen Spiele gewinnen, dass sie sich von keinem Gegner unterkriegen lassen. Gewohnheiten von Adlern. Die Marion Adler, verstehst du, Papa?"

John lachte und hoffte, sein Lachen klänge in Kades Ohren nicht so hohl wie in seinen eigenen. Die Berührung von Charlenes Händen brannte immer noch auf seiner Haut und weckte Gefühle, von denen er verzweifelt wünschte, er könnte sie unter Kontrolle bekommen. *Sie ist wie eine Droge, Gott ... mache mich immun dagegen.*

Tue Buße! Fliehe vor der Unmoral! Denke daran, wovon du abgefallen bist ...

Es war wie eine Schallplatte, die einen Sprung hatte. Konnte Gott ihm nicht etwas Tröstlicheres zuflüstern? Etwa, dass er und Charlene zusammen sein könnten, wenn diese unerträgliche Zeit mit Abby vorbei wäre und Nicole und Matt verheiratet wären und ihr eigenes Leben führten? Er sperrte die Warnungen aus und konzentrierte sich auf die Arbeit seines Sohnes. „Das Thema gefällt mir, Kade. Eine Arbeit über Adler."

Kade lehnte sich gemütlich auf seinem Stuhl zurück. Er wirkte zuversichtlich und zufrieden. Alle Spuren seiner Fragen und Sorgen, die ihm noch vor einer Minute im Gesicht gestanden hatten, waren verschwunden. „Ja, aber nicht über die Marion Adler, Papa. Ich glaube, darüber würden sie mich keine Arbeit schreiben lassen. Ich werde etwas über echte Adler schreiben. Ich kann im Internet suchen und Bücher lesen. Danach muss ich alles übersichtlich und vernünftig zusammenschreiben. Mr. Bender sagte, dass letztes Jahr jemand einen Bericht über Adler geschrieben habe. Das, was er dabei herausfand, soll erstaunlich gewesen sein. Zum Beispiel das hier ..."

Er blätterte in seinem Ordner und holte ein leicht zerknittertes Blatt Papier hervor. „Der Adler ist der einzige Vogel, der vor Schwierigkeiten nicht davonläuft. Stattdessen benutzt er die Stürme des Lebens, um sich von ihnen höher hinauftragen zu lassen."

John nickte und bemühte sich, interessiert zu wirken. *Wartet Charlene auf dem Gang auf mich? Ist sie schon nach Hause gefahren? Wann können wir unser Gespräch fortsetzen ...?* Er verbannte diese Gedanken aus seinem Kopf und konzentrierte sich erneut auf seinen Sohn.

„Ist das nicht faszinierend, Papa? Er benutzt die Stürme, um sich davon höher hinauftragen zu lassen. Genauso wie die Marion Adler." Kade wartete auf eine Antwort seines Vaters. „Erinnerst du dich noch ... als Taylor Johnson mit einer gerissenen Achillessehne dalag und alle glaubten, wir würden jetzt zusammenbrechen? Aber das sind wir nicht."

John strengte sich an, den Zusammenhang zu erkennen. „Wir haben uns davon nicht unterkriegen lassen. Willst du das damit sagen?"

„Richtig!" Kades Augen leuchteten. „Soll ich dir noch etwas Interessantes sagen? Adler kommen auch oft in der Bibel vor."

Allein schon das Wort „Bibel" ließ Johns Eingeweide verkrampfen. „In der Bibel?"

„Ja ..." Kade raschelte erneut mit seinen Blättern, bis er fand, was er suchte. „Hier steht es. ‚Wir werden auffahren mit Flügeln wie Adler.' Siehst du, Papa, Gott hat nicht gesagt, wir werden sein wie Hühner oder Krähen oder Wellensittiche. Er sagte, wir werden sein wie Adler."

John lächelte über die Begeisterung seines Sohnes und versuchte, die Schuld, der er sich überführt fühlte und die sein Herz zu zerdrücken drohte, zu ignorieren. „Die Marion Adler. Das passt wirklich."

Ein amüsiertes Grinsen zog über Kades Gesicht. „Na ja, ich wollte diesen Zusammenhang eigentlich nicht herstellen, aber da du es sagst ..."

John boxte mit der Faust freundschaftlich gegen die Schulter seines Sohnes. „Klingt ganz so, als hättest du dir ein großartiges Thema ausgewählt, mein Sohn. Genauso großartig wie ..."

Sie beendeten den Satz gemeinsam. „... wie die Marion Adler."

Kade stieß seinen Vater mit dem Ellbogen. „Ja, du hast es erfasst, Papa."

„Klar, von wem denkst du wohl, hast du es geerbt, dass du so ein schlauer Junge bist?" John stupste die Stirn seines Sohnes an. „Schlau und stark."

Kade grinste. Er klang jetzt mehr wie der kleine Junge, der er vor zehn Jahren gewesen war, und nicht wie der fast erwachsene junge Mann, zu dem er sich seitdem entwickelt hatte. „Ja, ja." Er rieb den Kopf an die Stirn seines Vaters, bis sie sich beide festhielten und lachend versuchten, sich aus dem Knoten zu befreien.

John zog sich als Erster aus der Umarmung zurück und atmete scharf ein. Dann hielt er den Atem an. „Bist du auf dem Weg nach Hause?"

„Ja, fährst du mit?" Kade setzte sich zurück. Sein Atem ging nicht einmal schneller, obwohl sie miteinander gerungen hatten. „Mama backt eine selbst gemachte Pizza."

Beim Gedanken an Abby verlor John jeglichen Appetit. Er bemühte sich, eine neutrale Miene zu bewahren. „Lieber nicht. Ich muss noch Prüfungen korrigieren."

Kade stopfte seine Sachen wieder in seinen Rucksack und schwang ihn über seine Schulter. Einen Augenblick schaute er seinen Vater an, als wollte er etwas sagen, konnte es aber nicht. „Beeile dich, ja?“ Sein Grinsen wurde etwas schwächer. „Mama hat es gern, wenn wir zum Essen alle zu Hause sind.“

John nickte. Er war dankbar, dass Kade seine Gedanken nicht lesen konnte. „Gut, dann sag ihr, dass ich komme.“

Als Kade fort war, atmete John aus und wurde sich bewusst, dass er den Atem angehalten hatte, seit Kade etwas über das Essen gesagt hatte. Wenn sie die kommenden Monate überstehen wollten, sollte er wohl tun, was Kade sagte. Er sollte sich bemühen, hin und wieder zu Hause zu erscheinen. Ansonsten würden die Kinder ja merken, dass etwas nicht stimmte.

Er zog die Schulaufgaben der sechsten Klasse heraus und begann, sie zu korrigieren. *Denke nicht an Abby oder an Charlene. Arbeite einfach. Schau, dass du damit fertig wirst und heimfahren kannst.*

Er konnte zwar die Gedanken an die Frauen in seinem Leben erfolgreich abwehren, aber ein anderes, sehr eindrückliches Bild konnte er nicht mehr von sich abschütteln: Ein Adler mit ausgebreiteten Flügeln, der immer höher und höher flog, während sich im Hintergrund Sturmwolken zusammenbrauten. Je rauer der Sturm wurde, umso höher flog der Adler, und John kam nicht umhin zu erkennen, dass er trotz des Emblems auf seinem Trainerhemd kein Adler war.

Ganz im Gegenteil.

11

Abby saß am Bett ihres Vaters. Wie so oft in diesen Tagen schlief er. Der Geruch nach Desinfektionsmittel im Pflegeheim und der Verfall des Mannes, der in ihren Augen früher riesengroß gewesen war und jetzt fast nur noch aus Haut und Knochen bestand, machten ihr nicht mehr zu schaffen. Sie hielt seine Hand, streichelte sie sanft mit dem Daumen und fragte sich, wie lang es wohl noch dauern würde. Der Verlauf der Parkinsonkrankheit war nicht vorhersehbar. Die Ärzte hatten ihr erklärt, er könnte noch in diesem Jahr sterben, aber genauso gut auch noch fünf Jahre leben.

Abbys Blick fiel auf ein Holzbild, das über dem Fußende seines Bettes hing: „Ich bin nur auf der Durchreise ... diese Welt ist nicht meine Heimat."

Ach ja, aber diese Durchreise kann so schmerzlich sein, Gott. Wenn ich zusehen muss, wie mein Vater vor meinen Augen immer weniger wird ... oder wenn ich John mit Charlene sehe.

Sie hörte keinen geflüsterten Trost und auch keine passende Bibelstelle als Antwort. Abby seufzte und lehnte sich auf ihrem Stuhl zurück. Sie hatte den Großteil der Woche alle Hände voll zu tun gehabt, sie hatte vieles im Haushalt erledigt, die Badezimmer geputzt und Wäsche gewaschen. Und natürlich waren da noch die Termine für ihre Artikel. Sie hatte drei größere Projekte, die bis Freitag fertig sein mussten. Erst gestern nach Mitternacht hatte sie alle drei als E-Mail abgeschickt.

Jetzt hatte sie zum ersten Mal seit ihrem Spaziergang im Schnee wirklich Zeit für sich allein. Zeit, in der sie sich nicht den Kopf darüber zerbrechen musste, wo John vielleicht war und was sie zueinander sagen könnten und wie sie ihm in dem Haus, in dem sie immer noch unter einem Dach zusammenwohnten, am besten aus dem Weg gehen konnte. Die ganze Woche hatten sie nichts anderes getan, als miteinander zu streiten. Entweder wegen Charlene oder wegen ihrer Artikel oder wegen ihres Redakteurs. Sie hatten kein einziges nettes Wort zueinander gesagt. Abby merkte erst jetzt, wie sehr sie das alles auslaugte.

Sechs solche Monate, Herr? Wie soll ich das überleben?

Was Gott zusammengefügt hat, soll der Mensch nicht scheiden.

Abby seufzte. Gottes Ermahnungen waren wie eine zerkratzte Schallplatte. Sie waren abgedroschen und aufgesetzt und waren überhaupt keine Hilfe in ihrem jetzigen Leben. Von der Beziehung zwischen ihr und John war eindeutig nichts mehr übrig geblieben. Warum erinnerte Gott sie so hartnäckig an Bibelstellen, die einen Idealzustand beschrieben? Sie und John würden sich scheiden lassen. Daran ließ sich nichts mehr ändern. Jetzt mussten sie eine Möglichkeit finden, diesen Prozess durchzustehen.

Abby schloss die Augen und erinnerte sich an ihren Spaziergang letzte Woche. Was für ein gutes Gefühl war es doch gewesen, Zeit in der Vergangenheit zu verbringen, an einem Ort, an dem sie und John verliebter ineinander waren, als sie sich es je hätten erträumen können. Eine Zeit, in der allein schon das Aufwachen jeden Morgen so viel versprechend und aufregend gewesen war, dass die junge Abby ihr Glück kaum hatte fassen können.

Wo hatte sie aufgehört ...? Abby konzentrierte sich. Vor ihrem geistigen Auge tauchte wieder das Bild auf, wie sie als junges Mädchen mit schwarzer Jeans und weißem Pullover zusammen mit ihrer Familie auf der Tribüne gesessen war und das Footballspiel verfolgt hatte. Das war das erste Mal, dass sie John für Michigan hatte spielen sehen. Bei jedem Spielzug hielt sie den Atem an und betete inbrünstig, dass er nicht verletzt würde. Gleichzeitig war sie von der Geschmeidigkeit und Kraft, mit der sein Körper sich bewegte, fasziniert. Die Wolverines gewannen an jenem Tag das Spiel mehr als eindeutig. John hatte drei Touchdowns geworfen und einen anderen gelaufen.

„Das war reine Angeberei“, sagte sie später zu ihm, als sie kurz vor Einbruch der Abenddämmerung über den Campus schlenderten. Die Temperaturen waren gesunken, und er hatte ihr seine Jacke geliehen. Sie kuschelte sich in seine Jacke und fühlte sich wie Aschenputtel auf dem Ball und fürchtete, jeden Augenblick würden die Glocken Mitternacht ankündigen und sie wäre gezwungen, aus dem Traum aufzuwachen.

Er war neben ihr hergegangen. Sie fühlten sich so wohl nebeneinander, als hätten sie in den letzten drei Jahren jeden Tag zusammen verbracht. „Blieb mir denn eine andere Wahl? Du lässt mich die ganzen Jahre abblitzen, und jetzt ... endlich ... kommst du zu einem Spiel. Also ehrlich, Abby. Damit hast du mich ganz schön unter Druck gesetzt."

Bei seinem Grinsen wurde ihr innerlich so warm, dass es in ihrem Herzen so hell war wie mitten am Tag. Seit zwei Stunden unterhielten sie sich über ihre Unterrichtsfächer, über ihre Ziele und Träume. „Es würde mich nicht überraschen, wenn ich eines Tages Trainer werde, nachdem meine aktive Zeit als Spieler vorbei ist ..."

Sein Vater war erfolgreicher Bankier. Abby legte nachdenklich den Kopf zur Seite. „Du willst nicht das große Geld machen wie dein Vater?"

Sie neckte ihn. Er lächelte und zuckte die Achseln. „Das Leben besteht aus mehr. Ich denke, wenn mein Vater noch einmal von vorne beginnen könnte, würde er auch Trainer werden wie dein Vater." John betrachtete durch die Bäume hindurch den Sonnenuntergang und ging gemütlich neben ihr her. „Es ist schwer, sich von so einem Spiel zu trennen."

Abby dachte daran, wie eng verknüpft das Spiel mit ihrer Familie war, wie selbstverständlich sie mit Football aufgewachsen war. „Ich weiß."

Sie waren über den Campus zu einer Bank unter einer schattigen alten Eiche geschlendert. John blieb stehen und drehte sich zu ihr um. „Du weißt es wirklich, nicht wahr? Du verstehst das, Abby. Du weißt, was Football ist. Wie wichtig er für Männer wie mich und deinen Vater ist."

Abby genoss seine Nähe. *Erlebe ich das alles wirklich? Stehe ich hier eine Million Meilen entfernt von zu Hause und nur wenige*

Zentimeter entfernt von John Reynolds? Sie nickte scheu. „Ja, ich verstehe es."

John schüttelte den Kopf und schaute sie ungläubig an. „Und das Beste dabei ist, dass du Football auch noch magst. Viele Mädchen machen sich nicht das Geringste daraus."

Sie grinste. „Nun ja, bis jetzt habe ich es erst zu einem einzigen Spiel geschafft."

Er lachte zuerst, dann verschwand sein Lächeln allmählich, und er schaute ihr ernst in die Augen. „Ich habe viel an dich gedacht, Abby. Weißt du das?"

Etwas in ihr wollte davonlaufen, wollte ihr Herz beschützen, bevor sie es an ihn verlieren und nie wieder finden würde. Stattdessen nickte sie nur. Auf keinen Fall wollte sie den Zauber, der sie mit ihm verband, brechen. Der Winterwind wehte durch die Blätter um sie herum. John legte die Hände auf ihre Schultern und beugte sich nahe zu ihr vor. Seine Lippen berührten ihren Mund. Er küsste sie so zärtlich, dass sie sicher war, sie würde einen halben Meter über der Erde schweben.

Es war kein verführerischer Kuss und auch kein Kuss, der mehr forderte, als sie zu geben bereit war. Aber es war ein Kuss, der seine Absichten kristallklar herausstellte. Sie zog sich als Erste zurück. Atemlos durchforschte sie sein Gesicht auf der Suche nach Antworten, die sie plötzlich dringender brauchte als die Luft zum Atmen. „John?"

Sein Blick wich keine Sekunde von ihren Augen. Mit dem Daumen fuhr er zärtlich ihre Augenbrauen nach. „Ich weiß, dass du noch jung bist, Abby. Aber zwischen uns ist etwas. Ich fühle es, seit wir uns das erste Mal gesehen haben." Er zögerte, und trotz all seines Ruhms und seiner Erfolge und selbstsicheren sportlichen Leistungen sah er sehr verwundbar aus. „Kannst du ... fühlst du es auch?"

Ein leises Lachen kam über Abbys Lippen. Sie legte die Arme um seinen Hals und ließ sich von ihm fest drücken. Sie genoss es, wie sein Körper den ihren auf eine Weise erwärmte, die sie nie zuvor gekannt hatte. Da seine Frage immer noch im Raum hing, zog sie sich zurück und hob den Kopf. Aus ihren Augen funkelte sicher alles, was sie in ihrem Herzen fühlte. „Ja, ich fühle es. Ich dachte, ich sei die Einzige, die es fühlt. Denn ich war ja viel zu jung für dich."

Ein Grinsen zog über sein Gesicht. „Nein, es war nie so, dass nur du es gefühlt hast. Aber damals warst du noch zu klein. Ich konnte mit dir nicht darüber reden. Ich dachte sogar, ich bilde es mir nur ein. Aber auch nach all den Jahren ist dieses Gefühl nicht weggegangen. Ich komme oft von einem Spiel nach Hause und frage mich, wo du wohl bist, was du wohl gerade machst. Fast so, als ..."

Plötzlich war sie sich all der Gefühle, die sie für ihn empfand, sicher und beendete den Satz für ihn. „Fast so, als wären wir füreinander bestimmt?"

Er nickte und küsste sie erneut. Dieses Mal glühte ein stürmisches Feuer zwischen ihnen. Als er sich von ihr löste, baute er einen gewissen Abstand zu ihr auf. „Abby, ich weiß nicht, wie alles werden wird. Im nächsten Jahr werden wir uns wahrscheinlich kaum sehen. Aber eines weiß ich mit Sicherheit: So wie für dich habe ich noch nie für einen Menschen empfunden."

Sie breitete die Finger über seinem Brustkorb aus und schaute ihm ein weiteres Mal tief in die Augen. „Ich auch nicht."

Er zitterte. Inzwischen wusste sie, dass er vor Verlangen gezittert hatte. Damals hatte sie das nicht verstanden, aber angesichts ihrer über zwanzigjährigen Erfahrung war sie sich jetzt dessen ziemlich sicher. Wie oft hatte sie dieses Zittern in ihren ersten zehn Ehejahren gespürt, hatte ihn so gefühlt, wenn seine Gliedmaßen sich über den ihren ausbreiteten und sie sich ganz nah waren.

Ja, er hatte damals an ihrem ersten gemeinsamen Abend starke Gefühle für sie gehabt, und sie für ihn. Aber erst nach ihrer Hochzeit ließen sie diesen Gefühlen freien Lauf.

Abby erinnerte sich, wie er ihre Hand gehalten hatte, als sie an jenem Abend zu seinem Wohnheim zurückgingen. Er behandelte sie, als wäre sie ein seltener Edelstein, kostbar und einmalig.

Mit jedem Schritt überzeugte er sie, dass seine Worte ernst gemeint waren. Noch nie zuvor hatte er so viel für einen Menschen empfunden.

Abbys Vater bewegte sich in seinem Bett. Sie ließ seine Hand los und kehrte augenblicklich in die Gegenwart zurück. Ohne Vorwarnung schlug er die Augen auf und schaute sich panisch im Zimmer um, bis er Abby erblickte. „Wo ist John?"

Die Frage durchbrach das Schweigen. Sie spürte, wie ihre Stimmung sank. „Er ist zu Hause, Papa. Bei den Kindern." Ihre Worte waren laut und langsam, so wie man mit alten Leuten spricht.

„Er sollte bei dir sein." Über das Gesicht ihres Vaters zog eine panische Angst. Seine Hände zitterten unkontrollierbar.

„Es ist alles in Ordnung, Papa. Er ist bei den Kindern." Abby nahm seine Finger in ihre Hand und versuchte, das Zittern zu beruhigen.

Der Schlaf zeigte seine Wirkung. Aus der Miene ihres Vaters wichen die Angst und das Entsetzen wieder. Einen langen Moment schaute er Abby ernst in die Augen. Dann sprach er zum ersten Mal das aus, was ihm wahrscheinlich schwer auf dem Herzen lag. „Ihr habt Probleme, nicht wahr?"

Abbys erster Gedanke war, ihn anzulügen, so wie sie in letzter Zeit jeden anlog. Aber dann kamen die Tränen, und sie wusste, dass sie es nicht konnte. Sie stand diesem Mann zu nahe, ihrem Vater und Freund mit dem großen, verständnisvollen Herzen, um vor ihm das verbergen zu können, was sie schier umbrachte. Sie nickte und drückte sanft seine Hände. „Ja, Papa. Wir haben Probleme."

Er schien unter der Bettdecke zusammenzusacken. Dann wurden seine Augen feucht. „Habt ihr ... darüber gebetet?"

Abby fühlte, wie ein sanftes Lächeln um ihre Lippen spielte. Ihr Vater meinte es gut. *Papa, wenn du nur wüsstest, wie schlimm die Dinge stehen ...*

„Das haben wir."

Die Gefühle ihres Vaters standen ihm deutlich ins Gesicht geschrieben. Trauer und Verwirrung, gefolgt von Frustration und tiefem, grenzenlosem Schmerz. „Ihr wollt doch nicht ... ihr werdet doch nicht ..."

Die Tränen liefen Abby über die Wangen. War es wirklich so weit gekommen? War sie nicht mehr dasselbe Mädchen, das mit John unter der Eiche gestanden war und auf Wolken geschwebt war, als er sie zum ersten Mal küsste? War sie nicht das einzige Mädchen, das er je geliebt hatte? Ihre Tränen wurden immer mehr, und die Worte blieben ihr im Halse stecken. Sie öffnete den Mund, aber nichts kam heraus.

Jetzt war es ihr Vater, der sie tröstete. Er drückte ihre Hände fest an sein Herz und fuhr mit seinen zittrigen Fingern über ihre Handrücken. „Ach, Abby, das könnt ihr doch nicht, Liebes. Es muss doch einen Weg geben ..."

Abby schüttelte den Kopf und hatte Mühe, ihre Stimme wieder zu finden. „Du verstehst das nicht, Papa. Es ist noch viel mehr."

Eine dunkle Wolke zog über seine Augen. „Diese Frau? Die Frau auf dem Spielfeld nach dem Meisterschaftsspiel?"

Also durchschaute sogar ihr Vater ihr Schauspiel. John hatte mit Charlene angebandelt und alle außer Abbys Kindern, die ihren Vater fast anbeteten, wussten, dass er sie betrog. Sie ließ den Kopf hängen, und eine neue Tränenflut floss aus ihren Augen und tropfte auf das Bettlaken ihres Vaters. „Er sagt, sie seien nur Freunde, aber das ist eine Lüge, Papa. Ich habe Zettel mit ihrer Handschrift gefunden."

Mit aller Kraft, die er aufbringen konnte, hob ihr Vater eine Hand und wischte ihr die Tränen von den Wangen. „Habt ihr es bei einem Eheberater versucht? Bei einem christlichen Eheberater?"

Abby atmete aus und hielt den Atem an. Sie hob den Kopf und erwiderte den fragenden Blick ihres Vaters. „Wir haben alles versucht. Es ist mehr als nur eine Frage des Glaubens, Papa."

Die Hand ihres Vaters sank auf das Bett. Er schaute sie traurig an. „Bei Gott ist nichts unmöglich, Abby. Vielleicht habt ihr das vergessen."

Sie schaute ihn an. „Vielleicht."

Aus seinen Augen sprachen viele Fragen. Er räusperte sich. Wahrscheinlich versuchte er, sich zu beherrschen, um nicht auch laut zu weinen. Immerhin war John der Sohn seines besten Freundes. Die Nachricht musste vernichtend für ihn sein, auch wenn er vorher schon einen Verdacht in Bezug auf Charlene gehegt hatte. „Habt ihr ... habt ihr es den Kindern schon gesagt?"

Abby lehnte sich auf ihrem Stuhl zurück. „Wir haben es versucht, aber an dem Morgen, an dem wir es ihnen sagen wollten, verkündeten Nicole und Matt, dass sie sich verlobt hatten. Wir beschlossen, es bis nach der Hochzeit aufzuschieben."

„Es ist also endgültig. Eure Entscheidung steht fest?"

Wieder ließ Abby den Kopf hängen. „Wir haben miteinander geredet, mit Eheberatern gesprochen, wir haben alles versucht, Papa. Wir sehen keinen anderen Ausweg."

Eine Weile herrschte Schweigen. Ihr Vater versuchte, diese Nachricht zu verdauen. Als er nichts dazu sagte, sprach sie weiter, da sie das Schweigen unbedingt mit etwas füllen wollte und hoffte, er würde sie vielleicht verstehen. „Vielleicht ist es so besser."

Zum ersten Mal, seit sie ein kleines Kind gewesen war, sah sie Wut in den Augen ihres Vaters aufblitzen. „Es kann *nie* besser sein, sich scheiden zu lassen, Abby. Niemals. Das ist eine Lüge aus der finstersten Hölle. Merk dir meine Worte."

Die Tränen kamen jetzt heftiger, und Abby merkte, wie auch sie wütend wurde. Schließlich war es nicht ihre Schuld. „Gib mir nicht die Schuld dafür, Papa. Ich bin nicht diejenige, die jemand anderen hat."

Ihr Vater zog eine Augenbraue so weit in die Höhe, dass sie es bemerkte. „Stimmt das? Was ist mit deinen Brieffreunden, mit deinem Redakteur?"

Eine Alarmglocke schrillte in Abbys Kopf. *Wie um alles in der Welt ...?* „Wer hat dir das gesagt?"

Ihr Vater wartete eine Sekunde. „John. Als er das letzte Mal hier war. Ich fragte, wie es euch beiden gehe, und er antwortete, dass du mehr Zeit damit verbringst, deinem Redakteur Mails zu schreiben, als mit ihm zu reden." Ihr Vater schwieg kurz, um Atem zu holen. Abby sah, dass dieses Gespräch ihn sehr anstrengte. Seine Arme und Beine zitterten stärker. „Er schien es nicht allzu ernst zu nehmen, deshalb dachte ich nicht, dass es ein Problem sei. Bis jetzt."

Abby stand auf und verschränkte die Arme vor der Brust. Sie hob den Kopf und schaute zur Decke hinauf. „Ach, Papa. Ich weiß nicht, wie alles so hässlich werden konnte." Sie senkte den Kopf wieder und schaute ihren Vater erneut an. Dabei wischte sie sich neue Tränen aus dem Gesicht. „Ich brauche meine Freundschaft mit Stan. Manchmal ist er der Einzige, der versteht, was in meinem Leben passiert."

Der Ärger ihres Vaters war verschwunden. An seine Stelle war eine Traurigkeit getreten, wie Abby sie noch nie gesehen hatte. „Das Einzige, was ihr braucht, ist der Glaube an Gott und Hingabe füreinander. Wenn ihr das habt ... wird sich alles andere auch regeln."

Aus seinem Mund klang es so einfach. „Er hat eine Affäre, Papa. Er hat zugegeben, dass er sie geküsst hat. Es ist nicht so einfach, wie du denkst." Sie trat wieder zu ihrem Stuhl zurück, setzte sich und nahm seine Hände in die ihren. „Schlaf jetzt wieder. Ich wollte nicht, dass du dich so aufregst."

Jetzt brachen sich die Tränen Bahn, die in den Augen ihres Vaters geglänzt hatten. Er wischte sie beschämt von seinen Wangen. „Dieser Junge ist Teil unserer Familie, Abby. Lass ihn nicht gehen. Tue, was du kannst, um ihn zu halten. Für mich, für die Kinder. Für Gott."

Du verstehst mich nicht, Papa. Sie zögerte, unsicher, wie sie ihm antworten sollte.

„Bitte, Abby." Es war ihm anzusehen, wie sehr ihn dieses Problem schmerzte und wie ernst er seine Bitte meinte. Ihr blieb keine andere Wahl, als ihm zu sagen, was er hören wollte.

„Also gut. Ich werde mir mehr Mühe geben. Ehrlich. Aber ruh dich jetzt bitte etwas aus, bevor sie mich hier hinauswerfen, weil ich dich zu sehr aufrege." Sie hielt die Hände ihres Vaters fest.

Wenige Minuten später war er wieder eingeschlafen und überließ sie einer Vielzahl widersprüchlicher Gefühle, die sie innerlich hin und her rissen.

Wenn sie John verlor, verlor sie damit einen Teil von dem, wer sie selbst war, nicht nur einen Teil ihrer Geschichte, sondern auch der Geschichte ihres Vaters. Abby wurde schwer ums Herz, als sie ihren Vater im Schlaf beobachtete. Sie hatte ihm die Wahrheit gesagt. Es war nicht ihre Schuld. Sie und John hatten zugelassen, dass sie sich auseinander lebten, und jetzt traf er sich mit einer anderen Frau. Es war einfach zu spät, um den angerichteten Schaden rückgängig zu machen. Sie steckten schon zu weit in dem Prozess, alles auseinander brechen zu lassen, um noch etwas kitten zu können.

Ihre Gedanken wanderten zu ihrem ersten Kuss zurück. John hatte ihr das Gefühl gegeben, das wichtigste Mädchen auf der ganzen Welt zu sein. Er hatte versprochen, ihr zu schreiben und sie anzurufen, und sein Wort tatsächlich gehalten. Den Blick in den Augen ihrer Freundinnen würde sie nie vergessen, als er beim Schülerball mit ihr erschienen war. Der Ball fand im Frühling statt, nur wenige Wochen vor ihrem High-School-Abschluss. John Reynolds, Student an der Universität von Michigan, ein im ganzen Land bekannter Quarterback, tanzte mit ihr vor den Augen ihrer ganzen Klassenkameraden.

Sie trug ein hellblaues Chiffonkleid, und er stellte die Freunde der anderen Mädchen mit seinem schwarzen Smoking und seiner hellblauen Jacke allesamt in den Schatten. „Alle starren dich an“, flüsterte sie während eines langsamen Tanzes in sein Ohr. Abby genoss es, wie er sie fest hielt. Nicht zu besitzergreifend, aber doch zärtlich genug, um der ganzen Welt zu zeigen, dass sie sein Mädchen war.

„Sie schauen nicht mich an. Sie schauen dich an. Ich habe noch nie so ein schönes und bezauberndes Mädchen gesehen wie dich heute Abend.“

Er hatte während des ganzen Jahres nur Augen für sie, und im darauf folgenden Herbst hatte sie sich an der Michigan-Universität eingeschrieben. Wenn es eine Zeit in ihrem Leben gab, die sie nie vergessen würde, eine Zeit, die ihr immer strahlend im Gedächtnis bliebe, dann war es das Studienjahr 1978/79. John spielte mit den Wolverines um die Meisterschaft, und trotz dessen, dass sie den Heisman-Pokal knapp verpasst hatten, sah es trotzdem so aus, als würde er in die nationale Footballauswahl kommen. Sie war bei jedem Spiel, bei jedem Training dabei und genoss jeden Augenblick mit ihm.

Doch in seinem letzten Spiel in jener Saison ließ sich John zurückfallen und konnte keinen freien Receiver finden. Ein gegnerischer Abwehrspieler sah, dass er verwundbar war, und verpasste ihm einen Schlag gegen die Knie, der ihn zu Boden stürzen ließ. Johns Kopf schlug schwer auf dem künstlichen Rasen auf. Er verlor das Bewusstsein und blieb zehn Minuten bewusstlos auf dem Spielfeld liegen, während die Mannschaftsärzte ihn von allen Seiten bearbeiteten.

Abby konnte sich immer noch erinnern, wie verzweifelt sie von ihrem Platz auf der Tribüne aus für ihn gebetet hatte. „Bitte, Gott ... bitte ..." Sie war zu entsetzt gewesen, um das Unvorstellbare in Worte zu fassen, um den Gedanken zuzulassen, dass er gelähmt sein könnte oder gar dort auf dem Spielfeld sterben könnte. Plötzlich wurde alles an diesem Spiel, das sie bislang geliebt hatte, hässlich und billig. *Was soll das Ganze eigentlich?*, hatte sie gedacht. *Seine Beine, sein Leben aufgeben ... für ein Footballspiel? Bitte, Gott, lass ihn aufstehen ...*

Schließlich bewegte John die Füße, und Abby begann wieder zu atmen. *Danke ... oh, danke, Gott.* Sie konnte sich nicht überwinden zu überlegen, wie anders alles gewesen wäre, wenn ...

Ein Sanitätsteam brachte John zur Umkleidekabine, wo Abby nach dem Spiel zu ihm durfte. Was sie dort zu hören bekam, war nicht so schlecht, wie es hätte sein können, aber es war auch nicht gerade gut. John hatte eine schwere Gehirnerschütterung erlitten, als sein Kopf auf dem zementharten Boden aufgeschlagen war. Aber was noch schlimmer war: Er hatte sich einen Bänderriss am Knie zugezogen – eine Verletzung, die operiert werden musste und höchstwahrscheinlich das Ende seiner Footballkarriere bedeutete.

Der Arzt war brutal ehrlich zu John. „Du kannst dieses Bein vielleicht wieder so weit bringen, dass du damit spielen kannst, mein Junge, aber dein Kopf kann einen solchen Schlag nicht noch einmal vertragen. Es wäre ein großes Risiko, wenn du wieder spielst."

Die Knieoperation wurde noch im selben Monat durchgeführt. Im März lief John wieder Sprints und bereitete sich auf die Auswahlspiele vor. „Ich kann es schaffen, Abby. Mein Kopf tut nicht weh. Ehrlich nicht."

Sie wusste, dass nichts, das sie hätte sagen können, ihm seine Liebe zu diesem Spiel nehmen könnte. Eine Liebe, die schon, so lange sie beide zurückdenken konnten, in seiner Familie und in ihrer Familie bestand. Am Ende hatte sie überhaupt nichts sagen müssen. Er gewann nie wieder die Schnelligkeit und Wendigkeit, die er früher besessen hatte. Die Auswahlrichter schrieben ihn als zu langsam ab. Bis April war klar, dass er keine Zukunft mehr im aktiven Profi-Football hatte.

Eine Woche lang war John am Boden zerstört. Er hockte in seinem Zimmer im Wohnheim, traf Abby kaum und sprach fast kein Wort. Nach dieser Woche lud er sie zu einer Pizza ein und ging mit ihr zu derselben Stelle, an der er sie vor über einem Jahr das erste Mal geküsst hatte. „Ich habe mir einen Plan überlegt, Abby." Er berührte mit den Fingern ihre Wange und schaute ihr mit einem Blick in die Augen, bei dem ihr selbst jetzt bei der bloßen Erinnerung daran noch ganz warm wurde. „Wenn ich nicht mehr Spieler sein kann, dann muss ich eben Trainer werden." Er atmete tief ein. „Ich werde noch ein Jahr länger studieren und die nötigen Prüfungen ablegen. Dann kann ich überall hingehen und unterrichten und trainieren. Meinen Traum verwirklichen."

Während der Mond langsam über dem Horizont auftauchte, hielt er einen funkelnden Diamantring hoch. „Werde meine Frau, Abby. In diesem Sommer. Dann können wir nächstes Jahr zusammenleben und müssen uns nie wieder trennen."

Abby schaute jetzt den Ring an, der immer noch an ihrem Finger steckte, aber im Laufe der Jahre etwas von seiner Leuchtkraft verloren hatte. Damals war sie sprachlos gewesen, erschrocken, dass er sie so bald schon heiraten wollte. Aber in ihrem ganzen Leben war sie sich noch nie einer Sache sicherer gewesen.

Auf ihrem Stuhl im Altersheim sitzend, schloss sie die Augen und erinnerte sich erneut, was für ein Gefühl es gewesen war, in John Reynolds' Arme zu sinken und ohne jeden Zweifel zu wissen, dass dies der richtige Platz für sie war, dass dies das Leben war, zu dem sie geschaffen worden war.

„Ja! Ich werde dich heiraten."

Beinahe hätte sie es wieder laut gesagt. Wie damals. John hatte sie hochgehoben und durch die Luft gewirbelt und schließlich sanft auf die alte Holzbank gesetzt. Dann setzte er sich neben sie, nahm ihr Gesicht in beide Hände und schaute ihr so intensiv in die Augen, wie es kein Mensch außer ihm je konnte. „Ich verspreche dir, Abby, dass ich immer für dich da sein werde. Vielleicht kommen auch schwere Zeiten oder traurige Zeiten auf uns zu. Aber ich werde immer bei dir sein. Für mich könnte es niemand anderen geben als dich, Abby Chapman."

Ja, mich ... und Charlene. Abby gab diesen zynischen Worten einen Augenblick Raum in ihren Gedanken. *Tu dir das nicht an, Abby.* Sie befolgte ihre eigene Ermahnung und verbannte diese Gedanken aus ihrem Kopf. Unabhängig davon, wo sie später gelandet waren, waren sie und John damals ein Traumpaar gewesen. Ihre Eltern waren überrascht und erfreut gewesen, als sie ihnen verkündeten, dass sie heiraten wollten. Im Juli hatten sie und John in einer Kirche gleich neben dem Universitätsgelände geheiratet. Mehrere hundert Leute hatten der Feier beigewohnt. In der Lokalzeitung von Ann Arbor war ein Bild von ihnen beiden auf dem ersten Blatt des Gesellschaftsteils erschienen mit der Überschrift: „Traum wird wahr – Freunde seit ihrer Kindheit und jetzt verheiratet."

Selbst in ihren kühnsten Träumen hätte Abby nie auch nur einen Augenblick daran gedacht, dass sie und John Reynolds es nicht miteinander schaffen würden. Sie waren in diesem ersten Jahr ständig zusammen, flüsterten sich inmitten anderer Leute leise etwas ins Ohr und liefen Hand in Hand über den Campus. Wenn andere Leute sie anschauten, dann mit dieser eifersüchtigen Sehnsucht, dieser Gewissheit, dass *sie*, selbst wenn sie hundert Jahre lebten, nie diesen Zauber erfahren würden, der zwischen John und Abby Reynolds herrschte.

Sechs Wochen nach ihren Flitterwochen erfuhren sie begeistert, dass Abby schwanger war. Während sie freiberuflich Artikel für die Universitätszeitung schrieb, fand John eine Stelle als Lehrer und Trainer ab dem kommenden Herbst. Nicole Michelle wurde am 16. April 1980 geboren. Im Sommer desselben Jahres nahm John die Stelle als Lehrer an der Southridge High School in der Nähe von Marion im Bundesstaat Illinois an. Beide Familien freuten sich für sie, und Johns Vater schenkte ihnen das nötige Geld, damit sie sich ein kleines Haus in der Nähe der High School kaufen konnten.

Was wurde aus unserem märchenhaften Happy End, Herr?

Ein Bild tauchte vor Abbys Augen auf und brannte sich in ihr Bewusstsein: John, wie er die drei Monate alte Nicole auf dem Arm hielt. Er stand mit ihr an der Seitenlinie während eines Footballtrainings, kurz nachdem sie nach Illinois umgezogen waren. Abby hatte dieses Bild in sich aufgesogen und es für später in ihrem Gedächtnis bewahrt. Selbst damals war ihr schon klar gewesen, dass ihre Tage viel zu schnell dahinfliegen würden und dass ihr kleines Mädchen erwachsen sein würde, ehe sie sich versahen.

John war ein wunderbarer Vater gewesen. In jeder Situation. Als Nicole mit fünf Jahren mit dem Fahrrad vor einem fahrenden Buick auf die Fahrbahn rollte, während Abby beim Einkaufen war, hatte John sie ruhig und schnell auf die Arme genommen und zum Krankenhaus gefahren. Nicole war mit einem gebrochenen Bein und fünf Stichen über der Stirn relativ glimpflich davongekommen. Als Abby und Kade eine Stunde später bei ihnen eintrafen, hatte John immer noch ihre Hand festgehalten.

Selbst in ihren dunkelsten Stunden als Eltern, in den verzweifelten Augenblicken unvorstellbarer Trauer, war er eine Säule der Stärke gewesen, ein Zufluchtsort voller Liebe und Fürsorge für sie alle.

Sie hatte gedacht, ihre Tränen seien längst versiegt, aber sie traten ihr erneut in die Augen, als die Worte ihres Vaters sich in ihrem Kopf wiederholten. *„Dieser Junge gehört zu unserer Familie, Abby. Lass ihn nicht gehen ... lass ihn nicht gehen."*

Abby wünschte von ganzem Herzen, es gäbe eine Möglichkeit, ihrem Vater seine Bitte zu erfüllen. Aber egal, wie viele glückliche Erinnerungen sie hatte, egal, ob John vor langer Zeit der Mann ihrer Träume gewesen war, und auch wenn er der erstaunlichste Vater in jeder Phase ihrer gemeinsamen Zeit als Eltern gewesen war, konnte sie nichts tun, um ihn jetzt zu halten.

Abby küsste ihren Vater auf die Wange und stand seufzend auf. Wie konnte sie John festhalten, wenn er bereits von ihr fort war?

Zwanzig Minuten später trat sie durch die Haustür und sah Kade auf dem Wohnzimmersofa liegen. Höhepunkte der Spiele aus der amerikanischen Footballliga flimmerten über den Fernsehbildschirm.

„Hallo, Schatz, wie war dein Tag?" Abby tat ihr Möglichstes, um fröhlich zu klingen. Mit Erinnerungen eines ganzes Lebens, die ihr durch den Kopf gingen, musste sie nachdenklich, ja sogar tief deprimiert wirken, wenn sie sich nicht mit aller Kraft bemühte, einen anderen Eindruck zu erwecken.

Kade setzte sich auf und schaute sie neugierig an. „Kommst du eine Minute zu mir, Mama?"

Abby hörte einen Anflug von Besorgnis aus Kades Stimme heraus und merkte, wie ihr Herz stockte. Hatte John an der Schule etwas durchblicken lassen? Eine öffentliche Szene mit Charlene womöglich? Sie hasste es, sich ständig zu verstellen, nie zu wissen, wann jemand ihr Geheimnis herausfinden würde. *Bitte, Gott, hilf mir, das Richtige zu sagen ...* „Klar, hier bin ich." Sie ließ sich neben ihm auf das Sofa nieder. Ihr Ton war fröhlich und verspielt, obwohl ihr das Herz bis zum Hals schlug.

„Mama, wie schaffst du und Papa es, dass ihr so cool seid?"

Etwas in ihr entspannte sich. „Cool?"

Kade lächelte und sah für einen Moment wie der kleine Junge von früher aus, fragend und voller Liebe zu seinen Eltern. „Ja, du weißt schon ... Ihr seid nie eifersüchtig oder so etwas. Vielleicht seid ihr beide deshalb so glücklich verheiratet."

Ein Kloß bildete sich in Abbys Kehle. Sie schluckte schwer und hatte Mühe, ein gezwungenes Lachen auszustoßen. „Wie kommst du denn jetzt auf so etwas?"

Kade lehnte sich zurück und verschränkte die Arme vor der Brust. „Na, nehmen wir zum Beispiel Mrs. Denton. Neulich kam ich zu Papa ins Zimmer, und sie und er hielten sich an den Händen." Aus Kades Augen sprach eine leichte Besorgnis. „Nicht, dass irgendetwas zwischen ihnen gewesen wäre, weißt du. Papa hat nur für sie gebetet. Das fand ich am Anfang etwas seltsam."

Abby fühlte plötzlich einen tiefen Schmerz in ihrem Inneren. Sie beugte sich ein wenig vor. *Benimm dich normal, Abby. Denk nicht darüber nach. Weine nicht. Höre einfach zu.* „Ja, das kann ich verstehen."

„Wie dem auch sei. Aber nachdem ich darüber nachgedacht habe, überlege ich, dass das vielleicht der Grund ist, warum Papa und du so eine gute Ehe führt. Bei euch gibt es keine Eifersucht. Ihr habt einfach Vertrauen zueinander." Er schüttelte den Kopf. „Ich habe Papa gefragt, was du davon hältst, dass er mit Mrs. Denton betet, und er sagte, du wüsstest bereits, dass Mrs. Denton Probleme hat, und da sei es keine große Sache, wenn er manchmal mit ihr betet."

Kades Gesicht verzog sich wieder zu einem sorglosen Grinsen. „Je mehr ich darüber nachdenke, umso mehr denke ich, dass es wirklich cool ist."

Abby stieß ein gekünsteltes Lachen aus, aber das schien Kade nicht zu bemerken. „Ich möchte, dass meine Frau genauso ist wie du. Dass sie nicht einen Anfall bekommt, sobald ich mit einer anderen Frau spreche."

Ihre Stimme versagte erneut. Abby hatte Mühe, einen Ton über die Lippen zu bringen. „Das ist gut, mein Sohn. Es freut mich, dass es einen guten Eindruck auf dich gemacht hat."

Sie stand auf und streckte sich. Sie sehnte sich verzweifelt danach, einen Raum zu finden, wo sie ihre Gefühle ordnen konnte, irgendwo weg von den fragenden Augen ihrer Kinder. Sean kam ins Wohnzimmer. Er kam auf sie zu und legte ihr die Arme um den Hals. „Hallo, Mama. Wie geht es Großvater?"

„Gut. Er lässt euch liebe Grüße ausrichten."

Sean nickte und ließ sich auf der anderen Seite des Wohnzimmers in einen großen Sessel plumpsen. Es war noch nicht einmal zwei Uhr am Nachmittag, und die Sonne schien bereits unterzugehen, als würde die ganze Welt um das alles trauern, was Abby durchmachte. Ihre Wut auf John kochte gleich unter der Oberfläche des Bildes, das sie mühsam aufrechtzuerhalten versuchte. Sie musste allein sein, bevor sie ihren Tränen und ihrem Zorn freien Lauf lassen konnte. Ihre Söhne widmeten sich wieder dem Fernsehen, und sie ließ ihren Blick zum Fenster hinauswandern. Darum bemüht, normal zu klingen, fragte sie: „Ist Nicole schon zu Hause?"

Kade streckte die Beine aus. „Nein, sie ist mit Matt unterwegs. Sie kommt erst nach dem Abendessen heim."

Abby nickte und hielt den Atem an. „Papa?"

„Er ist mit Joe im Verein."

Gut. Er käme eine Weile nicht nach Hause. Joe war einer der Assistenzfootballtrainer. Die beiden konnten Stunden damit zubringen, an den Geräten zu trainieren und Basketball mit den anderen im Verein zu spielen. Nur unter Aufbietung all ihrer Beherrschung schaffte es Abby, nicht aus dem Zimmer zu rasen. Stattdessen ging sie langsam die Treppe hinauf ins Gästezimmer. Dort rollte sie sich auf dem Bett zusammen und vergrub das Gesicht in einem Kissen und ließ dem Zorn, der in ihr wütete, freien Lauf.

Die Tränen liefen ihr unaufhaltsam über die Wangen. Sie schlug immer wieder mit der Faust auf die Matratze. Er hatte versprochen, keine Szene zu machen! Er hatte geschworen, er würde in den nächsten sechs Monaten Abstand zu Charlene halten. Und dann saß er mit dieser Frau in seinem Schulzimmer und hielt mit ihr Händchen, sodass die ganze Welt es sehen konnte. Wer war an jenem Nachmittag noch außer Kade zu ihnen ins Zimmer gekommen und hatte sie gesehen? Abby konnte kaum atmen, aber das war ihr gleichgültig. Sie vergrub das Gesicht tiefer in ihrem Kissen und wurde erneut von einer Welle der Trauer überrollt. Sie schluchzte wie ein kleines Kind. Der arme Kade. Wie würde er sich fühlen, wenn sie es den Kindern sagten? Er würde wissen, dass sein Vater ihn angelogen hatte, als er ihm erzählte, er würde mit Charlene beten.

„Großartiges Vorbild, John", flüsterte sie. Langsam ließ sie das Kissen los und holte sich ein Taschentuch aus dem Nachttisch. „Wirklich großartig."

Die Uhren drehten sich zurück. Abby ging durch den Gang der Marion High School und summte eine fröhliche Melodie. Sie wollte John etwas zu essen bringen, da er lange arbeiten musste, um seine Prüfungen zu korrigieren. Ihre Beziehung war damals schon ziemlich angespannt gewesen, und das Essen war Abbys Art, den Rat ihres Seelsorgers zu befolgen, nett zu John zu sein. Sie erinnerte sich, dass er ihr tatsächlich Leid getan hatte, weil er so viele Stunden auf dem Footballfeld verbringen musste und dann auch noch dazu verurteilt war, Überstunden an seinem Schreibtisch zu machen. Es war acht Uhr gewesen, draußen war schon längst alles dunkel, und das übrige Schulhaus war menschenleer. Abby erreichte schließlich das Ende des Korridors und öffnete, ohne zu klopfen, die Tür zu Johns Klassenzimmer.

Ihr blieb die Luft weg, als sie die beiden erblickte. John und Charlene. Sie standen neben seinem Schreibtisch und umarmten sich.

Sie traten natürlich sofort auseinander. Abby – unsicher, wie sie reagieren sollte – weigerte sich davonzulaufen. Stattdessen behielt sie ihre wütenden Gefühle für sich und trat ins Zimmer. „Hallo, Charlene. Ich hoffe, ich störe nicht." Sie erinnerte sich, dass sie diese Frau zuerst intensiv angelächelt hatte und dann John mit einem wütenden Lächeln bedacht hatte.

„Äh, nein ... ich wollte gerade gehen."

Charlene faselte ein paar Sätze. Abwechselnd versuchte sie, ihr Verhalten zu erklären und Gründe zu nennen, warum sie jetzt unbedingt gehen müsse.

Abby würde nie vergessen, wie wütend und verletzt sie gewesen war, als nur noch sie und John im Zimmer waren. Genauso fühlte sie sich jetzt auch. Verdächtigungen waren eine Sache. Tatsachen eine andere. Ihr tat schon alles weh vom vielen Weinen, aber selbst alle ihre Tränen konnten den Zorn, der in ihr wütete, nicht lindern.

Sie hörte ein Geräusch draußen auf dem Gang. Noch bevor sie sich darauf vorbereiten konnte, ging die Tür zum Gästezimmer auf, und John trat herein. Sie schaute ihn an wie ein Kind, das dabei erwischt wurde, wie es etwas Verbotenes tat. Er starrte sie seltsam an. Seine Augenbrauen zogen sich zusammen. „Abby, was ist los? Die Jungen sagten, du seiest in der Küche und machst das Abendessen."

Sie wollte auf ihn einschlagen, ihn schütteln, ihm die Augen für den Schmerz öffnen, den er ihr zufügte. Stattdessen schnäuzte sie sich die Nase und schaute ihn mit durchbohrenden Augen an und ließ ihn etwas von dem Hass spüren, der in ihr wütete. „Kade erzählte mir von deinem kleinen ... *Gebets*treffen." Ihre Worte waren kaum mehr als ein Zischen. Sie merkte, dass unter dem Zorn, der in ihrem Herzen wütete, sogar ihre Arme zitterten.

John schaute sie verständnislos an. „Gebetstreffen?"

Abby knurrte verächtlich. „Gar nicht so leicht, sich alle Lügen zu merken, was, John?"

Er trat ins Zimmer und schloss die Tür hinter sich. „Abby, ich habe keine Ahnung, wovon du sprichst. Welches Gebetstreffen? Und warum weinst du?"

Er konnte sich tatsächlich nicht daran erinnern. Wie viel musste zwischen Charlene und ihm vorgefallen sein, wenn er Kades Entdeckung nicht einmal gespeichert hatte? „Denk nach. Das Gebetstreffen mit Charlene. Erinnerst du dich? Kade ist zu dir gekommen und hat dich und diese ... diese Frau Händchen halten gesehen." Jedes Wort war scharf wie ein Dolch. Während sie sprach, wurden ihre verbitterten Gefühle immer stärker. „Und du hast ihm erzählt, ihr beide würdet *beten.* Kommt dir das bekannt vor?"

John atmete erschöpft aus. Er sank auf das Fußende des Bettes. „Ich wusste nicht, was ich ihm sonst hätte sagen sollen."

Abby ballte die Faust und knallte sie mit aller Kraft auf den Bettkasten. Ihre Hand begann an drei Stellen zu bluten, aber das war ihr gleichgültig. Sie wischte das Blut an ihre Jeans und schaute ihren Mann finster an. John starrte sie mit großen Augen entsetzt an.

„Schau nicht so. Ich schlage auf das Bett, so oft ich will!"

Es folgte eine kurze Pause, in der John panisch nach den richtigen Worten suchte. „So war es nicht. Ich habe ..."

„Verschone mich damit."

Von unten kam Kades Stimme. „Ist da oben alles in Ordnung? Ich habe einen Schlag gehört."

John räusperte sich und schrie zurück. „Alles in Ordnung. Deine Mutter hat nur etwas fallen gelassen. Das ist alles."

Abby schüttelte den Kopf und starrte ihn ungläubig an. „Wollen wir das im nächsten halben Jahr immer so machen, John? Die Kinder jedes Mal anlügen, wenn einer von ihnen dich mit Charlene sieht?"

Er begann, unruhig im Zimmer auf und ab zu laufen und sich den Nacken zu reiben. „Was willst du sonst tun, Abby, ihnen die Wahrheit sagen? Dass ich mich bemühe, mich nicht auf eine Affäre mit Charlene einzulassen, und dass du so wütend auf mich bist, dass du Löcher in die Möbel schlägst? Ist das eine bessere Lösung?"

Abby schüttelte den Kopf und starrte ihn an. *Er versteht nicht, was er angerichtet hat ...* „Schau mich an."

John blieb stehen und erwiderte ihren Blick. „Was willst du von mir, Abby? Ich wusste nicht, dass Kade hereinplatzen würde."

„Ich habe dich gebeten, dich von ihr fern zu halten. Sechs Monate, John. *Sechs Monate.*"

Er seufzte und gab es auf, sich zu verteidigen. „Ich versuche es ja, Abby. Ich habe ihr nicht gesagt, dass sie zu mir kommen soll. Sie kam von selbst. Und dabei habe ich ihr gesagt, dass ich Zeit brauche. Ich habe ihr gesagt, dass sie mir bis nach Nicoles Hochzeit Zeit lassen soll. Und ob du es glaubst oder nicht, sie hat es sogar verstanden. Sie hatte mir gerade gesagt, dass sie tun wolle, was sie könne, um es mir leichter zu machen, als ... als Kade hereinkam."

Jedes Wort aus Johns Mund war für Abby wie eine Ohrfeige. Wie konnte es Charlene *wagen*, dass man ihr überhaupt sagen *musste*, sie solle fernbleiben? Wer hatte sie auf die Idee gebracht zu glauben, John würde ihre Hilfe wollen, um die nächsten sechs Monate zu überstehen?

Die Antwort hing wie ein Damoklesschwert in der Luft: John natürlich.

Er hatte zugelassen, dass Charlene ihm so nahe gekommen war. Jetzt konnte sich Abby die Szene im Schulzimmer so gut ausmalen, als wäre sie und nicht Kade ins Zimmer getreten und hätte die beiden ertappt. Charlene war wahrscheinlich fast untröstlich bei dem Gedanken, dass zwischen ihr und John ein halbes Jahr lang Funkstille herrschen sollte. Natürlich hatte er ihre Hände ergriffen, um sie zu trösten. Wer weiß, was sonst noch geschehen wäre, wenn Kade nicht gekommen wäre?

John wartete und schaute sie fragend an. Ein Mann am Ende seiner Möglichkeiten, dem kein Ausweg mehr blieb. „Es tut mir Leid, Abby."

Abby hasste die Gefühle, die sich ihrer bemächtigt hatten, die Wut, die ihr Herz zu zerreißen drohte, dass sie sich wie ein Ungeheuer vorkam. „John Reynolds ... ich hasse dich." Mit knirschenden Zähnen schleuderte sie ihm jedes Wort mit so viel Gift an den Kopf, wie sie aufbringen konnte. „Verschwinde von hier, bevor ich hinuntergehe und den Kindern die Wahrheit sage."

John schaute sie mit zusammengekniffenen Augen an. „Ich kann nicht glauben, was aus dir geworden ist, Abby. Was aus uns geworden ist ..." Seine Miene wurde weicher. „Ich weiß nicht, was ich ..." Ein schweres Seufzen entfuhr ihm. Er zuckte die Achseln. In ihrem ganzen Leben hatte sie ihn erst einmal so traurig gesehen. „Es tut mir Leid, Abby." Ohne ein weiteres Wort zu sagen drehte er sich um und verließ das Zimmer.

Als er die Tür geschlossen hatte und die Treppe hinunterging, war sie so tief verletzt und verwundet, dass sie glaubte, diese Qualen nicht überleben zu können. *Komm zurück, John. Bin ich dir denn so gleichgültig? Kannst du mir nicht sagen, dass du sie vergessen willst, dass sie dir nicht wichtig ist, und dass du mich immer noch liebst?* Sie ballte erneut ihre schmerzende, blutende Hand zu einer Faust. Aber dieses Mal schlug sie damit nur auf das Kissen. Wieder und wieder und wieder ... bis die Wut in ihr sich legte und einem Meer von Traurigkeit wich.

Hilf mir, Gott ... ich weiß nicht mehr, was ich tun soll. Lass die Zeit schnell vergehen, bitte. Ich kann es nicht ertragen, mit ihm zusammenzuleben, wenn ich weiß, dass er in sie verliebt ist.

Die Liebe erträgt alles. Die Liebe hört niemals auf ...

Fast ihr ganzes Leben lang, seit sie erwachsen war, hatte Abby eines als unverrückbare Tatsache angesehen: Wenn etwas in der Bibel stand, glaubte sie es. Aber während sie auf dem Bett lag und so schluchzte, dass sie daran fast zu ersticken drohte und ihr diese Bibelstelle in den Sinn kam, überlegte sie, dass Gottes Wort vielleicht doch nicht die Wahrheit war.

Der Vers wiederholte sich immer wieder in ihrem Kopf. *Die Liebe erträgt alles ... die Liebe hört niemals auf ... niemals auf ... niemals auf.*

Es war eine Lüge. Es musste eine Lüge sein. Die Liebe zwischen John und ihr konnte das unmöglich ertragen. Während ihre Tochter vom Anfang einer großen Liebe träumte und Pläne schmiedete, planten sie und John das Ende einer großen Liebe. Entweder hatten sie sich überhaupt nie geliebt – aber Abby wusste ohne jeden Zweifel, dass sie sich geliebt hatten – oder diese Bibelstelle stimmte schlichtweg nicht.

Denn die Liebe, die sie früher füreinander empfunden hatten, die Liebe, die wie ein Leuchtturm zwischen den Wracks anderer Ehen herausgeragt war, war absolut und ohne jeden Zweifel vorbei.

Die Liebe hörte auf. Das war eine traurige Tatsache.

Sie drückte ihre geschwollenen Finger an ihre Brust, und eine neue Tränenflut brach aus ihr hervor. Die tödliche Krankheit, unter der ihre Beziehung litt, dauerte schon Jahre. Am Ende war ihre Liebe einen vorhersehbaren schmerzlichen Tod gestorben. In wenigen Monaten würden die entsprechenden Dokumente, sozusagen der Totenschein ihrer Ehe, das beweisen.

Abby blieb noch eine Weile sitzen, ehe sie allmählich einschlief. Die Worte hallten immer wieder durch ihren Kopf.

Ich hasse dich, John Reynolds ... ich hasse dich ... ich hasse dich.

Ich hasse dich.

12

Es war der Sonntag, an dem der Supercup ausgespielt wurde. Im Hause Reynolds war dies immer ein Feiertag, der gleich nach Weihnachten und Ostern kam, aber Abby und Nicole hatten ausgemacht, sich am Vormittag und frühen Nachmittag Hochzeitskleider anzuschauen. Der Tag mit Jo Harter hatte nichts als endloses Geplapper gebracht. Nicole war fest entschlossen, dieses Mal ein Kleid zu finden, das ihr gefiel.

Sie waren im Ankleideraum, und Abby zog den Reißverschluss am fünften Kleid innerhalb einer Stunde zu. Nicoles Stimmung schien sich zu verdüstern. Seit Kades Bemerkung reagierte Abby bei allen ihren Kindern übersensibel. Ihr war klar, dass sie leicht etwas über ihren Vater und Charlene hören oder die Spannung zwischen ihren Eltern spüren könnten. „Ist alles in Ordnung, Liebes?" Abby ließ Nicoles Haare über den Rücken des Kleides fallen und trat einen Schritt zurück. „Oh, Nick, es sieht einfach hinreißend aus."

Abby benutzte den Kosenamen ihrer Tochter nur noch hin und wieder. Nicole neigte den Kopf und schaute Abby ernst an. „Papa ist in letzter Zeit ruhiger als sonst. Er freut sich doch, dass ich heirate, oder? Ich meine, er mag Matt doch, nicht wahr?"

Jede Faser in Abbys Körper war sofort in Alarmbereitschaft. „Ja, Liebes, natürlich mag er ihn." Sie schwieg kurz und suchte nach den richtigen Worten. „Er hat in der Schule viel zu tun. Das ist alles."

Nicole betrachtete ihr Spiegelbild in dem großen Wandspiegel und zupfte ein paar Mal an dem Kleid, bis sie damit zufrieden war. „Die Ärmel sind zu glatt."

Abby betrachtete die Ärmel des Kleides und fand sie schlicht, jedoch hübsch. Aber jetzt war nicht der richtige Zeitpunkt, um Nicole zu widersprechen. „Du hast Recht. Schauen wir, was wir noch finden können."

Nicole zögerte und schaute Abby erneut ernst an. „Kade sagte,

Papa habe mit Mrs. Denton gebetet." Nicoles schmerzliche Miene zeigte Abby, dass ihre Tochter sich nicht wohl fühlte. Sie verzog das Gesicht, als spräche sie ein schweres, düsteres Thema an. „Das gefällt mir nicht, Mama. Weiß sie denn nicht, dass er glücklich verheiratet ist?"

Alarmglocken schrillten in Abbys Herz und Seele, aber sie bemühte sich, dies nicht in ihrem Gesicht zu zeigen. *Siehst du, was du angerichtet hast, John? Warum konntest du dich nicht von ihr fern halten?* Abby verschränkte die Arme vor der Brust. „Nun ... ich kann verstehen, wie du dich fühlst. Es stört mich auch." *Pass auf deine Worte auf, Abby. In ein paar Monaten wird sie die Wahrheit erfahren ...* „Dein Vater tut, was er kann. Das weiß ich."

Nicole dachte einen Augenblick über diese Worte nach, dann zuckte sie die Achseln. „Ja, das denke ich auch. Aber Mrs. Denton hat einfach etwas an sich, das mir nicht gefällt. Ständig flirtet sie mit Papa und kichert albern. Das ist lästig."

Wenn nur John Charlene genauso leicht hätte durchschauen können wie Nicole. Abby stieß das von ihr erwartete Lachen aus. „Dein Papa kann schon auf sich aufpassen."

Nicole lächelte und bückte sich, damit Abby den Reißverschluss an dem Kleid aufziehen konnte. „Mit euch zwei ist also alles in Ordnung?"

Abby kannte ihre Tochter gut genug, um zu erkennen, dass dies ihre eigentliche Sorge war, die Angst, mit der jedes Kind lebte, die es aber selten aussprach. Selbst jetzt, da Nicole erwachsen war und kurz vor ihrer eigenen Hochzeit stand, waren ihre Antennen immer noch ausgefahren. Die Vorstellung, dass ihre Eltern sich zerstritten haben könnten, löste bei ihr immer noch eine tiefe und beklemmende Panik aus.

„Uns geht es gut. Mach dir um uns keine Sorgen." Sie half Nicole aus dem Kleid und wartete, während ihre Tochter erneut in ihren Rock und in ihren Pullover schlüpfte. „Heute geht es aber nicht um uns, sondern um dich. Wir müssen ein Hochzeitskleid für dich finden."

Nach einigen Stunden hatte Nicole tatsächlich das perfekte

Kleid gefunden. Abby war dankbar, dass ihre Tochter vor lauter Aufregung darüber alle Gedanken an ihre Eltern und eventuelle Probleme vergessen hatte. Als sie wieder zu Hause waren, zog sie sich eilig in ihr Zimmer zurück. Abby begab sich in die Küche und bereitete Tabletts mit Imbissen für das Footballspiel vor. Wie immer beim Supercup würde das Haus bald zum Bersten voll sein. Mehrere von Johns Trainern, ein paar Spieler und die Freunde der Jungen kämen und würden gemeinsam das Spiel im Fernsehen verfolgen. Abby war es gleichgültig, wie viele Leute kamen, solange sie etwas zu tun hatte. Je mehr sie zu tun hatte, umso weniger musste sie versuchen, John aus dem Weg zu gehen.

Ihr Herz tat ihr nach dem Streit vom Vortag noch immer weh, und sie wollte diesen Sonntag unbedingt hinter sich bringen, ohne mit John sprechen oder mit ihm allein sein zu müssen.

Kurz vor dem Anpfiff hüpfte Nicole die Treppe herab und blieb auf halber Höhe stehen. „Ist Matt schon da?" Ihre Stimme klang vor Aufregung ganz heiser. Abby vermutete, dass ihre Tochter das Hochzeitskleid vorzeigen wollte.

„Noch nicht." Sie legte einen Stoß Karottenstreifen auf den Teller und wusch sich die Hände unter fließendem Wasser ab.

„Er sagte, er käme ein paar Minuten später", rief Kade aus dem Zimmer nebenan. „Warum versteckst du dich denn da oben auf der Treppe?"

„Ta-ra! Mama, komm. Ich habe mein Kleid an. Schnell, bevor Matt kommt."

Abby trocknete sich die Hände an einem Handtuch ab und eilte ins Wohnzimmer. Das Kleid hatte schon im Geschäft gut an Nicole ausgesehen. Aber jetzt hatte sich ihre Tochter die Zeit genommen, sich die Haare zu frisieren und ein Paar elegante Schuhe anzuziehen. Beim Anblick ihrer festlich gekleideten Tochter, die vor ihrem Vater und vor ihren Brüdern ihr Kleid vorführte, stockte Abby der Atem. Sie blieb wie angewurzelt stehen und ließ die Kinnlade nach unten fallen. *Herr, sie sieht genauso aus wie ich in ihrem Alter. Sind wirklich schon zweiundzwanzig Jahre ver-*

gangen, seit ich in den Wochen vor meiner Hochzeit mit John mein Kleid anprobierte?

Noch bevor sie etwas sagen konnte, stellte John das Fernsehgerät leise und starrte seine Tochter mit großen Augen an. „Nicki, es ist entzückend. Du siehst ... ganz erwachsen aus." Johns und Abbys Blick trafen sich, fast wie durch Zufall. Was sie in seinen Augen sah, spiegelte all das wider, was sie selbst fühlte. *Haben wir wirklich diese junge Frau großgezogen? Sind die Jahre für dich genauso schnell dahingerast wie für mich? Und wie kommt es, dass unser kleines Mädchen seine Liebe feiert und wir jeden Tag neue Möglichkeiten finden, unsere Liebe zu zerstören?*

Abby wandte den Blick ab und sperrte die zarte Intimität dieses Augenblicks aus. Stattdessen konzentrierte sie ihre Aufmerksamkeit auf Nicole. „Liebes, das Kleid ist einfach wunderbar."

Diese Feststellung war nicht übertrieben. Das Kleid passte Nicole, als wäre es eigenhändig für sie entworfen und genäht worden. Das Mieder schmiegte sich in einem perfekt sitzenden weißen Satinstoff um ihren Oberkörper und war mit feinen Pailletten und Perlen verziert. Es hatte weite Ärmel, die mit zusätzlichen Pailletten geschmückt waren und mit eleganten Spitzen über ihren Handrücken lagen. Der abgestufte Satinrock fiel würdevoll zu Boden, mit denselben Spitzen gesäumt wie die Ärmel, und berührte vorne nur knapp den Boden. Hinten weitete er sich zu einer atemberaubenden Schleppe und mehreren Pailletten und Stickereien aus, die bis zum Mieder nach oben reichten und Nicoles Taille noch schmaler aussehen ließen.

Meine Taille war auch einmal so schmal. Abby neigte den Kopf und schaute Nicole an. *Damals, als ich die Einzige war, nach der John sich umdrehte.*

Abby warf einen Blick in seine Richtung und sah, dass er sie wieder anstarrte. Dieses Mal verzog sie die Miene und tat ihr Möglichstes, um ihn daran zu hindern, den Augenkontakt zu ihr zu suchen. Es gab nichts, das sie miteinander zu besprechen hatten. Alle sentimentalen Blicke machten die Sache nur noch komplizierter. Als sie wieder in seine Richtung schaute, hatte er es aufgegeben und seine Aufmerksamkeit allein auf Nicole gerichtet.

„Matt kann sich glücklich schätzen." John stand auf und streckte sein wehes Bein, das Bein, das er sich vor zwei Jahrzehnten verletzt hatte. Das tat er oft – auch wenn den meisten diese kurze Bewegung entging. Aber Abby wusste, dass das Knie John Schmerzen bereitete, dass es an kalten Tagen steif wurde und er am Morgen deshalb humpelte.

John nahm Nicole in die Arme und drückte sie fest an sich. „Wann bist du nur so eine schöne junge Frau geworden, Nicki?"

Der Anblick, wie John Nicole umarmte, war zu viel für Abby. *Wenn du dir etwas aus ihr machen würdest, dann würdest du nicht mit einer anderen Frau in deinem Schulzimmer Händchen halten.* Sie behielt ihre Gedanken für sich und kehrte in die Küche zurück. „Matt wird bald hier sein, Nick."

Sie hörte, wie ihre Tochter leicht stöhnte und ihren Vater schnell auf die Wange küsste. „Ich muss mich beeilen. Verratet Matt kein Wort." Mit diesen Worten huschte sie wieder die Treppe hinauf, ohne irgendetwas von der Spannung zwischen ihren Eltern zu bemerken.

* * *

John war in das zweite Viertel des Footballspiels vertieft, als das Telefon läutete. Abby hatte sich längst in ihr Büro eingeschlossen. Also nahm er das schnurlose Telefon und nahm das Gespräch an.

„Hallo?"

Alles, was er hörte, war ein Rascheln, sonst war alles still. „Hallo?" Er wollte schon auflegen, als er ihre Stimme hörte.

„John, ich bin es. Charlene."

Die widersprüchlichsten Gefühle regten sich in Johns Herz. Überraschung, Freude, Schuldgefühle, Ärger. Er wartete eine Sekunde, ehe er etwas sagte, das er später bereuen würde. Bei dem Gedanken an die Leute, die um ihn herumsaßen, wurde ihm schwindlig. „Äh ... hallo."

Sie stieß ein schweres Seufzen aus. „Ich weiß, dass ich nicht bei dir zu Hause anrufen sollte ... ich sollte dich überhaupt nicht anrufen. Ich ... fühle mich nur so allein, John. Ich wusste nicht, was ich sonst tun sollte."

Es gab Zeiten, in denen unaussprechliche Gefühle durch Johns Körper strömten, wenn er Charlenes Stimme hörte. Aber hier, vor den Augen seiner Kinder und an einem Tag, der schon immer ihr gemeinsamer Festtag gewesen war, war John hin- und hergerissen. Einerseits wollte er ihr helfen, andererseits wusste er, dass er eigentlich auflegen sollte. „Natürlich schauen wir das Spiel an. Und du?"

„Du kannst nicht reden. Das habe ich geahnt. Es tut mir Leid, John ... ich lege auf."

„Ist alles in Ordnung?"

Kade warf ihm einen seltsamen Blick zu, als er diese Frage stellte, aber das störte John jetzt nicht. Er wäre bereit, deshalb zu lügen, wenn es sein müsste. Wenn Charlene irgendwelche Schwierigkeiten hatte, wollte er für sie da sein.

Es folgte ein längeres Schweigen, dann hörte er Charlene weinen. „Ich komme mir vor ... als hinge ich total in der Luft. Als gäbe es für uns überhaupt keine Hoffnung oder Zukunft." Sie schwieg kurz. Johns Herz schlug schneller. *Warum macht sie das jetzt? Wenn sie weiß, dass meine Familie um mich herumsitzt?* Als er nichts sagte, sprach sie weiter. „Ich liebe dich, John. Ich war mir dessen nicht sicher, bis du von mir verlangt hast, dass ich mich von dir fern halten sollte. Aber jetzt ... jetzt bin ich ganz sicher. Ich liebe dich so sehr, wie ich noch nie einen anderen Menschen geliebt habe. Aber ich kann nicht ewig hier sitzen und warten ..."

Vorsicht. Pass auf, was du sagst. „Das verstehe ich." Was erwartete sie von ihm? Er musste jetzt schon mit Fragen rechnen, zumindest von Kade.

Charlene seufzte. „Ach, ich weiß nicht ... ich hätte dich lieber nicht anrufen sollen. Es tut mir Leid."

Wieder wusste John nicht, was er sagen sollte. Er konnte ihr jetzt einfach keine blühenden Versprechungen machen, selbst wenn die Kinder nicht jedes seiner Worte hören würden. „Also gut. Danke für deinen Anruf."

„John, warte ... ich weiß, ich hätte dich nicht anrufen sollen, aber tu mir bitte einen kleinen Gefallen. Wenn du meinst, wir könnten eine Chance haben ... nach Nicoles Hochzeit, meine ich ... dann sag es mir. Bitte. Sag mir, dass du die Rams für die beste Mannschaft hältst, egal, was in dem Spiel gerade passiert. Dann weiß ich wenigstens, dass ich dir nicht gleichgültig bin, dass du mit mir genauso zusammen sein möchtest wie ich mit dir."

John dachte einen Augenblick nach.

Fliehe vor der Unmoral, mein Sohn. Was Gott zusammengefügt hat ...

Die Stimme, die gewiss Gottes Stimme war, veränderte sich und verwandelte sich in Abbys Stimme vom Tag zuvor. *„Ich hasse dich, John ... ich hasse dich."*

„John? Hast du mich gehört?"

Er schloss die Augen und massierte sich mit dem Daumen und Zeigefinger den Nasenrücken. Zu viele Stimmen für einen gemütlichen Footballsonntag. Wie sollte er wissen, was er wollte? Abbys hasserfüllte Worte hallten weiter in seinem Kopf wider, und das Bild von ihrer überschäumenden Wut machte sich in seinem Herzen breit. Warum sollte er Charlene nichts versprechen? Er mochte sie, oder? Und mit Abby wurde alles von Tag zu Tag nur schlimmer.

John räusperte sich. Charlene kannte ihn gut – sie wusste, dass seine Lieblingsmannschaft die Rams waren und dass die Worte, die er sagen sollte, nicht im Geringsten ungewöhnlich klangen, egal, wer im Raum war. Besonders, nachdem sie so gut in den Vorrundenspielen abgeschnitten hatten. „Ich sehe das zwar nicht immer so, aber jetzt im Augenblick würde ich sagen, dass die Rams im ganzen Jahr eine gute Saison gespielt haben."

So, jetzt hatte er es gesagt. Es stimmte. Wenn er und Charlene die nächsten sechs Monate überstehen könnten, ohne zusammen zu sein, hatte John jeden Grund zu der Annahme, dass er mit Charlene Denton eine zweite Chance im Leben bekommen könnte.

„Wie meinst du das, dass du das nicht immer so siehst?"

John biss die Zähne zusammen. Warum bedrängte sie ihn so? Er atmete bewusst aus und zwang sich zu einem Lachen. „Du kennst mich. Ich mag die Rams schon lange."

Charlene zögerte einen Augenblick. Dann stieß sie einen Freudenschrei aus wie ein kleines Kind. „John Reynolds, du machst mich zur glücklichsten Frau in ganz Illinois. Ich würde mein ganzes Leben lang auf dich warten, jetzt, da ich weiß, was du fühlst."

„Alles klar, dann sollte ich jetzt lieber aufhören. Das Spiel wird ziemlich spannend."

„Gut, entschuldige." Charlene war zerknirscht, aber ihre Freude war ihr immer noch anzuhören. „Und was ich darüber gesagt habe, dass ich diskret bin ... ich meine es immer noch so. Ich bin für dich da, wann immer du willst."

Ihre letzten Worte verfehlten ihre Wirkung nicht. John merkte, wie seine Wangen zu glühen begannen. „Gut, ich rufe dich irgendwann an."

Er legte auf. Sofort schaute Kade ihn fragend an. „Wer war das?"

Auch wenn er mit dieser Frage gerechnet hatte, hatte John sich noch keine Antwort zurechtgelegt. „Ein Lehrerkollege."

Einer der Trainer drehte sich zu ihm um. „Wer denn?"

Na toll, Reynolds. Jetzt erzählst du vor einem ganzen Raum mit Leuten aus der Schule eine Lüge über einen Lehrer. „Äh ... Joe Jackson. Er wollte nur meine Meinung zu dem Spiel hören."

Ein anderer Trainer mischte sich in das Gespräch ein. „Jackson hat dich angerufen? Ich dachte, er sei mit seiner Frau in Palm Springs?"

Kalte Angst kroch durch Johns Adern. Plötzlich hatte er das Gefühl, jeder im Raum wisse, dass er gelogen hatte. „Wenn ich es mir recht überlege, kann es schon sein, dass er in Palm Springs ist. Er hat es nicht gesagt."

* * *

Abby hatte das Telefon klingeln hören und vermutete, dass der Anruf für eines der Kinder sei. Wie dem auch sei, sie käme nicht aus ihrem Büro heraus. Heute nicht. Ihre Aufgabe als Imbisslieferantin war erledigt, und jetzt musste sie einen Artikel für *Tag der Frau* einreichen. Ihre Internetverbindung stand bereits beim ersten Versuch, und das erste Fenster kündigte ihr an, dass sie Post hatte. Zweimal klicken und sie war mitten in einem ausführlichen Brief von Stan.

Alles an ihrem Redakteur war so surreal wie die ganze Cyberwelt. Stan war geschieden, hatte zwei Kinder und war leitender Redakteur bei einer der größten Zeitschriften des Landes, für die sie mindestens jeden zweiten Monat schrieb. Sie hatte ihre Karriere als freiberufliche Journalistin zwar mit kurzen Artikeln für kleine christliche Blätter begonnen, aber mit der Zeit hatte sie sich hochgearbeitet, sodass jetzt die Artikel, die sie schrieb, von über einer Million Lesern gelesen wurden. Jeder Artikel brachte ihr mehrere tausend Dollar ein.

Hin und wieder vermisste sie die Gelegenheit, über ihren Glauben zu schreiben, so wie früher, als sie für die christlichen Zeitschriften geschrieben hatte, aber zur Zeit gab es ohnehin nicht allzu viel, das sie über ihren Glauben sagen konnte. Außerdem würde sie das zusätzliche Einkommen brauchen, sobald sie und John getrennt lebten.

Ihre Augen suchten den Anfang von Stans Nachricht.

Hallo, Abby ... vielleicht bilde ich es mir nur ein, aber etwas sagt mir, dass dich dieses Wochenende ziemlich mitgenommen hat. John und diese andere Frau vielleicht? Aber das ist nur eine Vermutung. Wie dem auch sei, ich hoffe, dass dem nicht so ist. Auch wenn es verrückt klingt: Ich hoffe wirklich, dass ihr beide es noch einmal schafft. Und wenn nicht ... dann kenne ich mindestens einen Mann, der den Tag feiert, an dem du endlich frei bist.

Sie las seine Worte noch einmal. Bestand irgendein Zweifel daran, dass dieser Mann Interesse an ihr hatte? Anfangs waren seine Briefe rein beruflich gewesen, aber vor zwei Jahren hatte er sich nach ihrer Ehe erkundigt, und die ganze E-Mail war eindeutig persönlicher gewesen als alle vorherigen Kontakte.

Abby hatte ihm geantwortet: „Sagen wir einfach: Ich bin nicht in der Verfassung, einen Artikel über Eheglück zu schreiben."

In der darauf folgenden Woche hatte Stan sie mit einem Blumenstrauß überrascht. Auf der Karte stand: „An die schönste Frau in Illinois ... John hat ja keine Ahnung, was für ein Glückspilz er ist."

Es war leicht gewesen, auch das als beruflichen Flirtversuch abzutun. Solche Dinge geschahen in der Geschäftswelt. Es konnte einfach eine Art sein, Abby zu überreden, dass sie hauptsächlich für seine Zeitschrift und für keine andere schreiben sollte. Dann veränderten sich seine Mails. Es gab die übliche Besprechung ihrer Artikel und den Austausch von Ideen, aber dann fügte er eine oder zwei Zeilen hinzu, die viel tiefer gingen, in Bereiche ihres Herzens, die seit Jahren niemanden mehr interessierten.

Leute, die am tiefsten und intensivsten fühlen, werden Schriftsteller ... und unvermeidlich heiraten sie Leute, die überhaupt nicht fühlen können.

Oder ein anderes Mal: *In der Tiefe meiner Seele ist ein Ort, der nur durch die Prosa eines Dichters aufgeschlossen werden kann. Und du, meine liebe Abby, bist die begabteste Dichterin, die ich kenne.*

Es dauerte nicht lang, bis Abby begann, sich auf seine Mails zu freuen. Sie ging zweimal am Tag ins Internet, da sie hoffte, es könnte vielleicht ein Brief von ihm dabei sein. Es hätte keinen besseren Zeitpunkt für Stans intimere Briefe geben können, denn zur gleichen Zeit begannen auch Abbys Freundinnen ihr von John und Charlene zu berichten.

„Was ist mit John und Charlene Denton?", wollte Rosemary wissen. Rosemary war eine aktive blonde Frau, deren ganzes Leben sich darum drehte, was gerade an der Marion High School geschah. Ihre Bemerkung war die erste in einer langen Reihe weiterer Berichte.

Als Nächste kam Betty aus dem Schulbüro, die sie anrief und

sagte: „Ich bin nur ungern Überbringerin schlechter Nachrichten, aber es gibt Gerüchte, dass Charlene Denton es auf deinen Mann abgesehen hat. Du weißt das, oder, Abby?"

Auf der Footballtribüne fragte Jill, eine andere Trainerfrau, Abby: „Stört es dich eigentlich nicht, dass Charlene jeden Tag beim Training herumhängt? Wenn sie hinter meinem Mann so her wäre wie hinter deinem, würde ich dort hinuntersteigen und sie höchstpersönlich davonjagen."

Ein Elternteil fragte einmal jemanden im Schulbüro: „Ist Mr. Reynolds eigentlich noch verheiratet? Ich sehe ihn immer mit Mrs. Denton. Sie geben ein schönes Paar ab."

„Sie sind jeden Nachmittag zusammen, soviel ich gehört habe ..."

Diese Bemerkungen prasselten wie viele schmerzliche Hagelkörner auf sie herab. Abby hätte absolut blind sein müssen, um nicht zu sehen, dass sich in nicht allzu weiter Ferne ein Sturm zusammenbraute. Jedes Mal, wenn sie es ansprach, wurde John missmutig und leugnete, irgendetwas Unrechtes getan zu haben.

„Die Leute wollen nur sehen, dass wir es nicht schaffen, Abby", hatte er gesagt. „Aber diesen Triumph gönnen wir ihnen nicht."

Nachdem sie einen Monat von Charlene gewusst und von Stan noch mehr E-Mails bekommen hatte, gab Abby schließlich nach und schüttete diesem Mann ihr Herz aus. Sie konnte sich immer noch an den Brief erinnern, den sie das erste Mal geschrieben hatte, als sie ihm Einblick in ihre Seele gewährt hatte. *Es ist, als hätten John und ich unser ganzes Leben lang daran gearbeitet, diese kunstvolle Decke zu entwerfen, die aus hundert verschiedenen Farben und Mustern von stürmischem Grau bis zum strahlendsten Gelb zusammengesetzt ist. Und jetzt, wo sie endlich Formen annehmen sollte, stehen wir beide tatenlos daneben und schauen zu, wie sie aufgetrennt wird.*

Plötzlich dreht sich sein ganzes Leben nur noch um ihn, um seine Arbeit, um seine Karriere. Er ist zu sehr mit sich selbst beschäftigt. Ihm fällt nicht einmal mehr auf, dass ich das Haus und die Kinder und meine Arbeit als Schriftstellerin unter einen Hut zu bringen versuche und dabei auch noch hinter allen in der Familie herlaufen und aufräumen muss. Ich habe das Gefühl, wir werden uns immer fremder ...

Sie hatte inzwischen ein Bild von Stan gesehen und wusste, dass er mindestens fünf Jahre älter war als sie, weiße Haare und einen durchschnittlichen Körperbau hatte. Gewiss war er nicht das körperliche Naturwunder, das John immer gewesen war, aber das war vielleicht auch besser so. Vielleicht hielt Schönheit länger, wenn sie von innen kam.

Abby las den Rest von Stans Nachricht und ließ ihre Augen auf den letzten Zeilen ruhen: *Ich habe das früher auch durchgemacht, Abby ... Wenn es wirklich schlimm wird, kannst du mich jederzeit anrufen. Ich bin immer für dich da.*

Immer für dich da ... immer für dich da ...

Wo hatte sie diese Worte schon einmal gehört? Vielleicht vor einer Million Jahren von John. Standen sie nicht auch irgendwo in der Bibel? War das nicht eine von Gottes Verheißungen, dass er sein Volk nie verlassen würde, dass er es nie allein lassen würde?

„Ach, aber diese Worte sind nur für Menschen, die glauben“, flüsterte sie in die Stille ihres Büros hinein und nahm die begeisterten Jubelrufe am anderen Ende des Hauses überhaupt nicht wahr, wo das Spiel wahrscheinlich ins letzte Viertel ging. Sie schloss die Augen und dachte an Gott. Wie herrlich war es gewesen, sich morgens in der Stille mit ihm zu treffen, nach seinen Plänen zu fragen, nach seinem Weg für ihr Leben.

Sie las noch einmal die Nachricht von Stan, und ihre Finger begannen fast automatisch, eine Antwort zu tippen. *Es tut so gut, von dir zu hören. Es tut so gut zu wissen, dass jemand, irgendwo, mich so wichtig nimmt, dass er fragt, wie es mir geht ...*

Ihre Finger tanzten weiter über die Tastatur und legten ihr Herz, ihre Seele und die tief verborgenen Gefühle bloß, die sie nicht mehr mit John teilen konnte. Außer ihren Kindern hatte sie mit dem Mann, den sie früher einmal geliebt hatte, mit dem Mann, den sie geheiratet hatte, nichts mehr gemeinsam. Denn unabhängig davon, welche Lügen John ihr auftischte, ließ sich die Wahrheit nicht leugnen, dass er eine Affäre hatte.

Ja, John hatte sich entschieden, eine andere Frau zu lieben; er hatte sich entschieden, untreu zu sein. Sie starrte die Worte an, die sie an Stan geschrieben hatte, und klickte die Schaltfläche „Senden" an.

In dem Augenblick, in dem die E-Mail abgeschickt war, traf sie die Realität ihrer Situation wie ein Schlag in den Magen. Egal, was sie sich auch einzureden versuchte, egal, wie gern sie John die ganze Schuld zuschieben wollte, sie erkannte die Wahrheit plötzlich kristallklar: John war nicht der Einzige, der untreu war.

13

Das Letzte, was Abby an diesem Donnerstagabend wollte, war mit Jo Harter an einem Tisch zu sitzen und sich einen weiteren Monolog über Denny anzuhören. Aber der Gedanke, von Zuhause fortzukommen und endlich Nicoles Album fertig zu bringen, war zu verlockend.

„Es ist das erste Mal, dass ich so etwas mache, Abby. Ich habe Bilder ausgeschnitten und mir ein paar Gedanken dazu gemacht, aber eigentlich habe ich mit Matts Album noch gar nicht richtig begonnen. Für mich ist alles absolut neu. Mit anderen Worten: Ich bin für Vorschläge und Ideen offen. Leg also los, wenn dir irgendetwas einfällt, Abby ..."

Bitte nicht noch mehr Fischgeschichten.

Jo holte schnell Luft und redete weiter. Ihr Monolog dauerte schon gut eine Stunde, während Abby mit Wehmut die Fotos und Zeitungsausschnitte und Tanzprogramme vor sich ausbreitete, die etwas über Nicoles achtes Schuljahr erzählten. Trotz des ständigen Windes, den Jo aufwirbelte, war Abby dankbar, dass sie einen Abend von John fort war. Wenn sie in seiner Nähe war, war sie hin- und hergerissen zwischen Abneigung und der Sehnsucht nach einem längst vergangenen Gestern, als sie einander geliebt hatten.

Abby hatte gerade Klebstoff auf das letzte Foto einer Seite aufgetragen, als Jo aus heiterem Himmel die falsche Frage stellte. Es war die Frage, von der jeder wusste, dass sie ein Tabu war, die Frage, die ihre Freunde und Verwandten seit fast zwei Jahrzehnten nicht mehr stellten.

„Matt hat mir erzählt, dass ihr ein kleines Mädchen verloren habt. Stimmt das?"

Sobald die Worte ausgesprochen waren, wurden Abbys Hände bleiern, sie waren unfähig, sich zu bewegen. Ihr Herz brauchte eine Ewigkeit, um sich zu entscheiden, ob es tatsächlich weiter schlagen sollte. *Matt hat mir erzählt, dass ihr ein kleines Mädchen verloren habt ... ein kleines Mädchen verloren habt ... ein kleines Mädchen verloren habt.* Die Worte pendelten in ihrem Herz hin und her und schlugen Löcher in eine Wunde, die nie ganz verheilt war.

Haley Ann.

Ihr Gesicht tauchte vor Abbys geistigem Auge auf, bis sie nur noch ihre geliebte zweite Tochter sehen konnte. Trotz all der Schmerzen, die ihre bevorstehende Scheidung verursachte, waren das damals eindeutig die dunkelsten Tage ihres Lebens mit John gewesen.

Haley Ann. Die süße kleine Haley Ann.

Abby musste nicht nachdenken, um zu wissen, wie alt das Kind heute wäre, wenn es noch lebte. Sie wusste es genauso selbstverständlich, wie sie ihren eigenen Namen kannte: Haley Ann wäre neunzehn, genauso hübsch wie Nicole und ganz aus dem Häuschen vor Aufregung, weil ihre Schwester heiratete. Sie wäre zweifellos die Ehrenbrautjungfer. Nicoles beste Freundin.

Haley Ann.

Das Schweigen war ohrenbetäubend. Abby merkte, dass Jo auf eine Antwort wartete. Sie blinzelte die Tränen zurück, die ihr in den Augen brannten. Ohne aufzuschauen, bemühte sie sich um die richtigen Worte. „Ja. Das haben wir. Sie war ... sie war sehr jung."

Selbst Jo besaß so viel Feingefühl, jetzt keinen Monolog über Kinder, die früh starben, zu halten. Stattdessen wartete sie eine Minute lang, und als sie weitersprach, war ihre Stimme leiser als vorher. „Es tut mir Leid, Abby. Das muss härter sein als ein eiserner Kanaldeckel."

Abby nickte. Es machte sie verlegen, dass sie ihre Tränen nicht beherrschen konnte. Als Jo auf ihre Fotos hinunterblickte, wischte sich Abby schnell die Wangen ab, bevor die Tränen auf ihr Album tropften und die Bilder ruinierten, die nicht zu ersetzen wären.

Haley Ann. War ihr Tod der Auslöser gewesen, dass Abbys Glaube schwächer geworden war? Damals hatte sie diesen Eindruck nicht gehabt. Ihre Beziehung zu Gott war ihr einziger Trost gewesen und hatte ihr die Hoffnung gegeben, ihre Tochter eines Tages wieder festhalten und in den Armen wiegen zu können, an einem Ort, der Ewigkeit heißt. Aber wenn sie jetzt zurückschaute, wünschte sie noch immer, dass Gott ihrer zweiten Tochter mehr Zeit auf der Erde geschenkt hätte. Was hatte es für einen Sinn, einen kostbaren Engel wie Haley Ann in diese Welt kommen zu lassen und ihn seinen Eltern vier Monate später wieder wegzunehmen ...

„War sie älter als Nicole?"

Abby wollte diese Frau anschreien, sie anflehen, keine Fragen mehr über den einen Ort in ihrem Herzen zu stellen, in den niemand eindringen durfte. Aber ihr Verstand sagte ihr, dass Jo es nur gut meinte. Abby nahm ihre ganze Kraft zusammen und ignorierte, dass eine neue Tränenflut ihr einen klaren Blick raubte. Ohne aufzublicken, suchte sie verzweifelt nach ihrer Stimme. „Sie war ... sie war jünger. Eineinhalb Jahre jünger."

Jo wand sich auf ihrem Stuhl. „Ich weiß, dass du wahrscheinlich nicht viel über sie sprichst, Abby, aber da du und ich bald zu einer Familie gehören werden, hoffe ich, dich stören meine Fragen nicht. Ich habe noch nie jemanden gekannt, der ein so junges Kind verloren hat. Die meisten sagen, so etwas sei die Totenglocke für eine Ehe. Aber wenn man dich und John ansieht ... Ihr führt nach all diesen Jahren immer noch eine gute Ehe. Man würde nie vermuten, dass ihr beide etwas so Furchtbares durchgemacht habt."

Trotz der Fotos, die vor ihr ausgebreitet waren, tauchte nun ein ganz anderes Bild vor Abbys Augen auf. Sie und John in der Notaufnahme im Krankenhaus, wo sie sich vom leblosen Körper ihrer kleinen Haley Ann verabschiedeten. „Plötzlicher Kindstod", hatten die Ärzte gesagt, „eine Gefahr für jeden Säugling." Neben ihr stand John, mit T-Shirt und Sporthose bekleidet. Die Tränen liefen ihm über seine männlichen, gut aussehenden Wangen, während er das Baby in den Armen hielt, als könnte er es durch seine Liebe irgendwie wieder ins Leben zurückholen. Abby konnte ihn immer noch vor sich sehen, immer noch die Tränen fühlen, die seinen Körper zittern ließen, immer noch seine Stimme hören. *„Guter Gott, ich habe sie so geliebt.“* Sie erinnerte sich, wie er die Arme enger um den leblosen kleinen Körper ihres Babys legte und sie beschützen wollte, was er nicht hatte tun können, als sie tot in ihrer Wiege lag. „Haley Ann ... mein geliebtes Mädchen, Haley Ann ...“

Das Bild von John und ihrer zweiten Tochter ging Abby nicht aus dem Kopf. Es brannte sich in ihr Bewusstsein ein, bis sie es keinen Augenblick mehr ertragen konnte. „Entschuldige mich bitte.“ Sie schob sich vom Tisch zurück, eilte auf die Toilette und ließ sich auf den geschlossenen Toilettendeckel fallen. So real Haley Ann auch gewesen war, so war doch jetzt kein Platz in Abbys Leben für Gedanken an sie.

„Warum hast du sie uns weggenommen? Warum?“

Die geflüsterte Frage prallte von den gefliesten Toilettenwänden ab und kam zu ihr zurück. Aber auch heute gab es darauf nicht mehr Antworten als damals, als Haley Ann starb. Obwohl ein geheimer Winkel in Abbys Herz Haley Ann am Leben erhielt, ihre Geburtstage und Meilensteine auf dem Weg eines Mädchens, wenn sie sie erlebt hätte, registrierte, verwehrte sie es sich immer, an den Tag zurückzudenken, an dem sie ihr kleines Mädchen mit dem Gesicht nach unten regungslos und ohne zu atmen in ihrer Wiege gefunden hatte.

Abby ballte die Fäuste. Ihre Tränen kamen mit einer fast gewaltsamen Wucht. *Warum hier, Gott? Hier, wo ich mit Jo Harter ein Erinnerungsalbum anfertigen will?* Konnte sie denn keine neutrale Antwort auf Jo Harters Frage finden? Würde es weitere zwanzig Jahre dauern, bis jemand Haley Anns Namen erwähnen konnte, ohne ein Feuerwerk an Gefühlen in ihr zu entzünden?

Fünf Minuten vergingen, dann zehn. Ein leises Klopfen war an der Tür zu hören. Abbys Herz schlug schneller. *Zwing mich nicht, ihr zu erklären, was mit mir los ist, Gott. Bitte.* Sie schluckte schwer. „Ja, was ist?“ Ihre Stimme klang vom vielen Weinen ganz belegt.

„Abby? Ich bin es, Jo. Ist mit dir alles in Ordnung?"

Wenn Abby eine Liste mit Leuten hätte erstellen sollen, die sie in dieser Zeit, in der sie so vieles loslassen musste, gern als Freunde gehabt hätte, dann wäre Jo Harter höchstwahrscheinlich als Letzte auf ihrer Liste gelandet. Diese Frau war nichts als Zuckerguss, aber ohne Kuchen darunter, viel zu sehr mit oberflächlichem Reden beschäftigt, um zu begreifen, was im Herzen eines anderen Menschen vor sich ging. Trotzdem würden sie durch die Heirat ihrer Kinder miteinander verwandt werden. Abby wollte nichts tun, das sie einander entfremden würde. Selbst jetzt nicht, obwohl sie am liebsten durch einen Spalt in der Wand hätte verschwinden und im nächsten Augenblick unter den Decken ihres Bettes im Gästezimmer wieder hätte auftauchen können.

„Mir geht es gut. Ich komme in einer Minute."

Eine Sekunde Stille. *Mach, dass sie das glaubt, bitte ...*

„Gut. Ich wurde ein bisschen nervös. So ganz allein da draußen. Ich war nicht sicher, ob dir nicht schlecht geworden ist oder so etwas."

Mir wird schlecht bei deinen Fragen ... „Mir geht es gut. Wirklich. Ich komme gleich."

Als Jo von der Tür verschwunden war, stand Abby auf und spritzte sich kaltes Wasser ins Gesicht. Sie konnte nicht verbergen, dass sie geweint hatte, aber die meisten Frauen waren bestimmt zu sehr in ihre Alben vertieft, um Abbys gerötetes Gesicht zu bemerken. Sie atmete tief ein und weigerte sich, auch nur eine Sekunde länger an Haley Ann und an die Zeit zu denken, in der sie John Reynolds an ihrer Seite gebraucht hatte, um überhaupt den Tag bestehen zu können.

Sie betrachtete sich im Spiegel. „Konzentriere dich auf das Jetzt und Heute, Abby." Ihr Herz verhärtete sich etwas und baute wieder eine Schutzmauer um sich auf. Sie konnte es schaffen: Jetzt dort hinausgehen und Jo und alle anderen Fragen, die sie womöglich noch auf Lager hatte, ertragen, den Abend friedlich hinter sich bringen, Fotos einkleben und schließlich nach Hause fahren. Sie konnte das alles aushalten, ohne dem drängenden

Bedürfnis nachzugeben, die Zeit zurückzudrehen, zurück zu Haley Anns Geburt und all dem, was ihr Leben in jenem Jahr ausgemacht hatte.

Vergiss es, Abby. Denk an das Heute.

Mit einer Entschlossenheit, die sie sich nie zugetraut hätte, atmete sie tief ein und kehrte zu ihrem Tisch zurück. Den Rest des Abends verschanzte sich Abby trotz Jos Fragen und ihrem gut gemeinten Versuch, wieder über Belanglosigkeiten zu plaudern, hinter den Eisentoren, die sie um ihr Herz herum aufgebaut hatte, und weigerte sich, etwas zu fühlen.

Erst als sie um halb elf an diesem Abend nach Hause kam und ihre ganze Familie schlafend vorfand, tat sie das, wonach sie sich sehnte, seit Jo das Thema angesprochen hatte. Sie schlich leise durch das Haus, um niemanden zu wecken, und schlüpfte in einen warmen Parka, der sie vor den eisigen Temperaturen schützen sollte. Dann wickelte sie sich mehrere Schals um Hals und Kopf und zog ein Paar dicke Fäustlinge an. Sie holte sich einen Klappstuhl aus der Garage, stapfte draußen durch den Schnee zum Pier, klappte ihn auseinander und setzte sich. Erst jetzt atmete sie tief durch und starrte auf den vom Mond beschienenen teilweise vereisten See hinaus.

Waren es wirklich schon neunzehn Jahre?

Die Kälte drang durch einen Spalt zwischen ihren Schals. Abby zog sie enger um sich. Immer wenn sie allein sein musste, Zeit brauchte, um nachzudenken, um zu träumen und um sich daran zu erinnern, wie alles begonnen hatte, kam Abby hierher. Zum Pier: Ob im Winter, Frühling, Sommer oder Herbst. Das Wetter war dabei gleichgültig.

Sie erinnerte sich an die Daten, als wäre es gestern gewesen. Haley Ann, geboren am 24. Oktober 1981, eine Stunde nach dem Footballspiel gegen Southridge High. Gestorben nur vier Monate später am 28. Februar 1982. An Abenden wie diesem kam es ihr vor, als wäre Haley Ann nie wirklich gestorben, als würde sie oben im Zimmer neben Nicole schlafen und wäre genauso Teil ihrer Familie wie Kade und Sean und alle anderen.

Abbys Körper gewöhnte sich an die Kälte. Sie entspannte sich. Über dem funkelnden See nahmen Bilder Formen an, erwachten Szenen erneut zum Leben, als geschähe alles zum ersten Mal. Ihre Schwangerschaft war ein Traum gewesen. Mehr als einmal hatte John ihr zugeflüstert, dass dieses Kind, dieses zweite Baby, bestimmt ein Junge werden würde.

„Du weißt schon, Abby ... um die Familientradition fortzusetzen."

Er machte natürlich nur Spaß, und als der Geburtstermin immer näher rückte, sagte er nicht einmal mehr im Scherz, dass es ein Junge werde. „Ich bin sicher, dass es ein Mädchen ist. So wunderhübsch wie Nicole und so vollkommen wie du. Was könnte mir Schöneres passieren, als von lauter Prinzessinnen umgeben zu sein?"

Als er rechtzeitig nach dem Footballspiel im Krankenhaus ankam und zu ihr in den Kreißsaal eilte, erfuhren sie beide, dass er Recht behalten hatte. Bei der Entbindung gab es keine Komplikation oder sonst etwas Auffälliges, nichts, das auch nur den Hauch einer Vorahnung zugelassen hätte, dass dieses kleine Mädchen nicht so gesund wäre, wie es aussah. Ihre Haut war von Anfang an herrlich rosig, und ihr Weinen kam in kurzen Stößen, die eher wie das Lachen ihrer älteren Schwester klangen als das Klagen eines hungrigen Neugeborenen.

„Ich wusste es, Abby. Sie ist vollkommen. Noch eine wunderbare Prinzessin im Reynolds-Schloss."

Sie konnte ihn immer noch hören, konnte immer noch sehen, wie er seine winzige Tochter festhielt, mit ihr redete und sie in der Welt begrüßte. „Nur die allerbesten Prinzessinnen sind klug genug, um mit ihrer Geburt zu warten, bis ein Footballspiel vorbei ist ..." Er sang ihr ein Lied vor und flüsterte ihr dummen Unsinn zu, während Abby erschöpft einschlief.

Am nächsten Morgen, als Abby erwachte, war John an ihrer Seite. Seine langen Beine waren quer durch das Krankenhauszimmer ausgestreckt und eine Hand lag auf Haley Anns Rücken, die neben ihm in ihrer Wiege lag. Abby konnte sich gut erinnern, welche Freude an jenem Morgen in ihrem Herzen aufgestiegen war, dass sie sich immer nur Sonnenschein und Regenbogen für alle künftigen Tage ausgemalt hatte. Ihre Mutter war aus Wisconsin gekommen, um auf Nicole aufzupassen. Später an diesem Tag hielten sie gemeinsam eine kleine Geburtstagsfeier für das Neugeborene mit Kuchen, Luftschlangen und Luftballons und sangen ein Lied, das Haley Ann verschlief.

„Sie ist *meine* Schwester, nicht wahr, Mama?“ Nicole neigte ihren kleinen Kopf und hielt ihre Nase so nahe an die Nase ihrer kleinen Schwester, dass die beiden einander fast berührten.

„Ja, sie ist *deine* Schwester, Nicole.“

Abby hatte sich ausgemalt, wie viel Spaß die beiden miteinander haben würden, wenn sie miteinander aufwuchsen, ein Zimmer, Geheimnisse, Kleider und Freundinnen teilten. Sie wären untrennbar, nicht wie Abby und ihre Schwester, die vier Jahre jünger war und zu sehr mit sich selbst beschäftigt war, um zu Abby eine tiefere Freundschaft aufzubauen.

Nicole und Haley Ann.

Nicht lange, nachdem Abby das Neugeborene nach Hause gebracht hatte, schrieb sie die Namen der Mädchen auf die lavendelfarbenen Wände in ihrem Kinderzimmer und kaufte ihnen die gleiche Bettwäsche. Abby schloss die Augen und ließ die Erinnerung in ihrem Kopf zu. Sie konnte die weißen, geschwungenen Buchstaben sehen, die frische Farbe an den Wänden riechen, das Weinen von Haley Ann hören, wenn sie Hunger hatte oder auf den Arm genommen werden wollte.

Die Footballsaison ging im Dezember zu Ende. In derselben Woche verkauften sie ihr Haus, das nur ein Kinderzimmer hatte, und zogen in das Haus am See – in das Haus, in dem sie seitdem wohnten. Jeder Tag danach war geprägt von gemütlichen Abenden mit John auf dem Sofa, mit Haley Ann in der einen Armbeuge, während Nicole sich in die andere kuschelte. Er war so ein wunderbarer Vater, sanft und liebevoll mit der angeborenen Fähigkeit, Nicole und sogar Haley Ann jederzeit zum Lachen zu bringen.

Eines Abends, als die Kisten noch nicht ausgepackt waren, nahm John nicht lange, nachdem die Mädchen eingeschlafen waren, Abby an der Hand und führte sie hinaus zum Pier. Abby hatte durch den Umzug und das kleine Baby so viel zu tun gehabt, dass sie bis dahin den Pier nur aus der Ferne bewundert hatte. Aber an diesem Abend standen sie, in ihre Wintermäntel gepackt, draußen auf dem Holzsteg über dem Wasser. John verschränkte seine Finger mit ihren Fingern und drehte sie sanft herum, bis sie ihn anschaute.

„Hörst du es, Abby?"

Sie spitzte die Ohren. Der Winterabend war still wie der Mond über dem Wasser. John bewegte die Hände über ihre Arme und zog sie näher an sich heran und nahm sie zärtlich in die Arme. „Schließ die Augen", flüsterte er.

Als sie tat, was er sagte, hörte sie leise Geräusche, die ihr vorher nicht aufgefallen waren. Ein leichter Wind in den Bäumen, die den See säumten, das leise Schlagen des Wassers gegen das zugefrorene Ufer. Der Herzschlag des Mannes, dessen Arme sie eng umschlungen hielten. „Jetzt höre ich es."

Er beugte den Oberkörper leicht zurück und schaute ihr in die Augen. Sie spürte, dass er sie mehr liebte als je zuvor, wenn das überhaupt möglich war. „Es ist die Musik unseres Lebens, Abby." Ein Lächeln spielte um seine Mundwinkel. Er beugte sich zu ihr vor und küsste sie auf eine Weise, bei der sie sich sicher und beschützt und begehrt fühlte. Begehrt, trotz der Ringe unter ihren Augen aufgrund der langen Nächte mit Haley Ann. „Tanz mit mir, Abby ... tanz mit mir."

John nahm ihre Hand vorsichtig in die seine und tanzte mit ihr allein auf dem Pier zur Melodie ihres Lebens, während ihre geliebten Kinder im Haus schliefen. Die Stellen, an denen Eis das Holz schlüpfrig machte, störten sie nicht. In Johns Armen war sie geschützt und sicher. Eine Ballerina, die über den größten Tanzsaal, den es je geben konnte, geführt wurde.

Das tat er in den nächsten zwei Monaten oft: Er lockte sie ins Freie und tanzte mit ihr auf dem Pier. Diese Stunden ließen sie die Windeln, das Füttern und die schlaflosen Nächte vergessen. Von ganzem Herzen glaubte Abby, diese Tage, diese Gefühle zwischen ihr und John würden nie aufhören. Es war nicht nur das Tanzen. Es war auch die Art, wie Nicole im Umgang mit Haley Ann immer zärtlicher und liebevoller wurde, wie sie als Familie eine immer engere, liebevolle Einheit bildeten. Fast unbezwingbar. Als könnte nichts Schlimmes auf der ganzen Welt dem, was sie miteinander teilten, etwas anhaben.

Abby blinzelte und versuchte, eine Sturmflut der Traurigkeit zurückzuhalten.

Der 28. Februar war ein ganz gewöhnlicher Tag. Als Abby Haley Ann morgens fütterte, hatte nichts darauf hingedeutet, dass es das letzte Mal sein würde, dass Abby ihr kleines Mädchen an sich drückte und ihr in die Augen schaute und die beiden ein Zwiegespräch führten, das nur Mutter und Kind verstehen konnten. Als das Baby mit dem Essen fertig war, küsste Abby es zärtlich und legte es wieder auf die Seite ins Bett.

Zwei Stunden später, ungefähr um die Zeit, zu der Haley Ann normalerweise vom Schlafen aufwachte, legte Abby gerade einen Stoß Wäsche auf ihrem Bett zusammen. Plötzlich wurde sie von einer starken Panik ergriffen, einer Warnung, die sie sich nicht erklären konnte. „Nicole?" Abbys Stimme hallte besorgt durch das Haus. Ihre Tochter, die schon fast zwei Jahre alt war, antwortete schnell.

„Ja, Mama?" Ihre Stimme verriet Abby, dass sie dort war, wo sie sein sollte: Sie saß vor dem Fernseher und schaute *Sesamstraße* an. „Gibt es schon Essen?"

Abby versuchte, ihr rasendes Herz zu beruhigen. „Nein, Liebes, noch nicht. Mama muss vorher Haley Ann aufwecken."

Sie ließ das Handtuch fallen, das sie gerade in der Hand hielt, und eilte in das Zimmer des Babys. „Haley, Liebes, aufwachen. Mama ist da."

Die Erinnerung jagte Abby ein Schaudern über den Rücken. Haley Ann lag auf dem Bauch, eine Stellung, die sie beim Schlafen oft einnahm. Aber selbst bei Abbys singender Stimme bewegte sie sich nicht.

Heiße Tränen bahnten sich einen breiten Weg über Abbys Wangen, als sie diesen Augenblick noch einmal durchlebte, als sie erneut spürte, wie ihre kleine Tochter etwas steif war, als sie sie auf die Arme nahm und ihre blauen Finger und ihr blaues Gesicht sah.

„Haley Ann! Aufwachen!" Sie hatte die Worte gerufen und das winzige Baby ein wenig geschüttelt, damit sie wieder anfinge zu atmen, um sie aus dem furchtbaren Schlaf, in den sie gesunken war, zu wecken. Als das Kind keine Reaktion zeigte, kein Lebenszeichen zu erkennen war, ergriff Abby eilig den Telefonhörer und wählte den Notruf.

„Bitte beeilen Sie sich! Mein Baby atmet nicht!"

In den nächsten zehn Minuten beatmete sie Haley Ann von Mund zu Mund, ohne darauf zu achten, dass Nicole im Türrahmen kauerte und ihr zuschaute und sich selbst ein Lied vorsang.

„Alle meine Entchen ..."

Abby konnte immer noch die Angst in Nicoles Stimme hören, sie konnte sehen, wie sie zur Seite geschoben wurde, als die Sanitäter kamen und einer von ihnen Haley Ann nahm.

„Mrs. Reynolds, wir übernehmen das jetzt."

In diesem Augenblick war sie gezwungen, ihr Baby aus der Hand zu geben. Verzweifelt glaubte sie immer noch, dass es noch Hoffnung gäbe. Gleichzeitig wusste sie mit trauriger Gewissheit tief in ihrem Herzen, dass Haley Ann tot war. Ein Polizeibeamter befragte Abby, wann sie das Baby schlafen gelegt habe, was es an diesem Morgen gegessen habe, wie lang es geschlafen habe. Schließlich fragte er nach dem Vater des Kindes. „Gibt es eine Nummer, die wir für Sie anrufen sollen, Mrs. Reynolds?"

Abby konnte keinen klaren Gedanken fassen. Sie konnte fast nicht einmal atmen. Aber irgendwie kramte sie Johns Telefonnummer aus ihrem Gedächtnis hervor. Alles, was dann passierte, war wie in einen dichten Nebel gehüllt. Die Polizisten brachten Nicole zu einer Nachbarin, dann fuhren sie mit Abby hinter dem Krankenwagen her ins Krankenhaus. Als sie dort ankamen, wartete John bereits auf sie.

„Liebling, was ist los? Was ist passiert?“ Sein Gesicht, das normalerweise rötlich und voller Leben war, war grau und ausgemergelt. Angst schrie aus seinen Augen.

Abby konnte nichts sagen. Haley Ann war tot, dessen war sie sich sicher. „Haley Ann ... sie ist ... sie ist nicht aufgewacht ... Oh, John, bete. Bitte bete.“

Das waren die letzten Worte, die Abby sagen konnte, bevor sie zusammenbrach. John hielt sie fest. Sie schluchzte herzzerreißend. Gemeinsam warteten sie vor der Notaufnahme, wo die Ärzte ihr Baby mit Medikamenten bearbeiteten und nichts unversucht ließen, um ihr Herz wieder zum Schlagen zu bewegen.

Aber es war zu spät. Gott hatte Haley Ann zu sich genommen. Daran konnte niemand mehr etwas ändern. Es dauerte keine Stunde, dann ließen die Ärzte sie mit ihrem Kind allein, damit sie in Ruhe von ihr Abschied nehmen konnten. Es war schier unvorstellbar, dass sie nur vier Monate vorher im selben Krankenhaus gefeiert hatten und das neue Leben in ihrem Herzen und in ihrer Familie begrüßt hatten.

John hielt sie als Erster fest. Er bewegte sich langsam wie jemand, der im Treibsand gefangen ist. Er trat neben das Krankenbett und drückte sie vorsichtig an seine Brust. Es war dasselbe Bild, das Abby an diesem Abend schon einmal gesehen hatte, das Bild von John, wie er seine winzig kleine, tote Tochter hielt und von ihr Abschied nahm.

Er sagte nicht viel mehr als den Namen ihres Babys. Er wiederholte ihn wieder und immer wieder. Dabei tropften seine Tränen auf ihre kühle Haut. Aber als Abby sie in den Arm nahm, brach er zusammen und weinte laut. „Ach, Abby, es ist meine Schuld. Gott bestraft mich. Das weiß ich.“

Abby hielt Haley Ann fest und lehnte sich an Johns Schulter. Alle drei waren so eng beieinander wie oft in den vergangenen Wochen. „Nein, Schatz, niemand ist daran schuld. Niemand konnte wissen ...“

Er schüttelte den Kopf. Sein Schluchzen wurde lauter und stärker. „Ich ... ich wollte, dass sie ein Sohn wird, Abby. Ich habe es dir nie gesagt, aber tief in meinem Herzen ... hatte ich gehofft, sie wäre ein ... ein Junge."

Bei seinen Worten floss ihr Herz vor Mitgefühl über. Ihre eigenen Tränen kamen jetzt stärker als vorher. Der arme John. Er hatte Haley Ann geliebt, er hatte seine zweite Tochter mit offenen Armen aufgenommen. Aber in Wirklichkeit hatte er sich nach einem Sohn gesehnt. Und hier im Krankenhaus ... mit Haley Anns totem Körper in den Armen gab er sich die Schuld für ihren Tod. „Nein, John. Tu dir das nicht an. Das war Gottes Entscheidung. Er hat sie heimgerufen. Siehst du das denn nicht? Es hat nichts damit zu tun, dass du gern einen Sohn gehabt hättest."

Irgendwie gaben ihm ihre Worte Kraft, und obwohl seine Tränen immer noch unaufhaltsam über sein Gesicht liefen, wurde er wieder zum Felsen, zur Säule der Stärke für sie, als sie ihre Tochter auf das Bett legten, ihren leblosen Körper mit Decken einhüllten und sie zum Abschied küssten.

Sie entschieden sich dafür, sie einäschern zu lassen. Zwei Wochen später gingen sie miteinander zum Pier hinaus und übergaben ihre Asche dem Wind, der über den See wehte. Abby und John vergossen an jenem Abend stille Tränen, und als Abby kein Wort über die Lippen brachte, beugte John den Kopf und betete laut.

„Herr, wir wissen, dass du allmächtig bist. Du allein gibst das Leben und du kannst uns, jeden von uns, jederzeit nach Hause rufen ..." Seine Stimme versagte. Abby legte den Arm um seine Schultern. Diese Geste gab ihm die Kraft, weiterzusprechen. „Pass auf unsere kleine Haley Ann auf, bitte, Gott. Und du sollst wissen, dass unsere Liebe zu dir und zueinander aufgrund ihrer kurzen Zeit hier auf Erden und ihres plötzlichen Todes nur stärker geworden ist. Wir übergeben dir unser Leben von neuem, Herr. Und wir bitten dich, uns in den kommenden Jahren mit mehr Kindern zu segnen."

Nachdem dreißig Minuten vergangen waren und die Asche ihrer kleinen Tochter in die Tiefen des Sees gesunken war, legte John die Arme um Abby und flüsterte Worte, die sie in einer Million Jahren nicht vergessen würde.

„Sie wird immer ein Teil von uns sein, Abby. Immer, wenn wir uns Zeit nehmen, um innezuhalten und uns an sie zu erinnern."

Nachdem sie Haley Ann verloren hatten, schien das Band zwischen Abby und John noch stärker zu sein als vorher. Freunde und Angehörige sprachen ihnen ihr Beileid aus und versuchten, sie zu trösten. Aber wirklichen Frieden, wirkliche Heilung fanden sie nur in der Nähe des anderen. Sie waren enge Freunde, die einen vernichtenden Schlag überstanden hatten und auf der anderen Seite gestärkt herausgekommen waren.

Wegen ihres Glaubens, ja. Aber vor allem, weil sie einander hatten. Sie brauchten keine Worte, keine Erklärungen. Es genügte, wenn sie auf dem Pier standen, Hand in Hand, und auf den See hinausschauten. Diesen Verlust konnten sie nur ertragen, weil sie einander hatten. Es war, als könnten sie, nachdem sie Haley Ann verloren hatten, alles überstehen, was das Leben ihnen in den Weg stellte, solange sie nur zusammen waren.

Abby atmete tief ein und kehrte aus den Erinnerungen in die Gegenwart zurück. Die Winterluft füllte ihre Lunge und wusch die Traurigkeit weg. Sie wischte sich die nassen Wangen ab und erinnerte sich an etwas anderes.

Haley Anns Tod war erst der Anfang gewesen.

Drei Monate später fegte ein Tornado der Stärke vier auf der Fujita-Skala durch Marion. Das Haus der Reynolds ließ er stehen, aber es gab 10 Tote und 181 Verletzte. Ein Spieler der Southridge High School, ein fröhlicher junger Mann, war unter den Toten. Mit ihm ein Kollege von John, ein Biologielehrer, der eine Frau und zwei kleine Kinder hinterließ.

Nachdem sie Haley Ann verloren hatten, brauchten John und Abby keine Aufforderung an jenem Nachmittag, als der Sturm gewütet hatte. Sie ließen Nicole wieder bei der Nachbarin, krempelten die Ärmel hoch, arbeiteten Seite an Seite und halfen, in der provisorischen Krankenstation, die in der Turnhalle der Southridge High School eingerichtet worden war, Opfer des Wirbelsturms mit Erster Hilfe zu versorgen. Auch an diesem Abend schöpften sie Kraft aus der Nähe des anderen und stellten fest, dass sie gemeinsam Unvorstellbares leisten konnten. In den frühen Morgenstunden zog sich John in eine stille Nische zurück, lehnte den Kopf an die Mauer und ließ endlich seinen Tränen freien Lauf. Abby war instinktiv an seiner Seite, verdeckte seinen Rücken mit ihrem Körper und sagte ihm auf eine Weise, die keiner Worte bedurfte, dass sie da war, dass sie ihn verstand.

Es war kein Wunder, dass sie ihren Urlaub in diesem Sommer genossen und nach all dem, was sie verloren hatten, das Leben feierten. Keiner von ihnen war überrascht, als Abby in jenem Herbst erfuhr, dass sie erneut schwanger war. Schönheit aus Asche, wie Gott in der Bibel verspricht.

Als Kade im April 1983 geboren wurde, hofften sie, dass vielleicht, nur vielleicht, die schwersten Zeiten ihres Lebens hinter ihnen lägen. Kade war für sie der Beweis, dass das Leben weiterging, dass unabhängig von der Zukunft jeder Tag ganz für sich allein kostbar war. Nicole war in jenem Frühling drei geworden. Obwohl sie immer noch gelegentlich von Haley Ann sprach, füllte ihr kleiner Bruder bald für sie und auch für ihre Eltern die schmerzliche Lücke in ihrer Mitte aus.

„Sie werden eines Tages die besten Freunde sein, Abby. Das fühle ich“, erklärte John, als sie sich nicht lang, nachdem Kade aus dem Krankenhaus zu Hause war, im Wohnzimmer aneinander kuschelten. Abby tat es gut, dass John eine Zukunft für Kades Leben sah und davon ausging, dass die Tage ihres Sohnes nicht so kurz sein würden wie die seiner Schwester.

John behielt Recht. Ein Jahr später feierten sie Kades Geburtstag, erleichtert und unaussprechlich dankbar, dass dieses Baby nicht im Schlaf aufgehört hatte zu atmen.

„Wir haben es überstanden, John, wir haben es überlebt“, hatte Abby an seine Brust geschmiegt gesagt, als er sie einige Wochen später eines Abends auf dem Pier fest an sich drückte. Der

Sommer war in jenem Jahr früh gekommen. Die Grillen zirpten bereits im Hintergrund.

„Die Musik ändert sich nie ..." Johns Blick wanderte wehmütig auf den See hinaus. „Aber es liegt an uns, dass wir nicht aufhören zu tanzen." Dann schaute er ihr in die Augen, und sie wusste, dass sie nie mit einem Menschen so eng verbunden sein würde wie mit ihm. Er war wortkarg, Footballtrainer, der kurze Sätze sprach und seine Anweisungen über das Spielfeld brüllte, aber sie kannte eine andere Seite an ihm, an dem Mann, der in ihre Seele hineinschauen konnte. Sein Blick wich nicht von ihren Augen. „Tanz mit mir, Abby. Hör nie auf zu tanzen."

Abby blinzelte und merkte, wie die Erinnerungen vom Winterwind davongetragen wurden. Trotz der vielen Zeiten, in denen John vollkommen im Footballgeschehen aufzugehen schien, trotz der Tage und Wochen und Monate, in denen man ihn sich nur am Spielfeldrand vorstellen konnte und ihm kein anderes Gefühl zutraute als den Ehrgeiz zu gewinnen, wusste Abby es besser. Das Herz des Mannes, der John Reynolds gewesen war, war tiefer als der See hinter ihrem Haus, tiefer als alles, was Stan Jacobs in einer E-Mail schreiben konnte.

Das galt besonders am 7. Juni 1984.

Ein Seufzen kam über Abbys Lippen. Sie wusste, dass sie die Orte der Vergangenheit nicht verlassen konnte, ohne eine letzte Erinnerung aufzusuchen. Mit dem Frühsommer in jenem Jahr kam eine Reihe starker Stürme, die an jenem 7. Juni in mehreren Tornados ihren Höhepunkt fanden. Da die meisten Tornados für Wisconsin und Iowa gemeldet wurden, hatte Abby ihren Vater an jenem Tag angerufen und sich um die Sicherheit ihrer Eltern Sorgen gemacht.

„Bei uns ist alles in Ordnung, Schatz. In unserer Gegend gab es nur ein paar Stürme, und sie waren nicht so schlimm. Außerdem ist deine Mutter außer Gefahr. Sie besucht diese Woche ihre Schwester."

Abby erinnerte sich an die Erleichterung, die die Worte ihres Vaters bei ihr ausgelöst hatten. Tante Lexie wohnte in Barneveld im äußersten Westen des Bundesstaates Wisconsin. Ihr Vater hatte Recht. Keiner der Wirbelstürme an jenem Tag war auch nur in der Nähe von Barneveld aufgetreten. Abby versprach ihrem Vater, dass sie nicht aufhören würde zu beten. Nachdem sie Nicole und Kade ins Bett gelegt hatten, schauten sie und John bis nach zehn Uhr abends die Nachrichten im Fernsehen an.

„Sieht so aus, als ließen die Stürme nach", sagte John. Er schaltete den Fernseher aus, und sie gingen schlafen. Erst als am nächsten Morgen ihr Vater anrief, erfuhr sie die verheerende Nachricht.

Kurz vor Mitternacht war ein Tornado der Stärke 5 durch Barneveld gezogen und hatte die Kleinstadt fast völlig dem Erdboden gleichgemacht. Neun Menschen waren gestorben, fast zweihundert waren verletzt. Abbys Mutter und ihre Tante waren unter den Toten.

„Es tut mir Leid, mein Kind. Ich hatte gehofft, dir nie so eine Nachricht überbringen zu müssen." Ihr Vater, langjähriger Footballtrainer, immer mit einer rauen Schale und hart im Nehmen, weinte am anderen Ende der Leitung. Noch am selben Tag waren John, Abby und die Kinder an seiner Seite. Sie halfen ihm, den Verlust zu verkraften und die Vorbereitungen für die Beerdigung zu treffen.

Wenn sie jetzt zurückschaute, wusste Abby, dass sie diese Zeit in ihrem Leben nur aus einem einzigen Grund überstanden hatte: Gott hatte ihr in seiner großen Barmherzigkeit John an die Seite gestellt. Mit ihm an ihrer Seite konnte sie alles überstehen. Die Brutalität eines Tornados, den Tod ihrer Mutter. Selbst den Tod der geliebten Haley Ann. Bei John bedurfte es keiner Worte. Sie fühlte sich allein schon dadurch getröstet, dass sie in seinen Armen lag und seine Nähe genießen konnte.

Die Jahre hatten weitere harte Zeiten gebracht, aber nichts war mit der Serie von Schicksalsschlägen zu vergleichen gewesen, die sie Anfang der 80er Jahre hatten überstehen müssen. Abby fühlte, wie ihr erneut Tränen in die Augen stiegen. Sie trat näher an den Rand des Piers, wo sie einen Handschuh auszog, sich vorbeugte und mit den Fingern das eiskalte Wasser berührte.

Haley Ann. Ich vermisse dich, Liebes.

Johns Stimme hallte im Wind wider. *„Sie wird immer ein Teil von uns sein, Abby. Immer, wenn wir uns Zeit nehmen, um innezuhalten und uns an sie zu erinnern ...“*

Johns Worte verhallten in der Nacht. Eine eisige, beängstigende Stille kroch durch Abbys Adern. *Was wird sein, wenn wir kein „Wir“ mehr sind, John? Wer wird sich noch an Haley Ann erinnern, wenn wir nur noch zwei Leute sind, die getrennte Wege gehen und allein sind?*

Sie zog die Hand aus dem Wasser und trocknete sie an ihrem Parka ab, bevor sie wieder in den Handschuh schlüpfte. Schmerzlich wurde ihr bewusst, wie tief und groß und überwältigend ihr Verlust war, wenn sie sich scheiden ließen. So vieles verband sie miteinander. Von diesem Pier aus, auf dem sie jetzt stand, war nicht nur Haley Anns Asche verstreut worden, sondern auch die Asche ihrer Liebe. Hier war der Friedhof all dessen, was sie miteinander gewesen waren.

An den zarten Stellen ihrer beiden Herzen lebte das kleine Herz, das sie früher miteinander verbunden hatte, weiter. Haley Ann. Aber jetzt ... da die beiden sich nicht mehr die Zeit nahmen, sich daran zu erinnern, würde alles um sie herum in der kalten Nacht verschwinden.

Haley Ann, mein Baby, wir lieben dich. Egal, was passieren wird, Mama und Papa lieben dich ...

Tränen strömten ihr über die Wangen. Abby streckte ihre Hand im Handschuh erneut über das Wasser und versuchte, irgendwie ihre winzig kleine Tochter zu berühren und alles, was sie seit ihrem Tod verloren hatte. Alles, auch ihren Mann.

„Ich kann nichts hören, John ...“ Ihre erstickten, geflüsterten Worte hingen wie Eiszapfen über ihr in der Luft. „Die Musik spielt nicht mehr.“

Sie hatte immer gewusst, dass sie alle Dunkelheit überstehen könnte, denn solange sie bei John war, bekam sie Kraft, weiterzuleben. Aber jetzt war sie nur eine Frau Anfang Vierzig mit vielen Erinnerungen an ein kleines Mädchen, das nicht mehr lebte. Eine Frau, der kalt war, die Angst hatte und einsam und allein in der Nacht auf einem Pier stand, auf dem sie früher, vor langer Zeit einmal von liebenden Armen festgehalten worden war.

14

Laufen ist gut für die Seele. Wenigstens sagte das Trainer Reynolds seinen Spielern immer. Es war ein kalter Nachmittag Anfang Februar. Dieses Mal war John nicht sicher, ob er das Training schaffen würde. Sein Atem kam schwer und mühsam, als wäre ihm die Zuschauertribüne des Stadions auf den Rücken gebunden und er müsste sie beim Laufen mit sich herumschleppen. Was noch schlimmer war: Er spürte eine gelegentliche Beklemmung in seiner Brust, ganz ähnlich dem Gefühl, das er an dem Sonntag gehabt hatte, als der Supercup im Fernsehen übertragen wurde ...

John machte sich keine ernsten Sorgen. Er wusste, dass mit seinem Herz alles in Ordnung war. Körperlich jedenfalls. Er war fit und achtete sehr auf seine Ernährung. Nein, die Schmerzen rührten rein vom Stress her, sie waren die Folge davon, dass er mit einer Frau verheiratet war und dabei war, sich in eine andere zu verlieben.

Er umrundete die Kurve der Aschenbahn und dachte daran, diese Zeit zum Beten zu nutzen, wie er es früher, als er noch jünger gewesen war, getan hatte. Auch dann noch, als er aufgehört hatte, zur Kirche zu gehen.

Dir würde vieles von dem, was ich zur Zeit denke, nicht gefallen, Gott.

Tue Buße! Flieh vor der Unmoral, mein Sohn ... Wer sich mir naht, dem werde ich mich auch nahen.

Die Bibelverse bewegten sich in seinem Herzen und hoben ab wie Vögel am Himmel. Die Worte der Bibel waren wahr. Das wusste John so sicher, wie er seinen Namen kannte. Aber keines dieser Worte hatte einen Bezug zu seiner derzeitigen Situation. Nirgends in der Bibel gab es einen weisen Rat für einen Mann, der einer Frau Versprechungen gab, die nicht seine Frau war.

Ein Satz aus den Sprüchen tauchte vor seinem geistigen Auge auf. *Meide die Verführerin. Bleib von ihrer Tür fern.*

Lächerlich. John schüttelte den Kopf und versuchte, diesen

Gedanken von sich abzuschütteln. Charlene war eine schöne junge Frau, die ganz allein auf der Welt war und keinen Freund hatte. Eine fröhliche Frau, die alles an ihm bewunderte und bereit war, geduldig zu warten, bis er und Abby die Einzelheiten ihrer Scheidung ausgefochten hatten.

Sie war wohl kaum eine Verführerin.

John legte an Tempo zu. In der Ferne über den Bäumen, die den Bach neben der Schule säumten, sah er einen Falken in der Luft schweben. Bruchstücke und einzelne Sätze von Kades Arbeit über den Adler kamen ihm in den Sinn und sprachen ihn zum ersten Mal an.

„Der Adler benutzt die Stürme des Lebens, um sich von ihnen höher hinauftragen zu lassen ... Der Adler sucht sich einen Felsen, wenn er sich nicht wohl fühlt und lässt sich von der Sonne von allem Gift reinigen. Der Adler flattert nicht herum wie Hühner und Krähen und Spatzen. Er wartet geduldig auf dem Felsen, bis die thermischen Aufwinde kommen. Erst dann beginnt er zu fliegen. Nicht aus eigener Anstrengung, sondern durch den Wind unter seinen Flügeln."

Wieder schrien ihn die Vergleiche förmlich an. Mit Jesus Christus schwebte er wie ein Adler, nicht aus seiner eigenen Kraft, sondern aus der Kraft des Heiligen Geistes. Auf sich allein gestellt ... war er nicht viel mehr als ein Huhn. Er flatterte mit den Flügeln und scharrte im Dreck und konnte nie vom Boden abheben.

Ich möchte wieder ein Adler sein, Herr. Zeig mir, wie ich das kann. Wenn dieses Chaos hinter mir liegt, dann hilf mir bitte, für Charlene der Mann zu sein, der ich für Abby nicht sein konnte.

Meide die Verführerin. Bleib von ihrer Tür fern.

Das war nicht die Antwort, die John hören wollte. Er wandte den Blick vom Himmel ab. Vergiss den Adler. Wenn er schon dazu verdammt war, im Hühnerhof zu leben, dann wollte er wenigstens ein glückliches Huhn sein. Die Vorstellung, für den Rest seines Lebens mit Abby zu streiten und zu kämpfen, war unerträglich. Unvorstellbar. Die Scheidung war die einzige Möglichkeit, die ihnen noch blieb, selbst wenn das bedeutete, dass er nie wieder schweben würde. Außerdem war die Zeit, in der er mit Abby geflogen war, lange vorbei. Sie waren an einem Punkt angelangt, an dem sie getrennte Hühnerhöfe brauchten, um sich nicht gegenseitig totzupicken.

Wenn sie zusammen waren, gingen sie nur wie Kampfhähne aufeinander los.

John bog um die nächste Kurve und genoss die frische Luft, die seine schwitzende Haut abkühlte. Im Sommer waren auf der Aschenbahn den ganzen Tag viele Leute unterwegs. Aber jetzt, da es noch einige Wochen bis zum Frühling dauerte, war er oft ganz allein. Er ließ seine Gedanken schweifen.

Seltsamerweise vermisste er in diesen Tagen nicht Abby am meisten, sondern seinen Vater, Allen Reynolds. Er war sowohl auf dem Spielfeld als auch in seinem Glauben unbezwingbar gewesen. John atmete tief ein und lief weiter. *Papa, wenn du nur noch leben würdest. Ich weiß, du könntest in all dem, was passiert, einen Sinn erkennen.*

Sein Vater war da gewesen, als sie Haley Ann und Abbys Mutter Anfang der 80er Jahre so tragisch verloren hatten. Und auch 1985 und 86, als die Marion High School eröffnet wurde und er von Southridge wegging und die Stelle als Footballtrainer der Adler annahm. Es hatte Tage gegeben, an denen John gedacht hatte, er würde die Herausforderung, eine Mannschaft von ganz unten aufzubauen, nicht bewältigen. Aber sein Vater war immer da gewesen, hatte ihm weisen Rat gegeben und ihm geholfen, sein Leben, das außer Kontrolle geraten zu sein schien, wieder ins rechte Lot zu rücken.

Alle Gedanken an Adler und Verführerinnen und einen zornigen Gott verblassten, als John an seine erste Zeit als Trainer an der Marion High School zurückdachte. Aber statt der Erinnerung an seinen Vater tauchte vor seinem geistigen Auge ein Bild von dem Menschen auf, der noch viel spürbarer bei ihm gewesen war.

Abby.

Football regierte im Süden des Bundesstaates Illinois die Welt, wo die magnetische Anziehungskraft der Lederkugel für die meisten Menschen größer war als alles andere. Dass die erfolgreiche Mannschaft von Southridge ihren besten Assistenztrainer hergab, damit er eine ganz neue Mannschaft an der Marion High School aufbauen konnte, wurde von den Leuten in der Stadt anfangs begeistert begrüßt. Besonders da viele ihn noch als den Wundermann der Universität von Michigan in Erinnerung hatten, den Quarterback, dem alles gelang. Aber als die Schulauswahlmannschaft in ihrer ersten Saison mit null zu elf Punkten unterging, wurden unzufriedene Stimmen laut. Leitberichte waren in der Lokalzeitung zu lesen, die hinterfragten, ob ein junger Assistenztrainer ohne jede Erfahrung als Cheftrainer die richtige Wahl für das hervorragende neue Programm in Marion sei.

Die längst verklungenen Stimmen der Unzufriedenheit hallten immer noch in Johns Kopf wider. Die Schulverwaltung hatte dafür gesorgt, dass die Schüler an der Marion High School von allem das Beste zur Verfügung hatten: Labors, Computerräume und Lehrer. Darüber hinaus besaß die Schule ein Stadion, das eine halbe Million Dollar gekostet hatte. Es war besser als jedes andere im ganzen Bundesstaat. Warum also – so fragte man sich in der Zeitung – hatte die Schulbehörde den erstbesten Kerl, der eine Trainerstelle suchte, genommen? Warum hatte man nicht im ganzen Land nach einem Mann gesucht, der die Marion High School zu den Siegen führen konnte, die sie verdiente? Vergesst doch dieses Aufbauprogramm. Die Eltern der Adler wollten Siege. Jetzt. Nicht im nächsten Jahr oder im übernächsten Jahr.

Die Frustration dieser und der darauf folgenden Saison ließ John keine Ruhe. Wussten sie denn nicht, dass es eine Zeit dauerte, bis man sich als Mannschaft etabliert hatte? Sahen sie denn nicht, dass in dem Augenblick, als sich die Türen in Marion öffneten, jeder Junge, der keine Chance hatte, in Southridge in der Auswahlmannschaft zu spielen, an die neue Schule wechselte?

Von Anfang an hatte John vorhergesagt, dass es drei Jahre dauern würde, bis man genug Talente gefördert hätte, um eine Mannschaft zu haben, die es mit Southridge aufnehmen könnte. Er konnte keine Rücksicht darauf nehmen, dass der neu gegründete Fanclub und die übereifrigen Eltern in Marion über Nacht Erfolge sehen wollten – besonders in Spielen gegen den jetzigen Rivalen, Southridge Chieftains. Er war schließlich auch nur ein Mensch.

An einem Tag mitten im Sommer zwischen seiner ersten und zweiten Saison hatte Abby ihn beim Training besucht und geduldig gewartet, bis auch der letzte Spieler und Trainer das Feld verlassen hatte. Er hatte allein auf der Bank gesessen und hatte nicht bemerkt, dass sie da war, als sie hinter ihn trat und die Arme um seine Schultern legte. „Ich habe uns einen Babysitter engagiert", flüsterte sie ihm ins Ohr. „Komm, gehen wir ein wenig spazieren."

Sie gingen eine Stunde über die Aschenbahn – genau dieselbe Strecke, auf der er jetzt lief. In dieser Stunde sagte sie ihm auf zehn verschiedene Arten, dass er ein begabter Trainer war. „Die Eltern haben nicht die geringste Ahnung, wie man eine Mannschaft aufstellen muss, oder welche guten Sportler man braucht, um mit Southridge mithalten zu können."

Er hörte ihr zu. Er hing an jedem ihrer Worte. Es war nicht so, dass sie an jenem Abend neue tief greifende Erkenntnisse offenbart hätte, aber während sie redete, wurde ihm klar, dass er die Wahrheit vergessen hatte. Er hatte zugelassen, dass die ganze Kritik sein Selbstvertrauen ins Wanken gebracht hatte, und er hatte sich unter Druck setzen lassen, dass seine Mannschaft in diesem Herbst eine bessere Leistung zeigen müsste als in der letzten Saison.

Am Ende ihres Spaziergangs drehte sie sich zu ihm um und strich ihm eine Haarsträhne aus der Stirn. „Alle in dieser Stadt, vielleicht sogar alle auf der Welt, übersehen möglicherweise, welch ein begabter Trainer du bist, John Reynolds." Sie schmiegte sich an ihn und küsste ihn viel versprechend auf den Mund. „Aber ich werde das nie übersehen. Was du da draußen hast ..." Sie deutete mit der Hand auf das Spielfeld. „... ist einfach ein Wunder. Eine Gabe Gottes. Lass dir nie von irgendjemandem etwas anderes einreden."

Abbys geharnischte Rede half ihm, wieder an sich zu glauben, und trug ihn durch die Auswahlspiele und in das Training für den Herbst. Aber sein zweites Jahr erwies sich als noch verheerender als das erste Jahr. Mitten in der Saison spielten sie gegen Southridge und mussten eine Schlappe mit Null zu Achtundvierzig einstecken.

Die Schlagzeilen am nächsten Tag lauteten: „Die einzige Chance für Marion High: Feuert Reynolds!" In dem Artikel warf man ihm vor, seine Jungen nicht gut genug zu kennen und seine Mannschaft nicht richtig auf das Spiel vorbereitet zu haben.

„Du spielst mit der Ersatzbank von Southridge, meine Güte", schimpfte Abby. „Keiner deiner Jungs hätte es in die Mannschaft geschafft, wenn sie in Southridge geblieben wären. Was wollen diese Leute denn?"

Bevor es besser wurde, kam es erst einmal noch dicker. Am Ende der Saison fand John einen anonymen, mit Schreibmaschine getippten Brief in seinem Briefkasten. Er wurde darüber in Kenntnis gesetzt, dass die Eltern eine Unterschriftensammlung durchführten, in der sie sich für seine Kündigung einsetzten. In einem anderen Brief, vom dominanten Vater eines seiner Spieler unterschrieben, hieß es: „Ich habe noch nie einen unfähigeren Trainer als Sie gesehen, Reynolds. Sie mögen ein netter Junge sein, aber draußen auf dem Spielfeld sind Sie eine hoffnungslose Niete."

Johns Vater gab ihm einen Rat, der ihm im Bankgeschäft oft geholfen hatte: „Es gibt immer Neinsager, mein Sohn. Wichtig ist nur, dass du Gottes Berufung folgst. Wenn du das tust, dann ist die Meinung aller anderen nur Schall und Rauch."

John versuchte, sein Ziel nicht aus den Augen zu verlieren, er versuchte, die weisen Worte seines Vaters und seiner Frau im Gedächtnis zu behalten, aber die Saison wurde von Woche zu

Woche unerträglicher. Eines Abends, nach einer hohen Niederlage blieb John eine Stunde länger als gewöhnlich in der Umkleidekabine. Das Spiel war eine Katastrophe gewesen, seine Spieler stritten, und sogar seine Assistenztrainer schienen mit seiner Strategie nicht einverstanden zu sein. Jetzt, da sie alle fort waren, sank er auf die Knie und übergab seine Trainerlaufbahn dem Herrn und bat Gott, ihm einen Ausweg zu zeigen. Am Ende dieser Zeit hatte er den Eindruck, dass ihm nur eine einzige Wahl blieb: Kündigen. Zurücktreten und einem anderen die Aufgabe überlassen, den Leuten von Marion die siegreiche Mannschaft zu bieten, die sie unbedingt haben wollten.

Es war nach elf Uhr, als er an diesem Abend die Tür hinter sich schloss und auf das Spielfeld hinaustrat. Aber trotz der späten Stunde war Abby da und wartete auf ihn wie nach jedem Spiel.

„Schatz, es tut mir Leid. Du hättest doch nicht warten müssen." Er nahm sie in die Arme. Es tat so gut, an einem Abend, an dem anscheinend die ganze Welt gegen ihn war, festgehalten und geliebt und unterstützt zu werden.

„Ich würde mein Leben lang auf dich warten, John Reynolds. Hast du das vergessen?" Ihre Stimme war beruhigend, ein Balsam für seine angeschlagene Seele. „Ich bin das Mädchen, das dich liebt, seit es zehn Jahre alt war."

Er zog den Oberkörper zurück und schaute ihr ernst in die Augen. „Ich werde morgen meine Kündigung einreichen."

John erinnerte sich an den Zorn, der plötzlich in Abbys Augen aufflackerte. *„Was?"* Sie trat zwei Meter zurück und schaute ihn aufgebracht an. „Du wirst morgen *nicht* deine Kündigung einreichen." Sie schritt nervös auf und ab. Ihre Miene war aufgebracht und ihre Augen schauten ihn durchdringend an. „Das kannst du nicht. Gott hat dich hierher gestellt, weil er hier eine Aufgabe für dich hat. Du kannst dich doch nicht von diesen ... von diesen Eltern, die keine Ahnung haben, von dem Platz vertreiben lassen, an den Gott dich hingestellt hat. Ich werde das nicht zulassen. Denk doch nur an die vielen Stunden, die du ..."

So hatte sie fünf Minuten weitergemacht, bis ihr nichts mehr einfiel.

„Schau dir meine Abby an. Scheu und zurückhaltend." Er fuhr ihr mit der Hand durch die Haare und lächelte traurig. „Ich denke trotzdem, es ist an der Zeit. Sie wollen jemand anderen. Sollen sie doch ihren Willen haben."

In Abbys Augen traten wütende Tränen. „Diese Leute irren sich, John. Ein paar von ihnen sind nichts weiter als frustrierte, verbitterte alte Männer, die nie irgendetwas in ihrem Leben geschafft haben. Wahrscheinlich konnten sie als Kinder keinen Sport treiben und als Erwachsene können sie keine Mannschaft trainieren. Was machen sie also? Sie tun so, als könnten sie von der Tribüne aus alles besser machen und bringen dabei ihre Söhne und Leute wie dich zur Verzweiflung." Sie machte eine Pause. John erinnerte sich daran, wie ernst ihre Stimme klang, als sie weitersprach. „Sie wollen, dass du aufgibst, John. Siehst du das denn nicht? Sie haben nicht die geringste Ahnung von Football, aber trotzdem haben sie diese ... diese ganze Stadt gegen dich aufgewiegelt." Sie ballte die Fäuste und schwang sie durch die Luft. „Überlass diesen verrückten Eltern nicht das Feld, John. Du hast eine Gabe. Das habe ich gesehen. Außerdem vergisst du gerade die erste Regel eines Christen."

John konnte hören, wie er ihr im Stillen in jedem Punkt Recht gab. „Was für eine Regel meinst du?" Er trat näher auf sie zu und fuhr mit dem Finger ihre Backenknochen nach. Er liebte sie. Es tat so gut, dass sie an ihn glaubte.

Sie schaute ihm durchdringend in die Augen. Ihre Stimme war leiser als vorher. „Der Feind verdoppelt seine Anstrengungen, wenn ein Durchbruch kurz bevorsteht." Sie streckte sich, verpasste ihm einen langen Kuss und trat dann langsam zurück. „Gib nicht auf, John. Bitte."

Die feindlichen Angriffe verdoppelten sich in jenem Jahr tatsächlich. Sowohl John als auch Abby bekamen wütende, anonyme Drohbriefe. Einige sogar an ihre Privatadresse nach Hause. „Warum hassen sie uns?", hatte sie an einem Nachmittag geweint und einen dieser Briefe in hundert Fetzen zerrissen.

„Dich hassen sie nicht. Sie hassen mich. Verstehst du das nicht, Abby? Wenn sie uns genug verletzen können, bekommen sie vielleicht ihren Willen und ich trete zurück."

Aber jedes Mal, wenn er versucht war, das Handtuch zu werfen, sorgte Abby dafür, dass er seine Meinung wieder änderte. In jenen ersten Jahren hatte sie immer genau gewusst, was sie sagen oder tun musste, wenn er verletzt war oder müde oder einsam und sich nach ihrer Berührung sehnte. Es war eine Kunst, die sie im Laufe der Jahre bestens vervollkommnet hatte.

Er erinnerte sich, wie schnell die Atmosphäre in der Mannschaft sich geändert hatte, sobald diese zweite Saison hinter ihnen lag. In jenem Sommer hatte er es kaum erwarten können, dass der Herbst kam und damit die Chance, der Stadt Marion die Früchte seiner harten Arbeit zu zeigen. John hatte seit Jahren nicht mehr an jenen Sommer gedacht ... aber jetzt erschien es ihm richtig, als könnte er durch die Erinnerung die nötige Kraft und Führung finden, die in seinem Leben zur Zeit fehlte.

Er erinnerte sich an einen heißen Nachmittag, als das Training bestens lief und er seinen Vater anrief, um mit ihm über seine Arbeit zu reden.

„Klingt so, als würdest du alles richtig machen, mein Sohn." Es war ein Ritual, ein Gespräch über Football zwischen Vater und Sohn: ein Teil seines Lebens, von dem John wusste, dass es immer kommen würde, genauso wie jedes Jahr nach dem Herbst der Winter kam. „Wie stehen eure Chancen?"

„Das wird unser Jahr, Papa", hatte er spontan geantwortet. Die schweren Zeiten der letzten Saison waren fast vergessen. „Du musst uns besuchen kommen und meine Jungen spielen sehen. Sie sind besser als die meisten Collegespieler."

„Hauptsache, ich bin da, wenn sie dir den Meisterschaftspokal überreichen." Sein Vater lachte zuversichtlich am anderen Ende der Leitung. „Diesen Augenblick möchte ich um nichts in der Welt versäumen."

„Das wird vielleicht nicht in diesem Jahr sein, Papa. Aber es wird passieren. Das verspreche ich dir."

Die Nachricht, die seine Welt erschütterte, kam am nächsten Tag. Er war im Kraftraum. Die Temperaturen draußen waren fast nicht zum Aushalten, und die Luftfeuchtigkeit stand dem in nichts nach. Die Hausmeister schalteten die Klimaanlage im Sommer selten ein, aber John und die anderen Trainer beklagten sich nicht. Es schadete den Jungen nicht, in einer heißen Sporthalle zu trainieren. Das härtete sie ab, bereitete sie auf den Wettkampf vor.

John ging einen Spielerplan durch und achtete darauf, dass das Trainingspensum der jungen Sportler sich regelmäßig erhöhte, als Abby an der Tür auftauchte. Ein dunkler Schatten über ihren Augen verriet ihm zwei Dinge: Erstens, die Nachricht war nicht gut; zweitens, was es auch war, sie würden es gemeinsam durchstehen. So wie sie alle anderen schweren Zeiten, die sie schon erlebt hatten, miteinander durchgestanden hatten.

Ohne Worte gab sie ihm mit den Augen zu verstehen, dass dieses Gespräch hinter verschlossenen Türen stattfinden sollte. John schickte seine Sportler hinaus, und innerhalb weniger Sekunden waren er und Abby allein.

„Was ist?" Sein Herz pochte so laut, dass er sich fragte, ob Abby es auch hören konnte. „Geht es den Kindern gut?" Nachdem sie Haley Ann verloren hatten, nahm er es nie mehr als selbstverständlich hin, dass seine Kinder am Ende eines Tages noch am Leben und gesund und munter waren, nur weil sie es am Frühstückstisch noch gewesen waren.

Er hielt den Atem an. Abby nickte. „Den Kindern geht es gut. Es geht um deinen Vater." Sie trat näher und legte die Hände auf seine Schultern. „Deine Mutter hat soeben angerufen. Er erlitt heute Morgen einen Herzinfarkt. Oh, Schatz ... er hat ihn nicht überlebt." Diese Nachricht bohrte sich wie ein heißes Messer in ihn, aber noch bevor er Zeit hatte zu reagieren, sah er Tränen in ihren Augen. Sie litt genauso unter dem Verlust. Er meinte, sein

Herz müsse aufhören zu schlagen. Er legte die Arme um sie. Ihre Nähe tröstete ihn.

Zwanzig Minuten blieb sie bei ihm, hielt ihn fest und versicherte ihm, dass sein Vater jetzt bei Gott sei, an einem besseren Ort. Sie versicherte ihm, dass die Tränen, die ihm über die Wangen liefen, in Ordnung seien, selbst hier im Kraftraum der Marion High School. Als er die Nachricht verkraften konnte, ließ sie ihn allein und sagte dem anderen Trainer, der an diesem Tag Dienst hatte, dass John allein sein müsse, weil sein Vater und bester Freund an diesem Morgen gestorben sei.

Als John die Kraft hatte, aufzustehen und den Raum zu verlassen, standen keine Schüler herum, keine Lehrer oder Kollegen mit gut gemeinten Worten, die fragten, was geschehen sei. Dafür hatte Abby gesorgt.

Er dachte jetzt zurück und erkannte, wie anders jener Tag hätte ablaufen können. Abby hätte im Sekretariat eine Nachricht hinterlassen können, er solle zurückrufen, oder sie hätte bis nach dem Abendessen warten können, um es ihm zu sagen. Stattdessen war sie die extra Meile gegangen, hatte ihm die schlechte Nachricht persönlich überbracht, hatte sich gezwungen, selbst später zu trauern, und war auf dem schnellsten Weg zu ihm gekommen.

Er versuchte, sich Charlene in dieser Situation vorzustellen ... aber das war unmöglich.

Charlene hatte seinen Vater nie gekannt. Sie hatte ihn nie geliebt oder ihn geachtet oder sich auf seine Anrufe gefreut. Charlene hatte nicht die Enkelkinder seines Vaters geboren oder mit dem Wissen gelebt, dass ihr und Johns Vater fast seit Anfang der Welt die besten Freunde waren.

Was hätte Charlene sagen können, das ihn an jenem Nachmittag so getröstet hätte wie Abbys Gegenwart?

Jetzt ist eine andere Zeit, Reynolds. Lass dem Mädchen Zeit. Mit ihr wirst du im Laufe der Zeit auch Erinnerungen schaffen.

Dieser Gedanke hätte ihn trösten sollen, aber stattdessen lief ihm ein seltsames Frösteln über den Rücken. Er schüttelte das

Gefühl von sich ab und erinnerte sich wieder an Abby. Abby, deren Vater krank im Pflegeheim lag ... der beste Freund seines eigenen Vaters.

„Ich muss ihn besuchen. Ich muss mit ihm sprechen."

John flüsterte diese Worte und verlangsamte sein Tempo. Er hatte acht Kilometer zurückgelegt, aber das entspannende Hochgefühl, das er normalerweise nach seinem Training empfand, fehlte. An seiner Stelle spürte er eine Verwirrung und Unsicherheit.

Am Ende hatte er natürlich die Meisterschaft gewonnen. Keine sechs Monate nach dem Tod seines Vaters beendeten die Marion Adler ihre Saison ohne Niederlage. Es war, als wären die furchtbaren Jahre Mitte der achtziger Jahre nichts weiter als ein schlimmer Traum gewesen. John stand oben auf der Siegertribüne und nahm den Meisterschaftspokal entgegen, der halb so groß war wie der sechsjährige Kade.

John konnte sich an diesen Augenblick erinnern, als wäre es erst gestern gewesen. Er beugte sich vor, streckte die Muskeln in seinen Beinen und schloss die Augen. Alles an jenem Abend war jetzt genauso angenehm wie damals. Als er ans Mikrofon trat, war seine Botschaft kurz und bündig gewesen: „Ich möchte Gott danken, dass er mir eine Frau geschenkt hat, die nie aufgehört hat, mich zu unterstützen." Sein Blick wanderte über die Tribüne. Er wusste, dass sie irgendwo dort oben stand und wahrscheinlich weinte, weil dieser Augenblick sie genauso tief berührte wie ihn. „Ich liebe dich, Abby. Ohne dich stünde ich nicht hier." Dann hielt er die Trophäe zum Nachthimmel hinauf und schaute zum Himmel empor. „Das ist für dich, Papa!"

Die Erinnerung verblasste. John stand auf, wischte sich die Stirn ab und ging zu seinem Auto. Wie konnte er den Rest seines Lebens mit Charlene verbringen, einer Frau, die seinen Vater nie gekannt hatte? Einer Frau, die nicht mit ihm dem Wirbelsturm in Marion getrotzt hatte und nicht neben ihm gestanden hatte, als die Asche seiner kleinen Tochter im Wind tanzte und sich auf den See legte, den er am meisten liebte. Einer Frau, die in einen

Mann verliebt war, den Abby Reynolds maßgeblich mit geschaffen hatte.

Wenn es einen anderen Weg gibt, Gott, dann zeige ihn mir ...

Das Schweigen sagte ihm, das es keinen anderen Weg gab. Sie lagen drei Touchdowns zurück und hatten weniger als eine Minute zu spielen. Es war einfach zu spät in diesem Spiel. Trotz dieser bitteren Wahrheit konnte John nicht leugnen, was er endlich erkannt hatte: Wenn er eine Beziehung mit Charlene aufbaute, versetzte er damit einem Teil von sich selbst den Todesstoß.

Dem Teil, der immer noch einem aufgeweckten, blonden Mädchen mit blauen Augen gehörte – und ihm immer gehören würde – an das er am Sandstrand von Lake Geneva sein Herz verloren hatte, als er siebzehn gewesen war.

15

Die Idee von einer Verlobungsfeier war von Matt gekommen. Die Tatsache, dass Nicole Reynolds die Tochter des berühmten Footballtrainers John Reynolds war, erhob sie zu einer Prinzessin – wenigstens nach den Maßstäben der Stadt Marion. Deshalb sollte es ein Fest geben, um ihre bevorstehende Hochzeit gebührend zu feiern.

Abby hatte nichts dagegen einzuwenden. Schließlich hatten sie es ja nur verschoben, ihren Kindern zu sagen, dass sie sich scheiden lassen wollten, weil sie Nicole die Zeit bis zu ihrer Hochzeit so schön wie möglich gestalten wollten.

„Eine ausgezeichnete Idee!" Sie schaute Nicole begeistert an, als Matt diesen Vorschlag machte. „Wir könnten halb Marion einladen."

Nicoles Augen hatten bei diesem Gedanken geleuchtet. Im selben Augenblick empfand Abby unaussprechlich großes Mitleid für ihre Tochter. Egal, wie glücklich dieses halbe Jahr wäre, würde es doch die Verletzung nicht aufwiegen können, die Abby und John Nicole und ihren Brüdern in ein paar Monaten zufügen würden.

„Können wir das wirklich, Mama? Du hast nichts dagegen?"

„Ganz und gar nicht, Schatz. Lade ein, wen du möchtest."

„Es wird eine herrliche Verlobungsfeier." Nicole stieß Matt aufgeregt in die Seite. „So ähnlich wie der Polterabend bei deinem Freund Steve im letzten Jahr. Erinnerst du dich?"

„Ja. So etwas in der Art könnten wir später auch noch halten." Er grinste Nicole schelmisch an.

„Jetzt hör aber auf ..." Nicole stieß ihn dieses Mal härter und kicherte. „Davon habe ich kein Wort gesagt."

Abby beobachtete die beiden wehmütig. *Sie sehen aus wie wir vor zweiundzwanzig Jahren, Herr.*

Die Liebe erträgt alles ... die Liebe hört niemals auf, meine Tochter.

Die Worte waren nur ganz schwach zu hören, aber sie waren

trotzdem da. Eine ständige Erinnerung daran, wie sehr sie und John das Ziel verfehlt hatten.

Nicole lächelte ihre Mutter an. „Ich kann doch nichts dafür, wenn meine Freundinnen später einen Junggesellenabschiedsabend nur für Mädchen mit mir feiern wollen, oder, Mama?"

Damit war die Verlobungsfeier abgemachte Sache. Sie luden Johns Trainerkollegen und ein Dutzend von Nicoles langjährigen Freundinnen ein, Mädchen, mit denen sie zusammen an der High School gewesen war und zu denen sie immer noch engen Kontakt hatte. Matt lud mehrere seiner Mitstudenten von der Universität ein, und Nicole bestand darauf, drei Familien einzuladen, die ihnen, solange sie zurückdenken konnte, näher als mancher Verwandte standen.

John willigte in die Feier ein, aber insgeheim gefiel ihm diese Idee von Anfang an nicht. „Es ist schon schwer genug, vor den Kindern so zu tun, als wäre alles in bester Ordnung", seufzte er eines Abends. „Aber jetzt haben wir die halbe Welt als Publikum."

In Abby regte sich sofort wieder Hass. „Erzähle mir nichts davon, dass ich so tun müsse, als wäre alles in bester Ordnung. Ich stolziere nicht mit einer Geliebten am Arm durch die Gegend." Sie verschwand in ihr Büro, ohne ihm Zeit zu lassen, etwas darauf zu erwidern.

Sie kamen am besten miteinander aus, wenn sie einander aus dem Weg gingen. Das taten sie an den Tagen vor der Verlobungsfeier auch. John verbrachte mehr Zeit damit, an der Schule zu trainieren oder Arbeiten zu korrigieren, und sie hatte alle Hände voll zu tun, Nicole bei der Erstellung der Gästeliste zu helfen und Hochzeitsschmuck auszusuchen. Die Nachmittage verbrachte sie mit Sean. Sie fuhr ihn zum Hallenfußball, zum Baseballtraining und zum Schwimmkurs im Verein.

Wenn Abby unbedingt gezwungen war, mit John zu Hause zu sein, fand sie immer Gründe, in ihrem Büro zu verschwinden. Auf diese Weise überlebten sie die ersten zwei Monate.

* * *

Es goss in Strömen, als Nicoles und Matts Verlobungsfeier stattfand. Abby warf einen prüfenden Blick auf den Tisch. Käse und Cracker, Obst und Kekse, alles war bestens vorbereitet. Selbst die eingepackte Familienbibel von John und von ihr.

Eine Hochzeitsbibel war das Standardverlobungsgeschenk in der Familie. Obwohl John mit ihr darüber gestritten hatte, als sie die Bibel kaufte, hatte sich Abby für eine in Leder gebundene Ausgabe entschieden und die Namen des Paares eingravieren lassen.

„Dann kann Nicole immer die Bibel anschauen und sich daran erinnern, dass wir sie während ihrer Verlobungszeit angelogen haben", hatte John zynisch gerufen, während er im Wohnzimmer saß und zwischen zwei Sportsendern hin- und herschaltete. „Großartige Geschenkidee."

„Vielleicht säßen wir jetzt nicht in dieser Bredouille, wenn wir unsere Bibel öfter gelesen hätten."

Die Auseinandersetzungen zwischen ihnen wurden immer häufiger. Abby hatte keine Ahnung, wie sie es bis Juli aushalten sollten. Sie legte einen Stoß verzierter Servietten auf den Küchentisch. Kein Wunder, dass John gereizter war als früher. *Er will bei Charlene sein und nicht bei uns.* Dieser Gedanke schmerzte Abby zutiefst, aber sie verbannte ihn aus ihrem Kopf. Heute war Nicoles und Matts Tag, und sie hatte sich vorgenommen, nicht in Selbstmitleid zu versinken.

Bringe es hinter dich, Abby. Lächle einfach und bringe es hinter dich.

* * *

John graute vor diesem Tag, seit er das erste Mal davon gehört hatte. Es war eine Sache, Nicoles Verlobungszeit zu ehren. Aber diese ... diese Verlobungsfeier war ein Witz. Sollte doch jemand anderes eine Feier für die beiden organisieren.

Es klingelte an der Tür. John stand auf, um die Gäste zu begrüßen. Er half ihnen aus ihren Regenmänteln und verstaute ihre Regenschirme im Schirmständer. Ihm blieb jetzt keine andere Wahl, als ein Lächeln aufzusetzen, sich dem Plan zu fügen und dafür zu beten, dass er in den nächsten fünf Stunden Abby aus dem Weg gehen könnte.

Nicoles Freundinnen trafen als Erste ein, aber innerhalb einer halben Stunde war das Haus voll mit einem Dutzend bekannter Gesichter. Wie es immer der Fall war, wenn Trainer zusammenkamen, versammelten sich die Leute von den Marion Adlern im Wohnzimmer unweit des Fernsehgeräts und eines Sportsenders. Aber bei dem lauten Gewitter, das über das Haus hinwegzog, bei so vielen anderen Leuten im Raum gaben sie es schließlich auf und schalteten den Fernseher aus.

John betrachtete seine Kumpels. Mit diesen Männern hatte er schon viele Stunden verbracht. Trainieren, Vorbereiten, Feiern. Joe, Sal, Kenny und Bob, die besten Freunde, die man sich nur wünschen konnte. Wenn er seine Gedanken auf Football konzentrierte, würde der Abend vielleicht schnell vorbeigehen und niemand würde merken, dass zwischen ihm und Abby etwas nicht stimmte.

„Wie lang kennen wir fünf uns eigentlich schon?" John lehnte sich auf seinem Sessel zurück, legte die Füße hoch und grinste die Männer um sich herum an.

Joe strich sich über das Kinn und legte den Kopf schief. „Genau das habe ich Alice neulich auch gefragt." Er schaute zur Decke hinauf und dachte angestrengt nach. „Wir fünf sind seit 1987 zusammen, richtig?"

„Ja, ich habe gewartet, bis Rod Moores Junge von der Schule ging, bevor ich mich hier bewarb." Kenny lachte lautstark über seinen eigenen Witz und strich sich über seinen runden Bauch. „Irgendwo gibt es einfach Grenzen!"

„Ja, ich glaube, du hast Recht. Es war 1987. Das erste Jahr, in dem wir alle zu den Adlern gehörten." John schüttelte den Kopf. „Dann sind es also vierzehn Jahre. Wo in aller Welt ist nur die Zeit geblieben?"

„Denk doch an all die Höhen und Tiefen." Bob grinste. Aus seinen Augen leuchteten tausend Erinnerungen. „Dieser erste Titel ... So etwas hat es seitdem nicht mehr gegeben, bis auf den letzten Titelgewinn. Dich und Kade gemeinsam zu sehen, das war schon ein einmaliges Erlebnis."

Kenny grinste leise und schlug John aufs Knie. „Ja, die Reynolds sind schon eine großartige Familie. Ganz ehrlich, wer von uns hätte sich nicht im Laufe der Jahre gewünscht, er würde so eine Ehe führen wie John und Abby?"

„Ja, Abby ist wirklich eine Wucht. Ich wünschte, meine Frau würde auch so gut wie Abby verstehen, wie wichtig unser Beruf ist." Bob warf John eine Brezel zu und blinzelte ihn an. „Sie ist eine Perle, John. Wenn du sie nicht behalten hättest, hätte ich sie selbst geheiratet."

Ein Kribbeln zog Johns Rücken hinab. Warum musste nur jeder seine Ehe mit Abby auf ein Podest stellen?

Konnten sie denn nicht über etwas anderes sprechen? Er atmete langsam und gleichmäßig ein und versuchte, natürlich zu wirken.

Bob redete weiter über Abbys vielseitige Vorzüge. „Damit du es nur weißt, John: Kenny steht gleich nach mir in der Schlange. Habe ich Recht, Ken?"

Kenny grinste und nickte bestätigend. „Sie ist einfach Spitze."

Bob und Kenny waren beide geschieden, und Sal war nie verheiratet gewesen. Nur Joe hatte eine Frau, und nach allem, was John gehört hatte, waren sie glücklich verheiratet. Er dachte angestrengt nach und versuchte, sich etwas anderes einfallen zu lassen, über das sie reden könnten. „Wir hatten auch unsere Hochs und unsere Tiefs wie jeder."

Joe lachte laut. „Das stimmt, wie damals, als Abby die Treppen in ‚Sea World' hinunterpurzelte." Er blickte in die Gesichter der anderen, die um ihn herumsaßen. „Erinnert ihr euch, Jungs?" Er bewegte die Hand wellenförmig nach unten. „Das müssen die Tiefs gewesen sein."

Wider Willen musste John bei dieser Erinnerung schmunzeln.

Er schloss die Augen und schüttelte langsam den Kopf. Auch nach all den Jahren wurde er noch verlegen, wenn er an Abbys unfreiwilligen Auftritt damals dachte.

„Komm schon, John, erzähle uns die Geschichte noch einmal." Kenny beugte sich vor und nahm einen Schluck Eistee. „Es ist schon eine ganze Weile her, seit wir uns das letzte Mal auf Abbys Kosten kaputtlachen konnten. Außerdem hat Sal die Geschichte von ‚Sea World' noch nie gehört, nicht wahr, Sal?"

„Nein, diese Geschichte kenne ich noch nicht."

„Wir haben damals die ganze Zeit irgendwelche Geschichten gehört." Joe holte sich eine Hand voll Chips und wartete gespannt. „Ihr wisst schon ... Was Abby neulich beim Autofahren passiert ist, was Abby neulich beim Einkaufen erlebt hat, was Abby neulich zu ihren Nachbarn gesagt hat ..."

Joes Bemerkung traf John wie ein Schlag. Wann hatte er aufgehört, seinen Trainern von Abby zu erzählen?

„Komm schon, John." Joe stopfte sich die Chips in den Mund. „Hatte sie nicht ein Eis in der Hand oder so etwas?"

Die Erinnerung wurde lebendig. Sean war so etwas wie ein Überraschungsbaby gewesen, als er im Herbst 1990 zur Welt kam. Im folgenden Frühling hatten sie einen Ausflug nach Ohio unternommen und sich dort die „Meereswelt" angeschaut. Nicole war damals zehn, Kade war sieben gewesen. Der Ausflug war von Anfang an ein einziges Chaos gewesen.

Sie hatten vorher schon beschlossen, dass John Sean in der Rückentrage nehmen würde. Abby würde sich dafür die Pullover und sonstigen Sachen der Familie in einem Rucksack auf den Rücken schnallen. John blickte sich im Raum um und sah, dass seine Freunde gespannt auf seine Geschichte warteten. „Also gut, also gut. Die meisten von euch kennen die Geschichte schon. Wir waren im Park, und Abby wollte die Seelöwenvorführung sehen."

„Nicht etwa die Delphine oder Wale, sondern die Seelöwen, stimmt's, John?" Joe war bekannt dafür, dass er alles ausmalte und ausschmückte, wenn John eine Geschichte erzählte.

„Sie musste die Seelöwen sehen ... bevor wir irgendetwas anderes unternehmen konnten." John zögerte, um die Wirkung seiner Worte zu erhöhen. „Uns blieben noch fünf Minuten, bis die Vorführung begann. Wir sahen einen Eisverkäufer gleich neben dem Seelöwenstadion. Es war ein heißer Tag, die Kinder hatten Hunger, und Abby beschloss: Warum nicht? Die Kinder bekommen jeder eine Eiswaffel, bevor die Vorführung beginnt. Dann können sie das Eis drinnen essen."

„Klingt vernünftig." Joe hatte die Geschichte schon mehrere Male gehört und wusste, was kommen würde. Er lehnte sich auf seinem Sessel zurück und grinste.

„Also gut, wir stellten uns also vorne in der Schlange an und bestellten drei Waffeln mit Eis. An dem Stand arbeiteten zwei Jugendliche. Wir dachen also, die Chancen stünden gut, dass wir bedient werden würden. Aber die zwei Kerle schauten einander und uns nur fragend an: ‚Eis in Waffeln?', fragte der eine."

„Das waren zweifellos Linienrichter", unterbrach Joe und stieß Kenny in die Seite. Kenny war vor Jahren Lineman gewesen. Es war sein Spezialgebiet als Trainer.

„Hey, lass uns Linienrichter in Ruhe", entgegnete Kenny. „Wir schauen nur ein bisschen langsam, wenn es um Eis geht. Auf dem Sportfeld sehen wir alles."

„Na ja, diese zwei Typen raubten uns jedenfalls fast den letzten Nerv. In den nächsten Minuten überlegten sie hin und her, ob wir tatsächlich drei Eis in Waffeln bestellt hatten." John lächelte jetzt und genoss die Geschichte. Die Erinnerung an jenen Sommer vor zehn Jahren hatte ihn eingeholt. „‚Ich will die Seelöwenvorführung auf keinen Fall verpassen, John. Wir müssen diesen zwei Kerlen Dampf machen.' Ich sagte so etwas wie: ‚Ja, Liebling, ich tue mein Bestes.' Natürlich konnte ich nichts tun, damit sie sich beeilten. Und dann – das ist mein absoluter Ernst – geht der eine Kerl zu der Eismaschine, nimmt eine Waffel und zieht an dem Hebel. Das Eis wird höher und höher, bis es nicht mehr auf der Waffel zu halten ist und auf den Boden platscht. Ohne mit der Wimper zu zucken, schaut der Kerl sich die angerichtete Schweinerei an, wirft die Waffel in den Abfall und holt sich eine zweite leere Waffel."

„Am Ende stand es dann drei zu sieben, nicht wahr, John?" Joe lachte sich halb kaputt, als er sich das bildlich vorstellte. „Ganz zu schweigen davon, dass die Schlange inzwischen bestimmt einmal um das Seelöwenbecken herumgereicht hat."

„Richtig. Schließlich hatten wir die drei Eiswaffeln, und Abby fiel ein, dass wir Servietten brauchten. Die Jungs deuteten zu einer Theke, die ungefähr zehn Meter entfernt war. Abby legte einen Sprint hin. Ehrlich, Abby war damals richtig sportlich. Laufen, Tennis. Selbst jetzt noch würde sie die meisten von euch bei einem Wettrennen in die Tasche stecken. Aber an jenem Tag konnte sie nicht so gleichmäßig laufen, und als sie noch einen Meter zu gehen hatte, purzelte das Eis aus der Waffel, die sie in der Hand hielt, und landete mitten auf ihrem Fuß."

Joe lachte jetzt lauter und schaukelte leicht mit seinem Stuhl. „Das Eis lief ihr so richtig schön in die Schuhe hinein. Könnt ihr euch das vorstellen, Männer? Abby Reynolds? Immer schön gekleidet und Schokoladeneis, das zwischen ihren hübschen Zehen schmilzt?"

John begann bei diesem Bild zu lachen. „Die Leute starrten sie an und fragten sich, warum diese Frau mit einem Eis in der Hand so schnell hatte laufen müssen. Und sie stand da mit dem Eis im Schuh und einer leeren Eiswaffel in der einen Hand, während wir auf der anderen Seite des Platzes auf sie warteten und die Seelöwenvorführung jeden Augenblick beginnen würde. Abby nimmt also einen Stapel Servietten, wischt sich das Eis aus dem Schuh und steckt den Fuß wieder hinein."

Kenny verzog das Gesicht zu einem breiten Grinsen, als er sich das bildlich vorstellte. Sal begann so laut zu lachen, dass er sein Glas abstellen musste. „Was wurde aus den Seelöwen?"

„Sie läuft also zu dem Eisverkäufer zurück, drängt sich vor und sagt dem Kerl, dass sie noch einmal ein Eis brauche, aber dieses Mal in einem Becher. Der Junge tut, was sie verlangt. Doch jetzt beginnt schon die Musik für die Seelöwenvorführung zu spielen.

‚Kommt, suchen wir uns einen Platz', fordert sie uns auf. Und schon eilt sie los ..."

„Mutig voran, eine tapfere Frau." Joes Gesicht lief ganz rot an, als platze er jeden Augenblick.

„Wir folgten ihr auf dem Fuß und schlängelten uns durch die anderen Leute. Wir waren fest entschlossen, einen Sitzplatz zu finden, bevor der erste Seelöwe in Aktion trat." John atmete tief ein und musste breit grinsen, als er das Bild vor sich sah. „Und so standen wir ganz oben am Rand der Tribüne. Abby erblickt eine freie Reihe auf halber Höhe. ‚Kommt mit', rief sie. Das waren ihre letzten Worte. Die Stufen ..." Vor Lachen blieb ihm fast die Luft weg. Wie gut das tat! Hier bei seinen Freunden zu sitzen und vor Lachen kaum Luft zu bekommen bei der Erinnerung daran, wie Abby an jenem Nachmittag ausgesehen hatte. „Die Stufen waren irgendwie ..." Er deutete mit der Hand. „... klein, groß, klein, groß. Keine Ahnung warum, aber so waren sie gebaut. Abby hatte anscheinend nur eine Größe gesehen, denn ihr erster Schritt war bestens, aber in dem Augenblick, in dem sie versuchte, ihren Fuß auf die zweite Stufe zu stellen, spürte sie nichts als Luft unter sich und begann zu taumeln."

Alle Männer mussten jetzt lachen. Sie stellten das Essen ab, krümmten sich vor Lachen und rangen um Luft. John fand seine Stimme wieder. Obwohl sein Körper vor Lachen zuckte, brachte er die Geschichte zu Ende. „Der volle Rucksack rutschte ihr in den Nacken hinauf und ... und zog sie immer weiter nach unten ..."

„Sie sah aus wie ..." Joes Stimme war schon ganz schrill, so sehr japste er nach Luft. „Sie sah aus wie eine Schildkröte auf dem Rücken, nicht wahr, John? Wie sie so die Stufen nacheinander hinunterpurzelte ... mit dem Rucksack ... auf dem Kopf."

Kenny war ein kräftiger Mann. Wenn er so laut lachte wie in diesem Augenblick, hörte er sich selbst wie ein Seelöwe an. Als John das auffiel, musste er noch lauter lachen. Um Atem ringend, konnte er nur mühsam die Geschichte zu Ende bringen. „Natürlich war das ganze ... das ganze Stadion voll mit Leuten, und die Vorführung hatte bereits ... angefangen." Er atmete scharf ein. „Zuerst dachten die Leute, das sei Teil der Vorführung ..."

„Ein paar Frauen begannen zu klatschen." Joe konnte die Worte kaum über die Lippen bringen, so sehr musste er lachen. „Sie hat tatsächlich die ganze Vorführung unterbrochen. Sogar die Seelöwen warteten, um zu sehen, was da passierte."

John nickte. Die Erinnerung war so lustig, dass er anfing zu kichern wie ein Mädchen. Abby hatte so Mitleid erregend ausgesehen. „Und dann kam dieser Mann und fing sie auf, bevor sie noch weiter nach unten purzelte ... und sie versuchte, so zu tun, als sei überhaupt nichts geschehen und stand schnell auf und winkte den Leuten zu. Sie drehte sich um und schaute mich an, und da sah ich das Eis ..."

„Den Eisbecher, den sie in der Hand hatte." Joe krümmte sich jetzt, und die anderen Trainer lachten ebenfalls so laut, dass sie die Aufmerksamkeit aller anderen im Haus auf sich zogen. „Das erste hatte sie ja in ihrem Schuh versenkt!"

„Und da stand sie. Die Knie und Ellbogen überall aufgeschürft und voller Blut, den Rucksack in den Haaren verheddert und von oben bis unten mit Eis beschmiert."

Sal brüllte laut. „Ich hätte Eintrittskarten gekauft, um das zu sehen. Die kleine, immer perfekt gekleidete Frau unseres Trainers, wie sie so aussah ... und das ganze Stadion sie dabei beobachtete."

„Wir setzten uns, und die Show begann von neuem." John holte tief Luft und zwang sich, ruhig zu werden. „Sie sprach kein Wort, bis die Vorführung vorbei war. Dann drehte sie sich zu mir um und sagte: ‚Also gut, wie sah es aus?' Da war es mit meiner Beherrschung endgültig aus."

„Irgendwo hat jemand wahrscheinlich eine Videoaufnahme, die zehntausend Dollar wert ist." Joe schlug sich diesmal auf sein eigenes Knie, und die Gruppe begann erneut lauthals zu lachen.

„Auauau." John schüttelte den Kopf und atmete lang und tief aus. „Es war ein unvergesslicher Anblick."

Joe wischte sich eine Träne aus den Augen. „So habe ich seit

Jahren nicht mehr gelacht.“ Er schüttelte den Kopf. „Das Schöne dabei ist, dass Abby auch heute noch selbst darüber lachen kann.“

Kenny fing sich allmählich auch wieder. „Ja, das ist das Beste an Abby. Sie nimmt sich selbst nicht allzu ernst.“

„Wo ist sie eigentlich? Sie müsste hier sein und uns erzählen, was es für ein Gefühl war.“ Sal atmete aus und versuchte, wieder Luft zu kriegen, während er sich im Zimmer umsah.

Ein durchbohrender Schmerz meldete sich nun in Johns Bauch und vertrieb ihm jeglichen Spaß. Noch bevor er antworten konnte, trat Nicole zu ihnen und grinste die fünf an. „Was ist denn mit euch hier los?“

Joe stieß John an die Schulter. „Dein Papa hat uns von dem Ausflug zu ‚Sea World‘ erzählt ... du weißt schon, dem eigentlichen Ausflug, als deine Mama in die Seelöwenvorführung hineinpurzelte.“

„Ja, nur gut, dass Sean auf Papas Rücken war und nicht auf ihrem, nicht wahr?“ Nicole kicherte und schüttelte den Kopf. „Die arme Mama. Wir werden diese Geschichte noch erzählen, wenn sie alt und grau ist. Wenigstens hatte sie sich dabei nicht verletzt.“

Nicole ging wieder zu ihren Freundinnen auf der anderen Seite des Raumes zurück. Die Männer fingen sofort ein neues Gespräch an. John wurde plötzlich übel. Nicoles Worte waren wie perfekt gezielte Schläge in seine Eingeweide gewesen.

„Bis sie alt und grau ist ... bis sie alt und grau ist.“

Die Frau seiner Jugend, seine beste Freundin und lebenslange Gefährtin würde nicht an seiner Seite alt und grau werden. Nein, bis dahin wäre sie mit einem anderen Mann verheiratet und würde den Rest ihres Lebens mit ihm verbringen. In den kommenden Jahren gäbe es keine Geschichten mehr über Abby. Er könnte niemanden mehr mit Geschichten darüber erheitern, wie sie sich herausgeredet hatte, um keinen Strafzettel wegen zu schnellen Fahrens zu bekommen, oder wie sie am Erntedankfest die Kartoffeln hatte anbrennen lassen. Wenn er ehrlich zu sich selbst war, dann musste er zugeben, dass er soeben wahrscheinlich die letzte Geschichte über seine geliebte Abby erzählt hatte. Wenn sie erst einmal geschieden waren, hatte es keinen Sinn mehr, mit den Jungs herumzusitzen und sich an die guten alten Zeiten mit Abby zu erinnern, an die lustigen Augenblicke, die niemand in ihrer Familie je vergessen würde.

Und Charlene ... John war sich ziemlich sicher, dass sie seine Familienerinnerungen wahrscheinlich ohnehin nicht lustig fände.

* * *

Abby schaffte es, die erste Stunde der Feier in der Küche zu verbringen. Sie plauderte mit einer ganzen Reihe von Nicoles Freundinnen, die immer wieder hineinkamen, um etwas zu holen oder auffüllen zu lassen. Ihr Vater hatte auch kommen wollen, aber die Altenpflegerinnen hatten gesagt, das wäre zu viel Aufregung für ihn. Nicole und Matt hatten versprochen, ihn am nächsten Tag nach dem Gottesdienst zu besuchen. Abby starrte zum Fenster hinaus zu Matt und seinen Freunden, die um einen Gartentisch auf der überdachten hinteren Veranda standen. Ihre Mundwinkel zogen sich leicht nach oben. Sie mochte Matt. Er war stark und intelligent. Er strahlte eine Zärtlichkeit aus, wenn er mit Nicole zusammen war, die Abby verriet, dass er ein wundervoller Vater werden würde. *Ich bete dafür, dass ihre Liebe anhält. Lass nie zu, dass die Jahre euch auseinander bringen, Matt ...*

Es war das erste Märzwochenende, und obwohl der Frühling noch nicht offiziell Einzug gehalten hatte, verriet ihnen das vorbeiziehende Gewitter, dass der Frühling nicht mehr fern war.

Jetzt dauert es nicht mehr lang. Noch vier Monate, und das Theater ist vorbei.

Sie war allein in der Küche und füllte die Imbissplatten wieder auf, als sie John und seine Freunde im Wohnzimmer ausgelassen lachen hörte. Zuerst wurde Abby wütend. *Er klingt ein wenig zu fröhlich da draußen, Gott. Tut ihm das Ganze denn kein bisschen weh?*

Sie trat etwas näher zur Tür und schnappte einzelne Fetzen der Unterhaltung auf. *Seelöwenvorführung ... mitten auf der Treppe ... purzelte ... wie eine Schildkröte.*

Sie sprachen über den Ausflug zu Sea World vor ungefähr zehn Jahren. Ganz allein, ohne jemandem etwas vorspielen zu müssen, traten Abby Tränen in die Augen. Ein Lächeln spielte um ihre Lippen. Wie lang war es her, seit sie das letzte Mal miteinander über diese Geschichte gelacht hatten? Warum erzählte John sie ausgerechnet heute?

Sie trat von der Tür zurück und lehnte sich an den Kühlschrank. Ihr Herz pochte, als sie mit geschlossenen Augen fragte: *Gott, wie können wir das einander nur antun? Warum gehe ich jetzt nicht hinaus und setze mich zu ihm und lache mit ihm? Und liebe ihn wieder?*

Die Liebe erträgt alles, meine Tochter. Die Liebe hört niemals auf.

Aber für uns hat sie aufgehört. Was jetzt, Herr? Wohin soll ich jetzt gehen?

Es war Monate, ja Jahre her, seit sie mit Gott Zwiesprache gehalten hatte, seit sie seine Gedanken in ihrem Herzen zugelassen und ihm geantwortet hatte. Aber jetzt, heute Abend, mit dem Haus voller Menschen, die sie mehr als alles auf der Welt liebte, sehnte sie sich verzweifelt nach Antworten.

Ich warte, Gott. Sag es mir bitte. Was sollen wir jetzt tun? Ich brauche hier wirklich Hilfe, Herr.

Schweigen.

Abby zögerte eine Sekunde, dann wischte sie sich die Tränen ab. Gut. Wenn Gott nicht mit ihr sprechen würde, dann müsste sie ihren Weg eben allein gehen. Es wäre nicht das erste Mal. Denn trotz aller guten Absichten und Vorsätze war sie allein, seit Charlene das erste Mal einen Blick auf John geworfen hatte.

Wer ohne Sünde ist, der werfe den ersten Stein ...

Das ist nicht die Antwort, die ich brauche ... Abby fuhr herum und zwang sich, an etwas anderes zu denken. Schließlich hatte sie Gäste, die sie bewirten musste. Jetzt war nicht der richtige Zeitpunkt, sich Schuldgefühlen hinzugeben, nicht, wenn alle anderen sich eine schöne Zeit machten. John war schuld an der Situation, in der sie sich befanden. Sie würde sich von niemandem etwas anderes einreden lassen.

Nicht einmal von Gott.

* * *

Die letzten Gäste waren gegangen. Nicole stapelte ihre ausgepackten Geschenke sauber mitten auf dem Wohnzimmertisch. Die Jungen und Matt waren in Kades Zimmer und spielten Nintendo, und Papa hatte sich früh schlafen gelegt. Nur Mama war noch wach. Sie hatte das Geschirr gespült und war danach in ihrem Büro verschwunden, um einen Artikel fertig zu schreiben.

Die Feier war ein großer Erfolg gewesen. Nicole und Matt hatten mit ihren engsten Freunden und Familienangehörigen feiern können. Es wurde viel gelacht, man hatte sich herrliche Erinnerungen erzählt, und für alle war es ein schöner Abend gewesen, der bis weit nach zehn Uhr abends gedauert hatte. Aber Nicole konnte sich des Gefühls nicht erwehren, dass irgendetwas nicht stimmte.

Ganz und gar nicht stimmte.

Sie saß auf der Kante des Wohnzimmertisches und legte ein Bein über das andere. *Gott, was ist los? Was ist das für ein Gefühl?*

Das Bild von ihren Eltern kam ihr in den Sinn. Ihr fiel auf, dass sie die beiden den ganzen Abend kein einziges Mal zusammen gesehen hatte. *Ist bei ihnen alles in Ordnung, Herr? Haben sie irgendwelche Probleme?*

Bete, meine Tochter. Das Gebet des Gerechten vermag viel.

Diese Antwort kam umgehend und war kaum hörbar. Gott wollte, dass sie betete? Ausgerechnet für ihre Eltern? Warum in aller Welt brauchten sie ihr Gebet? Hatten sie vielleicht Geldsorgen? Kostete die Hochzeit sie mehr, als sie sich leisten konnten?

Oh, Herr, mein Herz ist so schwer, dass ich es gar nicht beschreiben kann. Vater, sei bei meinen Eltern und bringe sie ganz eng zusam-

men. Ich habe Angst ... ich habe sie heute den ganzen Abend kaum zusammen gesehen und ... vielleicht bilde ich mir etwas ein, aber ich habe das starke Gefühl, dass etwas nicht stimmt. Vielleicht geht es um Geld oder irgend so etwas. Ich weiß es nicht. Bitte, Vater, stelle um sie beide deine Engel und beschütze sie vor dem Bösen und vor seinen gemeinen, heimtückischen Plänen. Wenn sie beunruhigt sind, dann schenke ihnen Ruhe. Wenn es Missverständnisse zwischen ihnen gibt, dann räume sie aus. Und benutze mich, Herr, wenn du kannst, um zu helfen, alles wieder in Ordnung zu bringen. Falls irgendetwas nicht in Ordnung ist.

Sie beendete ihr Gebet und ihr Blick fiel auf die geschlossene Bürotür. Ohne zu zögern, stand sie auf und trat auf die Tür zu. Sie klopfte einmal kurz, dann machte sie auf und trat ein. „Was machst du denn noch?"

Ihre Mutter blickte schnell auf. Dann warf sie einen kurzen Blick auf den Computerbildschirm und klickte zweimal.

„Auf Wiedersehen", sagte die Computerstimme.

„Ich habe ... gerade geschaut, ob ich Mails bekommen habe." Ihre Mutter lächelte ein wenig gekünstelt und drehte sich auf ihrem Stuhl zu Nicole herum.

Warum sah sie so nervös aus? „Mama ... ist alles in Ordnung? Bei dir und Papa, meine ich?" Nicole betrachtete ihre Mutter und suchte nach irgendwelchen Anzeichen dafür, dass die Dinge womöglich noch schlimmer standen, als sie ahnte. Vielleicht stritten sie miteinander oder so etwas. Während ihrer ganzen Kindheit und Jugend konnte sich Nicole nur an drei Situationen erinnern, in denen ihre Eltern gestritten hatten. Es war jedes Mal das furchtbarste Gefühl gewesen, das sie je erlebt hatte. Ihre Eltern waren wie zwei Felsen in der Brandung, ein Ehepaar, zu dem alle anderen aufblickten, wenn sie wissen wollten, wie eine Ehe funktionieren konnte.

Das letzte Mal, als ihre Eltern die Stimmen gegeneinander erhoben hatten, lag Jahre zurück, oder? Nicole wartete auf die Antwort ihrer Mutter. Ihre Finger zitterten.

„Ja, natürlich. Alles ist bestens." Ihre Mutter neigte den Kopf und blickte sie fragend an. „Wie kommst du auf diese Frage, Liebes?"

Nicole schluckte schwer und war sich nicht sicher, ob sie ihre Sorgen laut aussprechen sollte. „Ich habe euch beide den ganzen Abend nicht zusammen gesehen, weißt du? Es kam mir irgendwie seltsam vor."

Ihre Mutter lachte kurz. „Liebes, wir hatten heute so viele Leute im Haus. Jedes Mal, wenn ich mich gerade zu deinem Vater setzen wollte, kam jemand und fragte mich etwas oder brachte mir ein Tablett, das ich auffüllen musste. An diesem Abend war einfach zu viel los. Das ist alles."

Ein warmes Gefühl erfüllte Nicole. Ihr ganzer Körper entspannte sich. Sie hatte es sich also doch nur eingebildet.

Das Gebet des Gerechten vermag viel. Bete, Tochter, bete.

Erneut schrillten die Alarmglocken in Nicoles Herz. Warum gab ihr der Herr solche Gedanken, wenn alles in Ordnung war? Sie räusperte sich und schaute ihre Mutter ernst an. „Du sagst mir doch die Wahrheit, Mama? Es geht nicht um Geld oder so etwas? Ich möchte auf keinen Fall, dass du und Papa euch finanziell übernehmt."

Abby lachte leise. „Liebes, als dein Opa Reynolds starb, hinterließ er uns viel Geld. Glaube mir, deine Hochzeit stürzt uns nicht in finanzielle Not."

Nicole stützte ihr Gewicht auf eine Hüfte und schaute ihrer Mutter durchdringend ins Gesicht. „Ehrlich? Alles ist in Ordnung?"

Ein dunkler Schatten zog über das Gesicht ihrer Mutter, verschwand jedoch schnell wieder. „Ich sage es dir doch, Liebes. Alles ist bestens."

Nicole beugte sich vor und umklammerte die Hände ihrer Mutter. „Komm mit. Ich möchte dir unsere Geschenke zeigen."

Ihre Mutter stand langsam auf und streckte sich. „Ich habe sie mir schon angeschaut, Nick."

„Ich weiß, aber jetzt habe ich alles schön auf einen Stoß gelegt.

Du weißt schon, Toaster und Mixer auf die eine Seite und die persönlichen Geschenke auf die andere."

„Alles klar." Ihre Mutter lächelte und umarmte sie, während sie Seite an Seite ins Wohnzimmer gingen. „Nach dir."

Sie waren erst auf halbem Weg, als Nicole stehen blieb und Abby um den Hals fiel. „Danke für die Bibel, Mama." Sie trat zurück und schaute ihrer Mutter noch einmal ernst in die Augen. „Sie ist für mich das schönste Geschenk von allen."

„Gut. Sorge dafür, dass es so bleibt. Dann wirst du mit Matt die nächsten fünfzig Jahre in Liebe verbringen. Vergiss das nicht, Schatz."

Nicole lächelte und hakte sich bei ihrer Mutter ein. Glücklich ging sie neben ihr her und trat zu den Geschenken, die mitten auf dem Wohnzimmertisch lagen. Sie betrachteten jedes Einzelne und plauderten über das Fest und die bevorstehende Hochzeit. Nicole wusste, dass das Drängen, das sie vom Herrn gefühlt hatte, gut war. Selbst die stärksten Ehepaare brauchten Gebet. Aber bei Mama und Papa war alles in Ordnung. Nicole war sich sicher, dass ihre seltsame Unruhe nichts weiter war als ein Auswuchs ihrer lebhaften Fantasie.

Ihre Fantasie und die Aufregung wegen ihrer bevorstehenden Hochzeit.

16

Denny Conley, Matts Vater, war neu im christlichen Glauben. Er wusste nur, dass ihn vieles beschäftigte, und dass es nur eine einzige Person gab, mit der er darüber reden wollte, Gott. Es war für ihn zur Routine geworden, seine Sorgen spätabends zu Gott zu bringen.

Eines wusste Denny: Diese Routine war viel besser als seine alte Gewohnheit, als er von Bar zu Bar getorkelt war und sich jeden Morgen gefragt hatte, wie um alles in der Welt er es nach Hause geschafft hatte.

Die Kirche war klein, ganz anders als die großen Gebäude in der Stadt. An diesem Montagabend Ende März war es fast stockdunkel darin. Denny hatte einen Schlüssel, weil er in letzter Zeit Hausmeistertätigkeiten für die Gemeinde erledigt hatte. Der Schlüssel hing an seinem privaten Schlüsselbund, gleich neben dem Schlüssel, der die Tür zu seiner Wohnung öffnete.

So leise, dass er nicht einmal die Katze in der Kirche störte, ging Denny zur vordersten Reihe und setzte sich auf eine Kirchenbank. Wie schon Dutzende Male in den letzten Monaten starrte er ehrfurchtsvoll das lebensgroße Holzkreuz an.

Denny war katholisch aufgewachsen und hatte schon viele Kreuze in seinem Leben gesehen. Kruzifixe, um genau zu sein. Kreuze, an denen ein leidender Jesus von glatt polierten Metallbalken hing. Ein Kruzifix war nichts Schlechtes, aber es lenkte den Blick zu sehr auf das Leiden.

Manchmal war es gut, wenn man sich an die Leiden des Herrn erinnerte. Als Denny vor ein paar Monaten eines Nachts betrunken nach Hause gekommen war, hatte er das Kruzifix in seinem Schlafzimmer erblickt und war näher getreten und hatte es lange betrachtet. Stimmte das? Hatte ein unschuldiger Mann namens Jesus wirklich so an einem Kreuz gehangen und war dort für Denny Conleys Sünden gestorben? Es fiel ihm schwer, das zu glauben. Warum in aller Welt sollte jemand so etwas tun? Und dann auch noch ausgerechnet für jemanden wie ihn?

Es lag vier Jahre zurück, seit sein Sohn eine persönliche Beziehung zu Gott gefunden hatte. Damals hatte Matt über nichts anderes geredet. Mann, er redete immer noch über fast nichts anderes. Aber Dennys Begegnung mit dem Kruzifix geschah eines Nachts, als er mehrere Wochen nicht mehr mit seinem Sohn gesprochen hatte. Denny war wackelig auf den Beinen gewesen und hatte sich mit Whiskey fast bewusstlos getrunken, aber etwas an der Art, wie Jesus dort hing, diese ganzen Schmerzen auf sich nahm und sich nicht darüber beklagte, nur damit Leute wie Denny und Matt in den Himmel kommen konnten, ließ ihn nicht los.

Denny konnte es kaum ertragen.

Am nächsten Tag suchte er im Telefonbuch nach einer christlichen Gemeinde und fand eine Gemeinde mit einem sympathisch klingenden Namen und dem Bild eines freundlich aussehenden Mannes namens Pastor Mark. Denny war an jenem Nachmittag zu ihm gefahren und hatte mit diesem Mann gesprochen. Pastor Mark erzählte ihm das Gleiche, was Matt ihm von Anfang an erzählt hatte: Jesus war aus freien Stücken für alle Menschen gestorben, egal, ob man ein guter Mensch war oder ein schlechter Mensch oder ein Trinker, der von Bar zu Bar zog, oder irgendwo dazwischen. Jetzt lag es an Denny, ob er das Geschenk des Himmels annehmen wollte oder davonging und weiterhin so lebte wie bisher.

Denny erinnerte sich an diese Entscheidung besser als an die meisten anderen Einzelheiten seines Lebens. Er hatte in der Vergangenheit einige furchtbare Fehler begangen. Er hatte Jo verlassen, als Matt noch ganz klein war, er hatte eine andere Frau geheiratet und die letzten zwei Jahrzehnte seines Leben versoffen. Nun war er zum zweiten Mal geschieden und auf der Suche.

Noch nie hatte jemand ihm so etwas angeboten wie Pastor Mark an jenem Nachmittag. Ewiges Leben. Für das bereits der Preis bezahlt war. Und er brauchte nichts anderes tun, als Jesus bitten, ihm seine Sünden aus der Vergangenheit zu vergeben und dann das Geschenk anzunehmen, das für ihn längst bereitlag.

Es war mehr, als er ertragen konnte. Ein Angebot, das Denny einfach nicht ablehnen konnte. Er bat Jesus an jenem Abend in sein Leben, und in seinem Herzen geschah fast auf der Stelle eine Veränderung. Als er nach Hause kam, rief er als Erstes Matt an.

„Dein alter Herr glaubt jetzt an Gott, Matt. Genauso wie du."

Es folgte eine Pause am anderen Ende der Leitung. Denny war nicht ganz sicher, aber er glaubte, Matt weinen zu hören. Dieses Gespräch war erst der Anfang gewesen. Sie hatten in den letzten Monaten mehr miteinander geredet als in all den Jahren zuvor, aber sie hatten sich immer noch nicht persönlich getroffen. Kein einziges Mal, seit Denny ihn und Jo sitzen gelassen hatte, als der Junge vier Jahre alt gewesen war. Matt hatte ihn nach Dennys erstem Anruf besuchen wollen, aber Denny hatte nicht gewollt, dass der Junge ihn betrunken sähe. Damals hatte es nicht viele Tage gegeben ... eigentlich hatte es nicht einmal viele *Stunden* gegeben, in denen Denny nicht betrunken war.

Aber an dem Tag, an dem er anfing, an Jesus zu glauben, glaubte Denny noch etwas anderes. Er glaubte, wenn Gott Jesus Christus von den Toten auferwecken konnte, dann konnte er bestimmt auch Denny Conley von den Dämonen des Alkoholismus befreien.

Denny lächelte zu dem Kreuz hinauf. Seit damals waren vier Monate vergangen, vierundzwanzig Gottesdienste und fünfzig Treffen mit einer Gruppe der Anonymen Alkoholiker, die ihm maßgeblich halfen, die Trunksucht zu besiegen. Er nahm an Gewicht zu, die rötliche Gesichtsfarbe, die er in den Jahren als Alkoholiker bekommen hatte, verschwand allmählich. Nun war er fast bereit, Matt zu treffen. Jeden Tag, jede Stunde war er nüchtern und klar im Kopf. Das alles verdankte er Jesus.

Dies war auch der Grund für sein jetziges Gebet, das ihn spät am Abend in die Kirche gezogen hatte. Er wollte sein Anliegen direkt vor das Kreuz bringen. Es war ein Gebet für Jos Erlösung. Denny wusste von Matt, dass seine Mutter die ganze Sache mit

Jesus sehr zynisch beurteilte. Sie war wahrscheinlich verbittert, wütend und frustriert, weil sie als allein erziehende Mutter hatte zurechtkommen müssen. Es war für sie nicht leicht, die Wahrheit zu akzeptieren: Dass Denny Conley ein neuer Mensch war.

Denny seufzte. Etwas an der bevorstehenden Hochzeit machte die ganze Sache noch dringender. Er würde nun doch zu der Hochzeit kommen. Für ihn stand fest, dass er in der Kirche sein würde, wenn sein Sohn seine junge Braut heiratete. Und wenn Gott sein Gebet erhörte, würde er ein paar Minuten mit Jo reden können.

Dann würde er vielleicht, nur vielleicht ...

Denny senkte den Kopf und schloss die Augen. „Herr, meine Jo ist verletzt. Und zwar meinetwegen ... und weil sie dich noch nicht kennt. Sie braucht dich, Herr. Aber ... ich bin bestimmt nicht der Richtige, der ihr von dir erzählen kann. Du weißt, was ich meine, nicht wahr? Ich habe ihr vor Jahren sehr wehgetan. Das tut mir furchtbar Leid. Du weißt das, und ich weiß es. Aber Jo ... sie meint, diese ganze Sache mit Jesus sei nur eine Phase in meinem Leben, die bald wieder vorüber ist. Sie denkt, es sei nur eine Masche, um nach so vielen Jahren wieder Kontakt zu Matt zu bekommen.

Wie dem auch sei, Gott. Du weißt, was ich meine. Berühre Jos Herz, Vater. Mache sie unruhig, bis ihr nichts anderes Frieden geben kann als du. Rette sie, Herr. Und hilf bitte, dass wir beide miteinander reden können. Vielleicht irgendwie bei der Hochzeit. Bereite sie darauf vor, mich zu sehen, Gott. Bitte." Er dachte eine Minute nach. „Ich glaube, worum ich dich bitte, Vater, ist ein Wunder für Jo. Genauso wie das Wunder, das du mir und Matt geschenkt hast." Er zögerte. „In Jesu Namen. Amen."

Als er fertig gebetet hatte, ruhten seine Augen noch eine Weile auf dem Kreuz. Er war dankbar, dass Jesus nicht mehr dort hing, sondern dass er lebte, für alle Zukunft lebte. Den Blick noch immer zum Himmel empor gerichtet, mit den Gedanken auf seinen Erlöser konzentriert, tat Denny das, was er nach solchen Gebetszeiten immer tat.

Er sang.

Der Pastor hatte ihm erzählt, dass diese Lieder schon hundert Jahre alt wären, aber für Denny Conley waren sie brandaktuell. Sie hätten genauso gut für ihn allein geschrieben worden sein können. Wie die zögernden Töne aus einem verstaubten Klavier erklang Dennys raue Stimme und stieg zu seinem einzigen Zuhörer empor. Es war unwichtig, dass er keinen Ton halten konnte oder ob die Katze aufwachte und ihn für verrückt hielt. Denny interessierte sich nur für das Lied.

Groß ist deine Treue, oh Gott, mein Vater.
Bei dir gibt es kein Dunkel,
Du veränderst dich nie, dein Erbarmen ist groß,
wie im Anfang, jetzt und in alle Ewigkeit.

Er summte ein wenig weiter, weil er noch nicht den ganzen Text auswendig kannte. Aber eines Tages würde er ihn kennen. Bis dahin würde er den Teil singen, den er kannte.

Groß ist deine Treue, groß ist deine Treue,
Morgen für Morgen erlebe ich deine Gnade.
Alles, was ich brauche, schenkt mir deine Hand,
Groß ist deine Treue, Herr, zu mir.

Es war wieder Donnerstagabend. Der Raum, in dem sie ihre Fotoalben beklebten, war leer bis auf Abby und Jo und zwei andere Frauen. Abby hatte sich mit ihren Fotos inzwischen bis zu Nicoles Zeit an der High School vorgearbeitet und kam trotz Jos ständigen Redeschwalls gut voran.

Sie hatten noch zwei Stunden vor sich, als Jo tief Luft holte und Abby mit einer neuen Ladung von Fragen bombardierte.

„Du glaubst, dass du in den Himmel kommst, Abby? Ich meine, wirklich ... du glaubst, dass es einen Ort gibt, der Himmel heißt, und zu dem einige Leute gehen, wenn sie sterben?“

Abby blinzelte und legte das Foto, das sie in der Hand hielt, auf den Tisch. Sie hatte sich darüber in letzter Zeit nicht viele Gedanken gemacht, aber trotzdem stimmte es. Sie hatte vor langer Zeit ihr Leben Jesus übergeben, und auch wenn ihr persönliches Leben zur Zeit ein einziges Chaos war, bedeutete das nicht, dass Gott sie fallen gelassen hatte, oder? Sie schluckte leicht. „Ja, ich würde sagen, ich komme in den Himmel."

„Einen richtigen Ort, der Himmel heißt? Du glaubst, dass du eines Tages wirklich dorthin kommst?" Jo spulte gleich ihre nächste Frage ab, ohne Abby Zeit zu lassen, ihr eine Antwort zu geben. „Nicht einfach ein Fantasiegebilde, wie eine Idee oder ein Traum, sondern ein echter Ort?"

Abby seufzte. Es reichte schon, in Bezug auf John von Schuldgefühlen geplagt zu werden, aber jetzt auch noch über den Himmel nachdenken zu müssen ... es war fast mehr, als sie ertragen konnte. Sie hatten die Hälfte ihrer sechsmonatigen Gefängnisstrafe hinter sich, in der sie so taten, als wären sie glücklich verheiratet, obwohl sie in Wirklichkeit auf halbem Weg zu dem Tag waren, an dem sie ihre Scheidungspapiere unterschreiben würden. *Was weiß ich schon über den Himmel?* „Ja, Jo, es ist ein echter Ort. So echt wie alles hier."

Zum ersten Mal, seit Abby diese Frau kannte, wusste Jo Harter nichts zu sagen. Sie ließ Abbys Bemerkung fast eine Minute lang auf sich wirken, ehe ihr eine andere Frage einfiel. „Wenn das stimmt ... wenn es diesen Himmel wirklich gibt, dann heißt das, dass es auch eine echte Hölle gibt. Würdest du das so sagen, Abby?"

Abby legte die Unterarme auf die Tischkante und schaute Jo nachdenklich an. *Ich bin das unvollkommenste Vorbild, das es geben kann, Herr, aber benutze mich bitte. Auch wenn ich mich in letzter Zeit weit von dir entfernt habe, weiß ich eines genau: Ihre Erlösung ist wichtiger als alles, was ich an Problemen habe.* „Das stimmt, Jo. Die Hölle ist auch ein echter Ort."

„Mit Feuersee und dem ganzen Szenario? Zähneknirschen und Qualen für immer?"

„Ja, so beschreibt es Jesus."

„Aber die Hölle ist doch nur für die ganz Bösen, oder? Du weißt schon, Mörder und Leute, die ohne Genehmigung angeln."

Abby war völlig überrumpelt. *Hilf mir, Herr. Gib mir die richtigen Worte.* Sie legte die Finger zusammen und versuchte, Jo tief in die Augen zu schauen, versuchte, das Mitgefühl, das sie plötzlich in ihrem Herzen für diese Frau, für die künftige Schwiegermutter ihrer Tochter, empfand, zu zeigen. „In der Bibel steht etwas anderes." Abby schwieg kurz. „Die Bibel sagt, in die Hölle kommt jeder, der Gottes Erlösungsgeschenk nicht annimmt."

Jo knurrte erschöpft. „Das ist genau das, was mich immer so aufregt. Alle reden dauernd davon, wie liebevoll ihr Gott ist, und dann kommen sie zu der Stelle, wo es heißt, dass Gott Leute in die Hölle schickt. Das kapiere ich einfach nicht." Sie holte schnell Luft. „Was kann das für ein liebender Gott sein, wenn er Leute in die Hölle schickt?"

Ich kann das nicht, Herr. Sprich du hier für mich. Bitte. In Abbys Herz waren plötzlich Worte, die nicht aus ihr selbst heraus kamen. „Die Leute bringen manchmal etwas durcheinander, wenn es um Gott geht. Wenn jemand stirbt, dann *schickt* ihn Gott nicht irgendwohin."

Jo legte verwirrt die Stirn in Falten. „Es gibt doch nur einen einzigen Gott, oder? Wer schickt dann die Leute irgendwohin?"

Abby lächelte. *Herr, sie weiß es wirklich nicht. Danke, Gott, dass ich es ihr erzählen darf.* „So wie ich die Bibel verstehe, treffen *wir selbst* diese Entscheidung. Wenn wir sterben, respektiert Gott einfach unsere Entscheidung."

„Und das heißt?" Jo hatte ihr Album ganz vergessen. Sie schaute Abby fasziniert und mit großen Augen an.

Abby fühlte sich so unwürdig, aber sie sprach trotzdem weiter und hoffte, Gott werde ihre Worte zum Guten benutzen. „Das heißt, wenn wir zugeben, dass wir einen Erlöser brauchen und unsere Erlösung, die Jesus uns kostenlos schenken will, annehmen, respektiert Gott diese Entscheidung, wenn wir sterben, und begrüßt uns im Himmel." Abby wollte ihr nicht zu viel auf einmal vorsetzen. Sie zögerte und wartete, bis Jo diesen Teil verdaut hatte. „Aber wenn wir uns entscheiden, dass wir keine Beziehung zu Jesus haben wollen, wenn wir die Gelegenheiten, die Jesus uns bietet, ignorieren, respektiert Gott diese Entscheidung ebenfalls, wenn wir sterben. Ohne die Gnade eines heiligen Erlösers könnte kein Mensch Zutritt in den Himmel bekommen. In diesem Fall ist der einzige andere Ort, den es gibt, die Hölle."

Wieder schwieg Jo einen Augenblick. „Und du meinst, das alles ist wahr? Wenn ich heute Abend sterben würde, ... würde ich nicht ..." Sie schaffte es anscheinend nicht, diesen Satz zu beenden. Stattdessen nahm sie ihr Foto wieder in die Hand und begann zu schneiden. Ohne aufzublicken, wechselte sie das Thema. „Habe ich Nicole richtig verstanden, dass wir ein Frauenwochenende eine Woche vor der Hochzeit machen? Ich kann mir keine bessere Idee vorstellen, wenn ich ehrlich bin. Also, ein stilles Wochenende bedeutet für mich eine Hütte und einen See, und wenn es etwas gibt, das ich im Urlaub liebe, dann ist das eine gute altmodische Angelrute ..."

Jo begann wieder zu plaudern. Sie redete so schnell als würde sie versuchen, von dem Satz, den sie nicht zu Ende gesprochen hatte, wegzukommen. Abby hörte nur mit halbem Ohr zu. Der Hauptteil ihrer Aufmerksamkeit war auf Gott gerichtet. Sie bat ihn, dass das Saatkorn, das sie ausgestreut hatte, in Jos Herz Wurzeln schlagen würde.

Und dabei vielleicht sogar etwas in ihrem eigenen Herzen neu entzünden könnte.

„Weißt du, Abby, ich glaube, ich kann mich erinnern, wann es für mich und für Denny schief zu laufen begann. Ich meine, letztendlich hat Denny mich verlassen. Aber es war auch meine Schuld. Das ist mir jetzt viel klarer als damals. Es sind zwei Leute nötig, damit eine Ehe funktioniert, und zwei Leute, damit sie zerbricht. Merk dir meine Worte."

Abby nickte. „Manchmal, aber nicht immer." Sie dachte an

John und Charlene. „Manchmal findet der eine jemand anderen, den er liebt. Das passiert auch, oder?“

Jo schien ihr gar nicht zuzuhören. „Weißt du, was es war? Ich hatte zu viel zu tun. Zu viel mit Matt zu tun. Ich ging mit ihm in die Krabbelgruppe, in den Park und schlief abends neben ihm ein. Ich vergaß Denny fast, Abby. In dieser Zeit wurden die Kleinigkeiten riesengroß. Du weißt, was ich meine? Er ließ zum Beispiel die Zahnpastatube offen und vergaß, seine schmutzige Unterwäsche in den Wäschekorb zu werfen. Wir fingen an, wegen jeder Kleinigkeit zu streiten. Und dann dauerte es nicht mehr lang, bis wir wie zwei Fremde in dem schönen kleinen Haus mitten in South Carolina nebeneinander her lebten.“

„Wo wohnt er jetzt?“

„Er hat eine kleine Wohnung. Nur eine Stunde von hier. Zumindest hat mir Matt das erzählt. Ich habe seit Jahren nicht mehr mit ihm gesprochen.“

Der Abend wurde spät. Abby dachte über das nach, was Jo gesagt hatte, über den Himmel und die Hölle, und dass es zweier Leute bedurfte, um das einzureißen, was zwei Leute aufgebaut hatten.

An diesem Abend drehten sich ihre letzten Gedanken vor dem Einschlafen um Jo Harter.

Es ist zu spät für John und mich, Herr, für unsere Ehe. Aber für Jo ist es nicht zu spät. Herr, bitte lass sie doch heute Abend ... diesen alles entscheidenden Satz beenden, bevor sie einschläft. Lass sie wissen, dass sie ohne dich keine Chance hat, in den Himmel zu kommen.

Und du meinst, du *hättest eine, Abby?*

Diese Frage raubte ihr die Ruhe. Abby weigerte sich, darauf zu hören. Sie liebte Jesus immer noch sehr. Sie hatte ihn nie abgelehnt, sie hatte sich nie bewusst von ihm abgewandt, oder? Sie hatte das Gefühl zu versinken. Also gut, sie gab es zu. Aber sie hatte ihn nicht oft abgelehnt. Und auch wenn die Entscheidung, die sie und John trafen, Gott bestimmt traurig machte, würde ihr dadurch bestimmt nicht der Himmel verwehrt werden.

Abby schloss die Augen. Die Wahrheit erschütterte sie. Diese

Entscheidung würde ihr vielleicht nicht den Himmel verwehren, aber sie würde ihr das Paradies verwehren, das sie erleben könnte, wenn sie an der Seite des Vaters ihrer Kinder alt werden würde und den Mann lieben würde, der vor langer Zeit die andere Hälfte ihres Lebens gewesen war.

17

Im Frühling bot das Footballtraining John einen weiteren Grund, außer Haus zu sein. Oft dachte er daran, dass er und Abby in drei Monaten ihr Schauspiel beenden würden und versuchen könnten, eine neue Phase in ihrem Leben zu beginnen. Wie dies aussehen würde, wusste John nicht genau, aber er war endlos dankbar für die Stunden, in denen er an der Seitenlinie des Trainingsfeldes der Marion High School stehen konnte, auf dem sich die Spieler auf die nächste Footballsaison in ein paar Monaten vorbereiteten. Ohne lange nachdenken zu müssen, rief er seiner Mannschaft fast mechanisch zu, was sie noch verbessern sollten oder wo sie etwas gut gemacht hatten.

Eine strahlende Nachmittagssonne schien auf das Feld, und die Temperaturen waren für die frühe Jahreszeit sehr warm. Kein Wunder, dass die Mannschaft Schwierigkeiten hatte, sich zu konzentrieren. John verschränkte die Arme vor der Brust und stand mit gespreizten Beinen und durchgestreckten Knien am Spielfeldrand. Diese Haltung war seinen Sportlern bestens bekannt. Sie schien immer seine absolute Autorität zu vermitteln.

Sein neuer Quarterback, der versuchte, Kades Position einzunehmen, ließ sich zurückfallen und suchte panisch nach einem freien Receiver. Auf der anderen Seite des Feldes prallten zwei Spieler zusammen, während der Ball hoch über ihre Köpfe hinwegschwebte.

„Neu aufstellen", brüllte er. „Ihr seht aus wie ein Haufen Anfänger. Fangt noch einmal von vorne an und macht es diesmal richtig. Sonst könnt ihr die nächste Viertelstunde eure Runden auf der Aschenbahn drehen. Mehr Konzentration! Klar?"

Der nächste Durchgang war besser. Der Ball landete glatt in den Händen eines Tight Ends. „Schon besser! So wird es gemacht. Wir spielen in der Meisterschaftsrunde, Leute. Vergesst das nicht!"

Diese Worte schrie er seit fast zwanzig Jahren immer wieder

über das Feld. Inzwischen war er in der Lage, ein intensives Training zu leiten und gleichzeitig in Gedanken kilometerweit weg zu sein.

Sechs Kilometer, um genau zu sein. Er befand sich in dem Haus, in dem er und Abby immer noch miteinander wohnten, in dem seit Wochen Hochzeitspläne Mittelpunkt aller Gespräche bildeten und in dem die Frau, mit der er verheiratet war, es inzwischen perfekt verstand, ihm aus dem Weg zu gehen.

So geht es also zu Ende, Gott? Unter einem Schleier von Betriebsamkeit, Hochzeitsplänen und Versprechungen von einer neuen Liebe. Die ganze Familie hatte alle Hände voll mit der Feier zu tun. Nicoles und Matts Pläne ließen ihm und Abby nicht einmal eine halbe Stunde Zeit, um darüber zu reden, wie sie alles überstehen wollten, wie sie die Bande, die zwei Jahrzehnte tief verliefen, einfach durchschneiden sollten. Sollte das, was sie hatten, das, was sie miteinander geteilt hatten, einfach in der Ferne verblassen?

Die Liebe erträgt alles, mein Sohn. Die Liebe hört niemals auf.

John biss die Zähne aufeinander. „Nach rechts, Parker“, schrie er. „Die Verteidigungslinien müssen immer richtig stehen. Football heißt sich aufeinander abstimmen.“

Es ging nicht um Liebe. Es ging darum loszulassen. Die Liebe hatte sich längst aus ihrer Ehe verabschiedet. Vor zwanzig Jahren – oder auch noch vor zehn Jahren – wäre dieser Trennungsprozess unerträglich gewesen. Doch was er und Abby jetzt verlieren würden, war nur eine eingefahrene Wohngemeinschaft. Zwei Menschen, die einen Weg gefunden hatten, nebeneinander zu existieren, Rechnungen pünktlich zu bezahlen und die großen Ereignisse ihrer Kinder zu feiern.

Mit Liebe hatte das nichts mehr zu tun.

So denke nun daran, wovon du abgefallen bist. Liebt einander, wie ich euch geliebt habe.

John kaute auf seinem ausgelutschten Kaugummi herum und rieb sich den Nacken. Das hatte er doch versucht, oder nicht? Damals, als Charlene das erste Mal auf der Bildfläche aufgetaucht war und er die Kraft besessen hatte, ihr Schlafzimmer zu verlassen. War das kein Versuch gewesen, daran zu denken, wovon er abgefallen war? Er konzentrierte sich wieder auf seine Spieler.

Es lag an Abby. Es war ihre Schuld, dass alles auseinander gebrochen war. Sie verlangte so viel, und sie war nicht ... nun ja, es machte einfach keinen Spaß mehr mit ihr. Ständig kommandierte sie ihn herum und warf ihm diesen Blick zu, der sagte, dass er ihre Erwartungen nicht erfüllte.

Sie liebte ihn schon seit Jahren nicht mehr. „Aufstellen und das Ganze noch einmal von vorne“, rief er. Falls sie ihn doch liebte, dann hatte sie eine seltsame Art, ihm das zu zeigen. „Geh das nächste Mal tiefer in die Hocke, Sanders. Linemen holen ihre ganze Kraft aus den Beinen. Noch einmal.“

Nein, sie liebte ihn nicht. Nicht so wie früher, wenn sie beim Frühlingstraining vorbeikam oder hin und wieder bei den Spielen im Sommer auf der Tribüne saß oder am Ende jeden Spieles und nicht nur bei den großen Spielen auf ihn wartete. Damals, als die Kinder und das Schreiben und ihr Vater noch nicht wichtiger waren als er.

John knurrte leise. Das war die neueste Masche, mit der sie ihm ein schlechtes Gewissen vermittelte: ihr Vater.

„Er wird nicht ewig leben, John. Es würde dir nicht wehtun, wenn du ihn hin und wieder besuchtest.“

Warum musste sie es so formulieren?

„Achte auf deine Beinarbeit, Johnson“, bellte seine Stimme über das Spielfeld. „Wenn man einen Pass fangen will, kommt alles auf die Beinarbeit an. Suche deinen Rhythmus und lass den Ball zu dir kommen.“

Hätte sie nicht einfach sagen können, dass ihr Vater sich freuen würde, wenn er ihn besuchen käme? John atmete langsam aus und schüttelte den Kopf. Es waren nicht so sehr ihre Worte. Es war ihr Ton. Alles, was sie in letzter Zeit zu ihm sagte, brachte sie mit einem verletzenden Ton vor.

Nicht wie früher, als sie hinter ihn getreten war und ...

Eine zarte Hand strich seinen Nacken hinauf. Er fuhr herum.

„Charlene!“ Seine Spieler beobachteten ihn. Er erholte sich sofort von dieser Überraschung, nahm wieder seine gewohnte Stellung ein und zwang sich zu einer gleichgültigen Miene. „Ich habe dich gar nicht kommen hören.“

Sie trug ein eng anliegendes Marine-T-Shirt und einen langen Rock, der an all den richtigen Stellen ihre Körperformen hervorhob und kurz vor ihren Knöcheln zu Ende war. *Ich kann das nicht, Gott. Schicke sie weg von mir.*

„Ich habe dich hier draußen gesehen und konnte nicht widerstehen.“ Sie verzog das Gesicht zu einem Schmollmund, bei dem er innerlich dahinschmolz. „Vergibst du mir?“

Er merkte, dass ein Lächeln um seine Lippen zog, aber er verlagerte das Gewicht und drehte sich wieder so um, dass er mit dem Gesicht zum Footballfeld stand. „Parker, versuche dieses Mal, fünf Sekunden zu warten. Unter den Scheinwerfern freitagabends zählt jede Sekunde. Kommt schon, Jungs. Zeigt allen, wer die Adler sind!“

Aus dem Augenwinkel beobachtete er, wie Charlene sich neben ihn stellte. Sie stand so nahe, dass sich ihre nackten Ellbogen berührten, aber doch so weit entfernt, dass sie die Neugier seiner Spieler nicht erregte.

Ihre ganze Aufmerksamkeit schien auf das Spielfeld gerichtet zu sein. „Keine Antwort, Trainer?“

Warum musste sie ihm so sehr das Gefühl geben, lebendig zu sein? Warum fühlte er sich in ihrer Nähe so gut? „Vergeben.“ Er warf ihr einen Blick von der Seite zu. *Sag es nicht ...* „Du siehst gut aus.“

Sie legte den Kopf so schief, dass ihre Augen ihn von Kopf bis Fuß begutachten konnten. „Ja, du auch.“ Als ihr Blick seine Augen traf, wurde ihre Miene ernster. „Ich habe dich vermisst.“

John biss die Zähne zusammen. *Fliehe, mein Sohn! Fliehe!* Er vertrieb die Warnung mit einem Blinzeln. „Abby und ich reden nicht mehr miteinander. Wir sind zwei Fremde, die unter demselben Dach wohnen.“

Sie trat zwei Zentimeter näher und drückte ihren Arm so an

seinen, dass es wie Feuer durch seine Adern strömte. „Ich habe heute Abendkurse ... aber danach bin ich zu Hause." Sie rutschte mit ihrer Sandale näher an seinen Schuh heran und tippte ihn verspielt an. „Komm doch vorbei. Sag Abby, ihr hättet ein Trainertreffen. Du klingst so, als bräuchtest du jemanden, mit dem du reden kannst."

John trat einen Schritt vor und legte die Hände wie einen Trichter an seinen Mund. „Das Ganze noch einmal! Das war ja eine katastrophale Abwehr. Konzentriert euch auf den Ball." Er klatschte dreimal in die Hände. „Wir wollen doch wie Meister aussehen."

Charlene wartete einen Augenblick. „Du weichst meiner Frage aus, Coach."

Ein leichter Wind umwehte sie und erfüllte seine Sinne mit dem schwachen Duft ihres Parfums. *Gott, ich kann dem nicht widerstehen ...* Die Vorstellung, einen Abend mit ihr zu verbringen, sich nach drei Monaten, in denen sie sich absichtlich aus dem Weg gegangen waren, wieder kennen zu lernen, war verführerischer, als er sich eingestehen wollte. „Vielleicht."

Fliehe! Fliehe vor der Verführerin, mein Sohn.

Die geflüsterten Worte hallten in seinem Herzen wider und kühlten sein Blut beträchtlich ab. Aus Gründen, die er nicht verstehen konnte, gewann er plötzlich einen großen Teil seiner Selbstbeherrschung zurück. Immerhin hatte er sie gebeten, bis nach Nicoles Hochzeit zu warten. Warum war sie überhaupt hier? „Vielleicht auch nicht. Ich muss heute Abend einen ganzen Stoß Arbeiten korrigieren."

Charlene sprach ihre Worte langsam und mit Bedacht aus, ganz bewusst auf die Stelle abgezielt, an der Johns Sehnsucht saß. „Du kannst nicht immer vor mir davonlaufen, John Reynolds." Sie ließ ihren Arm über seinen Unterarm streifen, als sie sich umdrehte und sich zum Gehen wandte. „Ich werde da sein, falls du deine Meinung änderst."

Als sie wegging, tobten in ihm zwei absolut gegensätzliche Gefühle. Ein Teil von ihm wollte laut pfeifen, das Training beenden und Charlene in ihre Wohnung folgen und den ganzen Abend mit ihr verbringen. Nichts Körperliches, nur einfach einen Abend mit einem Menschen reden, der ihn wirklich mochte. Aber ein anderer Teil von ihm war von einer unglaublichen Erleichterung erfüllt. Diese Erleichterung war so richtig greifbar, als wäre er gerade vor einem Sturz in den dunkelsten und tiefsten Abgrund verschont worden.

Möglicherweise in den Abgrund der Hölle.

* * *

Von Matts Wohnung aus konnte man zu Fuß zur Marion High School gehen. Seit das Wetter immer schöner wurde, hatte er sich angewöhnt, jeden Tag nach dem Unterricht zum Campus und wieder zurück zu joggen. Die Arbeit für seinen Kurs war zur Zeit leichter als in jedem anderen Semester, aber das viele Lernen für die bevorstehende Abschlussprüfung und das gleichzeitige Bemühen, sich Nicole gegenüber richtig zu verhalten, begannen, ihn unter Stress zu setzen. Das Laufen bewirkte wahre Wunder und half ihm, seinen inneren Frieden wieder zu finden.

An diesem Nachmittag wollte er mehr als seinen üblichen Fünf-Kilometer-Lauf zurücklegen. Er hoffte, die Adler würden trainieren. Vielleicht könnte er sich ein oder zwei Minuten mit Nicoles Vater unterhalten. Es war wirklich seltsam. Bei der bevorstehenden Hochzeit und allem, was dazu gehörte, mussten er und Nicole mehr Zeit miteinander verbringen als je zuvor. Aber mit jedem Tag wurde es schwieriger, was ihre körperliche Beziehung betraf.

Der letzte Abend war ein perfektes Beispiel dafür gewesen. Nicole war bei ihm in der Wohnung gewesen. Sie hatten geplant, welche Lieder der Diskjockey beim Empfang spielen sollte, und ehe sie sich versahen, saßen sie auf dem Sofa und küssten sich. Der Hunger, das Verlangen, das er nach ihr verspürte, war so stark, dass er sich manchmal vorkam wie Esau: bereit, sein

Geburtsrecht für einen einzigen Teller Suppe zu verkaufen. Oder in diesem Fall für eine einzige Nacht mit...

Matt schnürte seine Schuhe. Die Vehemenz, mit der er sie zuzog, zeigte seine Frustration. Warum konnte er sich auf diesem Gebiet nicht in den Griff bekommen? Zwölf Wochen. Vierundachtzig Tage, dann könnten sie einander auf die Weise lieben, nach der sie sich sehnten. Aber als sie sich gestern Abend aus seinen Armen zurückgezogen hatte und aus ihren Augen ein genauso starkes Verlangen gesprochen hatte, wie es in seinem Inneren getobt hatte, hatte er sie buchstäblich auffordern müssen, nach Hause zu fahren.

„Jetzt noch nicht", hatte sie gesagt, von seinem Kuss immer noch ganz atemlos. „Es ist erst halb zehn."

Ohne auf ihre Bemerkung einzugehen, verschwand er in der Küche und trank ein Glas eiskaltes Wasser. *Denk an etwas anderes, Matt. Schmutzige Fischtanks ... die Prüfungen ... den Unterricht morgen.* Das half. Seine Gefühle kühlten sich leicht ab.

„Hast du mir überhaupt zugehört?" Nicoles Ton war frustriert. Matt merkte erst jetzt, dass er ihr noch gar nicht geantwortet hatte.

Er kippte den letzten Schluck Wasser hinunter. „Es ist mir egal, wie spät es ist. Du musst jetzt gehen. Glaube mir, Nicole."

In solchen Situationen standen sie kurz davor, miteinander zu streiten, obwohl jede Faser seines Körpers nichts anderes wollte, als sie ganz und gar zu lieben. *Herr, führe mich durch diese nächsten drei Monate, ohne dass ich Kompromisse eingehe.*

Einer ehre den anderen mehr als sich selbst ...

Ehre. Das war der Schlüssel. Er hatte diesen Vers heute Morgen gelesen, aber erst jetzt begriff er, was er bedeutete. Warum hatte er nicht vorher schon erkannt, welche tiefe Wahrheit in diesen Worten steckte? Er konnte nur siegen, wenn er Nicole so sah, wie Gott sie sah, als ein Kind des himmlischen Königs. Nicht als das hinreißende, gottesfürchtige Mädchen, das bald seine Frau werden würde.

Einer ehre den anderen ...

Matt näherte sich dem Schulgelände und dachte immer noch über diesen Satz nach. Das musste es sein. Der Grund, warum Gott ihn überhaupt zu diesem Vers geführt hatte. Als er das Schulgelände erreichte, war er fest entschlossen, mit Trainer Reynolds darüber zu reden. Er wusste von Nicole, dass ihre Eltern auf körperliche Intimitäten bis zur Hochzeit verzichtet hatten. Wenn es einen Menschen gab, der verstehen würde, was es bedeutete, eine Frau zu ehren, dann war das bestimmt John Reynolds. Und da Matt zu seinem eigenen Vater noch keine so enge Beziehung hatte, konnte er sich niemanden vorstellen, mit dem er an diesem Nachmittag lieber reden wollte als mit Nicoles Vater.

Das Footballfeld der Marion High School kam in sein Blickfeld. Die Mannschaft war auf dem Rasen und trainierte. Nicoles Vater stand an der Seitenlinie mit ... War das Nicoles Mutter? Die Frau sah kleiner aus und hatte dunklere Haare. Je näher Matt kam, umso leichter konnte er erkennen, dass es nicht Abby Reynolds war, auch wenn sie so nahe bei Nicoles Vater stand, dass sich ihre Arme berührten.

Matt beobachtete, wie Trainer Reynolds ihre Aufmerksamkeit zu genießen schien. So wie sie einander anlächelten, wie sich ihre Ellbogen berührten ... Wenn er es nicht besser gewusst hätte, hätte Matt sich Sorgen gemacht. Aber sie war wahrscheinlich nur eine Sportlehrerin für Mädchen, eine Frau, mit der er zusammenarbeitete.

Matt beobachtete die beiden immer noch und hatte sie schon fast erreicht, als die Frau an Nicoles Vater vorbeistrich und zielsicher über das Feld schritt und zum Schulgebäude zurückkehrte. Einige Sekunden später war Matt an seiner Seite. Er war außer Atem und ziemlich verschwitzt vom Laufen. „Hallo, Mr. Reynolds."

Nicoles Vater hatte der dunkelhaarigen Frau nachgesehen, als sie davonging. Jetzt fuhr er herum und schaute Matt mit großen Augen an. „Matt! Wo kommst du denn her?"

Matt beugte sich vor, um Atem zu holen. „Von zu Hause. Ich

jogge jeden Tag hier entlang. Ich hatte gehofft, Sie hier zu treffen." Er deutete auf die Jugendlichen auf dem Feld. „Sie peitschen ihre Jungs an, damit sie in Form kommen?"

Nicoles Vater stieß ein seltsam blechern klingendes Lachen aus und zögerte eine Sekunde. „Es ist jedes Jahr das Gleiche." Er trat einen Schritt näher an das Spielfeld heran. „Den Ball höher werfen, Parker. Deine Receiver brauchen mehr Zeit, um zu ihren Plätzen zu kommen!"

Matt deutete in die Richtung, in der die Frau verschwunden war, und schaute John Reynolds fragend an. „Ist sie auch Sportlehrerin hier?"

Nicoles Vater fuhr sich mit der Zunge über die Lippen und warf einen Blick über seine Schulter zurück. „Die Frau, meinst du? Die Frau, mit der ich soeben gesprochen habe?"

Wieder mutete seine Reaktion Matt seltsam an. *Wahrscheinlich ist er in Gedanken zu sehr mit dem Training beschäftigt* ... „Ja. Vor ein paar Minuten."

„Sie ist Lehrerin hier, eine Freundin." Er schrie seiner Mannschaft einen weiteren Befehl zu. „Was führt dich zu mir?"

Matt nahm eine ähnliche Haltung ein wie der Mann neben ihm. Seine Aufmerksamkeit war auf das Spielfeld gerichtet. „Ehre, glaube ich."

Er warf einen Blick von der Seite auf Nicoles Vater. Bildete sich Matt das nur ein, oder war das Gesicht dieses Mannes blasser geworden, seit Matt bei ihm war? Vielleicht war er krank. „Ehre?"

Matt malte mit seiner Fußspitze kleine Achten ins Gras und suchte nach den richtigen Worten. „Nicole und ich streiten uns in letzter Zeit oft. Ich weiß auch nicht. Irgendwie denke ich, so sollte es direkt vor unserer Hochzeit eigentlich nicht sein."

Trainer Reynolds zog die Stirn in Falten. „Streiten? Willst du damit sagen, dass ihr euch nicht mehr versteht?"

Matt schüttelte den Kopf. „Nein, es ist anders herum. Wir verstehen uns zu gut, wenn Sie wissen, was ich meine." Er schaute Nicoles Vater verlegen an. „Es ist, als könnte ich nicht einmal in ihrer Nähe sein. Ich bin so sehr versucht, dass ich nicht einmal mehr klar denken kann."

Großartig. Jetzt hält er mich für einen läufigen Hund. Warum wollte ich nur mit ihm darüber reden? Gib mir die richtigen Worte, Gott. Ich bin sicher, dass dieser Mann mir einen Rat geben kann ... wenn ich ihn nur dazu bewegen kann, ihn mir auch mitzuteilen. Mr. Reynolds sah aus, als habe er Angst, die nächste Frage zu stellen. „Aber ihr habt ... ich meine, bis jetzt habt ihr nicht ..."

Matt antwortete schnell. „Nein, das ist es ja gerade. Wir haben Gott versprochen, und zwar jeder von uns, dass wir bis zur Ehe warten wollen." Er schüttelte den Kopf und starrte einen Augenblick auf den Boden. „Es ist viel härter, als ich je gedacht hätte. So, als wäre ständig diese Spannung da, dass wir zusammen sein wollen, aber gleichzeitig wissen wir, dass die Versuchung zu groß wäre."

Nicoles Vater nickte. „Verstehe. Leider kann ich dir nicht versprechen, dass es leichter wird."

„Vielleicht muss ich mein Denken ändern. Was meinen Sie?" Matt drehte sich leicht um, damit er Mr. Reynolds besser sehen konnte. „Heute Morgen habe ich in der Bibel gelesen, dass wir einander ehren sollen und den anderen höher achten sollen als uns selbst. Ich glaube, in diesen Worten steckt viel Wahrheit, die mir helfen kann, diese Wochen zu überstehen, ohne mein Versprechen zu brechen."

Der Trainer schluckte schwer und schien um die richtigen Worte zu ringen. „Einander ehren, sagst du?"

Zwei der Cheerleaderinnen, die auf dem Nachbarfeld trainierten, liefen auf sie zu. Sie waren leicht außer Atem und kicherten. Ihre ganze Aufmerksamkeit war auf Matt gerichtet. „Mr. Reynolds, Sie haben uns etwas vorenthalten ...", sagte eine kleine Blondine und warf ihren Pferdeschwanz zurück.

„Ja, wer ist denn dieser neue Trainer?" Die Größere der beiden errötete und stieß ihre Freundin kichernd in die Seite.

Matt verkniff sich ein Grinsen. Es war eine Weile her, seit er das letzte Mal in einer High School gewesen war, aber Mädchen wie diese beiden interessierten ihn nicht. Es gab nur ein einziges Mädchen, das Macht über ihn hatte. Er gab zuerst der einen und dann der anderen die Hand. „Matt Conley. Aber ich bin kein neuer Trainer."

Nicoles Vater räusperte sich und zog sarkastisch die Augenbrauen hoch. „Matt heiratet in ein paar Wochen meine Tochter."

Die Augen der beiden Mädchen wurden groß. Beide unterdrückten ein nervöses Lachen. „Oh ... gut. Schön." Die Blonde packte ihre Freundin am Arm, und die beiden traten den Rückzug an. Dabei kicherten sie über die Schulter zurück. „Tschüs, Matt. War schön, dich kennen zu lernen."

Trainer Reynolds bedachte ihn mit einem belustigten Blick. „Passiert dir so etwas öfter?"

Matt lachte leise und zuckte die Achseln. „Manchmal, aber so geht es ja den meisten Jungen." Er wurde wieder ernst. „Seit ich Nicole kenne, ist es, als wären sie überhaupt nicht da. So ähnlich wie bei Ihnen und Mrs. Reynolds."

Nicoles Vater verschränkte die Arme stärker vor der Brust, und Matt bemerkte, dass er die Fäuste geballt hatte. „Bewahre dir dieses Gefühl, Matt. Egal, was du dafür tun musst, bewahre es dir."

„War es, Sie wissen schon ... fiel es Ihnen und Mrs. Reynolds auch schwer, bis zur Ehe zu warten?"

Ein Seufzen kam über seine Lippen. John Reynolds hatte die Zähne zusammengebissen. Er schaute Matt von der Seite an und sah aus, als sei er in tausend Erinnerungen versunken. „Es war nicht leicht. Ich schätze, es war so, wie du sagst: Ich habe Abby geehrt. Ich habe sie als das geliebt, was sie war, und nicht wegen der Dinge, die sie für mich tun könnte. Nicht wegen der Gefühle, die ich bekam, wenn wir zusammen waren." Er machte eine Pause. „Als ich das richtig im Blick hatte, war es nicht mehr so schlimm."

Er hat sie als das geliebt, was sie war, und nicht wegen der Dinge, die sie für ihn tun könnte. Matt wiederholte diesen Satz noch einmal in Gedanken und hatte das Gefühl, als hätte jemand ein Licht bei ihm eingeschaltet. Hoffnung erfüllte ihn. Er wusste, dass er das nächste Mal, wenn er Nicole traf, ihre Seele und nicht nur ihren Körper sehen wollte. Vielleicht forderte Gott Paare deshalb auf zu warten. Damit sie lernen konnten, einander zu lieben. Denn im Laufe der Jahre würde diese Liebe nötig sein, damit sie ihre Beziehung zu etwas Schönem gestalten konnten.

„Sie führen die beste Ehe, die ich kenne, Mr. Reynolds. Ich will Ihnen sagen, wie sehr Ihr Vorbild mir hilft." Matt schüttelte den Kopf und konnte über die Weisheit, die Nicoles Vater im Laufe der Jahre erworben hatte, nur staunen. „Ich möchte Nicole genauso lieben, wie Sie ihre Mutter lieben. Das Letzte, was ich will, ist so eine Katastrophe, wie sie meine Eltern aus ihrer Ehe gemacht haben."

Nicoles Vater trat auf den anderen Fuß. „Deine Eltern haben sich getrennt, nicht wahr?"

„Ja, als ich noch ein kleiner Junge war. Mama hatte alle Hände voll mit mir zu tun, und Papa ... nun ja, es fiel ihm schwer, zu anderen Mädchen Nein zu sagen. Genauso wie zu der Flasche. Nach einer Weile zog er mit einer anderen Frau zusammen und ließ uns sitzen."

Trainer Reynolds schluckte schwer und starrte auf seine Footballmannschaft. „Er, äh ... er hat in letzter Zeit wieder Kontakt zu dir, oder? Das hat mir Nicole erzählt."

„Ja, es ist wirklich erstaunlich. Er hat sein Leben Gott übergeben, und die Veränderungen in seinem Leben sind wirklich bemerkenswert. Trotzdem hat er es verpasst, mich aufwachsen zu sehen. Er hat sehr viel verpasst." Matts Blick wanderte über die Baumwipfel am Horizont. „Ich frage mich manchmal, wie es gekommen wäre, wenn er damals schon an Gott geglaubt hätte. Sie wissen schon, so wie Sie. Dann wäre Scheidung überhaupt kein Thema gewesen. Irgendwie hätten sie eine Möglichkeit gefunden, ihre Probleme zu lösen."

Nicoles Vater atmete tief ein und brüllte wieder etwas auf das Feld: „Alles klar, Jungs, Schluss für heute." Sofort hörten die Spieler auf und trabten auf ihren Trainer zu. Mr. Reynolds schaute Matt an. „Ich weiß nicht, ob ich dir eine große Hilfe war, mein Junge, aber ich muss mich jetzt um die Mannschaft kümmern. Willst du hier auf mich warten?“

Matt reichte ihm die Hand. „Nein, ich muss zurück und weiter lernen. Sie haben mir wirklich sehr geholfen.“ Er hatte Matt genau das gesagt, was er brauchte. Er wusste jetzt, dass dieser Mann ebenfalls in Versuchung geführt worden war und sie überwunden hatte, indem er gelernt hatte, seine künftige Frau wirklich zu lieben. „Auf Wiedersehen, Mr. Reynolds.“

Mit diesen Worten joggte Matt wieder nach Hause. Er war sicher, dass er mit Gottes Hilfe und mit Mr. Reynolds' Vorbild die nächsten drei Monate überstehen würde.

* * *

John hatte gezittert, seit Matt neben ihn getreten war. Er hatte große Angst, dass der Verlobte seiner Tochter irgendetwas zwischen ihm und Charlene bemerkt haben könnte, einen Blick oder ein aufforderndes Lächeln. Irgendein Anzeichen, dass John Reynolds nicht der Mann war, der zu sein er vorgab, sondern nur ein billiger, doppelzüngiger Heuchler.

Er hielt eine kurze Mannschaftsbesprechung ab und schickte seine Jungs dann in den Kraftraum, wo sein Kollege Kenny sie unter seine Fittiche nehmen würde. Als der letzte Spieler vom Feld war, hatte sich Johns leichtes Zittern in einen richtigen Schüttelfrost verwandelt.

Lügner, John Reynolds. Lügner, Heuchler.

Er schüttelte die stichelnde Stimme von sich ab und begann, über das Spielfeld zu gehen und alles einzusammeln, was seine Mannschaft vergessen hatte.

Du bist eine Schlange, ein nutzloses Abbild von einem Mann.

John knirschte mit den Zähnen und zwang seinen Körper, sich zu entspannen. Ihm wurde so übel, dass ihm das Mittagessen fast hochkam. Er schluckte mehrere Male, um sich nicht übergeben zu müssen. *Ich muss mit jemandem reden, ich muss mir das von der Seele reden.* Vielleicht mit Abbys Vater. Wie so oft in letzter Zeit dachte er an den besten Freund seines Vaters, der krank in einem Pflegeheim lag, ohne von seinem Schwiegersohn regelmäßig besucht zu werden.

Er will mich jetzt wahrscheinlich sowieso nicht sehen.

Ein beklemmender Schmerz legte sich auf seine Brust, und wieder wusste John tief in seiner Seele, dass es nichts mit seiner Gesundheit zu tun hatte. Plötzlich hörte er die Worte, die er zu Matt gesagt hatte, laut und deutlich, als schreie sie ihm jemand in die Ohren.

„Ich habe Abby geehrt. Ich habe Abby geehrt ... ich habe Abby geehrt. Ich habe sie als das geliebt, was sie war, und nicht wegen der Dinge, die sie für mich tun könnte. Nicht wegen der Gefühle, die ich bekam, wenn wir zusammen waren. Ich habe sie als das geliebt, was sie war ..."

Er schalt sich. *Wie konntest du nur mit diesem Jungen reden, als wüsstest du, was Liebe ist? Du kannst doch echte Liebe nicht mehr von Lust unterscheiden.*

Ein niederdrückendes Gefühl legte sich auf seine Schultern und war eine so schwere Last, dass er sie kaum ertragen konnte.

Sein Kopf wiederholte die Worte, die Matt zu ihm gesagt hatte.

„Sie führen die beste Ehe, die ich kenne, Mr. Reynolds ... Ich will Ihnen sagen, wie sehr Ihr Vorbild mir hilft ... Ich möchte Nicole genauso lieben, wie Sie ihre Mutter lieben. Ich frage mich manchmal, wie anders alles gekommen wäre, wenn er damals schon an Gott geglaubt hätte, so wie Sie. Dann wäre Scheidung überhaupt kein Thema gewesen ... überhaupt kein Thema gewesen ... überhaupt kein Thema gewesen."

John schleppte eine Tasche mit Kegeln über das Spielfeld. Ohne dass Matt es wissen konnte, war alles, was er gesagt hatte, falsch gewesen. Jedes Wort. *Und du hast ihn in dem Glauben gelassen, es wäre richtig.* Plötzlich verstand er, warum ihm übel war. Er selbst machte sich krank. Am besten sollte er Charlene nehmen und noch morgen die Stadt verlassen. Und seine Familie vergessen.

Sie würden sowieso nichts mehr mit ihm zu tun haben wollen, wenn sie erst einmal die Wahrheit erfuhren. Die Last, die auf Johns Herz lag, wurde immer schwerer. Schließlich ließ er die Tasche mit den Sportgeräten fallen, sank auf die Knie, beugte seinen Oberkörper vor und begrub sein Gesicht im feuchten Gras.

Gott, hilf mir! Ich kann sie jetzt nicht verlassen. Noch nicht. Oh, Herr, wie konnte ich dich nur so enttäuschen?

Höre mich, Sohn. Die Stimme war so deutlich, so echt, dass John sich aufsetzte und sich umblickte. *Liebt einander ... Wie ich euch geliebt habe, so sollt auch ihr einander lieben.*

Er drehte sich in alle Richtungen, aber außer ihm war niemand weit und breit auf dem Spielfeld zu sehen. Eine Gänsehaut lief ihm über die Arme. Er war Gott immer noch nicht gleichgültig. Gott hörte sein Schreien noch immer. Sonst hätte er ihm nicht so geantwortet. *Ich kann das nicht, Herr. Sie hasst mich. Es ist zu spät für Liebe.*

Schweigen.

John hob das Gesicht zum Himmel hinauf. *Heile mich von dem Verlangen, das ich für Charlene empfinde, Herr. Mein Körper will sie wie ... wie ...*

Plötzlich gingen ihm die Augen auf.

Er wollte Charlene genauso, wie er früher Abby gewollt hatte. Ganz genauso. Aber als er an den Rat dachte, den er Matt gegeben hatte, erkannte er, dass dieser Rat einfach nicht für Charlene galt. Auf diese Weise liebte er sie nicht, er liebte nicht die Seele und den Geist tief in ihrem Inneren. Er liebte nur eines an ihr: die Gefühle, die sie in ihm weckte. Emotional und körperlich.

Aber gewiss nicht seelisch.

Mitten auf der Vierzigyardlinie, als sein Herz darum flehte, dass Gott eingreifen möge, begriff er, dass das, was er in Charlene Denton suchte, nur ein Schatten, ein Abbild war. Denn das Echte, die Liebe, nach der er sich sein ganzes Leben gesehnt hatte, konnte er nur bei Abby Reynolds finden.

Bei der Frau, die ihn überhaupt erst gelehrt hatte, was es bedeutete zu lieben.

18

Der Anruf, vor dem Abby graute, seit sie erwachsen war, kam in der ersten Maiwoche um 16.15 Uhr. John war beim Training. Nicole und Sean spielten draußen im Garten. Kade arbeitete an seiner Abschlussarbeit in der Schulbibliothek.

„Hallo?"

Am anderen Ende folgte ein leises Zögern. „Mrs. Reynolds? Hier ist Helen vom Wingate-Pflegeheim. Ich muss Ihnen leider mitteilen, dass Ihr Vater einen Schlaganfall erlitten hat."

Abby stockte der Atem. *Nein, Gott. Nicht jetzt. Nicht jetzt, wo Nicoles Hochzeit vor der Tür steht. Ich brauche ihn, Herr. Bitte.* „Ist es ...? Geht es ihm gut?"

„Es passierte vor ungefähr einer halben Stunde. Seitdem ist er die meiste Zeit bewusstlos und wird nur zwischendurch kurz wach. Er scheint keine Kontrolle über seine Gliedmaßen zu haben."

Was? Keine Kontrolle? Bei diesen Worten läuteten die Alarmglocken in Abbys Kopf. „Ich glaube, ich verstehe Sie nicht richtig. Sie meinen, er ist zu erschöpft, um sich bewegen zu können?"

Die Frau am anderen Ende der Leitung seufzte. „Es kann sein, dass er durch den Schlaganfall gelähmt ist, Mrs. Reynolds." Sie zögerte. „Es tut mir Leid, dass ich Ihnen das am Telefon sagen muss."

Guter Gott, nein. Eine Reihe von Bildern tauchte vor Abbys geistigem Auge auf: ihr Vater, wie er an der Seitenlinie bei einem seiner Spiele entlanglief, wie er neben seinen Spielern hersprintete, wie er noch ein Jahr, bevor bei ihm die parkinsonsche Krankheit diagnostiziert worden war, mit ihr Tennis gespielt hatte. Ihrem Vater ging es immer gut, wenn er aktiv sein konnte. Wenn er seine Beine nicht mehr bewegen konnte, würde auch sein Lebensmut bald schwinden. *Nein, Herr ... bitte. Hilf ihm.*

„Ich bin schon unterwegs." Sie bedankte sich bei der Altenpflegerin und legte auf. Als könnte sie verhindern, dass ihr Vater starb, wenn sie alles unter Kontrolle hätte, ging sie hinaus und erklärte Sean und Nicole ruhig, was passiert war. Als Nächstes rief sie Kade über sein Handy an.

„Dein Opa hat einen Schlaganfall erlitten."

Kades Stimme verriet seinen Schreck. „Das kann doch nicht sein? Ich war doch erst letztes Wochenende bei ihm. Er war ..."

„Es ist leider wahr." Sie zwang sich, die Beherrschung zu bewahren. „Dein Papa ist beim Training. Hole ihn und kommt auf dem schnellsten Weg zum Pflegeheim. Wir treffen uns dort." Sie schluckte schwer, um nicht laut zu schluchzen. „Beeile dich bitte, Kade."

Ein letzter Anruf war noch zu erledigen. Sie musste ihrer Schwester, die an der Ostküste lebte, Bescheid sagen.

„Wie ernst ist es?" Beth hatte seit ihrer Scheidung vor zwölf Jahren keinen engen Kontakt mehr zu ihrem Vater gehabt. Aber jetzt hörte Abby Besorgnis in ihrer Stimme.

„Es ist sehr ernst, Beth. Steig ins Flugzeug und komm her. Schnell."

Abby, Nicole und Sean stiegen ins Auto. Die Strecke, für die sie normalerweise fünfzehn Minuten brauchten, legten sie dieses Mal in zehn Minuten zurück. Sie eilten in den Eingangsbereich. Abby sah, dass Kade und John noch nicht eingetroffen waren. *Vermassele das jetzt nicht, John.* Er hatte ihren Vater seit über einem Monat nicht mehr besucht.

Sie verbannte diesen Gedanken aus ihrem Kopf. Jetzt war keine Zeit für negative Gefühle. Ihr Vater rang mit dem Tod. „Nicole, bleibe hier bei Sean und wartet bitte auf Papa und auf Kade. Ich gehe erst einmal allein zu Großvater hinein."

Nicole nickte. Ihre Augen waren feucht, ihr Gesicht war angespannt und traurig. Sie hatte ihrem Großvater immer sehr nahe gestanden. Besonders in den acht Jahren, seit er von Wisconsin hierher nach Marion gezogen war. Bei den Jungen war es genauso. Ihr Großvater war ein Teil ihres Lebens, so lange sie zurückdenken konnten.

Abby eilte den Gang entlang und öffnete leise die Tür zu seinem Zimmer. Was sie sah, trieb ihr Tränen in die Augen. Ihr Vater lag ausgestreckt und völlig regungslos da. Die Muskeln in seinem Gesicht waren schlaff, als wäre er über Nacht um zwanzig Jahre gealtert. Eine Altenpflegerin stand neben ihm und maß seine Werte.

„Sollten wir ihn ins Krankenhaus verlegen lassen?" Abby stand im nächsten Augenblick neben ihrem Vater und ergriff seine Hand. Sie war schockiert, dass sie so schlaff nach unten hing.

Die Schwester schüttelte den Kopf. Sie überprüfte die Nadel, durch die mehrere Medikamente in seine Venen flossen. „Er ist jetzt stabil. Im Krankenhaus könnten sie nichts für ihn tun. Wir geben ihm Medikamente, um den Schaden, den der Schlaganfall angerichtet hat, zu beheben. Aber es dauert seine Zeit."

„Bis es wirkt?"

„Bis wir wissen, ob es überhaupt noch wirkt. Manchmal kann ein starker Schlaganfall eine Reihe kleinerer Schlaganfälle auslösen. Wenn jemand so krank ist wie Ihr Vater, stehen die Chancen, dass er sich wieder ganz erholen wird, ohne einen dauerhaften Schaden davonzutragen, schlecht, Mrs. Reynolds."

Abby verstärkte den Griff um die Hand ihres Vaters. „Aber es ist möglich, nicht wahr? Ich meine, er könnte sich davon wieder erholen und so sein wie vor dem Schlaganfall, oder?"

Die Schwester zögerte. „Das ist sehr unwahrscheinlich." Sie richtete sich auf. Mit einem mitfühlenden Blick schaute sie Abby an. „Wir glauben, es wäre das Beste, wenn seine Familie zu ihm kommt, Mrs. Reynolds. Einen weiteren Schlaganfall wird er wahrscheinlich nicht überleben, fürchte ich."

Abby traten noch mehr Tränen in die Augen. Sie nickte und war unfähig zu sprechen. Die Schwester zog sich diskret zurück. Als die Frau fort war, fand Abby ihre Stimme wieder.

„Papa, ich bin es. Kannst du mich hören? Wir sind alle hier, Papa. Die Kinder warten draußen auf dem Gang."

Die Lider ihres Vaters zuckten und öffneten sich. Seine Lippen, die trocken und rissig waren, begannen, sich zu bewegen, aber es war kein Ton zu hören.

„Papa, ich bin hier, wenn du reden willst. Ich bin bei dir." Tränen liefen Abby über die Wangen, aber ihre Stimme war kräftiger als vorher. „Ich höre dich, Papa."

Sein Mund arbeitete jetzt noch mehr. Dieses Mal verdrehte er dreimal die Augen, als versuche er, sie noch ein letztes Mal deutlich zu sehen.

„Oh, Papa, es tut mir so Leid ..." Ihre Stimme versagte, sie legte den Kopf auf seine Brust und gab dem Schluchzen, das sich in ihrer Brust aufstaute, freien Lauf. „Ich liebe dich, Papa."

„John ..."

Dieses Wort verwirrte Abby. Sie hob den Kopf und suchte im Gesicht ihres Vaters nach irgendeinem Lebenszeichen. Seine Augen gingen langsam auf. Er erwiderte Abbys Blick. Wieder bewegte er mühsam die Lippen und wiederholte dasselbe Wort noch einmal, das er einen Augenblick vorher gesagt hatte: „John ..."

„Du willst John, Papa?" Abby verstand das nicht. John war seit Wochen nicht mehr bei ihm gewesen. Warum wollte er jetzt, da er sich nicht bewegen konnte, da er kaum sprechen konnte, ausgerechnet mit John reden? Besonders, da er die Wahrheit über ihre kaputte Ehe wusste.

Das Flehen in den Augen ihres Vaters war unmissverständlich, als wäre das, was er John zu sagen hatte, in diesem Augenblick das Wichtigste, das Dringendste in seinem ganzen Leben. Abby erinnerte sich, wie stark ihr Vater an jenem Tag bei dem Footballspiel in Michigan ausgesehen hatte, als ihre Familie John vor der Mannschaftskabine getroffen hatte. Damals war sie gerade siebzehn gewesen. Ein paar Tage später hatte ihr Vater ihr zugezwinkert und ihr etwas gestanden: „John war schon immer wie ein Sohn für mich, Abby. Der einzige Sohn, den ich je hatte. Ich habe irgendwie gehofft, er würde auf dich warten, bis du erwachsen bist."

Abby schaute ihren Vater an und drückte ihm die Hand. „Gut,

Papa. Ich hole ihn." Sie trat langsam zurück. „Du wartest auf mich, ja. Ich bin gleich wieder da."

Tränen liefen ihr über die Wangen. Abby eilte den Gang entlang und stellte erleichtert fest, dass John und Kade inzwischen bei Nicole und Sean eingetroffen waren. John eilte auf sie zu. Die anderen folgten ihm dicht auf den Fersen.

„Wie geht es ihm?" Johns Gesicht verriet tiefe Besorgnis. Abby hätte ihn am liebsten angespuckt. *Jetzt machst du dir Sorgen um ihn ... jetzt, da er im Sterben liegt.* Sie ließ den Kopf hängen und drückte die Augen zu.

„Abby, wie geht es ihm?" Johns Stimme war jetzt noch eindringlicher.

„Er ist ... er ist ..." Sie konnte ihr Schluchzen nicht länger unterdrücken. Ihr Körper zitterte unter dem starken Ansturm ihrer Gefühle. *Nimm ihn mir nicht weg, Herr. Er ist alles, was ich habe. Mein einziger Freund. Bitte ...*

Ihre Familie trat näher. John legte die Arme um sie und hielt sie in einer lockeren Umarmung fest, die wahrscheinlich tröstlicher aussah, als sie sich anfühlte. „Schatz, es tut mir Leid. Wir sind für dich da."

Abby taumelte fast, als sie seine Arme um sich fühlte. Wie lang war es her, seit er sie das letzte Mal umarmt hatte? Und wie kam es, dass sie immer noch das Gefühl hatte, seine Arme wären der einzige richtige Platz auf der ganzen Welt, an den sie gehörte? Sie dachte über seine Worte nach und war nicht sicher, ob sie sich fester an ihn klammern oder ihm gegen das Schienbein treten sollte. Wie konnte er es wagen, in einem solchen Augenblick zu lügen und sie „Schatz" zu nennen? War es ihm so wichtig, vor den Kindern gut dazustehen? Er beschützte sie schon seit Jahren nicht mehr. Warum sollte das jetzt anders sein?

Warum tat es ihr so gut, dass er die Arme um sie legte? Sie weinte leise und behielt ihre widerstreitenden Gefühle für sich.

„Er ... er lebt doch noch, Mama?" Nicoles Miene verriet Furcht.

Abby nickte. Erst jetzt wurde ihr bewusst, dass sie nicht erklärt hatte, wie es um ihren Vater stand. „Er kann sich nicht bewegen. Er kann kaum sprechen. Er ... sieht aus wie ein anderer Mensch."

Nicole begann zu weinen. John legte die Arme auch um sie und Sean und Kade. Alle fünf klammerten sich aneinander. Abby wurde bewusst, dass sie nicht nur ihren Vater verlor. Sie verlor auch ihre Familie die miteinander trauerte, miteinander die dunklen und verzweifelten Augenblicke des Lebens ertrug, und den Mann, der wie ein Fels in der Brandung stand. In ein paar Monaten wäre sie auf sich allein gestellt, gezwungen, jeden Rückschlag und jede Freude in ihrem Leben allein zu bewältigen.

Kade, der etwas am Rande des Gewühls stand, begann zu beten. „Gott, wir kommen als Familie vor dich und bitten dich, dass du bei unserem Opa, Mamas Papa, bist. Er liebt dich so sehr, Herr, und ... du weißt das natürlich schon längst. Aber er ist echt krank, Gott. Bitte sei jetzt bei ihm und hilf ihm, dass er keine Angst hat."

Abby verstärkte den Griff um Kades Schulter. Er war so ein guter Junge. Er hatte so viel Ähnlichkeit mit dem Mann, der sein Vater einmal gewesen war. Der Gedanke, dass er im Herbst von Zuhause ausziehen und ans College gehen würde, genügte, um eine neue Welle der Traurigkeit und Tränen in ihr auszulösen. Plötzlich wurde ihr bewusst, dass Kade nicht für Heilung gebetet hatte.

Es war fast, als würde Gott sie bereits auf das Unvermeidbare vorbereiten.

Das Schluchzen legte sich nach ein paar Minuten. Abby fiel die Bitte ihres Vater wieder ein. Sie hob den Kopf und suchte Johns Augen. „Er hat nach dir gefragt."

Bildete sie es sich nur ein oder trat Angst in Johns Augen, als Abby das sagte? „Nach mir?" Die Worte waren nicht viel mehr als ein Flüstern.

Abby nickte. „Er klang, als sei es ihm sehr wichtig."

John atmete tief ein, um ruhig zu werden, und nickte in Richtung des Wartezimmers. „Kinder, wartet dort auf mich. Ich komme wieder."

Ohne zu zögern, schritt er durch den Gang zum Zimmer seines Schwiegervaters. Abby folgte ihm. Sie betraten gemeinsam das Krankenzimmer und blieben am Fußende des Bettes stehen. Der Kopf ihres Vaters bewegte sich unruhig auf dem Kissen. Als er sie hörte, schlug er die Augen auf und schaute sich suchend um, bis er John erblickte.

Sein Mund begann erneut zu arbeiten. Schließlich folgten auch seine Stimmbänder. „Komm ..."

John trat nahe an das Bett heran und nahm die leblose Hand ihres Vaters in seine starken Hände. „Hallo, Joe."

Es brach Abby das Herz zu sehen, wie ihr Vater so sehr kämpfen musste, um sprechen zu können. Er konnte sich nicht bewegen, und sie erkannte, dass die Altenpflegerin Recht gehabt hatte. Der Schlaganfall hatte ihn gelähmt.

Wieder begann er, den Mund zu öffnen und zu schließen, aber dieses Mal waren seine Augen klarer. Sie schienen besser zu sehen. Sie wichen kein einziges Mal von Johns Gesicht. „Libbi ..."

Was sagte ihr Vater da? Abby konnte es nicht verstehen, und der Ausdruck in Johns Gesicht verriet, dass er ihn ebenfalls nicht verstehen konnte.

„Es ist gut, Joe." Johns Stimme war leise und beruhigend. „Strenge dich nicht so sehr an. Der Herr ist hier."

Oh, bitte ... ausgerechnet du ...

Abby gebot diesen abfälligen Gedanken Einhalt. Jetzt war nicht der richtige Zeitpunkt, um die Abneigung gegen John auszuleben. „Papa ..." Sie sprach laut, damit er sie vom Fußende des Bettes aus hören könnte. „Sag es noch einmal, Papa."

Der Blick ihres Vaters klebte förmlich an Johns Gesicht. „Libbi ..." Seine Worte waren fahrig und unkontrolliert. Es war unmöglich, ihn zu verstehen. Abby schloss die Augen und versuchte, mehr als nur die brüchigen Worte zu hören. „Libbi ... Libsi ..."

„Li ..." John versuchte, den Anfang von dem zu wiederholen, was ihr Vater zu sagen versuchte. „Kannst du es bitte noch einmal sagen, Joe. Es tut mir Leid."

Abby wünschte mit ganzer Kraft, ihr Vater könnte deutlich

sprechen. Wenigstens noch dieses eine Mal, wenn das, was er sagen wollte, so wichtig für ihn war. *Bitte, Gott ... gib ihm die nötigen Worte.*

Ihr Vater blinzelte zweimal, und seine Augen füllten sich mit Verzweiflung. Seine Stimme wurde lauter. „Lieb sie ... liebe sie."

„Liebe sie." Die Worte trafen Abby wie eine Flutwelle und wuschen ihre Entschlossenheit, stark zu sein, weg. *„Liebe sie."* Im schmerzlichsten Augenblick seines Lebens, in dem sein Tod vielleicht nur noch wenige Minuten entfernt war, hatte er eine einzige Botschaft an seinen Schwiegersohn: Liebe sie. Liebe meine Tochter, Abby, jetzt und für immer. Liebe sie.

Abbys Blick wanderte durch das Zimmer zu John. Sie sah, dass er ihn ebenfalls verstanden hatte. Tränen liefen über seine geröteten Wangen. Er schien um die richtigen Worte zu ringen. Als er keine über die Lippen brachte, nickte er nur. Sein Kinn zitterte unter der starken Anspannung dieses Augenblicks.

Ihr Vater ließ es damit nicht auf sich beruhen. Er blinzelte wieder ... das Einzige, was er anscheinend noch tun konnte. Dieses Mal sagte er es noch deutlicher. „Liebe sie ... John."

Schuldgefühle und Reue zogen über Johns Gesicht. Er neigte den Kopf und schaute zu Abby hinüber. Ohne etwas zu sagen, hielt er seine zittrige Hand in ihre Richtung und bat sie, flehte sie förmlich an, zu ihm zu kommen. Schweigend formte er das Wort „Bitte."

Abby atmete zweimal schnell durch, dann trat sie zu ihm. Auch wenn er sie nicht mehr liebte, auch wenn er sein Eheversprechen gebrochen hatte, trotz Charlene und allem, wofür sie stand, kam Abby. John hielt ihr den Arm entgegen, bis sie darunter stand, fest an ihn gedrückt, Seite an Seite. Ein Ehepaar, das als untrennbare Einheit vor ihrem Vater stand.

Wenn auch nur, um ihm in seiner Sterbestunde Frieden zu schenken.

„Sie ist hier, Joe. Siehst du ... sie ist hier." Johns Tränen fielen auf die Hand ihres Vaters und auf die Bettlaken. Abby blieb an seiner Seite stehen. Mit einem Arm klammerte sie sich an ihren

Mann, mit der anderen Hand streichelte sie das Knie ihres Vaters.

Die Augen ihres Vaters wanderten von John zu Abby. Sein Kopf schien sich ganz leicht auf und ab zu bewegen, als freue er sich über das, was er sah. Er nickte eine Weile. Dann konzentrierte er seinen Blick erneut auf John. „Liebe sie."

„Das werde ich, Papa." Nie zuvor hatte John ihn so genannt. Aber da sein eigener Vater gestorben war, hatte er keinen Mann mehr, der diese Rolle ausfüllte. Im Laufe der Jahre war John zu sehr mit seinem eigenen Leben beschäftigt gewesen, um viel Zeit mit ihrem Vater zu verbringen. Und jetzt ... nannte er ihn *Papa* und gestand damit sein Bedauern ein.

„Liebe sie ... immer." Die Worte ihres Vaters wurden immer schwächer, aber seine Botschaft war ausnahmslos deutlich und wiederholte sich ständig. *Liebe Abby. Wieder und wieder. Liebe sie jetzt. Liebe sie für immer.*

Tief aus Johns Brustkorb war zweimal ein kurzes Schluchzen zu hören. Er blinzelte sehr, damit er klar sehen konnte. Er verstärkte seinen Griff um Abby und nickte erneut. „Ich werde sie immer lieben, Papa."

Ein tiefer Friede legte sich über Abbys Vater. Sein ganzer Körper schien sich zu entspannen. Seine Augen bewegten sich langsam, bis sie Abby wieder fanden. „Kinder ..."

John nahm schnell seinen Arm von Abby und nickte ihr zu. „Ich hole sie." In weniger als einer Minute kehrte er mit allen dreien zurück. Nicole, Kade und Sean traten herzu und stellten sich an die andere Seite des Bettes.

Abbys Vater warf John einen fragenden Blick zu. Als Antwort darauf nahm er sofort seinen Platz an Abbys Seite wieder ein.

„Hallo, Opa." Nicole weinte ungeniert. Es störte sie nicht, dass ihr Makeup verwischte und über ihre Wangen lief. „Wir beten für dich."

Jede noch so kleine Bewegung kostete ihn unendlich Kraft. Er drehte den Kopf, um seine Enkel anschauen zu können. „Gute ... gute Kinder."

Sean begann zu weinen. Kade, dessen Augen ebenfalls feucht glänzten, legte einen Arm um seinen Bruder und zog ihn an sich heran, um ihm damit zu zeigen, dass man sich in solchen Situationen seiner Tränen nicht schämen musste. Sean beugte sich vor und warf die Arme um seinen Großvater und hielt ihn fest, als könnte er dadurch verhindern, dass er ihn verließ. „Ich habe dich so lieb, Opa."

Ein leises Schluchzen füllte den Raum. Abby sah auch in den Augen ihres Vaters Tränen. „Jesus ..."

Sean stand langsam auf und lehnte sich an Nicole und Kade.

Abby glaubte, ihren Vater zu verstehen, aber es machte sie trotzdem sehr traurig. „Jesus ... Papa ... du willst zu Jesus gehen?"

Als Antwort zog eine neue Welle des Friedens über sein Gesicht, und seine Mundwinkel bewegten sich kaum sichtbar nach oben. „Ich ... liebe euch ... alle."

Ein besorgtes Flackern zog erneut über die Augen ihres Vaters, und er drehte sich mit schmerzlicher Langsamkeit wieder zu John und Abby herum. Noch bevor er etwas sagen konnte, verstärkte John seinen Griff um Abby. Neue Tränen strömten ihm über das Gesicht. „Ich werde es tun, Papa."

Seine Schultern sanken tiefer auf das Bett und sein Lächeln verwandelte sich in ein Strahlen, das schließlich sein ganzes Gesicht erfüllte. „Gott ... freut sich."

Abby schluchzte so sehr, dass sich ihr ganzer Körper verkrampfte. Sie hasste es, dass sie ihn so sehr täuschten und ihn glauben ließen, alles wäre in Ordnung. Gleichzeitig wünschte sie von ganzem Herzen, John würde meinen, was er gesagt hatte. Dass er sie tatsächlich immer noch lieben würde, dass er sie immer lieben würde ... dass sie einander lieben würden. Und dass sie dadurch tatsächlich irgendwie Gott eine Freude machen könnten.

Während alle fünf vor ihm standen und jeder von ihnen hoffte, dass er doch noch nicht von ihnen gehen müsste, schloss er die Augen und atmete noch dreimal.

Dann war er nicht mehr bei ihnen.

* * *

Es dauerte fünf Stunden, bis sie sich das letzte Mal von ihm verabschiedet hatten, alle Formalitäten erledigt waren und ein Mann vom Bestattungsunternehmen den Leichnam ihres Vaters für die Beerdigung vorbereitet hatte. Die Beerdigung war für drei Tage später angesetzt. Während des ganzen Abends hatte Abby das Gefühl, sich wie im Trance zu bewegen, als hätte der Tod einen anderen Menschen geholt, aber nicht ihren Vater. Als wäre die gesamte Planung der Beerdigung ihres Vaters nicht viel mehr als eine jämmerlich gespielte Szene aus einem schlechten Film.

John blieb an ihrer Seite, bis sie nach Hause fuhren. Als dann alle drei Kinder ins Bett gingen, setzte er sich in das stille Wohnzimmer und ließ den Kopf hängen. Abby starrte ihn an. *Wünschst du dir, du hättest mehr Zeit mit ihm verbracht, John?*

Sie behielt ihre Frage für sich und stieg die Treppe hinauf, um zu sehen, wie es den Kindern ging. Sie umarmte ihre drei Kinder noch einmal und versicherte ihnen, dass ihr Großvater jetzt zu Hause war, im Himmel bei ihrer Großmutter, wonach er sich schon seit Jahren gesehnt hatte. Jedes der Kinder weinte in ihren Armen, als sie ihre Runde machte, aber Abby blieb stark.

Erst als sie die Treppe wieder nach unten stieg, spürte sie die Endgültigkeit dieses Abschieds. Ihr Vater war tot. Nie wieder würde sie an seinem Bett sitzen, seine Hand halten und zuhören, wie er von den herrlichen Tagen auf dem Footballfeld erzählte. Ihr Ratgeber, ihr Beschützer ... ihr Papa.

Tot.

Abby erreichte die letzte Stufe, trat um die Ecke zum Wohnzimmer, doch plötzlich konnte sie keinen Schritt mehr gehen. Mit dem Rücken an die Wand gelehnt, brach sie zusammen. Sie vergrub ihr Gesicht in den Händen und ließ den Tränen und dem Schluchzen, das sich in ihr aufgebaut hatte, seit ihr Vater seinen letzten Atemzug getan hatte, freien Lauf. „Warum?“, weinte sie leise mit einer Stimme, die an niemanden gerichtet war. „Papa. Nein! Ich schaffe das nicht!“

„Abby ...“

Johns Finger lagen auf ihren Händen. Sie hatte ihn nicht näher kommen gehört. Sanfte, starke, beschützende Hände, die liebevoll ihre Finger von ihrem Gesicht wegzogen, dann ihre Arme um ihn legten und sie an ihn heranzogen.

„Abby, es tut mir so Leid.“

Sie wusste, dass sie sich von ihm losreißen sollte, dass sie seinen Trost angesichts der Lügen, die er ihrem Vater an diesem Abend aufgetischt hatte, ablehnen sollte. Aber das schaffte sie genauso wenig, wie sie ihr Herz zwingen konnte, nicht mehr zu schlagen. Sie legte den Kopf auf seine Brust und genoss dieses Gefühl. Er fing das Zittern ihres Körpers auf, die Tränenflut, die in sein verschwitztes Trainerhemd sickerte ... ein Hemd, das nach Rasierwasser und feuchtem Gras und etwas Herrlichem und Unverwechselbarem roch, das nur dieser Mann ausstrahlte, nur er allein. Abby genoss diesen Geruch und wusste, dass es keinen Ort gab, an dem sie lieber ware.

John verstärkte seine Umarmung und legte seinen Kopf auf ihren. Erst jetzt spürte Abby, wie sehr auch sein Körper zitterte. Nicht vor Verlangen, wie so oft in ihren ersten gemeinsamen Jahren, sondern vor Traurigkeit. Sein Schluchzen kam aus einer Tiefe, die Abby erst einmal bei ihm erlebt hatte. Sie dachte daran, dass ihr Mann seine Chance nicht genutzt hatte, dass er sich dafür entschieden hatte, zu beschäftigt zu sein, um ihren Vater in seinen letzten Tagen zu besuchen.

Wie groß mussten seine Schuldgefühle sein.

Sie hob den Kopf und schluckte ihr eigenes Schluchzen hinunter. Sie schaute Johns Gesicht forschend an. Seine Augen waren ganz nah. Eine starke Trauer lag auf seinen Gesichtszügen. Abby wehrte sich nicht, als seine Stirn sich an ihre lehnte. Sie spürte, wie sein Weinen allmählich nachließ. Seine Arme lagen immer noch fest um ihre Taille, als er die Augen aufschlug und sie anblickte. „Ich habe ihn geliebt ... das weißt du, Abby, nicht wahr?“

Neue Tränen bahnten sich einen Weg über ihre Wangen, als sie langsam nickte. „Ja, das weiß ich."

„Er war ... er war für mich wie mein eigener Papa." Johns Worte waren nicht viel lauter als ein Flüstern. Abby sog diesen Augenblick in sich auf, obwohl ihr Herz sie anschrie: *Was tust du da, Abby? Wenn zwischen euch alles vorbei ist, warum ist es dann so ein gutes Gefühl, in seinen Armen zu liegen, als wäre das der einzige Ort, an den du hingehörst? Warum hält er dich in den Armen, wenn er dich nicht mehr liebt?*

John ließ seine Wange sanft über ihre streichen und schmiegte sich auf eine Weise an sie, die ihr schmerzlich bekannt war. Ein Sturmwind an Gefühlen entbrannte in Abby, als ihr Körper instinktiv auf Johns Nähe reagierte.

„Papa hat mir gesagt, dass du wie ein Sohn für ihn warst ..." Abby klammerte sich fest an John und flüsterte ihm die Worte aus nur wenigen Zentimetern ins Ohr. „Er sagte, er sei froh, dass du auf mich gewartet hast, bis ich erwachsen war, weil du ... der einzige Sohn warst, den er je hatte."

Ein schwacher Hoffnungsschimmer leuchtete aus Johns nassen Augen. Er zog den Kopf ein paar Zentimeter zurück und schaute Abby fragend an. „Das hat er gesagt?"

Sie nickte. Ihre Hände lagen immer noch auf seinem Rücken und umklammerten ihn. „Ja, damals, als ich siebzehn war. Einige Wochen nach jenem ersten Spiel, erinnerst du dich? Als ich dich das erste Mal für Michigan spielen sah."

Augenblicklich veränderte sich die Atmosphäre im Raum. John wurde still, und seine Augen schauten sie unentwegt an. Ohne dass einer ein Wort sprach, wurde ihre Umarmung enger, ihre Körper schmiegten sich stärker aneinander. Hatte er sie nicht damals genauso angeschaut wie jetzt, damals, als er nichts lieber wollte, als bei ihr zu sein?

John strich mit dem Finger über ihre Wange. „Ich erinnere mich ..." Er nahm ihr Gesicht in beide Hände und berührte mit den Fingern ihre Haare. „Ich erinnere mich ..."

Sie begriff, was gleich passieren würde, wenige Sekunden, bevor es tatsächlich geschah. Er bewegte seine Lippen näher an ihren Mund heran. Aus seinen Augen sprach plötzlich ein starkes Verlangen. Abbys Herz pochte in ihrer Brust.

Was sind das für Gefühle, und warum ausgerechnet jetzt? Jetzt, da alles zwischen uns vorbei ist?

Sie konnte sich selbst keine Antwort geben. Sie wusste nur eine unverrückbare Wahrheit: Sie wollte verzweifelt, dass John sie küsste, sie wollte wissen, dass in ihren Armen immer noch Gefühle in ihm wach wurden, auch wenn es absolut keinen Sinn ergab.

Er küsste sie. Zuerst langsam und zärtlich ... aber als sie die Hände um sein Gesicht legte, wurde der Kuss drängender, gefüllt mit der Leidenschaft von hundert versäumten Augenblicken. Sein Mund öffnete sich über ihren Lippen, und sie konnte das Salz von ihrer beider Tränen schmecken. Frische Tränen, Tränen der Leidenschaft ... Tränen des Bedauerns.

Das Drängen in Abby wuchs, und sie spürte, wie Johns Körper wieder zitterte. Aber dieses Mal auf eine Weise, die ihr bekannter war, eine Weise, bei der sie am liebsten ...

Er nahm die Hände von ihrem Gesicht und bewegte sie langsam an ihren Seiten auf und nieder, während seine Lippen sich ihrem Ohr näherten. „Abby ..."

Was beabsichtigte er mit alledem? Geschah das wirklich? Tröstete er sie nur auf die einzige Weise, die er kannte? Oder konnte es sein, dass er ihr sagen wollte, es tue ihm Leid, und dass das, was in der Vergangenheit alles passiert war, jetzt vorbei war? Sie wusste überhaupt nichts mehr, nur, was es für ein herrliches Gefühl war, in seinen Armen zu liegen, als könnten alle Fehler, die ihr Herz und ihr Verstand gemacht hatten, irgendwie durch die körperlichen Gefühle, die sie immer noch füreinander hegten, ausgelöscht werden.

Abby küsste ihn erneut. Dann ließ sie ihr Gesicht über seines gleiten und spürte, wie er seinen Körper an ihren drückte. „Ich ... ich verstehe das nicht ..."

John berührte mit dem Gesicht ihr Kinn, während seine Lippen sich zärtlich über ihren Nacken bewegten und seine Daumen kleine Kreise auf ihren Rippen malten. Er fand ihren Mund erneut und küsste sie wieder ... und wieder. Er bewegte den Mund nahe an ihr Ohr heran. „Ich habe es deinem Vater versprochen, Abby ... ich habe gesagt, dass ich dich lieben werde ..."

Was? Abby fühlte sich, als hätte ihr jemand einen Eimer eiskaltes Wasser über den Kopf geschüttet. Ihr Körper wurde steif. *Darum* ging es also? Deshalb war er zu ihr gekommen, hatte sie geküsst ... Tat er das alles nur wegen irgendwelcher Schuldgefühle, die ihr Vater kurz vor seinem Tod bei John erzeugt hatte? Ihr Verlangen nach seiner Nähe verflog wie Wasser auf einer ölverschmierten Fahrbahn. Sie drückte die Hände auf seine Brust und schob ihn weg.

„Geh weg von mir", fauchte sie ihn mit zusammengebissenen Zähnen an. Alle Zärtlichkeit aus ihrer Stimme war verschwunden.

John riss verwirrt die Augen auf. Auf seinem Gesicht spiegelten sich Schock und unerfülltes Verlangen wider. „Was ... was soll das?"

„Ich brauche dein Mitleid nicht, John."

Seine Miene erstarrte. Er schaute sie fassungslos an. „Mein ... was willst du damit sagen?"

Neue Tränen traten ihr in die Augen und liefen ihr über die Wangen, als sie ihn wieder von sich wegschob. „Du kannst mich nicht lieben aus ... aus ..." Sie suchte nach den richtigen Worten. Ihr aufgewühltes Herz schlug ihr bis zum Hals. „Aus irgendeiner Verpflichtung gegenüber meinem verstorbenen Vater heraus."

Abby sah, wie eine Vielzahl von Gefühlen sich in Johns Augen widerspiegelten. Sein anfänglicher Schock wich einem allmählichen Begreifen und dann einem starken, glühenden Zorn. „Das tue ich *nicht*!" Sein Gesicht wurde rot, und die Muskeln in seinem Unterkiefer wurden hart.

Ein verzweifeltes Bedauern zog in Abbys ausgedörrtes Herz. Warum log er sie an? Er hatte es doch vor einem Augenblick selbst perfekt erklärt: Er hatte Abbys Vater versprochen, dass er sie lieben würde, und das – *was auch immer* das war, was zwischen ihnen geschehen war – war nur irgendeine Pflichterfüllung, mit der John sein Wort halten wollte.

Seine Miene wurde noch unglücklicher. Abby versuchte, sich einen Reim daraus zu machen. War das Schmerz in seinen Augen? Hatte sie ihn verletzt? Wie *konnte* das sein? Sie war doch unter Vorspiegelung falscher Gefühle verleitet worden zu glauben, er wolle sie tatsächlich wieder ... er hätte für sie tatsächlich wieder die gleichen Gefühle wie damals, bevor sie sich auseinander gelebt hatten.

Neue Tränen traten in seine Augen. Zweimal begann er, den Mund aufzumachen, als wolle er etwas sagen, aber dann biss er erneut die Zähne aufeinander. Der glühende Zorn in seinen Augen war mehr, als Abby ertragen konnte. Sie wandte den Blick ab. Als sie das tat, legte er die Hände auf ihre Schultern und drückte sie erneut fest an sich. Er küsste sie jetzt mit einer Leidenschaft, die genauso viel Zorn enthielt wie Verlangen. Sie erwiderte seinen Kuss. Ihr Körper reagierte nach seinem eigenen Willen, ohne auf ihren Verstand zu hören.

„Hör auf!“ Sie weinte jetzt stärker als vorher und verabscheute sich selbst, weil sie es nicht schaffte, sich von ihm loszureißen. *Wie kann ich auch jetzt noch seinen Kuss genießen?*

Als Antwort auf ihre eigene schweigende Frage riss sie den Kopf zurück und fauchte ihn an: „Geh weg von mir!“

Seine Hände sanken nach unten, und er trat einen Schritt zurück. Seine Augen waren jetzt trocken, seine Worte hart. Nichts an seiner Miene verriet mehr die Gefühle, die in den letzten zehn Minuten zwischen ihnen geherrscht hatten. „Es hat keinen Sinn, Abby, nicht wahr?“

Sie schüttelte den Kopf. „Nicht, wenn es so ist ... dass du damit nur dein Versprechen gegenüber meinem Vater erfüllen willst.“ Sie legte die Finger fächerförmig über ihr Herz, als eine neue Tränenflut sich Bahn brach. „Du willst nicht mich, John. Du bist in Charlene verliebt. Das weiß ich. Stehe nicht hier und versuche nicht, dir einzureden, du würdest etwas für mich empfinden, wenn wir beide wissen, dass du es nicht tust.“

John seufzte und ließ frustriert den Kopf hängen. Nach einer Weile hob er ihn wieder und schaute zur Decke hinauf. „Ich gebe es auf, Abby.“ Seine Augen suchten erneut ihren Blick. „Es tut mir Leid wegen deines Vaters.“ Er schwieg kurz. Der Zorn und sogar die Gleichgültigkeit waren einer traurigen Resignation gewichen. „Ich habe ihn auch geliebt. Und wegen heute Abend ...“ Er schüttelte den Kopf. „Es ... es tut mir Leid, Abby.“

Seine letzten Worte waren für sie wie ein Schlag ins Gesicht. *Entschuldige dich nicht, John. Sag mir, dass du diesen Kuss so gemeint hast ... jeden Augenblick davon. Sage mir, dass ich mich irre, dass es nichts mit deinem Versprechen gegenüber meinem Vater zu tun hatte.* Sie wischte sich mit der Hand über die Wangen und legte die Arme fest um sich. *Ich weiß, dass du etwas für mich empfunden hast, John. Wir haben beide etwas gefühlt! Sage mir das ...*

Aber er sagte nichts. Abby atmete auf und hatte keine Kraft mehr zu streiten. Sie wollte mit John nicht streiten. Sie wollte einfach ihren Vater wiederhaben. „Es war ein langer Tag für uns beide ...“ Plötzlich tat es ihr Leid, dass sie ihn so angefahren hatte. Selbst wenn er sie aus lauter falschen Motiven geküsst hatte, wusste sie irgendwie, dass er nur versuchte, sie zu trösten, dass er versuchte, ihr zu zeigen, dass sie ihm trotz ihrer Meinungsverschiedenheiten nicht gleichgültig war. Diese Erkenntnis weckte in ihr den Wunsch, ihn zu berühren und ihn wenigstens zu umarmen, aber es gab anscheinend keinen Weg, die Kluft zu überbrücken, die sich jetzt wieder zwischen ihnen aufgetan hatte. Sie ging langsam zur Treppe. „Gute Nacht, John.“

Er stand regungslos da und schaute sie an, während etwas Offenes und Verwundbares in seinen Augen aufflackerte. Was er auch fühlte, er teilte ihr nichts davon mit. „Gute Nacht, Abby.“

Sie zwang sich, die Stufen zum Gästezimmer hinaufzugehen, schälte sich aus ihren Kleidern und schlüpfte in ein T-Shirt, das sie unter einem Kissen liegen hatte. Dann versuchte sie verzweifelt, sich an alle glücklichen Augenblicke, die sie mit ihrem Vater erlebt hatte, zu erinnern.

Aber es war zwecklos.

Nur ein einziger beunruhigender Gedanke beherrschte sie ...

Was für ein herrliches Gefühl es gewesen war, John Reynolds wieder zu küssen.

* * *

Es war der Morgen, an dem der Beerdigungsgottesdienst stattfinden sollte. Bei John herrschte in den Tagen seit Joe Chapmans Tod nur ein einziges Gefühl vor: Nicht Trauer um den Tod seines Schwiegervaters oder weil er es versäumt hatte, ihn besser kennen zu lernen, sondern die Erinnerung an Abby, wie sie in seinen Armen lag, völlig in Tränen aufgelöst, wie sie sich an ihn klammerte, wie ihr Körper genau die richtige Ergänzung zu seinem bildete und sich an ihn schmiegte, wie sie es schon seit Jahren nicht mehr getan hatte.

Die Erinnerung an ihren Kuss.

Egal, was Abby auch dachte, sein Kuss hatte nichts mit irgendeinem Pflichtgefühl zu tun gehabt. Seine Gefühle waren stärker gewesen als irgendetwas, das er je für jemand anderen empfunden hatte. Auch nicht für Charlene. Aber offenbar hatte Abby nicht das Gleiche gefühlt. Wie immer hatte sie einen Grund gefunden, mit ihm zu streiten.

Seit jenem Abend drehten sich Johns Gedanken so intensiv um Abby, dass er an dem Tag, an dem die Beerdigung stattfinden sollte, nur zwei Stunden geschlafen hatte. Er hatte fast die ganze Nacht wach gelegen und versucht, sich darüber klar zu werden, was diese Gefühle bedeuteten. Hatte Abbys Vater irgendwie ein wunderbares Gebet gesprochen, irgendwelche mächtigen Worte der Heilung gesprochen? War es möglich, dass Joe Chapmans Tod neues Leben in ihrer sterbenden Ehe entfachen könnte?

Es sah nicht danach aus.

Immerhin hatte sie seit jenem Abend nicht mehr als fünf Worte mit ihm gesprochen und nachts verschwand sie weiterhin ins Gästezimmer, ohne ihm auch nur eine gute Nacht zu wünschen.

Aber trotzdem ... die Möglichkeit bestand. Oder hatte Abby vielleicht doch Recht? Vielleicht hatte er sie tatsächlich nur aus einer tiefen Verpflichtung heraus geküsst, sozusagen als Ausgleich dafür, dass er diesem Mann ein Versprechen gegeben hatte, das er unmöglich halten konnte.

Sie für immer lieben? Wenn sie in nur wenigen Wochen geschiedene Leute wären?

John stieß ein leises, frustriertes Seufzen aus und blickte sich in der Kirche um. Es waren nicht viele Leute da, nur ein kleiner Bruchteil der Menschen, die sich daran erinnerten, was für ein guter Mensch Joe Chapman gewesen war. Abbys Freunde von der Schule. Hauptsächlich Eltern der Freunde ihrer Kinder. Matt Conley und seine Mutter, Jo; Abbys Schwester, Beth; eine Hand voll Pflegerinnen aus dem Altenheim. Johns Mutter litt zu sehr unter der Alzheimerkrankheit, um das Pflegeheim verlassen zu können, sonst wäre sie bestimmt auch dabei gewesen. Abbys Vater war auch ihr Freund gewesen.

In seiner besten Zeit war Joe ein genauso bekannter Footballtrainer gewesen wie John jetzt. Hunderte von Leuten hatten ihn erkannt, wenn er in der Stadt unterwegs war, hatten ihn beim Einkaufen gegrüßt und sich glücklich gezählt, dass sie zu seinen Freunden gehörten. Aber hier, am Ende seines Weges, gedachten nur eine Hand voll Menschen, ein kleiner Rest des Fanclubs, den er früher einmal gehabt hatte, Joe Chapmans.

Ist das alles, was am Ende bleibt, Gott? Jahrein, jahraus zu leben und das Leben von mehreren hundert Jugendlichen mit zu prägen und dann ganz allein aus dieser Welt zu gehen?

Diese Welt ist nicht deine Heimat, mein Sohn ...

Der Vers kam ihm so selbstverständlich in den Sinn, wie er die Luft einatmete. John wusste, dass dieser Satz stimmte. Aber trotzdem ... John rang mit seinen Gefühlen. Er war nicht ganz sicher, welche Gefühle er bei dem Gedanken an den Himmel hatte. Es klang gut, ganz gewiss. Darüber zu sprechen, dass Joe Chapman jetzt Ruhe und Frieden gefunden hatte, dass sein Körper wieder gesund war und nie wieder krank werden würde ... sich gegenseitig zu vergewissern, dass er bei Gott und seiner Frau und bei Johns eigenem Vater und einem Dutzend anderer Freunde, die vor ihm heimgegangen waren, war.

Aber trotzdem war er fort. Er fehlte ihnen allen.

Ein Pastor stieg auf die Kanzel und faltete ein Blatt Papier auseinander. „Ich wusste nicht viel über Joe Chapman“, begann er. „Deshalb habe ich den Rat seiner Tochter Abby befolgt und Kontakt zu der christlichen Gemeinde aufgenommen, zu der Joe fast dreißig Jahre lang gehörte.“ Er schwieg kurz und ließ seinen Blick über die kleine Versammlung schweifen. John wurde neugierig auf die Worte des Pastors. Er sprach bedächtig und freundlich, als würde er sie alle schon seit Jahren kennen.

„Es wird euch vielleicht überraschen, was ich herausgefunden habe.“ Der Pastor zuckte mit den Achseln und lächelte traurig. „Ich bin nicht sicher, ob es ihm recht wäre, dass ich es erzähle, aber dieses eine Mal, denke ich, darf ich es sagen. Damit ihr alle erfahrt, was für ein erstaunlicher Mann Joe Chapman wirklich war.“

Er warf einen kurzen Blick auf seine Notizen und begann: „Joe Chapman war Lehrer und Footballtrainer. Er verdiente nicht das große Geld. Aber ab seinem ersten Jahr als Lehrer kaufte er jeden Winter ein komplettes Weihnachtsessen und ließ es durch die Kirche einem seiner Spieler bringen. Einem Jungen und seiner Familie, die sonst leer ausgegangen wären.“

John wand sich innerlich. *Was hatte er jemals für andere getan? In diesem Augenblick fiel ihm beim besten Willen nichts ein ...* Neben ihm warf Abby einen neugierigen Blick auf ihre Schwester. Abbys Vater hatte nie darüber gesprochen, nie ein Wort darüber verloren. Offenbar hatte nicht einmal Abby davon gewusst. John konzentrierte seine Aufmerksamkeit wieder auf den Pastor.

„Bis er sich der Parkinsonkrankheit beugen musste, verbrachte Joe jeden Monat einen Samstagvormittag damit, Blätter zusammenzurechen oder Blumen zu pflanzen oder was sonst nötig war, um das Kirchengelände sauber zu halten. Joes Pastor erzählte mir, dass nicht einmal seine Familie von diesen Liebesdiensten wusste. Warum? Weil Joe nicht wollte, dass irgendjemand außer seinem Herrn etwas davon wusste."

John seufzte schwer. *Wir haben ein ganzes Leben damit verbracht, über Pässe und Mannschaftsaufstellungen zu reden, aber die wirklichen Siege haben wir nicht erwähnt. Warum habe ich mir nicht die Zeit genommen, ihn besser kennen zu lernen, Herr?*

Er bekam keine Antwort. Der Pastor warf erneut einen Blick auf seine Notizen und schüttelte den Kopf. „Das alles wurde jedoch noch übertroffen. Als Joes Frau 1984 bei einem Tornado starb, verloren mit ihr acht andere Menschen ihr Leben. Darunter war ein Mann ohne Lebensversicherung, ohne Vermögen oder Ersparnisse. Er hinterließ eine Frau und vier Kinder, die für den Rest ihres Lebens von der Wohlfahrt hätten leben müssen.

Joe erfuhr bei der Beerdigung seiner eigenen Frau von dieser Frau. Am nächsten Tag rief er einen Freund in Michigan an, der Bankier war ..."

Ein Freund, der Bankier war? John setzte sich gerader hin. Das musste sein eigener Vater gewesen sein. Welchen anderen Freund hatte Joe in Michigan gehabt, der Bankier gewesen war?

„Wie sich herausstellte, war dieser Freund derjenige, der Joe Chapman vor Jahren zum Herrn geführt hatte, und jetzt wollte Joe ihm eine weitere Chance geben, sich Schätze im Himmelreich zu sammeln. Die verwitwete Frau und ihre Kinder brauchten einen Platz zum Wohnen, erklärte er seinem Freund. Joe legte die Hälfte des Geldes, das er aus der Lebensversicherung seiner Frau bekam, mit einer Spende von seinem Freund zusammen, und gemeinsam baten sie die Kirche, dieser Familie ein Haus zu kaufen. Vielleicht wisst ihr das nicht, aber Geld, das einer Kirche für einen bestimmten Zweck gespendet wird, ist in Amerika nicht steuerabzugsfähig. Mit anderen Worten: Joe und sein Freund baten die Kirche nur aus einem einzigen Grund, ihr Mittelsmann zu sein. Sie wollten vollkommen anonym bleiben."

John hörte, wie Abby der Atem stockte. Keiner von ihnen wusste etwas von dieser Frau oder ihren Waisenkindern oder dem Haus, das ihre Väter ihnen gekauft hatten. Ein Haus, das mit einer

Liebe gebaut worden war, die John fast ganz vergessen hatte. Die Barmherzigkeit ihrer Väter war mehr, als John ertragen konnte. Seine Augen wurden feucht. Kein Wunder, dass er so ein Chaos aus seinem Leben gemacht hatte. Wann hatte er je in ähnlicher Weise etwas weggegeben? Selbstlos, auf Kosten seiner eigenen Bequemlichkeit?

Der Pastor beendete seine Botschaft. „Bis zu dem Tag, an dem er starb, half Joe Chapman dieser Frau und teilte seine Rente so auf, sodass jeden Monat jahrein, jahraus hundert Dollar über die Kirche auf ihr Bankkonto flossen." Er machte eine Pause. „Alles, was ich noch über Joe Chapman sagen könnte ... Einzelheiten aus seiner Trainerlaufbahn oder über seine Liebe zu seinen zwei Töchtern oder dass er Hunderte von Schülern hatte, die ihn geliebt hatten ... das alles klingt nur wie ein Nachgedanke im Vergleich dazu, wie sehr er seinen Herrn geliebt hat."

John fühlte sich hohl, als hätte er es versäumt, einen Raum in seinem Herzen mit Leben zu füllen, der für Joe und seinen Vater reserviert war. *Gott, warum wusste ich das nicht früher?*

„Ich will euch noch einen letzten Brief vorlesen. Abby fand ihn in einer Schublade neben seinem Bett, als er starb. Es ist ein Aufsatz, den einer seiner Schüler geschrieben hat." Der Pastor warf einen Blick auf das Blatt in seinen Händen und zögerte. „Mr. Chapman ist mein Lieblingslehrer, weil er nie vergisst, wie es ist, Kind zu sein. Er schreit uns nicht an wie mancher andere Lehrer. Trotzdem hört ihm jeder in seiner Klasse zu und achtet ihn. Viele von uns wollen, wenn wir erwachsen sind, genauso sein wie er. Mr. Chapman erzählt uns Witze. In seinem Unterricht dürfen wir Fehler machen. Andere Lehrer sagen, ihre Schüler seien ihnen wichtig, aber Mr. Chapman zeigt uns, dass wir ihm wirklich wichtig sind. Wenn jemand traurig ist oder einsam, fragt er nach und sorgt dafür, dass er sich besser fühlt, wenn er sein Klassenzimmer verlässt. Ich bin reicher geworden durch die Zeit als sein Schüler. Egal, wie lange ich lebe, ich werde ihn nie vergessen."

John kämpfte mit den Tränen. Es war einfach nicht fair. Gott hätte jemand anderen statt Joe zu sich holen sollen. Ein Mensch, der so gut und großzügig war wie Abbys Vater, hätte hundert Jahre alt werden müssen.

Der Pastor räusperte sich. „Nur für den Fall, dass jemand jetzt denkt, Joe Chapman sei irgendwie beraubt worden, er wäre, nachdem er sein Leben lang nur gegeben hat, von Gott nicht fair behandelt worden, muss ich euch Folgendes sagen: Einige Menschen raffen Schätze auf Erden ... Häuser, Autos, unerlaubte Beziehungen ... und jeden Tag wachen sie auf und entfernen sich einen Schritt weiter von ihrem Schatz, rücken ihrem Tod einen Schritt näher." Er lächelte. „Aber dann gibt es Leute wie Joe. Leute, die jeden Tag aufwachen und ihrem Schatz einen Schritt näher kommen. Einen Tag näher dem Augenblick, in dem sie diesen Vorraum verlassen und in den großen Festsaal treten. Näher dem Augenblick, an dem sie endlich zu Hause sind an dem Ort, der für sie geschaffen wurde. Trauert also nicht um Joe, Leute. Glaubt, dass, wie C. S. Lewis einmal sagte, für Joe das Leben hier auf der Erde nur der Titel und das Deckblatt war. Aber jetzt hat die größte Geschichte aller Zeiten für ihn angefangen, eine Geschichte, die niemand auf der Erde je gelesen hat, eine Geschichte, in der jedes Kapitel besser ist als das vorangegangene. Glaubt mir: Wenn er Gelegenheit dazu gehabt hätte, dann hätte er mit D. L. Moody übereingestimmt, der kurz vor seinem Tod sagte: ‚Bald werdet ihr in der Zeitung lesen, dass ich tot sei. Glaubt kein Wort davon. Denn ich werde lebendiger sein als je zuvor.'"

John fühlte sich völlig ausgelaugt. Die Worte des Pastors, das Bild, das er vom Himmel gemalt hatte, übertraf alles, was John je gehört hatte. Es war, als habe sich seine ganze Perspektive durch eine einzige Predigt verändert. Plötzlich trauerte John um die vielen hundert und tausend Predigten, die er im Laufe der Jahre verpasst hatte.

* * *

Jo Harter saß nahe am Mittelgang der Kirche und hing an jedem Wort, das der Pastor sagte. Seit Wochen, genauer gesagt seit Monaten, fühlte sie einen Ruf, fühlte sie etwas, das stärker war als alles auf der Erde, stärker als ihr Wunsch, zu angeln oder einkaufen zu gehen. Sogar noch stärker als ihre Hoffnung, dass sie sich eines Tages wieder mit Denny versöhnen könnte.

Es war genau das, worauf Matt sie aufmerksam gemacht hatte. Er hatte gesagt, sie solle danach Ausschau halten. Nach einer heiligen Sehnsucht, wie er es nannte.

„Eines Tages wird es passieren, Mama. Warte nur ab. Du wirst aufwachen und hast einen solchen Hunger und eine solche Sehnsucht, die nichts auf der Welt stillen kann. Nichts und niemand außer Jesus."

Jetzt saß sie hier bei der Beerdigung und fühlte eine Sehnsucht, die wirklich so stark war, wie Matt sie ihr beschrieben hatte. Während des ganzen Gottesdienstes rutschte sie nervös auf ihrem Platz herum. Sie war so unruhig, dass Matt sich zu ihr beugte und sie fragte: „Ist mit dir alles in Ordnung?"

„Ja." Sie hob die Hand und tätschelte das Knie ihres Sohnes, dankbar, dass er sich entschieden hatte, sich dieses eine Mal zu ihr zu setzen und nicht neben Nicole. „Ich sage es dir später." Sie wollte noch nicht darüber sprechen. Nicht, wenn jedes Wort, das der Pastor sagte, scheinbar für sie ganz allein bestimmt war.

Am Ende des Gottesdienstes tat der Pastor etwas, das Jo noch nie bei einer Beerdigung erlebt hatte: Er sagte, er wolle eine Einladung aussprechen. Zuerst dachte Jo, es sei eine Einladung zum Leichenschmaus im Haus der Reynolds nach dem Gottesdienst, aber dann forderte der Pastor sie auf, die Augen zu schließen.

Alles klar, Gott. Meine Augen sind geschlossen. Was passiert hier eigentlich?

Komm, Tochter. Komm zu mir.

Jo schlug die Augen auf und richtete sich kerzengerade in ihrer Kirchenbank auf. Sie stieß Matt in die Rippen und flüsterte: „Wer hat das gesagt?"

Er bedachte sie mit einem Blick, der ihr zu verstehen gab, dass sie vielleicht ein bisschen mehr Schlaf brauche, und legte die Finger auf seine Lippen. „Pscht. Niemand hat etwas gesagt."

Jetzt höre ich auch schon Stimmen! Jo schloss wieder die Augen und konzentrierte sich auf die Einladung des Pastors.

„Viele von euch haben vielleicht schon die Gewissheit, die Joe hatte. Die Gewissheit, dass ihr Name ins Buch des Lammes geschrieben ist, die Gewissheit, dass ihr von euren Sünden erlöst seid, weil Jesus für euch am Kreuz starb. Die Gewissheit, dass ihr in den Himmel kommt. Aber ich glaube, einige von euch haben diese Entscheidung noch nicht getroffen und ihr Leben noch nicht ganz Jesus Christus anvertraut. Ihr habt eine Leere in eurem Herzen, die nur Jesus füllen kann, und ihr wollt eure Zukunft in seine Hände legen, wo sie am besten aufgehoben ist. Wenn es dir heute Morgen so geht, bitte ich dich, die Hand zu heben. Dann werde ich nach dem Gottesdienst auf dich zukommen, dir eine Bibel geben und dir helfen, die ersten Schritte auf diesem Weg zu gehen."

Er zögerte. Jo fühlte mit jedem Wort, das er sagte, ihre Sehnsucht größer werden. In ihrem Herzen war eine Leere. Daran bestand kein Zweifel.

„Gibt es jemanden?"

Es hatte keinen Sinn, noch länger zu warten. Wenn Jesus bei Matt und Denny diese Leere gefüllt hatte, würde er es vielleicht bei ihr auch tun. Es war Zeit, dass sie von ihrem hohen Ross herabstieg und etwas dagegen unternahm. Ohne auch nur einen Augenblick länger zu zögern, schoss ihre Hand in die Luft.

Ich will dich, Jesus. Zeige mir den Weg, Gott ...

Matt legte ihr die Hand aufs Knie und drückte es fest. Als das Gebet zu Ende war, fiel sie ihrem einzigen Sohn um den Hals. Erst jetzt fiel ihr etwas auf, das sie vorher nicht bemerkt hatte. Zum ersten Mal seit dem Beginn der Beerdigung hatte Matt Tränen in den Augen.

19

Wenn sie an die Szene am Sterbebett ihres Vaters und an die Art, wie John sie später an diesem Abend geküsst hatte, dachte, gab es Augenblicke, in denen Abby sich fragte, ob vielleicht, nur vielleicht, John sich das mit ihrer Scheidung doch noch einmal überlegte. Konnte ein Mann das Zittern, das sie gefühlt hatte, als John den Arm um sie gelegt und ihrem sterbenden Vater versprochen hatte, dass er sie immer lieben würde, vortäuschen? Konnte er Tränen und das Bedauern, weil er nicht mehr Zeit mit dem Mann verbracht hatte, der der beste Freund seines eigenen Vaters gewesen war, beliebig produzieren?

Konnte er sie wirklich aus einem Pflichtgefühl heraus so zärtlich und leidenschaftlich geküsst haben?

Abby hielt das kaum für möglich. Aber trotz all der Gefühle, die in dieser Woche in ihnen beiden brodelten, vergingen die Tage wie immer, und nichts änderte sich zwischen ihr und John. Der Beweis kam nur eine Woche nach der Beerdigung, als Nicole mit bleicher Miene in Abbys Büro platzte.

„Warum treibt sich Charlene Denton auf dem Trainingsgelände herum, wenn Papa seine Mannschaft trainiert?“ Sie war sichtlich aufgebracht. Nervös wartete sie auf Abbys Antwort.

Bevor Abby sich etwas Witziges oder Glaubwürdiges einfallen lassen konnte, platzte sie mit dem Ersten heraus, das ihr gerade in den Sinn kam. „Warum fragst du das nicht deinen Vater?“

Die Reaktion in Nicoles Gesicht verriet Abby, das sie das Falsche gesagt hatte. Nicoles Augen wurden groß. Ein Anflug von nackter Angst zuckte über ihr Gesicht wie ein Blitz am Sommerhimmel. „Was soll das heißen?“

In diesem Augenblick bekam Abby einen ersten Vorgeschmack auf den Alptraum, der sie alle erwartete, wenn sie Nicole und den Jungen die Wahrheit sagen müssten. Sie versuchte, mit einem unschuldig klingenden Lachen die Sache wieder ins rechte

Lot zu rücken. „Rege dich doch nicht gleich auf, Schatz. Ich mache nur Spaß."

„Aber Matt hat keinen Spaß gemacht. Er hat sie miteinander gesehen und mich gefragt, was das zu bedeuten habe." Sie verlagerte ihr Gewicht auf das andere Bein und kniff die Augen zusammen. „Was soll ich ihm denn sagen?"

Abby stieß ein beherrschtes Seufzen aus. „Du weißt doch, dass sie Kollegen sind, Schatz. Mrs. Denton ist schon seit Jahren mit deinem Vater befreundet."

„Ja, und das gefällt mir überhaupt nicht. Sie flirtet ständig mit ihm." Nicole ballte die Fäuste. „Papa verbringt mehr Zeit mit ihr als mit dir."

Abby fiel nichts Ungezwungenes ein, was sie darauf erwidern konnte. Sie warf ihren Kopf zurück und unterdrückte ein Schauern, als sie erneut überlegte, wie tief Trainer John Reynolds – Vater, Held und bester Freund – in den Augen seiner Kinder, die ihn so sehr liebten, fallen würde. „Was willst du jetzt von mir hören, Schatz?"

Nicole verzog das Gesicht. „Sag mir, dass es ein Zufall war. Sag mir, dass ich mir das alles nur einbilde. Sag mir, dass Papa so ist wie immer." Sie zögerte. In ihre Augen traten Tränen. „Sag mir, dass zwischen euch beiden alles in Ordnung ist."

Abbys Herz wollte zerbersten. Sie stand auf und zog Nicole in die Arme. „Oh, Liebes. Es tut mir so Leid." Nicole klammerte sich fester als gewöhnlich an sie. Abby wollte nichts sehnlicher, als ihr ihre Ängste nehmen. „Alles ist ..."

Lüge sie nicht an, Tochter.

Die Stimme hallte laut und deutlich in Abbys Herz wider. Sie brach mitten im Satz ab.

„Alles ist was?" Nicole wich leicht zurück und schaute Abby ins Gesicht. Sie suchte nach irgendeinem Anzeichen von der Gewissheit, die sie immer als Selbstverständlichkeit hingenommen hatte.

Gott, gib mir die richtigen Worte. „Du weißt, wie sehr wir uns lieben." Abby umarmte Nicole erneut, während sich in ihrem

Herzen eine Traurigkeit ausbreitete, die so tief und so stark war, dass sie davon im Innersten erschüttert wurde. „In unserer Familie haben wir uns alle sehr lieb."

Nicole zog sich wieder zurück, als wollte sie etwas sagen, aber noch bevor sie sprechen konnte, beugte sich Abby zu ihr vor und küsste sie auf die Nasenspitze. „Was hältst du von einer Tasse Tee? Setz doch schon einmal den Wasserkessel auf. Ich komme in einer Minute zu dir."

Das Ablenkungsmanöver funktionierte. Nicole lächelte Abby an, sichtlich überzeugt, dass die tröstenden Worte ihrer Mutter der Beweis dafür waren, dass alles wirklich in bester Ordnung war.

* * *

Wie feindliche Soldaten, die sich über ein Minenfeld tastend vorwärts bewegten, überlebten Abby und John die nächsten Wochen, ohne dass einer von ihnen Charlenes Namen erwähnte. Es war Montagabend, die letzte Schulwoche, Abby backte Kekse – Teil einer langjährigen Tradition im Hause Reynolds. Jedes Jahr nahmen die Kinder kurz vor Ende des Schuljahres Kekse mit in die Schule, schenkten sie ihren Lehrern und teilten sie mit ihren Klassenkameraden. Seit sie älter waren, wurde ihnen dieses Ritual fast zu kindisch, aber sie liebten es noch immer. Sogar als Footballspieler in seinem letzten Schuljahr hatte Kade sie am Vorabend gebeten, ob sie diese Woche nicht wieder backen würde.

Abby bewegte den Holzlöffel durch eine Schüssel mit feuchtem Teig und dachte daran, dass sich die Kinder nächstes Jahr um diese Zeit wahrscheinlich an ihr neues Leben gewöhnt hätten, an ein Leben, in dem ihr Vater nicht mehr mit ihrer Mutter verheiratet sein würde. Sie verteilte den Teig auf einem mit Butter bestrichenen Blech und schob es in den Backofen. Abby schaute aus dem Fenster über die weite, grüne, rollende Hügellandschaft und auf den See hinaus.

Konnte es tatsächlich sein, dass Kade schon seinen Abschluss an der High School machte? Wo waren all die Jahre hingegangen? Abby blinzelte die Tränen zurück, die ihr in den Augen brannten. Sie hatte in diesen Tagen ständig mit den Tränen zu kämpfen ... warum auch nicht? Sie hatte eine Tochter, die bald heiraten würde, einen Sohn, der von der Schule abging und auszog, um in einer anderen Stadt zu studieren, und sie hatte einen Mann, der sie nicht mehr liebte.

Es war eigentlich ein Wunder, dass sie nicht beim Aufwachen schon weinte.

Das Telefon läutete. Abby atmete scharf ein und verbannte ihre Gefühle wieder in die hinterste Ecke ihres Herzens. Keine noch so schönen Erinnerungen konnten etwas an der Tatsache ändern, dass sich ihr Leben in allen Bereichen verändern würde.

„Hallo?" Sie klemmte den Hörer zwischen Schulter und Ohr ein und wischte sich die Hände an einem Papiertuch ab.

„Äh ... ja ..." Es war eine Frau. Sie wirkte nervös. Abby spürte, wie ihr die Farbe aus dem Gesicht wich. *Das kann doch nicht ...* Die Frau räusperte sich. „Ist ... Ist John Reynolds da?"

Abby meinte, ihr Herz höre auf zu schlagen. Ihre Kehle war wie zugeschnürt. Beim besten Willen konnte sie nicht atmen. „Kann ich ... ihm sagen, wer am Apparat ist?"

Ein schweres Seufzen war am anderen Ende zu hören. „Hier ist Charlene Denton. Ich muss ihn etwas wegen der Schule fragen."

Ein Feuerwerk an Gefühlen explodierte in Abbys ganzem Körper und lähmte vorübergehend ihr Herz, ihre Seele und ihren Magen. *Atmen, Abby, Atmen.* Ihr war furchtbar übel, und sie schloss die Augen. Zig Erwiderungen schossen ihr durch den Kopf. *Du hast wirklich Nerven, Frau. Für wie blöd hältst du mich eigentlich? Etwas wegen der Schule? Dass ich nicht lache!*

Am Ende sagte Abby gar nichts. Ihr Herz schlug viel zu heftig. Sie umklammerte fest das Telefon und legte die Hand auf das Mundstück. Ihr anfänglicher Schmerz und Schock wichen einem glühenden Zorn. *Wie konnte er es wagen, ihr zu sagen, sie solle hier zu Hause anrufen!* Sie hielt das Telefon wie eine Waffe in der Hand und stürmte durch das Wohnzimmer hinaus in die Garage.

John bastelte an einer Angelrute herum und blickte auf, als sie auftauchte. Seine Miene war leicht verblüfft. Er konnte aus zehn Metern Entfernung ihre Wut fühlen, hatte aber keine Ahnung, was er jetzt schon wieder falsch gemacht hatte.

Sie warf ihm das schnurlose Telefon zu. „Es ist *Charlene.*"

Die Überraschung auf seinem Gesicht war echt, aber seine Augen verrieten sofort seine Schuldgefühle. Er nahm das Telefon, drehte Abby den Rücken zu und sprach mit gedämpfter Stimme.

Es war, als schwimme sie auf dem Meer und wäre kurz vor dem Ertrinken und John hätte sich entschieden, sie endgültig untergehen zu lassen. Er zog Charlene so offenkundig seiner Frau vor, dass sie nicht wusste, wie sie reagieren sollte. Sie wartete, bis sie das leise elektronische Summen hörte, das ihr verriet, dass das Gespräch beendet war.

John ließ die Hand mit dem Telefon nach unten sinken und blieb mit dem Rücken zu ihr stehen.

„Wir müssen miteinander reden." Abbys Stimme war nicht wütend oder panisch. Sie verriet nichts von dem Sturm an Gefühlen, der in ihr tobte, seit das Telefon geläutet hatte. Wozu jetzt noch wütend sein? Es war alles vorbei. Nur der rechtliche Teil ihrer Scheidung fehlte noch.

Ein Gefühl von Endgültigkeit legte sich auf Abby und brachte eine unnatürliche Ruhe mit sich, als John herumfuhr und ihren Blick erwiderte. Sein Rücken war steif, seine Augen waren eng zusammengekniffen. Er war kampfbereit. Seine Stimme war erregt, sobald er zu sprechen begann. „Hör zu, Abby. Ich habe ihr nicht gesagt, dass sie ..."

„Es spielt keine Rolle mehr." Sie war nüchtern und geschäftsmäßig. Das überraschte ihn offensichtlich, denn er brach mitten im Satz ab. „Ich will nicht streiten, John. Das wird überhaupt nichts ändern." Sie sank auf die Garagenstufen, stützte die Ellbogen hart auf ihre Knie und schaute ihn unverwandt an. Plötzlich fühlte sie sich zu alt und zu müde, um überhaupt noch irgendetwas zu erklären. „Charlene ist deine Zukunft. Das sehe ich. Ich werde dich nicht anschreien oder beschimpfen, weil du in eine andere Frau verliebt bist. Dafür ist es zu spät."

John atmete knurrend aus und verdrehte die Augen. „Ich habe ihr nicht gesagt, dass sie mich anrufen soll, Abby. Das musst du mir glauben ..."

Abby hielt beide Hände hoch, und wieder beendete John seinen Satz nicht. „Spar dir deine Ausreden." Ihr Ton war ruhig, aber resigniert, und als sie sprach, entspannte sich Johns Haltung. „Ich will ehrlich sein: Ich möchte nicht, dass sie hier anruft. Aber ich bin nicht blind. Ich kann die Schrift an der Wand lesen, und eines Tages ..." Das Letzte, was Abby wollte, waren Tränen, besonders jetzt, da ihr Herz sich vor diesem Problem verbarrikadiert hatte. Aber sie kamen trotzdem, sie traten ihr in die Augen und liefen ihr über die Wangen, bevor sie etwas dagegen unternehmen konnte. „Eines Tages ist sie vielleicht die Stiefmutter meiner Kinder. Ich bin es müde zu hassen. Ich will weder sie noch dich noch irgendjemand sonst hassen."

John ließ den Kopf einen Augenblick hängen. Dann kam er näher, lehnte sich an ihr blaues Familienauto und atmete langsam ein. „Es tut mir Leid, Abby. Ich hatte nie die Absicht, dir so wehzutun." Er ließ den Kopf wieder hängen. Offenbar wollte er es nicht mit ansehen, wie sie weinte.

Trotz ihrer momentanen inneren und äußeren Ruhe erschütterte es Abby in ihrem Herzen zutiefst, dass John dem zustimmte, was sie sagte. *Kämpfe um mich, John. Um uns. Sage mir, dass du sie nicht ausstehen kannst, dass du hier draußen warst und darüber nachgedacht hast, wie wir es doch wieder miteinander schaffen könnten ...* Aber die Wahrheit war, dass sie in diesem Stadium ihrer Ehe beide den Ausgang wussten. Es waren nur noch wenige Minuten zu spielen. Dann wäre das Spiel vorbei, und es gab einfach keine Sieger bei diesem Spiel. Außer vielleicht Charlene. Abby wischte sich die Tränen ab. „Ich möchte dich um einen Gefallen bitten."

Er steckte die Hände in die Hosentaschen und schaute sie an, ohne jedoch den Kopf zu heben. „Alles, was du willst, Abby."

Sag es nicht, Abby. Liebe erträgt alles ...

Die Stimme verstummte, und Abby hob ihren Kopf. Sie hoffte, John sähe ein, dass dies die einzige Möglichkeit war, die ihnen noch blieb. „Erledige das mit den Papieren. Vereinbare einen Termin bei einem Anwalt. Jemand, den wir beide nicht kennen. Dadurch können wir alles schnell über die Bühne bringen, sobald die Kinder verheiratet sind." Sie zögerte und versuchte, seine Miene zu deuten, aber es gelang ihr nicht. Eine vernichtende Erkenntnis traf sie: *Ich bin kein Fachmann mehr, was die tiefen Gefühle in John Reynolds' Herz angeht.*

Sein Blick richtete sich auf den Boden. Fast eine Minute verging, bis er etwas sagte. „Ich rufe morgen früh gleich an." Ohne sie anzuschauen oder noch ein weiteres Wort zu sagen, ging er langsam an ihr vorbei ins Haus. Nach ein paar Minuten verlöschte das Licht automatisch, und Abby schaute in die dunkle Leere hinein. Ein kleiner Vorgeschmack auf ihre Zukunft ohne John.

Vollständige und totale Dunkelheit, nur durch beängstigende Formen und vage, ungewisse Schatten durchbrochen.

* * *

Die Woche raste dahin. Abschlussprüfungen, Einträge ins Jahrbuch und Vorbereitungen für Kades Abschlussfeier. Aber John hatte Wort gehalten. Es war Donnerstag, und sein Termin beim Anwalt war für sechzehn Uhr vereinbart. Er hatte die Noten in den Computer eingegeben und nahm die Poster von den Wänden seines Klassenzimmers ab, eine jährliche Aufgabe, die von allen Lehrern verlangt wurde. Wie so oft in dieser Woche wurde er von dem Blick in Abbys Gesicht verfolgt, als sie mit Charlene am Telefon zu ihm in die Garage gekommen war.

Er rollte ein Poster zusammen und seufzte laut.

Charlene.

Er war sich immer noch nicht sicher, warum sie ihn zu Hause angerufen hatte. Sie hatte gesagt, sie habe eine Frage dazu, wie sie die Noten an der Schule in den Computer eingeben müsse, aber John glaubte, dass mehr dahinter steckte. Obwohl sie Abstand zu ihm hielt, wie er sie gebeten hatte, schien sie, sooft sich ihre Wege kreuzten, direkter und weniger geduldig zu sein als früher. Das letzte Mal, als er sie vor diesem Telefonanruf gesehen hatte, hatte sie gefragt, ob Abby von ihnen wisse.

„Was soll es da zu wissen geben?" John fühlte sich immer noch zu ihr hingezogen, aber ihre Fragen machten ihn ungehalten. Was war aus den Tagen geworden, als eine fröhliche und unbeschwerte Freundschaft zwischen ihnen geherrscht hatte? Verstand sie denn nicht, wie schwer das alles für ihn war? Wie vernichtend es war, mit anzusehen, wie sein Sohn seinen Schulabschluss machte und seine Tochter heiratete, und dabei zu wissen, dass er sie in ein paar Wochen alle verlassen und ein neues Leben ohne sie anfangen würde?

Charlene hatte die Lippen zu einem spöttischen Schmollmund verzogen. „Ich meine ja nur, dass wir in ein paar Monaten die ganze Zeit zusammen sein werden. Sie muss doch wissen, dass du noch ein anderes Leben als zu Hause in der Familie hast. Immerhin lässt du dich scheiden. Es ist nicht so, dass du mich vor allen, die dir wichtig sind, geheim halten müsstest."

Ihre Worte hallten immer noch in seinem Kopf wider, und er vermutete, dass genau das mit ihrem Telefonanruf zu tun gehabt hatte als irgendein Vorwand über Noten oder Schwierigkeiten in ihrer Klasse. Er erinnerte sich, wie sich Abbys Gesicht von Wut in eiskalte Gleichgültigkeit verwandelt hatte. *Ist es so leicht, Abby, mein Mädchen? Charlene einfach ihren Willen zu lassen? Nur noch die Scheidungspapiere von mir zu wollen und sonst nichts mehr?* Er rollte das letzte Poster zusammen und zog einen Gummi darum, als Charlene über den Flur geschlendert kam.

Sie blieb an der Tür stehen und grinste ihn an. „Weißt du eigentlich, wie verführerisch du aussiehst, wenn du arbeitest?" Ihr Rock war kürzer als gewöhnlich, ihre Beine waren braun und schlank, als sie durch das Zimmer auf ihn zu trat. Sie beobachtete seinen Blick und lächelte, als seine Augen wieder nach oben zu ihrem Gesicht wanderten. „Hallo ..."

Fraglos fand John sie attraktiv, aber ihr plötzliches Auftauchen machte ihn wütend. Welches Recht hatte sie, ihn zu stören, wenn er allein sein wollte? Außerdem war er nicht in der Stimmung für ihre Fragen. Er wollte ihr schon sagen, sie solle gehen, richtete sich aber dann doch auf und streckte sein wehes Knie durch. „Hallo."

„Die Schule ist wie eine Geisterstadt." Ihre Augen brannten sich in seine. Die Bedeutung ihrer Worte entging John keineswegs. Der Unterricht endete in der letzten Schulwoche immer um ein Uhr. Sie hatte also Recht. Keine Schüler waren weit und breit auf dem Gelände. Sie kam durch das Zimmer und lehnte sich an die Kante seines Schreibtisches. Nur wenige Zentimeter trennten sie von ihm. Ihr Parfüm betäubte seine Sinne. „Ich habe mich so lange von dir fern gehalten, wie ich konnte, John."

Er neigte den Kopf und überlegte, was er sagen sollte. *Gib mir die richtigen Worte, Gott ... bitte.*

Fliehe, mein Sohn! Kehr um zu deiner ersten Liebe ...

„Du solltest nicht hier sein. Ich habe dich gebeten, nicht ..." John wünschte, er könnte mit mehr Überzeugungskraft sprechen, aber er wollte nicht unhöflich sein. Charlene gehörte zu seinen besten Freunden, auch wenn sie ihm in letzter Zeit öfter auf die Nerven ging.

„Ich habe dich vermisst ..."

Er schob mit dem Fuß die leere Posterkiste an den Rand des Zimmers. „Ich bin immer noch ein verheirateter Mann, Charlene."

Plötzlich richtete sich seine Frustration nicht mehr gegen Charlene. Es war Abbys Schuld, dass er in dieser Bredouille steckte. Auf sie sollte er wütend sein, nicht auf Charlene. Charlene hatte nichts anderes getan, als seine Freundin zu sein, ihm zuzuhören, ihm das Gefühl zu geben, er sei nicht völlig unwichtig.

Dinge, die Abby schon lange nicht mehr tat.

Er schaute Charlene an. Plötzlich fühlte er sich wieder zu ihr hingezogen. Er trat einen Schritt auf sie zu. „Auch wenn ich mir wünschte, ich wäre es nicht."

Was hatte er da soeben gesagt? *Auch wenn ich mir wünschte, ich wäre es nicht? Ich wäre was nicht? Wäre nicht mit dem Mädchen verheiratet, auf das ich jahrelang gewartet habe, bis ich sie endlich heiraten konnte?* Waren diese Worte wirklich aus seinem Mund gekommen? John brach den Bann zwischen ihm und Charlene und schaute auf den Boden. War er denn verrückt?

Charlene schien zu fühlen, dass seine Gedanken in eine andere Richtung wanderten. Sie neigte den Kopf und zog die Augenbrauen in die Höhe. Ihr Gesicht war voller Mitgefühl. „Es muss schwer sein. Sich die ganze Zeit vor den Kindern zu verstellen, meine ich." Sie zögerte. „Ich wünschte, ich könnte etwas tun ..."

John lehnte sich neben sie an seinen Schreibtisch. Charlenes Angebot, ihm zu helfen, ging ihm durch den Kopf. Wann hatte Abby sich das letzte Mal etwas aus seinen Gefühlen gemacht oder ihm helfen wollen? Sie war schon seit Jahren nicht mehr seine beste Freundin. Vielleicht kamen die Spannungen mit Charlene nur daher, dass er keine Zeit mit ihr verbringen konnte. Immerhin war sie zur Zeit sein bester Freund ... Er blickte auf. Charlene schaute ihn immer noch unverwandt an. „Wir müssen es langsam angehen lassen."

So natürlich, als wären sie die beiden, die seit Jahren miteinander verheiratet waren, trat sie auf ihn zu, zwängte sich zwischen seine Knie und legte die Arme um seinen Nacken. „Ich habe nicht so lange gewartet, weil ich jetzt etwas überstürzen will." Ihre Stimme war nur ein Flüstern, ihre Augen schauten ihn forschend an. John war sicher, dass sie sehen konnte, wie schwach er war. Ohne es zu wollen, drückte er leicht die Knie zusammen, hielt sie fest und wollte sie nie wieder loslassen.

„Ich möchte nicht dieselben Fehler ein zweites Mal machen." Ein Verlangen erfüllte John so übermächtig stark, dass er Angst bekam. Plötzlich hatte er das Gefühl, er könnte seine Seele verkaufen, um das Objekt zu bekommen, nach dem sein Körper so laut schrie. Er hob die Hand an ihr Gesicht und strich ihr über die Wange. „Sage mir, dass wir nicht die gleichen Fehler machen werden, Charlene."

Sie antwortete nicht. Ein Lächeln zog über ihr Gesicht, aber statt ihr Lächeln zu erwidern, empfand John ein flaues Gefühl im Magen. Etwas, das zögerte ... etwas, das widerstrebte. Er konnte es nicht festmachen, aber etwas an ihrem Lächeln gefiel ihm nicht ... etwas stimmte nicht.

Bevor er diesen Gefühlen jedoch auf den Grund gehen konnte, trat sie näher, schmiegte sich an ihn ... und er ließ sich bereitwillig von ihr küssen. Zuerst war ihr Kuss langsam und zart, aber nach nur wenigen Sekunden wurde er von einer brennenden Leidenschaft erfüllt.

„Komm mit mir in meine Wohnung, John. Ich brauche dich ..."

Er saß immer noch auf dem Schreibtisch, aber je länger der Kuss dauerte, umso näher rutschte er zur Kante, näher zu ihr, und vergrub die Finger in ihren schönen, dunklen Haaren. *Hilf mir, Herr ... ich habe alle Kontrolle verloren ... es ist, als hätte sie einen Zauber über mir ausgesprochen.*

Die Antwort kam postwendend: Eine laute, blecherne Stimme erfüllte den Raum. „Wir müssen Sie daran erinnern, dass Mr. Foster alle Lehrer gebeten hat, ihre Zimmer bis morgen um acht Uhr in der Frühe zur Kontrolle fertig zu machen."

Die Worte hallten laut aus der Sprechanlage vorne im Klassenzimmer. John fuhr herum, als hätte man ihm eine Ohrfeige verpasst.

„Außerdem hängen die Abschlusstermine an der Tür zum Lehrerzimmer aus. Danke."

Charlenes Augen waren von der Intensität ihres Kusses noch ganz benommen. Das Lächeln, das John vor ein paar Augenblicken schon beunruhigt hatte, zog erneut über ihr Gesicht. Sie drückte sich eng an ihn und legte ihre Finger um sein Gesicht. „Wo waren wir stehen geblieben?"

Er dachte an Abby, an ihre kurze, aber intensive Umarmung nach dem Tod ihres Vaters. Die Leidenschaft, die er in jenem Augenblick empfunden hatte, war viel stärker gewesen als das, was er soeben gefühlt hatte. Viel besser und irgendwie ... reiner. Ihm wurde übel, als er daran dachte, was er getan hatte. *Was für ein Mann ist nur aus mir geworden?*

Er drehte das Gesicht zur Seite und entwand sich aus ihrer Umarmung. Er trat ein paar Meter von ihr weg und setzte sich auf einen Schülerstuhl. Als er wieder gleichmäßig atmen konnte, schaute er Charlene an. „Es tut mir Leid. Das war falsch." Er stützte den Ellbogen auf den Tisch, legte die Stirn zwischen Daumen und Zeigefinger und rieb sich die Schläfen. Er betete darum, dass Gott die aufgewühlten Gefühle, die er für diese Frau empfand, vertreiben würde. Er schloss die Augen und sprach weiter. „Ich bin dafür nicht bereit." Er öffnete die Augen und schaute sie über den Rand seiner Hand an.

Sie nickte kurz und setzte sich hinter sein Lehrerpult. Plötzlich war sie weniger die Verführerin und wieder mehr die wohlmeinende Freundin. Ihm wurde unbehaglich. Es war, als könnte sie, um ihm zu gefallen, in jede beliebige Rolle schlüpfen. Dieser Gedanke und ihr Lächeln machten ihn noch gereizter, und er spürte, wie sein Körper abkühlte. Sie erwiderte seinen Blick und sprach ruhig weiter. „Ich habe dich vermisst ... aber deshalb bin ich nicht gekommen."

John war plötzlich nervös und konnte es nicht erwarten, zu seinem Termin mit dem Anwalt aufzubrechen. Wohin konnte dieses Gespräch mit Charlene schon führen? Er wartete, bis sie weitersprach.

Sie verschränkte die Arme vor sich. Ihr Gesicht wurde ernster als vorher. „Ich habe eine Stelle angeboten bekommen."

Johns Herz schlug schneller. Sie würde doch nicht wegziehen? Charlene hatte im Jahr zuvor ihre Zusatzausbildung abgeschlossen und suchte nun in den Schulbezirken hier in der Gegend eine neue Arbeit. Ihr Ziel war es, eine Stelle als stellvertretende Schulleiterin irgendwo in Marion zu bekommen. „Das ist großartig." Er schaute sie fragend an und wartete auf genauere Informationen.

Charlene legte die Hände zusammen und senkte den Blick.

„Die Stelle ist in Chicago, John. Jemand von der Schulbehörde hat den Leuten dort gesagt, dass ich auf der Suche bin.“ Sie blickte wieder auf, und er konnte sehen, wie sehr sie mit sich rang. „Es ist ein gutes Angebot.“

Die Muskeln in seinem Unterkiefer arbeiteten. Warum waren seine Gefühle für Charlene so außer Kontrolle geraten? In der einen Minute wünschte er sich, er hätte sie nie kennen gelernt, in der nächsten wünschte er, er könnte ... „Ist die Stelle das, was du willst?“ Wenn dies der Fall war, konnte er ihr kaum im Weg stehen.

Sie spitzte die Lippen und atmete aus. Eine große Traurigkeit erfüllte ihre Augen. „Ich will dich, John Reynolds. Selbst wenn ich Teller spülen muss.“

Da war es schon wieder. Warum fühlte er sich bei ihren Worten, so als würde sein Herz in einem Schraubstock zusammengepresst werden?

„Aber wenn du ... keine Zukunft mit mir siehst ...“ Tränen traten in ihre Augen, und sie zog ein sauber gefaltetes Taschentuch aus ihrer Tasche und tupfte sich die Tränen ab, bevor sie Spuren auf ihrem perfekt aufgelegten Makeup hinterlassen könnten. „Dann bleibt mir keine andere Wahl als zu gehen. Irgendwo ein neues Leben ohne dich anzufangen.“

Vor langer Zeit hatte John einmal einen Spielfilm gesehen, in dem ein Mann in einem Flur gefangen war, der immer mehr zusammenschrumpfte, in dem beide Wände sich langsam immer näher auf ihn zu bewegten. Jetzt, bei allem, was in seinem Leben auf ihn zukam, wusste John, wie dieser Mann sich gefühlt haben musste. Er ließ die Schultern sinken. „Was erwartest du jetzt von mir?“

„Sag mir, dass du genauso fühlst wie ich, dass du uns zusammen siehst, wenn diese schwere Zeit, die du momentan durchmachst, endlich hinter dir liegt.“ Ihre Antwort kam schnell, und er sah in ihren Augen, dass er ihr so wichtig war, dass sie eine Stelle für ihn ablehnen würde, dass sie ihn zu Hause anrief, auch wenn das bedeutete, dass sie ihn damit verärgerte, dass sie es riskierte, dabei erwischt zu werden, wie sie ihn in seinem Schulzimmer küsste – eindeutig ein Verstoß gegen die Schulregeln. Die Wahrheit war ganz einfach: Sie glaubte, sie sei in ihn verliebt, und wenn er wollte, würde sie den Rest ihres Lebens um ihn herum aufbauen.

Sie war jung und hübsch, klug und unglaublich in ihn verliebt. In ihrer Gegenwart fühlte er sich geliebt und angenommen und voller Leben. Warum ergriff er dann nicht mit beiden Händen die Chance, die sie ihm bot?

Hielt ihn die Tatsache, dass er vor dem Gesetz noch nicht geschieden war, zurück? War es sein Glaube? Oder lag es daran, dass sie in letzter Zeit so manipulierend und drängend aufgetreten war? Seine Gefühle waren so durcheinander, dass er ihr keine Antwort geben konnte. „Du weißt, was ich für dich empfinde."

„Das ist nicht die Antwort, die ich hören will." Ihr Tonfall war jetzt nicht mehr aufgewühlt und ernst, sondern ungeduldig. „Bin ich ein Teil deiner Zukunft? *Das* ist es, was ich wissen muss."

John dachte über ihre Frage nach. Er machte sich wirklich viel aus ihr ... oder? War sie nicht bereit gewesen, ihr Leben zurückzustellen, bis er die Einzelheiten seiner Scheidung geklärt hätte? War sie nicht seine Freundin, seine Vertraute und seine Verbündete, während Abby sich mit jedem Jahr immer weiter vor ihm zurückzog? Er dachte an den Schmerz in Abbys Augen, als Charlene neulich zu Hause angerufen hatte. Hatte Abby deshalb aufgehört, seine Freundin zu sein? Weil sie das Gefühl hatte, Charlene habe sie von diesem Platz verdrängt?

„Wann musst du ihnen Bescheid geben?" Er sammelte seine Poster ein und spürte, wie ihre Augen ihm folgten.

„Ende Juli."

Ende Juli. Der Zeitpunkt könnte nicht besser gewählt sein. *Als würde er Abbys Träume gegen Charlenes Träume eintauschen.* Er zuckte innerlich zusammen und verbannte diesen Gedanken aus seinem Kopf. „Gib mir Zeit, ja? Ich lasse es dich noch vor der Hochzeit wissen."

„Wenn du mich willst, John, dann bleibe ich."

Er hatte ihr nichts mehr zu sagen. Schnell warf er einen Blick auf die Uhr an der Wand. „Ich muss los." Scheidungsanwälte berechneten ihr Honorar stundenweise. Er stand auf, packte ein paar Aktenordner zusammen, nahm seine Autoschlüssel und ließ Charlene in seinem Schulzimmer allein zurück, ohne sich zu verabschieden.

* * *

Als John ins Auto stieg, fiel sein Blick in den Spiegel. Was war er nur für ein Mann geworden? Sein ältester Sohn würde am nächsten Tag seinen Schulabschluss feiern, und ein paar Wochen später würde er seine einzige Tochter durch das Kirchenschiff führen und sie ihrem Bräutigam übergeben. Aber in den Stunden vor den wichtigen Ereignissen, auf die seine Familie ein Leben lang gewartet hatte, hatte er sich von einer Welle der Lust hinreißen lassen, die, wäre sein schwach ausgestoßenes Gebet nicht gewesen ... wohin geführt hätte? Hätte er seinen Termin abgesagt und wäre er mit ihr in ihre Wohnung gefahren? Hätte er zugelassen, dass seine Lust sein Handeln bestimmte, als hätte er nicht die geringste Verantwortung auf der ganzen Welt?

Er dachte erneut an sein Gebet und daran, wie die blecherne Ansage aus dem Lautsprecher den Zauber gebrochen hatte, die Atmosphäre so verändert hatte, dass er wieder klar hatte denken können. Ein Schauern lief ihm über den Rücken, als er daran dachte, was hätte passieren können.

Dann traf es ihn wie ein Schlag.

Was machte es schon für einen Unterschied? Ob er Charlene jetzt oder später nachgab, er zerstörte etwas, von dem er versprochen hatte, es ewig zu halten, er begrub für alle Zeiten die Träume von Abby, Nicole, Kade und Sean. Wem machte er eigentlich etwas vor?

Das Bild von Abbys Vater und seine letzte Bitte tauchten vor seinem geistigen Auge auf: *„Liebe sie ... liebe sie ... liebe sie."*

Er trat auf das Gaspedal und merkte, wie das Auto schneller

wurde. Die Pläne waren bereits in Gang, zu weit fortgeschritten, um noch etwas zu ändern. Da halfen auch keine geflüsterten Versprechungen aus längst vergangenen Tagen oder Schulabschlüsse oder Hochzeiten oder Versprechen am Sterbebett, seine Ehe zu retten. Für das alles war es jetzt zu spät. Seine Ehe litt an einer tödlichen Krankheit, und in wenigen Minuten würde er das Einzige tun, was noch zu tun blieb.

Sich mit einem Anwalt hinsetzen und den Totenschein ausstellen.

20

Normalerweise war Denny Conley kein nervöser Mensch. Immerhin hatte er die Nerven aufgebracht, sich vor seine Gruppe der Anonymen Alkoholiker zu stellen und seine ganze unerfreuliche Geschichte zu erzählen: Wie er angefangen hatte zu trinken, statt sich um seinen kleinen Sohn und seine Frau zu kümmern, dass er Jo und Matt sitzen gelassen hatte, als das Kind fast noch zu klein war, um sich an ihn erinnern zu können. Nicht nur das, im vergangenen Jahr hatte er sogar den Mut aufgebracht, einer ganzen Kirchengemeinde zu erzählen, dass er, Denny Conley, ein Sünder sei und einen Erlöser brauche.

Dieser Mut, hatte er erfahren, kam von Gott und nicht aus ihm selbst heraus, und das war gut so. Diese Kraft würde ihn nie im Stich lassen.

Aber das alles spielte jetzt keine Rolle, als er der Wegbeschreibung zum Haus der Familie Reynolds folgte. Er zitterte wie Espenlaub, und nur die Barmherzigkeit Gottes hielt ihn davon ab, mitten auf der Straße zu wenden und wieder nach Hause zu fahren.

Das heutige Treffen war Matts Idee gewesen.

„Papa, warte nicht bis zur Hochzeit." Die Stimme seines Sohnes hatte so ernst geklungen, dass Denny die Luft weggeblieben war. „Komm zu dieser Abschlussfeier. Es werden viele Leute da sein. Du wirst dich wohl fühlen."

Denny schluckte schwer. *Mache mich ruhig, Herr. Mache mich ruhig.*

Er hatte natürlich Bilder von Matt gesehen, aber er hatte seinen Sohn nicht mehr persönlich getroffen, seit der Junge vier Jahre alt gewesen war. Er hatte nicht gefühlt, wie seine jungen Arme sich um seinen Hals legten, hatte nicht mit seinem Sohn gescherzt oder dem Jungen über den Kopf gestreichelt. Er hatte ihn nicht so geliebt, wie ein Vater das sollte. Er schämte sich. Er saß in seinem alten Ford und schüttelte den Kopf.

„Der Junge muss verrückt sein“, murmelte Denny laut, während er die Fahrspur wechselte. „Er sollte mir eigentlich nicht einmal eine Antwort geben, wenn ich ihn nach der Uhrzeit fragte.“

Das war ein weiteres Geschenk, wenn man Jesus nachfolgte, der Lohn, von dem Pastor Mark damals gesprochen hatte, als Denny seine Entscheidung traf. Dass er tatsächlich eine neue Chance mit seinem Sohn haben könnte, eine Chance, Matt kennen zu lernen und ihn zu lieben, wie er es von Anfang an hätte tun sollen. Das war mehr, als Denny begreifen konnte.

Zweifellos war das der Grund, warum er hierher unterwegs war. Nach fast zwanzig Jahren würde er wieder ein Vater sein. Und nicht nur das. Er würde auch das hübsche Mädchen kennen lernen, das sein Junge bald heiraten würde. Sie war klug, genauso wie Matt, sie kam aus einer guten Familie und hatte Eltern, die sich seit Anfang der Welt liebten.

Eltern, die er und Jo auch hätten sein können, wenn er einiges anders gemacht hätte.

Denny nahm den Fuß vom Gaspedal, als er an Jo dachte. Er war so aufgeregt, dass er Matt wieder sehen würde, dass er sich bemühte, nicht an die Frau zu denken, der er vor vielen Jahren versprochen hatte, sie ewig zu lieben. Er warf einen Blick auf den Zettel mit der Wegbeschreibung. An der Ampel rechts, vier Straßen weiter zum See. Dann links. Das Haus der Reynolds war das dritte auf der rechten Seite. In zwei Minuten wäre er da.

Die beste Nachricht überhaupt war natürlich, dass Jo ihr Herz auch Gott übergeben hatte. Zwei Jahrzehnte, nachdem jeder von ihnen allein in die Welt hinausgeschleudert worden war, hatten die Conleys unabhängig voneinander zu ihrem Erlöser und nach Hause zu ihrem himmlischen Vater gefunden. Diese Tatsache allein war schon ein Beweis dafür, dass es Gott gab, und dass er die Gebete seiner Leute hörte. Auch die Gebete der Leute, die ihm so wenig zu bieten hatten und so unwürdig waren wie er.

Denny war nervöser als je zuvor in seinem Leben, falls das überhaupt möglich war. Aber nichts konnte die tiefe Freude verdrängen, die wie eine ewig brennende Flamme in seinem Inneren glühte. Er würde seine Frau und seinen Sohn wieder sehen! Er würde sie festhalten, sie in seinen Armen fühlen. Dennys Herz schlug so stark, dass er sich wunderte, warum es nicht bei jedem Schlag aus seinen Rippen heraustrat. Er bog um die letzte Kurve und sah ungefähr zwanzig Autos um eine der Ausfahrten herumstehen.

Das Haus der Reynolds. *Hier bin ich, Herr. Gehe vor mir her.*

Er fuhr sich mit der Hand über seine zurückgekämmten Haare und bewegte sich jetzt schnell, als wolle er mit jedem Schritt alles aus seinem alten Leben zurücklassen und ein neues, helleres Leben beginnen.

* * *

Jo Harter hatte sich auf einem Stuhl am Fenster platziert und schaute jede Minute hinaus, um nach dem Auto Ausschau zu halten, das Denny fuhr. Matt hatte ihr das Auto beschrieben, und damit war für ihn die Sache erledigt gewesen. Er sah überhaupt nicht ein, warum er am Fenster herumstehen sollte.

Die Party war in vollem Gang. Leute standen in kleinen Gruppen im ganzen Haus herum und feierten den Schulabschluss des jungen Kade Reynolds. Dieser Junge hatte eine wirklich großartige Zukunft vor sich, und Jo hatte es sich nicht nehmen lassen, ihm das in aller Deutlichkeit zu sagen, als sie ankam. Danach hatte sie Matt gesucht und ihn zum zehnten Mal gefragt, wann Denny kommen wolle.

„Mama, er hat gesagt, er sei nicht sicher.“ Matt grinste sie an, als wären ihre Rollen irgendwie vertauscht. Er war plötzlich der geduldige Erwachsene und sie das aufgeregte Kind.

Komm schon, wo bleibst du denn, Denny ...

Sie hatte diese Worte kaum zu Ende gedacht, als sie ein Auto, das auf Matts Beschreibung passte, langsam vorbeifahren sah. Es wendete und blieb unweit vom Haus stehen. Jo hielt den Atem an, als er ausstieg und langsam auf das Haus zuging. Er sah ganz genauso aus, wie sie ihn in Erinnerung hatte. Nicht viel größer als sie, dunkle Haare – zumindest was davon übrig geblieben war – und die Beine leicht gekrümmt, sodass sie ihn in jeder Menschenmenge sofort erkennen würde. Eine wahre Augenweide.

Ohne auch nur einen Augenblick zu zögern, tanzte Jo fast durch das Wohnzimmer zur Haustür und riss sie auf. „Denny!"

Er blieb mitten auf dem Gehweg stehen und schaute sie an. Ein breites Grinsen zog über sein Gesicht. Auf seinen Wangen erschienen die herrlichsten Grübchen, die Jo je gesehen hatte. Eine Sekunde später lag sie in seinen Armen, ganz sicher, dass der wunderbare Gott, dem sie beide dienten, nichts Geringeres als ein Wunder vollbracht hatte.

Er legte die Hände auf beide Seiten um ihr Gesicht und betrachtete sie wie ein Lotterielos mit sechs Richtigen. „Jo ... ich habe dich vermisst, Schätzchen. Ich kann gar nicht glauben, dass ich hier bin."

Hundert verschiedene Dinge hatte Jo ihm sagen wollen, aber nichts davon war im Augenblick passend. Nur die einfachen Worte: „Willkommen zu Hause, Denny Conley."

Erneut erhellte sein Lächeln den Spätnachmittag. „Danke, Jo. Und jetzt, glaube ich, sollte ich meinen Sohn kennen lernen."

* * *

Abby beobachtete die immer weniger werdenden Partygäste von der Küchentür aus. Ihr Blick fiel auf Jo und Denny, die tief in ein Gespräch mit Matt und Nicole vertieft waren. Sie sahen so furchtbar glücklich aus. War es möglich, dass sich für Jo und ihren geliebten Denny nach so vielen Jahren doch noch alles zum Guten wendete? Sie erinnerte sich an Jos Monolog über ihren Exmann und daran, dass sie hoffe, zehn Pfund abnehmen zu können, damit er sie bei der Hochzeit überhaupt anschaue.

Sie sah, wie Jos Augen leuchteten und wie sie mit dem Mann sprach, den sie unübersehbar immer noch liebte. Diese Frau mochte in den letzten Monaten abgenommen haben, aber das war nicht der Grund dafür, dass Denny Conley an jedem ihrer Worte hing.

Der Grund dafür war das, was sie gewonnen hatte.

Abby seufzte und kehrte in die Küche zurück. *Wie kommt es, dass Jos Glaube realer zu sein scheint als meiner, Gott? Sie glaubt erst seit wenigen Monaten an dich.*

Schweigen.

Abby nahm einen Stoß leere Teller und begann, sie abzuspülen. Es war nicht fair. Sie und John hatten ihr ganzes Leben lang an Gott geglaubt, sie hatten ihre Kinder gelehrt, wie sie mit Gott leben sollten, sie hatten eine Beziehung zu Gott aufgebaut und ihn angebetet. Aber jetzt, als es am meisten darauf ankam, war ihr Glaube wie eine korrodierte, leere Batterie. Nicht mehr in der Lage, Strom abzugeben.

Auf das Geschirrspülen brauchte sie sich nicht zu konzentrieren, und so hörte sie während der Arbeit zu, was im Nebenraum geredet wurde.

„Sag, Kade, stimmt es wirklich, was man sich uber deine Schwester erzählt?“ Abby erkannte die Stimme von Dennis Steinman, einem von Kades Footballfreunden. „Sie heiratet tatsächlich einen anderen?“

„Ja, in vier Wochen.“ Kades Tonfall war unbeschwert und fröhlich. Die Party war bereits ein Riesenerfolg. Freunde, Lehrer und Leute aus der Stadt, die ein Teil von Kades Leben seit seiner Kindheit gewesen waren, waren gekommen.

„Ach ja, ich dachte immer, sie werde auf mich warten. Sie hat mich geliebt, Mann.“

„Nein, Steiner, das war keine Liebe. Es war Mitleid.“

Die Freunde lachten laut. Noch einmal ließ Abby den Nachmittag an sich vorbeiziehen. John war einer der Lehrer gewesen, die bei den Schülern bleiben sollten. Abby und die anderen hatten also ohne ihn bei den Eltern und Familienangehörigen gesessen. Sie hatte immer wieder einen Blick auf ihn geworfen und gewusst, dass seine Aufmerksamkeit gewiss nicht bei den Schülern war. Er hatte nur Augen für Kade gehabt, seinen ältesten Sohn, seinen erfolgreichen Quarterback ... Abby teilte seinen Schmerz, den er an diesem Nachmittag empfunden haben musste. Es tat immer weh, wenn man einen guten Spieler verabschieden musste, einen jungen Mann, mit dem John drei, manchmal vier Jahre hintereinander zusammengearbeitet hatte.

Aber Kade ziehen zu lassen ...

Abby sah ihren Sohn wieder vor sich, wie er vor ein paar Stunden ausgesehen hatte, mit der traditionellen Kopfbedeckung und dem dunklen Umhang, bereit, es mit der ganzen Welt aufzunehmen. Was die Zukunft für ihn auch bringen mochte, sie würde das Bild, wie er stolz über das Footballfeld schritt, um sein Zeugnis entgegenzunehmen, nie vergessen. Dasselbe Feld, mit dem er und John so viele Erinnerungen verbanden, ein Band, das durch alle Zeiten hindurch bestehen bleiben würde. Vor ihrem geistigen Auge sah sie herrliche Tage und Bilder aus einer glücklicheren Zeit, als Kade gerade zur Schule kam und alles so aussah, als würde es ewig so wunderbar weitergehen.

Sie wusch den letzten Teller sauber und begann abzutrocknen. Heute sollte ein Tag sein, an dem John ihr erzählte, wie er sich fühlte, ein Tag, an dem sie miteinander spazieren gingen oder sich auf den Pier setzten und sich gemeinsam an früher erinnerten. Daran, wie schnell Kades Schuljahre vergangen waren, genauso wie Nicoles Jahre dahingerast waren. Niemand, nicht einmal Charlene Denton, konnte genau wissen, was in Johns Herz vorgegangen war, als er Kade heute auf dem Footballfeld beobachtet hatte.

Das wusste niemand außer Abby.

Sie stellte die abgetrockneten Teller aufeinander und wischte sich die Hände am Geschirrtuch ab, als sie Matts Stimme hörte.

„Ja, wir sind mit den Planungen fertig. Es ist für alles gesorgt: Blumen, Brautjungfern, Farben, Teller, Servietten, kleine Süßigkeiten, damit sich die Gäste den Appetit verderben können ..."

Nicole musste laut über die Bemerkung ihres Bräutigams lachen. „Matt hat Recht. Ich kann gar nicht glauben, was wir alles geplant haben."

„Natürlich macht das Planen einen großen Teil des Spaßes aus." Es war Jo. Ihre Stimme klang, als hüte sie ein großes Geheimnis. Denny war noch keine drei Stunden da, und die beiden berührten sich bereits an der Schulter und suchten den Augenkontakt des anderen wie Frischvermählte. Jo plauderte weiter darüber, wie viel Arbeit es sei und wie viel Geld es koste, große Hochzeiten zu halten. Schließlich legte sie eine kurze Pause ein, um Atem zu holen.

„Also gut, Kinder", fuhr Jo im nächsten Augenblick fort. „Wollt ihr denn nicht die große Neuigkeit erfahren?" Abby wäre gern ins Wohnzimmer gegangen und hätte sich zu Nicole gesellt, aber sie blieb lieber in der Küche. Etwas an Jos Tonfall verriet ihr, dass sie doch besser nicht dort sein sollte. Nicht, wenn die Nachricht so gut war, wie sie vermutete.

„Ich werde nach Marion umziehen." Denny klang, als würde er jeden Augenblick platzen. „Ich packe meine Sachen und suche mir hier eine Arbeit." Abby konnte Dennys Freude hören. Ein seltsames Pochen regte sich in ihrem Herzen. Es war nicht fair. Wie kam es, dass zwei Leute wie Matts Eltern ihre Probleme lösen konnten, während sie und John – das Ehepaar, zu dem immer alle aufgeblickt hatten, das alle immer als großes Vorbild betrachtet hatten – nicht genug Gemeinsamkeiten finden konnten, um miteinander überhaupt noch ein halbwegs normales Gespräch zu führen?

Abby hörte keine Antwort in ihrem Herz.

„Papa, wirklich? Ist das dein Ernst?" Matts Stimme klang hoffnungsvoll.

„Ja, und noch etwas ..."

„Warte einen Augenblick", unterbrach Jo ihn. „Nicole, wo ist deine Mutter? Ich will, dass sie es aus erster Hand erfährt." Jos Stimme kam näher, und Abby fuhr gefasst herum, als Jo und Denny Hände haltend in die Küche traten. Nicole und Matt standen hinter ihnen und grinsten über das ganze Gesicht.

„Abby, ich kann den Kindern einfach nicht erzählen, was Denny und ich beschlossen haben, ohne dass du es auch hörst." Sie warf einen Blick auf den Mann an ihrer Seite und zappelte so aufgeregt herum wie ein Schulmädchen.

Das Handtuch in Abbys Hand hing schlaff nach unten. „Gut ..." Sie schalt sich im Stillen, dass sie nicht begeisterter klang. Dass Abbys Leben eine Katastrophe war, war gewiss nicht Jos Schuld. Das Mindeste, was sie jetzt tun konnte, war, sich für diese Frau zu freuen. Sie zwang sich zu einem Lächeln.

Jo beugte sich vor und war nicht mehr zu bremsen. „Wir werden heiraten!" Die Worte platzten heraus, als könnte Jo sie keinen Augenblick länger für sich behalten. Ein schnelles Kreischen entfuhr ihren Lippen. „Kannst du das *glauben*? Denny und ich! Nach all den Jahren!"

„Das ist ja herrlich. Herzlichen Glückwu ..." Abbys Stimme wurde von den Jubelrufen und Freudenschreien aus Matts und Nicoles Mund übertönt, die jetzt beide das ältere Paar in die Arme nahmen.

Abby stand irgendwie außen vor und wartete, bis die Aufregung sich etwas legte. Als dem so war, atmete Jo tief ein und lächelte über das ganze Gesicht. Zu sagen, sie würde strahlen, wäre eine jämmerliche Untertreibung.

„Du weißt, was das alles ausgelöst hat, Abby, nicht wahr?" Jo legte die Hand auf Abbys Schulter.

Spielt das Schicksal mit mir ein übles Spiel? „Nein, eigentlich nicht ..." Sie lächelte wieder und hoffte, sie würde Nicole nicht argwöhnisch machen, weil sie nicht gerade enthusiastisch reagierte.

Jo schlug Abby gut gelaunt auf den Arm. „Komm schon, Abby. Du warst diejenige, die mir von ihm erzählt hat."

„Von ihm?" Die Frau hatte den Verstand verloren! Abby sah Denny heute zum ersten Mal.

Jo stieß ein übertriebenes Seufzen aus. „Gott. Der Herr, Gott, Abby. Erinnerst du dich?" Jo schüttelte den Kopf und lachte von ganzem Herzen. „Ich erkläre hiermit, dass du den trockensten

Humor diesseits von Arizona hast." Sie stieß Denny in die Rippen und löste bei ihm ebenfalls ein leises Lachen aus. „Das hier ist Abby, die mit mir über den Himmel und Gott und alles andere gesprochen hat." Jo schaute Matt und Nicole an. „Dann bei der Beerdigung deines Großvaters ... also, da habe ich mein Herz Jesus übergeben. Danach wusste ich, dass er mir auch etwas geben würde. Nicht nur die Ewigkeit mit ihm, sondern auch meinen lieben Denny wieder dorthin zurück, wohin er gehört."

Als sie das gesagt hatte, verpasste Jo Denny einen dicken Kuss mitten auf den Mund, woraufhin der Mann vom Nacken bis zu seiner fast kahlen Stirn knallrot anlief. „Äh, Schatz, was hältst du davon, wenn wir beide draußen einen Spaziergang machen, wo es ruhiger ist."

Abby hatte es nicht für möglich gehalten, aber Jos Lächeln wurde bei diesem Vorschlag noch breiter. Sie strahlte über das ganze Gesicht. Sie verabschiedeten sich von den anderen, und im nächsten Augenblick waren die beiden verschwunden. Matt und Nicole umarmten sich vor Freude über diese herrliche Nachricht, und dann verabschiedete sich auch Matt. Nicole blieb mit leuchtendem Gesicht und strahlenden Augen, die voller Hoffnung auf die Zukunft waren, bei Abby in der Küche.

„Kannst du das glauben, Mama? Ist Gott nicht wunderbar?"

Abbys Blick fiel auf das Geschirrtuch, das sie immer noch in der Hand hielt. Geistesabwesend begann sie, die Fliesen auf der Arbeitsplatte zu polieren. „Wirklich erstaunlich."

Nicole zögerte eine Sekunde und ihr Lächeln verschwand plötzlich. „Du klingst nicht ganz sicher."

Fasse dich, Abby. Gib ihr keinen Grund, an dir zu zweifeln ... Sie blickte auf und stellte sich unwissend. „In Bezug auf was?"

Nicole verschränkte die Arme vor der Brust und verlagerte ihr Gewicht auf eine Hüfte. „In Bezug auf Gott. Ich sagte, ist er nicht wunderbar, und als du geantwortet hast ... hast du überhaupt nicht so geklungen, als wärst du dir sicher."

Abby lachte so ungezwungen, wie sie nur konnte. „Es tut mir Leid, Schatz. Ich bin wahrscheinlich nur müde. Es war ein langes Wochenende. Kades Schulabschluss, die Party, die Vorbereitungen für die Hochzeit."

Besorgnis zog über Nicoles Gesicht. „Du bist doch nicht krank oder so etwas?"

Abby schüttelte schnell den Kopf. „Ganz und gar nicht, Liebes. Nur ein wenig müde bei allem, was hier passiert."

„Aber du freust dich doch für Jo und Denny, oder?" Nicoles Stimme klang immer noch bohrend. Abby konnte es nicht erwarten, das Gespräch in eine andere Richtung zu lenken.

Sag es, Abby. „Oh doch, natürlich. Sie sind einfach ein wunderbares Paar. Ich meine, wenn das nicht Gottes Werk ist, was dann?"

Nicoles Schultern entspannten sich, und die Furchen auf ihrer Stirn glätteten sich. „Genau. Genau das wollte ich von Anfang an auch sagen. Ich meine, dass die zwei wieder zusammen sind ist wie ... ich weiß nicht, es ist viel mehr, als Matt und ich uns je erträumt hatten."

Abby merkte, dass die Spannung allmählich von ihr wich. Sie faltete das Handtuch zusammen und legte es auf die Arbeitsplatte. Sie trat näher an Nicole heran und umarmte sie sanft. Dann beugte sie sich leicht zurück, damit sie Nicole in die Augen schauen konnte. „Du und Matt, ihr habt für sie gebetet, nicht wahr?"

Nicoles Augen tanzten wie vorher schon. „Jeden Tag."

Dieses Mal war Abbys Lächeln echt. „Dann, mein Schatz, ist das absolut wunderbar."

Sie standen immer noch so da – Abby hatte die Hände auf Nicoles Schultern, und sie schauten einander schweigend an –, als John in die Küche kam und abrupt stehen blieb. „Oh ... ich dachte, Nicole sei draußen bei Matt."

Nicole wirbelte herum und lächelte John an. „Hallo, Papa. Warum? Wo ist Matt denn?"

„Draußen bei seinen Eltern. Ich dachte ..." Er sah aus, als beschäftigte ihn etwas.

Was ist jetzt? In Abbys Innerem verkrampfte sich etwas. Sie nahm die Arme von Nicole. „Na los, geh schon zu ihm, Schatz. In einem solchen Augenblick solltet ihr zusammen sein."

Abby war dankbar, dass Nicole ihnen dieses Mal nicht zu genau ins Gesicht schaute und nicht nach den Gründen fragte, warum John mit Abby allein sprechen wollte. Stattdessen lächelte sie nur und tanzte in Richtung des Gartens. „Sie sind wahrscheinlich unten am Pier. Matt weiß, dass wir dort alles feiern."

Abby traf die Bemerkung ihrer Tochter so sehr, als hätte sie ihr einen Schlag mit der Faust versetzt. *„Dass wir dort alles feiern ... dass wir dort alles feiern ..."* Abby drehte sich um und schaute John an. „Sind alle fort?"

Er schluckte und hatte Mühe, ihr in die Augen zu schauen. „Ja. Alle außer Jo und Denny." Er schwieg kurz, aber Abby weigerte sich, ihm zu Hilfe zu kommen. *Du hast etwas zu sagen, dann sage es. Ich kann die ganze Nacht warten.*

John räusperte sich. „Wir müssen miteinander reden."

Abby zuckte die Achseln. „Ja, seit ungefähr fünf Jahren, würde ich sagen."

„Schau ..." Johns Ton war plötzlich ungeduldig. Müde und ungeduldig. „Ich kann auf deinen Sarkasmus verzichten, Abby. Ich meine es ernst. Die Hochzeit wird schneller da sein, als wir schauen, und wir müssen ... es gibt ein paar Dinge, die wir klären müssen."

Abby starrte ihn hart an. „Ich bin ganz Ohr." Ihre Stimme verriet nichts.

Sein Blick fiel einen Augenblick auf den Boden. Dann schaute er wieder zu ihr auf. „Die Papiere sind fertig. Ich habe gestern noch einmal mit dem Anwalt gesprochen." Die Niederlage war aus seiner Stimme zu hören ... aber daneben noch etwas anderes. Eine Entschlossenheit, die früher nicht da gewesen war. „Du sollst irgendwann diese Woche vorbeikommen und sie dir durchlesen, bevor wir unterschreiben."

Ihre Augenwinkel begannen zu brennen. „Du hast sie schon gelesen?"

John nickte. „Es ist genau so, wie wir es besprochen haben.

Alles wird aufgeteilt. Du bekommst das Haus. Ich bekomme die Ersparnisse und mein Auto. Ich zahle für die Kinder, bis Sean achtzehn ist. Ich werde weiterhin für ihr Studium zahlen. Es ist alles schwarz auf weiß festgelegt."

Seine Worte klangen wie der Autopsiebericht ihrer Ehe. Abby versuchte, die Übelkeit, die in ihr aufstieg, zu unterdrücken, aber sie hatte keine Chance. Sie ließ den Kopf etwas hängen. „Gut. Hauptsache, wir kommen aus dieser Bredouille heraus."

In der Ferne hörte man ausgelassenes Lachen. Abby wusste, dass Nicole und die anderen noch eine Weile draußen bleiben würden. Der Abend war zu schön, um ihn im Haus zu verbringen.

Außer natürlich, man musste die Einzelheiten einer Scheidung klären.

John starrte sie ernst an. „Wir stecken in dieser Bredouille, weil wir irgendwann ... vor langer Zeit ... aufgehört haben, einander zu lieben. Es war nicht nur ich. Nicht nur ich habe damit aufgehört, Abby. Es waren wir beide. Du warst mit den Kindern beschäftigt, und ich war ..."

„Mit Charlene beschäftigt."

Er legte frustriert den Kopf zurück. „Nein. Ich war mit meiner Arbeit beschäftigt. Und ehe wir uns versahen, haben wir aufgehört, miteinander zu reden. Vielleicht waren wir zu müde, vielleicht gab es einfach nichts mehr zu sagen. Aber eines kann ich dir garantieren, Abby. Ich bin nicht allein daran schuld." Er schaute sie an, und einen kurzen Moment glaubte sie, einen Anflug von Bedauern in seinen Augen zu sehen. „Ich habe mit einem Kollegen vereinbart, dass ich nach der Hochzeit bei ihm wohnen kann. Ich werde meine Sachen packen, damit ich das Haus verlassen kann, sobald die Hochzeitsfeier vorbei ist."

Ihre Augen brannten wieder. Abby blinzelte zweimal und hatte Mühe, ihre Stimme normal klingen zu lassen. „Wann sagen wir es den Kindern?"

„Wenn Matt und Nicole aus den Flitterwochen zurück sind."

Abby nickte langsam und trat an die Arbeitsplatte. Sie starrte hinaus über den dunklen Garten zum See und zum Pier und zu den glücklichen Stimmen, die immer noch aus dieser Richtung zu hören waren. „Gut."

Einen Moment sprach keiner von beiden ein Wort. Abby fragte sich, ob John die Küche schon leise verlassen hatte. Ihr stockte der Atem, als er hinter sie trat und die Hände auf ihre Schultern legte. „Es tut mir Leid, Abby. Es ist nicht ... ich hatte nicht gedacht ..."

Sie war hin- und hergerissen, ob sie sich gewaltsam aus seiner Berührung winden sollte oder ob sie sich umdrehen und ihm in die Arme fallen sollte. Sie blieb vollkommen regungslos stehen. „Ich weiß. Mir tut es auch Leid."

Er zog die Hände zurück und räusperte sich. „Ich werde mein Versprechen in Bezug auf Charlene halten. Nichts, solange die Scheidung nicht offiziell ist. Du hast mein Wort darauf."

„Du hast mein Wort darauf ... du hast mein Wort ... du hast mein Wort." Ein stilles, trauriges Lachen regte sich in Abbys Kehle und erstarb. Sie blieb mit dem Rücken zu ihm stehen und blinzelte, damit ihre Tränen nicht Überhand gewännen. „Ich wäre jetzt gern allein, John, wenn es dir nichts ausmacht."

Ohne sich zu verabschieden, ohne sie noch einmal zu berühren und ohne sie zu fragen, ob mit ihr alles in Ordnung sei, drehte sich John einfach um und ging. Nach einer Minute hörte sie, wie die Schlafzimmertür hinter ihm ins Schloss fiel. Sie dachte an hunderte Male, in denen dieses Geräusch sie von ihrer abendlichen Arbeit weggeholt und in die stille Intimität ihres Schlafzimmers gelockt hatte. Sie hatte ihn geliebt oder hatte sich unter der Decke an ihn gekuschelt, hatte mit ihm geflüstert oder den Kopf auf seine Schulter gelegt und einfach seinem Atem gelauscht.

Aber heute Abend ... heute Abend markierte dieses Geräusch das Ende einer geschäftlichen Besprechung zwischen zwei Kollegen, die zusammengekommen waren, um die Beerdigung für einen Mitarbeiter zu regeln. Für einen Mitarbeiter, dessen bevorstehender Tod so etwas wie eine Erleichterung sein sollte.

21

In ihrem ganzen Leben hatte sich Nicole Gott nie näher gefühlt als in den Wochen unmittelbar vor ihrer Hochzeit. Alles, was ihre Eltern sie über Liebe gelehrt hatten, alles, wofür sie für ihre Tochter gebetet hatten und ihr in ihrer eigenen Ehe vorgelebt hatten, würde schließlich am wunderbarsten Tag ihres Leben seinen Höhepunkt finden.

Es war Freitag, ein unvergesslicher Sommermorgen, nur wenige Tage vor ihrer Hochzeit. Nicole konnte es fast nicht mehr erwarten.

Sie öffnete den Koffer und stellte ihn auf ihr Bett. Vielleicht würde der Ausflug dazu beitragen, dass die Zeit schneller verginge. Nicole wusste nicht, ob sich diese Hoffnung erfüllen würde, aber sie war trotzdem froh und freute sich darauf. Davon hatte sie immer geträumt: ein paar Tage mit den Frauen zu verbringen, die ihr am nächsten standen, und von ihnen und von Gott so viel wie möglich darüber zu lernen, was es bedeutete, einen Mann wirklich zu lieben, lebenslang seine Partnerin zu sein und in einer Beziehung zu leben, die bis ans Ende ihrer Tage dauern würde.

Ein leichter Wind wehte durch das gekippte Fenster. Nicole ließ ihren Blick hinaus über den See schweifen. Sie hatte es immer genossen, dass ihr Zimmer an der Rückseite des Hauses hinausging. Wie viele Male hatte sie sich morgens ans Fenster gesetzt und die Gefühle, die ihr Herz bewegten, aufgeschrieben und immer wieder auf den See hinausgeschaut? Etwas daran, wie die Sonne Diamanten über das Wasser streute, bewegte sie immer zutiefst. Der heutige Tag bildete keine Ausnahme.

Nicole hielt inne und schaute hinaus. Sie atmete die Sommerluft ein. Nichts war so schön wie der Sommer in Süd-Illinois. Sie und Matt hatten oft darüber gesprochen, dass sie sich ein Haus wünschten wie das ihrer Eltern, ein bescheidenes Haus mit Blick auf einen See und viel Platz für ... nun ja, für Kinder eines Tages.

Erst letzte Woche hatten sie erfahren, dass Matt seine Prüfungen bestanden hatte. Er hatte bereits Angebote von zwei Anwaltskanzleien aus der Gegend und von mehreren aus der Gegend um Chicago.

Beim Gedanken an ihre gemeinsame Zukunft strahlte Nicole noch mehr.

Sie stellte sich ihre Eltern vor, wie sie eines Tages in nicht allzu ferner Zukunft Großeltern werden könnten. Sie lächelte ... aber als sie sich dieses Bild gerade ausmalte, veränderte es sich, und Nicole musste an Matts Bedenken wegen Charlene Denton denken.

Es gibt nichts, worüber wir uns Sorgen machen müssten. Aber diese Frau ist ein Flittchen.

Ihre Hochstimmung legte sich deutlich. Nicole ging zu ihrer Kommode und zog zwei kurze Hosen heraus, die sie für den Ausflug brauchen würde. Charlene Denton war keine Bedrohung für die Ehe ihrer Eltern. Auf keinen Fall. Ihr Vater war ihrer Mutter tief verbunden und würde es immer bleiben. Sie liebten einander. Vielleicht hatten sie viel zu tun, trotzdem liebten sie sich.

Aber je mehr sie versuchte, diesen Gedanken von sich abzuschütteln, umso bedrohter fühlte Nicole sich, wenn sie an diese andere Frau dachte. Schließlich stieß sie ein lautes Seufzen aus und sank neben ihrem Bett auf die Knie.

„Gut." Sie beugte den Kopf und begann flüsternd zu beten. Ihre Worte waren so laut, dass nur sie und der Herr sie hören konnten. „Gut, Gott, mir gefallen diese Gedanken überhaupt nicht, aber vielleicht habe ich sie aus einem bestimmten Grund. Vielleicht ist etwas an dieser Frau, das meinem Papa und meiner Mama Probleme bereitet." Sie wusste einen Augenblick nicht weiter. „Ich glaube es zwar nicht. Aber trotzdem. Was dieses Gefühl auch bedeutet, bitte nimm es von mir weg, Herr. Wenn Charlene Denton ein Problem darstellt, dann lass sie doch aus Marion wegziehen." Sie zögerte und ließ sich von Gottes Geist in ihrem Gebet leiten. Das hatte sie vor Jahren gelernt, als sie erkannt hatte, dass sie oft nur ihre eigenen Gedanken vor Gott loswerden wollte. Während sie wartete, fühlte sie sich in eine konkrete Richtung geführt. „Was ich eigentlich sagen will, Gott: Bitte sei bei meinen Eltern. Sie haben vieles um die Ohren, und ... nun ja ... mache ihre Liebe einfach wieder neu. Benutze dafür Matt und mich, wenn du uns dazu gebrauchen kannst. Was auch nötig ist, bitte sorge dafür, dass sie einander ewig lieben. Und hilf mir, dass ich nicht noch mehr Zeit damit vergeude, über meinen Papa und diese ... diese Frau nachzudenken. Die Liebe kommt von dir, Vater. Liebe herrschte in unserer Familie immer. Lass sie wachsen, damit sie größer ist als je zuvor."

Ein Friede kam über sie und beruhigte ihr aufgewühltes Herz. Nicole lächelte, gleichzeitig erleichtert und dankbar. „Ich kann mich immer auf dich verlassen, Gott. Danke schon im Voraus für alles, was du an diesem Wochenende tun wirst." Sie wollte schon aufstehen, als ihr noch ein letzter Gedanke einfiel. „Oh, und lass die Stunden schneller vergehen, Herr. Bitte."

* * *

Abby schleppte ihren Koffer in den Flur und lehnte ihn an die anderen Taschen. Sie schaute sich nach John um. Er hatte versprochen, ihre Sachen ins Auto zu laden, aber wie so oft in letzter Zeit hatte er sich in der Garage verkrochen. Sein häufigstes Versteck in den Stunden, in denen er unbedingt zu Hause sein musste.

Die anderen waren bereits im Wohnzimmer, plauderten miteinander und erzählten fröhlich von früheren Campingausflügen. Ursprünglich wollten sie zu sechst fahren, aber Nicoles Freundinnen mussten beide mit Grippe das Bett hüten. Damit blieben Abby, Nicole, Jo und Abbys Schwester, Beth, übrig. Beth war für den Ausflug und die Hochzeit mit dem Flugzeug gekommen und war ungewöhnlich guter Laune.

Abby ging hinaus und öffnete die Tür zur Garage. „Wir sind fertig."

Sie wartete nicht auf Johns Antwort, sondern ließ die Tür ins Schloss fallen und kehrte zu den anderen ins Wohnzimmer zurück. Sekunden später konnte sie hören, wie er das Gepäck hinausschleppte. Kurz darauf trat er etwas außer Atem zu ihnen ins Wohnzimmer. „So, alles eingeladen."

Er vermied es, ihr in die Augen zu schauen, aber sein Ton war fröhlich, und sie war sicher, dass die anderen nichts bemerkt hatten. Jo war als Erste auf den Beinen. „Ich muss sagen, John Reynolds ..." Sie trat auf ihn zu und tätschelte seine Wange, wie es eine Lieblingstante vielleicht tun würde. „... Du bist kein bisschen älter geworden, seit du damals in Ann Arbor Football gespielt hast." Sie blinzelte Abby zu und wandte sich dann wieder an John. „Es sollte gesetzlich verboten werden, in deinem Alter so gut auszusehen."

Die anderen lachten über Jos Unverblümtheit. Den Bruchteil einer Sekunde fiel Johns Blick auf Abby. Sie schaute schnell weg. *Bring mich hier hinaus, Gott. Was soll ich denn jetzt tun, hier stehen und ihr Recht geben?* Und wenn schon? Selbst wenn er gut aussah! Sie und John zählten die Tage bis zu ihrer Scheidung!

Abby ging voraus zum Auto. Die anderen Frauen folgten ihr. Alle vier stiegen ein und verabschiedeten sich von John. Abby war dankbar, dass Nicole keine Bemerkung dazu machte, dass John sie beim Abschied nicht geküsst hatte. Binnen fünf Minuten bog Abby auf die Hauptstraße ein. Jo nutzte eine fast unmerkliche Pause im Gespräch.

„Also, Mädels, ich muss euch erzählen, welches Wunder Gott vollbracht hat." Sie saß neben Beth auf dem Rücksitz. Nicole hatte vorne auf dem Beifahrersitz Platz genommen. Jo tippte Abby von hinten an. „Ihr beiden wisst es bereits, aber Beth hat es noch nicht gehört, und außerdem ..." Sie kicherte laut. „... kann ich einfach nicht aufhören, davon zu sprechen. Das meine ich ganz im Ernst. Es ist schlimmer als mit meinen Fischgeschichten. Überall, wohin ich gehe, sprudelt es einfach aus mir heraus ..."

Beth unterbrach sie: „Was sprudelt heraus?"

„Na, meine Liebe zu Gott und zu Denny und dass wir zusammen sind und wieder heiraten und all die Dinge, die ich damals aufgegeben habe, aber jetzt ..."

Das ist gut. Abby lehnte sich auf ihrem Sitz zurück und konzentrierte sich auf die Straße. Es konnte kaum jemanden geben, der die Tugenden der Ehe zynischer beurteilte als ihre Schwester. Beth hatte mit einundzwanzig geheiratet, hatte mit dreiundzwanzig zwei Mädchen zur Welt gebracht und war mit fünfundzwanzig von ihrem Mann sitzen gelassen worden. Beth sagte gern, mit jemandem sein Leben verbringen zu wollen sei weniger eine Ehe als vielmehr psychologische Kriegführung. Wenn sie je in Versuchung geraten sollte, diesen Fehler ein zweites Mal zu begehen, hoffe sie, jemand würde sie rechtzeitig vorher als unzurechnungsfähig erklären und in die Psychiatrie einweisen lassen. Beth war eine von diesen „Wenn-ich-einsam-bin,-kaufe-ich-mir-einen-Hund"-Frauen. Bis jetzt hatte sie noch keinen Hund. Jedes Mal, wenn das Thema zur Sprache kam, erklärte sie, drei Jahre Ehe haben sie ihr Leben lang von Einsamkeit kuriert.

Erst jetzt wurde Abby bewusst, welche Funken fliegen würden, wenn Jo und Beth an diesem Wochenende auf den Glauben zu sprechen kämen. *Bitte, Gott, was auch passiert, wende es zum Guten ... das ist Nicoles Wochenende.*

Das Gebet kam ihr so leicht über die Lippen, als wäre sie seit Monaten mit ihrem himmlischen Vater ständig im Gespräch.

Es ist deine Zeit, meine Tochter.

Abby stockte der Atem. Sie verstärkte ihren Griff um das Lenkrad. Gelegentlich ein Gebet loszulassen war eine Sache, aber so schnell und selbstverständlich in der Tiefe ihres Herzens eine Antwort zu bekommen ... Abby kniff die Augen zusammen und verdrängte diese Worte aus ihrem Kopf. Sie bildete sich das bestimmt nur ein. Der Ausflug hatte nichts mit ihr zu tun. Abby hörte nicht mehr auf den Herrn und schaltete wieder auf Jos Monolog um.

„Und so platze ich fast und muss ständig über den Herrn und seine Güte reden und darüber, was er für mich und Denny getan hat. Es ist einfach ein Wunder. Das Gleiche kann er für jeden anderen auch tun, der bereit ist, ihn beim Wort zu nehmen."

Abby warf einen kurzen Blick in den Rückspiegel und sah, dass Jo tief Luft holte. Beth nutzte diese Gelegenheit, um sich zu räuspern. „Nun, ich möchte hier wirklich niemandem die Freude verderben, und schon gar nicht, wenn wir zusammen sind, weil Nicole bald heiraten wird. Aber ich für meinen Teil habe es als Wunder empfunden, geschieden zu sein. Abend für Abend für einen Mann das Essen zu kochen, der seine Hose nicht zulassen kann, sobald er mit anderen Frauen zusammen ist, passt für mich nicht zu einem wunderbaren Gott, wenn du verstehst, was ich meine."

Nicole bewegte sich unbehaglich auf ihrem Sitz und warf Abby einen scharfen Blick zu. Abby seufzte. *Großartig.* Sie würde wahrscheinlich das ganze Wochenende Schiedsrichter spielen dürfen. „Was haltet ihr von einer Kaffeepause, bevor wir zu unserer Hütte fahren?"

* * *

Die Fahrt zur Wochenendhütte dauerte zwei Stunden, aber die letzten fünfzig Kilometer waren sehr abgelegen. Abby konnte sich nicht vorstellen, dass im Umkreis von hundert Kilometern irgendjemand außer ihnen sein könnte. Die Hütte gehörte einem Freund ihres Vaters. Mindestens einmal im Jahr waren die Reynolds als Familie in dieser Hütte, wenn auch nur für ein Angelwochenende. Abby wusste, dass dieser Fleck Erde für Nicole und die Jungen Stille und völlige Abgeschiedenheit bedeutete. Als Nicole vorgeschlagen hatte, an Stelle eines Junggesellenabschiedsfestes ein Wochenende hier zu verbringen, war Abby nicht überrascht gewesen. Immerhin hatten sie bereits zu ihrer großen Verlobungsfeier ihre Freunde alle eingeladen.

Als sie bei der Hütte ankamen, packten alle vier ihre Sachen aus. Sobald das erledigt war, stand Abby auf und warf einen Blick in die Runde. „Wer hat Lust auf einen Spaziergang?"

Beth war sofort auf den Beinen. „Ich."

Jo winkte zur Tür. „Geht nur." Sie strich über den Einband ihrer Bibel. „Der Herr und ich haben einiges nachzuholen."

Nicole lümmelte sich auf dem jetzt leeren unteren Bett. „Mama, geh doch mit Tante Beth allein. Jo wollte mir ein paar Verse vorlesen. Ja?"

Abby spürte einen harten Klumpen in ihrem Magen. Wenn sie und Beth allein wären, war vielleicht der richtige Zeitpunkt gekommen, es ihrer Schwester zu erzählen. Sie nickte. „Gut. Wir nehmen den Weg um den See. In einer Stunde sind wir wieder da."

Sie bogen in Richtung Norden auf den Kiesweg, der um das Wasser herumführte, und gingen schweigend nebeneinander her, bis die Hütte nicht mehr zu sehen war.

„Hier ist es wirklich schön." Beth war schlank wie Abby, aber rauer, fast derb. Sie verbrachte ihre Tage in einer Werbeagentur und hatte sich dort in eine führende Position hochgearbeitet, sodass es kein Problem war, ein paar Tage frei zu bekommen. Obwohl Beth bei einer geschäftlichen Besprechung klug und gewitzt war, fühlte sie sich mit Wanderstiefeln und kurzer Hose an einem See am wohlsten.

„Ja, ich liebe Bäume. Vor allem um diese Jahreszeit." Abby passte sich problemlos Beths Schritten an, und es dauerte nicht lang, bis sie die Hütte ein gutes Stück hinter sich gelassen hatten. „Als würden sie hinausrufen, dass der Sommer da ist."

Beth grinste. „Typisch meine Schwester! Immer eine Dichterin."

Sie gingen eine Weile schweigend weiter und blieben kurz stehen, um mehrere Rehe zu beobachten, die am Seeufer Wasser tranken. Der Abend wurde schnell kühler, und die Dämmerung legte sich wie eine ruhige Decke über den Wald. Abbys Herz schlug so laut, dass sie sicher war, Beth würde es hören. *Soll ich es ihr jetzt erzählen? Oder soll ich noch warten?*

„Beth, ich ..."

„Also, was ist ..."

Beide lachten, denn das hatten sie schon als Kinder oft getan.

Genau im selben Augenblick zu reden angefangen. Abby nickte ihrer Schwester zu. „Sprich du."

Beths Lächeln verschwand. „Was ist mit dir und John?"

Eine Alarmglocke läutete in Abbys Herz. Wenn schon Beth ahnte, dass sie Probleme hatten, was hatten dann die Kinder bemerkt? Verhielten sie und John sich so offensichtlich? „Was meinst du?"

Beth zog sarkastisch eine Augenbraue in die Höhe. „Hör zu, große Schwester, ich habe selbst auch meine Erfahrungen auf diesem Gebiet. Vorhin bei euch zu Hause wart ihr beide, du und John, die Einzigen, bei denen eisiger Winter herrschte. Es war fast so, als hättet ihr Angst, euch mit etwas anzustecken, wenn ihr euch auch nur einen flüchtigen Blick zugeworfen habt."

Abby schwieg. Sie war entsetzt, dass Beth ihr scheinbar perfektes Schauspiel durchschaut hatte. „Wir ... wir haben viel im Kopf."

Beth sagte nichts, aber sie warf Abby den typischen Blick einer jüngeren Schwester zu, die darauf wartete, dass man ihr die ganze Geschichte erzählte. Sie setzten ihren Spaziergang fort. So schritten sie etwa fünf Minuten nebeneinander her, während in Abbys Magen die Wahrheit rumorte. Als sie es nicht mehr ertragen konnte, blieb sie stehen und ließ den Kopf hängen. Es war, als habe sich ein Überdruckventil bei ihr geöffnet. Ihre Gefühle brachen sich in dicken Tränen Bahn.

Beth sah, wie die ersten Tränen auf den Weg tropften. Sie legte die Arme um Abby und drückte sie fest an sich. Diese Umarmung gab ihr Sicherheit, Geborgenheit, Nähe. Abby bedauerte, dass sie und Beth sich in den letzten Jahren nicht besonders nahe gestanden hatten. Plötzlich wurden ihr die Augen geöffnet und sie begriff, dass es ihre Schuld gewesen war. Als Beth und ihr Mann sich scheiden ließen, hatte Abby ihre Schwester praktisch abgeschrieben. Eine Frau, die Christin ist, musste es doch schaffen, sich mit ihrem Mann zu versöhnen, hatte Abby sich damals gesagt. In den letzten zwei Jahrzehnten hatte aber nichts darauf hingedeutet, dass Beth Gott näher gekommen wäre, und so hatte Abby die Beziehung zu ihrer einzigen Schwester auf Sparflamme gehalten.

Die Erkenntnis, dass sie ihre Schwester so herzlos verurteilt hatte, war fast unerträglich. In Beths Armen verwandelten sich Abbys Tränen in ein herzzerreißendes Schluchzen. Es schüttelte sie und zog ihrem noch verbliebenen Glauben, dass alles sich zum Guten wenden würde, endgültig den Boden unter den Füßen weg.

„Sag es mir, Abby. Du kannst es mir ruhig sagen ... was ist los?“ Beth, die normalerweise rau und schnodderig war, war jetzt – in ihrer eigenen, privaten Welt am Seeufer – so liebevoll und fürsorglich wie eine Mutter.

„Du ... du hast Recht, was John und mich betrifft.“ Abby verbarg das Gesicht an Beths Schulter. „Beth, wir werden uns scheiden lassen.“

Sie würde diese Worte in den kommenden Monaten und Jahren vermutlich noch oft sagen müssen. Jetzt war es vielleicht das einzige Mal, dass ihre Aussage keiner Erklärung bedurfte.

„Ach, Abby. Das tut mir so Leid.“ Beth strich Abby über die Haare und unterließ es, irgendetwas Sarkastisches zu sagen. Dafür war Abby ihr sehr dankbar. „Wissen es die Kinder?“

Abby schüttelte den Kopf. „Wir warten bis nach der Hochzeit.“

Beth spitzte die Lippen und atmete schwer aus. „Ach, Abby. Ich beneide euch nicht.“ Sie schwieg kurz und schüttelte den Kopf. „Wer hätte je gedacht ...“

Nach ein paar Minuten versiegten Abbys Tränen wieder. Seufzend trat sie zurück und wischte sich die nassen Wangen ab. Sie vermied es, Beth in die Augen zu schauen. Würde sie sich immer so fühlen, wenn jemand sie nach ihrer gescheiterten Ehe fragte? Als hätte sie die ganze Welt enttäuscht?

Die Liebe ist geduldig und freundlich ... die Liebe hört niemals auf.

Die Worte aus dem ersten Korintherbrief gingen ihr wie so viele Male in den letzten Monaten durch den Kopf. Abby schüttelte sie von sich ab. Auch wenn sie in früheren Jahren viel für ihre Ehe gebetet hatte, hörte die Liebe in ihrem und Johns Fall trotzdem auf. Ihr Mann wollte mit einer anderen Frau zusammen sein. Es war vorbei, und es gab keinen Weg zurück. Sie konnte nichts tun, als einen Weg zu finden, wie sie allein mit ihrem Leben zurechtkommen könnte.

„Gibt es jemand anderen?" Beth beugte den Kopf so vor, dass sie Abby in die Augen schauen konnte. „Für dich oder für ihn?"

Abby zuckte die Achseln. „John trifft sich mit einer Frau, die er von der Arbeit her kennt. Aber wenn ich ehrlich bin, war unsere Ehe schon kaputt, bevor sie auf der Bildfläche auftauchte."

Beths Fuß spielte mit dem Kies auf dem Weg. „Du auch? Triffst du dich auch mit jemand?"

Abby dachte an ihren Redakteur. „Nein, nicht so wie John."

Sie gingen schweigend weiter. Ihre Schritte waren jetzt langsamer als vorher. „Männer können so gemein sein." Beths Bemerkung sollte Abby oder die Ehe, die sie mit John jahrelang geführt hatte, nicht abwerten. Sie sagte nur ihre tief empfundene Meinung zu diesem Thema. „Aber trotzdem ... ausgerechnet du und John? Ich meine, ich habe schon gespürt, dass etwas nicht stimmte, aber ich hatte keine Ahnung ..." Ein Seufzen kam über Beths Lippen. Sie schaute durch die Bäume zum Himmel hinauf. „Da würde man Nicole am liebsten warnen, oder?"

Abby wehrte sich gegen Beths Bemerkung. Nein, sie wollte Nicole nicht warnen! Die Ehe war immer noch eine gute Sache, das Richtige für die meisten Menschen. Was Beth und ihr Mann erlebt hatten, was jetzt mit Abby und John passierte, bildete immer noch die Ausnahme. Es musste die Ausnahme sein. Abby konnte sich eine Welt, in der es keine Hoffnung auf lebenslange Liebe gab, nicht vorstellen. „Nicole und Matt werden es schaffen." In Abbys Stimme lag Zuversicht. Beth zog eine Augenbraue hoch.

„Ich dachte, du und John, ihr würdet es auch schaffen."

„Viele Jahre haben wir es auch geschafft." Abby beschleunigte ihre Schritte. Plötzlich konnte sie es nicht erwarten, wieder bei

Nicole zu sein, in einer Umgebung, in der eine neue Liebe immer noch verheißungsvoll aufblühte und die harte Realität ihrer Scheidung noch Wochen entfernt war.

„Was ist passiert ... wenn ich fragen darf?"

Abby seufzte und ließ ihren Blick über den See schweifen. Ihre Füße fanden ihren Weg von selbst, als sie zu einer Biegung um den See kamen. Über diese Frage hatte sie Monate, Jahre nachgedacht, aber die Antwort fiel ihr immer noch nicht leicht. „Ich glaube, es war in dem Jahr, in dem Nicole in der Damenfußballauswahl spielte. John war mit Football und den Jungen beschäftigt. Nicole und ich waren fast jedes Wochenende unterwegs."

Beth nickte, sagte aber nichts.

„Wir hatten so viel mit den Kinder zu tun, jeder war so sehr mit seinem eigenen Leben beschäftigt, dass wir, wenn wir zusammen waren ... ich weiß nicht, irgendwie waren wir plötzlich wie Fremde, die unter einem Dach wohnten. Ich wurde frustriert, wenn er nicht nach den Kindern oder nach den Artikeln, die ich schrieb, fragte. Ihm ging es genauso, wenn ich ihn nicht nach dem Training oder nach den Footballspielen fragte." Sie schwieg kurz. „Ich weiß es nicht. Er ließ seine Sachen liegen, und ich vergaß, pünktlich zu kochen. Wir fingen an, uns gegenseitig auf die Nerven zu gehen. So, als wäre zu viel passiert, seit wir das letzte Mal zusammen waren, und es gab keine Möglichkeit, darüber zu reden. Dinge, mit denen ich vorher nach Hause geeilt war, um sie ihm zu erzählen, waren plötzlich nicht mehr so wichtig, und ... unsere Gespräche wurden immer oberflächlicher und drehten sich immer mehr nur noch um die Verteilung von Aufgaben und Terminen."

Abby fühlte erneut die Tränen und blinzelte, damit sie wieder deutlicher sehen konnte. „Es war nicht irgendeine konkrete einzelne Sache, Beth. Es war, als wäre über Nacht das, worüber wir immer gelacht hatten, plötzlich nicht mehr lustig. Die Dinge, die er mir vorher über Football erzählt hatte, blieben ungesagt. Unsere Zeit miteinander auf dem Pier – wo wir uns immer ausgeredet hatten – war vergessen. Solche Sachen. Ich wusste es damals schon. Das machte wahrscheinlich alles nur noch schlimmer. Ich wollte nichts über seine Spieler und den Trainingsablauf hören. Ich war es müde, mich dafür zu interessieren, welche jungen Spieler es in die Schulauswahl schaffen würden, und welcher Quarterback den besten Wurf in diesem Jahr gelandet hatte. Es war mir einfach unwichtig. Ich wollte, dass er mich nach *meinem* Tag fragte, ein bisschen Interesse an dem zeigte, was ich schrieb, und welche Zeitschrift meine Artikel kaufte."

Sie gingen eine Weile schweigend weiter. Schließlich atmete Beth tief ein. „Du und John, ihr hattet etwas, das die meisten Menschen ihr ganzes Leben nicht bekommen werden."

Eine überwältigende Traurigkeit legte sich über Abby. Sie blieb mitten auf dem Weg stehen. Sie wischte sich die Augen ab und versuchte, ihre Gefühle in den Griff zu bekommen. „Wenn ich an den Mann zurückdenke, der er war, an den Mann, in den ich mich verliebt habe ... kann ich kaum glauben, dass es wirklich so weit mit uns gekommen ist."

„Aber Tatsache ist, dass ihr nicht mehr dieselben Menschen seid wie damals. Das kann ja sogar ich sehen." Aus Beths Mund klang es so selbstverständlich, als änderten sich Menschen wie Abby und John einfach und als gingen Ehen wie die ihre jeden Tag kaputt. Abby wollte am liebsten laut schreien, wollte am liebsten diesem ganzen Wahnsinn Einhalt gebieten, nach Hause rasen und John schütteln, bis beide begriffen, dass sie im Begriff standen, einen riesengroßen Fehler zu begehen.

Aber war es ein Fehler?

Er war jetzt in Charlene verliebt, und er hatte seit über einem Jahr nicht einmal mehr gefragt, wie Abbys Tag war. Dass Beth Recht hatte, machte Abby noch wütender. „Gehen wir zurück." Abby hatte das Gefühl, als schleppe sie John, Nicole, Kade und Sean auf ihren Schultern mit sich herum. Sie wusste, dass diese Last in den Tagen, die auf sie zukamen, schwerer und nicht leichter werden würde. Sie wischte sich die letzten Tränen ab und begann erneut weiterzugehen. „Nicole wird sich schon fragen, wo wir so lange bleiben."

„Ich werde nichts sagen. Das ist klar." Beth drückte Abby noch einmal die Hand. „Ich bin immer für dich da, wenn du mich brauchst."

Abby brachte ein Lächeln zuwege. Beth meinte es gut. Obwohl Abby sich ihr Leben lang eingeredet hatte, dass sie mit ihrer unabhängigen, zynischen kleinen Schwester nur wenig oder überhaupt nichts gemeinsam hatte, rückten die Tage schnell näher, an denen sie mehr Ähnlichkeiten miteinander aufweisen würden, als Abby je gedacht hatte. „Danke."

Sie legten den Rest des Weges schweigend zurück und waren bald wieder bei der Hütte. Abby öffnete die Tür. Bei dem Anblick, der sich ihr bot, hielt sie abrupt inne. Jo und Nicole saßen im Schneidersitz nebeneinander auf dem Bett. Ihre Gesichter waren einander zugewandt, sie hielten sich an den Händen und beugten den Kopf. Beth genügte ein kurzer Blick auf die beiden. Sofort machte sie auf dem Absatz kehrt, ging wieder hinaus und setzte sich in einiger Entfernung auf einen Stuhl auf der Veranda.

Abby konnte sich nicht überwinden, es ihr gleichzutun. Vor ihr saß ihre einzige Tochter, das Mädchen, das sie selbst das Beten gelehrt hatte, das Mädchen, über dem sie Jahr für Jahr in zahllosen Nächten gebetet hatte. Und jetzt saß sie mit einer Frau, die praktisch eine Fremde war, da und betete mit ihr. Eine Frau, die bis vor ein paar Monaten eine geschiedene Frau gewesen war, die nicht die geringste Ahnung gehabt hatte, was es bedeutete, eine Beziehung zu Gott zu haben. Jetzt betete Nicole ausgerechnet mit dieser Frau!

Wahrscheinlich ein Gebet in der Art, wie sie es selbst auch mit Nicole gesprochen hätte, wenn nicht ... nun ja, wenn die Dinge anders gekommen wären. Abby begriff in diesem Augenblick, dass sie etwas von sich selbst verloren hatte, den Teil, der vor Jahren an der Stelle gesessen hatte, an der jetzt Jo saß. *Ein weiteres Opfer unserer kaputten Ehe.* Durch ihre Tränen hindurch fragte sie sich, wie – durch welche furchtbare, erbärmliche Wende des Schicksals – sie mit der Frau vor sich die Rollen getauscht hatte.

Und ob es irgendeine Möglichkeit gab, aus dem Loch, in dem sie saß, wieder zu diesem von Gnade und Frieden erfüllten Ort zu kommen, den Jo Harter irgendwie gefunden hatte.

* * *

In dem Moment, in dem das Auto um die Ecke bog, legte John die Fahrradschaltung, an der er gearbeitet hatte, beiseite, wusch sich die Hände und schlenderte ins Wohnzimmer, wo er sich auf seinem alten gemütlichen Sessel niederließ. Sean war mit dem Fahrrad zu einem Freund auf der anderen Seite des Sees gefahren, und Kade trainierte in der Schule.

Das Haus war so ruhig wie seit Tagen nicht mehr.

Wie konnte es nur keiner von ihnen bemerkt haben? War es nicht unübersehbar, dass Abby und er sich seit Monaten vor den Kindern nicht einmal mehr berührten? John ließ diese Frage irgendwie im Raum hängen. Er stellte fest, dass er Durst hatte, ging durch das Esszimmer in die Küche und schenkte sich ein Glas Wasser ein. Als er es füllte, fiel sein Blick auf das Telefon.

„Ich bin zu Hause ... rufe mich an, wenn du willst ... rufe mich an, wenn du willst ... rufe mich an, wenn du willst ..."

Charlenes Worte hallten in seinen Ohren wider, bis er sich förmlich zum Telefon hingezogen fühlte. *Hilf mir hier heraus, Gott ... Bitte. Ich habe es Abby versprochen ...*

Die Liebe erträgt alles, mein Sohn ... die Liebe hört niemals auf.

Dieser Gedanke breitete sich in seinem verwirrten Herzen aus und setzte seine Füße in Bewegung, zurück ins Esszimmer, weg vom Telefon. Auf halbem Weg zu seinem Sessel, fiel sein Blick auf eine Mappe, die auf dem Tisch lag. Er blieb stehen und las das Titelblatt.

„Eigenschaften des Adlers – Abschlussarbeit von Kade Reynolds."

Kade hatte die Arbeit fertig geschrieben und löcherte John seit Tagen, er solle sie lesen. John nahm das fertige Werk in die Hand, schlug es auf der ersten Seite auf und überflog das Inhaltsverzeichnis. „Wesenszüge eines Adlers ... Was den Adler von anderen Tieren unterscheidet ... der Adler sucht sich ein Weibchen ..." Die Arbeit war zehn Seiten lang und sah ermüdend aus.

Lies es, mein Sohn ... lies es.

Er wurde von etwas, das er nicht sehen konnte, zu der Arbeit hingezogen ... von etwas, das er nicht erklären konnte. Eine leise Stimme, fast so wie Gottes Stimme früher, als sie noch regelmäßig miteinander im Gespräch gewesen waren ... Aber warum sollte Gott wollen, dass er Kades Arbeit las?

Dann erklang plötzlich eine andere Stimme in ihm.

Vergeude doch nicht deine Zeit. Wen interessiert schon der Adler? Du hast noch eine Woche, bis du ausziehst. Jetzt hast du das Haus ganz für dich allein. Mache das Beste daraus.

Als dieser Gedanke sich in sein Bewusstsein schlängelte, wandte John den Blick von der Abschlussarbeit seines Sohnes ab und starrte das Telefon an.

„Ich bin da ... rufe mich an, John ... ich bin da."

Ohne auch nur einen weiteren Gedanken darauf zu verwenden, ließ er Kades Arbeit wieder auf den Tisch fallen. Er weigerte sich, an die Versprechen zu denken, die er Abby gegeben hatte, oder daran, was für ein Mann er geworden war, und nahm das schnurlose Telefon aus der Ladestation. Aber als er gerade ihre Nummer wählen wollte, klingelte das Telefon. John wich so schnell zurück, als wäre Abby ins Zimmer getreten. Er drückte den entsprechenden Knopf und hielt sich das Telefon ans Ohr. Sein Herz überschlug sich fast. „Hallo?"

„Papa?" Es war Nicole. Aus ihrer Stimme sprach zarte Nostalgie. „Ich bin es. Ich rufe über das Handy an. Wir sind in unserer alten Hütte am See. Hättest du gedacht, dass man von hier aus einen so guten Empfang hat?"

Johns Wunsch, Charlene anzurufen, war wie weggeblasen. Er zwang seine Stimme, ganz normal zu klingen, als säße er im Wohnzimmer und schaue ein Footballspiel an. „Hallo Schatz. Wie gefällt es dir dort?"

„Bestens. Wir wollen jetzt Scrabble spielen und die ganze Nacht aufbleiben und reden." Sie machte eine Pause. John konnte fast das Funkeln in ihren Augen sehen. „Mama sagte, ich könnte dich schnell anrufen und dir eine gute Nacht wünschen."

Eine dünne Schweißschicht zog über Johns Stirn. Er schluckte seine Unruhe hinunter. „Es freut mich, dass dir dieser Ausflug gefällt, Liebes." *Soll ich es sagen?* „Und, äh, grüße Mama von mir."

Nicole seufzte, als er ihre Mutter erwähnte. John ahnte, dass sie überlegte, ob sie sagen sollte, was ihr auf dem Herzen lag. „Papa, ich bete für dich und für Mama."

Johns Nervosität verdoppelte sich. „Für ... für uns?" Was hatte Abby ihr erzählt? Und warum jetzt, da ihre Hochzeit nur wenige Tage bevorstand?

Nicole kicherte. „Eltern brauchen auch Gebet, Papa. Ich dachte, wenn wir schon ein paar Tage fort sind und über Liebe und solche Dinge reden, könnte ich auch für euch beide beten. Vielleicht fühlt ihr euch auch wieder wie frisch verheiratet, wenn Matt und ich an eurem Hochzeitstag heiraten. Ich dachte, das könnte nicht schaden."

John wollte hundert verschiedene Dinge sagen, aber er war nicht sicher, ob er sie jetzt ansprechen sollte. Ihre Ehe als gut darzustellen, wäre eine Lüge gewesen, aber wenn er nichts sagte, gestand er ein, dass sie Probleme hatten. John holte tief Luft. „Es kann nie schaden zu beten."

„Papa, ich muss jetzt aufhören. Ich kann gar nicht glauben, dass ich in einer Woche schon in den Flitterwochen bin. Irgendwie habe ich das Gefühl, die Tage, in denen ich ein kleines Mädchen war, gehen zu Ende, verstehst du das?"

John fühlte sich, als hätte ihm jemand das Herz aus dem Leib gerissen und trample darauf herum. Dutzende Schnappschüsse von Nicole schossen ihm durch den Kopf: mit Zahnlücke an ihrem ersten Schultag, in den Farben der Marion Adler gekleidet bei einem seiner Footballspiele, wo sie mit den großen Mädchen getanzt hatte, wie sie in der achten Klasse den Fußball über die Köpfe von drei Verteidigerinnen hinweg ins Tor geschossen hatte, wie sie Stunden vor ihrem High-School-Abschluss in der traditionellen Kleidung mit Kopfbedeckung und weitem Umhang Klavier gespielt hatte. Wo waren die ganzen Jahre nur geblieben? Und was würde aus Nicoles Lächeln in zwei Wochen werden, wenn er und Abby die Katze aus dem Sack ließen?

Ein Kloß bildete sich in Johns Kehle. Wieder hatte er keine Ahnung, was er sagen sollte.

„Papa? Bist du noch da?" Die Verbindung wurde schlechter, und Nicole klang besorgt.

„Ja, ich bin noch dran, Liebes. Versuche, es weniger als ein Ende zu sehen, sondern eher als ... als einen neuen Anfang."

„Ja ... genau das Gleiche hat Mama auch gesagt." Gott sei Dank war sie wegen ihrer bevorstehenden Hochzeit zu aufgeregt, um zu viel Zeit mit der Vergangenheit zu verbringen. „Dann bis in zwei Tagen, Papa. Ich liebe dich."

John schloss die Augen und ließ sich auf den nächsten Esszimmerstuhl fallen. „Ich liebe dich auch, Nick."

Er drückte auf den Knopf und ließ das Telefon auf dem Tisch liegen. Ihm graute vor dem, was bald über sie alle hereinbrechen würde. Noch bevor er sich entscheiden konnte, was er als Nächstes tun wollte, läutete das Telefon schon wieder. *Was hast du denn noch vergessen, Nicole?* „Hallo, Liebes, ich bin ganz Ohr ..."

Es folgte eine Pause, dann erklang am anderen Ende kühl Charlenes Stimme. „Das ist aber nett ... hast du mich erwartet oder jemand anderen?"

In Johns Kopf drehte sich plötzlich alles. Er hasste das verrückte, verwirrte Spinnennetz, das sich um sein Leben gelegt hatte. „Ich ... ich dachte, es sei Nicole."

„Nicole." Charlenes Stimme klang kalt. „Nicht etwa Abby?"

Das genügte. „Hör zu, lass mich in Ruhe. Ich brauche mich dir gegenüber nicht zu verteidigen, Charlene."

Er seufzte, massierte sich die Schläfen und schloss die Augen. Fast eine Minute verging, ohne dass einer von ihnen etwas sagte. „Es tut mir Leid, dass ich dich angefahren habe. Ich will einfach im Augenblick nicht mit dir reden ... ich brauche Zeit."

Es folgte eine Pause, dann hörte er ein leises Schniefen. *Groß-*

artig, jetzt bringe ich zwei Frauen zum Weinen. Seltsamerweise machten ihn Charlenes Tränen nur noch frustrierter. „Ich muss jetzt auflegen."

Sie räusperte sich. „Rufe mich an, wenn du so weit bist ... und nicht früher, ja?"

Eine seltsame Erleichterung breitete sich in Johns Seele aus. „Ja."

Als er aufgelegt hatte, stützte John die Unterarme auf den Esstisch und starrte durch das Fenster hinaus in die dunkle Nacht. Was hätte er beinahe getan? Warum hatte er sie überhaupt anrufen wollen? Und wie konnte er in der einen Minute so starke Gefühle für sie empfinden und sie im nächsten Augenblick kaum ertragen?

Mit Abby war es nie so gewesen. Wenigstens nicht am Anfang. Auch nicht nach zehn Jahren. Bei Abby hatte er sich immer auf ihre gemeinsame Zeit gefreut. Zwischen ihnen hatte die Chemie immer gestimmt. Das hatte sich auch im Laufe der Zeit nicht geändert. *Warum hast du aufgehört, mich zu lieben, Abby? Warum hast du jedes Interesse an dem, was ich tue, verloren?*

Sein Blick fiel auf Kades Bericht, der immer noch auf dem Tisch lag. Er konnte die Stimme seines Sohnes hören. *„Lies es dir durch, Papa. Ich lasse es hier liegen, damit du es lesen kannst."*

Gut. Charlene würde nicht wieder anrufen. Er war den ganzen Abend allein. Warum also nicht? Er nahm die Arbeit und setzte sich in seinen Sessel im Wohnzimmer. Als er es sich bequem gemacht hatte, schlug er die erste Seite auf und begann zu lesen. Die Arbeit war gut geschrieben und sehr informativ. Trotz aller anderen Gefühle, die in seinem Inneren miteinander stritten, empfand John einen großen Stolz auf seinen Sohn. Kade würde an der Universität von Iowa gut zurechtkommen, und zwar nicht nur auf dem Footballfeld.

Er las die Einleitung und das erste Kapitel der Arbeit. Dabei musste er wieder daran denken, dass der Herr sein Volk auffordert, wie Adler zu sein. *Erhebt euch auf Flügeln wie Adler* ... nicht wie Krähen oder Hühner oder Fasane. Wie Adler. Schlüsselsätze aus der Arbeit stachen ihm ins Auge, Informationen, die Kade ihm schon vor Monaten erzählt hatte. „Der Adler frisst nur Nahrung, die ihm bekommt. Wenn er etwas frisst, bei dem ihm übel wird, fliegt er auf den höchsten Felsen, den er finden kann, und legt sich mit ausgebreiteten Flügeln auf diesen Felsen. Dort bleibt er so lange liegen, bis die Sonne das Gift aus ihm herauszieht und ihn davon frei macht, damit er mit den anderen Adlern wieder fliegen kann."

John ließ dieses Bild erneut auf sich wirken. Der nächste Abschnitt drehte sich um das Paarungsverhalten des Adlers.

„Weibliche Adler testen ihr männliches Gegenstück gern." *Gegenstück?* Wie kam Kade auf ein solches Wort? John las weiter:

„Wenn das Weibchen weiß, dass ein Männchen interessiert ist, veranstaltet sie mit ihm eine Jagd über den Himmel, es steigt hoch zum Himmel hinauf, taucht wieder ab und schwebt hoch über den Bergen. Wenn die Jagd fast vorbei ist, fliegt sie, so hoch sie kann, legt sich auf den Rücken und stürzt im freien Fall zu Boden. Es ist Aufgabe des Männchens, seinen Körper über ihren zu legen, ihre Krallen zu ergreifen und mit aller Kraft mit den Flügeln zu schlagen, um sie vor dem sicheren Tod zu bewahren. Nur wenige Augenblicke, bevor sie auf dem Boden aufschlagen, beendet das Weibchen den Sturzflug und umkreist das Männchen. Da er bereit war, selbst bis in den Tod bei ihr zu bleiben, hat er sich als ihr Partner bewährt. Die beiden Adler sind ab diesem Zeitpunkt ihr Leben lang zusammen."

John klappte die Arbeit zu und legte sie neben sich auf den Tisch. Ihm war hundeübel. Schuldgefühle drückten ihn nieder, die dicker waren als jede Steinmauer.

Der Vergleich lag auf der Hand: Kein Wunder, dass er und Abby kurz vor der Scheidung standen. Er hatte sie vor Jahren losgelassen, und jetzt waren sie nur zwei einsame Adler, die im freien Fall hoffnungslos zur Erde stürzten. Während er über ihre Situation nachdachte, bekam er eine Erkenntnis, wie er sie sein ganzes Leben noch nicht gehabt hatte.

Eine Erkenntnis, die nur von Gott persönlich kommen konnte.

22

Bilder von Adlern, die vom Himmel fallen, hielten John bis tief in die Nacht vom Schlafen ab. Am nächsten Morgen war er deshalb nicht nur tief beunruhigt, sondern auch müde. Er wartete bis neun Uhr. Dann wählte er Charlenes Nummer.

„Hallo?“ Ihre Stimme klang aufgedreht und unbeschwert. Das Telefongespräch vom Vorabend schien sie nicht sonderlich belastet zu haben. Wusste sie nicht, wie aufgebracht er gewesen war? Beunruhigte sie seine Reaktion denn nicht, seine Entscheidung hinauszuzögern und dem Gespräch mit ihr auszuweichen? Ein kurzer Gedanke schoss John durch den Kopf ... vielleicht war er nur von vorübergehendem Interesse für Charlene. Eine Art Eroberung für eine gewisse Zeit.

Nein ... er und Charlene kannten sich dafür schon viel zu lange. „Hallo. Ich bin es.“

„John! Du rufst an!“ Die Aufregung in ihrer Stimme war unüberhörbar. Das Letzte, was er zu ihr gesagt hatte, war, dass er sie anrufen würde, wenn er bereit wäre, wenn er genug Zeit gehabt hätte. Er legte seine Hand in den Nacken. Geistesabwesend massierte er ihn. Charlene hatte keine Ahnung, was seitdem geschehen war.

„Wir müssen miteinander reden. Kannst du ... würde es dir etwas ausmachen, wenn du heute Nachmittag vorbeikommst. Irgendwann nach dem Mittagessen?“ Er versuchte, freundlich zu klingen, gleichzeitig aber keine falschen Hoffnungen in ihr zu wecken. Auf keinen Fall wollte er, dass Charlene im Badeanzug aufkreuzte und einen gemütlichen Nachmittag am See mit ihm verbringen wollte.

„Unser Gespräch gestern Abend war ... nun ja ... es lief nicht besonders gut. Bist du sicher, dass du bereit bist, mich zu sehen?“

John atmete langsam aus und knirschte mit den Zähnen. „Ja. Um ein Uhr.“

„Ausgezeichnet." Sie klang aufgedreht und ... triumphierend. Wie gut kannte sie ihn, wenn sie glaubte, er könne seine Meinung so leicht ändern?

Im Laufe des Vormittags las John mehr von Kades Abschlussarbeit. Der Adler hatte zwei natürliche Feinde: Stürme und Schlangen. Den Sturm nutzte er zu seinem Vorteil. Er wartete auf dem Felsen auf den richtigen Aufwind und ließ sich dann davon höher tragen. Während andere Vögel Schutz suchten, schwebte der Adler. Ein Adler würde nie gegen die Stürme des Lebens ankämpfen.

Er sparte sich diese Kraft für den Kampf gegen die Schlange. Besonders wenn die Schlange die Jungen des Adlers bedrohte.

John legte die Arbeit wieder zur Seite. Wusste Kade, dass er diese Arbeit konkret für seinen Vater geschrieben hatte? Hätte Gott ein besseres Beispiel finden können, um John zu zeigen, wie sehr er versagt hatte?

Auch wenn seine Ehe nicht mehr zu retten war, auch wenn er in den letzten Jahren vieles kaputtgemacht hatte, spürte er, wie der Samen der Veränderung in seiner Seele Wurzeln schlug. Wenn er nur sein Leben mit Gott wieder in Ordnung bringen könnte ... vielleicht, nur vielleicht könnte er sich dann wieder daran erinnern, wie es war, ein Adler zu sein. Ein Adler, wie er immer einer sein wollte. Ein Adler, der die Stürme des Lebens zu seinem Vorteil nutzte.

Ein Adler, der die Schlange mit allen Mitteln bekämpfte.

* * *

Charlene kam pünktlich um ein Uhr. Sie trug weiße Shorts und ein eng sitzendes Sonnentop. Ihr Makeup war unauffällig und perfekt. Sie sah aus wie fünfundzwanzig, als John ihr die Tür öffnete und sie ins Haus ließ. *Gib mir Kraft, Gott. Ich weiß nicht, wie ich es sagen soll ...*

Ich werde dir zeigen, was du sagen sollst, und wann du es sagen sollst, mein Sohn. Vertraue auf mich.

Vertraue auf mich ... vertraue auf mich. Diese Worte hallten in seinem Herzen wider und erinnerten ihn an einen anderen Vers aus der Bibel. Einen Vers im Buch Jesaja, in dem davon die Rede ist, dass wir auf den Herrn vertrauen sollen ... Wie hieß er doch gleich? *„Die auf den Herrn harren, kriegen neue Kraft, dass sie auffahren mit Flügeln wie Adler, dass sie laufen und nicht matt werden, dass sie wandeln und nicht müde werden ...“*

Schon wieder Adler. Also gut, Gott, dann will ich auf dich harren und dir vertrauen.

Er bedeutete Charlene, ihm zu folgen. „Danke, dass du gekommen bist.“

John setzte sich auf die Kante seines Sessels. Charlene nahm so nah wie möglich bei ihm auf dem Sofa Platz. „Ich dachte, du bräuchtest mehr Zeit.“ Ihre Stimme war zuversichtlich. Unübersehbar erwartete sie, dass er ihr sagte, er sei so weit, dass er sie vielleicht sogar in die Arme nähme und ihr zeigte, welche Gefühle er für sie empfand.

Im Lichte dessen, was Gott John durch Kades Arbeit gezeigt hatte, schaute John sie jedoch auf eine Weise an, wie er vielleicht einen alten Freund anschaute, einen Freund, für den er nichts als eine platonische Zuneigung empfand. „Charlene, dein ganzes Leben liegt vor dir. Du bist ... du bist jung und schön und ... was ich dir sagen will, ist: Du solltest die Stelle in Chicago annehmen.“

Sie lachte nervös und bewegte ihre Beine so, dass sie mehr als nur attraktiv aussahen. John bemerkte es, fühlte sich dadurch aber in keinster Weise versucht. „Du meinst, wir beide, oder? Du hast beschlossen, dich dort um eine Stelle als Trainer zu bewerben? Das habe ich doch richtig verstanden?“ John rutschte auf seinem Sessel hin und her und beugte sich über seine Knie. *Hilf mir, Gott. Gib mir die richtigen Worte.* „Nein ... ich meine, es könnte Monate oder gar Jahre dauern, Charlene. Abby und ich sind zwar vielleicht bald geschieden, aber ich kann nicht einfach eine neue Beziehung mit dir anfangen. Zumindest jetzt nicht.“

Für einen kurzen Augenblick trat Ungeduld in Charlenes Augen. „Ich habe dir gesagt, dass ich warten würde. Wozu jetzt diese große Rede?“

John wusste, dass er aus eigener Kraft ein Wortgefecht mit Charlene verlieren würde. Sie hatte die Begabung, jedes Gespräch in die Richtung zu lenken, die ihr gefiel. Er wartete auf Gottes Weisheit. „Du hast schon zu lange zugelassen, dass dein Leben durch mich eingeschränkt wurde.“ Er schaute ihr ernst in die Augen, als könnte er sie mit seinem Blick dazu bewegen, ihn zu verstehen. „Es mag in deinen Ohren vielleicht komisch klingen, aber im nächsten Jahr, wenn ich allein lebe, möchte ich meine Beziehung zu Gott in Ordnung bringen. Das ist mir wichtig.“

Charlene zog eine Braue in die Höhe und schien sich gerade noch rechtzeitig zu beherrschen, um nicht laut loszulachen. „Deine Beziehung zu *Gott*? Du denkst, du kannst dich von deiner Frau scheiden lassen und dann das nächste Jahr religiös werden?“ Sie sank langsam auf die Knie und kam auf ihn zu, sie schlang die Arme um seine nackten Beine und legte den Kopf auf seine Schenkel. „Du willst nicht Gott. Du willst mich.“

Ein Prickeln zog durch seinen Körper.

Nein! Gott, hole mich hier heraus. Ich habe schon eine Beziehung vermasselt. Ich will es nicht noch einmal machen. Hilf mir!

Sanft und mit einer Kraft, die nicht aus ihm selbst kam, schob er Charlene von seinen Beinen zurück. „Ich kann das nicht. Verstehst du?“

„Warum?“ In Charlenes Augen traten Tränen. „Du willst es doch auch ... wir beide wollen es seit dem Tag, an dem wir uns das erste Mal sahen. Du hast nur Angst, John. Lass mich dich lieben. Bitte ...“

Sein Gesicht wurde hart. „Charlene, ich sage dir gerade, dass es aus ist zwischen uns.“

Ihr Gesicht wurde blass. Sie wich ein paar Zentimeter zurück. „Was soll das denn jetzt heißen? Ich dachte, du brauchst nur mehr Zeit.“

„Ich brauche Zeit allein mit Gott.“ So schwer diese Situation auch für ihn war, so war er doch fest davon überzeugt, dass es das

Richtige war. Und nichts, das Charlene tun konnte, würde seine Meinung ändern.

„Mit Gott? Komm schon, John. Als ob dich das neulich in deinem Schulzimmer oder damals abends auf dem Footballfeld interessiert hätte."

Er erinnerte sich an den Durchbruch am letzten Abend und brachte sie mit einem eisigen Blick zum Schweigen. Wie konnte sie es wagen, ihm das jetzt an den Kopf zu werfen? „Mein Entschluss steht fest, Charlene. Mache in Bezug auf die Stelle in Chicago, was du willst. Zwischen uns ist es aus."

Gerade, als Charlene etwas erwidern wollte, klingelte es an der Tür.

Johns Herzschlag verdreifachte sich. Waren sie früher nach Hause gekommen? Wie würde er erklären, dass Charlene hier war? Er stand auf plötzlich zittrigen Beinen auf und bedeutete ihr, sich wieder auf das Sofa zu setzen. Sie tat es. Er zwang sich, ruhig zu sein, als er die Tür aufmachte.

Der Anblick von Matt Conley an der Tür löste gleichzeitig Erleichterung und neue Besorgnis bei ihm aus. „Äh, hallo, Matt. Was gibt's?"

Matts Blick wanderte an ihm vorbei. Er sah Charlene im Wohnzimmer sitzen. „Oh, entschuldigen Sie. Ich wusste nicht, dass Sie schon Besuch haben."

Charlene verstand die Andeutung und stand auf. Sie nahm ihre Handtasche und ging zur Haustür. Sie lachte leichthin. „Lasst euch durch mich nicht stören. Ich wollte gerade gehen."

Sie trat neben die beiden, und während Matt sie beide nicht aus den Augen ließ, schaute sie John direkt in die Augen. „Was deinen Vorschlag angeht, glaube ich, du hast Recht. Eine solche Chance kann ich mir einfach nicht entgehen lassen." Sie zögerte. John konnte in ihrem Gesicht lesen, was sie nicht sagte: Schmerz, Ärger und Resignation. „Ich werde mir wahrscheinlich noch vor Ende des Monats eine Wohnung in Chicago suchen."

John hatte sich nicht vorgestellt, dass es so enden würde. Dass sie mit verschlüsselten Botschaften redeten, während sein künftiger Schwiegersohn an jedem ihrer Worte hing. Er brachte ein Lächeln zustande und trat einen Schritt zurück, um den Abstand zu ihr zu wahren. „Du wirst deine Arbeit dort gut machen." Er klopfte ihr auf die Schulter, wie er einem seiner Spieler nach einer guten Leistung gratulieren würde. „Danke, dass du vorbeigeschaut hast."

In ihren Augen standen Tränen, als sie ging, aber John war ziemlich sicher, dass Matt nichts davon bemerkt hatte. Als sie fort war, gingen die beiden Männer ins Wohnzimmer. Matt stammelte: „Ich wollte sie nicht vertreiben ... ich dachte nur..."

„Mach dir darüber keine Gedanken. Sie brauchte einen kleinen Rat, und ich habe ihn ihr gegeben. Wir waren mit unserem Gespräch zu Ende, als du kamst. Sie nimmt eine Stelle in Chicago an."

„Das habe ich ihren Worten entnommen. Eine gute Nachricht." Matt spielte unsicher mit den Händen. „Ich meine es nicht persönlich, aber Nicole kann diese Frau nicht ausstehen."

„Charlene?" John stockte der Atem. Ihm war gar nicht aufgefallen, dass Nicole eine Meinung über sie hatte, weder in die eine noch in die andere Richtung.

„Ja, Nicole glaubt, Mrs. Denton habe es auf Sie abgesehen."

Johns Lachen klang gezwungen, aber Matt schien das wieder nicht aufzufallen. „In Bezug auf Charlene gibt es keinen Grund zur Besorgnis. Wir waren eine Weile befreundet, aber jetzt zieht sie wieder weg."

John zwang sein Herz, normal zu schlagen. Er konnte nur staunen, wie perfekt der Zeitpunkt gewählt war, an dem Matt kam, und wie sein Erscheinen Charlene veranlasst hatte zu gehen. Er dachte an Nicoles Anruf am Abend vorher und an die Durchsage in der Schule neulich. Wie nahe er davor gestanden hatte ...

Gott, du bist so treu! Ich habe immer einfach mein Leben selbst bestimmt, und trotzdem bist du da und gibst mir genau die Hilfe, die ich brauche. Hilf mir, ein Adler zu sein, Herr ... Hilf mir, dass ich lerne, wieder zu fliegen.

„Das ist auch mit ein Grund, warum ich hier bin, glaube ich.

Sie sind einfach erstaunlich, Mr. Reynolds. Frauen wie Mrs. Denton stellen Ihnen nach, und trotzdem führen Sie und Ihre Frau – auch nach so vielen Jahren – eine perfekte Ehe."

Alles klar, umschalten, John. Matt war nicht hier, um ihn auszuspionieren, sondern weil er einen Rat von ihm wollte. „Keine Ehe ist perfekt."

Matt stand auf und ging von einer Seite des Wohnzimmers zur anderen und dann wieder zurück. „Es ist nicht so, dass ich kalte Füße bekäme." Er blieb stehen und schaute John ernst an. „Ich liebe Nicole mehr, als ich mir je hätte vorstellen können."

In den Winkeln von Johns Gedächtnis tauchte ein Bild auf: Er und Abby unter der großen Eiche auf dem Campus der Universität von Michigan: *„Ich werde nie jemanden so lieben, Abby, wie ich dich liebe ... wie ich dich liebe ... wie ich dich liebe."* „Ich kann mich an das Gefühl erinnern."

„Aber genau das meine ich. Sie und Mrs. Reynolds haben dieses Gefühl nie *verloren.* Was ich nicht weiß: Wie kann ich das, was ich jetzt hier drinnen empfinde ...", er legte die Hand über sein Herz, „... behalten? Was kann ich dafür tun, dass es nie weggeht?" Sein Arm sank wieder nach unten. „Wie es bei meinen Eltern der Fall war?"

John wollte gerade den Mund aufmachen, als die zischenden Stimmen wieder da waren. *Heuchler, Heuchler, Heuchler! Wie kannst du es wagen, diesem gottesfürchtigen jungen Mann einen Rat zu geben, wenn du nicht einmal ein einfaches Versprechen halten kannst, das du Abby gegeben hast?* „Ich kann dir darauf keine Antwort geben, Matt."

Der junge Mann vor ihm meinte es so ernst. Er war so sehr darum bemüht, das Geheimnis dauerhafter Liebe zu erfahren, dass John am liebsten in ein Loch gekrochen und nie wieder herausgekommen wäre. Was würde Matt in zwei Wochen von ihm halten?

Erzähle ihm vom Adler, mein Sohn.

Dieser Gedanke hallte an der Stelle in seinem Herzen wider, an der nur Gott zu ihm sprach.

Gib mir die richtigen Worte, Gott ... schon wieder.

Matt ging wieder zum Sofa zurück und setzte sich. „Ich weiß, dass es keine fertigen Formeln gibt, aber ich möchte wenigstens einen Tipp." Er fuhr sich mit den Fingern über die Stirn. „Ich hätte Sie das schon längst fragen sollen. Ich war nur nicht sicher, wie ich es ansprechen sollte, ohne dass sie denken müssen, ich hätte Zweifel. Ich meine, Sie sind nicht nur ein großartiger Mann, den ich bewundere und zu dem ich aufblicke ... Sie sind auch Nicoles Vater. Das macht die Sache komplizierter."

John wünschte sich fast verzweifelt, mit Matt ins Reine zu kommen, die Farce zu beenden und ihn wissen zu lassen, was für ein furchtbarer Ehemann er in Wirklichkeit war, ihm zu sagen, dass er und Abby vor Jahren aufgegeben hatten, sich umeinander zu bemühen.

Erinnere dich an meine Barmherzigkeit, mein Sohn. Erzähle ihm vom Adler ...

Da war es wieder. Er war nicht der richtige Mann dafür. Er konnte Matt nicht in die Augen schauen und ihm etwas erzählen, das vielleicht ...

„Vielleicht eine Bibelstelle oder so etwas. Ich habe alle Verse gelesen, in denen es heißt, dass Gott Scheidung hasst und dass ein Mann und eine Frau eins sein sollen ..."

Tiefes Bedauern bohrte sich wie ein scharfes Messer in Johns Herz. *Ich kann das nicht, Gott ... lass ihn gehen.* „Hast du dich je mit dem Adler befasst?"

Matt grinste. „Sie meinen wie die Marion Adler ... die erfolgreichste Footballmannschaft in ganz Süd-Illinois?"

John spürte plötzlich eine Kraft, die er seit Jahren nicht mehr gekannt hatte. „Im Buch Jesaja sagt Gott, dass wir auffahren sollen mit Flügeln wie Adler." Er beugte sich vor und nahm Kades Arbeit vom Wohnzimmertisch. „Kade hat seine Abschlussarbeit über den Adler geschrieben. Ich finde, in seiner Arbeit stecken viele lehrreiche Aussagen."

Matt verzog neugierig die Miene. „Über die Ehe?"

In den nächsten zehn Minuten sprach John über den Adler

und über seine Fähigkeit, den Stürmen des Lebens zu trotzen. Er erzählte, dass der Adler die Schlange bekämpft und sie daran hindert, seine Jungen oder das große Adlerhorst zu zerstören. Er erzählte Matt, dass der Adler, wenn ihm übel ist, so klug ist, sich allein auf den Felsen zu legen und von der Sonne das Gift aus seinem Körper saugen zu lassen. Am meisten sprach er davon, dass der männliche Adler dazu geboren ist, sich an das Weibchen zu klammern, auch im Sturzflug, selbst wenn sie in den Tod stürzen.

Als er geendet hatte, schien Matts Unruhe wie weggeblasen zu sein. Von seinem Standpunkt aus, an der Schwelle zu neuer Liebe und gegenseitiger Hingabe, erschien die Vorstellung, sich ein Leben lang an Nicole zu klammern, leicht und aufregend. John betete dafür, dass es immer so bleiben würde.

„Das ist genau das, was ich brauchte." Sie plauderten noch eine Weile weiter über die Hochzeit und die vor ihnen liegende Woche. Schließlich, nach fast einer Stunde, stand Matt auf.

Obwohl sich John immer noch wie ein Heuchler vorkam, obwohl er sicher war, dass er die Kraft, mit Matt zu reden, nicht aus sich selbst heraus gehabt hatte, begleitete er ihn zur Tür und verabschiedete sich von ihm.

„Noch vier Tage, Mr. Reynolds. Ich kann es kaum erwarten." Matt war groß und sah gut aus. Mit seinem logischen Verstand würde er bald einen guten Anwalt abgeben. Aber viel wichtiger, als dass er seine Tochter gut versorgen würde, war John, dass sein künftiger Schwiegersohn die Lektion, die der Adler sie lehrte, begreifen und verstehen würde, wie wichtig es ist, einander nie loszulassen.

Eine Lektion, von der John wünschte, er hätte sie schon vor Jahren begriffen, als er und Abby angefangen hatten zu stürzen.

* * *

Abby stand allein in ihrer Auffahrt, müde und zufrieden, und winkte Beth und Jo zum Abschied nach. Nicole hatte bereits ihren Rucksack ins Haus geschleppt, und wenn Abby aus der Miene ihrer Tochter Rückschlüsse ziehen konnte, dann schien der Wochenendausflug ein voller Erfolg gewesen zu sein. Sie hatten gelacht und sich unterhalten und sogar miteinander gebetet. Jetzt schlenderte Abby um das Haus herum in den Garten und erblickte John, wie er in ihrem Aluminiumruderboot mitten auf dem See trieb.

Wahrscheinlich hat er Schuldgefühle. Er wollte uns nicht sehen, wenn wir zurückkommen. Ihr Blick schweifte ab. Ein Dutzend Erinnerungen an glücklichere Zeiten tauchten vor ihr auf. In dem Boot hatten nicht mehr als drei Leute Platz, aber es hatte Zeiten gegeben, in denen es ihnen wie eine Jacht erschienen war, Zeiten, in denen sie und John einen ganzen Nachmittag darin verbracht hatte. Sie hatten sich auf dem See treiben lassen, hatten die Sonne aufgesogen und miteinander gelacht und sich unterhalten. In genau diesem Ruderboot hatten sie von Kades Footballkarriere geträumt. In diesem Boot hatte sie ihm erzählt, dass sie mit Sean schwanger war.

John ruderte nicht mehr. Da er ihr den Rücken zukehrte, hatte er wahrscheinlich noch nicht bemerkt, dass sie zurück waren. Abby stellte traurig fest, dass dies vielleicht das letzte Mal war, dass sie nach Hause kam und John so auf dem See vorfand.

* * *

Es lag etwas Friedliches und Zeitloses darin, auf dem See zu sein. John wusste, dass bei der Hektik mit der Probe und der Hochzeit in den nächsten Tagen nur wenig ruhige Zeit bleiben würde. Außerdem musste er nachdenken. Er dachte darüber nach, wie anders sein Leben verlaufen wäre, wenn er ihre Trennung hätte vorhersehen können und etwas unternommen hätte, um sie zu verhindern.

Natürlich war es jetzt zu spät. Abby liebte ihn nicht mehr, und auch noch so große Bemühungen, sich an sie zu klammern, würden zum jetzigen Zeitpunkt nichts mehr bewirken. Im freien Fall des Lebens waren sie beide auf dem Boden aufgeschlagen und hatten sich verletzt. Jetzt zog sie weiter in andere Regionen.

Er lehnte sich zurück. Den Rücken hatte er ihrem Haus zugewandt und damit auch all der Freude und Trauer, die es in den nächsten Wochen dort geben würde. Als er zum Himmel hinaufschaute, beobachtete er, wie ein Vogel weit oben schwebte, mühelos über dem Wasser kreiste und nach Fischen suchte. John schaute ihn genauer an. Das konnte doch nicht sein. Nicht hier und nicht jetzt, wenn ihm so vieles durch den Kopf ging, wenn Kades Abschlussarbeit die größte Veränderung aller Zeiten in seinem Herzen ausgelöst hatte.

Aber es war so. Es war ein Adler. Während er ihm zuschaute, fühlte er sich von Gottes Gnade und Vergebung eingehüllt, voll Hoffnung, für die es keinen vernünftigen Grund gab.

John schaute lange zu dem Adler hinauf. Tränen brannten in seinen Augen. Etwas am Anblick dieses majestätischen Vogels am Himmel gab ihm Kraft. Es war, als wollte Gott ihn wissen lassen, dass es möglich war, wieder zu fliegen, auch nachdem er so viel Gift in sich aufgenommen hatte. Das tat so gut, denn nichts würde ihn mehr vergiften, als vor einen Richter zu treten und sich von der Frau scheiden zu lassen, in die er sich vor fast drei Jahrzehnten verliebt hatte.

John beobachtete den majestätischen Vogel, bis die Sonne unterging. Schließlich ruderte er mit einem seltsamen neuen Gefühl, dass ihm vergeben war und dass sein Leben einen Sinn hatte, einem Gefühl von Gnade, die nichts mit ihm selbst zu tun hatte, ans Ufer zurück, wo immer noch keine Antworten auf die wichtigsten Fragen seines Lebens zu finden waren.

Sage mir wie, Gott ... wie kann ich wieder zurück auf den Felsen finden, damit dein Sohn mich von all dem Gift der letzten Jahre befreien kann wie die Sonne den Adler? Und wie werde ich mit gebrochenen Flügeln je lernen, die Aufwinde im Leben zu nutzen und wieder zu fliegen?

23

Die nächsten drei Tage waren von den letzten Hochzeitsvorbereitungen bestimmt. Ein Partyservice sorgte dafür, dass im Garten alles perfekt war. Floristen riefen an, um zum letzten Mal den Blumenschmuck für die Kirche und die Veranda hinter dem Haus abzusprechen. Der Diskjockey musste eine Holzplattform aufstellen und hatte nicht daran gedacht, dass der Garten an einem Abhang lag. Ein Zimmermann wurde geholt, der die Plattform eben machte und eine kleine Tanzfläche baute. Als die Probe in Gang war, fühlte sich Abby fast zu müde, um noch irgendetwas anderes zu empfinden als Erschöpfung.

Sie fühlte sich betrogen.

In diesen Tagen sollte eigentlich ihre ganze Energie auf Nicole konzentriert sein. Stattdessen kam sich Abby fast so vor, als funktioniere sie nur und bringe alles irgendwie hinter sich: die Hochzeit, die Scheidung, Kades Umzug an die Universität. Einfach alles. Als zwinge sie ihre Gefühle, an der Oberfläche zu bleiben und nicht tiefer zu gehen. Wenn sie sie tatsächlich in ihrem Herzen zuließe, würde sie das möglicherweise nicht überleben.

Seit Tagen bewegten sich John und sie wie feindliche Schiffe bei Nacht aneinander vorbei. Sie sprachen nur das unbedingt Nötigste miteinander. Trotzdem hatten die Kinder irgendwie immer noch nichts bemerkt. Kade bereitete sich auf seinen Umzug nach Iowa vor, und Sean war viel mit seinen Freunden unterwegs und freute sich auf einen ausgelassenen Sommer. Jeder führte sein eigenes Leben, einschließlich John, der zweifellos bereits Pläne mit Charlene schmiedete, die er in die Tat umsetzen würde, sobald Nicole und Matt das Hochzeitsfest verließen.

Nun, sie würde nicht allein hier sitzen bleiben und ihnen allen nachschauen. Abby hatte begriffen, dass sie sobald wie möglich nach der Hochzeit wegfahren musste. Sie sorgte dafür, dass Sean ein paar Tage bei einem Freund schlafen konnte, und buchte einen Flug nach New York. Sie würde in einem Hotel in der

Innenstadt wohnen und sich mit ihrem Redakteur ein paar Theateraufführungen ansehen. Es war Zeit, dass sie sich endlich persönlich kennen lernten, Zeit, dass sie sahen, ob irgendetwas Dauerhafteres als ihre E-Mail-Freundschaft sie miteinander verband. Die Tage fort von Zuhause würden ihr gut tun. Besser als zu Hause zu sitzen und sich auszumalen, was John und Charlene wohl gerade taten.

Ihr Flug ginge am Montagmorgen. Am Freitag käme sie zurück. Die Kinder würden am darauf folgenden Sonntag aus den Flitterwochen zurückkommen, und am Montag wollten sie und John den Kindern die Nachricht überbringen. Es kam ihr immer noch unrealistisch vor, wie eine furchtbare Szene in einem Horrorfilm. Nur könnte sie dieses Mal nicht einfach auf ein anderes Programm umschalten, aufstehen und aus dem Zimmer gehen. Es war harte Wirklichkeit. Gemeinsam – vielleicht zum letzten Mal – würden sie und John versuchen, es den Kindern begreiflich zu machen.

Die Jungen dachten, ihr Vater fahre gleich nach der Hochzeit mit ein paar Freunden von der Arbeit angeln und Abby habe eine geschäftliche Besprechung in New York. Die Tatsache, dass ihre Eltern in dieser Woche in ganz verschiedene Richtungen aufbrachen, löste bei ihnen nicht die geringste Besorgnis aus. Nicole war zu sehr beschäftigt, um sich Gedanken darüber zu machen. Sonst hätte sie wahrscheinlich Fragen gestellt.

An diesem Abend – die Hochzeit würde in weniger als vierundzwanzig Stunden stattfinden – schob Abby ihre Arbeit am Computer vor sich her und begab sich erst einmal in Nicoles Zimmer. Ihre Tochter strahlte. Sie hatte alles gepackt und schrieb gerade einen Brief. Als Abby ins Zimmer trat, versteckte Nicole das Papier unter ihrem Kissen. „Es ist eine Überraschung für Matt."

„Oh, darüber wird er sich bestimmt freuen." Abby durchquerte Nicoles Schlafzimmer und küsste sie. „Ich freue mich so sehr für dich, Schatz. Das musst du unbedingt wissen."

Die Freude in Nicoles Augen schäumte fast über. Es war das

Schönste und Befriedigendste, was Abby am Abend vor Nicoles Hochzeit bei ihrer Tochter hatte erhoffen können. „Matt ist der Mann, für den wir gebetet haben, Mama. Ich liebe ihn so sehr."

Abby setzte sich auf die Kante von Nicoles Bett und strich mit der Hand über die goldblonden Haare ihrer Tochter. „Egal, was das Leben bringt, egal, was um dich herum passiert, vergiss nie, was du heute Abend für ihn empfindest. Bewahre dieses Gefühl. Setze deine Ehe immer an die erste Stelle in deinem Leben."

Nicole nickte. Etwas von dem Funkeln verschwand aus ihren Augen. „Gott an erster Stelle, dann meine Ehe. Das wolltest du doch sagen, oder?"

Abbys Gesicht wurde heiß. Warum hatte sie nicht daran gedacht? War sie schon so weit von Gott weg? So weit weg von ...

„Geht es dir gut, Mama? Du bist in den letzten Tagen so still."

Konzentriere dich, Abby. Sie lächelte und unterdrückte ihre Tränen. „Mir geht einfach vieles durch den Kopf." Sie legte die Arme um Nicole und zog sie nahe an sich heran. „Schließlich heiratet morgen mein kleines Mädchen."

„Ach, Mama, aber das wird zwischen dir und mir doch nichts ändern. Das weißt du doch, oder? Dieses Haus wird für mich immer ein Zuhause sein. Matt und ich werden zum Essen kommen und abends mit dir und Papa Karten spielen, und eines Tages bringen wir euch eure Enkelkinder, damit ihr auf sie aufpassen könnt." Nicoles Gesicht strahlte erneut. Gottes Segen und Güte waren für sie so greifbar.

Abby faltete die Hände auf ihrem Schoß und bemühte sich unter Aufbietung all ihrer Kraft, nicht zu weinen. Hatte sie sich am Abend vor ihrer eigenen Hochzeit nicht ganz genauso gefühlt? Überzeugt, dass sie und John miteinander glücklich wären bis an ihr Lebensende? Aber die traurige Wahrheit war: Keines von Nicoles Wunschbildern würde je Wirklichkeit werden, sobald Abby und John geschieden waren.

Die Tränen ließen sich nicht mehr unterdrücken. Abby beugte sich vor, küsste Nicole noch einmal und wünschte ihr eine gute

Nacht. „Bis morgen Früh, Liebes. Du wirst eine wunderschöne Braut sein."

Nicole berührte Abbys Wange. „Mama ... du weinst ja."

Abby lächelte. Ihre Augen waren ganz verschwommen, als eine neue Tränenflut in ihr aufstieg. „Freudentränen, Liebes. Nur Freudentränen."

Sie verließ schnell das Zimmer. In der festen Überzeugung, dass alle anderen schliefen, eilte Abby zu ihrem Büro, wo sie die ganze Nacht hätte weinen können. Sie war schon fast dort angekommen, als sie Johns Stimme hörte.

„Abby ..."

Sie fuhr herum und sah ihn an der Küchentür stehen. Er hatte immer noch seine elegante Hose und seinen weißen Blazer von der Hochzeitsprobe an. Abby wurde bewusst, wie wenig sie ihn an diesem Abend angeschaut hatte. Obwohl sie den ganzen Abend nebeneinander gesessen hatten, war es ihnen gelungen, sich aus dem Weg zu gehen. Bis jetzt hatte er nicht mehr gesagt als unbedingt nötig war, um keinen Verdacht zu erregen.

„Was ist?" Sie war nicht in der Stimmung für ein Wortgefecht. Nicht, wenn alles vorbei war und nur noch sein Abgang fehlte. Nicht, wenn sie in vierundzwanzig Stunden unter verschiedenen Adressen wohnten.

„Wir hatten lange keinen Augenblick mehr Zeit allein und ... ich weiß nicht, ich dachte, wir könnten miteinander reden."

Abby seufzte. „Es ist zu spät, John. Es gibt nichts, worüber wir reden könnten."

In Johns Augen lag eine Tiefe, die sie seit Monaten dort nicht mehr gesehen hatte. Vielleicht sogar seit Jahren nicht mehr. *Ich bilde mir das nur ein. Sentimentale Erinnerungen, die sich gegen die Endgültigkeit der ganzen Sache wehren.* „Gut. Vergiss es." Er zögerte. „Bist du ... wirst du diese Woche hier sein?"

Abby seufzte. Ihre Frustration wuchs spürbar. Wie konnte er es wagen, sie nach *ihren* Plänen zu fragen, wenn er mit Charlene zusammen sein würde? Warum musste John sie ausgerechnet nach ihren Plänen für die kommende Woche fragen?

Sag es nicht, meine Tochter ...

„Lass mich raten: Du und Charlene, ihr wollt mit mir essen gehen?“

John zuckte zusammen, als hätte sie ihm eine Ohrfeige verpasst. Seine Augen nahmen wieder den harten Blick an, der ihr in letzter Zeit bestens vertraut war. „Vergiss es, Abby.“ Er schaute sie einen Augenblick nachdenklich an. „Eines Tages würde ich gern wissen, was aus dem Mädchen geworden ist, in das ich mich einmal verliebt habe ...“

„Ich ...“

Er hob die Hand und unterbrach sie. „Spar dir die Mühe. Ich weiß, es ist meine Schuld. Es ist alles meine Schuld, und es tut mir mehr Leid, als du je ahnen kannst. Aber in ein paar Jahren, wenn das alles hinter uns liegt, solltest du dir einmal eine Minute Zeit nehmen und in den Spiegel schauen. Und dich fragen, ob wenigstens *du* weißt, was für ein Mensch du geworden bist.“ Sein Tonfall war nicht hasserfüllt, wie es in den letzten Monaten hin und wieder der Fall gewesen war. Er war eher verblüfft. Und traurig. Aber gerade das machte Abby wütend.

Sie konnte damit leben, dass er endlich die Schuld für die Zerstörung ihrer Ehe auf sich nahm. Aber wie konnte er es *wagen*, ihr vorzuwerfen, sie habe sich verändert. Sie hatte sich nicht verändert. Sie hatte überlebt. Sie legte sich die Hand auf die Brust und sprach bewusst leise, damit die Kinder sie nicht hören konnten. „Dieses Mädchen ist immer noch irgendwo da drinnen, John. Aber du hast vor langer Zeit aufgehört, sie zu suchen.“ Neue Tränen traten ihr in die Augen. Sie musste blinzeln, damit sie deutlicher sehen konnte. „Und jetzt, da du dich in eine andere Frau verliebt hast, bleibt sie vielleicht für immer hier drinnen versteckt.“

„Ich bin nicht ...“ Seine Stimme verstummte, und sein protestierender Blick verschwand. Er zuckte die Achseln. „Ich gehe schlafen.“

Mit diesen Worten drehte er sich um und stieg die Treppe hinauf ins Schlafzimmer. Als er verschwunden war, betrat Abby ihr Büro, ballte die Fäuste, lehnte sich mit dem Rücken an den Eichenschrank und rutschte langsam nach unten. Zusammengekauert blieb sie auf dem Boden sitzen.

„Ich hasse das, Gott ... was ist nur mit mir geschehen?"

John hatte Recht. Das Mädchen, das er geheiratet hatte, war hart, wütend und verbittert geworden. Sie lächelte so selten, dass sich ihr Gesicht seltsam anfühlte, wenn sie es doch einmal tat, als hätten die Muskeln in ihren Mundwinkeln vergessen, wie sie funktionieren sollten. Jetzt, da niemand da war, der sie hören konnte, ließ sie ihren Tränen freien Lauf. Sie weinte um all das, was sie am nächsten Tag verlieren würde.

Ihr ganzer Körper schmerzte, aber ihr Herz schmerzte noch mehr. Es passierte tatsächlich. John und Abby Reynolds ließen sich scheiden. Sie brachen das größte Versprechen, das sie einander gegeben hatten, das sie ihrem Vater, Haley Ann, ihrer ganzen Familie gegeben hatten. Das sie Gott gegeben hatten. Plötzlich sehnte sie sich danach, die ganze Sache zu vergessen, John die Treppe hinauf zu folgen und neben ihm ins Bett zu schlüpfen. Fast fühlte sie seine Wärme auf ihrer Haut, hörte sich sagen, dass es ihr Leid tue, und bat ihn, dass sie es noch einmal miteinander versuchen sollten.

Dieser Gedanke verschwand so schnell, wie er gekommen war.

John traf Charlene seit Jahren, egal, wann die beiden sich das erste Mal körperlich näher gekommen waren. Es war von Abby verrückt gewesen zuzulassen, dass ihre Ehe auf dem Papier noch so lange weiter bestanden hatte. Zorn stieg in ihr auf, als sie daran dachte, wie er ihrer aller Leben zerstört hatte. *Ich hasse dich, John. Ich hasse dich für das, was du uns angetan hast. Für das, was du mir angetan hast.* „Es ist nicht fair, Gott", weinte sie flüsternd. „Hilf mir ..."

Komm zu mir, Tochter. Die Wahrheit wird dich frei machen.

Sie schüttelte den Kopf und rappelte sich auf die Beine, um ein Taschentuch zu suchen. Wie sollte die Wahrheit sie frei machen? Wenn sie wüsste, wie nahe John und Charlene einander wirklich standen, würde sie das wahrscheinlich endgültig um den Verstand bringen ... Eine neue Tränenflut übermannte sie, und das Gefühl, alles verloren zu haben, erdrückte sie fast. Sie hatte ihre Ehe verloren und ihre Familie. Aber am meisten hatte sie dieses junge Mädchen verloren, in das sich John damals verliebt hatte.

Das Mädchen, von dem Abby fürchtete, dass es sich überhaupt nicht versteckt hatte, sondern viel zu weit fort war, um es je wieder finden zu können.

* * *

Der Morgen des 14. Juli brach mit der schönsten Morgendämmerung an, die Nicole je erlebt hatte. Sie hatte mehr als genug Zeit, um sich fertig zu machen, da die Hochzeitsfeier erst um drei Uhr nachmittags stattfinden würde. Aber sie wollte den Tag genießen, und dazu gehörte, dass sie vor allen anderen im Haus aufstand und beobachtete, wie der Morgen über dem See zum Leben erwachte.

Sie hatte in letzter Zeit die neutestamentlichen Briefe gelesen und versucht zu verstehen, was Paulus der Gemeinde sagen wollte. Besonders seinen Wunsch, dass sie in Liebe und Barmherzigkeit lebten, wie Gott es von ihnen erwartete. Nicole machte es sich auf dem Fenstersims bequem und schaute über den See hinaus. *Danke, Vater ... der große Tag ist endlich da.* Ihr Herz fühlte sich an, als wäre es nur für diesen einen großen Tag geschaffen worden. Sie schlug ihre Bibel auf und blätterte zum dreizehnten Kapitel des ersten Korintherbriefes. Sie hatte die Verse seit ihrer Verlobung schon viele Male gelesen, und jedes Mal hatte der Herr ihr etwas Neues gezeigt und ihr etwas über wahre Liebe offenbart, eine Liebe, die sie und Matt ihr Leben lang miteinander verbinden würde.

Sie las bis zum vierten Vers. „*Die Liebe ist langmütig und freundlich, die Liebe eifert nicht, die Liebe treibt nicht Mutwillen, sie bläht sich nicht auf ...*“ Die Worte strömten aus den Seiten des Buches direkt in ihr Herz. Sie konnte fühlen, wie sie sich dort festsetzten und sie darauf vorbereiteten, Matt so zu lieben, wie Gott es wollte. Nicole dachte daran, dass irgendwann spät an diesem Abend, wenn die Feier vorbei war, sie und Matt zum ersten Mal Gelegenheit hätten, einander körperlich zu lieben. Sie schloss die Augen und spürte, wie ein Lächeln über ihr Gesicht zog.

Wir haben es tatsächlich geschafft zu warten, Herr. Wir sind in deinem Plan geblieben, und ich weiß von ganzem Herzen, dass heute Abend erst der Anfang sein wird.

Sie dachte an die Situationen, in denen sie sehr versucht gewesen waren, und wusste, dass nur Gottes Kraft sie so weit gebracht hatte, dass sie an ihrem Hochzeitstag einander ihre Liebe versprechen konnten und dabei wissen durften, dass sie rein geblieben waren. Nicole konnte sich kein größeres Geschenk vorstellen, das sie Matt bereiten konnte, keine größere Freude, die sie Gott, der sie beide zusammengeführt hatte, machen konnte.

Gott, du bist so gut. Genau so, wie Mama es mir immer gesagt hat, hast du seit meiner Geburt schon einen Plan für mein Leben, und heute wird er tatsächlich Wirklichkeit werden. Sie schlug die Augen wieder auf und fand die Stelle in der Bibel, an der sie aufgehört hatte zu lesen. *„Sie erträgt alles, sie glaubt alles, sie hofft alles, sie duldet alles. Die Liebe hört niemals auf.“*

Das war ein ganzes Ehehandbuch in weniger als zwanzig Worten.

Sie dachte an ihre Eltern und daran, dass sie immer noch zusammen waren. Eine seltsame Besorgnis zog wie eine Wolke über den strahlend sonnigen Morgenhimmel. *Was hat das zu bedeuten, Herr? Wie kommt es, dass ich jedes Mal unruhig werde, wenn ich an ihre Ehe denke?*

Bete, Tochter.

Ihr Herz schlug schneller. Nicole spürte tief in ihrem Herzen eine große Angst aufkeimen. Beten? Für ihre Eltern? Schon wieder? Das Drängen war genauso hartnäckig wie vor dem Wochenendausflug. Sie fragte sich allmählich, ob ihre Eltern etwas vor ihr verbargen. Heute war nicht der richtige Zeitpunkt, aber wenn sie und Matt aus den Flitterwochen zurückkehrten, würde sie sich einen Nachmittag Zeit nehmen und sich mit ihrer Mutter unterhalten. Sie wollte sie ganz direkt fragen, ob sie und Papa Probleme miteinander hatten.

Was es auch war, es konnte nicht so ernst sein, dass sie jetzt, an ihrem Hochzeitstag, sich darüber den Kopf zerbrechen musste. Oder?

Bete. Bete viel, mein Kind.

Gut, Herr, ich höre dich. Das Drängen war so stark, dass Nicole ihr anfängliches Zögern über Bord warf. Egal, wie die Situation auch aussah, ihre Eltern brauchten ihr Gebet. In den nächsten dreißig Minuten legte sie alle Gedanken an ihre Hochzeit und die Dinge, die sie noch erledigen müsste, um rechtzeitig fertig zu werden, beiseite und brachte die zwei Menschen, die sie auf der ganzen Welt am meisten bewunderte, im Gebet vor Gott.

* * *

Die Aufregung in den Minuten vor der Feier war so groß, dass Abby zum ersten Mal seit einem halben Jahr nicht an ihre Scheidung denken musste. Sie kam sich vor wie in einem Traum. In einem Traum, den sie schon vor zwei Jahrzehnten geträumt hatte, als Nicole Michelle noch ein ganz kleines Baby gewesen war. Nicole überstrahlte natürlich alles. Das Mieder und die Taille ihres Kleides saßen perfekt, und der Rock und die Schleppe breiteten sich um sie herum aus wie eine mit Spitzen gesäumte Satinwolke.

Abby und Jo hatten bereits die Kerzen in der Kirche angezündet, und nun bahnte sich Abby ihren Weg an den Männern in Smokings und an den aufgeregten Brautjungfern vorbei und gesellte sich zu Nicole. „Du könntest heute Lumpen anziehen und wärst trotzdem die schönste Frau weit und breit."

Nicole neigte den Kopf und grinste. Sie schaute ihrer Mutter tief in die Augen. „Ich bin so glücklich, Mama."

Ein leichtes Schmunzeln zog um Abbys Mund. „Das ist nicht zu übersehen, Liebes." Sie beugte sich vor und küsste Nicole auf die Wange und streichelte sie zärtlich. „Kade begleitet mich jetzt zu meinem Platz. Das nächste Mal, wenn ich mit dir spreche, bist du eine verheiratete Frau."

„Ich kann es immer noch nicht glauben, Mama! Endlich ist es so weit!" Nicole drückte Abby die Hände. „Du und Papa, ihr seht so gut aus. Niemand wird glauben, dass ihr meine Eltern seid."

Ja, Abby war es auch aufgefallen: John sah besser aus als der Bräutigam in seinem schwarzen Smoking und hellblauen Kummerbund. Sie lächelte und zeigte nicht, wie sehr Nicoles Bemerkung ihr einen Stich ins Herz versetzte. „Ich muss gehen. Ich habe dich lieb, Schatz."

„Ich habe dich auch lieb ... und, Mama?"

Abby wartete. „Ja?"

„Alles Gute zum Hochzeitstag!" Diese Worte waren wie Dolche in Abbys Herz, aber sie lächelte ihre Tochter tapfer an.

„Danke, Schatz. Ich habe dich lieb ..." Tränen traten Abby in die Augen, als sie sich umdrehte, um Kade zu suchen. Alles Gute zum Hochzeitstag? Sie hatte fast vergessen, dass sie und John an diesem Tag zweiundzwanzig Jahre verheiratet waren.

Vielleicht vergessen es die anderen auch ... Sonst schaffe ich es nicht ...

Sie erblickte Kade, der nur wenige Meter von ihr entfernt stand und mit einer von Nicoles Brautjungfern plauderte. Als Abby auf ihn zuging, spürte sie, dass jemand sie anschaute. Sie warf einen kurzen Blick nach hinten. John stand drei Meter hinter ihr allein am Kirchenfenster. Lächelte er sie an? Warum? Warum gab er sich solche Mühe, sich zu verstellen, wenn das Theater in wenigen Stunden vorbei wäre? Abby wandte sich ab und hakte sich bei Kade unter, während dieser der Brautjungfer einen Tanz bei der späteren Hochzeitsfeier versprach.

„Du flirtest jetzt schon mit den Mädchen, Kade?" Abby versuchte verzweifelt, die Unbeschwertheit zu bewahren, die sie noch vor wenigen Momenten empfunden hatte. Bevor Nicole ihr zum Hochzeitstag gratuliert hatte ... und bevor sie John gesehen hatte.

„Immer, Mama. Du kennst mich doch." Sein Grinsen verschwand. Er begutachtete Abby. „Du bist die schönste Mutter, die sich ein Junge wünschen könnte."

Abby beugte den Kopf. „Danke, der Herr."

„Ach ja, und alles Gute zum Hochzeitstag", grinste er. Der Schmerz in ihrem Herzen war so groß, dass sich Abby fragte, ob sie es schaffen würde, durch das Kirchenschiff an ihren Platz zu gehen. *Ich kann das nicht, Gott ... hilf mir ...*

Kade wartete auf sie. „Bist du bereit?"

Sie nickte und zwang ihre Beine, sich zu bewegen, als die Türen geöffnet wurden. Als Abby die feierlich geschmückte Kirche vor sich sah, stockte ihr der Atem. Es war wie eine Szene aus einem Kinofilm. Weiße Satinbänder zierten die Enden jeder Kirchenbank und riesige Sträuße rosaroter Rosen schmückten den Altar. So viele vertraute Gesichter blickten sie lächelnd an, von denen die meisten ihre Familie kannten, seit sie nach Marion gezogen waren. Die Kirche sah fast ganz genauso aus wie die Kirche, die sie vor zweiundzwanzig Jahren betreten hatte, als ...

Und das Lied. War es das gleiche Lied, das vor so vielen Jahren von der Empore erklungen war? Abby musste sich mit aller Gewalt beherrschen, um nicht zu vergessen, wo sie war und wer sie war und dass dies die Hochzeit ihrer Tochter war und kein Rückblick auf ihre eigene. Sie erreichten die vorderste Reihe, wo Kade sie auf die Wange küsste und ihr zublinzelte. Abby nahm ihren Platz allein ein und schaute zu, wie die anderen die Kirche betraten.

Die Brautjungfern waren hellblau gekleidet, genau im selben Farbton wie die Kummerbunde der Männer waren. Sean war der jüngste der jungen Männer. Als die Hochzeitsgesellschaft sich aufreihte, beobachtete Abby fasziniert, wie schön sie alle aussahen. Plötzlich wechselte die Musik, und alle Köpfe drehten sich nach hinten. Die versammelte Gemeinde stand auf. Abby spähte um die anderen herum und war eine der Ersten, die Nicole und John sahen, die durch den Gang zum Altar schritten. Auf halbem Weg beugte sich John zu ihrer gemeinsamen Tochter vor und flüsterte ihr etwas zu. Daraufhin lächelten beide. Abby brannten die Tränen in den Augen, als sie die beiden beobachtete.

Wer bist du, John Reynolds? Ich kenne dich nicht einmal mehr. Der Mann, der erst vor wenigen Monaten neben ihr gestanden hatte und ihrem sterbenden Vater ein Versprechen gegeben hatte ... der Mann, der sie an jenem Abend so leidenschaftlich geküsst hatte, und der sie vor Jahren aufgefordert hatte, der Musik ihres Lebens zu lauschen, der sie gebeten hatte, nie aufzuhören, mit ihm zu tanzen ... der Mann, der mit ihr die einzigen Erinnerungen an die kleine Haley Ann teilte ... War das derselbe Mann, der jetzt ihr kleines Mädchen durch die Kirche führte? Oder war er ein Heuchler, der das alles nur hinter sich brachte und es nicht erwarten konnte, von ihnen allen frei zu sein?

Abby wusste es ehrlich nicht.

Sie warf einen Blick auf Matt. Seine Augen leuchteten, als er Nicole zum ersten Mal in ihrem Hochzeitskleid sah. Ein Mann, der seine Braut mit einer solchen Bewunderung anschauen konnte, würde ihr doch bestimmt ein Leben lang treu bleiben. Aber John hatte sie damals genauso angeschaut, oder?

Abby war sich nicht mehr ganz sicher.

Der Pfarrer räusperte sich. „Wer übergibt diese Frau ihrem Bräutigam?"

John lächelte Nicole an. Dieser kurze Augenblick gehörte nur ihm und seiner Tochter allein, auch wenn fast zweihundert Verwandte und Freunde sie beobachteten. „Ihre Mutter und ich." Er wandte den Blick nicht von Nicole ab, auch nicht, nachdem er diese Worte gesagt hatte. Er hob ihren Schleier und küsste sie auf die Wange. Hundert Bilder tauchten vor Abbys geistigem Auge auf: John, wie er Nicole als Baby auf die Wange geküsst hatte, und wieder, als er ihre Wange geküsst hatte, nachdem sie an jenem schrecklichen Nachmittag von einem Auto angefahren worden war. Immer Papas kleines Mädchen. Nicole hatte diese Rolle genossen. Als Abby sie beobachtete, wurde ihr plötzlich etwas bewusst: Dem John Reynolds, an den sie sich erinnerte, wäre dieser Augenblick sehr schwer gefallen. Dieser Moment hätte ihm fast das Herz aus dem Leib gerissen. In den letzten Tagen, Wochen und Monaten hatte sich Abby oft gefragt, ob John sich auf die Hochzeit freue. Sie vermutete, dass er sich freute, weil sie das Ende seiner Bemühungen, sich von Charlene fern zu halten, bedeutete. Aber die Wahrheit war – wenigstens teilweise –, dass John innerlich starb. Ihm hatte vor diesem Tag gegraut, seit Nicole an dem Morgen, an dem sie geboren wurde, ihren festen Platz in seinem Herzen eingenommen hatte.

Bist du traurig, John? Tut es so weh, wie du befürchtet hast, oder bist du schon so weit weg, dass dich nicht einmal mehr ein solcher Augenblick berührt?

Fast als Antwort auf ihre stille Frage begegneten sich ihr und Johns Blick, als er zu ihrer Kirchenbank kam und neben ihr Platz nahm. In seinen Augen schimmerten Tränen. Dabei hatte die Feier noch nicht einmal begonnen. Seine Tränen machten Abby bewusst, dass sie und John, wenn die Dinge anders gestanden hätten, in den letzten sechs Monaten reichlich Gelegenheit gehabt hätten, einander näher zu kommen. Miteinander über ihre Gedanken in Bezug auf Nicoles Hochzeit zu sprechen und sich an ihre eigene Liebe zu erinnern. Festzustellen, wie schnell sie den Kinderschuhen entwachsen war, und sich zu fragen, wo denn die Zeit geblieben war.

Abby seufzte und starrte auf ihre Hände, auf den Ehering, den sie immer noch trug. John sagte nichts, sondern setzte sich so, dass sein Arm ihre Schulter fast berührte. Sie konnte die Wärme seines Körpers fühlen und versuchte, sich vorzustellen, was Beth wohl dachte, die einige Reihen hinter ihnen saß. Wahrscheinlich das Gleiche, was in einer Woche alle denken würden.

Dass Abby und John Reynolds erstklassige Heuchler waren.

* * *

John biss die Zähne zusammen, als Pastor Joe die Anwesenden um ihre Aufmerksamkeit bat und über Hingabe und Gottes Plan für die Ehe sprach. Der Prediger war ein Mann, den die Reynolds gut kannten. Er war Co-Pastor der Gemeinde und hatte zu Nicoles Schulzeit die Jugendgruppe an der High School geleitet.

Hatten sich Nicole und Matt mit ihm öfter getroffen, um diesen Gottesdienst mit ihm zu planen? Warum war John nicht mehr daran beteiligt worden? Er hätte wenigstens mit ihnen darüber sprechen können, welche Bibelstellen sie bei der Feier lesen wollten oder in welche Richtung die Predigt laufen sollte. Hatte er sich von seinem täglichen Leben mit Gott so weit entfernt? John meinte, er müsse unter einer Decke der Scham ersticken. Er bat im Stillen den Herrn, diese Decke von ihm zu nehmen. *Es tut mir so Leid, Vater ... Nie wieder werde ich von dir weggehen. Es ist mir gleichgültig, was sonst passiert; ohne dich kann ich es nicht schaffen.* Er dachte an Abby, daran, dass sie seit Wochen nicht einmal mehr in der Lage waren, ein normales Gespräch miteinander zu führen. *Herr, gibt es einen Weg? Eines Tag, vielleicht wenn ein oder zwei Jahre vergangen sind? Ist es möglich, dass sie mir vergibt und wir dann vielleicht ...*

„Wenn zwei Menschen heiraten, gehen sie eine lebenslange Verpflichtung ein." Pastor Joe lächelte die Gemeinde an. „Egal, was in ihrem Leben passiert, an dieses Versprechen sind sie ihr Leben lang gebunden ..."

John erinnerte sich an einen entfernten Freund seines Vaters, der sich hatte scheiden lassen, als er Mitte Dreißig war, und zwanzig Jahre später seine Frau wieder geheiratet hatte. Und natürlich waren da Matts Eltern, Jo und Denny. Wenn sie nach so vielen Jahren wieder zueinander gefunden hatten, dann ...

Vielleicht können wir das eines Tages auch, Herr. John dachte über diese Möglichkeit nach. *Du bist der Einzige, der das geschehen lassen kann, Gott.* Er sah vor sich, wie Abbys Augen hart geworden waren, wie sie in seiner Nähe nie mehr lächelte oder lachte oder ihre Gefühle zeigte.

Eine Versöhnung erschien ihm genauso unwahrscheinlich wie Schnee im Juli.

Bei mir sind alle Dinge möglich ...

John genoss es, dass er Gottes Stimme wieder in seinem Herzen hörte. Gott war so treu, er unterstützte ihn, er ermutigte ihn, er umhüllte ihn jeden Tag mit seiner Gnade. Seit dem Abend, an dem er Kades Arbeit über den Adler gelesen hatte, war John diese Gnade ganz neu bewusst geworden. Am tiefsten bedauerte er, dass seine erneuerte Beziehung zu Gott für ihn und Abby zu spät kam. Er hatte sogar angefangen, in ein Tagebuch zu schreiben, was er fühlte, seine Fehler zuzugeben, zu analysieren, was er in ihrer Ehe alles falsch gemacht hatte. *Vielleicht eines Tages, wenn sie nicht mehr wütend auf mich ist ... vielleicht liest sie es dann, Herr. Es ist alles meine Schuld ...*

Bekennt einander eure Schuld. Rede mit ihr, sage es ihr.

Einen Augenblick lang beschritt er in Gedanken einen solchen Weg. Aber er wusste, dass es keinen solchen Weg gab. *Abbys Entschluss steht fest, Herr. Sie hat ... andere Pläne.* Johns Finger verkrampften sich zu einer Faust, und eine starke Eifersucht regte sich in ihm. Kade hatte an diesem Morgen nebenbei erwähnt, dass es im Haus ziemlich leer wäre, wenn Nicole und Mama fort wären. Einige Sätze später hatte John nach einigem Nachfragen die Wahrheit gewusst. Abby würde geschäftlich nach New York fliegen, was nur eines bedeuten konnte: Sie traf sich mit ihrem E-Mail-Freund, ihrem Redakteur.

Nicht, dass er ihr daraus einen Vorwurf hätte machen können. Es war einfach vorbei.

Pastor Joe redete jetzt nicht mehr so sehr über Verpflichtung, sondern mehr darüber, dass die Ehepartner einander ehren sollten. Er schien allmählich zum Schluss seiner Predigt zu kommen. „Ich möchte am Schluss meiner Predigt noch über den Adler sprechen." Er grinste in Johns Richtung. John fühlte, wie ihm das Blut aus dem Gesicht wich. Hatte jemand dem Pastor davon erzählt? Er konnte kaum noch atmen, als der Mann weitersprach. „Die Familie der Braut nennt sich schon sehr lange ‚Adler.' ‚Die Marion Adler'." Ein freundliches, leises Lachen ging durch die Kirche. „Aber Gott fordert uns auch auf, Adler zu sein. Warum? Nun, aus vielen Gründen."

Kade warf John einen neugierigen Blick zu und zog eine Braue in die Höhe. Offensichtlich hatte Kade Pastor Joe nicht von seiner Abschlussarbeit erzählt. Er warf einen kurzen Blick auf Abby und konnte an ihrer unveränderten Miene ablesen, dass diese Worte keine bekannte Saite bei ihr anschlugen. *Du willst mir hier wirklich etwas sagen, nicht wahr, Gott?*

Jeder, der meine Worte hört und sie tut, ist wie ein weiser Mann, der sein Haus auf den Felsen baute.

Eine schmerzhafte Leere bildete sich in Johns Magengegend. Er kannte diese Stelle sehr gut, die ihm in den Sinn kam, aber es war zu spät. Wenigstens, was Abby betraf.

Der Pastor lächelte Nicole und Matt an. „Aber hauptsächlich möchte ich über den Adler sprechen, weil Matt mir etwas erzählt hat. Etwas, das er von seinem künftigen Schwiegervater, John Reynolds, gelernt hat."

Abby schaute John skeptisch an, aber er richtete seine Aufmerksamkeit wieder auf den Pastor.

„Bevor ein Adler sich an ein Weibchen bindet ..." Pastor Joe schwieg kurz und sorgte dafür, dass alle in der Kirche ihm zuhörten. „... hält das Männchen das Weibchen an den Krallen fest, während sie im freien Fall nach unten stürzt. In dieser Situation muss das Männchen sie aus dem Sturzflug herausziehen oder bei dem Versuch, es zu tun, sterben. Mit anderen Worten: Er klammert sich an sie und weigert sich, sie loszulassen – selbst wenn es ihn das Leben kostet." Er lächelte das Brautpaar wieder an. „Und deshalb – Nicole und Matt – fordert Gott uns auf, wie Adler zu sein. Denn die Verpflichtung, die ihr heute hier eingeht, ist genauso. Bis dass der Tod euch scheidet. Lasst uns beten."

John war nicht sicher, wann sich die Tränen in seinen Augen gebildet hatten, aber irgendwann am Ende der Predigt fühlte er sie auf seiner Wange. Als er sie wegwischte, bemerkte er, dass Abby das Gleiche tat. Was ging in ihrem Kopf vor? Begriff sie, dass sie den Adlertest nicht bestanden hatten? Dass sie in den letzten Jahren alles getan hatten, nur *nicht* zusammengehalten? Dass sie, als die Verpflichtungen immer mehr und die Terminkalender der Kinder immer voller wurden, sich nicht aneinander geklammert hatten, sondern einfach losgelassen hatten und in völlig verschiedene Richtungen geflogen waren? Falls diese Botschaft sie genauso bewegte wie ihn, in welche Richtung gingen dann jetzt ihre Gedanken? Hasste sie ihn immer noch, wie sie an jenem Abend gesagt hatte, nachdem Kade ihn mit Charlene in seinem Schulzimmer angetroffen hatte?

Es war Zeit für das Ehegelöbnis. Pastor Joe forderte Matt auf, ihm die Worte nachzusprechen. John stellte fest, wie dankbar er war, dass Nicole ausgerechnet ihn heiratete. Matt war ein guter Junge – ein guter Mann. Er würde ein wunderbarer Ehemann für Nicole sein. Matt beendete seinen Teil, und jetzt war Nicole an der Reihe.

„Ich, Nicole Reynolds, nehme dich, Matt Conley, zu meinem Ehemann." John staunte, wie ruhig Nicole wirkte. Seine Gedanken wanderten zurück zu dem verschwommenen Bild, wie Abby an einem Tag, der sich von dem heutigen kaum unterschied, ähnliche Worte zu ihm gesagt hatte. *Waren wir vor zweiundzwanzig Jahren auch so? Sicher und ohne jeden Zweifel, dass das, was wir hatten, ewig andauern würde?*

Pastor Joe kam nun zu dem Teil der Zeremonie, bei dem die Ringe getauscht wurden. John warf einen kurzen Blick auf seinen Goldring. Wie oft hatte er ihn abgenommen, damit er morgens mit Charlene hatte trainieren können? Oh sicher, er hatte sich eingeredet, er tue es aus Sicherheitsgründen. Er wollte den Ring nicht kaputtmachen oder sich die Finger an den Gewichten verletzen. Aber die Wahrheit war – und jetzt war er ehrlich genug, es zuzugeben –, dass er sich gern ungebunden hatte fühlen wollen. Wenigstens für eine Stunde.

Das war auch etwas, das er in sein Tagebuch schreiben musste. *Herr, es gibt so vieles, das mir Leid tut ...*

Und es gibt ein Versprechen, das du halten solltest.

Ein Versprechen? Was für ein Versprechen?

„Hiermit erkläre ich euch kraft des Amtes, das mir vom Bundesstaat Illinois verliehen ist, zu Mann und Frau." Der Pastor grinste das Brautpaar an und deutete mit der Hand auf die volle Kirche. „Das Versprechen, das ihr euch heute vor aller Welt gegeben habt, ist der Anfang eines Lebens voller Liebe.“ Er schaute wieder Nicole und Matt an. „Sie dürfen die Braut jetzt küssen.“

Während die beiden sich küssten, fiel John ein, was für ein Versprechen er gegeben hatte. Diese Erkenntnis durchbohrte sein Herz wie ein Dolch. Es war das Versprechen, das er Abbys Vater gegeben hatte. Ein Versprechen, das sich nicht allzu sehr von dem unterschied, das sich Nicole und Matt gerade gegeben hatten.

Dass er Abby Reynolds lieben würde, so lange er lebte.

* * *

So entsetzlich auch die kommenden Wochen für Abby werden würden, konnte nichts die Freude trüben, die ihr Herz erfüllte, als Nicoles Hochzeitsempfang in vollem Gang war. Das Haus war überall mit Blumen geschmückt und mit Klappstühlen versehen. Der Partyservice hatte mehrere weiße Markisen für die Büffets angebracht. Ab dem Augenblick, als die Hochzeitsgäste wieder ins Haus kamen, spielte der Diskjockey die perfekte Musik im Hintergrund. Die untergehende Sonne schickte glitzernde Strahlen über den See. Der Abend war zwar warm, aber nicht feucht. Ein leichter Wind bewegte die Baumwipfel, und der Sonnenuntergang war wie aus einem Gemälde. Nicole und Matt saßen ganz nahe am Haus, während die Hochzeitsgäste, ihre Freunde und Verwandten an den Tischen auf beiden Seiten des künstlich angelegten Tanzbodens Platz nahmen.

Abby beobachtete die Gäste und stellte fest, dass viele Paare glücklicher wirkten als sonst. Vielleicht waren sie, wie es oft bei Hochzeiten geschah, angerührt und erinnerten sich daran, dass sie selbst auch einmal so gestrahlt hatten wie Braut und Bräutigam. Auch wenn ihre Erinnerungen sie unendlich traurig stimmten, weigerte Abby sich, an diesem Abend ihre Traurigkeit überhand nehmen zu lassen.

Während des ganzen Essens saß Abby neben John und unterhielt sich hauptsächlich mit Jo und Denny, die vor Aufregung wegen der Ereignisse in den kommenden Wochen fast platzten.

„Wenn es nach mir ginge, sage ich euch, würden wir die Musik unterbrechen, uns dort oben auf die Tanzfläche stellen und uns hier an Ort und Stelle unser Eheversprechen geben." Jo deutete zum See. „Dann würden Denny und ich dort hinausfahren und das tun, was wir immer schon am besten konnten."

Jo stieß Denny vielsagend in die Seite, und sein Gesicht verzog sich zu einem breiten Grinsen. Als er die seltsamen Blicke der anderen am Tisch bemerkte, räusperte er sich. „Fischen. Wir würden fischen gehen. Das konnten wir schon immer am besten."

„Das hat auch unser Herr gern getan!" Jo nickte Abby zu. „Ich habe deinen Rat befolgt. Ich habe das Johannesevangelium gelesen und viel über den Herrn gelernt. Als ich zu der Stelle mit dem Fischen kam, konnte ich nicht weiterlesen. Ich klatschte in die Hände und wusste einfach, dass mir Gott von Anfang an sympathisch ist. Ich wünschte nur, ich hätte nicht so lang gebraucht, um das zu begreifen. Wie war das doch gleich, was ich neulich gelesen habe, Denny ... erinnerst du dich ... es ging um ..."

Das Gespräch zeigte keine Anzeichen von Ermüdung. Obwohl es nett gewesen wäre, sich auch mit den anderen Gästen am Tisch zu unterhalten, zog Jos und Dennys unablässiges Geplauder die Aufmerksamkeit der anderen auf die beiden und lenkte von Abby und John ab. Keiner am Tisch schien daran zu denken, dass heute ihr Hochzeitstag war, und keinem schien aufzufallen, dass sie kein einziges Wort miteinander gewechselt hatten, seit sie die Kirche betreten hatten.

Das Abendessen ging dem Ende entgegen, und der Diskjockey forderte die Hochzeitsgäste zum Tanz auf. Abby beobachtete, wie die jungen Leute lachten und miteinander im Takt wippten. Die ausgelassene Freude dieses Tages war ihnen anzusehen. Als das Lied endete, hörte Abby die ersten Takte des bekannten

Hochzeitsliedes und wusste, dass John jetzt mit Nicole tanzen würde.

„Ich bin bald wieder da", entschuldigte sich John bei allen, die mit ihm am Tisch saßen, und begab sich auf die Tanzfläche, während der Text des Liedes dieselbe Frage stellte, die in Abbys leerem Herzen rumorte. Was war aus dem kleinen Mädchen geworden, das Nicole früher gewesen war? Wann war sie so groß und erwachsen geworden? War sie nicht erst gestern noch ein Kind gewesen, das vom See hereinhüpfte und ein Handtuch und ein Glas Saft wollte?

Tränen traten in Abbys Augen, als sie ihren Mann, den großen Footballspieler, zur Melodie des uralten Liedes mit ihrer gemeinsamen Tochter tanzen sah.

Plötzlich konnte Abby nichts anderes hören als Johns Stimme. Wie oft hatte er die Worte gesagt, die sie nie wieder aus seinem Mund hören würde: *„Tanz mit mir, Abby. Tanz mit mir. Tanz mit mir."*

* * *

Als die Feier sich dem Ende zuneigte, ertappte Abby sich dabei, dass sie dieses Fest mit dem Abend vor sechs Monaten verglich, an dem John und Kade den Meisterschaftstitel gewonnen hatten. Dabei musste sie ständig daran denken, dass dies das letzte Mal war, dass John und sie als Ehepaar Gäste empfingen und öffentlich auftraten. Nach all den Jahren der Frustration, den Verletzungen und Streitereien waren sie schließlich an diesem Punkt angelangt. Jetzt brachte jede Minute sie dem Ende näher. Abby wusste, dass genauso wie an dem Abend, an dem das große Spiel stattgefunden hatte, auch die kleinsten Kleinigkeiten des heutigen Abends für immer in ihrem Gedächtnis haften bleiben würden. Allerdings gab es einen großen Unterschied: Heute gab es keinen Sieger.

„Eine schöne Hochzeit, Abby. Sage Nicole, dass sie einfach hinreißend ausgesehen hat ..."

„Alles Gute zum Hochzeitstag, euch beiden ... ihr seht genauso verliebt aus wie immer ..."

„Matt wird sie glücklich machen. Ich fühle es. Danke für den herrlichen Abend ..."

„Eine wundervolle Feier, Abby. Rufe mich bald einmal an ..."

Einer nach dem anderen verabschiedete sich. Schließlich war die Reihe an Beth. Sie und ihre Töchter würden diese Nacht in einem Hotel in Chicago verbringen und morgen an die Ostküste zurückfliegen. Abby hatte sich von Beths Töchtern bereits verabschiedet. Jetzt zog Beth Abby an eine Stelle auf der Veranda, an der niemand sie hören konnte. „Nun, große Schwester, ich beneide dich nicht darum, deinen großartigen Kindern die Wahrheit zu sagen. Aber ihr müsst es tun. Es gibt keinen anderen Weg. Ich habe dich und John heute beobachtet." Beth legte traurig den Kopf zur Seite und wischte Abby eine Haarsträhne aus der Stirn. „Zwischen euch ist es aus, Abby. Ihr tut das Richtige."

Abby wünschte, Beths Worte würden ihr irgendwie ein Siegesgefühl vermitteln, aber dem war ganz und gar nicht so. Dass Beth Recht hatte, brachte wenig Trost in die Situation, die vor ihr lag: ein Leben als geschiedene Mutter von drei teilweise erwachsenen Kindern. Allein schon diese Formulierung ließ sie so frösteln, dass sie eine Gänsehaut bekam, als sie Beth umarmte und ihr einen sicheren Heimflug wünschte.

„Ich werde dich anrufen, wenn ich nächste Woche in New York bin." Außer den Kindern war Beth die Einzige, der Abby von ihrem Flug erzählt hatte.

Beth nickte. „Ich weiß, dass wir uns nicht immer nahe standen, aber ich bin für dich da, wenn du mich brauchst." Sie drückte Abby die Hand und ging dann ihre Töchter suchen. „Wir schaffen unsere Sachen ins Auto. Sag Nicole und Matt, dass wir in fünf Minuten fahren können."

Abby warf einen Blick auf die Uhr an der Wohnzimmerwand. Viertel nach zehn, und nur die Familie, Jo und Denny waren noch da. Nicole und Matt verschwanden im Haus und kamen in Freizeitkleidung zurück.

„Alles herhören“, rief Nicole von der Veranda. „Wir fahren jetzt zum Flughafen.“ Abby hatte Matt und Nicole bei der Planung ihrer Hochzeitsreise geholfen. Beth würde sie zu einem Hotel in der Nähe des Flughafens von Chicago bringen, wo für Braut und Bräutigam die Hochzeitssuite reserviert war. Genauso wie Beth würden sie am nächsten Morgen in ein Flugzeug steigen, aber ihres würde sie zu einem Alles-Inklusive-Ferienziel auf Jamaika bringen.

John hatte sich unten am Pier mit Denny unterhalten, aber bei Nicoles Ankündigung kamen beide Männer zum Haus zurück.

„Pass auf, dass du keinen Sonnenbrand bekommst.“ Kade drückte Nicole fest an sich und küsste sie auf die Wange. „Ich hab dich lieb, Schwesterherz.“

In Nicoles Augen funkelten Tränen. „Ich habe dich auch lieb, Kade.“

Abbys erwachsener Sohn wandte sich an Matt und stieß ihn brüderlich in die Seite. „Pass gut auf meine Schwester auf, verstanden?“

Matt lächelte, aber seine Augen waren ernster, als Abby sie je zuvor bei ihm gesehen hatte. „Immer.“

Nach und nach wechselten Matt und Nicole ähnliche Worte mit Sean und den anderen und schließlich mit Matts Eltern.

„Ich weiß ja nicht, was du gern tust, Liebes, aber gleich neben die Bibel würde ich an deiner Stelle eine gute Angelrute einpacken. Du nicht auch, Denny?“ Jo meinte es vollkommen ernst, und trotz des traurigen Augenblicks angesichts des Abschieds von Nicole und Matt und des drohenden Schicksals, das über sie hereinbrechen würde, sobald alle fort waren, konnte Abby nur mühsam ein Kichern unterdrücken.

„Nun, Jo, ich habe daran gedacht und ...“ Nicole schaute Matt in die Augen. Ihr ganzes Gesicht strahlte ihn verliebt an. „Ich bin zu dem Schluss gekommen, dass wir wahrscheinlich nicht genug Zeit zum Angeln haben werden. Wenigstens nicht in dieser Woche.“

Eine hübsche Röte zog über Nicoles Wangen. Jo staunte. „Nicht genug Zeit zum Angeln? Wenn ihr da draußen mitten auf dem warmen Atlantik seid? Jetzt hört mir einmal zu, ihr beiden, wenn ihr es euch anders überlegt, könnt ihr immer noch ..."

Denny legte zärtlich eine Hand über Jos Mund und nickte den Frischvermählten zu. „Was sie sagen will: Wir wünschen euch eine wunderbare Reise und freuen uns darauf, euch in einer Woche wieder zu sehen."

Jo gab nach und lachte leise, als Denny den Arm um ihre Taille legte und sie eng an sich drückte. „Also gut, also gut. Fahrt. Wir werden später angeln."

Als sie diese Szene beobachtete und sah, wie Denny Jo liebte und wie Matt Nicole liebte, fühlte sich Abby so allein wie noch nie in ihrem Leben. Sie drohte in einem Meer der Einsamkeit und Isolation zu ertrinken. *Bringe mich hier hindurch, Gott, bitte.*

Suche zuerst mein Reich, dann werden dir alle diese Dinge hinzugetan werden ...

Abby seufzte leise. *Später, Gott. Lass mich diesen Alptraum hinter mich bringen, und dann verspreche ich dir, dass ich wieder zu dir komme. Ab der nächsten Woche brauche ich dich mehr als je zuvor. Ja, Herr?*

Es kam keine Antwort. Abbys Einsamkeit wurde noch schlimmer. Selbst Gott war in diesen Tagen gegen sie.

John kam als Nächster. Er trat vor und legte die eine Hand Nicole und die andere Matt auf die Schulter. Diese Tiefe – was auch immer das war – lag wieder in seinen Augen, als er zu sprechen begann. „Wenn ihr nichts dagegen habt, würde ich gern beten, bevor ihr geht."

Beten? Eine beängstigende Unruhe regte sich in Abby. War das Teil seines Theaters, seine Art, Nicole und Matt das Gefühl zu geben, zu Hause wäre alles in bester Ordnung, während sie auf Jamaika ihre Flitterwochen feierten? Außer bei Footballspielen konnte sich Abby nicht mehr daran erinnern, wann John das letzte Mal angeboten hatte zu beten.

„Herr, bitte beschütze Matt und Nicole diese Woche in ihrem

Urlaub, aber vor allem bitte ich dich: Schenke ihnen die Zeit zu erkennen, wie schön das Versprechen ist, das sie einander gegeben haben. Hilf ihnen, wie Adler zu sein, Herr ... jetzt und ihr ganzes Leben lang. Amen."

„Wie schön das Versprechen ist, das sie einander gegeben haben?" Abby wiederholte Johns Worte immer wieder in ihrem Kopf und war darüber völlig fassungslos. Hatte er eigentlich kapiert, dass er *seine* Versprechen ihr gegenüber gebrochen hatte? Wie konnte er dafür beten, dass Nicole und Matt wie Adler sein und sich immer festhalten sollten, wenn er vor Jahren beschlossen hatte, Abby loszulassen und alles, was sie miteinander verband, aufzugeben?

Sie verbannte diese Gedanken aus ihrem Kopf. Was machte das schon für einen Unterschied? Ihr Schicksal war seit Monaten, seit Jahren besiegelt. Sie hatten es nicht geschafft, ihre Ehe zusammenzuhalten. Selbst Gespräche mit Eheberatern hatten ihnen nicht geholfen. Warum sollte sie es John verübeln, wenn er dafür betete, dass Nicole und Matt einen anderen Weg einschlagen würden?

Jetzt war Abby an der Reihe. Sie umarmte zuerst Nicole, dann Matt und lächelte beide mit feuchten Augen an. „Es war eine schöne Hochzeit."

Nicole ergriff Abbys Hand und beugte sich nahe zu ihr vor. Ihre Augen schauten sie ernst an. „Vielen Dank für alles, Mama. Ohne dich und Papa hätten wir das nicht geschafft."

Abby nickte. „Geht jetzt, ihr zwei. Genießt diese Woche."

Nicole umarmte Abby noch einmal. „Ich liebe dich, Mama. Du bist die Größte."

„Ich liebe dich auch."

Nicole beugte sich vor und flüsterte Abby ins Ohr: „Erinnere mich daran, dass ich dir erzählen muss, was Gott mir in letzter Zeit aufs Herz gelegt hat. Wir reden darüber, wenn ich zurückkomme, ja?"

Wenn sie zurückkommen ... Dann würde das Familientreffen stattfinden, bei dem sie und John den Kindern endlich die Wahrheit über ihre Ehe sagen würden. Was Nicole ihr erzählen wollte, wäre danach wahrscheinlich vergessen.

„Ja, Liebes. Dann erzählst du es mir."

Aufgeregt und überglücklich verließen Nicole und Matt das Haus und stiegen in Beths Auto. Sie winkten aus dem Fenster und fuhren davon. Sean war bereits zu seinem besten Freund, Corey, gefahren, bei dem er die ganze Woche wohnen würde. Jetzt, da Braut und Bräutigam fort waren, verabschiedeten sich auch die anderen, und Kade ging mit ein paar Freunden aus. Jo und Denny waren die Letzten, die noch da waren.

„Abby, danke für alles." Jo hatte Tränen in den Augen, als sie Abby länger als üblich umarmte. „Ohne dich und John, ohne eure Ehe und euren Glauben hätte ich nie erfahren, was wahre Liebe ist."

Der Kloß in Abbys Hals war so groß, dass sie nur nicken konnte. John reichte Denny die Hand. „Als Nächste seid ihr an der Reihe. Wann ist der große Tag?"

„In zwei Wochen. Es wird eine kleine Hochzeit, nicht mit der von heute zu vergleichen, aber wir würden uns trotzdem freuen, wenn du und Abby dabei wärt."

Die Anspannung wurde allmählich zu viel für Abby. Sie schluckte schwer.

„Und herzlichen Glückwunsch zum Hochzeitstag, ihr beiden." Jo tätschelte zuerst Abbys und dann Johns Wange.

Denny stieß seine künftige Braut in die Seite. „Wenn wir sie endlich allein lassen, könnten sie tatsächlich auch dazu kommen zu feiern. Komm jetzt, Jo. Ich fahre dich nach Hause."

„Tschüs! Nochmals danke für alles ..." Jo redete immer noch, als Denny ihren Arm unter seinen legte und sie zu seinem Auto führte. Abby und John blieben im Türrahmen stehen.

Als sie verschwunden waren, war es plötzlich sehr still im Haus. Das Lachen und die Gespräche, die noch vor ein paar Augenblicken das Haus erfüllt hatten, hallten immer noch von den Wänden wider. Abby trat einen Schritt zurück und lehnte sich an die Wand, weil sie fürchtete, ihre Beine würden sie nicht mehr tragen. Ein überwältigendes Grauen legte sich über sie, über ihr Haus, über die Atmosphäre zwischen ihnen.

John räusperte sich und drehte sich zu ihr herum. „Ich schätze, es ist so weit."

Die Traurigkeit in seinen Augen war zu viel für sie. Sie senkte den Blick auf den Boden. „Geh, John. Mach es nicht noch schwerer, als es ohnehin schon ist. Geh einfach."

Sein Koffer befand sich bereits im Auto, und Abby war sicher, dass er die Autoschlüssel in der Tasche seines Jacketts stecken hatte. Aber statt zu gehen, trat John ein paar Schritte näher auf sie zu. „Abby, ich weiß, dass du wütend auf mich bist. Ich mache dir daraus auch keinen Vorwurf." Er kam noch näher, legte sanft die Hand unter ihr Kinn und hob es zärtlich hoch, sodass sie ihm in die Augen schauen musste. Die Tränen, die sie mühsam hatte unterdrücken wollen, liefen ihr über die Wangen. Sie schluckte schwer, um nicht schluchzen zu müssen. „Es tut mir Leid, Abby." Seine Stimme war zärtlich, nicht viel lauter als ein Flüstern. „So Leid, wie mir noch nie etwas in meinem ganzen Leben Leid getan hat."

Abby hatte keine Kraft mehr zu kämpfen. Sie senkte den Blick und nickte. Nur mühsam konnte sie sprechen. „Mir auch."

„Du musst mir nicht glauben, aber neulich, als du mit Nicole bei eurem Wochenendausflug warst, habe ich Charlene gesagt, dass sie ihr Leben ohne mich planen soll." Er zögerte. „Der Feind in meiner Seele wollte, dass ich in diesem Sumpf versinke, aber Gott und ich, nun ja ... wir haben in letzter Zeit wieder mehr miteinander gesprochen. Ich habe mit Charlene Schluss gemacht, Abby. Sie zieht in ein paar Wochen nach Chicago."

Abby schaute weiterhin auf den Boden. Sie war nicht sicher, was sie sagen sollte. Nicht sicher, ob sie ihm glauben sollte. Als sie die Kraft fand, ihn wieder anzuschauen, sah sie auch auf seinen Wangen Tränen glänzen. „Abby, ich habe einige furchtbare Fehler gemacht, und das tut mir Leid. Ich habe Charlene zweimal geküsst, obwohl ich es nie hätte tun sollen ..."

Abby schnaubte leise. Das war nicht gerade der richtige Zeitpunkt für Geständnisse. Abby wollte jetzt nichts von Charlene hören. *Geh, John, bring es hinter uns.*

Aber statt zu gehen, berührte er mit den Fingern die Seiten ihres Gesichts und sprach weiter. „Mehr hat es zwischen ihr und mir nie gegeben, Abby. Niemals."

„John, jetzt ist nicht ..."

„Warte ... lass mich ausreden." Seine Stimme klang so aufrichtig, was Abby noch mehr verwirrte. *Warum tut er das jetzt? Warum macht er mit Charlene Schluss – falls er es wirklich getan hat – und redet so zärtlich mit mir? Warum jetzt, wenn alles zu spät ist?*

Er atmete tief ein und sprach weiter. „Weißt du, Abby, ich weiß, dass du mir nicht glaubst. Das ist etwas, das du mit dir selbst ausmachen musst. Aber mir ist wichtig, es dir trotzdem zu sagen. Ich habe Fehler gemacht, aber ich hatte keine Affäre mit Charlene, und ich war nie in sie verliebt." Er seufzte und berührte immer noch ihr Gesicht. „Wozu es auch gut sein mag, ich glaube, Gott wollte, dass ich dir das sage."

Ihre Seele fühlte sich an, als werde sie in ihr erwürgt. Sie blieb regungslos. *Wie viel kann ich jetzt noch aushalten, Gott? Was macht er mit mir?*

Er lügt dich an, Abby. Er hält dich zum Narren.

Die Antwort kam schnell und wütend aus irgendeinem dunklen Winkel in Abbys Seele. Ihr Rücken wurde steif, als sie im Stillen dieser Stimme Recht gab. Natürlich log er sie an. Diese vielen Tage, an denen er morgens und nachmittags mit ihr zusammen gewesen war und die Zeit allein, wenn sie an den Wochenenden mit den Kindern unterwegs gewesen war? Er musste sie für unglaublich naiv halten, wenn er erwartete, dass sie glaubte, es hätte außer ein paar Küssen zwischen ihm und Charlene nichts gegeben.

„Ich werde dich immer lieben." Er hob ihr Kinn wieder hoch und schaute direkt in ihre Seele hinein. „Das weißt du, oder?"

Wenn er sie liebte, hätte er dann überhaupt etwas mit Charlene angefangen? Ihre Tränen tropften jetzt auf den Boden. Als sie ihm keine Antwort auf seine Frage gab, zog ein neuer Schmerz über Johns Augen.

Er fing eine Träne von ihrer Wange auf und vermischte sie mit einer seiner eigenen Tränen. „Wir sollten eins sein. Das haben wir einander vor zweiundzwanzig Jahren versprochen. Aber nur weil wir aufgehört haben, eins zu sein, bedeutet das nicht, dass ich aufgehört hätte, dich zu lieben."

Ein Schluchzen kam über Abbys Lippen, als sie wieder nickte. „G-g-geh, John. Bitte."

„Ja." Er trat von ihr zurück und ging zur Haustür. Seine Augen wichen immer noch nicht von ihren. „Ich werde die Jahre, die wir miteinander hatten, nie vergessen. Egal, was die Zukunft bringt."

Da war es wieder! Die Anspielung auf Charlene und die Zukunft, die sie miteinander haben würden. Sie ließ den Kopf hängen und hielt ihr Schluchzen nicht mehr zurück. Mindestens eine Minute standen sie so da, ohne miteinander zu sprechen. Als sie sich schließlich wieder etwas gefangen hatte, öffnete sie die Haustür und hielt sie ihm auf. „Leb wohl, John."

Er nickte. Seine Stimme klang belegt. „Leb wohl."

Mit diesen Worten ging er aus ihrem Haus, aus ihrem gemeinsamen Leben. In ein paar Jahren wäre er nicht viel mehr als ein Fremder, jemand, den sie vor langer, langer Zeit einmal geliebt hatte.

Mit dem Gefühl, ihr würden die Arme aus dem Leib gerissen werden, schaute Abby ihm nach, schaute zu, wie er in sein Auto stieg und davonfuhr. Sie blieb stehen, bis seine Rückscheinwerfer verschwunden waren und sie seinen Motor nicht mehr hören konnte. Dann machte sie die Tür zu, drehte den Schlüssel herum und ging wie ein Kind, das im Krieg zum Vollwaisen geworden war, verwundet und zutiefst verletzt zurück ins Haus. Ihr Blick fiel auf die Tür, die hinter dem Haus zum Garten hinausführte. Plötzlich wusste sie, wo sie jetzt sein wollte: auf dem Pier. Auch wenn sie ganz allein war, musste sie jetzt dort sein.

Die Luft hatte sich etwas abgekühlt. Deshalb lief sie nach oben, um sich einen Pullover zu suchen. Die Tränen flossen ihr über die Wangen, als sie durch den begehbaren Schrank in ihrem gemeinsamen Schlafzimmer ging. Er war jetzt leerer. Die Sachen, die John mitgenommen hatte, fehlten. Bald wäre alles fort, alles, das sie an Johns Platz in ihrem gemeinsamen Zuhause erinnern könnte. An seinen ehemaligen Platz.

Ihr Blick fiel auf Johns Marion-Adler-Sweatshirt mit dem Reißverschluss. Sie drückte es an sich und vergrub das Gesicht in dem weichen Vlies und spürte, wie eine neue Tränenwelle sie überrollte. Das Sweatshirt roch noch nach ihm. Sie nahm es vom Kleiderbügel, zog es über ihr Kleid und genoss den weichen, warmen Stoff auf ihrer Haut. Sie fühlte sich darin klein und beschützt, als lägen Johns Arme um ihren Schultern.

„Lieber Gott ..." Sie konnte kaum sprechen, so sehr musste sie weinen. „Ich kann es nicht glauben, dass er fort ist ..."

Wieder lockte der Pier sie. Sie legte die Arme fest um sich und trat aus dem Schrank in ihr Schlafzimmer ... Dort blieb sie abrupt stehen. Ein braunes Notizbuch lag auf Johns Nachttisch. Sie blinzelte zweimal, um klarer sehen zu können. Was war das? Abby hatte es nie zuvor gesehen.

Lass es nicht von Charlene sein ... bitte, Gott ...

Abby ging fast daran vorbei, aber etwas gebot ihr Einhalt und drängte sie, es genauer anzuschauen. Sie trat näher, nahm es vorsichtig in die Hand und schlug die erste Seite auf.

Es war Johns Handschrift. Sie blätterte ein paar Seiten weiter und sah, dass es mehrere Einträge enthielt. War es ein Tagebuch? Konnte es sein, dass ihr Mann sich Dinge aufgeschrieben hatte, ohne dass sie etwas davon wusste? Sie blätterte zur ersten Seite zurück und begann zu lesen:

9. Juli 2001: Ich habe den schlimmsten Fehler meines ganzen Lebens begangen, und ich ...

Abby schloss die Augen. War es ein Geständnis, was John mit Charlene getan hatte? Wenn dem so wäre, dann könnte sie es nicht ertragen weiterzulesen. Nicht jetzt. Sie öffnete die Augen wieder und fürchtete sich vor dem, was sie gleich lesen würde. Unfähig aufzuhören, las sie weiter:

... und ich habe niemanden, mit dem ich reden kann, niemanden, mit dem ich über meine Gefühle sprechen kann. Deshalb schreibe ich sie jetzt auf. Oh, Gott, du hast mir so etwas Wichtiges in Kades Abschlussarbeit gezeigt. Über den Adler und dass er selbst bis zum Tod an seiner Frau festhält. Selbst wenn es ihn das Leben kostet. Genau das war mein großer Fehler: Ich habe Abby losgelassen. Ich habe sie mit meinem ganzen Sein geliebt, aber eines Tages, irgendwann, habe ich losgelassen. Es tut mir so Leid, Gott ... Wenn du mir zuhörst, dann zeige doch Abby, wie Leid es mir tut.

Sie zitterte. Ihr Herz schlug schneller. Was war das? Was hatte er getan, das ihm so Leid tat? Und warum hatte er es ihr nicht persönlich gesagt? Plötzlich sah sie vor ihrem geistigen Auge John am Vorabend vor sich stehen und versuchen, mit ihr zu reden. Sie biss sich auf die Lippe. Er *hatte* versucht, mit ihr zu reden, aber sie war zu müde gewesen, um ihm zuzuhören, zu sicher, dass er sie nur anlügen würde. Sie schluckte eine neue Tränenwelle hinunter und trocknete sich das Gesicht an Johns Sweatshirt ab. Der nächste Eintrag stand auf derselben Seite.

10. Juli 2001: Ich kann nichts tun, um Abby dazu zu bewegen, mir zu glauben. Ich habe viele Fehler gemacht, Gott. Das weißt du. Aber ich habe sie in Bezug auf mich und Charlene nie angelogen. Bei der Erinnerung an jeden Augenblick mit Charlene wird mir übel ...

Das Zimmer drehte sich um sie. Abby musste sich auf das Fußende des Bettes setzen, um nicht zu Boden zu stürzen. War das möglich? Hatte John ihr die ganze Zeit die Wahrheit gesagt?

Zig Situationen, in denen sie ihn verspottet hatte, ihn angeschrien hatte, ihn einen Lügner genannt hatte, spielten sich in ihrem Kopf erneut ab. Was, wenn sie sich tatsächlich geirrt hatte? Was, wenn er ihr tatsächlich die Wahrheit gesagt hatte?

Sie las die anderen Einträge. Johns Demut, seine Offenheit

berührten sie zutiefst. Hatte er das Tagebuch absichtlich hier liegen gelassen und gehofft, dass sie es finden würde? Der letzte Eintrag beantwortete diese Frage:

13. Juli 2001: Nicole wird morgen heiraten, am selben Tag, an dem ich alles verlieren werde, das mir je wichtig war. Eines Tages ... vielleicht in zehn Jahren ... werde ich den richtigen Augenblick finden, um mit Abby über diese Gefühle zu sprechen. Aber jetzt ... kann ich nichts tun. Zwischen uns ist es aus, und das ist alles meine Schuld.

Abby schloss das Buch und legte es auf den Nachttisch zurück. Eine Traurigkeit ganz anderer Art ergriff ihr Herz und drohte sie zu ersticken. Sie hatte sich geirrt! Ja, John hatte Fehler gemacht. Sie beide hatten Fehler gemacht. Aber er war eindeutig nicht in Charlene verliebt, und er hatte sie in Bezug auf seine Beziehung zu ihr nicht angelogen. Ganz im Gegenteil. Er hatte versucht, Abby jede Einzelheit zu erzählen, ihr die Gefühle in seinem Herzen anzuvertrauen ... aber sie hatte sich geweigert, ihm zuzuhören.

Tränen liefen ihr immer noch über das Gesicht. Sie konnte einfach nicht aufhören zu schluchzen, als sie den vertrauten Weg durch das feuchte Gras, an den leeren Tischen und der leeren Tanzfläche vorbei zu dem alten Holzpier ging. Zwei Stühle standen darauf. Abby setzte sich auf einen und bemühte sich, ihre Fassung zurückzugewinnen. Kein Wunder, dass er sie verlassen hatte. Sie hatte ihm seit Jahren nicht mehr wirklich zugehört, sie war nicht die Freundin gewesen, die er gebraucht hätte, der er sich hätte anvertrauen können.

Also gut, Abby, hör jetzt auf. Er ist fort. Es ist alles vorbei. Du kannst die Augen wieder aufmachen.

Ihr war kalt, und sie fühlte sich allein. Der Schmerz in ihrer Brust drohte sie fast umzubringen. John Reynolds, der Mann in den sie sich verliebt hatte, als sie fast noch ein Mädchen gewesen war, hatte sich aus ihrem Leben verabschiedet. Zum Teil, weil sie sich geweigert hatte, ihm zuzuhören, ihm zu glauben. *Herr, was habe ich nur getan?*

Vertraue mir, Tochter ... schau mich an. Bei Gott sind alle Dinge möglich.

Aber es ist zu spät ... ich habe ihn von mir weggestoßen, und jetzt ist nichts mehr da.

Der Wind in den Bäumen klang, als würde Gott sich einen Finger an den Mund halten. *„Pscht“*, schien er zu ihr zu sagen. *„Es ist in Ordnung. Vertraue mir, Tochter ... komm zu mir zurück ...“*

Das will ich, Gott, wirklich ... Aber ich habe so viel kaputtgemacht.

Abby hatte keine Ahnung, wie lange sie da saß, leise schluchzte und nicht wusste, wie sie diesen großen Verlust überleben sollte. Schließlich, als sie glaubte, keine Tränen mehr zu haben, wanderten ihre Gedanken zu der Hochzeit zurück und zu Nicole, die eine so wunderschöne Braut gewesen war.

Lieber Gott, lass sie und Matt immer zusammenbleiben. Lass nicht zu, dass unseretwegen ihr Glück getrübt wird.

Abby starrte auf das Wasser hinaus und malte sich aus, wie Haley Ann hätte aussehen können, wenn sie Nicoles Ehrenbrautjungfer gewesen wäre. Abby schaute aufmerksam über das Wasser. „Haley Ann, Baby, wir haben dich heute vermisst. Ich habe dich vermisst.“

Sie hörte ein Rascheln in den Sträuchern hinter sich, weiter oben am Hang. Abby fuhr herum. Sie war hier noch nie nervös gewesen, an diesem Ort, an dem sie die letzten zwanzig Jahre verbracht hatte. Aber jetzt, da sie allein war, klang jedes Geräusch viel lauter. Sie konnte jedoch nichts sehen und vermutete, dass wahrscheinlich ein Hase oder ein Reh über das Feld gesprungen war.

Sie drehte sich wieder zum Wasser herum und richtete sich auf. Ihr hellblaues Kleid wehte unter Johns Sweatshirt im Wind. Sie trat an den Rand des Piers, bückte sich und bewegte die Finger über das Wasser. *Mama liebt dich, Kind.* Haley Ann war natürlich nicht da, aber irgendwie hatte Abby das Gefühl, ihr näher zu sein, wenn sie die Hand an der Stelle ins Wasser tauchte, an der die Asche ihres kleinen Mädchens lag.

Näher konnte sie auf dieser Seite des Himmels Haley Ann nicht sein. Jetzt war dies das Einzige, das wenigstens ein bisschen Frieden in Abbys Herz brachte. Während sie in der Hocke verharrte und das Wasser zwischen ihre Finger gleiten ließ, kehrten ihre Gedanken an Johns letzte Worte an der Haustür zurück. Er hatte sie also nicht angelogen ...

Diese Erkenntnis weckte in Abby eine Übelkeit, von der sie wusste, dass sie nie wieder ganz verschwinden würde. Für den Tod ihrer Ehe konnte sie jetzt nicht mehr nur John allein die Schuld zuschieben. Es war auch ihre Schuld. *Warum habe ich das nicht früher erkannt, Herr?*

Liebe deckt eine Vielzahl an Sünden zu, meine Tochter.

Wenn es nur nicht zu spät wäre ...

Abby schaute zum sternklaren Sommerhimmel hinauf. Hier, allein in der Nacht, war sie von Gottes Nähe überwältigt.

Wie ich euch geliebt habe, so sollt auch ihr einander lieben ... liebt einander von ganzem Herzen, Abby.

Die nicht ausgesprochenen Worte kamen ihr immer wieder in den Sinn. Sie sehnte sich nach einer Gelegenheit, John zu sagen, dass sie sein Tagebuch gefunden hatte. Wenn sie überlegte, dass alles, was er gesagt hatte, wahr war! Dass er keine Affäre gehabt hatte, dass er nicht mit ihr geschlafen hatte. Dass Abbys spöttische Bemerkungen ihn wahrscheinlich überhaupt erst in Charlenes Arme getrieben hatten. Dass es ihrer beider Schuld gewesen war ... weil sie sich geweigert hatten, miteinander zu reden, und zugesehen hatten, wie ihre Liebe langsam starb ...

Jahr für Jahr für Jahr.

Diese Erkenntnis schnürte ihr die Kehle zu. Sie zog die Hand aus dem Wasser und blieb in dieser gebeugten Haltung am Ende des Piers stehen. *Gott, vergib mir. Was habe ich nur getan? Ich hätte ihm Glauben schenken können. Stattdessen habe ich mir eingeredet, er wäre ein Lügner und ein Betrüger. Und ich habe ihn jahrelang wie einen solchen behandelt. Lieber Gott ... was für eine Frau bin ich nur?*

Kehre zurück zu deiner ersten Liebe, Abby. Liebt einander, wie ich euch geliebt habe ...

Aber wie konnte sie jetzt zu Gott zurückkehren, wo sie nichts als Verdammnis verdiente? Wie als Antwort auf diese Frage spürte Abby, wie eine überwältigende Gnade sie erfüllte. Wertvolle und unverdiente Gnade. *Es tut mir Leid, Herr. Wie viel von dem, was passiert ist, war meine Schuld, und ich habe es bis jetzt nicht erkannt! Warum habe ich dich nicht so reden hören können, bevor es zu spät war? Oh, Gott, bitte vergib mir ...*

Eine starke Stimme voller Liebe und Frieden erklang in ihrem Herzen. *Ich bin für dich gestorben, mein Kind. Und ich habe dich immer mit ewiger Liebe geliebt ... Alles ist vergessen, alles ist vergessen ... Jetzt geh ... und kehre zu deiner ersten Liebe zurück.*

Ich soll zurückkehren zu meiner ...? Abby hatte gedacht, die Worte in ihrem Herzen bezögen sich auf ihre Liebe zu Gott. Aber vielleicht ... Konnte es wirklich sein? Konnte Gott wollen, dass sie mit John redete, dass sie sich irgendwie mit ihm versöhnte, dass sie ihm sagte, wie Leid es ihr tue, dass sie je an ihm gezweifelt hatte?

Traurigkeit und Bedauern überwältigten sie fast. Trotzdem erkannte Abby, dass sie in diesen heiligen Augenblicken mit einem Wunder gesegnet worden war, mit einer persönlichen Begegnung mit dem allmächtigen Gott. Abby öffnete die Augen und schaute erneut über den See. Was auch immer Gott in ihrer Seele getan hatte, ihre ganze Sichtweise hatte sich verändert, war von Gott von einem Augenblick auf den anderen verwandelt worden.

„Haley Ann hätte die Hochzeit gefallen, meinst du nicht?"

Abby keuchte hörbar, fuhr wie von der Tarantel gestochen hoch und drehte sich überrascht um, als sie Johns Stimme hörte. Er stand auf dem Pier und kam langsam auf sie zu. Abby kniff die Augen zusammen. War er wirklich da oder litt sie unter Halluzinationen? „John? Was machst du ... warum ...?"

Eine Million Fragen schossen ihr durch den Kopf, aber sie konnte nicht die Kraft aufbringen, auch nur eine davon in Worte zu fassen. Er kam immer noch näher, bis seine Füße die ihren fast berührten. In seinen Augen glänzten die Tränen, aber in seinem

Gesicht lag jetzt eine Ruhe, eine Gewissheit, die Abby nicht erklären konnte. Sie erfüllte sie mit neuer Hoffnung.

Konnte es sein, dass dieselbe heilige Erkenntnis, die in ihrem Herzen Raum gefasst hatte, auch in sein Herz Zugang gefunden hatte?

„Abby, gib mir deine Hände."

Ihr Schreck war noch so groß, dass ihr keine Antwort einfiel und sie tat, was er sagte. Zaghaft reichte sie ihm die Hände und war überrascht, wie ihr Körper auf seine Berührung reagierte, als er sie mit den Handflächen nach oben drehte und seine Finger über ihre legte.

Er blinzelte seine Tränen zurück und begann zu sprechen. „Ich war drei Kilometer weit gefahren, als mir bewusst wurde: Wenn ich in diese Richtung weiterfahre, weg von alledem, weg von meinem Leben hier mit dir, dann würde etwas in mir für immer sterben." Er schaute ihr durchdringend in die Augen. „Das konnte ich nicht ertragen, Abby. Deshalb bin ich an den Straßenrand gefahren und zurückgelaufen."

Abby musste sich daran erinnern, dass sie nicht vergessen durfte zu atmen. „Du ... du bist zu Fuß zurückgegangen?"

Er nickte und wandte den Blick keine Sekunde von ihren Augen ab. „Den ganzen Weg. Zuerst war ich nicht sicher, was ich sagen wollte, aber ich wusste, dass ich es sagen musste."

Irgendwo in den frisch erleuchteten Winkeln von Abbys verletztem und gebrochenem Herz begann ein Saatkorn der Hoffnung Wurzeln zu schlagen. „Ich verstehe nicht ..."

Die Linien an Johns Kinn wurden härter und entspannten sich dann wieder. „Ich muss dir vom Adler erzählen."

„Vom Adler?" Abbys Herzschlag verdoppelte sich. Worauf wollte er hinaus? War das ein Geständnis oder eine weitere Entschuldigung?

„Ja." Er nickte langsam. Aus jedem Worte sprach tiefe Aufrichtigkeit. „Vor langer Zeit habe ich den Fehler begangen, dich loszulassen, Abby." Er verstärkte den Griff um ihre Finger. „Ich war verrückt, und ich mache dir keinen Vorwurf, wenn du mir nie vergibst. Ich begann, Zeit mit Charlene zu verbringen und ... es war, als fiele alles zwischen uns auseinander. Als stürzten wir im freien Fall auf den Tod unserer Ehe zu, und keiner von uns beiden konnte etwas unternehmen, um diesen Sturz aufzuhalten."

Er massierte ihre Finger und wandte den Blick keine Sekunde von ihren Augen ab. „Erst als du mit Nicole letztes Wochenende fort warst, hatte ich Gelegenheit, Kades Abschlussarbeit zu lesen."

Abby kniff die Augen zusammen und versuchte, den Zusammenhang zwischen Kades Abschlussarbeit und dem, was er vorher gesagt hatte, herzustellen. „Kades Abschlussarbeit?"

„Über den Adler, Abby. Erinnerst du dich?" Er machte eine Pause. „Als ich das las, sprach Gott zu mir, wie ich ihn nicht mehr gehört hatte seit ... nun ja, seit sehr langer Zeit. Und da wusste ich, dass ich nie mit einer Frau wie Charlene zusammen sein könnte. Oder mit irgendeiner anderen Frau."

Neue Tränen brannten in Abbys Augen. „Ich habe dein Tagebuch gefunden."

John zog die Brauen in die Höhe. „Was? Ich habe es eingepackt ... es ist im Auto bei meinen Sachen ..."

Abby schüttelte den Kopf. „Es liegt auf deinem Nachttisch. Ganz oben."

„Das ist unmöglich, Abby. Ich weiß, dass ich es eingepackt habe ..."

„Das ist jetzt unwichtig ..." Sie konnte nicht weitersprechen, weil ihr neue Tränen in die Augen traten. „Ich habe es gelesen, John. Wie konnte ich nur glauben, du würdest mich anlügen ...?" Sie ließ den Kopf an seine Brust sinken. „Es tut mir so Leid." Sie suchte erneut seine klaren blauen Augen. „Alles, was ich dir vorgeworfen habe ... Du hast die Wahrheit gesagt, nicht wahr?"

„Ja." Er schaute sie unverwandt an. Eine einsame Träne lief ihm über die Wange. „Ich habe viele Dinge getan, auf die ich nicht stolz bin, Abby. Ich habe Versprechen gebrochen, die ich hätte halten sollen." Er schaute sie erneut an. „Aber ich habe dich nie angelogen, Abby."

„Es tut mir so Leid, dass ich dir nicht geglaubt habe. Es tut mir Leid, dass ich ..." Abby konnte vor Tränen nicht weitersprechen.

John schüttelte den Kopf. „Es ist gut, Abby. Es war meine Schuld. Deshalb bin ich jetzt hier. Die Wahrheit ist ... ich liebe dich immer noch." Er trat näher, die Hände immer noch fest um ihre Finger gelegt. „Ich fand einfach in den letzten Tagen nicht den richtigen Ort oder den richtigen Zeitpunkt, um es dir zu sagen, aber ..." Er streichelte mit den Fingerspitzen Abbys Handflächen. „Ich werde dich nie wieder loslassen, Abby. Niemals. Es ist mir egal, ob es mich umbringt. Ich möchte dich lieben wie ein Adler seine Frau. Wie Gott will, dass ich dich lieben soll. Ich möchte dich festhalten, bis irgendwann der Tod mich zwingt, dich loszulassen."

In Abbys Kopf drehte sich alles. Ihr Herz raste so schnell, dass sie kaum atmen konnte. „Was sagst du da, John ...?"

„Ich sage, dass ich mich nicht von dir scheiden lassen kann, Abby. Ich liebe dich viel zu sehr. Ich liebe die Geschichte, die du mit mir hast. Ich liebe, wie du mit unseren Kindern umgehst. Ich liebe, wie du einen Raum zum Strahlen bringst, einfach weil du da bist. Ich liebe, dass du jede wichtige Erinnerung meines ganzen Lebens mit mir teilst und dass du meinen Vater geliebt hast und dass ich deinen geliebt habe ..." Zwei weitere Tränen liefen über sein Gesicht, aber er achtete nicht darauf. „Und ich liebe ... dass nur du verstehst, was ich wegen Haley Ann empfinde."

Er legte den Kopf leicht schief und flehte sie an: „Bitte, Abby, bleibe bei mir. Liebe mich immer, so wie ich dich lieben will. Nimm dir Zeit mit mir und rede mit mir. Lache mit mir und werde mit mir alt. Bitte."

Johns Worte lösten in Abby etwas aus, das die Mauern, die noch um ihr Herz aufgebaut waren, endgültig zum Einsturz brachte. Sie trat langsam auf ihn zu und schmiegte ihren Körper an seinen und legte den Kopf auf seine Brust, während sie vor überschäumender Freude laut schluchzte und weinte. „Du ... du meinst das ernst?"

Er trat zurück und schaute sie erneut durchdringend an. „Ich habe noch nie in meinem Leben etwas so ernst gemeint. Gott hat an meinem Herzen gearbeitet, Abby. Ich möchte mit dir wieder zur Kirche gehen und mit dir in der Bibel lesen und mit dir beten. Immer." Er schaute ihr tiefer in die Augen. „Ich liebe dich, Abby. Bitte verstecke dich nicht mehr vor mir. Du bist die schönste Frau, die ich kenne. Innerlich und äußerlich." Er zögerte. „Meinst du ... könntest du mir vergeben, mit mir hier und jetzt noch einmal neu anfangen und mich nie wieder loslassen?"

Ein Ton, der halb Lachen und halb Schluchzen war, kam über Abbys Lippen. Sie klammerte sich an John. „Ja, das kann ich. Ich liebe dich auch. Mir ist heute Abend bewusst geworden, dass ich nie aufgehört habe, dich zu lieben, auch damals nicht, als ich ... als ich sagte, ich hasse dich."

„Es tut mir so Leid, Abby." John flüsterte die Worte in ihr Haar und klammerte sich wie ein Ertrinkender an sie. „Warum haben wir das einander nur angetan?"

Abby war plötzlich auch verwirrt. Warum hatten sie nicht schon vor Monaten so miteinander gesprochen, vor Jahren, als sie anfingen, sich auseinander zu leben?

Eine Gänsehaut lief Abby über den Rücken, als sie sich noch enger an Johns Brust schmiegte. Was wäre gewesen, wenn sie sein Tagebuch nicht gefunden hätte? Was wäre gewesen, wenn er weitergefahren wäre und nicht zurückgeschaut hätte? Was wäre gewesen, wenn sie nicht die Gnade Gottes in ihrem Leben zugelassen, ihren Stolz hinuntergeschluckt und zugegeben hätten, dass sie nichts Falscheres tun könnten, als sich scheiden zu lassen?

Danke, Gott ... danke. Abby weinte jetzt Tränen der Dankbarkeit. Voller Demut und Ehrfurcht staunte sie über die Macht von Jesu Liebe, die Macht, die sie vor der sicheren Zerstörung bewahrt hatte und sie wieder einander in die Arme geführt hatte.

Sie würde ihren Flug stornieren, er würde seinen Koffer wieder nach Hause bringen, und die Kinder würden nicht erfahren, wie nahe sie am Abgrund gestanden hatten. Wenigstens jetzt noch nicht. Vielleicht eines Tages, wenn der richtige Zeitpunkt käme, würden sie ihnen einiges von dem, was sie durchgemacht hatten, erzählen. Damit die Kinder wüssten, dass keine Ehe vollkommen ist und dass nur durch Gottes Gnade zwei Menschen – egal, wie gut sie zueinander zu passen scheinen – für immer zusammenbleiben können.

Über das und über vieles andere redeten Abby und John sehr lange. Sie gestanden einander ein, was sie falsch gemacht hatten, und sagten einander, dass sie sich liebten. Keiner von ihnen hätte es je für möglich gehalten, dass sie das jemals wieder tun würden.

Schließlich schwiegen sie und hielten sich immer noch eng umschlungen. Da begann John, sich ganz langsam zu bewegen.

„Hörst du es, Abby?" Seine Stimme war leise und voll mit einer Liebe, die alles ertragen würde, die alles vergeben würde. Einer Liebe, die nie aufhören würde.

Sie schloss die Augen und lauschte dem leisen Knarren des Piers im Wasser, sog das Zirpen der Grillen in sich auf und das rhythmische Schlagen von Johns Herz an ihrer Brust. In den Bäumen trug ein sanfter Wind Stimmen von längst vergangenen Ereignissen an ihre Ohren heran. Der Stadionsprecher verkündete: *„Meine Damen und Herren, die Footballmeister des Bundesstaates Illinois im Jahr 2000, die Marion Adler!"* Die unvergessliche Melodie von Haley Anns Weinen ... Nicoles verliebte, klare Stimme, die ihrem Bräutigam versprach, ihn ein Leben lang zu lieben ... ihr Vater, der mit seinem letzten Atemzug den Stab an John weiterreichte. *Liebe sie ... liebe sie ... liebe sie.*

Es war Musik. Dieselbe Musik, die sie vor vielen Jahren hier auf dem Pier in Johns Armen gehört hatte. „Ich höre es."

John schaute sie an und küsste sie. Zärtlich, angenehm mit einer Sehnsucht, die nicht zu leugnen war. Genauso wie er sie vor zweiundzwanzig Jahren geküsst hatte. Abby erfüllte eine Gewissheit, dass sie irgendwie auf wunderbare Weise wieder durch das Feuer gegangen und auf der anderen Seite stärker als zuvor herausgekommen waren.

Beide waren in diesem Augenblick wie verzaubert. Als John sie im Rhythmus zur Musik ihres Lebens über den Pier führte, flüsterte er ihrer Seele Worte zu, von denen sie geglaubt hatte, sie würde sie nie wieder hören.

„Tanz mit mir, Abby." Wieder berührte er mit dem Mund ihre Lippen, und irgendwo dazwischen trafen ihrer beider Tränen aufeinander und vermischten sich miteinander. „Bitte, Abby ... für den Rest meines Lebens. Tanz mit mir."

* * *

Nicole und Matt standen an der Rezeption im Hotel und trugen sich zum ersten Mal als Herr und Frau Conley ein, als Nicole plötzlich der Atem stockte. „Hast du das gehört?"

Sie warteten darauf, dass der Portier ihnen ihren Zimmerschlüssel gab. Matt schaute sie verständnislos an. „Was soll ich gehört haben?"

Nicole grinste. „Ich könnte mir vorstellen, dass es von Gott war. Es war so laut, dass ich dachte, jeder müsse es gehört haben. Wie eine Stimme, die mir sagte, dass meine Gebete erhört wurden."

Matt legte den Arm um sie. „Natürlich wurden sie erhört, Schatz", grinste er belustigt. „Immerhin hast du mich geheiratet."

Sie lachte, schüttelte aber den Kopf. „Nein, ich spreche von den Gebeten für meine Eltern."

„Deine Eltern? Du hast dir doch nicht wirklich Sorgen um sie gemacht, oder?"

Nicole erinnerte sich an die Last, die sie empfunden und die sie gedrängt hatte, für ihre Mutter und ihren Vater in den letzten Monaten zu beten. „Doch, ich glaube schon. Gott hat sie mir immer wieder aufs Herz gelegt, und ich habe immer wieder für sie gebetet."

„Dann hast du das Richtige getan." Matt lächelte. „Vorsicht ist besser als Nachsicht."

„Du meinst also, Gott hat mir jetzt tatsächlich gesagt, dass meine Gebete erhört wurden?“

„Wahrscheinlich.“ Er zuckte die Achseln. „Aber es war bestimmt nichts Ernstes. Nicht bei deinen Eltern.“

Nicole grinste. Ihr Herz und ihre Seele waren voller Frieden. „Du hast wahrscheinlich Recht. Was es auch war, Gott hat es unter Kontrolle.“

Ein Mann trat hinter der Rezeption auf sie zu. „Zimmer 852, die Hochzeitssuite.“ Er reichte Matt ein paar Scheckkarten. „Ich wünsche Ihnen einen angenehmen Aufenthalt.“

Matt nahm seine Braut bei der Hand und führte sie zu ihrem Zimmer hinauf. Und in den Anfang einer Ehe, die Gott für sie geplant hatte. Das wusste Nicole. Sie betete, dass diese Ehe immer so wundervoll und erstaunlich bliebe und mit Gottes Hilfe alles überstünde, was das Leben ihnen bringen würde, und nach jedem Sturm noch schöner und stärker wäre als vorher.

Eine Ehe wie die Ehe ihrer Eltern.

Anmerkungen der Autorin

Wenn ich an die hohen Scheidungsraten in unserer heutigen Gesellschaft denke, bin ich tief traurig. Beim Tanz des Lebens fordert unsere Instantgesellschaft, unsere Selbstbedienungsgesellschaft, unsere Selbstverwirklichungsgesellschaft viele Opfer. Männer und Frauen mit gebrochenen Herzen, die sich allein durchs Leben mühen; Kleinkinder, deren Leben sich zwischen zwei Häusern, zwei Zimmern und zwei Elternpaaren abspielt; heranwachsende Jungen und Mädchen, die keine Ahnung haben, was es heißt, einander zu ehren oder zu eingegangenen Verpflichtungen zu stehen.

Nichts davon entspricht Gottes Absicht für die Ehe.

Ich bete dafür, dass dieses Buch Sie mitfühlender gemacht hat. Mitfühlend für die Menschen, die unter einer Scheidung leiden, für Kinder, deren Eltern sich getrennt haben. Mitfühlend für den Ehepartner, von dem Sie sich – vielleicht gerade jetzt – trennen.

Selbstverständlich gibt es Ausnahmen – Missbrauch oder Untreue beispielsweise. Und wer von Ihnen in einer solchen Situation steht, für den bete ich, dass Gott eingreift und Ihnen Heilung schenkt. Aber trotzdem ist Gott zutiefst gegen Scheidung. In der Bibel lesen wir, dass Gott Scheidung hasst, dass das, was er zusammengefügt hat, kein Mensch scheiden soll. Starke Worte, das gebe ich zu. So stark, dass wir uns bewusst machen sollten, wie groß das Interesse des Feindes unserer Seele daran ist, unsere Beziehungen zu zerstören.

Aber für jede Ehe, die einen schmerzlichen Tod stirbt, gibt es andere, wie Abbys und Johns Ehe. Ehen, die man zu schnell über Bord wirft, Ehen, in denen eine grenzenlose, leidenschaftliche, erneuerte Liebe erfahren werden kann, wenn wir nur bereit wären, tief genug zu graben, um sie zu finden. Wenn wir bereit sind, uns zu demütigen und Gott zu dieser Frage, die ihm so sehr auf dem Herzen liegt, zu hören.

Wenn Sie geschieden sind oder jemand, den Sie lieben, geschieden ist, dann hören Sie bitte aus diesem Buch keine Verurteilung heraus. Hören Sie Mitgefühl und Hoffnung heraus und vor allem Liebe. Denn wo Gott ist, da ist Glauben, da ist Hoffnung, und da ist immer Liebe.

Die Liebe erduldet alles. Die Liebe hört niemals auf.

Kämpfen Sie um Ihre Ehe. Beten Sie um Weisheit und Gottes Rat. Suchen Sie Gott und finden Sie einen Weg zurück zu dem Ort, an dem die Liebe begann, einem Ort, an dem die Liebe neu beginnen kann.

Für einige kann dies bedeuten, dass sie ihre Beziehung zu ihrem Schöpfer und Erlöser erneuern müssen. Für einige bedeutet es vielleicht, eine solche Beziehung einzugehen, wo es nie eine gab. Was Sie dabei tun müssen, ist ziemlich einfach. Das größte Beispiel aller Zeiten, was Liebe bedeutet, gab Jesus, als er sein Leben zum Preis für Ihre Sünden, für meine Sünden opferte. Damit schenkte er uns die Möglichkeit, uns für ein ewiges Leben jetzt und für immer und für eine Alternative zur Hölle zu entscheiden. Vielleicht ist es an der Zeit, dass Sie zugeben, dass Sie einen Erlöser brauchen, und ihm Ihr Leben unterstellen. Suchen Sie sich eine christliche Gemeinde und lesen Sie, was in der Bibel über eine Beziehung zu Jesus Christus steht.

Wenn Sie diese Liebe und Barmherzigkeit verstanden haben, wird es leichter sein, einander zu lieben. Leichter, sich von anderen lieben zu lassen.

Schließlich möchte ich Ihnen noch sagen: Ich bete für jeden Leser dieses Buches und bitte den Herrn, Ihnen dort zu begegnen, wo Sie stehen, Ihre Tränen zu trocknen und Schönheit aus Asche entstehen zu lassen. Damit er Ihnen und Ihrem Ehepartner helfen kann, einen Ort der Liebe zu finden, der herrlicher ist als alles, das Sie je erlebt haben. Gehen Sie das Wagnis ein, einander von ganzem Herzen zu lieben. Auch wenn es Ihnen noch so unmöglich erscheint, steht Ihnen Gott mit seiner Hilfe zur Seite. Er wartet darauf, dass Sie sich von ihm helfen lassen.

Wenn Sie oder jemand, den Sie lieben, geschieden ist oder von seinem Ehepartner getrennt lebt, der nicht bereit ist, es noch einmal gemeinsam zu versuchen, müssen Sie wissen: Gott ist für Sie da. Hören Sie nicht auf zu beten. So wie Gott Nicoles Gebet für ihre Eltern in seiner Treue erhört hat, wird er auch Ihre Gebete erhören. Seine Gnade und Barmherzigkeit kennen keine Grenzen. Wenn Sie Ihre Hand in seine legen, wird er Sie eines Tages an den Ort führen, nach dem Sie sich sehnen.

Einen Ort wunderbarer, grenzenloser, unvorstellbarer Liebe.

Danke, dass Sie mich durch die Seiten dieses Buches begleitet haben. Gott segne Sie.

Vielleicht bis zum nächsten Mal, wenn wir wieder gemeinsam ein Buch lesen.

In Christus
Karen Kingsbury

PS: Wie immer würde ich mich über Post von Ihnen freuen. Bitte schreiben Sie mir an meine E-Mail-Adresse: *rtnbykk@aol.com*.

Fragen zum weiteren Nachdenken

Folgende Fragen können in einer Selbsthilfegruppe oder in einem Hauskreis zum weiteren Nachdenken anregen:

Beziehungen verändern sich nicht über Nacht. Welche Anzeichen gab es dafür, dass Abby und John Probleme hatten? Warum übersieht man solche Zeichen so leicht?

Nennen Sie drei Dinge, die die Beziehung in dieser Ehe belasteten. Was kann man tun, um sich gegen die üblichen Probleme – Stress, Ablenkungen und Verurteilen – zu schützen?

Viele Probleme in der Ehe von John und Abby entsprangen aus fehlendem Vertrauen. Was hätte John anders machen können, damit Abby ihm von Anfang an geglaubt hätte? Was hätte Abby anders machen können, um den Gesprächsfaden zu ihrem Mann nicht abreißen zu lassen?

Was empfinden Sie bei Freundschaften Ihres Ehepartners zu Menschen vom anderen Geschlecht? Welche Richtlinien sollte jemand, der verheiratet ist, einhalten, wenn es um solche Freundschaften geht?

Wann war klar, dass John und Abby sich mit ihren außerehelichen Freunden auf gefährliches Terrain begaben? Wie können Verheiratete es vermeiden, bei Fremden die Befriedigung ihrer Bedürfnisse zu suchen?

Was haben Sie in diesem Buch über den Adler gelernt? Inwiefern können wir vom Adler und seinem Beispiel etwas für unser Leben lernen?

Wie zeigte sich, dass Nicoles Gebete für ihre Eltern erhört wurden?

Welchen persönlichen Durchbruch mussten John und Abby jeweils für sich selbst bewältigen? Welche Lektionen lernten sie beide?

Welche Rolle spielen unsere Erinnerungen, wenn wir in Versuchung stehen, uns von unserem Ehepartner zu trennen? Inwiefern helfen uns christliche Kreise und Konferenzen, nicht zu vergessen, was wichtig ist?

Eine Ehe ist wie jede Beziehung ein Teppich, der aus vielen Farben und Materialien gewoben wird. Die dunklen Farben und hellen Farbtöne machen die Schönheit unseres gemeinsamen Lebens aus. Denken Sie an drei traurige Augenblicke und drei fröhliche Situationen in Ihrer eigenen Ehe. Erinnern Sie sich an eine Zeit, in der Sie wussten, dass Sie Ihren Ehepartner immer lieben würden. Wenn Sie das jetzt nicht mehr so empfinden, was hat sich geändert? Was können Sie mit Gottes Hilfe tun, um den ersten Schritt zur Heilung zu gehen?

Weitere Romane aus unserer Reihe Francke-Lesereise

Patricia Hickman
Katrinas Flügel
Bestell-Nr. 330 594
ISBN 3-86122-594-8
304 Seiten, gebunden

Es ist eher eine Clique wackliger Gemüter, als eine Familie, in die Katrina und ihre Schwester hineingeboren werden. Sollte sie Gott aus Versehen hier abgesetzt haben? Andererseits hat er sie gesegnet mit der Geduld eines Lammes und dem Herzen eines Löwen. Er weiß, wie hart sie ringen muss um das Selbstvertrauen, das sie braucht, wenn sie auf eigenen Beinen stehen will. Wenn sie all die wundervollen Gaben, die er in sie hineingepflanzt hat, zum Blühen bringen möchte.

Und er schenkt ihr Flügel, mit denen sie die Mauer ihrer muffigen Kinderstube überwindet. Was sie dabei entdeckt, ist wunderbar ...

Angela Hunt
Die Notiz
Bestell-Nr. 330564
ISBN 3-86122-564-6
288 Seiten, gebunden

An einem Sommerabend im Juni geschieht das Unfassbare: Flug 848 der PanWorld Airlines zerbirst in einem Feuerball über der Sonnenküste Floridas. 261 Menschenleben sind ausgelöscht. Die Liebe aber überwindet diese Katastrophe. Das Meer spült einen Zettel an Land, der eine schlichte Botschaft enthält:

T-
Ich liebe dich. Alles ist vergeben
– Dad

Ein Fund, der herzergreifender nicht sein kann. Das begreift auch Peyton MacGruder, Journalistin bei den *Tampa Times*. Ihre Zeitungskolumne „Hilfe für die Seele" steht vor dem Aus. Als ihr mitten im beruflichen Überlebenskampf diese Notiz in die Hände fällt, erkennt sie ihre letzte Chance. Sie muss den Adressaten dieses erschütternden Dokuments finden und die Story, die dahintersteht.

Die Suche, die nun beginnt, gewinnt mit jedem Tag an Dramatik, denn sie führt alle Beteiligten - die Trauernden, die Zeitungsleser und die Suchende selbst – an die Bruchstellen ihres Lebens.

Lassen Sie sich ein auf diese packende Story, und Sie werden eine Metamorphose der besonderen Art erleben: Der dunklen Hülle eines Dramas entschlüpft der atemberaubende Schmetterling einer Botschaft, die es in sich hat:

Gott liebt uns. Alles ist vergeben.

Beverly Lewis
Ein Lied im Oktober
Bestell-Nr. 330 593
ISBN 3-86122-593-X
224 Seiten, gebunden

Feiern Sie ein Wiedersehen mit alten Freunden aus der geheimnisvollen Welt der Amisch, in die Beverly Lewis ihre Leser mit ihren Bestsellern eingeführt hat.

Sarah Cain und ihr Mann Bryan.
Die ehemalige Karrierefrau findet großen Gefallen an ihrer neuen Rolle als Ehefrau und Mutter. Mit viel Liebe versucht sie, Brücken zu schlagen zu den Amisch in Familie und Nachbarschaft. Werden die Umworbenen sie betreten?

Katie Lapp und ihr Mann Dan.
Sie müssen lernen, unter dem Schatten des Gemeindebanns zu leben, der schwer auf ihrer jungen Ehe lastet.

Rachel Yoder und ihr Mann Philip.
Beharrlich ringt er um Anerkennung als vollwertiges Mitglied der Amisch. Das Glück seiner kleinen Familie gibt ihm dabei den nötigen Rückhalt. Wird er den Durchbruch schaffen?

Jack Cavanaugh

Schimmer der Wahrheit

Bestell-Nr. 330 465

ISBN 3-86122-465-8

312 Seiten, gebunden

England, 14. Jahrhundert: In den Wirren des 100-jährigen Krieges hat Wycliff die Bibel in seine Muttersprache übersetzt. Das ruft brutale Gegner auf den Plan. Der Schreiber Thomas riskiert sein Leben für die Verbreitung der Heiligen Schrift, unterstützt von seiner Schülerin Felice. Bald verbindet die beiden mehr als der gemeinsame Kampf, doch ihre Liebe wird auf eine harte Probe gestellt ...

Judith Pella

Wer bist du Fremder?

Bestell-Nr. 330 421

ISBN 3-86122-421-6

320 Seiten, gebunden

Shelby Martin befindet sich in einer Krise, als ihr Vater stirbt und ihre Mutter davonläuft. In dieser Situation lernt sie Frank Stefano kennen und fühlt sich sofort zu ihm hingezogen. Weil auch er ihre Gefühle erwidert, beschließen die beiden spontan, zu heiraten.

Doch nach den Flitterwochen entdeckt Shelby, dass ihr Mann offensichtlich eine dunkle Vergangenheit hat. Dadurch wird das Vertrauen zu ihm zutiefst erschüttert. Wird sie die Kraft finden, einer ungewissen Zukunft entgegenzutreten?

Eine fesselnde Geschichte von Liebe, Geheimnis und Gottvertrauen.

Beverly LaHaye & Terri Blackstock
Ein Geschenk des Himmels
Bestell-Nr. 330 448
ISBN 3-86122-448-8
304 Seiten, gebunden

In der kleinen Gemeinde Cedar Circle scheint die Welt noch in Ordnung. Mehrere Familien leben hier in einer Nachbarschaft harmonisch zusammen. Doch hinter den Kulissen rumort es, hier gibt es die gleichen Krisen und Nöte wie bei anderen Familien auch.

Als der neunjährige Joseph Dodd plötzlich schwer erkrankt, treten die sonst so dominierenden Probleme in den Hintergrund, alle in der Nachbarschaft entscheiden sich, mit Joseph und seinen Eltern um das Leben des herzkranken Jungen zu kämpfen. Und es wird ein schwerer Kampf voller Niederlagen und Rückschläge ...

Wie das Ringen um das Leben eines einzelnen neue Perspektiven auf das Leben der Menschen in Cedar Circle wirft, schildern die Autorinnen eindrucksvoll in dieser spannenden und ergreifenden Erzählung voller Emotionen und Glaubenszuversicht.

Eine packende und herzzerreißende Geschichte.

In der Welt – nicht von der Welt: die Amisch Bestseller von Beverly Lewis

Zuflucht für Melissa James
Bestell-Nr. 330 565
ISBN 3-86122-565-4
304 Seiten, gebunden

AMISH COUNTY – wo die Zeit stillsteht. Ein unscheinbares Straßenschild, doch für Melissa James verspricht es eine Zuflucht vor dem Unheil, das so plötzlich über sie hereinbrach: Ein Anruf hatte genügt, und die tödlichen Schatten der Vergangenheit waren wieder da. Hals über Kopf war sie aus ihrem Haus geflohen, hatte ihren Mann verlassen. Erst in der Geborgenheit sanft rollender Hügel und malerischer Farmhäuser findet sie echten Frieden – im Haus einer Mennonitin. Doch auch in diesem Hafen kann sie sich nicht für immer verstecken ...

Die Erlösung der Sarah Cain
Bestell-Nr. 330 526
ISBN 3-86122-526-3
288 Seiten, gebunden

Als moderne Frau hatte sie nur Spott übrig für ihre Schwester, die das einfache Leben einer Amisch wählte. Fassungslos dagegen macht sie die Nachricht von ihrem Tod. Und wie konnte ihre Schwester bei der Wahl eines Vormundes ausgerechnet auf sie kommen? Wer will von ihr verlangen, eine Karriere und ein Leben voller Spaß aufzugeben, um fünf Amisch-Waisen aufzuziehen? Und was wird aus Bryan, dem Mann an ihrer Seite? Bei ihrer Ankunft in Lancaster County trägt Sarah schwer an einem Kummer, der so ganz anders ist als das Leid ihrer kleinen Nichten und Neffen.
Wird sie erkennen, dass das Leben bei den Amisch nicht nur Verzicht bedeutet, dass hier Heilung auf sie wartet?

Weitere Bücher von Beverly Lewis

Postkarte zum Glück – Band 1
Bestell-Nr. 330 485
ISBN 3-86122-485-2
300 Seiten, gebunden

Ein tragischer Unfall nimmt der Amisch Rachel Yoder Mann und Sohn. Allein mit ihrem Töchterchen verfällt sie der Trauer und erblindet. Erst der Besuch des Journalisten Phil Bradley bei den Amish bringt wieder Licht in ihr Leben. Der Fund einer alten Postkarte bringt sie gemeinsam auf die Spur eines bewegenden Schicksals ...

Dem Glück entgegen – Band 2
Bestell-Nr. 330 502
ISBN 3-86122-502-6
272 Seiten, gebunden

Aus dem Frieden der Amisch-Gemeinschaft kehrt Bradley zurück in die Hektik seiner New Yorker High-Tech-Welt. Doch schnell wird ihm klar, wie stark die Bande sind, mit denen sein Herz bereits an diesem paradiesischen Fleckchen Erde hängt. Und an Rachel, der jungen Amisch-Witwe, deren sanftes Wesen ihn so sehr beeindruckt ...

„Das Haus Winslow“ von Gilbert Morris

Der ehrenhafte Betrüger – Band 1
Bestell-Nr. 330 580
ISBN 3-86122-580-8
384 Seiten, kartoniert

1620: Gilbert Winslow ist Pfarrer und hasst seinen Beruf. Jede Alternative ist ihm recht – selbst das schmutzige Geschäft eines Spitzels. Seine Opfer: die ketzerischen Puritaner. Doch bald muss er entscheiden, wie weit er gehen will. In der neuen Welt kommt es zur Entscheidung.

Die gefangene Braut – Band 2
Bestell-Nr. 330 581
ISBN 3-86122-581-6
287 Seiten, kartoniert

Matthew Winslow, der junge Hitzkopf, geht nach England. Rasch findet er das Eheglück, doch teuer bezahlt er sein ungestümes Eintreten für John Bunyan und die Freiheit des Gottesdienstes. Hinter Kerkermauern droht er den Verstand zu verlieren. Wird er sein Baby jemals im Arm halten dürfen?

Das gebundene Herz – Band 3
Bestell-Nr. 330 595
ISBN 3-86122-595-6
304 Seiten, kartoniert

Adam Winslow ist der Urenkel Gilbert Winslows, der seinerzeit auf der Mayflower nach Amerika segelte. Eines Tages begegnet er Molly, einem jungen Mädchen aus verwahrlosten Verhältnissen. Um sie aus ihrer heruntergekommenen Umgebung zu befreien, nimmt er sie mit in seine Dienste. Voller Dankbarkeit beginnt Molly, für Adam zu arbeiten. Doch bald muss sie feststellen, dass ihre Gefühle für ihn immer tiefer werden. Aber Adam scheint diese Liebe nicht zu bemerken. Und da ist noch Mary, die Tochter des bekannten Erweckungspredigers Jonathan Edwards, bei dem Adam Unterricht nimmt. Mary ist ebenfalls heftig in den jungen Mann verliebt. Für wen soll er sich entscheiden?

Der sanfte Rebell – Band 4
Bestell-Nr. 330 596
ISBN 3-86122-596-4
352 Seiten, kartoniert

Nathan Winslow, der Sohn Adams, ist anfangs nicht begeistert von dem Gedanken an eine Revolution gegen die Britische Krone. Doch besondere Umstände lassen ihn zu einem amerikanischen Patrioten werden. Seine Liebe zu der schönen Abigail Howland, einer stolzen und überzeugten Tory, stürzt ihn, der seinem Land helfen und es befreien will, in einen tiefen Konflikt. Werden sein Mut und sein Glaube unterliegen oder die Oberhand behalten?